Gemma O'Connor
Wer aber vergißt, was geschah

SERIE PIPER

Zu diesem Buch

Das ehrwürdige Nonnenkloster Holy Retreat, wunderbar über einer Bucht bei Dublin gelegen, muß dringend renoviert werden. Die verarmten Schwestern haben sich deshalb von dem undurchsichtigen Dubliner Anwalt Terence Murphy-Dunne überreden lassen, das Gelände, auf dem der Klosterfriedhof liegt, zu verkaufen. Nun müssen die Leichen ordnungsgemäß umgebettet werden, wobei es zu einer überraschenden Entdeckung kommt: Es taucht ein nicht registrierter Bleisarg auf. Wer liegt in dem Sarg? Was hat die exzentrische Jeddie Hillyard damit zu tun? Vertritt Anwalt Murphy-Dunne wirklich die Interessen seiner Klientinnen? Die junge Rechtsanwältin Tess Callaway, mit der Aktion befaßt, versucht Licht in die Geheimnisse einer dubiosen Vergangenheit zu bringen – und beschwört eine Katastrophe herauf.

Gemma O'Connor ist in Dublin geboren und lebt heute in Oxford. Sie war zunächst als Buchbinderin und Restauratorin, dann als Herausgeberin tätig. 1995 veröffentlichte sie ihren ersten Roman »Tödliche Lügen« (deutsch 1996), der kurz nach Erscheinen auf die irische Bestsellerliste kam und inzwischen in mehrere Sprachen übersetzt wurde. 1997 erschien auf deutsch »Fallende Schatten« und 1999 »Zeit des Vergebens«.

Gemma O'Connor

Wer aber vergißt, was geschah

Psychothriller

Aus dem Englischen von
Inge Leipold

Piper München Zürich

Von Gemma O'Connor liegen in der Serie Piper außerdem vor:
Tödliche Lügen (5658)
Fallende Schatten (5659)

Taschenbuchsonderausgabe
April 2000

Titel der englischen Originalausgabe:
»Farewell to the Flesh«, Bantam Books, London 1998

Umschlag: Büro Hamburg
Stefanie Oberbeck, Katrin Hoffmann
Umschlagfoto: C.L. Schmitt/Superbild
Gesamtherstellung: Clausen & Bosse, Leck
Printed in Germany ISBN 3-492-23093-8

Meinen Söhnen Simon und Oscar
in Liebe gewidmet

Komm, sinn'ge Nonne, rein und züchtig,
Andachtsvoll und ernst und tüchtig;
Das dunkle Kleid um deine Glieder
Fließe in stolzer Schleppe nieder,
Indes ein schwarzer Schleier dicht
sich um die keuschen Schultern schmiegt.
Komm, doch nach deiner würd'gen Sitte
mit sinnendem, gemeßnem Schritte …

(John Milton, Il Penseroso)

Killiney Bay, Grafschaft Dublin
Irland

29. Oktober 1996

Prolog

Der Begräbnisunternehmer hatte sich verspätet; es war schon beinahe hell, als er eintraf. Wochenlang war das Wetter mild gewesen, doch jetzt war es über Nacht viel zu kalt für die Jahreszeit geworden. Eine dünne Eisschicht bedeckte den Boden, und die beiden Nonnen zitterten vor Kälte. Oder war es Angst? In sich zusammengekauert standen sie zu beiden Seiten einer jungen Frau, die sich sehr aufrecht hielt, und wickelten sich mit bläulich verfärbten Fingern fest in ihre schwarzen Umhänge. Der Frieden ihrer klösterlichen Welt war zerstört. Bestürzt beobachteten die Schwestern, wie der Bagger *ihre* Auffahrt heraufzockelte und auf ihr tiefe, sich dahinschlängelnde Furchen hinterließ. Ihr Leben lang hatten sie noch keine so riesige, so ohrenbetäubend laute, so *gelbe* Maschine gesehen. Sie und ihr armes, verfallendes Kloster erbebten, als das Monstrum näher kam. Fast schien es, als begriffen das Bauwerk wie auch seine Insassinnen erst jetzt wirklich, wie bald ein Heer von Arbeitern an seinen Grundfesten, seinem wurmstichigen Balkenwerk ziehen und zerren würde, um den heruntergekommenen Bau, der ihre Geschichte in sich barg, zu renovieren, zu restaurieren, zu *verändern* und die friedvolle Heiterkeit ihrer Enklave zu stören.

Im Gefolge des Baggers zuckelte und holperte das Auto des Begräbnisunternehmers dahin, bog ab und parkte neben der Seitenwand des alten Hauses. Drei Männer stiegen aus und schlugen zum Schutz gegen die schneidend kalte Brise vom Meer die Mantelkragen hoch; Tess Callaway eilte auf sie zu.

»Wir warten nur noch auf die Leute vom Gesundheitsamt und vom Grafschaftsrat …«, setzte sie an.

»Die sind auf dem Weg hierher«, fiel der Begräbnisunternehmer ihr ins Wort. »Sind hinter mir hergefahren, aber wahrscheinlich haben sie beim alten Pförtnerhaus geparkt.«

Er nickte ihr zu. »Schätze, Sie sind Miss Callaway?« Argwöhnisch sah er sich um. »Und was ist mit dem Rechtsanwalt? Mr. Murphy-Dunne?«

»Ich vertrete ihn; ich bin ebenfalls Anwältin«, entgegnete Tess forsch. »Ich dachte, ich hätte das am Telephon erwähnt, Mr. Dwyer.« In den letzten paar Wochen hatten sie etliche Male miteinander telephoniert. »Den Nonnen ist sehr daran gelegen, daß wir sofort anfangen.«

Einer der Männer schnaubte, öffnete den Kofferraum des Wagens und bückte sich hinein. Als er sich wieder aufrichtete, hielt er eine Spitzhacke und zwei schmale, flache Spaten in der Hand und hatte eine Seilrolle um die Schulter geschlungen. Schweigend reichte er seinem Kumpel einen Spaten, und ohne ein Wort zu sagen, trotteten sie hinter dem Bagger drein.

»Gräber öffnen, das paßt denen gar nicht. Sie sind ein bißchen abergläubisch«, murmelte der Begräbnisunternehmer und bekreuzigte sich. »Und da sind sie nicht die einzigen.« Er warf Tess einen Blick zu und schauderte. »Ich selber bin auch nicht gerade scharf darauf«, fügte er hinzu, als sie über die taufeuchte Wiese stapften. Der kleine Friedhof erstreckte sich entlang der südlichen Grenzmauer des Klosters, und obgleich er inmitten einer wunderschönen Parklandschaft lag, wirkte er düster und trostlos.

»Einunddreißig Gräber, Mutter?«

»Einunddreißig, Mr. Dwyer.« Die Nonne blickte unverwandt zu Boden. Ihre Stimme klang wie die der anderen Schwestern, die Tess im Lauf der vergangenen sechs, sieben Wochen kennengelernt hatte: als hätte ihr Kehlkopf sich mangels Übung zusammengekrampft oder wäre geschrumpft.

»Haben Sie die Liste, Mutter?«

»Ja, Mr. Dwyer.« Sie holte einen Stapel Zettel unter ihrem Umhang hervor und reichte sie herum. Tess überflog die Liste der Toten des Klosters, die mit Februar 1867 begann und bis Januar 1996 reichte. In vier Spalten waren sorgfältig Name, Alter, Todestag und -ursache aufgeführt: Herzversagen und Atembeschwerden, in den meisten Fällen jedoch

Tuberkulose; einige jüngere Insassinnen des Klosters waren in erbarmenswert frühem Alter gestorben. Tess mußte an die feuchte Kühle im Kloster denken, und sie wunderte sich, daß überhaupt eine der Nonnen die Winter ohne Heizung überlebte.

Das Kloster Holy Retreat* bedurfte dringend einer Renovierung, und die Schwestern waren übereingekommen, ein Stück Land an die angrenzende Schule zu verkaufen, um dies zu finanzieren. Unglücklicherweise befand sich auf dem Gelände, das die Schule wollte und das entlang der Grundstücksgrenze verlief, der Friedhof der Nonnen. Mehr als zwei Jahre hatte es gedauert, bis sie sich zu dem Entschluß durchgerungen hatten, ihn zu verlegen. Schließlich hatten unliebsame Zwischenfälle in letzter Zeit, als Vandalen die Gedenkkreuze verbrannt hatten, den Ausschlag gegeben.

»Wie lange wird es dauern, Mr. Dwyer?«

Die kleine Gruppe versammelte sich: die beiden Nonnen – die Oberin und eine ältere, namenlose Gefährtin; Tess Callaway, Anwältin; J.-J. Dwyer, der Begräbnisunternehmer; Mike Flood vom Grafschaftsrat, Abteilung Bestattungswesen und Mrs. Joan Fermoy vom für den Osten zuständigen Gesundheitsamt. Einen Augenblick lang waren sie sich nicht schlüssig, ob sie mit den ältesten oder den jüngsten Gräbern anfangen sollten, bis die Mutter Oberin die Augen hob, Mr. Dwyer ansah und in seinen Augen die stumme Frage las.

»Fangen Sie mit den Gräbern aus den letzten Jahren an«, erklärte sie mit fester Stimme und begann zu beten.

Anfangs lief alles reibungslos. Da die ersten Särge, die sie ausgruben, unversehrt waren, kamen sie schnell voran. Die Stunden vergingen. Grabsteine waren keine zu entfernen, nur ein schlichtes Holzkreuz über jedem Grab. Bei einigen handelte es sich um die ursprünglichen; sie waren verwittert und rissig; andere waren vor kurzem mutwillig zerstört und vorübergehend durch kleine Holzpfähle ersetzt worden.

* Holy Retreat = Heilige Zuflucht (Anm. d. Ü.)

Bald ging ihnen die Arbeit leicht von der Hand: Zuerst die Nonnen und anschließend die Beamten verglichen den Namen auf jedem Kreuz mit der Liste. Anfangs stand Tess mehr oder weniger unbeteiligt daneben; sie wußte nicht einmal so recht, warum sie überhaupt angeboten hatte, mit dabeizusein. Irgendeine Vorahnung, daß man sie brauchen würde? Ihr wachsendes Mitgefühl mit den Schwestern und ihrer mißlichen Lage? Oder schlicht und einfach, um an diesem seltenen und seltsamen Ritual teilzunehmen? Laut dem Grafschaftsratbeamten war es sogar einzigartig.

Wenn Tess Callaway später auf diese schrecklichen Tage zurückblickte, stellte sie fest, daß ihr nicht die seltsamen Geschehnisse im Kloster oder ihre schreckliche Einsamkeit nach dem Verlust, den sie kürzlich erlitten hatte, am lebhaftesten in Erinnerung geblieben waren, sondern die Güte der Oberin, die, obwohl die unheilvollen Ereignisse im Kloster sie ungeheuer bedrückten, an ihrem Schmerz Anteil genommen und sie von ihrer Wut und Verzweiflung abgelenkt hatte.

Im weiteren Verlauf des Tages wurde die Arbeit immer schwieriger und um einiges langsamer. Viele der alten Särge waren schon vor langer Zeit zerfallen. Am frühen Nachmittag zeigten sie erste Anzeichen von Erschöpfung. Wenn sie zusammentraten und den Inhalt der einzelnen Gräber mit Etiketten versahen, wechselten sie kaum ein Wort. Mittlerweile halfen alle mit; schweigend wurden die Leichensäcke von Hand zu Hand gereicht und jedes Namensschild zweimal mit der Liste verglichen. Die Nonnen schritten unablässig neben ihnen auf und ab und beteten still. Fast schienen sie nicht vorhanden zu sein; die bauschigen Kapuzen ihrer schwarzen Umhänge verhüllten ihre Köpfe vollständig, so daß man ihre Gesichter nicht sehen konnte. Wie schwarze Gespenster sahen sie aus.

Als sie nahezu fertig waren, wedelte einer der Arbeiter wie wild mit den Armen und winkte den Begräbnisunternehmer zu sich. »Mr. Dwyer«, brüllte er, »kommen Sie, kommen Sie schnell!«

»Was gibt's? Was ist los?« Vor Schreck schnappte die

Stimme der Mutter Oberin um; sie klammerte sich an Tess Callaways Ärmel fest. Dwyer rannte zu den Arbeitern hinüber. Die anderen beobachteten, wie er sich niederbeugte und dann fasssungslos den Kopf schüttelte. Die Arbeiter stützten sich auf ihre Spaten und sahen gespannt zu. Als der Begräbnisunternehmer sich wieder aufrichtete, drängten die anderen sich um ihn. Mit einer Stimme, die nichts Gutes ahnen ließ, wandte er sich an die Mutter Oberin.

»Ein Bleisarg«, erklärte er mit unheilvoll leiser Stimme.

Ungläubig starrte die alte Nonne Dwyer an. »Aber – das kann nicht sein«, stieß sie hervor. »In den Aufzeichnungen des Klosters ist nirgends ein Bleisarg erwähnt.« Verstört, hilfesuchend blickte sie um sich. »Ein derartiger ... derartiger ... Luxus verstieße gegen unsere heilige Regel. Wir haben immer ... *immer* einfache Holzsärge verwendet ...« Die Stimme versagte ihr.

Der Begräbnisunternehmer richtete sich zu voller Größe auf und klopfte sich sorgfältig den Schmutz von den Knien. »Na ja«, erklärte er düster, »in dem Fall haben wir anscheinend eine Leiche zuviel.« Er schwieg einen Augenblick und saugte seine Wangen nach innen. »Oder hat vielleicht irgend jemand einen Fehler gemacht?« Sein Blick begegnete ihrem. »Sie müssen wohl oder übel die Unterlagen noch einmal überprüfen, meinen Sie nicht auch, Mutter Oberin?«

Oxford

Ende August bis Anfang September 1996

Mein Freund ist mein,
und ich bin sein …
Setze mich wie ein Siegel auf dein Herz
und wie ein Siegel auf deinen Arm.
Denn Liebe ist stark wie der Tod …

(Das Hohelied 2.16 und 8.6)

1

An der einen Küchenwand nahm eine große Messinguhr nahezu den gesamten Platz zwischen dem Türrahmen und der Bilderleiste darüber ein. In den Wochen vor der Geburt ihres Babys hatte Tess Callaway sich immer öfter eingebildet, sie höre ihr schwerfälliges, zögerliches Ticken, auch wenn sie wußte, das konnte gar nicht sein. Zwar sah das massive Messinggehäuse wie das einer alten Schiffsuhr aus, aber es war eine Imitation: eine moderne Quarzuhr, die folglich nicht tickte.

In jenen letzten Wochen ihrer Schwangerschaft hatte sie gelegentlich, wenn sie hastig aufblickte, den Eindruck gehabt, sie sähe die in ein Leichentuch gehüllte Gestalt des Todes, der ungezwungen an der Anrichte lehnte. Über seine knochige Schulter hatte er lässig eine kleine Sichel im Sowjetstil gehakt. Seine Skelettbeine, die sie nicht sehen konnte, hatte er überkreuzt, und mit dem fleischlosen Hintern stützte er sich an der Kante des unteren Schranks ab. Marcus und doch nicht Marcus. Das gleiche abwehrende Achselzucken, als wolle er sagen: »Eigentlich hatte ich nicht vor zu sterben.« In der Hand hatte er eine lange, elegante Zigarettenspitze aus Ebenholz gehalten, in der eine Zigarette qualmte. Sie hatte sich vorgestellt, wie die betäubend duftende Rauchwolke in dünnen Schwaden durch den Raum driftete, hatte in die Schublade des Küchentisches gegriffen und nach seiner Zigarettenschachtel und dem Feuerzeug getastet. Oft war sie erst im Morgengrauen, auf dem Tisch in sich zusammengesunken, durchfroren und steif, wieder zu sich gekommen.

Nach der Geburt ihres Babys beherrschte die Angst, sie selber könnte sterben, ihr Denken und Handeln. Angst, was aus Claire würde, wenn auch sie bei einem schrecklichen Unfall ums Leben käme. Nachts war es am schlimmsten. Im Krankenhaus hatte das Kind fast vierundzwanzig Stunden am Tag geschlafen, aber sobald sie zu Hause waren, brüllte es unablässig. Zumindest schien es Tess so. Untertags, wenn Freunde oder Nachbarn vorbeischauten, um ihr ein wenig zu helfen, benahm das Kind sich tadellos und schlief wie ein Engel – was den Leuten den Eindruck vermittelte, Tess käme ganz gut mit allem zurecht. Doch die Wirklichkeit sah völlig anders aus. Praktisch in dem Augenblick, als sie ihre kleine Tochter über die Schwelle trug, hatte diese sich von einem schlafenden Engel in einen kreischenden Derwisch verwandelt und führte sich auf, als ließe Tess sie mit Absicht verhungern.

Die Nacht wurde zum Tag. Anfangs hatte Tess einfach nicht die Kraft, etwas dagegen zu unternehmen, auch nur einen der Ratschläge der Hebamme zu befolgen. Statt das Kind so lange schreien zu lassen, bis es erschöpft war, holte sie es zu sich ins Bett und döste unruhig vor sich hin, während Claire sich neben ihr herumwälzte und strampelte. Binnen weniger Tage gab sie jeglichen Versuch auf, sie nachts in ihre Wiege zu legen. Sie schliefen zusammen in dem Doppelbett, das groß genug für ein Paar gewesen war, doch jetzt viel zu klein schien für dieses eine winzige Wesen, ganz zu schweigen von ihrer erschöpften Mutter, die ständig den Tränen nahe war.

Mrs. Blount, die Schwester vom Gesundheitsamt, warnte sie, wenn sie der kleinen Tyrannin nachgäbe, würde sie sich unweigerlich für die Zukunft jede Menge Probleme schaffen. »Fangen Sie so an, wie Sie weitermachen wollen. Zeigen Sie ihr, wer der Herr im Haus ist, oder die macht Sie fertig«, erklärte sie streng, doch Tess hatte nicht mehr die Energie, sich darüber Gedanken zu machen. Und als diese Schlacht erst einmal verloren war, gab es keine Schonung mehr. Bei jedem Piepser, jedem Schniefen, jedem Schreien stieg Milch in die Brust ihrer besorgten Mutter. Schon bald war klar, das Baby war es, das so angefangen hatte, wie es weiterzumachen gedachte: Claire war Herrscherin über das Bett, ihre Mutter und die Nacht. Binnen weniger Wochen hatte sie ihre gesamte Umwelt fest unter Kontrolle. Einschließlich Daisy Blounts, wie Tess irgendwie erleichtert feststellte.

Nachdem der erste tagtägliche Ansturm von Besuchern nachgelassen hatte, konnte Tess sich, wenn das Baby untertags schlief, hinlegen. Sobald Claire eindöste, ließ Tess sich auf das Bett oder das Sofa fallen und sank auf der Stelle in einen Schlaf, der fast einer Bewußtlosigkeit gleichkam und sie nicht erfrischte, sondern nur noch verzweifelter machte. Gierig sehnte sie sich nach einem normalen Schlaf mit Träumen, aber je mehr sie danach gierte, desto unerreichbarer schien er. Kaum hatte sie die Augen zugemacht, saß sie schon wieder mit klopfendem Herzen aufrecht da. Schließlich erreichte sie einen Punkt, an dem schiere Erschöpfung, die jegliches Denken ausschaltete, sich in eine Art unkontrollierbarer Hochstimmung verwandelte. Manchmal hatte sie das Gefühl, ihr Hinterkopf führe ein Eigenleben. Ein seltsam flatterndes Gefühl kitzelte sie an den Haarwurzeln, als hätte eine emsige Ameisenkolonie sich zwischen Haut und Knochen angesiedelt. Und da begriff Tess allmählich die Endgültigkeit des Todes ihres Partners. Das war der grauenhafte Augenblick, in dem sie anfing zu trauern, und es wurde unmöglich für sie, wach in ihrer beider Bett zu liegen, in dem die Kissen und das Federbett nach ihm zu riechen, die Kuhle, in die er sich gekuschelt hatte, sich nach ihm anzufühlen schienen. Noch immer lagen im ganzen Zimmer seine Anziehsachen herum; sie konnte es kaum ertragen, sie anzusehen, geschweige denn, sie wegzuräumen. Sie gewöhnte sich an, jedesmal wenn das Baby jetzt einschlief, durch das Haus zu streifen. Ruhelos wanderte sie durch die dunklen Zimmer und starrte trübsinnig aus dem Fenster.

Die Winchester Road, kaum eine Meile vom Zentrum Oxfords entfernt, war auf angenehme Weise asymmetrisch, da die einzelnen Häuser in unterschiedlichen Epochen und daher in abwechslungsreichem Stil gebaut worden waren. Eine ruhige Straße mit wenig Durchgangsverkehr; auch Fußgänger waren kaum zu sehen, da der Zugang durch ein ziemlich raffiniertes Einbahnsystem geregelt war, das man sich vermutlich eigens zu diesem Zweck ausgedacht hatte. Ein von Bäumen gesäumter Gehweg führte halb die Straße hinunter – oder hinauf, je nachdem, aus welcher Richtung der Fußgänger kam – zur Woodstock Road. Unmittelbar gegenüber grenzte die schmale, elegante North Parade an die Banbury Road. Oder davon ab, denn sie war gerade breit genug für Einbahnverkehr.

Tess wohnte ein paar Häuser von der Straßenecke entfernt in einem bezaubernden Haus aus dem 19. Jahrhundert, das erbaut worden war, ehe im nördlichen Oxford die gotische Manie um sich gegriffen hatte. Nur die Fenster ließen ahnen, daß sich auch die Erbauer dieses Hauses ein wenig von der wiederaufgelebten Mode hatten beeinflussen lassen. Allerdings hatten die Fenster nicht die verzerrte Form späterer architektonischer Ausschweifungen, sondern hielten sich in Anzahl, Größe und Anordnung weitgehend an das georgianische Vorbild. Tess und Marcus hatten es vor fünf Jahren, kurz nach dem dramatischen Verfall der Immobilienpreise gekauft. Aber sie bezahlten trotzdem eine immer noch reichlich überhöhte Summe, einfach weil sie sich zur gleichen Zeit in das Haus verliebten, als sie sich wieder ineinander verliebten.

Nachts sah die Straße ganz anders aus. In Augenhöhe verschmolzen die ausgewachsenen Bäume, die sie säumten, mit den kleineren Bäumen und Sträuchern in den Gärten zu einer zauberischen Waldlandschaft. Das Licht, das die altmodischen Straßenlaternen verströmten, verlieh ihr ein romantisches, geheimnisvolles Aussehen, vor allem auf dem Fußweg zur Kirche St. Philip und St. James, die schräg gegenüber dem Haus lag. Fast hatte man den Eindruck, auf dem Land zu sein. Kaum waren das Hin und Her, das untertags herrschte, und der Verkehr auf den Hauptstraßen, die aus der Stadt führten, abgeflaut und die Lichter in den Häusern verloschen, begann das nächtliche Leben. Die Vielzahl und Unterschiedlichkeit der Kreaturen, die jetzt zum Leben erwachten, war erstaunlich. Manchmal waren die Nächte ruhig, aber meistens waren alle möglichen Geräusche zu hören. Nicht nur das allgegenwärtige, undeutliche Summen des Straßenverkehrs, sondern Laute, die sich, selbst wenn sie im Chor erklangen, ihre schrille oder rauhe Eigenheit bewahrten. Als ahme eine Art Doppelgängergesellschaft ihr menschliches Gegenstück nach und spiegle es wider. Anfangs machten die seltsamen Schreie und das unerwartete Hin- und Herhuschen ihr angst, sie zuckte zusammen und kam sich ungeheuer verletzlich vor. Doch sobald es ihr gelang, jedes Geräusch einem bestimmten Lebewesen zuzuordnen, ließ die Angst nach.

Oft machte sie sich, wenn sie so aus dem Fenster starrte, einen Spaß daraus, ihren Nachbarn ein wirklich existierendes oder imaginäres Tier zuzuordnen. Und davon gab es mehr als genug: wilde Katzen, streunende Hunde, ein paar Füchse, die in den Vororten heimisch geworden waren. Einmal, nur ein einziges Mal, sah sie einen stämmigen Igel dahinschlurfen. Gelegentlich, wenn sie still genug dasaß, konnte sie beobachten, wie eine geisterhafte Schleiereule zu ihrer Wohnstatt in einem Kirchturm zurückkehrte. Allerdings mußte sie sich an deren Stundenplan halten, nicht an ihren eigenen, denn die Eule hatte genau festgelegte Gewohnheiten. Für den Beginn und das Ende ihres nächtlichen Ausflugs mußte genau die richtige Dunkelheit herrschen. Dafür, daß es sich um einen so großen Vogel handelte, war er, selbst wenn er dahinflog, nur mit Mühe zu entdecken, und es war nahezu unmöglich, ihn zu sehen, wenn er in einem Baum kauerte. Als sie eines Nachts vor sich hin starrte und an Marcus dachte, merkte sie auf einmal, die Schleiereule saß wie eine Skulptur auf dem Torpfosten ihres Grundstücks. Als sie langsam den Kopf wandte, leuchtete das maskenhafte Gesicht schaurig im Mondlicht, und sie öffnete ein Auge, als blinzle sie Tess zu.

Schon nach wenigen Nachtwachen merkte sie, daß auch an der menschlichen Front nicht alles ruhig war. Entsprang dies ihrer Phantasie, oder verlieh die unerwartete nächtliche Aktivität dem Kommen und Gehen auf der Rückseite der Studentenbuden am anderen Ende der Straße, wo sie auf die Bevington Road traf, einen Hauch von Romantik? Fast so, als existierten in den Colleges immer noch nächtliche Ausgangssperren. Von ihrem Beobachtungsposten aus betrachtete sie voller Bedauern und mit beträchtlichem Neid ihre uneingeschränkte Freiheit.

Am faszinierendsten fand sie den pensionierten Geistlichen, der, nur in seinen Morgenrock gehüllt, regelmäßig gegen zwei Uhr morgens von dem Gehweg aus über die Straße schlich. Angestrengt bemühte sie sich zu sehen, wohin seine nackten, wohlgeformten alten Beine ihn trugen, aber sie fand es nie heraus. Unglücklicherweise residierte seine Beute außerhalb ihrer Sichtweite in einem der drei Häuser auf der rechten Seite. Sie machte sich einen Spaß daraus zu raten, wer wohl die oder der Auserwählte war: ein Diplomat im Ruhestand, eine noch recht junge geschiedene Frau oder aber ein Schauspieler mittleren Alters. Oder vielleicht alle drei? Sie lächelte ironisch, als sie sich an ihre verblüffte Reaktion auf das stillschweigende Einverständnis zwischen Collegepförtnern und Dozenten erinnerte, das sie so beeindruckt hatte, als sie in der Stadt der verträumten Türme noch neu gewesen war. Sooft sie sich erkundigt hatte, wo ihr Partner sich aufhielte, hatte sie unweigerlich die immer gleiche Antwort zu hören bekommen: »Oh, Sie haben ihn um ein Haar verpaßt. Eben erst ist er am Pförtnerhaus vorbeigekommen.« Und sie war entweder zu stolz gewesen oder hatte zu langsam reagiert, um zu fragen, ob er gekommen oder gegangen war. Der eigentliche, auf immer und ewig festgelegte Aufenthaltsort des umherstreifenden Professors befand sich, zu diesem Schluß kam sie sehr bald, irgendwo zwischen seinem College und der Fakultät. Vielleicht war der alte Geistliche auch so umtriebig? Wann der alte Abenteurer sich auf den Heimweg machte, fand sie nie heraus, nie entdeckte sie ihn auf dem Spurt nach Hause kurz vor Anbruch der Dämmerung. Doch jeden Morgen trat er so unschuldig und heiter, wie man sich nur vorstellen konnte, aus seinem Haus, gefolgt von seinem nervös hin und her tänzelnden rothaarigen Setter. Wie Hugo, dachte sie eines Morgens, als sie beobachtete, wie der alte Herumtreiber sich auf den Weg machte. Er hatte bemerkenswerte Ähnlichkeit mit dem Mann, der für sie nach wie vor so etwas wie ihr Stiefvater war. Und mit einem Mal überkam sie verzweifelte Sehnsucht nach zu Hause.

Des Nachts auf meinem Lager suchte ich,
den meine Seele liebt.
Ich suchte,
aber ich fand ihn nicht.

(Das Hohelied 3.1)

2

»Hey, Tess, warte!« rief eine atemlose Stimme hinter ihr. »Nicht so schnell. Der Hügel ist ziemlich steil. Gib einem armen Kerl eine Chance.«

Tess Callaway wandte den Kopf und sah einen großgewachsenen, leicht übergewichtigen grauhaarigen Mann, der sie einzuholen versuchte. Ihr blasses Gesicht war eine Maske der Gleichgültigkeit, als sie sich umdrehte und Marcus' Bruder entgegensah.

»Hügel? Was für ein Hügel?« In spöttischer Überraschung zog sie die Augenbrauen hoch. »Die Banbury Road ist flach wie ein Pfannkuchen. Owen Rogerson, du bist wirklich nicht so recht in Form.«

»Als ob ich das nicht selber wüßte. Und wer behauptet denn, hier sei es eben? Mir kommt das Ganze regelrecht gebirgig vor«, erklärte er lachend und versuchte, nicht zu bemerken, wie abgespannt sie aussah. Und fast bis auf die Knochen abgemagert. Als er sie das letzte Mal gesehen hatte, war sie hochschwanger und ungeheuer träge gewesen. Vielleicht hatte sie die schrecklichen Wochen nur überlebt, weil sie sich selber abgeschaltet, keine Verbindung mehr zu anderen Menschen aufrechterhalten, kaum gesprochen hatte. Trotzdem, nie hatte er sie so abgeklärt gesehen, nie war sie ihm so überaus schön erschienen wie damals. Groß und schlank wie sie war, hatte sie den riesigen Bauch majestätisch vor sich her getragen und die Schultern nach hinten gestreckt, um zumindest einen Anschein von Gleichgewicht zu wahren. Ihr Gesicht war rundlicher gewesen, und die blasse Haut hatte fast durchsichtig geschimmert. Jetzt war sie grau, und die dunklen Ringe unter ihren Augen verliehen ihr ein Aussehen, als hätte sie monatelang nicht geschlafen; wahrscheinlich traf das sogar zu. Und was ihn am meisten bestürzte: ihre Kleidung wirkte schmuddelig. »Hat dir schon einmal jemand gesagt, daß du zu schnell gehst?« fragte er leichthin und legte den Arm um ihre Schultern.

»Schon oft.« Sie duckte sich unter ihm weg. »Woher hast du gewußt, wo du mich findest?« fragte sie schneidend, herausfordernd.

»Ich bin Giorgio begegnet. Er hat gesagt, du seist eben an seinem Restaurant vorbeigekommen und hättest sehr zielstrebig dreingeschaut.« Er betrachtete sie näher. »Das liegt wahrscheinlich an der neuen Frisur«, witzelte er und hätte sich im nächsten Augenblick wegen seiner haarsträubenden Gefühllosigkeit am liebsten die Zunge abgebissen. Tess hatte ihre dunklen Locken, denen eine gründliche Wäsche nicht geschadet hätte, zu einem unordentlichen Pferdeschwanz zusammengebunden.

Wütend funkelte sie ihn an. »Also, was willst du?« fragte sie. Das letzte Mal hatte sie ihn eine Woche vor der Geburt des Babys gesehen.

»Ich wollte euch beide besuchen, was denn sonst. Sei doch nicht gleich so empfindlich.«

»Damit hast du dir ganz schön Zeit gelassen«, setzte sie an, doch dann hellte ein Lächeln ihr Gesicht auf. »Entschuldige. Ich bin einfach völlig fertig. Tut wirklich gut, dich zu sehen.«

»Na also«, meinte Owen erfreut. Um seine Verlegenheit zu verbergen, beugte er sich über den Kinderwagen, während Tess weiterging. »Herrje, die ist ja richtig hübsch, findest du nicht?« Das klang erstaunt. Tess lachte.

»Solange sie schläft, schon.« Sie musterte ihn von oben bis unten. Er trug eine sandfarbene Cordhose, ein blaukariertes Hemd und einen leichten blauen Kaschmirpullover. Doch lässige Freizeitkleidung macht noch keinen lässigen Menschen: Er schien sich darin schrecklich unbehaglich zu fühlen, sie war ihm zu ungewohnt. Sie versuchte sich zu erinnern, ob sie Owen je anders als in einen tadellos maßgeschneiderten Nadelstreifenanzug gekleidet gesehen hatte.

Leise kicherte sie vor sich hin. Bestimmt suchte jemand diese Sachen für ihn aus. Irgend jemand tat sein Bestes, um ihn entweder aufzupeppen oder etwas lockerer zu machen. Oder vielleicht beides.

»Neue Freundin?« fragte sie beiläufig; die Antwort war ein schüchternes Grinsen.

»Gefallen dir die Klamotten?«

»Viel wichtiger ist doch, ob sie dir behagen.«

»Scharfzüngig wie immer.« Er lachte kurz auf. »Ich bin mir noch nicht sicher.« Er tätschelte ihr leicht die Wange, ehe er sich verlegen abwandte, da er befürchtete, sie könnte zu schnell den Grund für seine ungewohnte Aufmachung erraten – und verurteilen. »Genug davon. Tut mir leid, aber früher konnte ich nicht kommen. Die Sache in Hongkong hat viel mehr Zeit in Anspruch genommen, als ich gerechnet hatte. Ich bin erst am Dienstag zurückgekommen. Es war die Hölle. Eine unbeschreibliche Hitze, und seit ich wieder da bin, habe ich Bauchgrimmen. Herrgott, ich bin wirklich nicht in Form.«

»Warst du überhaupt je in Form?« gluckste Tess. »Übrigens, wo hast du denn dein Auto?«

»Beim Haus. Ich habe ein paar Sachen für meine kleine Nichte besorgt.«

»Danke, Owen. Und danke, daß du so oft angerufen hast. Das hat wirklich geholfen.« Ihre Stimme und ihre Miene wurden sanfter. Fünf- oder sechsmal hatte er von Hongkong aus angerufen, meist spätabends, wenn sie auf ihrem Tiefpunkt angelangt war, und hatte sie in den Schlaf geplaudert. Das war ihr Rettungsanker gewesen. Vielleicht um so mehr, als sie sich bis zu dem Schock von Marcus' Tod nie besonders nahegestanden hatten. Dieses Gefühl der Dankbarkeit machte sie jedoch gleichzeitig verlegen und damit reizbarer als sonst.

»Kommst du zurecht?« Die unbekümmerte Art, wie er fragte, verbarg keineswegs seine Besorgtheit.

Sie zuckte die Schultern. »Da bin ich mir nicht so sicher. Ich würde eher sagen, ich existiere so vor mich hin. Versuche, einen Tag nach dem anderen zu überstehen.«

»Wie weit gehen wir?«

»Eigentlich wollte ich nach Summertown, wollte bei einer Freundin vorbeischauen. Aber das ist nicht so wichtig, ich hatte ohnehin keine rechte Lust mehr. Wir könnten umkehren und zusammen Tee trinken, wenn du magst.« Als sie seinen entsetzten Gesichtsausdruck bemerkte, mußte sie lachen. »Oder etwas Stärkeres. Ich wollte sie nur zum Einschlafen bringen. Am besten gehen wir über die Woodstock Road zurück, da ist nicht soviel Verkehr.« Sie bogen in die Rawlinson Road; nach etlichen hundert Metern hielt ein Kombi neben ihnen, und eine Frau streckte den Kopf aus dem Fenster.

»Hallo, Owen«, begrüßte sie ihn. »Hab ich mir doch fast gedacht, daß Sie das sind.« Als sie aus dem Wagen kletterte, lief Owen purpurrot an, machte jedoch keinerlei Anstalten, sie vorzustellen. Sie war mittelgroß, schlank, ungefähr fünfzig und sah gut aus. Das schwarze Haar war von grauen Strähnen durchzogen, und ihre Augen, die von einem fahlen Graublau waren, brachten einen regelrecht aus der Fassung. Sie lächelte Tess zu und spähte in den Kinderwagen. »Wie alt?« wollte sie wissen und vermied auf diese Weise geschickt die Frage, ob Mädchen oder Junge.

»Sie ist genau fünf Wochen alt. In ein oder zwei Stunden.«

»Wunderhübsch. Sie schläft wohl nicht besonders gut?« Die Frau lächelte.

»O nein, ganz gewiß nicht – sie ist ständig hungrig«, erklärte Tess, als das Baby ein durchdringendes Kreischen von sich gab. »Tut mir leid, aber wir müssen in Bewegung bleiben.« Sie blickte von Owen zu der Frau. »Trinken Sie mit uns Tee?« fragte sie und hoffte, sie würde ablehnen.

Das tat sie auch. »Ich würde gerne mitkommen, aber ich bin auf dem Weg zum Haus einer meiner Angestellten, die spurlos verschwunden ist. Ich hoffe nur, sie hatte keinen Unfall.«

»Was?« stieß Owen heftig hervor und legte beschützend seinen Arm um Tess. Verwirrt schüttelte sie ihn ab. Als das Baby verzweifelt immer lauter plärrte, spürte sie, wie aus ihren prallen Brüsten Milch sickerte.

»Tut mir leid, ich wollte Sie nicht beunruhigen.« Die Frau schien verwirrt, bis sie Tess eingehender musterte und sich der Situation bewußt wurde. »Würden Sie sich zum Stillen gerne in den Wagen setzen?« fragte sie freundlich.

»Tess?« Vor Entsetzen schrie Owen förmlich. »Tess, komm mit nach Hause. Das kannst du doch nicht in aller Öffentlichkeit machen.«

»O doch, das kann ich«, erwiderte sie schroff. »Wenn dir das nicht paßt, dann geh. Oh, um Himmels willen, warte!« rief sie, als Owen sich aus dem Staub machte. Tess zuckte die Schultern, drehte sich zu der Frau um, und beide mußten lachen.

»Ziemlicher Neuling auf dem Gebiet, was?«

»Ich geh ihm besser nach. Trotzdem, vielen Dank für das Angebot.« Hastig winkte Tess ihr zum Abschied zu und machte sich in flottem Tempo auf den Heimweg. Claires Schreien versuchte sie zu überhören. Owen hatte, wie sie jetzt feststellte, eine gründliche Wandlung durchgemacht, was Geschwindigkeit betraf. Während sie beobachtete, wie er in der Ferne verschwand, überlegte sie, wie sehr er sich hinsichtlich seines Temperaments von seinem Bruder unterschied. Was ein wenig seltsam war, denn bei ihrer ersten Begegnung mit Marcus hatte sie genau das Gegenteil angenommen.

Sie war gerade erst als Anfängerin in die Anwaltskanzlei Rogerson Midgeley, deren Seniorpartner Owen mittlerweile war, nach London gekommen. Bei der Dinnerparty zu ihrer Begrüßung hatte er sie seinem jüngeren Bruder vorgestellt. Ihr erster Eindruck von den beiden Brüdern war gewesen, wie ungeheuer steif und förmlich sie waren. Offenbar ohne jegliche Spur der Lebenslust, die sie von ihren früheren Freunden zu Hause in Dublin gewöhnt war. Glänzende Manieren, aber ach so ernsthaft und ach so langweilig. Als sie ihn jedoch näher kennenlernte, stellte sich heraus, daß Marcus in Wirklichkeit ganz anders war. Bei diesem ersten Anlaß hatte aller Mut sie verlassen, als er ihr erzählt hatte, er sei Ingenieur. Doch das war gewesen, ehe sie gemerkt hatte, wie aufregend er seine Arbeit und das Leben im allgemeinen fand und wie er beides genoß. Sein Wesen ließ sich im Grunde mit einem Satz umschreiben: das Wort Langeweile kannte er nicht. Seine Interessen und sein Wissen deckten ein breites Spektrum ab, von Musik, Theater und Literatur bis hin zu Wissenschaft, doch nie zuvor oder danach hatte etwas sie derart verzaubert wie die Begeisterung, mit der er von Brücken erzählte. Genauer gesagt: von Brücken und von dem Ingenieur Isambard Kingdom Brunel.

Im gesellschaftlichen Leben hatte Marcus seinen älteren Bruder mühelos ausgestochen. Einen weniger großzügigen Menschen als Owen hätte das vermutlich erbost, dachte sie, als sie ihn beobachtete, wie er in die Canterbury Road bog. Sie sahen einander so ähnlich. Großgewachsen, kräftig gebaut und frühzeitig ergraut. Allerdings war Marcus nie so steif, nie so förmlich gewesen. Sie hatte den Gesichtsausdruck Owens bemerkt, als die Frau das Wort Unfall erwähnt hatte. Und hatte gesehen, wie die sorgsam zurechtgebastelte Maske abgebröckelt war. Der arme Owen, er hatte entsetzliche Angst gehabt, sie könnte zusammenbrechen, sich danebenbenehmen und ihn dazu bringen, ebenfalls zusammenzubrechen. So zugeknöpft war er, daß er kaum den Namen seines jüngeren Bruders nennen und noch viel weniger seinen ungeheuren Schmerz über dessen Tod zum Ausdruck bringen konnte. Genauso hatte er sich verhalten, als vor fünf Jahren seine Frau Helen an Krebs gestorben war.

»Wir haben's wirklich nicht leicht«, murmelte sie.

Als sie zu Hause ankam, schrie Claire immer noch; Owen war nirgends zu sehen. Sie klinkte die Tür zur Diele nur zu und sah nach, ob er vielleicht im Garten hinter dem Haus auf sie wartete, aber hier war er auch nicht. Nachdem sie die Küchentür angelehnt hatte, ging sie ins Wohnzimmer und setzte sich auf das Sofa. Claire war jedoch so ausgehungert, daß sie zu schnell, mit wütenden großen Schlucken trank und sofort einen Schwall geronnener Milch auf ein einst sehr elegantes graues Jackett plazierte. Als sie das Baby ins obere Stockwerk brachte, stöhnte Tess über ihre Dummheit, es beim Stillen angelassen zu haben. Sie schlüpfte in eine andere Jacke und zog Claire von Kopf bis Fuß um. Anschließend ging sie wieder nach unten, setzte sich erneut auf das Sofa und fing wieder von vorne an. Inzwischen war das Kind völlig erschöpft und schlief ständig ein. Tess zwang sich, ruhig zu bleiben, und es dauerte geraume Zeit, bis ihr klar wurde, daß sie in der Küche Geschirr klappern hörte. Ungefähr zehn Minuten später brachte Owen ihr eine Tasse Tee, zog sich aber beim Anblick des trinkenden Babys hastig wieder zurück.

Sie fragte sich, ob sie seine gemurmelte Bemerkung »Ich räum ein bißchen auf« falsch verstanden hatte, bis sie über sich im Schlafzimmer den Staubsauger hörte. Sie wartete, bis er wieder in der Küche war, ehe sie auf Zehenspitzen nach oben schlich und Claire in ihr Bettchen legte. Trotz Owens Bemühungen konnte sie keinen allzu großen Unterschied feststellen, außer an den Stellen, wo der Staubsauger tatsächlich über den goldfarbenen Teppich gefahren war. Goldfarben, ein wenig wie die Straße zum Glück, dachte sie und warf einen Blick auf die Stapel von Büchern und Kleidern, um die er sorgsam einen Bogen beschrieben hatte.

In der Küche war er erfolgreicher gewesen und hatte sie in einen Raum verwandelt, dessen Zustand so etwas wie Sauberkeit einigermaßen nahe kam. Die Geschirrstapel waren aus dem Spülbecken verschwunden, die Geschirrspülmaschine lief, und auf dem Tisch stand eine durchsichtige Glasvase mit einem riesigen Strauß Iris. Sie fragte sich, ob er gefühlsmäßig die richtige Wahl getroffen oder ob der Blumenhändler ihm einen Tip gegeben hatte, daß das ihre Lieblingsblumen waren. Als sie sich bei ihm bedanken wollte, machte er einen äußerst betretenen Eindruck. »Allerdings könnte ich jetzt einen Gin vertragen«, meinte er und stellte geräuschvoll eine Flasche Tanqueray auf den Tisch.

»Ich fürchte, es sind keine Zitronen im Haus.«

»O doch. Und ein paar Limonen. Die habe ich besorgt, als ich zur North Parade gehetzt bin. Im Kühlschrank ist offenbar nichts Eßbares, also habe ich im Luna Caprese ein Abendessen bestellt. Giorgio hat versprochen, daß er Luis so gegen sieben vorbeischickt. Paßt dir das?«

Sie nickte. »Erstaunlich. Danke, Owen.« Sie reichte ihm

seinen Drink, und sie setzten sich beide an den Tisch. »Übrigens, wer war denn die Frau, der wir begegnet sind? Irgendwie ist sie mir bekannt vorgekommen.«

»Ach, du kennst sie nicht? Sie führt das Antiquariat in der Walton Street. Entschuldige, daß ich sie dir nicht vorgestellt habe, aber ich konnte mich um alles in der Welt plötzlich nicht mehr an ihren Namen erinnern.«

»Hartfield Magraw Rare Books?«

»Richtig. Grace Hartfield.« Er schlug sich gegen die Stirn. »Das war mir schlichtweg entfallen, wirklich peinlich. Ich schaue oft dort vorbei, wenn ich in die Gegend komme, um meine Eltern zu besuchen.«

»Ist sie Amerikanerin?« erkundigte sich Tess.

»Ich glaube nicht, aber ihr Mann ist, soviel ich weiß, Amerikaner. Er ist das Magraw in dem Namen.«

»War es das Wort ›Unfall‹, das dich derart aus der Fassung gebracht hat? Oder die Angst davor, ich könnte auf der Stelle Claire stillen?«

Behutsam legte er seine Hand auf ihre. »Beides, fürchte ich. Ich ertrage es nicht, an den Unfall zu denken, und das Baby ist, na ja, das Baby ist wirklich ein Prachtstück, aber es stimmt, mir ist das alles ein wenig peinlich. Hoffnungsloser Fall, hm?« Er zuckte die Schultern und verzog das Gesicht.

»Ist das *was?* Ein Baby zu stillen ist vollkommen natürlich«, erklärte Tess verärgert. »Ehrlich, ich hätte keinen Striptease hingelegt oder etwas in der Art. So unbesonnen bin ich auch wieder nicht.«

»Ich weiß, ich weiß. Aber ich kann auch nichts dafür. Ich bin Babys einfach nicht gewöhnt. Oder die Körperfunktionen, die damit verbunden sind.«

»Die Körper- was?« explodierte sie. »Das ist doch nicht zu fassen. Um Himmels willen, Owen, was ist denn in dich gefahren?«

»Ich weiß, ich weiß, ich bin das Allerletzte. Ist dir eigentlich klar, daß sie seit vierzig Jahren das erste Baby in der Familie Rogerson ist? Genaugenommen seit Marcus.« Er stützte den Kopf auf seine Hände. »Wenn sie überhaupt eine Rogerson ist«, murmelte er. Tess riß ihm die Hände vom Gesicht.

»Was, zum Teufel, willst du damit sagen? Daß sie nicht von Marcus ist? Sie ist sein Kind, und das weißt du sehr wohl. Sie ist, verdammt noch mal, eindeutig von ihm. Wie kannst du es wagen, so etwas zu sagen!«

Erschrocken sah er sie an, »O mein Gott, Tess, natürlich. So habe ich das nicht gemeint. Ach du meine Güte.« Verzweifelt schloß er die Augen. »Ich habe gemeint ... ich wollte eigentlich nur fragen, ob sie Callaway heißen wird oder ...«

»Claire Callaway?« fiel sie ihm schroff ins Wort. »Claire Callaway? CC? Um Himmels willen, trau mir doch wenigstens ein bißchen was zu. Sie heißt wie deine Mutter, oder ist dir das gar nicht aufgefallen?« Sie holte die Geburtsurkunde aus der Tischschublade und schob sie ihm zu. »Sieh selber nach. Claire Marcia Rogerson.« Wütend funkelte sie ihn an.

»Du hast sie selber ins Geburtenregister eintragen lassen?« Es war typisch für ihn, sich auf die Äußerlichkeiten zu konzentrieren und nicht auf irgendwelche Gefühle, die man in einer solchen Situation möglicherweise empfindet, und deshalb merkte sie zuerst nicht, worauf er hinauswollte. Er schien drauf und dran loszuheulen.

»Das war nicht weiter schwierig. Ich hab ein Taxi genommen und mich auf dem Heimweg vom Krankenhaus beim Standesamt vorbeifahren lassen. Claire war drei Tage alt.« Allerdings erzählte sie ihm nicht, daß Aberglaube sie dazu getrieben hatte, sich an die juristischen Details zu klammern. Wenn Claire in jenen ersten Tagen wirklich existierte, ließ sich das nur auf diesem Stück Papier festhalten: Claire Rogerson, Tochter von Tess Callaway und dem verstorbenen Marcus Rogerson. Und sie erwähnte auch nicht, daß sie die Geburtsurkunde in den ersten paar Wochen ständig mit sich herumgetragen hatte.

»Du bist selber los und hast dein Baby angemeldet?« Mitleidsvoll schüttelte er den Kopf. »All das hast du ganz alleine erledigen müssen. Soviel auf einmal. Ich wünschte, ich wäre hiergewesen. Hat dir denn niemand geholfen?« Sie war dankbar, daß er ihre Familie nicht erwähnte.

»Ich habe gedacht, ich schaffe das schon«, erklärte sie. »Doch da hatte ich mich geirrt. Deine Mutter hat mich gerettet – sie ist für ein paar Tage hergekommen.«

Ihre Blicke trafen sich. Marcia war Ende Siebzig und infolge einer schweren Arthritis nahezu gelähmt, also eher daran gewöhnt, daß man ihr half, als daran, selber jemandem zu helfen.

»War es sehr schwierig?«

»Nein.« Sie schluckte. »Nicht so, wie du meinst. Ich war froh, daß sie die ersten paar Tage da war; sie war großartig. Ich selber konnte das Baby kaum halten, solche Angst hatte ich. Alles hat mich in helle Panik versetzt. Wenn man auch nur ein bißchen praktisch denkt, glaubt man, sich um ein Baby zu kümmern sei ein Kinderspiel. Ist es nicht. Deine Mutter war erstaunlich ruhig und hat mir ungeheuer geholfen.« Erneut schluckte sie mühsam. »Und sie war sehr lieb zu mir. Aber das Ganze hat ihren Kummer um Marcus nur noch schlimmer gemacht. Ich glaube, solange sie zu Hause war, konnte sie tun, als sei er noch am Leben und mache in Oxford so weiter wie bisher. Daß sie hier war, hat den Unfall erst richtig zu einer unwiderruflichen Tatsache gemacht. Schließlich ist dein Vater gekommen und hat sie nach Hause geholt. Er selber ist einfach nicht damit fertiggeworden, der arme Dudley. Es hat ihn ungeheure Überwindung gekostet, auch nur das Haus zu betreten.« Kläglich sah sie ihn an. »Ich weiß, er leidet schrecklich darunter, daß wir nicht geheiratet haben.«

»Nicht in dem Sinne, wie du meinst, glaube ich.« Owen umfaßte wieder ihre Hand; diesmal ließ er sie nicht los. Er sprach sehr ernsthaft und sehr bedachtsam, um ihre bloßliegenden Gefühle nicht zu verletzen. »Aber sie haben schreckliche Angst, du könntest für immer nach Irland zurückgehen, und sie hätten dann keine Verbindung mehr zu ihrem einzigen Enkelkind. Sie wissen so gut wie du und ich, daß die Großeltern keinen rechtlichen Anspruch haben, aber ...«

»... Gefühle sind stärker als jede vernünftige Überlegung, stimmt's?« führte sie den Satz zu Ende. Sie biß sich auf die Unterlippe. »Und selbst wenn wir verheiratet gewesen wären, hätte das keinen Unterschied gemacht – oder?« fügte sie verbittert hinzu. »Zeig ihnen die Geburtsurkunde. Vielleicht hilft ihnen das.« Sie beugte sich vor. »Wahrscheinlich gehe ich tatsächlich nach Irland. Aber nicht für immer, das verspreche ich. Ich muß von Oxford weg. Das Haus macht mich fertig.«

Dublin

Mitte bis Ende September

Überschreibung: 1. (Veraltet für) Erschleichung einer Eigentumsübertragung. 2. Beurkundung einer Eigentumsübertragung zwischen Personen (insbesondere bei Grundstücksübertragungen).

3

Alles ergab sich wie von selbst, mit einer solchen Selbstverständlichkeit, daß es fast so schien, als hätte Hugo Boland von Anfang an vorgehabt, Tess Callaway in die Angelegenheit mit dem Kloster Holy Retreat einzubeziehen. Natürlich war das absurd, denn er hatte nicht einmal gewußt, daß sie sich in Dublin aufhielt, ehe sie eines Tages vor seiner Tür stand. Allerdings war Hugo ein hintersinniger Mensch und nicht gewillt, etwas Unerklärliches zu erklären. Er sagte lediglich: »Komm rein, mein Schatz, ich habe in den letzten Wochen oft an dich gedacht.« Wie immer schien er höchst erfreut, sie zu sehen.

Tess hatte sich in einem Augenblick der Verzweiflung entschlossen, aus Oxford abzureisen, ohne wirklich zu wissen, was sie eigentlich in Dublin sollte, und keineswegs in der Absicht, länger als ein paar Wochen dort zu bleiben. Und ganz gewiß war es ihr nicht in den Sinn gekommen, dort zu arbeiten, bis Hugo die Sache in die Hand genommen und mit einem einzigen Satz dem Ganzen eine andere Richtung gegeben hatte.

»Bleib doch eine Weile hier«, meinte er. »Gönn dir etwas Zeit, um dich zu erholen.«

Tess stand an dem hohen Fenster ohne Vorhänge und schien ihn zuerst gar nicht zu hören. Nach wie vor musterte sie eingehend den kleinen gepflasterten Garten. Unten duckte sich eine Katze und setzte zum Sprung auf ein aufgeplustertes kleines Rotkehlchen an, das vorwitzig den Kopf zur Seite gelegt hatte.

Sie ließ ihren Blick in die Ferne schweifen. »Hab gar nicht gewußt, daß man von hier aus die Berge sehen kann«, murmelte sie mehr zu sich selber.

»Nur an einem außergewöhnlich klaren Tag. Du solltest die Aussicht vom oberen Stockwerk aus genießen«, erwiderte er. »Von dort hat man den besten Blick.«

Sie tat seine Bemerkung mit einer ungeduldigen Handbewegung ab und schaute wieder in den Garten hinunter, wo jetzt das Rotkehlchen einen zappelnden, fetten Wurm zwischen den Pflastersteinen hervorzerrte.

»Es wäre so schön, wenn du wieder hierherziehen würdest, Tess«, beharrte er. Er war ein wenig schwerhörig und sprach ziemlich laut. Drunten im Garten machte die Katze einen Satz, und das Rotkehlchen, das seine Beute nicht losließ, hüpfte geschickt auf die Lehne einer Holzbank. Schließlich drehte Tess sich zu Hugo um.

Die Antwort war ein nachdrückliches, entschiedenes Nein. »Ich bin nicht mehr hier zu Hause. Sondern in Oxford. Außerdem würde das ohnehin nicht funktionieren«, erklärte sie kategorisch, »und das weißt du ganz genau.« Sie klang erschöpft und niedergeschlagen.

»Warum eigentlich nicht?«

Sie ging quer durch den Raum und kuschelte sich in die andere Ecke des riesigen Ledersofas, auf dem er saß. Dann beugte sie sich vor und griff nach seiner Hand. Die pergamentene Haut war mit riesigen Leberflecken gesprenkelt, aber die langen, schmalen Finger wirkten nach wie vor elegant. Und auch seine Kleidung. Er trug einen dunkelblauen Leinenanzug, der wundersamerweise nicht zerknittert aussah.

»Das wäre schlicht unmöglich, lieber Hugo«, sagte sie leise. »Mein Leben spielt sich dort ab, nicht hier. Außerdem habe ich mich verpflichtet, bei der Staatsanwaltschaft weiterzuarbeiten.« Sie schürzte die Lippen und zuckte die Schultern. »Mein Beruf ist das einzige, das mir noch Halt gibt.« Sie schenkte ihm ein nichtssagendes kleines Lächeln und runzelte die Stirn. »Du hast recht gehabt, was die Arbeit bei Gericht betrifft – sie macht mir wirklich Spaß.«

»Aber …«, setzte er an, doch sie schnitt ihm das Wort ab.

»Ich könnte gar nicht hierbleiben. Mutter würde mich wahnsinnig machen«, erklärte sie.

»Das doch bestimmt nicht«, spöttelte er, doch seine klägliche Miene strafte seine Worte Lügen.

»Warum, glaubst du, bin ich so lange nicht mehr hier gewesen? Ein paar Wochen zusammen mit Mutter, und man fängt allmählich an zu glauben, daß man keinerlei Recht auf ein Leben hat, das sich nicht ausschließlich um sie dreht. Diese Lektion habe ich von dir gelernt« – Tess sah ihn an – »wenn du das nicht erträgst, dann ergreif schleunigst die Flucht.« Sie lachte freudlos.

»Ach du meine Güte. Das trifft mein Verhalten ziemlich genau, stimmt's? Ich war keine besonders große Hilfe für dich, oder?«

»Du warst großartig«, widersprach sie energisch. »Und das weißt du auch. Schließlich hat Mutter dich verlassen, vergiß das nicht. Du hast es länger ausgehalten als die meisten anderen, einschließlich Dad. Und«, sie drückte seine Hand, »du warst der einzige, der ihrer tölpelhaften Tochter auch nur die geringste Aufmerksamkeit geschenkt hat.«

»Meine Schöne«, sagte er und tätschelte zärtlich ihren Arm.

»Biest.« Ein alter Witz, den nur sie beide verstanden. Sie lächelte.

»Susan ist nicht hier, nehme ich an.«

»Nein. Seit der Beerdigung habe ich sie nicht mehr zu Gesicht bekommen.« Das klang leichthin gesagt, konnte jedoch ihre Verwunderung und Gekränktheit nicht ganz verbergen.

»Aber das ist doch mehr als vier Monate her«, erklärte er mißbilligend. »Ich hatte gedacht … hatte gehofft …«

»Was? Daß sie mich besuchen würde, wenn das Baby zur Welt kommt? Daß uns das einander näherbrächte?« Sie warf einen traurigen Blick auf den Säugling, der in einem Körbchen neben dem Sofa fest schlief. »Das ist nicht so ganz Mutters Fall, fürchte ich. Sie kann sich offenbar nicht damit abfinden, daß sie jetzt Großmutter ist.«

»Stimmt«, meinte er. »Da gebe ich dir recht. Also, warum bist du dann hergekommen?«

»Um meinem Kind sein – mein – Heimatland zu zeigen.«

Sie zuckte die Schultern. »Du weißt schon. Die gleiche alte Geschichte wie bei allen, die von hier weggehen; sie gehören nicht ganz hierher und nicht ganz dorthin.« Ihre Stimme klang unbeteiligt, uninteressiert, als brächte sie nicht genügend Kraft auf weiterzureden. »Der Zeitpunkt schien mir so gut wie jeder andere – solange ich nicht arbeiten muß, meine ich.«

»Oder solange deine Mutter im Ausland ist?« fügte er verständnisvoll hinzu.

»Vermutlich. Die Tournee ist verlängert worden, und sie ist auch in Deutschland aufgetreten. Überschwengliche Kritiken. Anscheinend hat sie irgendeinen Preis bekommen. Sie hat angerufen und mir mitgeteilt, sie wollten eine Woche Urlaub machen, um sich von der Aufregung zu erholen«, erklärte sie lakonisch.

»Sie?« fragte er leichthin.

»Sie und Desmond, nehme ich an.«

»Hm, nein. Ich denke nicht.« Hugo zog die Augenbrauen hoch. »Ich glaube, sie haben sich getrennt.« Er fragte sich, ob sie wußte, daß Desmond durch ein jüngeres Modell ersetzt worden war, aber Tess sagte nichts, das darauf schließen ließ, daß sie seine Bemerkung gehört oder in den Zeitungen etwas über die Trennung gelesen hatte. Susan Callaway war eine berühmte, erfolgreiche Schauspielerin, der es alles andere als leichtfiel, mit Würde zu altern. Im vergangenen Jahr hatte sie etliche aufsehenerregende Affairen gehabt, und die Klatschkolumnisten hatte sich das Maul darüber zerrissen. Glücklicherweise hatte keine der Dubliner Zeitungen von der Tragödie, die ihrer Tochter zugestoßen war, berichtet. Was möglicherweise einer der Gründe war, so räsonierte Hugo nachsichtig, weshalb Susan sich von Oxford ferngehalten hatte.

»Kümmert sich eigentlich jemand um dich, Tess?« Er sah sie besorgt an.

»Nein, wir haben das ganze Haus für uns. Gott sei Dank.«

»Du hegst und pflegst also deinen Kummer in hehrer Abgeschiedenheit«, murmelte er eher zu sich selbst.

Sie schniefte. »Kummer, Wut, Verzweiflung; ich weiß selber nicht, was schlimmer ist.« Mit dem Finger zeichnete Tess ein Muster auf die Armlehne. Sie wich seinem Blick aus. »Schon komisch, die zwei Monate bis zur Geburt Claires habe ich ganz gut durchgehalten, aber dann ist irgendwie ein Damm gebrochen.«

»Immer noch wütend?«

Lange wartete er auf eine Antwort, wartete geduldig, bis die Tränen, die sie so tapfer zurückzuhalten versucht hatte, zu fließen begannen.

»Ja, und ich ertrage das fast nicht mehr«, brach es plötzlich aus ihr hervor. »Wut, Ärger ...«

»Zorn?« fragte er sanft.

Sie bettete den Kopf auf die Arme und fing an zu schluchzen. Ächzend erhob sich der alte Mann und schlurfte zur Tür. Vor ein paar Monaten hatte er einen Schlaganfall gehabt, nur einen leichten, wie er behauptete, doch seine hochgewachsene, hagere Gestalt war gebeugt und seine Bewegungen langsamer; trotzdem steuerte er einigermaßen geschickt um die erlesenen Möbelstücke herum. Als er nach etwa fünf Minuten zurückkam, hatte er sich seinen Spazierstock über den Arm gehängt und hielt in jeder Hand ein Glas Whiskey. In den Kristallgläsern klirrten Eiswürfel. Eifrig schob er eines von drei kleinen, zueinander passenden Tischchen neben Tess und wartete, daß sie zu ihm aufblickte. Als sie schließlich den Kopf hob, streckte er ihr ein Glas entgegen und trank selber einen großen Schluck aus seinem.

»Mehr als das. Rasend vor Zorn«, erklärte sie zittrig. »Wie konnte er nur so verdammt blöd sein? In seinem Alter Motorrad zu fahren! Herrgott noch mal, wie irgend so ein dummer Teenager. Er war vierzig!« Sie streckte die Hand aus. »Warum nur? Ich kapier einfach nicht, warum er sich dieses verfluchte Ding überhaupt gekauft hat.«

»Kannst du darüber sprechen? Erzähl mir, was passiert ist.« Er setzte sich nicht auf den gleichen Platz wie vorher, sondern ließ sich in einen der Ohrensessel direkt ihr gegenüber sinken.

»Er ist für eine Sendung zur BBC reingefahren, zu einer dieser nächtlichen Gesprächsrunden. Eine Diskussion darüber, daß für wissenschaftliche Forschung zu wenig Mittel zur Verfügung gestellt werden. Aber was spielt das überhaupt für eine Rolle? Die waren doch nur darauf aus, besonders klug zu tun und sich gegenseitig auszustechen – *Schau her, Mami, wie klug ich bin!* Er konnte einfach nicht widerstehen. Manchmal habe ich das Gefühl gehabt, er hat das nur gemacht, um die anderen Dozenten an seinem College zu ärgern. Die mögen solche Tüftelingenieure, wie sie es nennen, die trotzdem eine eigene Meinung haben, nicht besonders. Aber er konnte das sehr gut, *und* er war ein guter Lehrer. Er hat nicht eingesehen, warum er nicht beides haben sollte.«

»Er konnte gut reden, Tess. Überhaupt nicht wichtigtuerisch, dafür witzig. Hat sein Fachgebiet und die Probleme wissenschaftlicher Forschung überhaupt verständlich dargestellt. Sooft ich konnte, habe ich ihn mir angesehen.«

Es war, als hätte er nichts gesagt, als hätte sie so lange alles in sich hineingefressen, daß sie, sobald sie einmal angefangen hatte zu reden, nicht mehr aufhören könnte. Sie wirkte zerbrechlich, war viel zu mager und viel zu blaß, und man merkte ihr die teilnahmslose Erschöpfung an, die die Folge zu vieler schlafloser Nächte ist. Sie sah so alt aus, wie sie war, möglicherweise noch älter, und er fragte sich, ob sie mit siebenunddreißig nicht ein wenig zu alt dafür war, alleine ein Kind großzuziehen. Noch nie hatte er sie so nachlässig gekleidet gesehen. Auf der Schulter ihres schwarzen Jacketts prangte ein weißlicher, ekliger Fleck, wo das Baby sich übergeben hatte, und das ließ sie verletzlich und irgendwie vernachlässigt aussehen. Außerdem war ihr wunderschönes dunkles Haar ungepflegt und ungekämmt wie ein Rattennest.

»Die Sendung ist vor der Ausstrahlung aufgezeichnet worden«, fuhr Tess hastig fort und bemerkte nicht, wie er sie prüfend musterte. »Er muß von London aus zurückgerast sein, um sie nicht zu verpassen. Ich dachte, er hätte den Zug genommen. Sonst ist er immer mit der Bahn gefahren.« Verzweifelt sah sie ihn an. »Ich dachte, es sei ein Irrtum, verstehst du? Als die Polizisten vor der Tür gestanden haben.

›Mrs. Rogerson?‹ haben sie gesagt. ›Callaway‹ – wie üblich wollte ich zu streiten anfangen, aber irgend etwas in ihren Gesichtern brachte mich dazu, nichts weiter zu sagen. Ich kannte sie beide, hatte schon ein paarmal mit ihnen zusammengearbeitet. Sie haben mir erzählt, das Motorrad sei erst an dem Tag geliefert worden, nachdem er wochenlang darauf gewartet hatte. Eine riesige BMW-Maschine. Viel zu schwer für einen unerfahrenen Motorradfahrer, meinten sie. Ich glaube, sie wollten damit sagen: für einen alten Kerl wie Marcus.« Hastig trank sie einen Schluck Whiskey und verzog das Gesicht. »Sie mußten ihn aus dieser gräßlichen Ledermontur rausschneiden … .«

»Weißt du, wie es passiert ist?«

»O ja, ich habe mir das Ganze in allen blutrünstigen Einzelheiten schildern lassen. Ich konnte einfach nicht aufhören, Fragen zu stellen.«

»Wo ist es passiert?«

»Auf der M40, als er durch den Einschnitt in dem Steilabhang bei Chiltern heruntergekommen ist. Es war neblig, das kommt dort öfters vor, vor allem morgens oder nachts … Keine Nebelwand, die Dunstschwaden driften so dahin. In einer Sekunde hat man völlig klare Sicht, in der nächsten kommt man sich wie in eine weiße Decke gehüllt vor.« Kläglich sah sie ihn an. »Und genauso haben es auch die Polizisten beschrieben.

Ich hab mir die verdammte Sendung angeschaut, als sie gekommen sind, um es mir zu sagen. Normalerweise erleben sie mich nur im Gerichtssaal, wenn ich mich völlig unter Kontrolle habe. Vermutlich haben sie deshalb gedacht, ich sei ein hartgesottenes Weib und könnte das ohne weiteres verkraften. Ich glaube nicht, daß sie immer so unverblümt sind. Sie waren so jung und haben richtig verschreckt dreingeschaut«, fügte sie, eher an sich selber gerichtet, hinzu.

»Am nächsten Tag haben sie noch einmal vorbeigeschaut, ob mit mir alles in Ordnung ist.« Sie unterbrach sich und trank einen Schluck. »Der Autofahrer, der hinter Marcus war, meinte, er habe vermutlich die Ausfahrt nach Watlington und Princes Risborough unten am Berg verpaßt. Die

Straße gabelt sich dort, und die Autobahn biegt nach rechts. Offensichtlich hat er das Motorrad zu schnell herumgerissen. Er war das erste Mal auf der Maschine unterwegs, also kann er gar nicht gewußt haben, wie man mit ihr umgehen muß. Im Grunde genommen hatte er keine Chance. Auf dem Mittelstreifen ist er ins Schleudern geraten.«

»Warum das?«

»Du kennst doch die weißen Markierungen auf der Autobahn. Na ja, scheint so, daß man feine Glassplitter in die Farbe mischt, damit sie reflektiert, und wenn die Straße naß ist, werden die Mittelstreifen fürchterlich rutschig. Er ist viel zu schnell gefahren und konnte das Motorrad nicht unter Kontrolle halten. Mit dem Vorderrad ist er der weißen Linie noch ausgewichen, aber das Hinterrad hat sie erwischt, ist seitlich weggerutscht, und er ist direkt gegen die Leitplanke der Abbiegung nach Watlington geprallt. Statt den Lenker loszulassen, hat er sich daran festgeklammert. Das Motorrad hat ihn mitgeschleift – mit einer höllischen Geschwindigkeit.« Voller Verzweiflung starrte sie ihn an, ohne ihn wahrzunehmen. »Er war bis zur Unkenntlichkeit entstellt, aber ich mußte die Leiche sehen, sonst hätte ich nie und nimmer geglaubt, daß er tot ist. Aus und vorbei.« Hemmungslos rannen ihr Tränen übers Gesicht.

»Es ist einfach so ungerecht. Neun Jahre waren wir zusammen, aber weißt du, die letzten drei waren die schönsten – nachdem ich meine Stelle in London aufgegeben hatte. Damals habe ich mir verzweifelt ein Baby gewünscht, aber ich habe es nicht fertiggebracht, etwas zu sagen. Verstehst du, ich habe geglaubt, er will nicht, daß ich meine Stelle oder die Wohnung aufgebe, aber auch da hatte ich mich geirrt.« Sie zuckte die Schultern und strich sich eine lose Haarsträhne hinters Ohr. »Wie eigentlich in jeder Hinsicht. Ich war mir so sicher, daß er die bloße Vorstellung, ein Kind zu haben, nicht ertragen könnte.«

»Mir war gar nicht klar, mein Schatz …«

»Mehr als zwei Jahre hat es gedauert, bis ich schwanger wurde«, fuhr sie verträumt fort. »Ich war so überrascht – früher hatte ich immer alles bekommen, was ich wollte, und zwar dann, wann ich es wollte. Daß es nicht gleich geklappt hat, war ein regelrechter Schock. Ich hatte gedacht, nichts sei leichter als Kinder zu kriegen. Nur bei mir hat es nicht funktioniert. Und dann ist es einfach passiert, als ich schon alle Hoffnung aufgegeben hatte.« Sie schenkte ihm ein etwas verkrampftes, aber strahlendes Lächeln. »Und Marcus war natürlich außer sich vor Freude. Alle beide waren wir das. Es war wie ein wunderbarer Neuanfang. Damals haben wir uns sogar überlegt, ob wir heiraten sollen. Ich wünschte, wir hätten es getan.« Sie atmete langsam tief durch, und er war erschrocken, welche Mühe sie das kostete.

»Arme kleine Claire. Ich wünschte, oh, Hugo, ich wünschte ...« Trübselig starrte sie ihr Glas an, verriet jedoch nicht, was sie sich wünschte. Das Baby begann zu weinen, aber noch ehe Tess sich aufrappelte, hob Hugo es aus dem Körbchen. Als er es auf den Armen wiegte, schlief es auf der Stelle wieder ein. Tess wußte selber nicht, was sie mehr überraschte.

»Macht dir das nichts aus, sie zu halten? Wahrscheinlich sollte ich sie frisch wickeln.«

»Schau nicht so verdutzt drein«, meinte er lachend, »Babys habe ich schon immer gemocht. Sie ist schlichtweg entzückend. Und ganz trocken. Ich versprech dir, ich laß sie nicht fallen.« Wie um seiner Behauptung beizupflichten, gab Claire ein zufriedenes leises Schnarchen von sich.

Nach eine Weile bemerkte er beiläufig: »Ich habe nie so recht verstanden, warum du nach Oxford gezogen bist. Hätte nicht Marcus nach London gehen können? Wo er doch so oft im Fernsehen aufgetreten ist?«

»So oft auch wieder nicht. Es hat ihm Spaß gemacht, und das zusätzliche Geld war höchst willkommen. Irgendwie war es ihm peinlich, daß ich so viel mehr verdient habe. Professoren werden erschreckend schlecht bezahlt, sogar in Oxford, wo sie neben dem Gehalt vom College auch eines von der Universität beziehen. Unterrichten, seine Forschungen, das College, das alles hat ihm ungeheuer Spaß gemacht. Im Grunde ist er nie über Oxford hinausgewachsen. Einige

Leute schaffen das nicht. Marcus hat alles dort in vollen Zügen genossen.«

»Und du, Tess? Magst du Oxford?« Ernst blickte er sie an.

»Das ist etwas schwieriger.« Sie lächelte wehmütig und zuckte die Schultern. »Es ist sehr schön dort, aber ich schätze, ich könnte auch anderswo wohnen. Das Collegeleben ist nicht der Gipfel meiner Träume. Ich schätze, die Leute, na ja, sie akzeptieren einen nicht so ohne weiteres. Können sogar regelrecht gemein sein. Aber ich habe ohnehin nie so recht dazugehört.« Ein ironisches Lächeln spielte um ihre Mundwinkel. »Wie du weißt, habe ich nie besonders viel von Institutionen gehalten.«

Was möglicherweise ein Grund dafür war, daß du dich so beharrlich geweigert hast zu heiraten, vermutete er insgeheim, ließ sich jedoch nicht auf das Ablenkungsmanöver ein. »Wenn du dir ausgeschlossen vorkommst, warum bleibst du dann dort?« Jetzt, wo Marcus tot ist, wollte er hinzufügen, brachte es aber nicht fertig. Tess überlegte lange, ehe sie antwortete, als lege sie sich jetzt erst eine Begründung zurecht.

»Ich schätze, ihm zuliebe, Marcus und Claire zuliebe«, flüsterte sie mit rauher Stimme. »Seine Eltern wohnen ganz in der Nähe, nur ungefähr zwanzig Meilen entfernt. Eine liebenswerte Familie, in der sich alle sehr nahestehen. Fast alle unsere Freunde sind dort. Nach London ist es nicht besonders weit, und natürlich ist es auf dem Land herrlich.«

»Auf dem Land ist es fast überall großartig, wenn man das Landleben liebt«, gab er lakonisch zurück. Seine Vorlieben lagen ziemlich klar auf der Hand, und er war sich ziemlich sicher, was ihre betraf. Als er die Stirn runzelte, lächelte sie verlegen.

»Also gut, es ist nicht ganz nach meinem Geschmack, aber ich habe mir eigentlich nie recht vorstellen können, ein Kind in London großzuziehen. Marcus auch nicht.« Sie zuckte die Schultern. »Außerdem hatte ich von dem ständigen Konkurrenzkampf so ziemlich die Schnauze voll. Die Einstellung in den achtzigern, Geld bedeute alles, habe ich von Anfang bis Ende mitgemacht. Ich mußte einfach alles haben. Eine elegante Wohnung, ein phantastisches Gehalt, die Reisen, die Kleider, die ausgefallenen Restaurants. Ich habe gedacht, ich hätte durchschaut, wie das alles läuft. Und könnte ein Kind haben, wann es *mir* in den Kram paßt. Ehrlich gesagt, damals war ich mir nicht mal sicher, ob ich überhaupt eines haben wollte.« Sie beugte sich vor und streichelte mit der Fingerspitze behutsam das Gesicht das Babys. »Meine Freundinnen und Kolleginnen, die Kinder hatten, habe ich unglaublich abschätzig behandelt. Sie haben mich tödlich gelangweilt. Herrgott noch mal, ich schäme mich so. Ich habe nie auch nur einen Gedanken darauf verschwendet, was sie möglicherweise durchmachen.« Verbittert lachte sie. »Jetzt weiß ich es allerdings.«

Traurig schüttelte sie den Kopf. »Um die Wahrheit zu sagen, ich hatte Angst, den Überblick zu verlieren«, erklärte sie, und er wußte, damit brachte sie in Wirklichkeit zum Ausdruck, daß sie Angst hatte, die gleichen Fehler zu machen wie ihre Mutter, Angst auch davor, zurückgewiesen zu werden. Wirklich seltsam, dachte er, wie tief eine solche Unsicherheit sich in einem Menschen festsetzt …

»Und dann, und dann, na ja, dann hat das Leben mich eingeholt.« Tess fröstelte. »Es war höchste Zeit, daß sich etwas ändert. Ich glaube, uns war beiden klar, daß wir uns irgendwie festgefahren hatten. Ich wollte heiraten, habe es aber nicht fertiggebracht, das zu sagen.«

Er täschelte ihre Hand. »Du wirst also in Oxford bleiben?«

»Auf lange Sicht? Vielleicht. Ich weiß es einfach nicht.«

»Du könntest zurückkommen und hier arbeiten«, schlug er vor, als sei ihm das eben erst eingefallen. »Weißt du was? Ihr kommt beide hierher und bleibt eine Weile bei mir.« Er grinste sie breit an, entzückt von seinem Plan. »Ich habe erst kürzlich das obere Stockwerk als Gästesuite herrichten lassen. Sie steht leer, und«, er hielt triumphierend inne, »und jetzt gibt es auch einen Aufzug. Ich fühle mich allmählich ziemlich einsam, es wäre wundervoll, wenn ihr mir ein wenig Gesellschaft leistet.«

In Wirklichkeit will er mir etwas ganz anderes sagen, dachte Tess, aber dazu ist er zu rücksichtsvoll; sie spürte eine ungeheure Erleichterung, da sie wußte, wieviel einfacher es wäre, mit dem Groll, den sie gegen ihre Mutter hegte, fertigzuwerden, wenn sie sich in sicherer Entfernung von ihr befand. Ihr war klar, daß Hugo, der sie beide mochte, ihnen eine Gelegenheit bieten wollte, sich auf neutralem Territorium zu versöhnen. Sie könnten es in aller Ruhe angehen, Schritt für Schritt, und sich zurückziehen, sobald irgendwelche Spannungen aufkämen.

»Das ist sehr lieb von dir, Hugo, aber ich weiß nicht so recht.« Sie nahm ihm das Kind aus dem Arm und drückte es an sich. »Im Augenblick gibt sie Ruhe, aber meistens brüllt sie ganz fürchterlich«, setzte Tess zweifelnd an. »Trotzdem ...« Nachdenklich sah sie ihn an.

»Gib Susan eine Chance, Tess, euch beiden zuliebe«, bat er sie mit ernster Miene.

»Ich soll *ihr* eine Chance geben?« brauste sie auf.

»Ja. Ihr könnt beide ganz schön verletzend sein. Ich glaube im Ernst, sie hat ein bißchen Angst vor dir.«

»Hat sie sich deshalb nicht die Mühe gemacht, zu kommen und sich Claire anzusehen?«

»Ich nehme an, sie hatte ihre Gründe.« Er bemühte sich, leichthin zu sprechen. »Vielleicht hatte sie Angst, sie könnte nicht willkommen sein?«

»Hmmm«, knurrte Tess und wußte, er hatte recht. Ins Schwarze getroffen. Als sie aufblickte, bemerkte sie, wie er sie, den Kopf zur Seite geneigt, fragend musterte. Sie seufzte. »Mag sein. Irgendwie scheinen wir es nie richtig hinzukriegen, stimmt's?«

»Anscheinend nicht«, entgegnete er munter. »Alsdann. Du arbeitest zur Zeit nicht, oder?«

»Nicht wirklich. Meine ehemalige Kanzlei in London hat mir Gelegenheitsarbeiten angeboten, Eigentumsübertragungen. Die könnte ich von zu Hause aus erledigen. Ansonsten ...«

»Nach den Strafprozessen wäre das bestimmt ganz schön langweilig für dich. Meinst du nicht, daß du die Arbeit im

Gericht und bei der Staatsanwaltschaft vermissen wirst?« fragte er pfiffig. Sie verzog das Gesicht, antwortete jedoch nicht.

»Das läuft also darauf hinaus, daß du erst in sechs Monaten deine Arbeit bei der Staatsanwaltschaft wiederaufnimmst?«

»In gut vier Monaten. Claire ist jetzt sieben Wochen und ein paar Tage alt.« Das Baby gab schmatzende Laute von sich, als Tess sie an sich drückte, und schnüffelte begeistert am Hals seiner Mutter.

»Na schön.« Er strahlte vor Vergnügen. »Also, meine Schöne, ich lasse Mary Mackie die obere Wohnung herrichten. Du kannst morgen einziehen. Es würde mich ungeheuer freuen, euch beide hier bei mir zu haben. Und Susan könnten wir ein Besuchsrecht einräumen. Also ...« Fast erinnerte er sie an einen Schuljungen, der voller Begeisterung einen Streich ausheckt. Jetzt war er ganz in seinem Element und würde keinen Widerspruch dulden. Sie mußte daran denken, wie überlegt er in ihrer Jugend ihre Freizeit verplant hatte, und sie lächelte, als sie sich daran erinnerte.

Hugo und ihr Vater waren in derselben Kanzlei Partner und zudem eng befreundet gewesen. Aber so richtig war er erst ein paar Jahre nach dem Tod ihres Vaters in ihr Leben getreten, als sie eine vernachlässigte, verdrossene Dreizehnjährige gewesen war. Als ihre Mutter ihn fünf Jahre später verließ (damals war Susan auf der gesellschaftlichen Leiter eine Sprosse höhergestiegen und hatte den Schmeicheleien eines Richters nachgegeben), hatte sich bereits eine enge Bindung zwischen Hugo und Tess entwickelt. Er hatte ihrem Leben mehr Beständigkeit verliehen, als dies in den Jahren der wechselhaften Beziehung ihrer Eltern je möglich gewesen war. Auch nachdem er – offenbar alles andere als ungern – sein Junggesellendasein wiederaufgenommen hatte, war er im Hintergrund immer für sie dagewesen, als Freund, Mentor und Ersatzvater. In beruflicher Hinsicht war Tess sein Geschöpf. Er hatte ihr ihre erste Stelle angeboten und ihren außergewöhnlich zielstrebigen Ehrgeiz immer geschätzt. Und war begeistert gewesen, als sie sich für Handelsrecht und speziell für eine Achterbahnkarriere in der Welt des Immobilien- und Baurechts entschieden hatte. Ihr beständiger Erfolg erfüllte ihn mit Stolz, und sie bewahrten sich ihre gegenseitige Achtung und Zuneigung füreinander.

»Alsdann. Wie wäre es, wenn du ein bißchen für die alte Familienkanzlei arbeitest?« Hugo war nicht mehr zu bremsen, wenn er erst einmal in Fahrt war.

»Hugo! Das geht nicht. Was ist mit Claire?«

»Du hast doch selber gesagt, du willst nicht aus der Übung kommen«, entgegnete er lachend.

»Aber ich könnte nicht hier in der Kanzlei arbeiten – wie auch? Ich war viel zu lange weg und würde es mit Sicherheit nicht schaffen, mich wieder einzugewöhnen. Und das ohne die entsprechenden Verbindungen.«

»Verbindungen?« Er kicherte ausgelassen. »Pah, die hättest du in Null Komma nichts.«

»Das klingt eher nach Bevormundung als nach Unterstützung, mein Lieber. Ich glaube nicht, daß ich mich dabei wohl fühlen würde.«

»Ehrlich gesagt, ich habe eher an Hintergrundarbeit gedacht«, erklärte er und änderte unvermittelt seine Taktik, »Beraterin, so in der Art. Wir haben zur Zeit fünf oder sechs Neulinge, die noch in der Ausbildung stehen«, fügte er hinzu, ohne näher darauf einzugehen. »Gleitende Arbeitszeit?« Sie merkte, er improvisierte, war aber dennoch so unvorsichtig, ein leichtes Interesse erkennen zu lassen, was Hugo sogleich als bedingungslose Kapitulation auffaßte. Dann wartete er schweigend, bis sie ihre Entscheidung traf.

»Ich habe meinen Wagen in Heathrow abgestellt; schließlich wollte ich ja nur eine Woche hierbleiben.« Sie runzelte die Stirn und überlegte angestrengt. »Weißt du was, ich fahre in ein paar Tagen heim und regle in Oxford alles. Das wird wohl kaum länger als eine Woche dauern, und dann komme ich für ein paar Monate hierher zurück. Wenn dir das recht ist.«

»Sehr schön«, erwiderte er. »Das paßt mir ganz ausgezeichnet.«

»Aber – wie sieht es mit einem Auto aus? Ohne schaffe ich das nicht.«

»Mach dir deswegen keine Sorgen. Du kannst eines der Firmenautos benutzen. Ich arrangiere das schon für dich.«

»Also gut, abgemacht.« Sie grinste.

»Großartig.« Vergnügt rieb er sich die Hände. »Das wird wunderbar, wenn du wieder hier bist.« Es erschreckte sie ein wenig, wie rasch sein Plan zu einer vollendeten Tatsache geworden war. »Dein Vater wäre ungeheuer stolz gewesen. Moore, Boland und Callaway, das klingt doch ganz gut.«

»Oh. Jetzt heißt es also schon Moore, Boland und Callaway, hm? Was würde wohl der arme Terence Murphy-Dunne dazu sagen, daß du so mir nichts dir nichts seinen Namen streichst?« Tess lachte. Einen Augenblick lang musterte Hugo sie eindringlich. Offenbar wußte sie nicht, daß der Name ihrer Mutter, unmittelbar nachdem sie Desmond den Laufpaß gegeben hatte, im Zusammenhang mit dem des »armen Terence« genannt worden war, selbst wenn auch er mittlerweile offenbar ausgewechselt worden war. Trotzdem, eine peinliche Situation und in den Augen eines Gentleman alter Schule reichlich geschmacklos. Hugo behagte es gar nicht, mit ansehen zu müssen, wie seine alternde Ex-Ehefrau sich in aller Öffentlichkeit aufführte, und ihre Demütigung durch einen seiner Geschäftspartner tröstete ihn nicht darüber hinweg. Obwohl er gerechterweise zugestehen mußte, im Vergleich zu ihrem neuesten (und jüngeren) Liebhaber hatte M-D sich noch einigermaßen taktvoll verhalten. Dennoch ließ ihm seine Loyalität den Callaway-Frauen gegenüber keine andere Wahl, als Tess all die erbärmlichen Einzelheiten zu ersparen.

»Wunschdenken«, meinte er und zwinkerte ihr zu. »Aber jetzt im Ernst, es wäre herrlich, wenn du wieder mit einsteigst. Ohne eine Callaway, selbst eine auf Abruf, ist die alte Firma nicht das Wahre.« Tess lächelte; sie war froh, daß jemand anderer die Entscheidungen traf, zu denen sie selber sich nicht mehr in der Lage fühlte. Aber warum, warum nur wurde sie das Gefühl nicht los, genau in einen von langer Hand vorbereiteten Plan zu passen?

»Alsdann, Hugo.« Jetzt war sie an der Reihe, sich kurz angebunden zu geben. »Schluß mit dem Theater. Sag mir, was ich für dich tun soll. Ich nehme an, du hast etwas ganz Bestimmtes im Sinn«, erklärte sie und sah ihn mit gerunzelter Stirn an.

»Na ja, komischerweise habe ich da tatsächlich etwas, das dir vermutlich sogar Spaß machen würde.«

»Und das wäre?«

»Es geht um … eine Grundstückssache. Genauer gesagt, um ein Grundstück, das einem Kloster gehört. Es gibt da ein paar Probleme.«

»Aber, Hugo«, unterbrach sie ihn. »Das kann doch nicht dein Ernst sein. Ich habe seit Jahren keine Eigentumsübertragung mehr beurkundet. Ich hätte wirklich Angst, da irgend etwas falsch zu machen.«

»Keine Sorge, mein Schatz, das wirst du schon schaffen«, erklärte er munter. »Außerdem geht es genaugenommen gar nicht um die Eigentumsübertragung, das ist alles schon geregelt. Es betrifft eher … eher die Abwicklung des Ganzen …«

»Zu welchen Bedingungen?«

Er verdrehte die Augen und lachte. »Hm, na ja, wir würden deinen Zeitaufwand nicht in Rechnung stellen, wenn du das meinst. Für das Kloster erledigen wir das, fürchte ich, kostenlos. Aber ich kümmere mich darum, daß du nicht leer ausgehst.«

»Verstehe«, schnaubte sie. Er grinste etwas einfältig, als sie nachdenklich fortfuhr: »Es sind da einige ziemlich außergewöhnliche Abmachungen getroffen worden, nicht wahr? Und außerdem habe ich von irgendwelchen Skandalen läuten hören«, fügte sie spitz hinzu. »Also, um welches Kloster geht es?«

Er kaute auf seinem Daumen herum und runzelte nachdenklich die Stirn. Möglicherweise focht er einen Kampf mit sich selber aus, ob er damit gegen das Gebot der Vertraulichkeit verstieß, oder aber, und das schien wahrscheinlicher, er versuchte, sich an den Namen des Klosters zu erinnern, aber Tess spürte, er hielt sie hin. Als überlege er, wie er seine Antwort formulieren sollte. »Ein merkwürdiger Ort, seltsame Dinge gehen da vor«, meinte er geistesabwesend. »Ein großartiges Bauwerk. Aber kalt wie ein Leichenschauhaus, braucht unbedingt eine Heizung. Es verfällt allmählich; deswegen müssen sie ein Stück Land verkaufen. Gebaut wurde es im 18. Jahrhundert, von welcher Familie weiß ich nicht mehr. Eine von ihnen hat diese ziemlich einzigartige kleine Kontemplationsgemeinschaft gegründet. Herrje noch mal, wie heißt es doch gleich wieder? Holy irgendwas.« Unter seinen Augenbrauen hervor sah er sie an. »Ah, ich hab's. Holy Retreat. Je davon gehört?«

»Jaaa – wieso?« antwortete sie gedehnt, um ihre Überraschung zu verbergen. »Ja. Auf der anderen Seite von Killiney, ganz in der Nähe von unserem ehemaligen Haus, stimmt's? Ich bin ein paarmal auf dem Heimweg von der Schule dort vorbeigeradelt.« Sie grinste. »Als ich meine religiöse Phase durchgemacht habe.«

»Tatsächlich? Lag kaum auf deinem Weg, oder? Ein bißchen abseits von der üblichen Tour.« Er wirkte überrascht, daß sie sich daran erinnerte. »Ehrlich gesagt, ich habe gar nicht gewußt, daß du eine religiöse Phase hattest«, meinte er einigermaßen erstaunt.

»Da hast du's!« Unbekümmert grinste Tess ihn an. »Wenn man einen kleinen Umweg macht, kann man am Tor vorbeifahren. Es war so geheimnisvoll, so abgeschieden, ich habe mich immer danach gesehnt zu wissen, was da vorgeht.«

»Na ja, mein Schatz, jetzt kannst du es herausfinden«, meinte er kichernd. »Ist das nicht ein höchst außergewöhnlicher Zufall? Wir sind seit undenklichen Zeiten ihre Anwälte. Zwar haben sie uns nicht oft gebraucht, aber bei den wenigen Anlässen habe ich mich normalerweise selber darum gekümmert – bis ich mich zur Ruhe gesetzt habe. Eine von diesen alten Damen hatte ich regelrecht ins Herz geschlossen. Schwester Antonia-Maria. Sie ist mittlerweile tot.«

»Hübscher Name – Antonia-Maria.«

»Finde ich auch. Viele von ihnen hängen Maria an ihren

Namen. Ein bißchen was anderes als das übliche Schwester Mary-dies und Schwester Mary-jenes, oder wie mein Vater zu meiner Schwester zu sagen pflegte, als sie ihre Meinung änderte und doch nicht in den Ursulinerinnenorden eintrat: *Schwester-Mary-Nichtnonne.* Die hier sind ein ziemlich eigenwilliger Haufen. Die derzeitige Oberin ist eine großartige Frau. Man sollte sie alle miteinander nicht unterschätzen. Die haben sehr wohl ihre kleinen Eigenheiten. Und ihren eigenen Kopf.« Er gluckste. »Ihr Motto ist anscheinend: *Was ist Zeit im Vergleich zur Ewigkeit?* Wie ich aus eigener Erfahrung nur zu gut weiß. Diese bezaubernden alten Damen erwarten, daß ihr Anwalt jederzeit auf Abruf für sie da ist und alles macht, was ihnen in den Sinn kommt. Vor ungefähr drei oder vier Jahren habe ich sie dem jungen Murphy-Dunne überlassen, aber der Junge, ich muß schon sagen ....« Er wich ihrem Blick aus.

Dieser Junge war, wie Tess wußte, da sie ihn als Schulmädchen angehimmelt hatte, weit in den Vierzigern. Aber sie konnte verstehen, daß Nonnen für Terence Murphy-Dunne einen eher heiklen Fall darstellten.

»Ich war immer der Meinung, er sei ein ziemlicher Draufgänger.«

»Draufgänger trifft den Nagel auf den Kopf«, erklärte Hugo entrüstet. »Ist los und hat sich den Rücken verletzt. Vor ein paar Wochen haben sie ihn ins Krankenhaus gekarrt. Und das hat mich aus meiner bequemen Abgeschiedenheit herausgeholt. Den Nonnen ist sehr daran gelegen, das Geschäft endgültig abzuschließen«, fuhr er fort. »Der Verkauf ist mehr oder weniger gelaufen, aber da ist noch einiges zu regeln, hauptsächlich bürokratischer Kram, Verträge, so in der Art. Nicht gerade die Stärke von M-D, nicht einmal, wenn er zu seiner Höchstform aufläuft. Langweilige Einzelheiten, das liegt ihm einfach nicht.«

»Aber mir schon?« bemerkte Tess lachend.

»So habe ich das nicht gemeint. Du wärst mir eine ungeheure Hilfe, und es würde dich nicht allzuviel Zeit kosten. Ehrlich gesagt, mein Schatz, mir wäre die Lauferei zuviel.«

Daraus schloß Tess, daß es um ein kleines Grundstück

ging – für jemanden wie Murphy-Dunne oder Hugo ein zu kleiner Fisch. Weniger optimistisch war sie, wieviel Zeit das Ganze in Anspruch nähme. Oder weshalb Hugo – obwohl er doch festgestellt hatte, daß sie sich lieber mit Strafprozessen befaßte als mit Eigentumsrecht, meinte, es könnte zur Abwechslung ganz interessant sein. Und was Hugo betraf – was er nicht sagte, war oft um einiges aufschlußreicher als die Informationen, die er preisgab.

»Nur eines noch, Tess: Könntest du dir vielleicht die Zeit nehmen, kurz mit Mutter Catherine zu sprechen, ehe du nach Oxford zurückfliegst?«

»Wann?«

»Morgen oder übermorgen, das würde reichen.«

»Warum? Gibt es irgendwelche Probleme?« fragte sie arglos.

Jetzt war es an ihm, verlegen dreinzuschauen. »Na ja, Tatsache ist, es gibt da einige Schwierigkeiten. Aber ich könnte mir vorstellen, daß das genau dein Fall ist. Oder zumindest«, fügte er hastig hinzu, »unter, hm, anderen Umständen wäre.« Er kaute auf der Unterlippe herum. »Das Problem« – um des dramatischen Effekts willen hielt er kurz inne – »das Problem ist, meine liebe Tess, um Zugang zu dem gewünschten Gelände zu bekommen, müssen sie ihren Friedhof verlegen, und ich will verdammt sein, wenn einer von uns weiß, wie man in einem solchen Fall vorgeht.«

4

Herbert Park, Dublin

Lieber Marcus,
nicht »lieber« wie in Lieber Herr oder Liebe Frau Soundso. Sondern lieb wie in über alles und zärtlich geliebt. Wohl wahr, ich hätte auch Liebster oder Liebling oder Geliebter schreiben könnte. Aber denk einfach an meinen warmen Atem, wenn er Dein rechtes Ohrläppchen streift. Lieber Marcus, ich mußte Dir schreiben. Ich muß mit Dir reden.

Seit ein paar Wochen bin ich jetzt hier. Ich habe mir gedacht, es sei an der Zeit, Claire ihrer Großmutter vorzustellen. Und sie mit ihrem irischen Erbe bekannt zu machen. Wenn ich von mir selber ausgehe, wird sie sich ihr Leben lang damit herumschlagen, also kann sie beide genausogut gleich zu Anfang kennenlernen. Nein, ich bin mir nicht sicher, ob das wirklich der Grund ist, weshalb ich hier bin. Das Haus hat mich fertiggemacht. Jedesmal wenn ich über irgendwelche Sachen von Dir gestolpert bin. Hab ich Dir eigentlich je gesagt, was für ein schlampiger Kerl Du bist, warst? Ich habe es einfach nicht fertiggebracht, das alles wegzuräumen. Oder Deinen Geruch aus Deinen Kleidern zu waschen. Fast einen Monat lang habe ich nicht einmal das Bett frisch bezogen. Aber selbst dann konnte ich es kaum ertragen, mich hineinzulegen. Herrje, Marcus, warum haben wir es nicht früher geschafft?

Wir haben also die Flucht ergriffen, Claire und ich. Wie üblich, habe ich es mit der Wahl des Zeitpunkts hervorragend getroffen – ich bin mir nicht sicher, ob ich das ironisch meine –: Mutter ist bis nächste Woche weg. Ich vermute, das ist, wenn ich ehrlich bin, mit ein Grund, weshalb ich mich entschlossen habe, jetzt hierherzukommen – um uns das Eingewöhnen leichter zu machen, dann, wann es uns paßt. Aber es hat nicht funktioniert, ich konnte mich einfach nicht an die Wohnung gewöhnen. Nach drei Tagen war ich am Ende und bin losgezogen, um Hugo zu besuchen. Fast hatte ich vergessen, wie lieb er ist. Er behandelt Claire genauso wie mich, als ich ein Kind war. Erstaunlich schnell hat er sie ins Herz geschlossen und sitzt stundenlang da, während sie auf seinem Arm schläft. Der Schlaganfall hat ihn offenbar ziemlich mitgenommen, und er behauptet, die Wärme ihres Körpers sei eine Wohltat für seine müden alten Knochen. Ich schätze, er vermittelt ihr das Gefühl, zu etwas nutze zu sein, denn sie rollt sich zusammen und schnarcht fröhlich drauflos. Oder vielleicht empfindet sie ihn einfach als erholsam, denn bei mir schreit sie fast ununterbrochen. Mir war gar nicht klar, wie schnell Babys sich auf die Stimmung der Mutter einstellen. Aber schließlich habe ich eine ganze Menge nicht gewußt. Ich war immer schändlich vorschnell mit meinem Urteil zur Hand.

Gestern habe ich Deine Tochter mit nach Powerscourt genommen. Wir sind zusammen auf dem flachen Felsen gesessen und haben geheult, und hinter uns ist der Wasserfall heruntergerauscht. Erinnerst Du Dich? Ich hab ihr alles über Dich, über uns erzählt, einfach alles. Im Grunde genommen rede ich die ganze Zeit mit ihr. Eines Tages wird sie in perfekt ausformulierten, korrekt interpunktierten Absätzen antworten. Aber jetzt blinzelt sie nur mit ihren gräulich schimmernden kleinen Augen und starrt mich an. Ich weiß noch nicht, was für eine Farbe sie haben werden. Zuerst habe ich gedacht blau, dann dunkelblau, dann braun, jetzt weiß ich es einfach nicht. Am ehesten wohl grau. Sie lernt gerade zu lächeln. Ansonsten ist sie nur in dreierlei Hinsicht Expertin – trinken, schreien und (gelegentlich) schlafen. Das heißt, abgesehen von ihren häufigen und recht beachtlichen Aktivitäten am anderen Ende.

Außerdem hat sich da allerlei ergeben, das ich Dir

der Reihe nach erzählen will. Erstens fahre ich noch einmal nach Oxford, um dort einiges zu regeln; unter anderem werde ich mich nach jemandem umsehen, der sich um das Haus kümmert. Dann komme ich wieder hierher zurück und bleibe ein paar Monate oder so bei Hugo, bis ich mit meiner Arbeit bei der Staatsanwaltschaft weitermachen muß. Hugo hat mich rumgekriegt, ein bißchen für die alte Kanzlei zu arbeiten. Im Grunde genommen ist die ganze Sache schon gelaufen. Mir ist klar, er hofft, daß ich für immer bleibe, aber vielleicht schätze ich ihn auch falsch ein, und er will mir einfach, gutmütig wie er ist, das Gefühl vermitteln, zu etwas nutze zu sein, und mir wieder so etwas wie Selbstvertrauen geben. Wie Blanche Dubois in Endstation Sehnsucht *bin ich ganz auf die Güte von – na ja, nicht Fremden – von Verwandten ehrenhalber angewiesen. Außer Susan und jetzt Claire sind das die einzigen Menschen, die ich habe. Seltsam, findest Du nicht auch? Manchmal bringt dieser Gedanke mich fast um.*

Natürlich gibt es noch andere Gründe dafür, daß ich hierbleibe. In Oxford erinnert mich alles an Dich. Wo ich auch hingehe, jede Straße, die ich entlanglaufe, alle Menschen, denen ich begegne. Merkwürdig, was für eine Erleichterung es ist, mit Leuten zusammenzusein, die keine Ahnung haben, was passiert ist. Nicht auf die andere Straßenseite gehen zu müssen, um ein Gespräch darüber zu vermeiden. Mittlerweile haben Hugo und seine Haushälterin Mary Mackie – Du erinnerst Dich an sie? – das Baby völlig für sich in Beschlag genommen. Sie hat eine Menge Erfahrung, schließlich hat sie selber sechs Kinder. Soweit ich weiß, leben ihr Mann und zwei von ihnen in Mountjoy, einer schreibt gerade seine Doktorarbeit, und die Jüngste wird Claires Kindermädchen. Über die anderen bewahrt sie erstaunlicherweise völliges Stillschweigen.

Bei der Arbeit, die Hugo für mich gefunden hat, geht es um eine merkwürdige Ordensgemeinschaft. In letzter Zeit mußten ziemlich viele alte Nonnenklöster in

Irland einen Teil ihres Grundbesitzes verkaufen. Ganz beachtliche Transaktionen haben da stattgefunden, nicht immer zum Vorteil der armen alten Nonnen. Die hier sind ein bißchen anders. Schlau, undurchschaubar. Irgendwie scheint es zu passen, daß das Stück Land, das sie verkaufen wollen, ein Friedhof ist. Wenn irgend jemand anderer als der liebe alte Hugo vorgeschlagen hätte, daß ich mich auf derlei einlasse, hätte ich das für einen schlechten Witz gehalten. Aber er kennt sie, und er kennt mich. Ich hoffe, ich kann ihnen helfen. Der Gedanke, mich nützlich machen zu können, hilft mir sehr.

Lieber *Marcus, ich hab ein paar verrückte Sachen gemacht. So habe ich, ehe ich weggefahren bin, eine zweite Telephonleitung legen lassen, nur damit ich Deinen alten Anrufbeantworter anschließen konnte. Den vom College. Immer, wenn ich Deine Stimme hören will, rufe ich an. Du klingst, na ja, du klingst wie Du. Erinnerst Du Dich?*

»Hallo. Im Augenblick kann ich leider nicht ans Telephon. Entweder esse ich gerade, oder ich trinke, oder ich muß irgendwelche Seminare abhalten. Irgendwas. Legen Sie nicht auf, sondern hinterlassen Sie bitte eine Nachricht.«

Und dann eine kurze Pause. »Tess? Tess? Wenn du es bist, ich bin entweder im Labor oder zu Hause oder irgendwo zwischen beiden unterwegs, wie der Collegepförtner zu der hartnäckigen Ehefrau zu sagen pflegte. Versuch's bei beiden.

Ich möchte mit dir reden. Ich will dich. Brauche dich. Also, rapple ich auf, Liebling. Such mich, such mich und find mich …«

Oh, Marcus, ich wünschte, ich könnte es.

Tessie

Retreat: Abgeschiedenheit; Zuflucht, Zufluchtsort; (relig.:) Exerzitien, Einkehrtage.

5

Wie auch immer sie es schafften, ob durch Abstinenz oder gesunde Ernährung, die frommen Frauen im Kloster Holy Retreat, die weder einer Krankheit erlagen noch bei einem Unfall ums Leben kamen, erreichten ein erstaunlich hohes Alter. Das galt vor allem für die Oberinnen oder, wie sie in Holy Retreat genannt wurden: die jeweilige Mutter Guardian. In den etwas mehr als einhundertvierzig Jahren seit der Gründung des Klosters hatten ihm vor der derzeit amtierenden nur vier Frauen vorgestanden. Die Begründerin selber, Adelaide Maria Elderson Stebton, hatte unangefochten mehr als vierzig Jahre lang regiert, ihre Nachfolgerinnen im Durchschnitt dreißig Jahre. Die derzeitige Oberin hatte, im Gegensatz zu jenen beeindrukkenden Damen, ihr Amt erst in fortgeschrittenem Alter angetreten und konnte folglich nicht darauf hoffen, es hinsichtlich Amtsdauer und Charakterstärke ihren Vorgängerinnen gleichzutun. Sie amtierte erst seit neun Jahren, und ihre Gesundheit war bereits jetzt angegriffen. Aber schließlich war sie schon über achtzig.

Das Klostergebäude selbst zeigte ebenfalls Anzeichen von Alter und Verfall. Die Zeit, der salzgesättigte Wind vom Meer und die ständige Feuchtigkeit hatten einen schrecklichen Tribut von dem eleganten, klassischen Bauwerk gefordert. Das Gebäude war sehr weitläufig, und so reichten nicht einmal das Stiftungsvermögen und das Einkommen des Klosters zusammengenommen aus, um es instand zu halten. Eine moderne Heizanlage stand gar nicht erst zur Debatte. Da das Klostergebäude sehr nahe am Meer lag, war es das ganze Jahr hindurch kalt und zugig; im Winter herrschte regelrecht arktische Kälte. Doch den Nonnen schien das nichts auszumachen, zumindest beklagten sie sich nicht.

In den eineinhalb Jahrhunderten seit der Gründung von Holy Retreat hatte sich kaum etwas verändert. Außer in den paar Stunden Freizeit bewahrte man den ganzen Tag über Schweigen. Aus der Kapelle ertönten die gregorianischen Psalmodien, die die ältlichen Schwestern mit ihren dünnen, ätherischen Stimmen sangen. Die Gemeinschaft war, ungewöhnlich für die Zeit ihrer Gründung, nie in Gebildete oder Reiche und Laienangehörige unterteilt worden. Bis in jüngste Zeit waren in den meisten Orden die Laienschwestern Dienstboten gewesen. In Holy Retreat waren alle gleich. Eine der Bedingungen für die Aufnahme war, daß die Postulantinnen mindestens achtundzwanzig Jahre alt waren und über einen einigermaßen hohen Bildungsstand verfügten – auch wenn nicht genau festgelegt war, wie hoch dieser sein sollte. In der Tat traten viele Schwestern erst in ihren Dreißigern ein und beherrschten unterschiedliche Fähigkeiten oder hatten einen Beruf erlernt.

Ihr Tag war lang und streng in Stunden des Gebets, der Arbeit, der Erholung und der körperlichen Ertüchtigung unterteilt. Jeden Morgen standen sie um halb sechs auf, und abends zogen sie sich um zehn Uhr zurück. Beten war ihr eigentlicher Lebensinhalt; gleich danach rangierte Arbeit, um die Einkünfte des Klosters zu sichern. In einer Zeit, als Frauen kaum irgendwelche Rechte hatten, nur sehr begrenzt über ihr Leben und überhaupt nicht über ihren Besitz oder ihr Einkommen verfügen konnten, war Adelaide Elderson Stebton außergewöhnlich weitsichtig gewesen. Wie auch immer sie das geschafft hatte, sie hatte jedenfalls ihr Bestes getan, um sicherzustellen, daß ihr Kloster sich auf Dauer seine Unabhängigkeit bewahrte und daß ihre Nonnen ein geistlich und geistig erfülltes Leben führten. Doch leider hatte selbst eine so weitsichtige Person wie Adelaide die ständig steigenden Unterhaltskosten gegen Ende des 20. Jahrhunderts nicht vorhersehen können. Aber nicht einmal das war nur von Nachteil. Da die Schwestern sich unterschiedslos an all den Tätigkeiten beteiligten, die dem Kloster sein Einkommen sicherten, war jede einzelne von ihnen gut gerüstet, falls sie je gezwungen wäre, selbständig ihren

Lebensunterhalt zu verdienen. Sie legten nur die einfachen Gelübde ab und konnten daher das Kloster jederzeit verlassen. Zwar taten dies bemerkenswert wenige, aber wenn, dann stellten sie fest, daß auch für diesen Fall Vorkehrungen getroffen worden waren. Lange ehe dies in anderen religiösen Gemeinschaften die Regel war oder auch nur in Betracht gezogen wurde, leistete Holy Retreat einen gewissen Beitrag zu einer Lebensversicherung für die wenigen, die das Klosterleben aufgaben.

Der Habit der Nonnen hatte sich seit der Zeit, als Adelaide ihn entworfen hatte, nicht verändert. Die Gewänder waren einfach und elegant und vielen der Kleider, die Nonnen im 19. Jahrhundert getragen hatten, nicht unähnlich, hatten aber dennoch eine persönliche Note und einen Hauch von Extravaganz. Der Habit bestand aus einem bodenlangen taubengrauen Kleid mit einem hohen, abknöpfbaren Stehkragen und einem einfachen gewebten schwarzen Gürtel. Die Klosterregel verlangte keine kahlgeschorenen Köpfe, aber die Nonnen verbargen ihre Haare unter einer hübschen weißen Leinenhaube mit einem feingewebten, langen schwarzen Schleier. Bei kaltem Wetter hüllten sie sich in schwere schwarze Umhänge mit kunstvoll gearbeiteten, großen Kapuzen, wie sie früher die Frauen in West Cork getragen hatten. Im Winter trugen sie Wildlederslipper und handgestrickte graue Wollstrümpfe. Im Sommer steckten ihre nackten Füße in einfachen schwarzen Ledersandalen.

Die körperliche Arbeit war gerecht auf die einzelnen Schwestern verteilt. Das von der Gründerin ausgearbeitete Tagesprogramm ihrer Schützlinge entsprach dem Leben auf einem gut geführten Landsitz. Gesundheit, Sauberkeit und Beten waren ihre Losungen. Hinsichtlich Gesundheit waren ihre Vorschriften eindeutig und sogar ziemlich ihrer Zeit voraus gewesen: gutes, frisches, gesundes Essen und reichlich körperliche Bewegung. Da sie ihrer Stiftung außer einem ansehnlichen Vermögen auch das herrliche, weitläufige Haus und einhundertdreißig Acres Parklandschaft mit direktem Zugang zum Meer vermacht hatte, waren die Voraussetzungen für alle drei Grundregeln gegeben.

Das Kloster war weitgehend autark. Die Nonnen bauten genügend Gemüse und Obst für ihre Bedürfnisse an, und aus dem Verkauf von Kräutern, Eiern und Honig erzielten sie ein zusätzliches Einkommen. Der Kräutergarten hatte schon vor der Gründung des Klosters bestanden, und die Schwestern hatten ihn stets mit größter Sorgfalt gepflegt. In jüngster Zeit hatte man ihn vergrößert; er nahm nun die gesamte Fläche innerhalb der Ummauerung in Anspruch, die er ursprünglich mit dem Obstgarten geteilt hatte. Die Ernte und der Verkauf von Kräutern war mittlerweile eine der Haupteinkommensquellen für das Kloster, da die derzeitige, ziemlich gewiefte Schwester Gärtnerin bereits zehn Jahre früher als alle anderen die steigende Nachfrage für frische Kräuter und die Unersättlichkeit der Supermärkte für tagtäglichen Nachschub vorausgesehen hatte.

Adelaide Elderson Stebton hatte keinerlei Abweichung von ihren ursprünglichen Zielsetzungen für ihre Schützlinge geduldet, und genauso hielten es ihre Nachfolgerinnen. Vielleicht machte die Tatsache, daß sie so wenige waren, es leichter, die Grundprinzipien der Stifterin nahezu unverändert beizubehalten. Allerdings gab es dafür noch einen weiteren Grund. *Retreat,* Zurückgezogenheit und Abgeschiedenheit, war eine durchaus passende Bezeichung sowohl für das Kloster wie auch für den Orden. Adelaide hatte mit zwölf Gefährtinnen begonnen – die zwölf Apostelinnen hatte man sie genannt; binnen weniger Jahre waren es zwanzig geworden. Nach diesem Höhepunkt war ihre Zahl langsam, aber stetig gesunken. Das lag nicht so sehr an einem besonders krassen Anstieg der Todesrate oder an dem allgemeinen Exodus, unter dem andere Klöster gegen Ende des 20. Jahrhunderts litten. Zwar verließ kaum eine der Schwestern das Kloster, aber es meldeten sich immer weniger Kandidatinnen; die Folge war, daß das Durchschnittsalter der Nonnen steil anstieg. In den Neunzigern blickte Holy Retreat auf längere Sicht einer ungewissen Zukunft entgegen.

Das Kloster war ein idyllisch wirkender Anachronismus. Selbst als die Stadt immer weiter ausuferte und der gnadenlose Verkehrslärm immer aufdringlicher wurde, schienen die Nonnen diese zunehmend bedrohliche Beeinträchtigung irgendwie nicht wahrzunehmen. Sie waren völlig von der Welt abgeschnitten. Sie führten ihr klösterliches Leben weiter wie seit jeher, verbrachten ihre Tage in Frieden und Schweigen und im Gebet. Die Gemeinschaft war zwar klein, aber in sich gefestigt, und es schien für die Schwestern keinerlei irdischen oder himmlischen Grund zu geben, weshalb irgend etwas sich ändern sollte.

Adelaides Nachfolgerinnen war klar, wie überlegt diese ihre Stiftung geregelt hatte, wie geschickt sie vorgegangen war, um sicherzustellen, daß sie und ihre Schwestern sich ihre Selbständigkeit bewahrten. Im 19. Jahrhundert war die Kirche in Irland bestrebt, sich neue (weibliche) Gemeinschaften einzuverleiben. Eine kontemplative Lebensweise schien für Frauen weniger angemessen als eher praktische Beschäftigungen, etwa Krankenpflege und die Betreuung der Armen. Schulen, Hospitäler und Waisenhäuser mußten bemannt (beweibt) werden. Gemeinschaften, deren Mitglieder lediglich die einfachen Gelübde ablegten, und auch das häufig nur für begrenzte Zeit, sahen sich einem ständig wachsenden Druck ausgesetzt, ihre klösterliche Abgeschiedenheit gegen eine nützlichere Beschäftigung einzutauschen. Während andere neuere Gründungen von den kirchlichen Würdenträgern gedrängt wurden, die endgültigen Gelübde zu leisten und sich damit der seelsorgerischen – und, weit bedrohlicher, finanziellen – Zuständigkeit ihres Bischofs zu unterwerfen, behauptete einzig und allein Adelaide mit dem unerschütterlichen Selbstvertrauen, das ihr gesellschaftlicher Rang und ihr Reichtum ihr verliehen, ihren Standpunkt.

Aus Gründen, die damals vermutlich auf der Hand gelegen hatten, im Lauf der Zeit jedoch in Vergessenheit geraten waren, ließ sie sich nicht von ihrem Plan abbringen. Ihre Bestrebungen richteten sich, so behauptete sie, auf ein einziges Ziel: ein Haus, eine Ordensregel, eine Handvoll guter, frommer Frauen, die als eine Art Wiedergutmachung für – und in diesem Punkt äußerte sich sehr präzise – die Sünden der Menschheit und die unschuldigen Opfer von Promiskuität und Seuchen beteten. Hätte irgend jemand in den neunzigern ihr Büchlein mit der Ordensregel gelesen, er wäre verblüfft gewesen, wie prophetisch sie Aids vorhergesehen hatte; doch dies läge nur daran, daß die Heutigen sich oft keine Vorstellung von den verheerenden, gesellschaftlich bedingten Krankheiten vergangener Zeiten machen.

In Holy Retreat war die Zeit stillgestanden. Wenig änderte sich von einem Tag auf den anderen, von einem Jahrzehnt zum nächsten. Die hohen Mauern aus Granit bewahrten die kleine Gemeinschaft davor, die moderne Welt draußen sehen oder hören zu müssen. Ziemlich weit abseits von einer unbedeutenden, kaum befahrenen Einbahnstraße gab nur die Inschrift auf dem Bogen über dem Tor einen Hinweis darauf, was sich hinter den Mauern verbarg. Der nächste Nachbar im Süden war eine Schule, deren Gebäude mindestens eine halbe Meile von der Klostereinfriedung entfernt lagen. Auf der Nordseite stand ein kleines Kraftwerk, und auch dieses war sicher abgezäunt. Das Klostergelände erstreckte sich bis zu den steil zum Meer hin abfallenden Klippen, und entlang dieser Grenzlinie verlief eine uralte Hecke aus Ehrenpreis und Fuchsien parallel zu der hohen Mauer und ersetzte sie schließlich. Das umfriedete Grundstück war groß genug, um die Nonnen ausreichend mit Nahrung zu versorgen und ihnen die Möglichkeit zu einem ausgedehnten täglichen Spaziergang zu geben, wie die Gründerin es empfohlen hatte.

Kanonisches Recht: Kirchenrecht; Zusammenstellung geistlicher Vorschriften, die als Richtschnur für die kirchliche Rechtsprechung und Verwaltung dienen.

6

Lautlos schwang die schwere Eichentür auf und gab den Blick auf eine gespenstisch leere Halle frei. Verwirrt trat Tess einen Schritt zurück. Nach einem Augenblick des Zögerns beugte sie sich vor und spähte ängstlich in die Düsterkeit. Kein Mensch war zu sehen, und außer dem Picken eines kleinen weißen Huhns auf dem Kies hinter ihr drang kein Laut aus dem Haus oder dem Garten. Vorsichtig trat sie ein und wäre beinahe auf dem schokoladenbraunen Linoleum ausgerutscht, das glänzte, als hätte nie zuvor ein derber Schuh den spiegelglatten Boden berührt. Zu ihrer Rechten schimmerte unter einer wie ein Diamant facettierten Kugel eine Votivkerze. Trotz der kleinen Vase mit süßlich duftenden Levkojen war der Raum von einem unirdischen Geruch durchdrungen. Der Geruch der Heiligkeit? Eher der nach Feuchtigkeit, lautete ihre grimmige Schlußfolgerung.

»Willkommen. Schließen Sie bitte die Tür, seien Sie doch so gut«, krächzte eine körperlose, uralte Stimme. Offenbar fehlte es ihr an Übung, so dünn klang sie.

Tess zuckte zusammen und starrte verstört um sich. Die Halle war nach wie vor leer. Die einzige Tür außer dem Eingang befand sich rechts von ihr, aber sie war fest verschlossen. Ich werde allmählich verrückt, dachte sie.

»Miss Callaway? Sie sind doch Miss Callaway?« Die leise Stimme klang ein wenig belustigt. »Die Tür – könnten Sie sie bitte …?«

Gehorsam und obwohl alles in ihr sich dagegen sträubte, schloß Tess die Tür und blickte erneut um sich. Niemand. Die Halle war leer, die körperlose Stimme schwieg. Sie war allein. Allein und eindeutig verschreckt, denn sie konnte spüren, wenn auch nicht sehen, daß sie eingehend gemustert wurde. Als fände ein Machtkampf statt, dessen Regeln sie nicht kannte und bei dem es darum ging, sie in eine ungünstige Position zu versetzen. Doch die Stimme klang weder kraftvoll noch drohend, sondern eher gütig und amüsiert. Ein teuflischer Trick, dachte sie, als sie sich langsam um sich selber drehte und festzustellen versuchte, woher sie kam.

»Ich bin hier. Direkt vor Ihnen. Treten Sie doch näher, meine Liebe.«

Sie folgte dem Klang der Stimme zur hinteren Wand der schwach erleuchteten Halle; dort befand sich ein großes Sprechgitter, hinter dem ein dunkler Vorhang herabhing. Die Stimme schien von irgendwo dahinter zu kommen.

»Sehen Sie?« Für den Bruchteil einer Sekunde bewegte der Vorhang sich leicht. Zu flüchtig, um wirklich etwas zu sehen. »Ich bin Schwester Joseph-Maria. Und Sie sind Miss Callaway?« Die Stimme klang jetzt zögernd, fast ängstlich. »Die Anwältin?«

»Richtig.« Allmählich fand Tess ihre Selbstbeherrschung wieder. »Tess Callaway von der Kanzlei Moore, Boland & Murphy-Dunne.«

»Sie sind viel jünger, als ich erwartet hatte«, erklärte Schwester Joseph-Maria ernst.

Tess lachte leise, und als ihr klar wurde, daß sie praktisch im Dunkeln stand, trat sie näher an die Trennwand.

»So, Schwester, ist es jetzt besser? Wie Sie sehen, bin ich gar nicht mehr so jung.«

»Mr. Boland hat gesagt, Sie seien sehr tüchtig. Herzlichen Glückwunsch, Miss Callaway.« Höflich versuchte die Nonne, sich ihre Verlegenheit nicht anmerken zu lassen.

»Danke, sehr freundlich von Ihnen. Ich habe hier ein paar Unterlagen, die die Mutter Oberin unterschreiben müßte.« Tess holte einen Ordner aus ihrem Aktenkoffer und hielt ihn in die Höhe; sie kam sich wie eine Närrin vor.

»Bei uns heißt das Mutter Guardian, aber sie zieht es vor, bei ihrem Namen genannt zu werden, Mutter Catherine-Maria.«

»Oh? Nicht Mutter Oberin?«

»Nein. Alsdann, meine Liebe, links von Ihnen steht ein

Drehschrank. Sind Sie so gut und legen die Dokumente hinein ...«

Als Tess die Hand ausstreckte, schwang der Drehschrank lautlos auf. Sie legte den in Leder gebundenen Aktenordner in das untere Fach, und langsam schloß die Trommel sich wieder. Eine seltsame Art, Geschäfte zu machen, dachte Tess, indirekt, aus der Ferne, unpersönlich. Sie war eindeutig verärgert. Es behagte ihr überhaupt nicht, wie eine Botin behandelt zu werden, und sei es auf noch so höfliche Art.

»Wie geht es dem armen Mr. Murphy-Dunne?«

»Allmählich besser, glaube ich«, improvisierte Tess.

»*Deo gratias.* Würden Sie jetzt, bitte, näher treten, meine Liebe?« Die Aufforderung klang zögerlich, fast flehend.

Da sie schwerlich durch das Sprechgitter schweben konnte, das sich gut eineinviertel Meter über dem Boden befand, sah Tess keine Möglichkeit, der Stimme ohne Körper näher zu kommen.

»Wenn Sie die Güte hätten, mir zu sagen, wie, Schwester Joseph-Maria«, erwiderte sie trocken, »wäre es mir ein Vergnügen.« Die Nonne kicherte leise.

»Sie sind zum ersten Mal in einem geschlossenen Kloster?«

»Ja. Bleiben Sie immer ... hm ... verborgen?«

»Immer«, erwiderte die Nonne belustigt. »Doch ich kann Sie sehr wohl sehen.«

»Aber ich darf Sie nicht sehen?«

»Nein. Das ist eine von unseren Regeln. Wir ziehen uns von der Welt zurück«, lautete die Antwort, als würde dies irgend etwas erklären. Tess fiel keine passende Erwiderung ein. Sich zurückziehen, das klang viel zu passiv für das abschreckende Sprechgitter. Sich absondern, das traf die Sache wohl schon eher.

»Mit der Zeit werden Sie sich schon an unsere Eigenheiten gewöhnen, Miss Callaway«, unterbrach die leise Stimme der Nonne sie in ihren Gedanken. Sie klang ungemein vergnügt. »Treten Sie einfach durch die Tür rechts von Ihnen und warten Sie im Sprechzimmer. Dort steht eine Tasse Tee für Sie bereit. Mutter Catherine wird Ihnen gleich Gesellschaft leisten.«

Gesellschaft leisten scheint ein bißchen übertrieben, dachte Tess erbittert. Es gelang ihr nicht ganz, ein höhnisches Schnauben zu unterdrücken. Wie als Antwort ertönte erneut ein leises Glucksen, gefolgt von einem kaum hörbaren Rascheln von Stoff, behenden Schritten und dann Stille. Als sie die Tür zum Sprechzimmer öffnete, kam Tess sich ein wenig wie Alice vor, wenn sie durch den Spiegel schreitet.

Braun überflutete, überwältigte, erstickte sie. Braunes Linoleum, schwere Möbel aus viktorianischer Zeit, dunkel glänzend und abgenutzt, eine in Braun gekleidete Statue irgendeiner Heiligen. Die Fenster bestanden aus undurchsichtigem, graviertem Glas, die Vorhänge schmückte ein verschwommenes Blumenmuster, in dem ebenfalls Braun vorherrschte. Doch insgesamt wirkte das Ganze durchaus nicht düster. Der Raum war makellos sauber, die Möbel waren auf Hochglanz poliert, und das gestärkte Leinen auf einem kleinen, runden Tisch blendete sie fast, so weiß war es. Darauf standen eine weiße Porzellantasse mit Untertasse, ein kleiner Kuchenteller, auf dem zwei mit Kokosnußcreme gefüllte Kekse lagen, eine winzige Dose mit Zuckerwürfeln, ein noch kleineres Kännchen und eine kleine braune Teekanne. Tee für eine Person. Als sie links von der Tür ein weiteres Sprechgitter entdeckte, schob Tess einen Stuhl um das Tischchen herum, um ihm gegenüber zu sitzen, ließ sich darauffallen und schenkte sich eine Tasse Tee ein.

Er schmeckte hervorragend. Leicht rauchig und siedend heiß, als hätte eine unsichtbare Hand ihn erst Sekunden, ehe Tess in das Sprechzimmer getreten war, aufgetragen. Sie fragte sich, ob die geisterhafte Schwester Joseph ihn aufgebrüht hatte, während sie sie gleichzeitig in ihren Bann geschlagen hatte. Zaghaft knabberte sie die Kokoscreme von dem widerwärtig rosafarbenen Marshmallow und stopfte sich dann in einem Anfall von Gefräßigkeit den ganzen Keks in den Mund. Seit ihrer Kindheit hatte sie derlei nicht mehr gegessen; damals hatte sie immer ausprobiert, wie lange sie es hinauszögern konnte, ihn zu Ende zu verspeisen. Zuerst hatte sie die Kokoscreme heruntergenagt, dann genüßlich an dem Marshmallow geschleckt und gelutscht, bis der Keks darunter leer und durchweicht genug war, um ihn auf der Zunge zergehen zu lassen. Sie erinnerte sich, einmal hatte sie achteinhalb Minuten durchgehalten – als Kind hatte sie es ziemlich genau genommen. Sie nahm den zweiten Keks und schlang ihn trotzig in zwei hastigen Happen hinunter.

Die Minuten schleppten sich dahin. Zehn, fünfzehn. Irgendwo, weit drinnen im Kloster, ertönte blechern eine Glocke. Drei Schläge, Pause, drei Schläge, Pause, drei Schläge. Das Angelus. Schon sechs Uhr. Allmählich wurde Tess unruhig; das Baby müßte in Kürze gestillt werden. Wahrscheinlich veranstaltete es gerade einen Heidenaufruhr. Die Strahlen der untergehenden Abendsonne sickerten durch das Fenster. Gereizt schritt sie auf und ab, betastete die Lampe, zog mit den Fingern das verschnörkelte Muster des gravierten Fensters nach – *Ubi caritas et amor, Deus ibi est* – die Worte eines lateinischen Psalms? *Wo Liebe und Güte sind, da ist Gott* – übersetzte sie verdrossen, starrte, ohne etwas zu sehen, in das Licht und fragte sich, was die Nonnen in einem geschlossenen Orden wohl den ganzen Tag über trieben.

Allmählich wünschte sie, sie hätte sich nie auf diese Sache eingelassen. Hugo hatte sehr überzeugend geklungen, doch nach einer ersten Durchsicht der Holy-Retreat-Akte hatte sie den Eindruck gehabt, vor einem Wirrwarr ungelöster Fragen zu stehen. Was noch sehr milde ausgedrückt war. Es sah ganz so aus, als sei Terence, schon bevor er sich am Rükken verletzt hatte, mit seinen Gedanken nicht ganz bei der Sache gewesen. Hugo hatte das Ganze schlicht verharmlost, doch sie hatte keinen Zweifel, daß er sehr wohl wußte, was er ihr da aufgehalst hatte. Eines mußte sie Hugo zugestehen, er hatte nie ihre Fähigkeiten unterschätzt oder mit seiner Wertschätzung ihrer Begabung für diesen Beruf hinter dem Berg gehalten. Aber vielleicht hatte er ihre Fähigkeit, ihre derzeit alles andere in den Hintergrund rückende Sorge um das Baby einfach zu verdrängen, vollkommen überschätzt, dachte sie traurig.

Nicht einen Augenblick lang ließ sie sich von der lockeren Art, wie er sie in diese Sache hineingezogen hatte, täuschen. Er würde sie nicht beleidigen, indem er alles peinlich genau darlegte, aber ihr war klar, er machte sich Sorgen. Irgend etwas stimmte da nicht. Angeblich hatte er sie aufgrund ihrer Erfahrung mit Eigentumsübertragungen um ihre Mithilfe gebeten. Doch seit seiner ersten Erwähnung des Klosters hatte er sie beiläufig, aber unablässig über ihre Strafprozesse und verschiedene Punkte des Strafrechts ausgefragt. Allerdings hatte er, und das erboste sie, nie irgendwelche gezielten Fragen gestellt. Daß er behauptete, davon fasziniert zu sein, wie sie ihre Auftritte vor Gericht hinbekam, konnte sie getrost vergessen. Die verschlungenen Gedankengänge seines Anwaltsgehirns kreisten um irgend etwas Bestimmtes. Was auch immer ihm Sorgen machte, er behielt es für sich, versuchte aber gleichzeitig den Eindruck zu erwecken, sie nicht zu beeinflussen. Soviel konnte sie erraten, aber zu welchem Zweck und warum, das war eine schwierigere Frage.

Noch immer war von der Oberin weder etwas zu sehen noch zu hören. Tess machte sich Sorgen um ihr Auto, das sie mit eingeschalteten Warnblinklichtern auf der Straße vor dem Kloster stehenlassen hatte, da sie nicht dahintergekommen war, wie man das Tor öffnete. Die hohen Steinmauern des Klosters waren genauso undurchdringlich, wie sie sie in Erinnerung hatte. Die uralten, kunstvoll gearbeiteten schmiedeeisernen Torflügel waren mit vor sich hin rostendem Metall verstärkt, und die Lettern *Holy Retreat* auf dem Bogen, der sich über sie wölbte und von dem die Farbe abblätterte, hatten schon längst ihre Vergoldung eingebüßt. Etliche Male hatte sie an dem Glockenstrang gezogen, ehe sie merkte, daß er lose herunterhing. Mit den Augen war sie dem Strick bis zum oberen Ende des Steinpfeilers gefolgt und hatte festgestellt, daß er durchtrennt war. Dabei fiel ihr auf, daß man die Worte *Elderson* und *Court* auf den Kapitellen der beiden Torpfosten nach wie vor, wenn auch nur mit Mühe, entziffern konnte.

Eine schmale Holztür auf der einen Seite hatte unter ihrer Berührung sofort nachgegeben. Fast hatte sie damit gerechnet, beim Pförtnerhaus, dessen Garten sorgsam gepflegt, dessen Fenster jedoch blind waren und keine Vorhänge hatten, angehalten zu werden, doch nichts und niemand hatte sich in der trägen Ruhe der Herbstsonne geregt. Sie war der langen, sich dahinschlängelnden Auffahrt gefolgt, ohne auf irgendein Hindernis oder eine Sperre zu stoßen, wenn man von den neugierigen Blicken ein paar vertrauensseliger Kühe absah, die erbarmungslos wiederkäuten und ihre Köpfe über das zerbeulte Eisengeländer um ihre Weide hängen ließen.

Der Anblick des Klosters selber hatte sie überwältigt. Mehr seiner Schönheit als seines Verfalls wegen. Das Gebäude war herrlich, vollkommen symmetrisch angelegt, und die fahlrosa Ziegel schimmerten in dem milden Septemberlicht fast silbern. Obwohl sie bei genauerem Hinsehen eine unablässig tropfende, geborstene Dachrinne und etliche kleine, aber prachtvoll blühende Buddleiastauden erspäht hatte, die aus den Kaminen wucherten.

Tess fröstelte. Draußen war es wärmer gewesen als im Kloster selber. Die Sonne ging endgültig unter, und mit einem Mal, als wäre eine Lampe ausgeknipst worden, wirkte der Raum bedrückend düster. Sie rieb sich die Arme und schniefte, als sie die alles durchdringende Feuchtigkeit roch, die selbst den Lavendelduft des Bienenwachses überdeckte. Als sie leise Schritte hörte, drehte sie sich um, doch der dunkle Vorhang hinter dem Sprechgitter war undurchdringlich.

»Mutter Catherine?«

»Nein, ich bin Benedicte-Maria, die Schatzmeisterin.« Die Stimme klang gebildeter, möglicherweise auch jünger als die der Schwester Pförtnerin, hatte jedoch die gleiche seltsame Färbung, als bereite es der Sprecherin Mühe, die Worte zu formulieren. Den Akzent konnte sie nicht einordnen.

Schatzmeisterin? Wahrscheinlich die Verwalterin des Klosters. Genau die Person, mit der sie höchstwahrscheinlich verhandeln würde. Unvermittelt verspürte Tess das dringende Bedürfnis, diese Frau zu sehen, sie nach ihrem Gesicht und nicht nach dieser seltsamen, abgeschnürten Sprechweise einzuschätzen. Noch eine Sekunde zuvor wäre ihr mit Sicherheit nicht klar gewesen, wie sehr ihr Urteil nicht davon abhing, was die Leute sagten oder wie sie es sagten, sondern von ihrem Gesichtsausdruck und der Körpersprache. In diesem Raum war sie praktisch blind. Die nächste Bemerkung der Nonne brachte sie beinahe aus der Fassung.

»Würde es Ihnen schwerfallen, für uns zu arbeiten, Miss Callaway?« Als könnte sie ihre Gedanken lesen. Aber schließlich befindet sie sich ja mir gegenüber im Vorteil, dachte Tess, sie kann mich sehen. Alles, was mir durch den Kopf geht, ist vermutlich in Riesenlettern auf mein Gesicht geschrieben.

»Es würde mir viel leichter fallen, wenn ich Sie sehen könnte«, erklärte Tess unumwunden und spürte plötzlich Feindseligkeit in sich aufsteigen. Es folgten ein langgezogener, tiefer Seufzer und dann ein schier endloses Schweigen, ehe die Nonne wieder etwas sagte.

»Warum? Vermutlich wickeln Sie einen Großteil Ihrer Geschäfte telephonisch ab?«

»Nicht ausschließlich. Im allgemeinen ziehe ich es vor, meine Klienten zumindest einmal zu treffen.«

»Tut mir leid, aber ohne die Erlaubnis unserer Mutter Guardian ist das leider nicht möglich. Wenn Sie wollen, werde ich ...«

»Nein. Ich schätze, das ist nicht nötig«, fiel Tess ihr schroff ins Wort. »Soviel gibt es ja nicht zu regeln, oder?«

»So? Haben Sie denn nicht mit Mr. Murphy-Dunne gesprochen?«

»Tut mir leid, aber liegt da nicht ein Irrtum vor? Hugo Boland hat mich gebeten hierherzukommen. Mr. Murphy-Dunne liegt im Krankenhaus. Er hat sich am Rücken verletzt, ein verrenkter Wirbel oder so etwas. Mr. Boland hat mich gebeten, für ihn einzuspringen.«

Das unverbindliche, ausdruckslose »Oh« verriet nichts,

aber Tess fühlte sich äußerst unbehaglich, als wäre sie irgendwo hineingeplatzt, wo sie nicht erwünscht war.

»Ich hatte damit gerechnet, daß man Ihnen das alles mitgeteilt hat«, erklärte sie steif. »Schwester.«

»Ich habe gewußt, daß er krank ist, aber niemand hat mir gesagt, daß er im Krankenhaus liegt, daß er sich so ernstlich verletzt hat. Wissen Sie, wie das passiert ist?«

»Soviel ich weiß, ist er beim Duschen ausgerutscht.« Hugos Ausschmückungen, wie Terences Putzfrau ihn gefunden hatte, als er tropfnaß und nackt aus dem Badezimmer gekrochen war, um den Arzt zu rufen, behielt sie allerdings für sich.

»Aha. Verstehe.« Nach dieser verblüffenden Feststellung schwieg die Nonne einen Augenblick, ehe sie hinzufügte: »Eine unserer Schwestern hat sich vor einiger Zeit die Wirbelsäule verrenkt. Unsere Gärtnerin. Sie mußte ein paar Wochen das Bett hüten. Armer Mr. Murphy-Dunne. In der Dusche, sagten Sie?«

Tess war nicht ganz klar, ob letzteres eine Frage war, die sie beantworten sollte, oder ein Kommentar dazu, wie lächerlich dieser Unfall war. Nach einer weiteren verlegenen Pause hatte sie das Gefühl, etwas sagen zu müssen.

»Ich verstehe es durchaus, daß Sie lieber abwarten würden, bis Mr. Murphy-Dunne wieder auf dem Posten ist, Schwester Benedicte. Obwohl Ihnen laut Mr. Boland sehr daran gelegen ist, das alles noch vor dem Winter zu regeln.«

»Nicht mir«, stellte die Nonne richtig. Ihre Stimme klang, als käme sie von weit her. Geistesabwesend, fern. »Ich führe lediglich den Willen der Gemeinschaft aus. Der Unterschriftstermin ist, glaube ich, der siebte November.« Erneut eine schier endlose Pause. Was hat sie nur? dachte Tess nervös und war völlig verblüfft, als die Nonne wiederum ihre Gedanken zu lesen schien.

»Tut mir leid, Miss Callaway, ich muß mich um so vieles kümmern. Diese Angelegenheit zieht sich schon ziemlich lange hin. Und macht uns einigermaßen zu schaffen. Die Mutter Guardian hat von Ihnen gesprochen, aber mir war nicht bewußt, daß Sie die Sache ganz übernehmen. Doch wenn die Mutter Guardian und Mr. Boland Sie empfehlen, dann wird das schon seine Richtigkeit haben.«

»Ich bin gekommen, um Ihnen behilflich zu sein, nicht, weil ich hinter einem Auftrag her bin.« Die Worte waren Tess herausgerutscht, ehe sie sie hinunterschlucken konnte. Sie war nahe daran, sich ausführlich und nicht eben freundlich darüber auszulassen, daß sie sowohl hinsichtlich ihrer Ausbildung als auch ihrer Intelligenz dem gepriesenen Murphy-Dunne weit überlegen war, als die abgespannte Stimme der Nonne sie in ihren Gedanken unterbrach.

»Verzeihen Sie, Miss Callaway, ich wollte Sie nicht kränken.«

»Sagen Sie mir, was ich für Sie erledigen soll, Schwester Benedicte, und ich werde sehen, ob ich die Angelegenheit beschleunigen kann.«

»Oh, Sie können uns helfen, dessen bin ich mir sicher, Miss Callaway«, erwiderte die Nonne. Sie sprach jetzt deutlicher, beherrschter. »Die Unterlagen für den Amtsarzt habe ich bereits unterschrieben.«

»Er arbeitet in der Klinik von Doktor Steven?«

»Richtig. Sie haben sich wirklich gut vorbereitet«, beglückwünschte die Nonne sie. Tess war wütend, sagte jedoch nichts. »Also, am dringlichsten sind die Verhandlungen mit der Diözese. Sie werden es mit einem Pater Keane zu tun haben. Die Akte befindet sich bei den anderen Unterlagen. Schwester Joseph wird Sie in der Halle hinterlegen, so daß Sie sie mitnehmen können, wenn Sie gehen. Noch etwas. Ich habe Kostenvoranschläge für den Neubau der Begrenzungsmauer und die Verlegung de... von dem Begräbnisunternehmer eingeholt. Die Schule hat sich einverstanden erklärt, die Unkosten zu übernehmen.« Sie war jetzt ganz bei der Sache und klang eindeutig freundlicher. »Sind die Verträge mit den Firmen bereits aufgesetzt?«

»Soviel ich weiß, noch nicht. Mr. Boland hat jedoch bestätigt, daß die entsprechende Summe hinterlegt worden ist, das geht also in Ordnung. Machen Sie sich keine Sorgen, falls Murphy-Dunne die Vertragsentwürfe noch nicht ausgearbeitet hat, werde ich das gleich nächste Woche erledigen.« Sie hielt es nicht für klug zu erwähnen, daß sie in der Zwischenzeit nach Oxford fahren würde. »Gehe ich recht in der Annahme, daß die Verträge für den Verkauf des Grundstücks bereits von beiden Parteien unterschrieben worden sind?«

»Ja, schon vor ein paar Wochen. Mr. Murphy-Dunne hat die entsprechenden Unterlagen.«

»Sehr gut. Also, nur für den Fall, daß es sich als notwendig erweist, kann ich Sie telephonisch erreichen, Schwester?«

»Ja«, entgegnete die Nonne zögernd, »Sie können es jedenfalls versuchen, aber für mich ist es oft schwierig, ans Telephon zu gehen. Im großen und ganzen würde ich es vorziehen, Sie anzurufen. Zwischen zwölf und halb eins ist die beste Zeit für mich. Ich hoffe, das ist so recht.«

Wem soll es so recht sein? fragte Tess sich und hätte beinahe laut gelacht. Kein Wunder, daß es so lange dauerte, die Sache über die Bühne zu bringen. Insgeheim zollte sie Hugos bewundernswerter Geschicklichkeit, sie so gewandt in die Sache hineinzuziehen, Beifall. Allmählich betrachtete sie sogar Terence Murphy-Dunnes schlampige Arbeit mit etwas mehr Mitgefühl.

»Das geht in Ordnung, Schwester. Ich wohne bei Mr. Boland. Sie können bei ihm oder der Haushälterin eine Nachricht hinterlassen, falls ich gerade nicht da sein sollte.«

»Natürlich. Sie sind mit Mr. Boland verwandt?« fragte Schwester Benedicte in einem Ton, daß Tess nicht sicher war, ob es sich wirklich um eine Frage handelte oder ob sie die Antwort bereits wußte. Die heisere Stimme war so ausdruckslos, daß es, ohne ihr Gesicht zu sehen, schwer zu entscheiden war, was genau sie meinte, geschweige denn, wie sie es meinte. Sie fragte sich, ob sie nicht zu viel Aufhebens von der ihr aufgezwungenen Blindheit machte. Schließlich hatte sie sich reichlich formlos in die Angelegenheiten des Klosters eingeschaltet, daher war es kaum überraschend, daß ihr Auftauchen am Schauplatz des Geschehens für eine gewisse Irritation sorgte, wenn nicht sogar Argwohn erregte.

Tess hatte eindeutig das Gefühl, daß die Schatzmeisterin bei dem Wechsel des zuständigen Anwalts nicht zu Rate gezogen worden war. Offensichtlich hatten Hugo und die – wie nannten sie sie beharrlich? – Mutter Guardian das über ihren Kopf hinweg miteinander abgesprochen. Grund genug für ihre abwehrende Haltung, räumte Tess ein. Warum sollte Schwester Benedicte es nicht vorziehen, die Angelegenheiten des Klosters mit dem großen, selbstsicheren, gutaussehenden Murphy-Dunne zu regeln? Schließlich und endlich war sie eine Frau, wie abgeklärt sie auch sein mochte. Aber es machte ihr nach wie vor zu schaffen, daß sie die Schwester Schatzmeisterin nicht sehen, nicht in ihrem Gesicht lesen, sich nicht ganz normal mit ihr unterhalten konnte. Und das war doppelt ärgerlich, weil die Nonne sich nicht in einer so ungünstigen Position befand. Irgendwo hinter der undurchsichtigen Trennwand beobachtete sie sie. Unwillkürlich betastete sie den Ärmel ihres Jacketts, wo sie in aller Eile – und vermutlich ohne großen Erfolg – die Milch, die dem Baby aufgestoßen war, weggewischt hatte. Jedes ihrer Kleidungsstücke trug diese Spuren. Ihr wurde unbehaglich zumute, als sie den schwachen, säuerlichen Geruch nach Milch wahrnahm.

»Wie alt ist denn das Baby?« bestätigte die Nonne mitfühlend Tess' Verdacht.

»Fast acht Wochen. Woher wissen Sie ...?«

»Auf dem Ärmel ihres Kostüms sind Überreste angetrockneter Milch zu sehen«, erklärte die Nonne belustigt, aber nicht unfreundlich. Adleraugen. Tess war zwischen Überraschung und Verärgerung hin- und hergerissen.

»Berufsrisiko, fürchte ich«, meinte sie und mußte lachen – es war wirklich albern von ihr, die Nonne zu einer Art Schreckgespenst zu machen. Sofort ließ die Verkrampfung in ihrem Nacken nach, und sie entspannte sich ein wenig.

»Es ist vermutlich nicht leicht, zu arbeiten und sich gleichzeitig um ein Baby zu kümmern.«

»Es ist nur vorübergehend und nur jeweils ein paar Stunden täglich, solange ich in Dublin bin. Außerdem habe ich eine zuverlässige Babysitterin.« Tess drückte die Daumen.

So weit, so gut. Mary Mackie hatte keine Zeit verloren und ihr sogleich ihre Tochter Sandra als Babysitterin vorgestellt. Es war noch zu früh, um sagen zu können, ob es funktionierte, aber allzu heftig schien Claire sich nicht dagegen zu sträuben.

Sie hörte ein leises Rascheln, und als die Nonne weitersprach, merkte Tess, daß sie inzwischen aufgestanden war. Auch Tess erhob sich und hätte beinahe ihre Hand der abweisenden Trennwand entgegengestreckt.

»Vielen Dank für Ihre Hilfe, Miss Callaway.« Die Stimme der Nonne klang gedämpft, als hätte irgend etwas sie aus der Fassung gebracht. Tess grübelte darüber nach und vergaß zu antworten, da hörte sie das leise Einschnappen einer Tür, und ihr wurde klar, die Schwester Schatzmeisterin war gegangen.

Tess öffnete die Tür des Sprechzimmers und trat in die Halle. Sie wurde das ungute Gefühl nicht los, daß die unsichtbare Frau ihr etwas verheimlicht hatte. Etwas Wichtiges. Ein beunruhigender Gedanke.

Die Akte lag in dem offenen Drehschrank. Als Tess sie an sich nahm, hörte sie ein leises Husten, das jedoch ausreichte, um sie zusammenzucken zu lassen.

»Was, zum ...« Sie wirbelte herum. Herrgott noch mal, das war wirklich ein gespenstischer Ort.

»Entschuldigen Sie, Miss Callaway, ich wollte Sie nicht erschrecken.« Noch so eine alte, heisere Stimme. »Ich bin Mutter Catherine. Tut mir leid, daß ich nicht früher kommen konnte, um Sie zu begrüßen. Können Sie noch ein paar Minuten erübrigen? Die Umbettung der Särge bereitet mir großes Kopfzerbrechen. Mr. Murphy-Dunne schien sehr daran gelegen, das noch im Oktober zu erledigen. Ehe der Winter einsetzt. Ich möchte sicher sein, daß ich, ehe wir damit beginnen, genau Bescheid weiß, was für Folgen es haben wird.«

Auf getrennten Wegen begaben sie sich zum Sprechzimmer. Mutter Catherine gab sich große Mühe zu erklären, welche Überlegungen dem Entschluß der Nonnen vorausgegangen waren, das Grundstück zu verkaufen. Anschließend zeigte sie Tess den Plan des Architekten für die phasenweise Renovierung ihres Klosters.

»Wo werden Sie während des Umbaus unterkommen?« wollte Tess wissen.

»Wir haben das Pförtnerhaus hergerichtet. Es ist fast fertig.«

»Großer Gott. Ist das denn groß genug? Und warm genug?« fragte Tess.

»Erstaunlicherweise ja. Nach dem Gebäude hier wird es nicht sonderlich schlimm werden.« Die Nonne lachte, ein erstaunlich mädchenhaftes leises Zwitschern. »Können Sie sich überhaupt vorstellen, wie kalt es hier werden kann? Das Pförtnerhaus ist geräumiger, als es aussieht, und was die Temperatur betrifft – nun ja, es ist ja nur für kurze Zeit. Während der Dachstuhl ersetzt wird.«

Als Tess sich danach erkundigte, erzählte Mutter Catherine ihr ein wenig über die Gründungsgeschichte von Holy Retreat. Dann schilderte sie kurz den Tagesablauf im Kloster und berichtete von den Plänen, den Anbau von Kräutern, von dem sie zunehmend abhängig wurden, auszuweiten. Die betagte Oberin war nicht so unnahbar wie die Schatzmeisterin, und unvermittelt erzählte Tess ihr zu ihrer eigenen Überraschung von Marcus und dem Baby. Doch obwohl die Nonne allem, was Tess berichtete, aufmerksam zuhörte, schien ihr Interesse sich noch zu verstärken, als Tess erwähnte, daß sie in Oxford wohnte.

»Die Vorfahren unserer Gründerin stammten aus Oxfordshire«, erklärte sie unvermittelt. »Könnten Sie vielleicht für mich etwas über die Familie herausfinden? Ich wäre Ihnen zu größtem Dank verpflichtet.«

»Wissen Sie, wo in Oxfordshire?«

»Nicht genau, aber ich glaube, das Dorf und die Familie hatten den gleichen Namen. Stebton.«

Einen Augenblick lang glaubte Tess, sie hätte sich verhört. »Sagten Sie Stebton? Ich dachte, die Familie Elderson hat das Haus gebaut.«

»Das ist richtig. Die Mutter der Stifterin war eine Elderson, ihr Vater aber ein Stebton.«

»Ich muß schon sagen, Mutter Catherine, das ist ein höchst erstaunlicher Zufall. Mar... Meine...« Sie schluckte. »Claires Großeltern wohnen in einem Dorf namens Chipping Stebton. Das nächste Wochenende werde ich bei ihnen verbringen.«

Erst nachdem sie versprochen hatte, Nachforschungen zur Geschichte der Familie Stebton anzustellen, wurde Tess klar, daß Mutter Catherine nicht die geringste Überraschung über diesen Zufall hatte erkennen lassen. Aber vielleicht waren die Nonnen einfach an Gottes unergründliche Wege gewohnt. Oder eher an die von Hugo.

Zwei Jahre zuvor
Oxfordshire

Frühling 1994

Touche (de la), Gervase: Histoire de Dom Bougre, Portier des Chartreux, 1742. Oktav. Neudruck in Kleinformat, um das Buch leichter schmuggeln zu können. Üppig verzierter Pergamenteinband. Sorgfältig gedruckt, zwanzig unsignierte (anonyme) Stiche. (A d'A Katalog 2, Nr. 8)

7

Kurze Geschichte des Landsitzes Stebton Place von Jane-Edwina Stebton-Hillyard

Etwa sechzehn Meilen vom Zentrum Oxfords entfernt, an der Grenze zwischen Oxfordshire und Gloucestershire, ziemlich abseits der A34 und ungefähr fünf Meilen von Burford entfernt liegt das Dorf Chipping Stebton. Wie alle anderen Dörfer in den Cotswolds, die den Namen Chipping tragen, verdankte es seinen Wohlstand dem Wollhandel und seinen Namen dem Schafmarkt, der schon vor langer Zeit zum Dorfanger wurde.

Beim Bau der Häuser hatte man, wie in den umliegenden Dörfern auch, ausnahmslos den hellen, weichen Stein jener Gegend verwendet; die Dächer waren mit farblich darauf abgestimmtem Stonesfield-Schiefer gedeckt. Die Kirche war im 12. Jahrhundert erbaut worden, und das Herrenhaus sowie das Pfarrhaus unmittelbar daneben waren ursprünglich Teil der gleichen Klosteransiedlung gewesen. Das Kloster selber war frühzeitig Opfer der ersten umfasssenden Säkularisierung von Land und Vermögen geworden, als Heinrich VIII. sich darangemacht hatte, die Kirchengüter dem Staat einzuverleiben. 1539 wurde einem gewissen »ehrenwerten William Ryland Stebton«, einem etwas zwielichtigen Höfling, der mit der Veräußerung der Schätze der kürzlich aufgelösten Klöster ein Vermögen gemacht hatte, in Anerkennung seiner dem Landesherrn erwiesenen Dienste das Recht verliehen, das Kloster sowie das zugehörige Land zu kaufen. In der Verkaufsurkunde wurde er unverbrämt als schlichter Bote bezeichnet.

Jener erste William Stebton, der über einen untrüglichen Instinkt für die politischen Geschehnisse verfügte, hatte unverzüglich einen seit kurzem verheirateten Geistlichen der neuen Religionsgemeinschaft als Pfarrer der jetzt in seinem Besitz befindlichen und umbenannten Kirche eingesetzt, aus der man alle Bildnisse und Statuen entfernt hatte. Ob er dies aus Frömmigkeit tat oder es als eine Art Lebensversicherung für die Ewigkeit betrachtete, ist nicht überliefert. Eine Woche später fand die erste Trauung nach dem neuen Ritus statt, als William Ryland Stebton eine gewisse Thomasina Miller zur Frau nahm und ohne weitere Umstände das neue Herrenhaus bezog, das noch vor kurzem das Stiftshaus des alten Klosters gewesen war. In den darauffolgenden dreihundertundfünfzig Jahren blieb das Gut im Besitz der Familie Stebton und wurde über die männliche Linie von einer Generation auf die nächste vererbt, meist vom Vater auf den Sohn, gelegentlich auch auf einen Cousin. Gegen Ende des 19. Jahrhunderts, als es mit dem Gutssitz allmählich abwärtsging und zudem keine männlichen Erben vorhanden waren, fiel er an Laura Stebton, die Tochter des letzten männlichen Vertreters dieser Linie, die ihn ihrerseits ihrer Tochter Elfrida vermachte.

Im Lauf der Zeit hatten die aufeinanderfolgenden Generationen von Stebtons ihrem Besitz mit ursprünglich achtzehn Schäfer- und Landarbeiterkaten etwa dreißig weitere Cottages hinzugefügt, die die beiden schmalen Straßen um das Kloster und die Kirche säumten. Aus der Ferne war nur der Kirchturm zu sehen, all die anderen ärmlichen wie auch imposanten Gebäude verschmolzen mit der hügeligen Landschaft. Der weitere Verlauf der Geschichte sorgte für ihren Fortbestand. Viele jener wohlhabenden Dörfer waren zur Zeit des blühenden Wollhandels erbaut worden und blieben, da der Wohlstand, dem sie ihre Entstehung verdankten, nicht von Dauer war, über Jahrhunderte in ihrem ursprünglichen Zustand erhalten. Nach dem Niedergang des Wollhandels wurden sie weder umgebaut noch modernisiert. Als der Wollhandel sich weiter nördlich, nach Yorkshire verlagerte und die Handwerker ihren Gewerben folgten, entvölkerten sich viele Dörfer. Gelegentlich nahmen die Handwerker die Namen ihrer Geburtsorte mit. Es wurden keine neuen Häuser mehr errichtet, die die Schönheit und Wohlproportioniertheit der friedlichen Dörfer zerstört hätten. Die Cottages blieben im Besitz der Gutsherren, deren Häuser, selbst wenn sie oft völlig dem Verfall preisgegeben schienen, oft noch die Nachkömmlinge der ursprünglichen Familien beherbergten. In den Kirchen, den Perlen der Cotswolds, wurden ihre über Generationen hinweg unveränderten Namen verzeichnet. In Burford die Tanfields und Carys; in Great Barrington die Brays und die Talbots, in Little Barrington die Grayhursts, in Chipping Stebton die Stebtons. Und so blieb es jahrhundertelang, bis die Familie aus Geldmangel allmählich eines der Häuser des Dorfes nach dem anderen verkaufte. Diese Entwicklung brachte es, in einer grotesken Umkehrung des Schicksals, mit sich, daß das pompöse Herrenhaus nahezu dem Verfall preisgegeben war, während die winzigen Cottages vergrößert und – natürlich in passendem Stil – modernisiert wurden.

Der letzte männliche Vertreter der Familie Stebton, Thomas, erbte das Gut im Alter von neunzehn Jahren. Zusammen mit seiner Mutter wohnte er bis zu deren Tod in Stebton Place und heiratete erst, als er schon fast fünfzig war. Die Versuche von Thomas und Lucie, einen Sohn und Erben großzuziehen, schlugen auf dramatische Weise fehl. Ihre Kinder starben selbst für die damalige Zeit auffällig jung. Zwei seiner drei Töchter erlagen im Alter von zwölf beziehungsweise zehn Jahren den Pocken. Das jüngste Kind war ein Junge, der bei der Geburt starb und seine Mutter mit ins Grab nahm, was niemanden erstaunte: Noch Ende des 19. Jahrhunderts war es ein riskantes Unternehmen, Kinder zu gebären. Und für eine einundvierzigjährige Frau war es schierer Selbstmord. Von allen Kinder überlebte nur eines, ein kleines Mädchen. Laura war erst vier, als ihre Mutter starb. Nun zog ihre Großmutter ein und kümmerte sich um den Witwer und die Halbwaise. Thomas war damals vierundsechzig und sein Gesundheitszustand alles andere als gut.

Dorcas Toller, nicht viel älter als ihr Schwiegersohn, war eine ansehnliche, herrische Person, die ihre Stellung als Herrin von Stebton Place in vollen Zügen genoß, als Ersatzmutter jedoch nicht sonderlich erfolgreich war. Infolgedessen zog Laura, ohnehin ein schüchternes, furchtsames Kind, sich immer mehr auf sich selber und in die Gesellschaft ihres innig geliebten Vaters zurück.

Thomas war ein sanftmütiger, gelehrsamer Mann und zog es vor, nicht eingehender über die Aussicht, sich und seinen kleinen Liebling der Herrschaft seiner Schwiegermutter unterwerfen zu müssen, nachzudenken. Seine Befürchtungen waren durchaus begründet; als Dorcas Toller erst einmal eingezogen war, erwies es sich als unmöglich, sie wieder loszuwerden. Dennoch waren seine letzten Jahre, trotz seines steten Kränkelns, nicht unglücklich. Das kleine, allmählich heranwachsende Mädchen wurde die ständige Begleiterin ihres geliebten Papas, und er betete sie an. Er war ihr erster und einziger Lehrer, und zu seinem Erstaunen und Entzükken lernte sie schon in ungemein jungem Alter in verschiedenen Sprachen zu lesen und zu schreiben. Bald waren die beiden ein vertrauter Anblick im Dorf: das kleine, dunkeläugige Kind Hand in Hand mit dem alten Mann.

Als sein Leben sich dem Ende zuneigte, machte er sich zunehmend Sorgen um die Zukunft des kleinen Mädchens. Seiner Schwiegermutter traute er nicht über den Weg, und so überlegte er hin und her, was er tun könnte, um auch nach seinem Tod die Interessen seiner Tochter so gut wie möglich zu wahren. Er beriet sich eingehend mit den Familienanwälten in London. Sobald er sichergestellt hatte, daß das Herrenhaus und alles, was von dem Besitz in Chipping Stebton noch übrig war, bis zu ihrem Lebensende Laura gehören sollte, richteten sich die Gedanken des alten Mannes auf das Land seiner Väter, auf Irland.

Aretino, Pietro di: Sonetti Lussuriosi. Venedig, 1779. Einseitig in erlesenen Lettern gedruckt. Vollständig in mit dezenten Goldrauten verziertes Truthahnleder gebunden. Äußerst selten. (A d'A, Katalog 3, Nr. 12)

8

Jane-Edwina Stebton-Hillyard legte den Füller hin und las noch einmal durch, was sie geschrieben hatte, ehe sie das Manuskript in die oberste Schublade ihres Schreibtischs schloß. Sie schob ihre Brille auf die Stirn und rieb sich die müden Augen, dann streckte sie sich träge und überlegte, was sie als nächstes tun sollte.

Nach ein, zwei Augenblicken des Nachgrübelns begann sie auf und ab zu gehen und stampfte dabei mit den Füßen auf, um ihren Kreislauf wieder in Schwung zu bringen. In der Bibliothek war es scheußlich kalt. Infolgedessen war sie für einen Vormittag Anfang Mai, noch dazu im Haus, einigermaßen eigenwillig gekleidet: ein langer kastanienbrauner Samtrock reichte bis auf ihre gepflegten knöchelhohen Lederstiefel; unter einem Jackett aus Samtflicken, das, wiewohl offensichtlich selbstgemacht und ziemlich abgetragen, recht elegant wirkte, trug sie einen schwarzen Rollkragenpullover. Ihr dunkellockiges Haar spitzte unter einer Wollkappe im knalligen Königsblau und Gelb des Fußballteams Oxford United hervor. Sie war keine Anhängerin dieser Mannschaft, die Kappe diente lediglich dazu, ihre Schwester zu ärgern, die dazu neigte, ohne Vorwarnung ins Zimmer zu platzen. Auf dem Kopf einer Büste ihrer geliebten Großmutter Laura Stebton, liebevoll Lal genannt, die vor ihr auf dem Schreibtisch stand, saß verwegen schräg eine ähnliche Kappe.

Solange ihre Großmutter noch gelebt hatte, war Jane-Edwina mit dem Leben in Stebton Place einigermaßen zufrieden gewesen. Doch nach ihrem Tod, damals war Jane-Edwina etwa fünfundzwanzig gewesen, war alles anders geworden, und jetzt sah sie keine Möglichkeit, der Enge und Beschränktheit ihres Daseins zu entrinnen. Während Lal ihre Vernarrtheit in Bücher geteilt und gefördert hatte, wollte ihre Mutter, jetzt, da sie endlich das Sagen hatte, nichts davon wissen. Dienstboten hatten sie keine, daher erwartete man von Jane-Edwina und ihrer Schwester Felicity, ihren Teil beizutragen. Das riesige Haus zehrte unnachgiebig an ihrer Kraft und den dahinschwindenden Einkünften der Familie. Doch die Möglichkeit, einen Handel zu schließen und es ihrem wohlhabenderen Cousin, der nebenan im Pfarrhaus wohnte und ihnen nur zu gern entgegengekommen wäre, zu überlassen, stand überhaupt nicht zur Debatte. Der Zweig der Familie Stebton, dem er angehörte, lag schon seit Jahren auf der Lauer. Nach den Zwillingen war er der nächste in der Erbfolge, und es schien zunehmend wahrscheinlich, daß schließlich er das Gut übernähme. Je früher, desto besser, zumindest was Jane-Edwina betraf. Vorausgesetzt, es gelang ihr, das Vermächtnis ihrer Großmutter vorher noch voll zu nutzen. Ihr war klar, sie mußte auf der Hut sein, denn in letzter Zeit hatte sie ein besitzergreifendes Glitzern in den Augen ihres Cousins aufblitzen sehen, sooft er die Bibliothek betrat. Es bereitete ihr ungemeines Vergnügen, seinen vergeblich suchenden Blicken zu folgen. Aber sie lieferte ihm keinerlei Hinweis darauf, daß sie hinter die phantastischen Geheimnisse gekommen war, die dieser Raum in sich barg.

Sie schloß einen der Bücherschränke auf, holte einen sperrigen Aktenordner heraus und legte ihn auf ihren Schreibtisch. Ehe sie ihn aufschlug, beugte sie sich vor und streichelte geistesabwesend das Gesicht der Büste. »Alsdann, meine liebe Lal, jetzt hast du mich lange genug gefoppt«, murmelte sie. Doch die ausdruckslosen Augen der Büste starrten leer zurück. Niedergeschlagen seufzte sie, setzte ihre Brille wieder auf und blätterte in den Unterlagen vor ihr. Irgendwo in ihnen war der Schlüssel zu dem Rätsel versteckt. Lal hatte eine ausgeprägte Vorliebe für Rätsel gehabt, doch ihr Verstand hatte, selbst in hohem Alter, einwandfrei funktioniert, wenn auch auf etwas exzentrische

Weise. Obwohl sie seit fünfzehn Jahren tot war, gelangte immer wieder ein großer brauner Umschlag aus dem Jenseits zu Jane-Edwina. Der ihr praktischerweise, wenn auch etwas prosaisch, vom Familienanwalt überreicht wurde. Der erste war angekommen, als Jane-Edwina dreißig und über ihre Abhängigkeit ziemlich verzweifelt gewesen war. Als hätte Lal ihre wachsende Enttäuschung vorausgeahnt und ihr, als diese kaum mehr zu ertragen war, eine Möglichkeit des Entkommens geboten. Insgesamt hatte sie drei Umschläge erhalten. Sie breitete den Inhalt des letzten auf dem Schreibtisch aus. Der beigelegte Brief war in der krakeligen Handschrift ihrer Großmutter abgefaßt.

Meine herzallerliebste Enkelin,
wir mögen beide Rätsel, und das hier ist, glaube ich, das beste von allen. Wenn es in Deine Hände gelangt, bist du vierzig und brauchst eine gewisse Unabhängigkeit, gleichgültig, ob du verheiratet bist oder nicht. Ich selber erinnere mich mit tiefer Traurigkeit und Niedergeschlagenheit an die Zeit, als ich vierzig war. Dies ist mein allerletzter Brief an Dich. Wie Du siehst, meine Liebe, habe ich mir, angesichts all dieser so ernsthaften Pfarrer, die lautstark nach dem Stebton-Erbe verlangen, immer Sorgen um Deine Zukunft gemacht. Auch wenn ich insgeheim spüre, daß die alten Mönche, die durch das Haus geistern, es eines Tages für sich beanspruchen werden. Aus vielerlei Gründen wäre mir das sehr lieb.

Mittlerweile hast du das Geheimnis der 1829 von William Ryland Stebton gebauten Bibliothek entdeckt, der auf, gelinde ausgedrückt, interessante Weise direkt mit Dir verwandt ist. Das librorum prohibitorum *spricht wohl für sich selber. Ich nehme an, du hast eine gute Verwendung für die Bücher gefunden. Obwohl sie ungeheuer wertvoll sind, habe ich sie immer lächerlich, wenn nicht Schlimmeres gefunden. Mein Geschmack entsprach eher dem meines lieben Vaters. Ich kann mir nicht vorstellen, daß er etwas von dem Geheimnis, das die Bücherborde bergen, gewußt hat. Wäre ich eher da-*

hintergekommen, wäre es mir vielleicht gelungen, das Dorf zu retten, aber ich habe es nicht geschafft. Ich sehe Dich vor mir, wie Du bei dem Gedanken, daß Deine arme alte Lal so praktisch denkt, lächeln mußt.

Eines bedaure ich zutiefst: daß ich nicht auf einer ordentlichen Ausbildung für Dich bestanden habe. Ich war nicht weise genug, rechtzeitig vorauszusehen, daß dies die einzige Möglichkeit für eine junge Frau in Deiner Lage ist, wirklich unabhängig zu werden. Vergib mir, mein liebes Kind, zuviel habe ich für ein Leben in Ruhe und Frieden und in Deiner liebenswerten Gesellschaft aufs Spiel gesetzt. Merkwürdig, was Deine Schwester betrifft, habe ich nie derlei Befürchtungen gehabt. Obwohl sie nicht so klug ist wie Du, wird sie es im Leben leichter haben, glaube ich. Vor allem ist sie konventioneller. Genug davon. Falls Du – und das ist natürlich eine widersinnige Vorstellung bei jemandem, der so lebhaft und unterhaltsam ist – nicht geheiratet hast, brauchst Du ein Einkommen, und wenn Du doch verheiratet bist, kommt eine kleine Summe, die Dir eine Flucht ermöglicht, vielleicht ganz gelegen. Aber ich bin nicht ganz aufrichtig, mein liebes Mädchen, denn in dem Augenblick, da ich dies schreibe, bist du fast fünfundzwanzig, aber bereits jetzt weiß ich, Dir würde es, wie mir, nicht leichtfallen, Dich den Launen eines anderen Menschen zu unterwerfen; davon hast Du in Deiner Kindheit genug zu spüren bekommen. Ich vermute, Du bist nicht für die Ehe geschaffen. Und eben deswegen schicke ich Dir mein letztes Geschenk, das ich von meinem lieben Vater erhalten habe. Meinen beständigsten, wertvollsten Besitz. Ich spreche von Literatur, und ich spreche von Land. Sie ermöglichen Dir vielleicht eine Lebensweise, mit der Du nicht gerechnet hast. Wäre ich selber rechtzeitig dahintergekommen, wäre dies vielleicht nicht der Fall. Mich hat es ungeheuer gereizt. Dich vielleicht auch?

Mein liebes Kind, ich kann mir Dich im Alter von vierzig Jahren nicht vorstellen, aber es hat mir großes

Vergnügen bereitet, es zu versuchen. Einer Sache bin ich mir einigermaßen sicher: wenn du es bis jetzt nicht geschafft hast, Stebton Place zu entkommen, dann ist es höchste Zeit, oder du bleibst für immer und ewig dort eingesperrt. Löse mein Rätsel, so wie ich es gelöst habe, dann wirst Du, glaube ich, feststellen, daß es der Mühe wert war. Um es Dir leichter zu machen, lege ich das Tagebuch meines Vaters und seine Schenkungsurkunde bei. Aber ich bitte Dich, mein Kind, geh vorsichtig damit um.

Deine Dich liebende Großmutter Laura Stebton

Jane-Edwina hielt ein großes, ausgebleichtes Stück Papier gegen das Licht und verglich die Einzelheiten einer ungemein genauen kleinen Zeichnung mit dem Raum. In der rechten unteren Ecke stand: *Adelaide Elderson Stebton fecit. 12. Juni 1826, in Papas Bibliothek.* Die sorgfältige Kursivschrift wirkte kindlich, doch falls tatsächlich ein Kind die Zeichnung angefertigt hatte, war es außergewöhnlich geschickt gewesen. Nach einer Weile seufzte sie, legte das Stück Papier hin und biß sich auf die Lippen.

Das Ganze paßte irgendwie nicht, die Proportionen stimmten einfach nicht. Das wunderte sie, denn die junge Künstlerin hatte ein erstaunlich frühreifes Talent unter Beweis gestellt. *Adelaide fecit.* Aber wer, bitteschön, war Adelaide? Wie war sie mit ihr verwandt? Jane-Edwina ging zum Fenster und starrte eine Zeitlang auf den Friedhof hinunter. Lag sie vielleicht da draußen unter einem der Grabsteine? War sie in einer der umfangreichen Listen mit den Namen der vielen Stebtons aufgeführt? Die Vorstellung, Generationen zu durchforschen, machte sie jetzt schon müde.

Erneut hielt sie die Zeichnung gegen das Licht. Der darauf abgebildete Raum glich der Bibliothek in Stebton Place in nahezu allen Einzelheiten, wenn man von den Fensterläden und der falschen Plazierung der Fenster absah. Ein Kind, das die einzelnen recht unterschiedlichen Bücherschränke so genau wiedergegeben hatte, hätte doch bestimmt die Fenster richtig getroffen? Auch die Farben stimmten nicht, aber das war nicht weiter von Bedeutung. Sie lehnte sich zurück und blickte um sich. Laut Familientradition war die Bibliothek in Anlehnung an den Grundriß einer italienischen Klosterbibliothek des 17. Jahrhunderts und entsprechend den sehr genauen Anweisungen ihres Vorfahren von Handwerkern aus Bath gebaut worden. Warum bezweifelte sie eigentlich, daß die Zeichnung das italienische Original darstellen sollte?

Noch einmal sah sie sich um. Zwar wirkte der Raum jetzt schäbig, aber einst war er in unterschiedlichen, ziemlich düsteren, mittlerweile jedoch ausgeblichenen Blauschattierungen ausgekleidet gewesen. Auch der Teppich hatte eine blaue Grundierung, die damals vermutlich in wunderbarem, eindrucksvollem Kontrast zu den dunklen Bücherborden gestanden hatte; jetzt war er allerdings eindeutig zerschlissen. Auf der Zeichnung war alles in unterschiedlichen Schattierungen von Rot gehalten. *Adelaide fecit 1826.* Sie hielt das Stück Papier dicht an die Augen und las noch einmal die verblaßte Unterschrift. Als ihr allmählich die Lösung dämmerte, wiegte sie sich in stummem Lachen hin und her. Wie unglaublich langsam ihr Verstand mittlerweile arbeitete! Sie blickte um sich, nahm den letzten Brief ihrer Großmutter und überprüfte das andere Datum: 1829. Angeblich war die Bibliothek in Stebton Place jedoch um 1730 eingerichtet worden. Erneut schaute sie sich um, und nach wie vor spielte ein Lächeln um ihren Mund. Die überlieferte Datierung wich um hundert Jahre ab. Lal mußte das die ganze Zeit über gewußt haben. *Adelaide* hatte den Entwurf gezeichnet. Handelte es sich um die Nachbildung einer bereits existierenden Bibliothek? Und wenn ja, wo befand sich diese? Und, noch wichtiger: Wer war Adelaide? Sie legte das durchscheinende Stück Papier auf die Seite, griff nach einem kleinen Stapel von Hand beschriebener Blätter und las sie sorgfältig. Anschließend ging sie den restlichen Inhalt des Umschlags, den sie von ihrer Großmutter erhalten hatte, durch. Als letztes studierte sie eine fein gezeichnete Landkarte.

Sie legte ihre Brille auf den Schreibtisch und rieb sich die Augen. Dann lehnte sie sich auf ihrem Stuhl zurück und genoß die Stille, die, das wußte sie, nicht lange anhalten würde. Ihre Mutter wie auch ihre Schwester hatten eine Leidenschaft für Geschäftigkeit – für jede Art von Beschäftigung, wie sinnlos sie auch sein mochte. Merkwürdig, keine von beiden hatte auch nur die geringste Begabung für die weit nützlicheren, wenn auch profaneren Tätigkeiten im Haushalt. Sie selber übrigens auch nicht. Unvorsichtigerweise hatte sie, als ihre letzte Haushälterin gegangen war, sich aus schierer Verzweiflung mehr schlecht als recht selber die einfachsten Grundkenntnisse des Kochens beigebracht. Etwas Dümmeres hätte ihr gar nicht einfallen können. Ehe sie sich's versah, war die Verantwortung für die Küche auf sie abgewälzt worden – einschließlich Einkaufen, Saubermachen und Verwaltung des Haushaltsgeldes. Nicht der Einkünfte; in finanzieller Hinsicht hatte sie keinerlei Verfügungsgewalt. Nur über die geringen, völlig unzureichenden Beträge, die ihr Mama und später, infolge irgendeiner Abmachung, die sie immer noch nicht ganz durchschaute, Felicity widerwillig und häppchenweise aushändigten.

Einundvierzig Jahre alt und immer noch genauso abhängig, wie sie als Kind gewesen war. Keine eigenen finanziellen Mittel und keine Ausbildung. Sie hatte nur so viel gelernt, wie einige sporadisch auftauchende, völlig untaugliche Hauslehrer ihrem desinteressierten Gehirn hatten einflößen können. Sie dachte unlogisch und war etwas langsam von Begriff; nicht einmal richtig rechnen konnte sie. Nur die Liebe ihrer Großmutter zu Büchern hatte sie davor bewahrt, (fast) Analphabetin zu bleiben. Die geliebte Lal war die einzige wirklich intelligente Lehrerin gewesen, die sie je gehabt hatte. Seit ihrem Tod hatte sie auf die ihr eigene, verträumte Art vor sich hin gelebt. Die Bibliothek ihrer Großmutter war ihr geheimes Reich, ihr Hort des Vergnügens, ihre Zuflucht vor den strengen Anforderungen von Felicitys Besessenheit, sich aktiv zu betätigen. Mit der Zeit hatte Jane-Edwina – oder Jeddie, wie sie es vorzog, genannt zu werden – sich durch die Bücherregale hindurchgearbeitet und sich selber beigebracht, Bücher in verschiedenen Sprachen zu lesen. Allerdings hatte das sehr lange gedauert.

Ihre Jungmädchenträume waren reichlich anspruchslos gewesen: Heirat, ein eigenes Zuhause, Kinder, ein liebender Ehemann. Doch das war lange, ehe ihr gedämmert war, daß zwar Männer durchaus einen Reiz auf sie ausübten, nicht jedoch die Ehe. Trotzdem, sie hätte geheiratet, um alldem hier zu entkommen. Doch in ihrer abgeschiedenen Welt waren Männer eher rar. Die Zwillinge spielten nie mit den Kindern im Dorf, und sie wurden auch nicht ins Internat gesteckt, wo sie vielleicht Freundschaften geschlossen hätten. Und vor allem waren sie nicht dafür gerüstet, sich selber ihren Lebensunterhalt zu verdienen. Fast schien es, als hätte das 20. Jahrhundert für sie nicht stattgefunden. Sie befanden sich in einer ähnlichen Zwangslage wie jede beliebige Heldin von Jane Austen, in der Falle des Versprechens eines eigenen Einkommens und einer Erbschaft gefangen, die sich, wie eine Fata Morgana, immer weiter in die Zukunft entfernte. Und außerdem – sie waren Zwillinge. Welche von beiden würde Stebton Place erben? Und wann?

Jeddie war fast fünfunddreißig, als sie endgültig die Hoffnung auf einen Ritter, der auf einem weißen Roß einhersprengt, aufgab. Ihr einziger Freier, ein reichlich langweiliger Akademiker, hatte sie bedenkliche fünf Jahre lang hingehalten, ehe er eine andere geheiratet hatte, deren Einkommen und Aussichten zwar bescheidener, aber weit greifbarer waren. Die Erleichterung, die sie damals empfand, hatte sie keineswegs blind für die Einsicht gemacht, daß jetzt kein Ausbrechen mehr möglich war, daß niemand sie auf ihrem Lebensweg begleiten würde. Damals hatte sie begonnen, die Bibliothek zu durchstöbern, durchaus zu ihrem Vorteil, denn es brachte ihr ihre erste Stelle ein – in einem Buchladen in Burford. Ihr bescheidenes Gehalt hatte sie für regelmäßige Besuche im Dorfpub verwendet. Das hatte Felicity ihr nie verziehen.

Fast zur gleichen Zeit verlor Timothy William Ryland Stebton, Pfarrer von St. Edwin und ihr Cousin, seine Frau. Der beleibte, gutmütige Mann war ziemlich erpicht auf Stebton Place. Nach den Zwillingen war er der nächste in der Erbfolge. Obwohl sie ein wenig jünger waren als er, schien es zunehmend unwahrscheinlich, daß eine von ihnen Kinder bekäme. Nachdem er zu diesem Schluß gelangt war, begnügte Pfarrer Tim sich damit, im Pfarrhaus abzuwarten, bis seine Zeit gekommen wäre, und wiegte sich in der Gewißheit, daß sein Familienzweig letztendlich doch noch zu seinem Recht käme. Eine höchst zufriedenstellende Aussicht, wie Jane Austen wohl gefolgert hätte.

Nach ein, zwei Jahren begannen er und Felicity, einander interessiert zu beäugen. Mittlerweile war er dahintergekommen, daß Felicity offenbar die energischere der beiden Schwestern war. Außerdem hatte sie die Mutter auf ihrer Seite und schien das Familienvermögen zu verwalten. Es folgte ein würdevoller Balztanz, in dessen Verlauf Jeddie sich fragte, wie lange er wohl bräuchte, um seinen Mut zusammenzuraffen und Felicity zu heiraten. Und ob diese bis dahin nicht seiner Reize überdrüssig würde. Eines war klar, wenn sie tatsächlich heirateten, würde sie keinesfalls als fünftes Rad am Wagen in Stebton Place bleiben. Allerdings konnte sie sich nicht vorstellen, wie sie es je verschmerzen würde, die Bibliothek sich selber zu überlassen. Dort hielt sie sich am liebsten auf. Sie war ihr Zufluchtsort, hielt sie am Leben und war, seit sie begonnen hatte, ihren geheimen Schatz zu nutzen, die Quelle eines steten und äußerst zufriedenstellenden Zuwachses an Vermögen. Ihr Weg zur Unabhängigkeit. Falls Lals Plan aufging, hätte sie für den Rest ihres Lebens ihr sicheres Auskommen. Und was noch besser war: dann könnte sie sich das kleine Haus in Jericho kaufen, das ihr so gut gefiel. Bei dieser herrlichen Aussicht wurde ihr fast schwindlig.

»J.-E.!« kreischte Felicity im Treppenhaus. »Komm sofort runter. Gleich. Auf der Stelle.« Jeddie hörte ein wütendes Aufstampfen. »Ich weiß genau, wo du steckst, würdest du also bitte runterkommen? Augenblicklich! Mama verlangt nach ihrem Mittagessen, und ich gehe aus, also setz dich in Bewegung! Jane? Hörst du mich?« Erneut ein Aufstampfen.

Auf Zehenspitzen schlich Jeddie zur Tür der Bibliothek, vergewisserte sich, daß sie fest geschlossen war, und drehte leise den Schlüssel herum. Belustigt schürzte sie den Mund. Mutter war in ihrem Bett gut aufgehoben und konnte warten, bis sie ihr das Mittagessen servierte. Angesichts der Geschwindigkeit, mit der sie zunahm, würden ein paar ausgelassene Mahlzeiten ihr eher guttun. Und Felicity sollte machen, was sie wollte.

Jeddie schob die Unterlagen zu einem ordentlichen Stapel zusammen, steckte sie wieder in den Umschlag und ging damit quer durch das Zimmer zu einem der Bücherschränke. Die Bibliothek war ungefähr neunzig Quadratmeter groß und, abgesehen vom Kaminvorsprung, dem Fenster und der Tür, mit bis zur Decke reichenden Bücherschränken vollgestellt. Hier hatte der klassizistische Stil die uralte Eichentäfelung in allen anderen Räumen des Hauses verdrängt. Im ganzen waren es acht doppeltürige Bücherschränke aus Mahagoni. Die Türen im unteren, knapp einen Meter hohen Teil waren holzgetäfelt, die oberen mit einem Gitterwerk aus Messing verkleidet und zu einem vollkommenen Halbkreis geschwungen. Seitlich an den Bücherschränken waren kannelierte Pilaster angebracht, die von den unteren Schränken aus bis hin zu den herrlichen geschnitzten korinthischen Kapitellen spitz zuliefen. Die elegant geschwungenen Türen ließen die Bücherschränke höher erscheinen, als sie in Wirklichkeit waren: zwei Meter siebzig. Von außen schienen die Pilaster nichts weiter als dekoratives Beiwerk zu sein, doch in ihrem Inneren befanden sich schmale Geheimfächer. Jeddie war die einzige, die noch wußte, wo diese sich befanden und wie man an sie herankam. Dieses Wissen war, wie so viele andere Einzelheiten der Geschichte der Stebtons, durch die lohnenden, wenn auch seltenen Mitteilungen ihrer vergötterten Großmutter, die ihr jedesmal ein wenig mehr verriet, an sie übergegangen.

Jeddie drückte leicht gegen den unteren Rand eines der Pilaster, und als er nach hinten schwang, legte sie die Papiere in das untere Fach des Geheimschrankes, der ansonsten leer war. Dann streifte sie ihre groteske Kappe ab und schlich leise vor sich hin lachend aus der Bibliothek und die Treppe hinunter.

Jeddie in Irland

Der erste Aufenthalt Juni 1994

Jeder beigefügte Plan muß genügend Angaben zu den Straßen und anderen Anhaltspunkten in der Umgebung enthalten, um das Areal auf der amtlichen Landvermessungskarte hinreichend identifizieren zu können. (Anmeldeformular des Grundbuchamts für einen Antrag zur offiziellen Nachforschung auf der Indexkarte)

9

Alle Überfahrten mit dem Hovercraft waren gestrichen worden, und die Nachmittagsfähre legte mit zwei Stunden Verspätung von Holyhead ab. Jeddie Stebton-Hillyard saß in der Bar der Innisfree und versuchte verzweifelt, die in ihr aufsteigende Übelkeit zu unterdrücken. Die Fähre schlingerte und schaukelte auf und ab; Wind und Gischt stoben über das Deck. Um alles noch schlimmer zu machen, waren zu dem Zeitpunkt, als sie auf die Idee kam, sie könnte eine der Kabinen für sich reservieren lassen, bereits alle Kajüten von vorausblickenderen Gemütern belegt worden, so daß sie gezwungen war, die vier Stunden Überfahrt im Sitzen zu verbringen. Undeutlich nahm sie den bunten Haufen wahr, der sich um die Bar drängte, alle anscheinend wild darauf versessen, sich so schnell wie möglich zu betrinken. Unter anderen Umständen hätte es Jeddie gereizt, sich ihnen anzuschließen, doch der Tabakgeruch, den sie normalerweise durchaus genoß, verschlimmerte die Übelkeit nur noch. Trostlos starrte sie auf das schmelzende Eis in ihrem Wodka und wünschte sie alle zur Hölle.

Die Salonkajüte, das Schiff überhaupt, war unbequem, muffig, schäbig, kurz gesagt: widerwärtig. In einem kurzen Anfall von Unternehmungslust war sie das Schiff der Länge nach abgeschritten und hatte an Deck etliche Runden gedreht, ehe sie abgelegt hatten. Nach dem stickigen Zug, der von dem Augenblick an, als sie am Euston-Bahnhof einstieg, überfüllt gewesen war, hatte der nach Salz schmeckende Wind anfangs richtig erfrischend und belebend gewirkt. Es war ihre erste Überfahrt nach Irland, und irgendwie ärgerte es sie, daß die fünfstündige Fahrt von London aus eine Stunde länger dauerte und um einiges unbequemer war, als in dem Tagebuch ihres viktorianischen Vorfahren geschildert. Getrieben von nostalgischer Abenteuerlust, hatte sie sich aufgemacht, um jene Reise, die vor so langer Zeit stattgefunden hatte, nachzuvollziehen. Jetzt fragte sie sich verwundert, warum sie nicht einfach den Flug von Heathrow aus gebucht hatte, der fünfzig Minuten dauerte. Komme was wolle, schwor sie sich, auf dem Rückweg werde ich keinesfalls die Fähre benutzen. Ein nicht enden wollender, betäubender Ausbruch von Sangeslust an der Bar bestärkte sie in diesem Entschluß.

Von dem Augenblick an, als die Fähre andockte, ging es aufwärts. Fast als erstes sah sie in dem zugegebenermaßen durch Sprühnebel verschleierten Licht der Abendsonne ein großes Schild, das sie zum Hotel Royal Marine wies. Etwas geistesabwesend fragte sie sich, warum man das »Royal« beibehalten hatte, obwohl Kingstown doch schon längst in das für sie unaussprechliche Dun Laoghaire umbenannt worden war. Jeddie murmelte: »Zum Teufel damit, was es kostet«, nahm ihre kleine Reisetasche und stolperte müde durch einen langweiligen Garten, der vom Pier aus geradewegs zum Hoteleingang führte.

Wie sich herausstellte, hätte sie keine für ihre Zwecke günstigere Unterkunft finden können. Das Abendessen ließ sie ausfallen und ging, bewaffnet mit einer Flasche zollfreiem Wodka und einem Stapel von Karten der Gegend, die der zuvorkommende Portier ihr freundlicherweise geliehen hatte, ins Bett.

Sie schlief tief und fest und wachte, wie üblich, um Punkt halb sieben auf. Vorsichtig setzte sie sich auf und angelte sich das Telephonbuch für Dublin. Unter *Elder* fand sie neun Eintragungen, sodann vier *Elders,* einmal *Elderwood*, aber keinen *Elderson*. Erleichtert seufzte sie auf, denn sie hatte absolut kein Bedürfnis nach noch mehr Komplikationen bei ihrem ohnehin reichlich schwierigen Vorhaben.

Daß der Name der Anwaltskanzlei, den der viktorianische Tagebuchbuchschreiber so sorgsam notiert hatte, im gleichen Telephonbuch stand, war ein reiner – und glücklicher – Zufall. Aus Moore, Stanhope & Boland war Moore, Boland & Murphy-Dunne geworden. Ein gemeinsamer Name hätte nicht ausgereicht – aber gleich zwei, das mußte doch etwas bedeuten. Kurzsichtig blinzelte sie auf das Kleingedruckte unter dem Namen, konnte es jedoch nicht entziffern, ehe sie unter dem Bett neben einem umgekippten Glas, das sie einfach ignorierte, ihre Brille erspähte und hervorfischte. Sie klemmte sie sich auf die Nase und suchte noch einmal den Namen. Moore, Boland & Murphy-Dunne, vormals Moore, Stanhope, Boland & Callaway. Sie ließ das Telephonbuch vom Bett gleiten und lehnte sich zurück, schloß die Augen und überlegte, wie sie vorgehen sollte. Nach ein paar Minuten riß sie die Seite aus dem Telephonbuch, faltete sie ordentlich zusammen und steckte sie zwischen die Blätter ihres umfangreichen Notizbuchs. Darüber mußte sie eine Weile nachdenken.

Anschließend breitete sie die Karten auf dem Bett aus und vertiefte sich in sie, aber schon bald wurde ihr klar, daß sie eine genaue amtliche Landvermessungskarte oder zumindest einen sehr detaillierten Plan brauchte. Jeddie schlug die Bettdecke zurück, trottete ins Badezimmer und ließ das Badewasser einlaufen. Der Luxus von Stille und Ungestörtheit machte sie beinahe schwindlig. Sie ließ sich Zeit und kostete das ungewohnte Vergnügen aus, selber über ihr Leben und, was noch kostbarer war, über ihre Zeit verfügen zu können. Ihre Flucht hatte sie mit peinlicher Genauigkeit und Sorgfalt geplant, und man würde sie – wenn alles gutging – nicht vermissen. Sie leerte ein Tütchen Badesalz in das dampfende Wasser und tauchte hinein, schloß die Augen und plante ihren Tag.

Der Speisesaal war nahezu leer, als Jeddie schließlich zum Frühstücken hinunterging und eine erstaunliche Entdekkung machte: Wenn man in Irland eingesteht oder auch nur so tut, als fände man sich nicht zurecht, reagieren die Leute überaus freundlich. Ein Hinweis auf Literatur oder ein Anschein leichter Überspanntheit sind noch wirkungsvoller.

Mittels einer Mischung aus Glück und Instinkt traf Jeddie bei allen ins Schwarze.

»Machen Sie hier Urlaub?« fragte der Kellner, als er einen riesigen Teller mit Eiern und Speck vor sie stellte, bei dessen Anblick ihr Magen augenblicklich rebellierte.

»Hm, eigentlich nicht«, erwiderte sie zögernd. »Ich, hm, ich bin Schriftstellerin, eine Art Historikerin, genauer gesagt.« Sie bedachte ihn mit einem beinahe entschuldigenden leichten Lächeln. »Ich bin hier, um einige Nachforschungen anzustellen.« Sofort war sein Interesse geweckt. »Hat das was mit einem Film zu tun?« fragte er erwartungsvoll.

»Nein«, entgegnete sie überrascht. »Nein, es ist für ein eher langweiliges Buch, fürchte ich.« Sie blinzelte zu ihm auf. »Interessieren Sie sich für Filme?«

»O ja. Wir haben eine Menge Filmleute hier. Die kommen und gehen, wie es ihnen paßt. Amüsieren sich prächtig. Na ja, haben ja auch Geld wie Heu. Was für ein Leben«, fügte er bewundernd hinzu. Er beugte sich zu ihr hinunter, bis sie seinen heißen Atem am Ohr spürte. »Ich bin selber so eine Art ein Schauspieler, müssen Sie wissen. War Statist in dem Michael-Collins-Film.« Verschwörerisch zwinkerte er ihr zu und streckte die Brust heraus. »War eine Pfundssache. Meine Frau hat ein Kostüm für mich genäht. Da haben sich Tausende gemeldet, aber die haben mich genommen«, erklärte er und wartete darauf, daß sie ihm dazu gratulierte. Was Jeddie auch, sehr höflich, tat; alles andere wäre taktlos gewesen; außerdem mochte sie ihn irgendwie. Die Tatsache, daß sie keine Ahnung hatte, von welchem Film er sprach, war ihrer Ansicht nach völlig nebensächlich. Allmählich machte sein Geplapper ihr Spaß – eine angenehme Abwechslung im Vergleich zu den spitzen Kommentaren, die sie ansonsten während des Frühstückens über sich ergehen lassen mußte. Bücher oder Literatur irgendeiner Art wurden von ihren nächsten Anverwandten nicht sonderlich geschätzt.

»Haben Sie weit fahren müssen?«

»Wohin?« Endlich schenkte er ihr Kaffee ein. Jeddie bestrich eine dicke Scheibe selbstgebackenes Schwarzbrot mit

Butter und spießte versuchsweise mit der Gabel ein Stückchen Speck auf.

»Wo der Film gedreht worden ist«, sagte sie mit vollem Mund. Das Brot schmeckte himmlisch, der Speck war köstlich und mild. Die Eier, die inzwischen kalt und glasig geworden waren, schob sie an den Tellerrand.

»Die Studios sind doch gleich da die Straße runter«, klärte er sie lachend auf und schwenkte den Arm Richtung Fenster. »Entlang der Küste. In Bray. Wissen Sie das denn nicht? Am anderen Ende der Bucht. Hinter Killiney.«

»Nein, hm, nein, leider nicht«, erklärte sie nachdenklich. Sie bestrich noch ein Stück Brot mit Butter und schnitt es in kleine Vierecke. »Killiney?« Sie blickte auf, lächelte ihn strahlend an und warf verstohlen einen Blick auf das Namensschild an seiner Brust. »Entschuldigen Sie, Joe. Sagten Sie: Killiney?«

»Ja«, entgegnete er unbekümmert. »Die Ardmore-Studios sind gleich dahinter, in Bray. Ziemlich berühmt sind die.«

»Killiney Bay ist ganz in der Nähe, sagten Sie?« beharrte sie. »Kennen Sie sie?«

»Und ob«, meinte er lässig. »Schließlich wohn ich da.« Er bedachte sie mit einem nachsichtigen Blick, als sei sie ein ganz klein wenig bescheuert. Wen interessierte schon ein Erholungsort am Meer, wenn es um seine Filmkarriere ging? Ein bißchen eingeschnappt wirkte er schon, als er den Tisch abzuräumen begann. Jeddie zupfte ihn leicht am Ärmel.

»Könnten Sie mir das auf der Karte zeigen? Ich glaube, Sie könnten mir helfen. Bei meinem Buch«, fügte sie raffiniert hinzu. Das fachte sein Interesse augenblicklich wieder an.

»Ich bring nur das Zeug da in die Küche, Missis, dann komm ich gleich zu Ihnen.«

Jeddie schob einen leeren Tisch ans Fenster, breitete die Karten aus und schlug ihr Notizbuch auf. Als Joe ein paar Minuten später zurückkam, hatte er seine schwarze Weste gegen ein sportliches Tweedjackett vertauscht, das ihn kleiner und verhärmter wirken ließ. Was ihn allerdings Jeddie noch sympathischer machte. Sie erkannte in ihm einen Verbündeten. Er erinnerte sie an Johnny Pittaway, einen ihrer alten Kumpel im Dorf, und sie spürte, er war eine Fundgrube an Wissen über die Gegend. Und noch besser, er würde sie ebenso großzügig davon profitieren lassen: Er wirkte genauso einsam und schien genauso erwartungsvoll. Ein bißchen wie ich selber, überlegte sie nüchtern, verzweifelt auf der Suche nach einem Freund, versessen auf Abenteuer. Offenbar hatte sie wirklich mehr Glück als Verstand.

»Ich suche nach einem Haus, das Elderson Court heißt«, erklärte sie hastig, um ihre Verlegenheit zu verbergen, und deutete auf die Stelle auf der Karte, wo »Killiney Bay« verzeichnet war. Joe rieb sich das Kinn und wirkte leicht verdutzt.

»Nie davon gehört«, meinte er. »Und Sie glauben, das ist da irgendwo in der Nähe? Da oben gibt's alle möglichen riesigen Häuser. Bono wohnt auch da, haben Sie das gewußt?«

»Bono?«

»Hm. U2.« Er strahlte sie an und wartete darauf, daß sie zu schwärmen anfinge.

Sie starrte ihn verwirrt an. Joe gab es auf.

»Schämen Sie sich!« Er lachte zu ihr herunter. »Wo leben Sie eigentlich? Das ist die berühmteste Band auf der ganzen Welt und Bono der Bandleader. Und das direkt vor unserer Tür«, fügte er triumphierend hinzu.

»Tut mir leid, mit Bands kenne ich mich nicht so aus.« Sie lächelte zu ihm auf und beugte sich dann wieder über ihr Notizbuch. »Von Kingstown aus ein kurzer Ritt«, las sie, »in der Bucht zwischen Killiney und Bray.« Sie sah ihn über den Rand ihrer Brille hinweg an.

»Wie heißt das Haus gleich wieder?«

»Elderson Court.«

Langsam schüttelte er den Kopf, beugte sich über die Karte und zeichnete mit dem Finger die Bahnstrecke nach. »Hier irgendwo, glauben Sie?«

»Ja, obwohl ich annehme, daß aus dem Haus irgendwann ein Kloster geworden ist. Das ist nur eine Vermutung …«

»Ein Kloster. Oha, dann sieht das gleich ganz anders aus. Schauen Sie«, forderte er sie auf und zeigte auf ein winziges Kreuz. »Ich frage mich, was das bedeutet.« Er kniff die Augen zu, als versuche er, sich die Gegend vorzustellen. Irgendwie erinnerte er Jeddie an einen spitzschnäuzigen Vorstehhund, der Witterung aufnimmt. Oder vielleicht, verbesserte sie sich, als sie ihn von der Seite betrachtete, eher an einen Terrier.

»Irgendwo in der Gegend ist eine Schule, glaube ich. Könnte es das sein?«

»Eine Konfessionsschule?«

»Eine was? Ach so, wegen dem Kreuz. Nein, ein Internat. Für Jungen. Ich glaube sogar, die ist – wie haben Sie gleich wieder gesagt? – nicht-konfessionell. Glenadams heißt sie. Ich glaub nicht, daß da ein Kreuz drauf wär.« Erneut rieb er sich das Kinn und grinste ihr halb spöttisch, halb verschwörerisch zu.

Jeddie sah wieder auf die Karte.

»Hey!« rief Joe. »Wissen Sie was, schauen Sie, hier ist was markiert, da beim Golfplatz.« Sie blickte zu ihm auf.

»Bezeichnen Kreuze Kirchen oder Klöster?« fragte sie leise.

Joe biß sich auf die Lippe und zuckte die Schultern. »Na ja«, seufzte er, »wahrscheinlich eins von beiden.« Er lachte und warf verstohlen einen Blick auf seine Uhr. »Wenn ich Ihnen das sagen könnte, wären Sie zufrieden, stimmt's?«

»Ach du meine Güte, tut mir leid. Ich stehle Ihnen Ihre Zeit.«

»Kein Problem, Missis. Mein Bus geht erst in ein paar Minuten.«

»Sie fahren nach Hause?« fragte sie und hatte gleich darauf einen Geistesblitz, zu dem sie sich später beglückwünschte. »Haben Sie jetzt frei?«

»Hm. Für den Rest des Tages. War die ganze Nacht auf dem Posten«, erklärte er lachend. »Ein bißchen ausruhen würde mir nicht schaden, meine Füße tun höllisch weh.«

»Wenn ich«, setzte Jeddie listig an, »wenn ich ein Taxi rufe, könnte ich Sie unterwegs absetzen.«

Er sah sie an und lachte. »Dann könnte ich Ihnen ein bißchen was von der Gegend zeigen, meinen Sie?« Belustigt nickte er. »Abgemacht, Missis. Wär mir ein Vergnügen. Ich sag dem Mädchen am Empfang, sie soll ein Taxi für Sie rufen. Können Sie gleich mitkommen?«

»Ich lauf nur schnell rauf und hol meine Jacke. Übrigens, meine Freunde nennen mich Jeddie.«

Als Jeddie wieder herunterkam, wartete der Wagen bereits, und Joe schien ungemein zufrieden mit sich.

»Mir ist gerade was eingefallen, hm, Jeddie«, sagte er zaghaft. »Mir ist gerade eingefallen, daß in der Nähe von der Schule mal ein altes Kloster war. Hab ganz drauf vergessen, weil, es ist ein bißchen abgelegen. Wie es heißt, weiß ich nicht mehr. Aber die Stelle paßt.« Er wackelte ein wenig seltsam mit dem Kopf. »Glaub ich jedenfalls. Das heißt, falls es noch da ist.«

»Wenn Sie recht haben«, meinte Jeddie, »müssen wir einen darauf trinken.«

»Da nehm ich Sie beim Wort«, antwortete er und half ihr in das Taxi. »Ich könnte ein Guiness vertragen.«

Es erwies sich als einigermaßen schwierig, von der Bray Road aus eine Zufahrt zum Kloster zu finden. Mit der Zeit hatte Gras die gewundene Straße, die dorthin führte, von beiden Seiten her überwuchert; dadurch war sie noch schmaler geworden, gerade noch breit genug für ein Auto. In der Mitte wölbte sich ein grasbewachsener Erdwulst. Sie zockelten mit einer Geschwindigkeit von ungefähr fünf Meilen pro Stunde dahin. In regelmäßigen Abständen drehte der Fahrer sich um und fragte unverblümt, ob sie auch wirklich wüßten, wo sie hin wollten, bis selbst der siegesgewisse Joe an seinem Orientierungssinn zu zweifeln begann. Plötzlich hielt das Auto mit einem Ruck vor einer hohen Steinmauer an, und der Fahrer meinte: »Sieh mal einer an. Und ich hab gedacht, Sie sind nicht ganz richtig im Kopf.«

»Könnten Sie ein paar Minuten hier warten?« fragte Jeddie, als sie und Joe ausstiegen. Ein paar hundert Meter schritten sie die Mauer ab, bis sie zu einem hohen, schmiedeeisernen, mit einer Metallplatte verstärkten Tor kamen. Sie traten einen Schritt zurück und schauten nach oben. Darüber standen auf einem mit Schnörkeln verzierten Bogen die Worte *Holy Retreat.*

Joe zündete sich eine Zigarette an und hielt das Päckchen Jeddie hin, aber sie bemerkte es gar nicht. Sie starrte auf die verwitterten, kaum mehr zu entziffernden Lettern ganz oben auf den hohen Steinpfeilern zu beiden Seiten des Tores. *Elderson* stand auf dem einen, *Court* auf dem anderen. Joe folgte ihrem Blick und pfiff.

»Na also, da haben wir's ja«, sagte er. »Volltreffer!« Sie grinsten einander an.

»Wollen Sie nicht reingehen?« Er deutete auf den an der Mauer befestigten Glockenstrang.

Bedächtig schüttelte Jeddie den Kopf und zeigte auf das kleine Schild, das an dem Tor direkt über der Klinke befestigt und dessen Botschaft eindeutig war: *Ohne vorherige Anmeldung und schriftliche Einladung kein Zutritt.* Es war erst vor kurzem gemalt worden.

»Das war's dann wohl. Ich schreibe besser einen Brief mit der Bitte um eine Einladung«, erklärte sie etwas schroff und führte ihn erstaunlich energisch weg. »Ich glaube, jetzt bin ich Ihnen einen Drink schuldig, Joe.« Sie lächelte. »Obwohl, wenn ich mir's recht überlege, wäre Mittagessen vielleicht besser. Falls Sie es vergessen haben sollten, ich hab kaum was gefrühstückt.« Sie lachten.

Gleisner: Veraltet für Heuchler, Taschenspieler: Eine Person, die bestimmte scheinbar undurchschaubare Kunstgriffe und Tricks beherrscht und damit andere täuscht; auch Zauberkünstler und in übertragenem Sinne Gauner, Schwindler, Betrüger.

10

Bereits um vier Uhr nachmittags am gleichen Tag hatte Jeddie Stebton-Hillyard sich und ihr Gepäck in eine bescheidene kleine Pension etwa eine Meile näher zur Innenstadt verfrachtet, in der die Miete billig, das Zimmer bequem und die Vermieterin zuvorkommend und gesprächig waren. Kurz gesagt: all das, was Jeddie am meisten schätzte. Im Hotel deponierte sie eine Flasche Jameson für Joe, dazu eine Karte, auf der sie sich bedankte und bedauerte, daß sie so unvorhergesehen hatte abreisen müssen.

Am darauffolgenden Morgen wurde sie um Punkt zehn Uhr fünfundvierzig in den eleganten Büros von Moore, Boland & Murphy-Dunne in der Fitzwilliam Street vorstellig. Auf ihrer Nase saß eine grauenhafte randlose Brille, und sie hatte sich mit ungewohnter Sorgfalt angekleidet, obwohl das wohl die wenigsten bemerkt hätten. Sie hatte es darauf abgesehen, sich als den Inbegriff einer weltfremden Akademikerin zu präsentieren, was ihr, aufs Ganze gesehen, auch gelang. Außer ihrer randvoll gestopften Ledertasche hatte sie einen Schirm und zwei große, prall gefüllte Plastiktüten dabei.

Die Büros befanden sich im ersten Stock eines herrlichen georgianischen Stadthauses. Den Aufzug ließ sie links liegen und gönnte sich das Vergnügen, durch das prachtvolle, kürzlich renovierte Treppenhaus hinaufzusteigen. Ein umwerfend hübsches junges Mädchen mit einer langen Mähne rot schimmernder Haare lächelte sie vom Emfangsschreibtisch her an. Ihre Manieren waren ausgezeichnet: Als sie fragte, ob sie Jeddie behilflich sein könne, meinte sie dies offensichtlich ehrlich.

»Ich hoffe.« Jeddie, die sich durchaus bewußt war, was für einen Eindruck ihr reichlich exzentrisches Aussehen machen mußte, lächelte etwas gequält und hüstelte verlegen. »Ich hoffe, Sie können mir ...« Schüchtern verstummte sie. »Meine Name ist Hillyard. *Miss* Hillyard. Ich bin Schriftstellerin«, flüsterte sie heiser und ließ beide Plastiktüten fallen.

»Tatsächlich?« Das Mädchen sprang auf und begann, Jeddies verstreute Habseligkeiten einzusammeln.

»Ja. Ich durchforsche Dokumente, die Vorfahren aus dem 19. Jahrhundert betreffen.« Geistesabwesend blickte Jeddie auf. »Insbesondere interessiert mich ein großes Haus in der Nähe von Dublin.« Nervös räusperte sie sich. »Nun ja, eigentlich interessiere ich mich eher für die Familie. Sie hatten Verbindungen sowohl in Irland wie auch in England. Über einen ausgedehnten Zeitraum hinweg, verstehen Sie?«

Das Mädchen blickte zu ihr auf und bemühte sich vergeblich, ein Lachen zu unterdrücken. »Nicht so ganz«, erwiderte sie. »Und inwiefern können wir Ihnen da behilflich sein?«

»Na ja, verstehen Sie, ich versuche, die Rechtsanwaltskanzlei ausfindig zu machen, die sich um die geschäftlichen Angelegenheiten des Gutssitzes gekümmert hat. Sie hieß – einen Augenblick bitte, irgendwo habe ich das notiert«, murmelte sie in sich hinein. Sie stellte ihre beinahe überquellende Tasche auf den Schreibtisch und begann darin zu wühlen. Schließlich fischte sie ein unförmiges Notizbuch heraus und schwenkte es triumphierend. Dann blätterte sie eifrig darin herum, obwohl sie sich das durchaus hätte sparen können. »Moore, Stanhope & Boland. Sagt Ihnen das etwas?« Sie blickte auf und blinzelte kurzsichtig das Mädchen an; in dem Augenblick betrat ein ausgesprochen gutangezogener Herr den Raum.

»Oh, Mr. Murphy-Dunne«, rief die Empfangssekretärin. Sie hatte offenbar Schwierigkeiten, ernst zu bleiben. »Vielleicht können Sie der Dame hier weiterhelfen? Miss, hm, Hillier. Sie ist Schriftstellerin.«

»Hillyard«, verbesserte Jeddie leise. Schüchtern blickte

sie zu ihm auf. Als erstes fielen ihr seine hin- und herhuschenden, blutunterlaufenen Augen auf, und die gefielen ihr durchaus nicht. Ein großgewachsener Mann war er, dunkelhaarig, Mitte Vierzig, und seine Nase war leicht zerquetscht. Der Inbegriff eines gealterten Rugbyspielers. Außerdem gelang es ihm nicht so ganz, den Speckwulst um seine Taille zu verbergen, obgleich ein offensichtlich hervorragender Schneider sein Bestes getan hatte. Er trug einen dunklen Nadelstreifenanzug und dazu eine knallrosa, reichlich verwegenene Seidenkrawatte. Vermutlich Ferregamo, dachte sie; für derlei interessierte sie sich nämlich durchaus.

»Oh? Schriftstellerin?« Er wirbelte herum und musterte Jeddie von oben bis unten; um seine vollen Lippen spielte ein selbstgefälliges Lächeln. »In welcher Angelegenheit kann ich Ihnen behilflich sein, Miss, hm, Hillyard?« Ironisch das »Miss« betonend, blickte er stirnrunzelnd Jeddie an, die erneut ein leicht verwirrtes Lächeln aufsetzte und ihre Frage wiederholte.

»Ja«, meinte er. »Sie haben die richtige Kanzlei gefunden, obwohl« – er richtete sich zu seinen vollen einen Meter vierundachtzig auf – »obwohl wir mittlerweile Moore, Boland & Murphy-Dunne heißen.« Er streckte ihr die Hand hin und warf gleichzeitig unübersehbar einen raschen Blick auf seine Uhr. »Terence Murphy-Dunne, zu Ihren Diensten. Ich habe fünf Minuten Zeit für Sie.« Entrüstet blickte die Sekretärin ihn an; sie wußte genau, daß er für die nächste Stunde keinen einzigen Termin hatte. Sie überlegte, ob sie Miss Hillier, oder wie immer sie hieß, warnen sollte, daß Mr. Murphy-Dunne einem kleinen Zeitvertreib nicht abgeneigt war. Und sich über glücklose alte Damen – Sinéad war erst neunzehn, und in ihren Augen wirkte Jeddie ziemlich uralt – lustig zu machen lag genau auf seiner Linie. Mißbilligend zog sie die Mundwinkel nach unten, als sie hörte, wie er sagte: »Kommen Sie doch mit in mein Büro und erklären mir, was Sie wissen wollen.« *Sagte die Spinne zu der Fliege.*

Furchtlos ging Jeddie voraus. »Ich verfasse eine Chronik meiner Familie«, erklärte sie, nachdem sie in dem Sessel neben seinem Schreibtisch Platz genommen hatte. »Insbesondere suche ich nach einem Haus mit Namen« – sie blätterte erneut in ihrem Notizbuch – »Elderson Court.« Sie setzte die Brille ab und lächelte ihn mit Unschuldsmiene an. Augenblicklich veränderte sich ihr Gesicht. Sie war nicht schön, nicht einmal reizvoll, aber irgendwie gelang es ihr, mehr als einen Hauch von Rassigkeit auszustrahlen. Sie wußte ziemlich genau, was in ihrem Gegenüber vorging.

In Terence Murphy-Dunnes Augen flackerte merkliches Interesse auf, als er sich über den Schreibtisch beugte und sie betrachtete, während er sich bemühte, dahinterzukommen, worauf sie aus war. Merkwürdig sah sie aus, diese Dame. Mitte Vierzig? Jünger? Älter? Wahrscheinlich nicht. Wenn sie lächelte, wirkte sie jünger. Anfang Vierzig also. Er ließ seinen Kugelschreiber auf dem Schreibtisch kreiseln und konzentrierte sich.

»Macht es Ihnen etwas aus, wenn ich rauche?« fragte er höflich und zündete sich, ohne eine Antwort abzuwarten, eine Zigarette an. Seine Radarantennen kreisten wie wild. Elderson Court, hatte sie gesagt. Woher kannte sie diesen längst vergessenen Namen? Herrgott noch mal, wer war sie? Es war wohl besser, vorsichtig vorzugehen, oder aber alles könnte in einem fürchterlichen Wirrwarr enden. Oder sah er Verschwörung und Bedrohung, wo keine waren? Panik stieg in ihm auf, und er schloß die Augen; als er sie wieder aufschlug, lächelte die Frau ihn erwartungsvoll an. *Wissend.*

»Tut mir leid.« Er schüttelte den Kopf und lächelte ihr halbherzig bedauernd zu. »Der Name Elderson sagt mir nichts. Können Sie mir erklären, warum Sie glauben, wir hätten mit dieser Familie geschäftlich zu tun gehabt?« fügte er nervös hinzu und klopfte die Asche seiner Zigarette in dem Aschenbecher auf seinem Schreibtisch ab.

»Der Name ist in irgendwelchen Familiendokumenten aufgetaucht«, erwiderte sie. »Nur Bruchstücke von Informationen, die im Grunde nichts besagen. Nur der Name. Ich hatte gehofft, von Ihnen zu erfahren, ob das Haus noch existiert. Eigentlich will ich nur hingehen und es mir ansehen. Ein paar Photos machen, einige Fußnoten ergänzen sozusagen.« Ein gedämpftes, nervöses Kichern.

»Haben Sie irgendeine Vorstellung, wo es war?«

»Hoffentlich immer noch ist«, entgegnete sie scharf.

»Sie sagten, in Dublin?«

»In der Nähe, glaube ich. Laut meinen Aufzeichnungen eine kurze Fahrt mit dem Zug von Kingstown aus.«

»Dun Laoghaire«, verbesserte er sie lachend. »Der Name wurde schon vor langer Zeit geändert.«

Jeddie zog erneut ihr Notizbuch zu Rate. Murphy-Dunne trat von einem Fuß auf den anderen, während sie die schmuddeligen Seiten durchblätterte. »Killiney Bay?«

»Sie selber stammen nicht aus Irland, Miss Hillyard?« versuchte er sie abzulenken und ließ seinen ganzen Charme spielen.

»Nein, leider nicht«, erwiderte sie höflich und blickte ihn unter den Wimpern hervor an. »Meine Familie kommt aus Oxfordshire. Allerdings hat eine Vorfahrin von mir in die Elderson-Familie eingeheiratet, also habe ich durchaus einen kleinen Anspruch, eine gewisse Verbindung.« Die dunklen Augen blickten arglos, und sie ließ das Wort »Anspruch« so nebenbei fallen, als hätte sie es gar nicht geäußert. »Auf Irland, meine ich.« Sie lächelte ihm zu.

»Natürlich.« Er lächelte zurück. Schach.

»Die Familie und das Haus hießen also Elderson?« Er kippte seinen Stuhl nach hinten und saugte genüßlich an einem Backenzahn. Zwar gab er sich den Anschein, alles andere als interessiert zu sein, aber als er sich vorbeugte, um seine Zigarette auszudrücken, bemerkte sie, daß die Ader an seiner Schläfe heftig pulste.

»Die ursprünglichen Bewohner. Möglicherweise ist das Haus irgendwann einmal in ein Kloster umgewandelt worden.«

»Ein Kloster? In Killiney, sagten Sie?« Nachsichtig lächelte er sie an, als säße er einer besonders begriffsstutzigen Tante gegenüber. »Und in was genau für einer Beziehung stehen Sie dazu? Oder wir, wenn ich fragen darf?«

»Im Lauf der Nachforschungen zur Geschichte meiner Familie bin ich auf etliche Hinweise auf diese, hm, Vorfahrin gestoßen, die im Familiensitz ein Kloster gegründet hat.

Das war so interessant – so ungewöhnlich –, zumindest für England, daß ich das einfach zurückverfolgen mußte.«

»Jemand mit Namen Elderson?«

»Nicht ganz. Aus der Elderson-Familie.«

»Miss Hillyard, könnten Sie zum Kern der Sache kommen? Ich sehe mich nicht imstande, die Verbindung zu erkennen, die Sie herzustellen versuchen.«

»Selbstverständlich.« Jeddie lächelte überaus liebenswürdig. »Die Frau, die das Kloster gegründet hat, war, glaube ich, eine Stebton«, erklärte sie geduldig. »Das war der Name ihres Vaters. Ihre Mutter war eine Elderson.« Sie lächelte freundlich. »Meine Familie trägt ebenfalls den Namen Stebton. Mein vollständiger Name lautet in Wirklichkeit *Stebton*-Hillyard.« Sie redete jetzt so schnell, daß er sie unmöglich hätte unterbrechen können, selbst wenn er dies gewollt hätte. »Jane-Edwina Stebton-Hillyard.« Mit Unschuldsmiene blinzelte sie zu ihm auf. Er dachte – genau wie sie es beabsichtigt hatte –, daß sie ein bißchen wirr, ja verrückt wirkte. Jane-Edwina Stebton-Hillyard. Was für ein Name. Es paßte alles zusammen – sie war schlicht der Inbegriff einer überspannten englischen Dame der Oberschicht. Nein, nicht Dame. Frau. Eine englische Frau. Frau paßte besser zu ihr. Sie erinnerte ihn plötzlich an die Schauspielerin, die in *Fawlty Towers* die Ehefrau spielt. Wie hieß sie doch gleich wieder? Irgendwas ähnlich Groteskes. Scales. Prunella Scales. Belustigt schürzte er den Mund und richtete sich dann unvermittelt auf. Ihr Name – verdammt noch mal.

»Mir wäre es lieber«, unterbrach Jeddie ihn in seinen Gedanken, als sei sie genau auf seine Wellenlänge eingestellt, »mir wäre es lieber, wenn Sie mich Hillyard nennen. Oder Stebton, wenn Ihnen das lieber ist«, plapperte sie drauflos. »*Stebton*-Hillyard gefällt mir nicht sonderlich, und *Jane-Edwina* ist vollends lächerlich. Zwei Doppelnamen, das ist ein bißchen viel, finden Sie nicht auch?« Sie runzelte die Stirn, und beide lachten, auch wenn er in Wirklichkeit beunruhigt war, wie geschickt sie die Affektiertheit seines Doppelnamens bloßgestellt hatte. Irgendwie war es seltsam, wie ihr Gesichtsausdruck sich ständig änderte. Einerseits wußte sie offenbar Bescheid, andererseits schien sie sich lustig zu machen. Über ihn? Über sich selber? Über die Situation? Schwer zu sagen. Sie blinzelte nervös, als er sie musterte. Als sie leicht errötete und die wachsamen schwarzen Augen abwandte, hatte er das merkwürdige Gefühl, nicht sein forschender Blick verwirrte sie, sondern das, was in ihrem Kopf vorging. Und möglicherweise in seinem. Er zündete sich die nächste Zigarette an.

»Wohlgemerkt, meiner Ansicht nach ist es lediglich eine äußerst vage Vermutung, daß diese Kanzlei für sie tätig geworden sein könnte. Als Familienanwälte sozusagen«, erklärte sie langsam und bedächtig und sah ihn unverwandt an.

»Tatsächlich?« Zuerst begriff er nicht ganz, was sie damit sagen wollte. Sie wechselte Taktik und Thema auf so verwirrende Art und Weise, daß es wirklich nicht leicht war, ihren Gedankengängen zu folgen.

»Wenn dies wirklich der Fall ist, haben Sie doch bestimmt irgendwelche Unterlagen, in denen steht, wo das Haus sich befunden hat, verstehen Sie?«

»Nur wo es war? Das können Sie doch bestimmt anhand einer Karte feststellen. Und falls es auf denen aus neuerer Zeit nicht verzeichnet ist, dann doch sicher auf einer zeitgenössischen?« Argwöhnisch sah er sie an. »Waren Sie denn nicht im Stadtarchiv, Miss Stebton, hm, Hillyard?«

Sie lächelte entwaffnend. »Ehrlich gesagt, ich interessiere mich mehr für die Leute. Daher hatte ich ja gehofft, Sie könnten mir weiterhelfen.« Sie lehnte sich zurück und hielt seinem Blick stand. »Vor allem wüßte ich gern Näheres über einen Büchersammler im 19. Jahrhundert namens Ryland Stebton. So wie es aussieht, war er mein unmittelbarer Vorfahre.«

Unvermittelt schob Murphy-Dunne seinen Stuhl zurück, stand auf und streckte die Hand aus. »Herrje, schon so spät? Tut mir leid, Miss Hillyard.« Er hielt inne wie Hamlet, der über Sein oder Nichtsein nachgrübelt. Dann griff er sich theatralisch an die Stirn, als sei ihm plötzlich etwas eingefallen, und begann, mit den Fingern ungeduldig auf den

Schreibtisch zu trommeln. »Elderson haben Sie gesagt? Nun ja, irgendwie kommt es mir jetzt doch bekannt vor. Glaube ich.« Er runzelte die Stirn. »Aber leider habe ich noch einen anderen Termin.« Er strahlte sie an, als sei er gerade auf eine wundervolle Idee gekommen. »Ich werde Sinéad bitten, in den alten Akten nachzusehen, ob sich dort ein Hinweis findet. Wäre Ihnen damit gedient?«

»Das wäre wunderbar, Mr. Murphy-Dunne.«

»Alsdann. Kommen Sie doch in ein, zwei Wochen noch mal vorbei.«

»Ginge es nicht eher? Ich bin nur noch ein paar Tage hier. Sie würden mir damit einen großen Gefallen erweisen.«

»Natürlich, selbstverständlich. Wann würde es Ihnen denn passen? Morgen nachmittag? So um fünf?«

Jeddie nahm ihre riesige, abgewetzte Tasche und schlüpfte in ihren unförmigen beigen Mantel. Als sie zur Tür marschierte, stellte er amüsiert fest, daß sie hauchdünne schwarze Seidenstrümpfe mit Naht und elegante Wildlederschuhe trug, die italienisch und teuer aussahen und durchaus nicht zu ihrer sonstigen Aufmachung paßten. Er kicherte leise in sich hinein. Erstaunlich wohlgeformte Beine hatte sie. Und die Nähte saßen gerade.

»Bis morgen dann.« Ihr Blick begegnete seinem. Sie lächelte verschwörerisch, setzte bedächtig ihre Brille auf und stolperte aus dem Zimmer. Als er sie so beobachtete, lief es ihm zum ersten Mal vor Angst kalt über den Rücken. Ihre schusselige Weltfremdheit überzeugte ihn nicht, aber er kam um alles in der Welt nicht dahinter, worauf sie hinauswollte. Spielte ihm seine Phantasie einen Streich? War sie genau das, was sie schien? Eine langweilige, unbeholfene Akademikerin? Oder vielleicht kam sie sich als eine Art Amateurgenealogin vor? Wie dem auch sei, die alte Schachtel ging ihm auf die Nerven. Er brauchte nur noch ein wenig Zeit, um ein, zwei Dinge zu überprüfen. Und seine Gedanken zu sammeln. Die Erwähnung eines Büchersammlers hatte ihn einen Augenblick lang aus der Fassung gebracht.

Am nächsten Tag tauchte sie um Punkt fünf Uhr wieder auf. Murphy-Dunne ließ sie die übliche Viertelstunde warten, ehe er Sinéad erlaubte, sie in sein Büro zu bitten. Argwöhnisch beäugte er sie und war überrascht, wie klein sie letztlich wirkte. Klein und schmuddelig. Aber ihr Lächeln war bezaubernd. Aus irgendeinem Grund beinahe verführerisch. Aber trotzdem, angezogen war sie wie eine Vogelscheuche. Keine Irin, die etwas auf sich hielt, hätte sich je so in der Öffentlichkeit zu zeigen gewagt. Der Inbegriff einer Gouvernante. Sie sah aus, als hätte sie die Kleiderschränke ihrer Vorfahren durchstöbert und angezogen, was ihr gerade in die Hände geraten war, aufs Geratewohl und ohne Rücksicht auf die Epoche, den Stil oder die Farbe. Nichts paßte zusammen. Und zu rundlich, dachte er und stellte belustigt fest, daß sie wie ein Baby Grübchen in den Händen hatte. Um ihr Handgelenk zog sich sogar ein kleiner fleischiger Wulst, an dem – das Armband hing lose herunter – eine knallige Swatch-Uhr baumelte, auf deren Zifferblatt die Mickymaus deutlich zu erkennen war. Er fragte sich, ob er sich die eleganten Schuhe von gestern nur eingebildet hatte, denn unter ihrem langen, unförmigen Rock trug sie glänzende grüne Gummistiefel. Vier eindeutig schmutzige Fußabdrücke markierten ihren Weg von der Tür zu seinem Schreibtisch. Auf seinem neuen fahlgrauen Teppichboden. Er schloß die Augen und schnaubte. Als er sie wieder öffnete, begegneten sich ihre Blicke.

»Gibt es irgendeinen Grund, weshalb Sie mir all diese Fragen stellen? Einen bestimmten Grund? Äh, hm, Miss Stebton-Hillyard? Natürlich abgesehen von dem Buch, das Sie schreiben? Ihre Methode, Nachforschungen anzustellen, kommt mir, ehrlich gesagt, etwas planlos vor.«

»Entschuldigen Sie, ich bin mir nicht ganz sicher, ob ich Sie richtig verstanden habe. Sie haben erklärt, Sie würden in irgendwelchen Unterlagen nachsehen. Das ist der Grund, weshalb ich hier bin«, erwiderte sie energisch. »Auf Ihre Einladung hin, Mr. Murphy-Dunne. Wenn ich ungelegen komme, werde ich natürlich ...« Sie schickte sich an zu gehen. Er bedeutete ihr, sich wieder zu setzen.

»Nun ja, Sie müssen verstehen, man muß sichergehen ...«

»Ich verstehe Ihr Zögern durchaus. Man kann gar nicht vorsichtig genug sein, stimmt's? Finde ich jedenfalls. Man muß seine eigenen Interessen im Auge behalten.« Sie lächelte entwaffnend. »Wenn Sie meine Referenzen überprüfen wollen«, fuhr sie fort, »dann rufen Sie doch einfach meinen Familienanwalt in London an. Es handelt sich um eine angesehene Kanzlei, die Sie vielleicht sogar kennen: Churchman & Goodwall in Cheapside.«

»Das ist nicht nötig«, erklärte Murphy-Dunne entschieden und zog ein Blatt Papier aus seiner Schreibtischschublade. »Elderson Court«, las er vor, »Elderson Court wurde etwa Anfang der fünfziger Jahre des 19. Jahrhunderts in das Kloster Holy Retreat umgewandelt. Leider war mir dieser Zusammenhang gestern nicht klar«, fügte er hinzu und machte gar nicht erst den Versuch, überzeugend zu klingen.

»Natürlich nicht«, murmelte Jeddie. Sie beugte sich vor und zupfte einen nicht vorhandenen Faden von ihrem Rock. Trotz seines Protests ging sie davon aus, daß er Nachforschungen über sie anstellen würde. In seiner Situation hätte sie das jedenfalls mit Sicherheit getan. Sie schenkte ihm ihr gewinnendstes Lächeln, das er auf der Stelle erwiderte.

»Meine Sekretärin hat die Karte für Sie photokopiert. Wenn Sie mit den Nonnen sprechen wollen, müssen Sie ihnen, fürchte ich, schreiben und um einen Termin bitten, obwohl ich mir denken könnte, daß sie sich freuen würden, ein Mitglied der Familie ihrer Stifterin kennenzulernen.« Er zog die Augenbrauen hoch. Als er höflich hinzufügte: »Wie entfernt Sie auch mit ihr verwandt sind«, wurde ihr klar, er glaubte kein Wort ihrer Geschichte. Unverbindlich lächelte er ihr zu.

»Nun denn, haben Sie vielen Dank, Mr. Murphy-Dunne, Sie haben mir wirklich sehr geholfen.« Jeddie wischte sich eine Träne aus dem Augenwinkel, eine ziemlich rührende Geste. »Durchaus nicht entfernt. Ziemlich direkt sogar. Adelaide Elderson Stebton hieß sie, glaube ich. Könnte das stimmen?« Hoffnungsvoll blickte sie zu ihm auf. Er war erleichtert, als sie erneut in ihr unbeholfenes Gehabe verfiel.

»Keine Ahnung, aber ich nehme doch an, daß die Nonnen Ihnen bei Ihrer Familienchronik helfen könnten.« Er unterdrückte ein Gähnen.

»Es gibt doch noch keine Biographie von Adelaide, oder?« Sie klang leicht besorgt. »Man hat ja immer Angst, daß einem jemand, hm, zuvorkommt.« Er lächelte nachsichtig.

Letztendlich war sie doch genau das, was sie schien. Eine Möchtegernschriftstellerin, die ihre Quellen geheimhielt und eifersüchtig ihr Thema verteidigte. Er kicherte in sich hinein. Ein Thema, mit dem man vermutlich keine besonders hohe Auflage erzielte. Er hatte gestern schlicht überreagiert.

»Ob ich mir wohl das Haus näher ansehen kann?« fragte sie eifrig.

»O nein, das glaube ich nicht. Es handelt sich um einen geschlossenen Orden, verstehen Sie? Sie werden nicht einmal die Nonnen zu Gesicht bekommen, da sie immer hinter Wandschirmen verborgen bleiben.«

»Wirklich? Wie in einem arabischen Harem?« fragte sie naiv. »Wirklich, äußerst exotisch.« Sie ließ das Wort nachklingen. Er brach in schallendes Gelächter aus.

»Kein bißchen wie in einem arabischen Harem, fürchte ich. Ich finde es, ehrlich gesagt, sogar ziemlich abschreckend«, fügte er vertraulich hinzu. »Man kann die Nonnen tatsächlich nie sehen. Es kostet einige Mühe, sich daran zu gewöhnen.«

»Ich werde mein Bestes tun, um mich schicklich zu benehmen, falls sie mich einladen«, erwiderte sie spöttisch. »Sie waren mir eine große Hilfe. Vielen Dank.« Sie stand auf und lächelte ihm zu.

»Was würden Sie davon halten, wenn wir irgendwann einmal zusammen Mittag essen gehen, Miss Hillyard? Vielleicht wenn Sie das nächste Mal nach Dublin kommen?« fragte er, obwohl er angesichts ihrer Art, sich zu kleiden, durchaus nicht die Absicht hatte, sie zum Essen einzuladen. Außer in irgendein abgelegenes Lokal, damit ihm der Spott seiner Freunde erspart bliebe. Er wollte lediglich ihr weiteres Vorgehen im Auge behalten. Herausfinden, ob ihrem Besuch in Dublin nicht ein tieferes Motiv zugrunde lag.

Jeddie schien völlig verwirrt. »Oh, das wäre wundervoll«, erwiderte sie, und ihre Augen glänzten kokett. »Aber leider weiß ich wirklich nicht, wann das sein wird. Vielleicht im September? Darf ich Sie anrufen und Ihnen Bescheid geben?« Sie sah nicht, wie er gehofft hatte, in ihrem Notizbuch nach. Er nickte und gab ihr seine Visitenkarte, die sie umständlich in ihre riesige Ledertasche stopfte.

Als er um den Schreibtisch herumging, um sie zur Tür zu bringen, lachte er leise vor sich hin. Es wäre bestimmt einfach, sie im Auge zu behalten. Eigentlich mitleiderregend, wie geschmeichelt die alte Schachtel sich fühlte, daß er sie eingeladen hatte. Glaubte die denn im Ernst, er interessiere sich auch nur im geringsten für sie? Na schön. Sollte sie sich das ruhig einbilden. Er verabschiedete sich und schloß leise die Tür hinter ihr.

Doch Jeddie Hillyard war sich durchaus bewußt, daß sie weder jung noch schön war. Nur verfolgte sie ihre eigenen Absichten, und mit Terence Murphy Mittag zu essen käme ihr durchaus gelegen.

Mit einem selbstzufriedenen Lächeln machte er es sich wieder in seinem Sessel bequem und zündete sich eine Zigarette an, als sie ihren Kopf durch die Tür streckte.

»Oh, nur noch eines, Mr. Murphy-Dunne«, meinte sie entschuldigend. »Es könnte sein, daß ich von Ihnen nähere Auskünfte über die hiesigen Bebauungsvorschriften brauche. Nur eine Kleinigkeit, der ich nachgegangen bin.« Sie wartete nicht ab, bis sein Kinn heruntersackte, sondern schloß unendlich behutsam die Tür.

Klostervorstände sind gehalten, sorgfältig darauf zu achten, daß nur solche Kandidaten aufgenommen werden, die nicht nur das entsprechende Alter haben, sondern darüber hinaus gesund und entsprechend veranlagt sowie reif genug sind, um sich einem Leben zu verschreiben, das dem Kloster angemessen ist. (Kanonisches Recht 624, Artikel 1: Zulassung von Kandidaten und Aufnahme von Ordensmitgliedern)

11

Die völlig zerfurchte Auffahrt zog sich etwa eine halbe Meile hin. In der Mitte befand sich eine Haarnadelkurve, über deren grasbewachsene Böschungen auf beiden Seiten schmale Trampelpfade auf direkterem Weg zu dem Haus führten. Sie waren jedoch so steil und verschlammt, daß Jeddie mit Rücksicht auf ihre teuren Schuhe lieber auf der Straße weiterging.

Sie war ziemlich aufgeregt, denn sie wußte, dies war möglicherweise ihre erste und letzte Chance, einen nachhaltig guten Eindruck auf die Nonnen zu machen. Fast die ganze Nacht durch hatte sie versucht, das Material zu ordnen, das sie zusammengesucht hatte, ehe sie von zu Hause weggegangen war. Jetzt blätterte sie in Gedanken die Unterlagen durch: Photos, Briefe, Zeichnungen, ihre kurze Chronik von Stebton Place sowie eine Broschüre, in der die Geschichte des alten Klosters St. Edwin in Chipping Stebton beschrieben war und die sie in letzter Minute eingesteckt hatte, in der unbestimmten Hoffnung, damit bei den Nonnen ein Gefühl der Zusammengehörigkeit zu wecken. Schließlich und endlich, sagte sie probeweise vor sich hin, leben wir beide, Sie und ich, in einem Kloster. Und ich wette, murmelte sie leise, Ihr Dasein ist verdammt angenehmer als meines. Von den Zukunftsaussichten ganz zu schweigen. Sie fragte sich, wieviel die Nonnen wohl über die Umstände der Gründung ihres sicheren, wunderschönen Zufluchtsorts wußten.

Was genau erwarte ich mir eigentlich bei den Nonnen? fragte sie sich selber. Einen Haufen verbitterter, etwas verrückter alter Weiber? Verschrumpelt, enttäuscht, unausgefüllt? Von der Welt und den Sünden des Fleisches abgeschieden? Sünden des Fleisches waren etwas, worüber Jeddie oft nachgrübelte. Und darin schwelgte, wenn sich eine Gelegenheit dazu bot. Sogar mit gar nicht so weit entfernten Verwandten. Und natürlich auch mit anderen, denn in ihrem Geschäft lernte sie Leute kennen, die genauso erpicht auf Abenteuer waren wie sie selber. Die armen Hartfield und Magraw hatte keine Ahnung, auf was sie sich da eingelassen hatten, als sie in ihren Buchladen spaziert war. Jeddie beglückwünschte sich selber. Was für ein Spaß das Ganze doch war! Sie fragte sich, und das nicht zum ersten Mal, ob ihre Lust an Büchern durch die seltsamen Typen, die sie teilten, verstärkt oder abgeschwächt wurde. Oder hing es vielleicht damit zusammen, daß jedermann unweigerlich überrascht war, daß eine derart umfassende Bildung und Wertschätzung dieser Dinge in einer so angenehmen Umhüllung steckte? Jeddie Hillyard plante jeweils bis in alle Einzelheiten und überaus anpassungsfähig den Eindruck voraus, den sie erwecken wollte.

Heute war sie beispielsweise auf eine Art und Weie gekleidet, die Vertrauen einflößen sollte. Ein streng geschnittenes Kleid in der Farbe von Bitterschokolade, dazu eine Perlenkette. Auf wundersame Weise hatte ihr beiger Mantel wieder einigermaßen seine elegante Form angenommen, nachdem sie die großen Taschen geleert hatte. Dunkle Strümpfe, braune Pumps. Keine schmuddeligen Plastiktüten. Alles in allem wirkte sie wie eine gutgekleidete Lehrerin oder vielleicht eine Krankenschwester. Oder eine Buchhändlerin in einem der renommierteren Läden wie Blackwells oder Hatchards. Ihr graumeliertes, widerspenstiges Haar hatte sie im Nacken mit einem braunen Chiffontuch zu einem ordentlichen Knoten zusammengebunden. Ihre Haut war vermutlich das einzig wirklich Schöne an ihr, fahl olivfarben und makellos. Außer einem Hauch dezenten Lippenstift hatte sie kein Make-up aufgelegt. Ihre wachsamen, munteren dunklen Augen waren hinter einer Brille mit einer schmalen Schildpattfassung versteckt. Murphy-Dunne wäre über diese chamäleonhafte Verwandlung erstaunt gewesen. Nun ja, er hatte einfach ihre schauspielerischen Fähigkeiten unterschätzt.

Als sie leichtfüßig die Auffahrt zum Kloster hinaufschritt, hatte sie nur eines im Sinn: auf die eine oder andere Weise Zugang zur Bibliothek zu erhalten. Vorzugsweise auf Dauer, zumindest aber für geraume Zeit. Vielleicht war es ganz gut, daß sie die Bedeutung von »geschlossen« nicht ganz begriffen hatte, was das Kloster Holy Retreat betraf. Und auch nicht wußte, daß Außenstehenden der Zutritt zu den Räumen innerhalb des Konvents untersagt war. Oder daß unter normalen Umständen die Aussichten, Zugang zur Bibliothek ihrer Vorfahrin zu erhalten, gleich null gewesen wären. Aber die Umstände waren eben nicht normal. Und sie war nicht irgendeine Fremde, die zufällig vorbeikam und an die Tür klopfte. Schließlich und endlich war sie mit der Stifterin verwandt. In diesem speziellen Fall würden die Nonnen sich überschlagen, um ihr gefällig zu sein. Womit sie nicht rechnete, war, wie tiefreichend deren schlichtes Vertrauen in sie ihre Vorstellung von sich selber und letztendlich ihr ganzes Verhalten beeinflussen würde.

Plötzlich stand sie vor dem Gebäude und erinnerte sich sogleich, wie erfreut und erstaunt sie immer war, wenn sie in Oxford aus der Turl auftauchte und sich unmittelbar vor der Radcliffe Camera wiederfand. Ein ebenso eindrucksvolles *Trompe-l'œil*, und vor schierer Freude lachte sie. Ein Dickicht hoher, stattlicher Bäume verbarg das Haus bis zum letzten Moment den Blicken. Sie trat aus einem Bogengang majestätischer Blutbuchen, und da war es. Im Schein der Nachmittagssonne von einem fahlen, fast silbernen Rosa. Jeddie schluckte. Unzweifelhaft befand es sich in einem fürchterlich verfallenen Zustand, dennoch war es herrlich, erstaunlich schön. Einmal, nur ein einziges Mal in ihrem Leben hatte sie eine Abbildung eines ähnlichen Bauwerks gesehen. Sie hatte noch einmal nachgeschlagen, als sie herausgefunden hatte, daß John Rothery der Architekt von

Elderson Court gewesen war. Seltsamerweise hatte es in dem Buch geheißen, es existierten nur noch wenige Beispiele für diese besondere Bauweise. Doch wenn man den plumpen zweigeschossigen Erker, der auf der einen Seite angebaut war, ignorierte, handelte es sich um ein weiteres Bauwerk in diesem Stil, auch wenn es zweifelsohne kleiner war und dringend einer sorgfältigen, liebevollen Restaurierung bedurfte. Sie musterte es eingehend. Vielleicht hatte sie hier schließlich doch den Schlüssel zu der Bibliothek gefunden. Das Kloster verfügte offensichtlich über keinerlei finanzielle Rücklagen mehr, und zur Rettung des Bauwerks bedurfte es einer Menge Geld. Und zwar bald, wenn es nicht schon zu spät war. Was für ein wunderschönes, zaubrisches Gebäude. Jeddie Hillyard lehnte sich an einen der Buchenstämme, genoß den Anblick in vollen Zügen und verliebte sich heillos.

Zu beiden Seiten der Tür in der Mitte befanden sich jeweils drei Fenster; dem Erkeranbau auf der rechten Seite entsprach ein großer, teilweise verfallener Wintergarten auf der linken. Zweieinhalb bis drei Meter hohe Ziegelmauern schlängelten sich an beiden Seiten des Hauses dahin; an den Stellen, wo das Mauerwerk abgebröckelt war, füllten Eibenschößlinge die Lücken. Der Zugang zum Haus führte über eine Veranda in der Mitte – wie es aussah, eine spätere, etwas kitschige Hinzufügung.

Einen Augenblick lang blieb Jeddie vor dem Gebäude stehen, überprüfte ihre Unterlagen, zog sich die Lippen nach, holte tief Luft und schritt die sieben Stufen zur Veranda hinauf. Rechts von der Eingangstür befand sich ein altmodischer Glockenzug. Ihr erstes, zögerliches Klingeln blieb unbeantwortet, ebenso ein zweites. Gerade wollte sie es ein drittes Mal versuchen, als sie ein dumpfes Geräusch hörte und sah, wie die Tür leicht vibrierte, als zerre irgend jemand oder irgend etwas leicht daran. Probeweise versetzte sie ihr einen leichten Stoß, und wie auf Gleitschienen schwang sie auf. Nach dem hellem Sonnenschein draußen geblendet, starrte sie in die leere Halle.

»Treten Sie ein, Miss Stebton, wir sind überglücklich, daß Sie gekommen sind.«

Jeddie schlitterte über den glänzenden Boden der Halle in die Richtung, aus der die Stimme kam, und tat ihr Bestes, um sich ihre Überraschung nicht anmerken zu lassen.

»Ich bin Schwester Joseph-Maria. Herzlich willkommen. Die Mutter Guardian ist höchst erfreut über Ihren Besuch bei uns.«

Diesmal erspähte Jeddie die Trennwand und sprach mit weit größerem Selbstbewußtsein, als sie verspürte, direkt in die Richtung: »Schwester Joseph-Maria? Sie wohnen in einem wunderschönen Gebäude.«

»Wunderschön. Und gesegnet«, fügte sie feierlich hinzu, dann bemerkte sie in nüchternerem Ton: »Das aber in Stücke fällt, und in dem es sehr, sehr kalt ist.« Beide lachten.

»Wahrscheinlich würde es ziemlich viel kosten, es zu renovieren?«

»O ja, sehr viel, doch Gott ist gütig. Wenn wir das Grundstück verkaufen, können wir vielleicht sogar eine Zentralheizung einbauen.« Erneut lachte sie.

»Sie haben vor, das Grundstück zu verkaufen?« Jeddies Überraschung war nicht gespielt. Ihrem ursprünglichen Plan war offenbar jemand zuvorgekommen.

»O nein, nein, Gott steh uns bei, nur ein kleinwinziges Stück. Um der Schule nebenan einen Gefallen zu erweisen. Wir haben gerade aus heiterem Himmel ein Angebot bekommen. Was halten Sie davon, Miss Stebton?«

»Ich hielte es für eine ungeheure Schande«, erwiderte Jeddie herausfordernd und hoffte, die Nonne wäre redselig genug, ihre nächste Frage zu beantworten. »Natürlich käme es darauf an, wie groß es ist und wo es liegt, nicht wahr?«

Irgendwo hinter der Trennwand vernahm sie ein leise raschelndes Geräusch, als triebe eine sanfte Brise Laub vor sich her. Jeddie konnte nicht sagen, was es war, doch Schwester Joseph-Maria offenbar schon. Redselig mochte sie ja sein, dafür reagierte sie jedoch außergewöhnlich schnell. Offenbar belauschte irgend jemand sie.

»Hauptsächlich durch die Kräuter«, sagte sie zu Jeddies Verblüffung. »Die Kräuter waren ein Geschenk des Himmels.« Sie hustete leise. »Haben Sie auch einen Garten?«

»Oh, auf dem Gebiet bin ich eher Amateurin.« Jeddie machte das Spiel mit. »Ich tu nur, was getan werden muß, nicht so sehr aus Freude daran als aus Notwendigkeit. Ich interessiere mich mehr für Bücher.«

»Oh, tatsächlich? Wir haben hier eine wunderschöne alte Bibliothek.« Das klang aufrichtig interessiert, aber leider wurden sie erneut unterbrochen. Diesmal hörte Jeddie ein gemurmeltes »Die Mutter Guardian ... wartet ...«

»Alsdann, Miss Stebton. Mutter Catherine ist bereit, Sie zu empfangen.« Sie dirigierte Jeddie zur Tür des Sprechzimmers und bat sie einzutreten.

»Ich hoffe, wir können uns noch einmal unterhalten«, meinte Jeddie und unterdrückte ihre Neugierde sowie ihr Unbehagen angesichts der seltsamen Umgangsformen in dem Kloster. Türen öffneten sich von selber, unsichtbare Leute sprachen mit einem, und es gab keine Möglichkeit, ins Innere des Hauses vorzudringen. »Danke, daß Sie mich so herzlich willkommen geheißen haben, Schwester Joseph-Maria. Oh, übrigens«, fügte sie hinzu, ehe sie leichtfüßig in das Sprechzimmer ging, »ich bin sehr an alten Büchern interessiert. Ich arbeite in einer, hm, Bibliothek. Bücher sind meine Lieblingsbeschäftigung, meine Leidenschaft.« Sie hoffte, die Nonne könnte ihre glänzenden Augen und den vergeistigten Schimmer von Begeisterung auf ihrem Gesicht sehen. Würde sie anbeißen? Obwohl Schwester Joseph-Maria bereits unter Beweis gestellt hatte, wie geistesgegenwärtig sie war, ließ Jeddie es darauf ankommen, daß ihre Beziehung zu der gepriesenen Stifterin den Argwohn der Schwester beschwichtigte. »Es würde mich ungeheuer interessieren, mich mit Ihrer Bibliothekarin zu unterhalten. Wäre das möglich?«

Die Antwort war ein leises Flüstern: »Ich helfe gelegentlich in der Bibliothek aus, Miss Stebton. Zwar muß ich erst fragen, aber ich bin sicher, Schwester Mary-Rose wäre gerne dazu bereit. Kommen Sie morgen so gegen zehn. Ich glaube, sie kann sich etwa eine halbe Stunde mit Ihnen unterhalten – falls Sie Zeit haben.«

»O ja, bitte. Das wäre wundervoll.«

»Haben Sie irgendwelche besonderen Interessen?« fragte Schwester Joseph-Maria. Jeddie wandte sich um und starrte auf das undurchdringliche Sprechgitter. War das Arglosigkeit, oder klang die Stimme tatsächlich merkwürdig wachsam?

»Oh, mein Geschmack ist ziemlich orthodox.« Sie zögerte und kicherte nervös. »Nein, nicht in religiösem Sinne – nicht katholisch. Herrje. Unter anderem interessiere ich mich für Frühdrucke und, hm, illustrierte Bücher.«

»Ich fürchte«, entgegnete die Nonne humorvoll, »ich fürchte sehr, die *meisten* unserer Bücher gehören in die Kategorie katholisch. Wahrscheinlich haben wir nur wenig zu bieten, das Sie interessieren könnte. Aber ein paar von unseren Büchern haben prächtige Einbände.« Erneut wurde sie unterbrochen, diesmal von dem Läuten der Türglocke. Jeddie drehte sich um und wollte sehen, wer hereinkäme, die Nonne jedoch überhörte es schlicht.

»Wenn Sie jetzt einfach hier durchgehen würden, Miss Stebton«, erklärte sie, »die Mutter Guardian wird sich Ihnen gleich anschließen. Bis morgen also«, flüsterte sie, als Jeddie die Tür zum Sprechzimmer aufstieß.

Auf der Türschwelle zögerte Jeddie und fragte sich, ob sie sich die leichte Betonung des *meisten* nur eingebildet hatte. Erneut stupste sie die Tür leicht an, bis sie ins Schloß fiel.

»Miss Stebton-Hillyard?«

»Ja.« Jeddie blickte um sich, bis sie das Sprechgitter in einer Nische neben einem zugemauerten Kamin auf der linken Seite des Raumes entdeckte. Direkt davor hatte jemand einen reichlich unbequem wirkenden Stuhl hingestellt. Daneben stand ein kleiner Tisch mit einem Teetablett. Verlegen blieb Jeddie dahinter stehen.

»Dies ist ein ganz besonderer Tag für uns, Miss Stebton.« Sie sprach den Namen voller Ehrfurcht aus. »Danke, daß Sie gekommen sind, um uns in Holy Retreat zu besuchen.«

»Es ist mir eine Ehre. Und ich freue mich sehr darüber.«

»In Ihrem Brief haben Sie geschrieben, Sie seien Schriftstellerin.«

Jeddie wurde rot. »Das ist wohl etwas zu hoch gegriffen«,

wandte sie ein. »Aber ich interessiere mich für die Geschichte meiner Familie. Ich habe bereits eine Menge Nachforschungen angestellt, konnte aber nur sehr wenig über die Eldersons finden, bis ich zufällig auf einen Hinweis auf das Kloster gestoßen bin. Und das kommt mir natürlich weit interessanter vor. Ich habe ein paar von meinen Aufzeichnungen mitgebracht, um Sie Ihnen zu zeigen.«

»In welcher Beziehung stehen Sie zu der Gründerin des Klosters, mein Kind?« fragte die Nonne liebenswürdig.

»Um ganz ehrlich zu sein, ich weiß es nicht genau. Zwar bin ich mir nicht ganz sicher, aber ich glaube, meine Großmutter war ihre Nichte. Oder Großnichte. Sie hieß Laura Stebton. Meine Großmutter ist seit langem tot, aber wir haben einander sehr nahegestanden. Sie war sehr gebildet. Alles, was ich über die Familie weiß, habe ich von ihr erfahren, Mutter, hm, Guardian ...« Sie stolperte über die ungewohnte Anrede.

»Nennen Sie mich Mutter Catherine, wenn Ihnen das leichter fällt«, erklärte die Nonne lachend. »Mutter Guardian ist nichts weiter als mein Titel. Ich bin die Vorsteherin des Klosters.« Jeddie bemerkte, wie sich hinter dem Sprechgitter etwas bewegte, und ohne Vorwarnung wurde der Vorhang theatralisch aufgezogen, und sie starrte in die dunklen Augen einer schon ziemlich alten Nonne, die sich sehr gerade hielt. Sie ließ sich auf den Stuhl fallen.

»Oh. Entschuldigung, ich bin ein bißchen durcheinander, ich habe gedacht, es sei nicht erlaubt ... Ich habe nicht damit gerechnet, daß man Sie sehen darf«, erklärte Jeddie überrascht.

War das üblich? Irgendwie brachte das Öffnen des Vorhangs sie weit mehr aus der Fassung als die undurchsichtige Trennwand. Jeddie kam sich vor, als hätte sie gegen ein heiliges Gesetz verstoßen. Mehr noch, sie fühlte sich als Person bloßgestellt, schäbig. Obendrein war sie verwirrt, wußte nicht, wie sie sich in dieser neuen, unerwarteten Situation verhalten sollte. So sorgfältig hatte sie sich darauf vorbereitet, daß sie die Nonnen nicht ihrem Gesichtsausdruck, ihrer Körpersprache nach beurteilen könnte und daher auf die winzigsten Veränderungen in ihrer Stimme und ihrem Tonfall achten müßte, wie etwa bei einem wichtigen Telephongespräch. Jetzt wurde ihr mit einem Schlag klar, sie hatte einfach nicht in Betracht gezogen, daß draußen in der Halle die Nonne hinter ihrer Trennwand ihr die ganze Zeit einen Schritt voraus gewesen war. Trotz all ihres Einstudierens, wie sie sich verhalten wollte, hatte sie nicht ganz begriffen, was es bedeutete, gesehen zu werden, ohne zu sehen.

»Es ist ein besonderer Tag für uns, Miss Stebton, wirklich, ein ganz besonderer. Ich glaube, Gott hat Sie uns gesandt. Ich möchte, daß Sie sich bei uns behaglich, daß Sie sich in Holy Retreat heimisch fühlen. Wir müssen über vieles miteinander sprechen.«

Mittlerweile hatte Jane-Edwina Stebton-Hillyard sich wieder gefaßt und lächelte die Mutter Guardian an.

Oxfordshire

Anfang Oktober 1996

Kenn' ich nicht jenen Ruf? Wer bist du? Sprich!
Tritt nicht zu nah, fällst sonst auf Eisenspitzen.

(John Milton, Comus)

12

»Das ist Stebton Place.« Owen Rogerson deutete auf eine beeindruckende Toreinfahrt etwa dreißig Meter hinter dem Friedhof. »Wir könnten reingehen und uns ein wenig umsehen, wenn du magst.«

»Wirklich? Würde das die Leute, die dort wohnen, nicht stören?« fragte Tess. Am Freitagnachmittag war sie von Dublin herübergeflogen und nach Chipping Stebton gefahren, angeblich um die Rogersons zu besuchen, aber auch, um die Informationen zu sammeln, um die Mutter Catherine gebeten hatte. Zu ihrer Überraschung war am Samstag Owen zum Mittagessen aufgekreuzt. Anschließend hatten sie Claire der Obhut ihrer Großeltern überlassen, die sie vergötterten. So konnten sie jetzt durch das Dorf bummeln.

»Ich wüßte nicht, warum, sie sind nämlich gar nicht da. Zumindest können wir außen herumschleichen.«

»Weil wir gerade davon sprechen – eben fällt mir ein, deine Mutter hat das erwähnt, als ich sie gestern abend auszuhorchen versuchte habe.« Sie gab ein leise schnaubendes Lachen von sich. »Recht weit bin ich dabei nicht gekommen, sie konnte sich einfach nicht von dem Baby losreißen.« Allerdings schien sie das ungemein zu freuen.

Owen war erleichtert, daß ihr Besuch so offensichtlich ein Erfolg war. Er lächelte ihr zu. »Ich auch, aber schon früher. Genauer gesagt, ich habe sie angerufen, gleich nachdem du neulich abends mit mir telephoniert hast. Jetzt ruft sie fast jeden Tag an und liefert mir zusätzliche Informationen.«

»Das hat sie erwähnt, als ihr meine Fragerei zuviel wurde. Wende dich an Owen, hat sie gesagt.« Sie lachte. »Hat sie viel über die Leute gewußt?«

»Ja, wenn man alles zusammennimmt, eine ganze Menge. War auch für mich ganz interessant; ich habe mich richtig geschämt, weil ich selber so wenig gewußt habe. Vor allem, weil ich doch seit meiner Kindheit oft hier war. Aber natürlich war ich meistens im Internat.« In seiner Stimme schwang eine Spur von Verbitterung mit, und einen Augenblick meinte sie beinahe, Marcus zu hören. Aber das war vielleicht nur, weil er offenbar Marcus' Abneigung gegen Internate teilte. Das überraschte sie, denn Owen hatte stets lautstark den Status quo verteidigt. Was Anlaß zu lebhaften Diskussionen zwischen den Brüdern gegeben hatte. Die manchmal recht streitsüchtig verlaufen waren, erinnerte sie sich nüchtern.

»Seltsam, wie der Tod die Art, die Dinge zu sehen, ändert«, murmelte sie eher zusammenhangslos. Owen antwortete, indem er unbeholfen ihre Hand in seine nahm.

»Nicht nur die Art, wie man die Dinge betrachtet«, murmelte er rätselhaft.

»Gehen wir doch ein Stückchen zum Wald rauf«, schlug sie vor. »Um diese Jahreszeit mag ich ihn besonders. In ein paar Wochen sind die Bäume alle kahl.« Sie ging voraus, und mit ihren langen Beinen schaffte sie den Hügel spielend. Owen hatte alle Mühe, ihr nachzukommen. Sie drehte sich um und tanzte, während sie auf ihn wartete, ein wenig durch das trocken raschelnde Laub. »Gefällt dir das nicht, dieses Geräusch?« fragte sie lachend, für einen Augenblick unbeschwert. Inzwischen sah sie wieder viel besser aus, obwohl sie offenbar immer noch kein sonderliches Interesse an ihrem Äußeren hatte. Nicht eine Spur von Make-up war auf dem blassen, fast weißen Gesicht zu entdecken, und unter den grau-grünen Augen hatte sie dunkle Ringe. Ihre Verletzlichkeit rührte ihn ungeheuer.

»In London hasse ich den Herbst, selbst wenn es nicht regnet, aber wenn alles naß ist, wie jetzt die ganze Woche – puh! Warum eigentlich sieht nasses Laub auf dem Gehsteig glitschig und ekelhaft aus, aber auf Landstraßen wundervoll? Als Kinder sind wir mit Begeisterung durch Laubhaufen gestürmt. Marcus mußte sich alle Mühe geben, um mithalten zu können, der dumme Kerl ...« Seine Stimme brach, und schweigend gingen sie zum Wald hinauf, der an das Grundstück von Stebton Place grenzte. »Die kleinen Dinge sind es, die einem wirklich an die Nieren gehen, findest du nicht?« fragte er bedrückt.

»O ja«, stimmte sie rückhaltlos zu. »Gerade wenn man glaubt, alles unter Kontrolle zu haben – wumm ...« Sie schauderte und sagte nach einer Weile: »Sind die Farben nicht phantastisch?«

Die Bäume prangten in voller Schönheit, eine Orgie von Orange, Braun, Rot und Gold. Der plötzliche Kälteeinbruch in der Woche zuvor hatte die Verfärbung der Blätter beschleunigt, aber noch standen die Bäume voll im Laub. Jetzt war es wieder mild, und die Oktobersonne vermittelte einem fast das Gefühl, als sei es richtig warm. Sie setzten sich auf einen alten, schön geformten Baumstrunk, von dem aus sie einen guten Blick auf das Dorf unter ihnen hatten. Owen lenkte ihre Aufmerksamkeit auf das alte Herrenhaus, doch da es sich gefällig an die Hügelflanke schmiegte, war fast nur das Dach zu sehen.

»Sieht wie ein altes Kloster aus«, meinte Tess.

»Genau das war es auch. Ganz schön raffiniert, wie sie es gebaut haben, findest du nicht? Von hier aus wirkt das ganze Dorf wie ein natürlicher Bestandteil der Landschaft, stimmt's?«

»Du hast recht. Ich erinnere mich, wie ich einmal bei leichtem Nebel hier gestanden bin. Das ganze Ding ist einfach verschwunden.« Einen Augenblick lang schwiegen sie; es war wohltuend, einfach so nebeneinanderzusitzen.

»Bleibst du bis morgen?« Tess brach bewußt den Bann.

»Nein, leider nicht. Ich muß heute noch zurück, nach dem Abendessen. Morgen fliege ich nach New York. Einer deiner ehemaligen Klienten – Pierponts«, ergänzte er leichthin.« Sie unterdrückte einen Anflug von Neid. Sein Leben erschien plötzlich so sorglos, so voller Möglichkeiten.

»Wie lange bleibst du weg?« Sie zwang sich, danach zu fragen.

»Oh, ungefähr eine Woche. Ich hab mir gedacht, das nächste Wochenende über bleib ich noch dort und seh mir ein, zwei Theaterstücke oder so an«, meinte er und wechselte unvermittelt das Thema. »Hat deine Nonne dir gesagt, wofür genau sie sich interessiert?«

»Nein, nicht so recht. Im Grund genommen überhaupt nicht. Doch da ich eine neugierige Anwältin und folglich ziemlich argwöhnisch bin, und angesichts der Tatsache, daß es um Landbesitz geht, schätze ich – das ist, wohlgemerkt, nur eine Vermutung –, sie interessiert sich für die Nachkommen.«

»Du meinst, sie macht sich möglicherweise Sorgen wegen – wegen was genau? Ansprüche auf den Grundbesitz?«

»Na ja, siehst du, das könnte wechselseitig sein, meinst du nicht auch? Ist ein ganz ansehnliches Stück Land da unten«, sagte sie und beschrieb mit dem ausgestreckten Arm einen weiten Bogen. Owen pfiff leise.

»In der Tat. Weißt du noch, was genau deine fromme Nonne gesagt hat?«

»Laß mich mal überlegen. Soweit ich mich erinnere, hat sie nur erwähnt, daß die Vorfahren der Ordensgründerin aus Oxfordshire stammten und daß sie glaubt, das Dorf und die Familie hätten den gleichen Namen, und daß sie daran interessiert sei, etwas über sie zu erfahren. Mich hat's fast umgehauen, als sie erklärt hat, die Familie heiße Stebton. Ich meine, das ist doch wirklich ein unglaublicher Zufall, daß deine Eltern hier leben.«

»Bestimmt gibt es noch mehr Dörfer, die Stebton heißen, oder? Es muß ja nicht unbedingt dieses sein.«

»Nicht in Oxfordshire. Zumindest habe ich keines gefunden. Am Donnerstag habe ich nämlich kurz beim Grafschaftsmuseum vorbeigeschaut. Also, erzähl mir mehr über die Leute, die in dem Herrenhaus wohnen.«

»Zwei mittelalte Jungfern und ihr Hausdrachen von Mutter. Zumindest hat Mutter sie so geschildert. Elfrida heißt sie. Zu ihrer Zeit war sie eine ausgewachsene Tyrannin. Hat jahrelang die Mädchen mit eiserner Hand erzogen. Aber jetzt ist sie anscheinend total vertrottelt. Seit einiger Zeit ist sie völlig daneben, also haben sie sie vor ein paar Monaten in ein Heim gesteckt. Und eine der Töchter, Felicity, liegt zur Zeit im Krankenhaus, in Oxford – im Acland, glaube ich. Mutter kann sich nicht erinnern, wann sie die andere Tochter zum letzten Mal gesehen hat; sie nimmt daher an, daß sie verreist ist. Oder vielleicht ist sie nach Oxford gezogen, um in der Nähe beider Krankenhäuser zu sein? Ich war regelrecht entzückt«, psalmodierte er bedeutungsschwanger, »als ich herausbekommen habe, daß die Dame Jane-Edwina heißt.« Glucksend lachte er in sich hinein.«Vermutlich nach St. Edwin so benannt.« Er deutete auf den Kirchturm, der über den Bäumen aufragte. »Jane-Edwina Stebton-Hillyard. Na, wenn das kein Name ist, mit dem man Wunder wirken kann!«

»Ein bißchen ein Zungenbrecher, findest du nicht? Habe ich da zwei Bindestriche gehört?«

»In der Tat. Aber offenbar ist die Dame beiden abhold«, erklärte er affektiert. »Sie zieht es vor, schlicht Hillyard genannt zu werden.«

»Kennst du sie?«

»Eigentlich nicht. Meine Eltern natürlich schon, zumindest auf gesellschaftlicher Ebene – einmal im Jahr trinkt man zusammen einen Sherry oder so. Komischerweise bin ich einer der Miss Hillyards anscheinend ein paarmal begegnet, obwohl ich weder etwas von der Verbindung mit der Familie Stebton wußte noch davon, daß sie aus dem Dorf stammt. Ich hoffe doch sehr, es war Jane-Edwina.«

»Oh. Und wo?«

»In einem Buchladen in Oxford. Offenbar arbeitet sie dort gelegentlich.«

»Bei Blackwells?«

»Nein, in dem kleinen Antiquariat in der Walton Street. Erinnerst du dich – als wir uns das letzte Mal gesehen haben, sind wir der Besitzerin begegnet.«

»Hartfield?«

»Richtig. Grace Hartfield. Vielleicht solltest du dich einmal mit ihr unterhalten.«

»Über Miss Hillyard? Möglicherweise hat sie etwas dagegen, über ihre Angestellte zu sprechen.«

»Falls du dich erinnerst, meine Liebe, Mrs. Hartfield hat erwähnt, daß ihre Angestellte spurlos verschwunden ist.«

»Na und?« Tess erinnerte sich an Grace Hartfields Bemerkung, war jedoch erstaunt, daß Owen das noch wußte; er war an jenem Tag so unglaublich aufgeregt gewesen.

»Na ja, verstehst du denn nicht? Ich glaube nicht, daß sie mehr als eine Angestellte hat. Wenn also Jane-Edwina weg und die Angestellte spurlos verschwunden ist ... damit schließe ich meinen Beweisantrag ab, Mylord.«

»Du bist ein Dummkopf«, erklärte Tess lachend. »Das ist jetzt fast einen Monat her. Wahrscheinlich ist sie die Schwester, die im Krankenhaus liegt.«

»Stimmt, aber Mutter hat gesagt, ich zitiere: ›Eine von den beiden ist ziemlich bieder. Die mit den Büchern sieht eher wie eine Figur von Beatrice Potter aus, ungefähr so wie Mrs. Tiggy-Winkle‹«, schloß er triumphierend mit einem zufriedenen Grinsen.

»Oh, wirklich?« Tess blieb kurz stehen. »Ich bin ein paarmal in dem Laden gewesen. In dem Fall müßte ich sie also eigentlich auch gesehen haben.« Sie runzelte die Stirn. »Das war doch nicht etwa diese kleine Dame, die irgendwie zerknittert aussieht und« – sie kicherte – »sich etwas außergewöhnlich kleidet?«

»Mrs. Tiggy-Winkle?« Er lachte. »Genau die. Frag doch einfach Mrs. Hartfield«, fügte er vorsichtig hinzu, »welche Bücher Miss Tiggy besonders interessieren. Eine seltsame kleine Dame.«

»Du hast recht – ausgezeichnete Idee. Ich schau am Montag dort vorbei, mal sehen, was ich rauskriege.«

»Oh? Und wann fliegst du nach Dublin zurück?«

»So um den Donnerstag rum, hoffe ich, wenn ich bis dahin alles regeln kann«, erklärte sie, ging aber nicht näher darauf ein, was dieses »alles« sein könnte. »Ansonsten eben, so früh es geht.«

»Gegen Ende des Monats komme ich auch hin, so um den fünfundzwanzigsten oder sechsundzwanzigsten. Zumindest muß ich auf dem Weg zu den Opernfestspielen in Wexford über Dublin fahren«, meinte er etwas verlegen. »Vielleicht könnten wir zusammen Mittag essen oder so?«

»Gern. Dann lernst du auch Hugo kennen. Oh, und

meine Mutter, wenn sie in der Gegend ist.« Er fischte seinen Terminkalender aus der Jackentasche und studierte ihn eingehend. Ihrem Blick wich er aus. Schließlich hob er den Kopf. »Wenn ich mir's recht überlege, auf dem Rückweg würde es wahrscheinlich am besten passen. Ich könnte am achtundzwanzigsten dort übernachten. Was hältst du davon? Und du läßt dich von mir zu einem erlesenen Mittagessen ausführen, hm?«

»Prima«, stimmte sie zu. »Wär schön. Ich weiß genau das richtige Lokal. Oh, oh ...« Sie hielt inne, verzog das Gesicht und trommelte sich mit den Fingern aufs Kinn. »Vorausgesetzt natürlich, die Exhumierung kommt mir nicht dazwischen. Ich hoffe, bis dahin ist das alles erledigt, aber so wie es aussieht ...« Sie zuckte die Schultern. »Alles dauert so furchtbar lange ...«

Erneut blätterte er in seinem Terminkalender und erklärte ungehalten: »Aber das ist doch ein Feiertag. Die erwarten doch bestimmt nicht, daß du dabei bist, oder? Unter diesen Umständen?« Er wirkte leicht entsetzt. »Das ist eindeutig makaber.«

»Meiner Meinung nach bei weitem nicht so makaber wie eine Einäscherung«, brauste sie auf; vor Ärger wurde sie ganz rot im Gesicht. Offenbar war das immer noch ein wunder Punkt. Nach der gerichtlichen Untersuchung der Ursache für Marcus' Tod hatte sie Scheinwehen bekommen und war ins Krankenhaus eingeliefert worden. Damals war sie erst im siebten Monat gewesen, und es hatte auf Messers Schneide gestanden, ob sie das Kind verlieren würde. Da er nicht gewußt hatte, wie lange sie in der Klinik bleiben müßte, hatte er versucht zu helfen und, ohne sie zu fragen, eine Feuerbestattung angeordnet. Anschließend hatte sie keinen Hehl daraus gemacht, wie aufdringlich und übereifrig sie das gefunden hatte. Vor und nach der Feier war sie ihm geflissentlich aus dem Weg gegangen, hatte sich sogar geweigert, mit ihm zu sprechen.

»Er hätte ein ordentliches Begräbnis verdient«, hatte sie ihm schließlich wütend zugezischt, als sie zum Haus zurückgekehrt waren. Sie war zutiefst deprimiert, wie wenig Leute gekommen waren. »Wir wissen, wie man eine Beerdigung feiert«, hatte sie geschluchzt, als beschriebe sie eine Party. Er vermutete, und fühlte sich dabei erbärmlich, daß sie damit meinte: »Wir Iren.« Und natürlich hatte sie recht gehabt. Die unpersönliche Einäscherung war sowohl trostlos wie auch enttäuschend gewesen. Und der Gedenkgottesdienst, der einen Monat später in Marcus' College stattgefunden hatte, war sogar noch grauenhafter gewesen, obwohl sich die Leute in der Kapelle gedrängt hatten.

»Antiseptisches Trauern«, hatte sie das genannt. Ein Satz, der ihm nicht aus dem Kopf ging. Er wünschte von ganzem Herzen, er hätte mehr Rücksicht auf ihre – zumindest offiziell – unklare Stellung genommen. Was ihre und Marcus' Freunde betraf, war alles klar gewesen, aber mit den schon etwas betagteren Verwandten und Kollegen hatte es sich als merkwürdig schwierig erwiesen. Wirklich auffällig, wie Worte plötzlich zu Stolpersteinen wurden, wie einfache Worte plötzlich tabu waren – etwa Schwiegertochter, Schwiegereltern, Ehemann. *Partner* ging völlig an der Sache vorbei. Die Leute, überwältigt von Mitleid angesichts der schwierigen Lage, in der sie sich befand, hatten nur zu deutlich den sich vorwölbenden Bauch bemerkt. Insbesondere die ältere Generation schien sich nicht so recht im klaren darüber zu sein, was für eine Rolle sie in Marcus' Leben gespielt hatte und wie sie sie anreden sollten. Viele hatten dies einfach vermieden, hatten nur seinen Eltern ihr Beileid ausgedrückt und die große, so offensichtlich hochschwangere Frau schlicht ignoriert. »Weder Frau noch Witwe«, hatte sie anschließend verbittert gemurmelt und war davonstolziert. Das Ganze hatte zu einer zeitweisen Abkühlung der Beziehung zwischen ihr und seinen Eltern geführt, die sie bis dahin immer als »Schwiegereltern ehrenhalber« bezeichnet hatte. So wie sie ihn »Schwager ehrenhalber« genannt hatte. Jetzt, als sie ihre Stellung neu überdenken mußte, kam ihr – und bis zu einem gewissen Grad eigentlich ihnen allen – diese Umschreibung unpassend vor. Noch gestand er sich seine Erleichterung nicht ein, daß er nicht ständig an ihre Beziehung zu seinem Bruder erinnert wurde.

»Tut mir leid«, sagte Tess, zog an seinem Arm und drehte ihn herum, so daß er ihr gegenüberstand. »Es tut mir wirklich sehr, sehr leid.« Sie wippte auf den Fußballen vor und zurück. Er hob ihr Gesicht zu sich empor. Die meergrünen Augen schwammen in Tränen. Owen legte die Arme um sie und drückte sie an sich.

»Auch mir tut das alles schrecklich leid, Tess«, flüsterte er ihr ins Ohr; er wollte sie festhalten, sie beschützen, sie in Zärtlichkeit einhüllen. Sie mit Küssen überschütten. Doch er hatte gelernt, behutsam vorzugehen. Seit dem Tod seines Bruders waren ihre Stimmungsumschwünge unvorhersehbar geworden. Sie hatte sich nicht nur von der Familie, sondern auch von allen anderen außer ihrem Kind zurückgezogen, so als fürchte sie, die mühsam bewahrte Selbstbeherrschung zu verlieren. »Ich kann dir gar nicht sagen, wie sehr ich das alles bedaure. Wie oft ich daran denken muß. Und wie sehr ich mich schäme. Freunde?« bat er leise.

Sie machte sich von ihm los. »Ich bin eine fürchterliche Egoistin«, erklärte sie und rieb sich energisch die Augen. »Natürlich sind wir Freunde.«

»Dann ist ja alles in Ordnung.«

»Wir gehen ganz groß zum Essen aus«, sagte sie übertrieben fröhlich. »Ich weiß schon, in welches Restaurant; das Essen dort ist hervorragend.« Unbeholfen hakten sie sich unter und gingen ein Weilchen schweigend dahin.

»Du hast gesagt, Miss Hillyard sei seltsam. Hast du damit gemeint: verrückt oder unfreundlich?« unterbrach Tess ihn in seinen Gedanken. Owen überlegte eine Zeitlang, ehe er antwortete. Wenn sie die war, die er meinte, dann in der Tat sehr seltsam, zumindest laut einem eher zweifelhaften Büchersammler, den er in London kannte. Aber er wollte nicht irgendwelchen zweideutigen Klatsch wiederholen, also hielt er sich zurück.

»Sie ist ziemlich … na ja, dekadent trifft es vielleicht eher, schätze ich. Amüsant, und nur ein ganz klein wenig exzentrisch. Aber das liegt anscheinend in der Familie. Wie es heißt, ist ihre Mutter völlig übergeschnappt. Als man sie das letzte Mal gesehen hat, ist sie, in einen Chintzvorhang gehüllt, fröhlich über den Dorfanger stolziert und hat erklärt, sie gehe auf einen Ball. Wer behauptet da noch, das Leben auf dem Dorf sei langweilig?«

»Wann war das?«

»Oh, derlei ist anscheinend ziemlich oft passiert. Fast jeden Abend, ehe man sie im August ins Irrenhaus gesteckt hat.«

»Vielleicht hat die Buchladen-Stebton ihren Geschmack geerbt«, kicherte Tess. »Und was ist mit der anderen Tochter?«

»Ach, die. Felicity ist angeblich ziemlich steif und bieder und engagiert sich sehr für die Kirche – sorgt für frische Blumen und so. Aber das wird dich interessieren«, fuhr er in der Manier eines Zauberers fort, der ein Kaninchen aus seinem Zylinder zieht. »Mutter meint, sie sei ziemlich verknallt in den Pfarrer. Der ein entfernter Cousin ist.« Er schien äußerst zufrieden mit sich selber und begann, leise vor sich hin zu pfeifen.

»Von dir?«

»Nein«, widersprach er lachend. »Von ihr. Genaugenommen ist er der einzige wirkliche Stebton von allen.«

»Was? Sag das noch mal. Heißen die nicht alle Stebton?«

»Stebton-Hillyard. Das Stebton wurde aus eigenem Entschluß oder der Höflichkeit halber hinzugefügt. Ihre Großmutter war eine Stebton. Ich bin nicht sicher, ob ihr Ehemann, wenn sie denn einen hatte, ihren Namen angenommen hat, jedenfalls kannte man sie nur als Laura Stebton. Ziemlich gutaussehend, aber etwas abgehoben. Als meine Eltern das Cottage gekauft haben, war sie noch am Leben. Genaugenommen konnten sie es sich auch nur wegen ihrer schlechten Verwaltung des Besitzes leisten, es überhaupt zu kaufen. Unter ihrer Herrschaft ist das Gut völlig verkommen. Viele Häuser im Dorf wurden für ein Butterbrot und ein Ei abgestoßen. Als Mutter zum ersten Mal hierherkam, sah sie die alte Laura immer mit einer ihrer kleinen Enkeltöchter durch das Dorf spazieren – entweder Felicity oder Jane-Edwina. Mutter konnte nicht sagen, welche von beiden es war, aber sie hat darauf beharrt, daß es immer die gleiche war. Vermutlich ist das nicht weiter wichtig, es hätte entweder die eine oder die andere oder beide abwechselnd sein können. Wenn man sie sieht, möchte man allerdings kaum glauben, daß sie Zwillinge sind. Felicity ist größer und ziemlich pferdegesichtig. Hübsches Ding«, scherzte er. »Laut Mutter.«

»Hast du sie gekannt? Als Kinder, meine ich. Du mußt doch etwa gleich alt gewesen sein.«

»Sie sind jünger als ich, ungefähr in Marcus' Alter, glaube ich. Aber als Kinder haben wir kaum etwas mit ihnen zu tun gehabt. Damals haben die Eltern nur übers Wochende im Cottage gewohnt, und ich war außerdem schon in der Vorschule, so daß wir nur in den Ferien hergekommen sind. Und nicht einmal das immer. Als wir im Internat waren, sind wir fast überhaupt nie hier gewesen; uns Jungs war London lieber. Alsdann, sollen wir zum Herrenhaus hinuntergehen?« Er blieb kurz stehen und legte ihr die Hände auf die Schultern, ehe er sie den Hügel hinunterführte. In Gedanken schien er meilenweit entfernt.

»Und du hast nie mit ihnen gespielt, nicht einmal in den Ferien?« fragte sie mit einem boshaften Glitzern in den Augen.

Owen blieb stehen und richtete sich zu seiner vollen Größe von immerhin einem Meter achtzig auf. »Wo denkst du hin?« sagte er mit gespieltem Entsetzen. »Mit Mädchen spielen? Für derlei war ich viel zu alt.«

»Gott behüte«, gluckste sie. Mit dem Finger fuhr sie über den Ärmel seines Kaschmirpullovers, der ziemlich neu aussah. »Aber jetzt bist du nicht mehr zu alt dafür, wenn ich das richtig sehe. Du legst dich in letzter Zeit, was Klamotten betrifft, ja mächtig ins Zeug«, neckte sie ihn, als er neben ihr herging und sich ihrem Tempo anzupassen versuchte.

Owens Mutter hatte erwähnt, daß er sich ziemlich häufig mit einer jungen Frau traf, die vor ein paar Monaten Partnerin seiner Kanzlei geworden war. Als sie sich am Vormittag mit Marcia unterhalten hatte, war der Name Stephanie Wrighton ziemlich oft gefallen. Auch Owen hatte ihn beim Mittagessen ein-, zweimal erwähnt, wenn auch zurückhaltender. Mit einer, wie Tess mit einem schwachen, aber unmißverständlichen Anfall von besitzergreifender Eifersucht bemerkt hatte, Zärtlichkeit und Freude, die nur eines bedeuten konnten. Seit Marcus' Tod war er ihr eine beständige, unaufdringliche Stütze gewesen, auf die sie sich, wie sie sich jetzt überrascht eingestand, weitgehend verließ. Sie war erleichtert, daß sie nächste Woche wieder nach Dublin fahren würde, denn so wie die Dinge lagen, kam sie sich wie ein unerwünschter Eindringling vor.

»Höchst erfreut, Ihre Billigung zu finden, Ma'am.« Er lächelte liebevoll zu ihr hinunter. Spontan hakte Tess sich wieder bei ihm ein. »Natürlich freut mich das«, meinte sie leise. »Alsdann, Owen, um das ein für allemal zu klären – Elfrida Stebton hat einen Hillyard geheiratet. Ist das richtig?« fragte Tess, als er das Tor zu Stebton Place aufhielt.

»Stimmt«, antwortete er. Sie gingen die grasüberwachsene Auffahrt hinauf. »Jagen, Schießen, Fischen, der Typ, aber ganz gut, was das Geschäftliche betraf. Anthony Hillyard – oder Stebton-Hillyard, wie er später hieß. Ihm war es ganz recht, den Namen zu übernehmen. Eine Zeitlang hat er es geschafft, den Verfall aufzuhalten; er hat das Gut wieder in Schuß gebracht. Aber das war nicht von langer Dauer, er ist früh gestorben, Mitte Vierzig war er, und die Mädchen waren noch klein. Bei einem Jagdunfall ums Leben gekommen. Ist vom Pferd gefallen und hat sich den Hals gebrochen, der arme Kerl.«

Als sie um eine Kurve bogen und das Haus jetzt unmittelbar vor sich sahen, blieben sie stehen.

»Sieht aus, als bräuchten sie dringend eine Menge Geld«, meinte Tess nachdenklich.

Daß Stebton Place einst ein Kloster gewesen war, fiel sofort ins Auge. Es war aus hellem Cotswold-Stein gebaut. Viele Fenster hatten noch die gotischen Mittelpfosten, und die massiv beschlagene Haustür sah aus, als würde gleich ein Kardinal – und das war das mindeste – heraustreten. Sämtliche geistlichen Insignien wären hier durchaus am Platz gewesen. Doch obwohl das Haus sich sein majestätisches Aussehen bewahrt hatte, befand es sich in einem trostlosen Zustand. Die Steinmetzarbeiten mußten dringend neu verfugt und die Fensterrahmen erneuert werden. Irgendwie wirkte es freudlos und düster und in dem schwindenden Licht verlassen und ungeheuer ruhig. Die gewaltigen Kastanien, die es überwölbten, standen gefährlich nahe und nahmen dem Haus alles Licht. Tess schauderte.

»Was ist?« fragte Owen.

»Nichts. Mich hat nur eine Gänsehaut überlaufen«, sagte sie. »Das Haus gefällt mir nicht. Es sieht ... es sieht so aus, als würde es hier spuken.« Sie wandte sich ab.

»Das sagen alle – laut Dad.«

»Dudley spielt also auch mit?«

»O ja. Er hat vorgeschlagen, daß wir auf dem Rückweg ein Glas mit ihm trinken. Und er hat versprochen, dich den alten Kumpanen, wie er sie nennt, vorzustellen, die dir alles erzählen werden, was du wissen willst.«

»Davon hast du mir gar nichts gesagt«, beschwerte sie sich lachend.

»Nein«, meinte er lässig. »Schließlich muß ich meine Informationen sorgsam rationieren und mir irgendwie deine Aufmerksamkeit sichern.«

»Was?« Ungestüm wirbelte sie herum und dachte, sie hätte sich verhört. Owen lächelte ihr verbindlich zu. »Es heißt, die alte Laura Stebton gehe in dem Haus um. John Pittaway schwört, Nacht für Nacht wandle sie mit einer Kerze in der einen und einem Buch in der anderen Hand durch die Korridore.«

»Was, keine Glocke?«

»Glocke?« Verständnislos blickte er sie an.

»Glocke, Buch und Kerze. Eine Hexe, stimmt's? Der nimmt dich auf den Arm. Du hast ihm das doch nicht etwa abgenommen, oder?« spottete Tess.

»Eigentlich nicht so recht«, antwortete er bedächtig, »aber ich habe gedacht, du würdest das durchaus glauben, denn er behauptet, es aus erster Quelle zu wissen. Er und Miss Jane-Edwina Stebton-Hillyard sind fröhliche Zechkumpane und verwandte Seelen. Und ich wette, sie ist diejenige, an der deine tugendhaften Nonnen interessiert sind, glaubst du nicht auch?«

Kirche St. Edwin, Chipping Stebton, Oxfordshire: Die Aufzeichnungen und Beurkundungen der Gemeinde reichen, was sehr ungewöhnlich ist, bis ins Jahr 1540 zurück; zwei Jahre zuvor hatte Thomas Cromwell, Sekretär Heinrichs VIII., verfügt, daß sie in jeder Gemeinde des Königreichs aufbewahrt werden sollten. (Archiv des Heimatmuseums Chipping Stebton)

13

Auf den ersten Blick gab es keinerlei Grund, warum Tess ausgerechnet die Hillyard-Spur so leidenschaftlich verfolgte, außer vielleicht ihrem Gefühl. Als sie am Sonntagmorgen Marcia und Dudley Rogerson ankündigte, sie wolle mit ihnen in die Kirche gehen, blieb den beiden vor Erstaunen der Mund offenstehen, so daß sie selber alle Mühe hatte, nicht laut loszulachen.

»Das wäre nett, meine Liebe.« Marcia hatte sich gleich wieder gefaßt. »Aber ich fürchte, du wirst mit mir vorliebnehmen müssen. Unser Pfarrer ist verreist, und von der Aushilfspfarrerin ist Dudley nicht sonderlich begeistert.« Sie nickte Tess verschwörerisch zu.

»Verdammte Pfarrerinnen!« stieß Dudley wütend hervor. Er wirkte eher wie ein cholerischer General als wie ein Anwalt im Ruhestand.

»Mr. Stebton macht also Urlaub?« erkundigte Tess sich und übersah geflissentlich den äußerst erstaunten Blick, den die beiden ihr zuwarfen.

»Um diese Jahreszeit macht er immer seine Kreuzfahrt entlang der griechischen Küste.«

»Ist das nicht höllisch teuer für seine Verhältnisse?«

»O nein, meine Liebe, er wird dafür sogar bezahlt. Wir sind einmal mitgefahren, verstehst du – ein wirklich gelehrter Mensch.«

»So ein Quatsch, von wegen gelehrt«, widersprach Dudley gereizt. »Er hat das verdammte Zeug auswendig gelernt.

Seit Jahren macht er die gleiche Fahrt. Und hält mit Sicherheit immer den gleichen Vortrag.«

»Dudley, mein Lieber, du weißt, das ist nicht fair. Schließlich fährt er nicht weg, um dich zu ärgern«, erklärte Marcia streng und wandte sich zu Tess. »Er arbeitet sehr hart. Außer dieser hat er noch fünf andere Gemeinden, um die er sich kümmern muß, und seit dem Tod seiner Frau ist er ziemlich einsam. Es tut ihm also recht gut, wenn er sich jedes Jahr auf dieses Extravergnügen freuen kann.«

»Einsam? Da bin ich mir nicht so sicher«, grummelte Dudley leise und griff nach der Sonntagszeitung. »Der Kerl ist ein verdammter Abstinenzler«, fügte er zusammenhangslos hinzu.

Letztendlich ging keiner von ihnen in die Kirche. Von Tess ermutigt, ließ Claire sich beim Stillen viel zuviel Zeit, und nachdem Marcia die Stellvertreterin in Schutz genommen hatte, schien sie keine allzugroße Lust mehr zu haben, sich auch noch in der Kirche für sie einzusetzen. Sie aßen früh zu Mittag, and während die Rogersons ihren Mittagsschlaf hielten, ging Tess mit dem Baby spazieren und sah sich noch einmal im Dorf um.

Auf der Anschlagtafel vor der St.-Edwin-Kirche war zu lesen: Pfarrer Timothy Ryland Stebton, M. A. (Cambridge) und Dr. phil. (Oxford). Tess marschierte den mit Steinplatten belegten Weg entlang, drückte die Tür auf und schob den Kinderwagen in die Kirche. Drinnen blieb sie bei dem verstaubten Bücherstand stehen und fischte eine photokopierte Broschüre mit einer Zusammenfassung der Geschichte der Kirche und – ein glücklicher Zufall – einer Liste der Amtsinhaber heraus, die bis ins Jahr 1540 zurückreichte: von wenigen Ausnahmen abgesehen hatten (wahrscheinlich nicht sonderlich begüterte) Angehörige des Stebton-Clans die Pfründe innegehabt. Eine überaus fruchtbare Sippschaft und wirklich recht verschwenderisch, was die Nachkommen betraf, von denen allerdings auffällig viele im Kindesalter oder in der Blüte ihrer Jugend gestorben waren.

Den Innenraum der wunderschönen kleinen Kirche füllten hauptsächlich Denkmäler der Familien, denen das Herrenhaus gehört hatte. Das älteste und beeindruckendste war William Ryland Stebton, 1504–1567, und seiner Gemahlin Thomasina (geb. Miller) gewidmet. Zu ihren Füßen knieten in rührend falschem Größenmaßstab fünf ihrer Nachkommen, die frühzeitig gestorben waren. Der Gedenkstein für Williams Sohn Thomas und dessen Gemahlin war schon nicht mehr ganz so prächtig, und so ging es durch die Jahrhunderte bis ins frühe 19. weiter; seit damals nahmen die Stebtons draußen auf dem Friedhof ihren Platz ein und mischten sich unters gemeine Dorfvolk.

Da es unterschiedliche Zweige der Familie zu geben schien, suchte Tess nach den Grabsteinen, auf denen *Stebton Place* stand, und arbeitete sich von dem Namen, den sie am Tag zuvor gehört hatte, durch die Zeit zurück. Es dauerte eine Weile, bis sie Laura Miranda Stebton (gest. 1979) aufstöberte, aber schließlich fand sie sie inmitten einer Reihe ihrer Vorfahren in einem riesigen Mausoleum hinter der Kirche, das über und über mit Engeln verziert war. Lauras Vater, Thomas Ryland Stebton (gest. 1903), und seine Frau Lucie Jane (geb. Toller) sowie ihr Großvater Ryland William (gest. 1850), dessen Frau Sarah (geb. Mulholland) und drei kleine Töchter waren ebenfalls hier begraben. Der wichtigste Name war auch der älteste: William Theophilus Ryland Stebton (gest. 1837), und die Gedenktafel für ihn teilte dem Betrachter mit, daß Ryland William sein Neffe und Erbe gewesen war. Doch mittlerweile war Tess von den zahllosen Rylands und Williams, egal in welcher Reihenfolge, ganz schwindlig. Die Namen schienen sich endlos zu wiederholen.

Mit dem Kinderwagen durch den ältesten Teil des Friedhofs zu streifen erwies sich als nahezu unmöglich. Tess wurde es bald leid, die Inschriften auf den verschiedenen verwitterten Grabsteinen zu entziffern. Sie hatte ohnehin keine Ahnung, wonach sie überhaupt suchte. Nach irgend etwas, das einen Zusammenhang mit Elderson Court bestätigte? Doch sie fand nichts. Seltsam, daß in einer Familie, deren Angehörige so stolz auf ihre Besitztümer zu sein schienen, daß sie der Nachwelt praktisch ihre Adresse und

Telephonnummer hinterlassen hatten, das Gut aber nicht erwähnt war.

Den Grabstein für einen Stebton gesehen, und man hat tausend gesehen – das war ihr Fazit, als sie zum Pfarrhaus zurückging. Sie stellte fest, daß es genauso verschlossen und leer war wie das Herrenhaus. Irgendwie schien gerade diese allgemeine Abwesenheit ihre Phantasie ungeheuer zu beflügeln und bestärkte sie in dem Entschluß, Oxford nach den fehlenden Stebtons zu durchforschen.

Am Montag war es fast Mittag, als Tess es schließlich zu dem Buchladen in der Walton Street schaffte. Hartfield Magraw Rare Books befand sich in einer Häuserreihe unmittelbar gegenüber dem Phoenix-Kino und war von einem Antiquitätengeschäft und Saratoga eingerahmt, einem Laden mit ihrer Meinung nach zum Sterben schöner Wäsche – zumindest schön genug, um sich dafür in Schulden zu stürzen.

Ihre erste Anlaufstelle war das nahe gelegene Jericho-Ärztehaus. Sie war fest entschlossen gewesen, zwei Fliegen mit einer Klappe zu schlagen, und hatte Claire mitgenommen, um sie impfen zu lassen. Was sich als ungeheurer Fehler herausstellte. Empört über diese Zumutung, war das Baby im Gesicht blau angelaufen und hatte wie wild gebrüllt. Anschließend hatte es einer Stunde des Stillens, Schmeichelns und Spazierengehens bedurft, ehe sie wieder eingeschlafen war. Als Tess bei dem Buchladen anlangte, war sie völlig erschöpft.

Nur eine Person befand sich in dem Antiquariat, ein Amerikaner, der offensichtlich ziemlich beschäftigt war und sich als Murray Magraw vorstellte. Er erklärte, seine Frau werde erst am nächsten Tag wieder im Geschäft sein. Tess wollte sich gerade nach Miss Hillyard erkundigen, als ein paar ziemlich anspruchsvolle Kunden in den Laden traten und Mr. Magraw sogleich in Beschlag nahmen. Sie war nicht einmal sicher, ob er ihr gemurmeltes »Ich schau morgen noch mal vorbei« gehört hatte, bis er ihr zur Tür nachging und flüsterte: »Falls Sie wegen der Stelle gekommen sind – so gegen vier Uhr nachmittags ist es am günstigsten. Wollen

Sie Ihren Namen hinterlassen?« Er lächelte ihr etwas schief, aber herzlich zu.

»Tess Callaway«, setzte sie an, aber noch ehe sie erklären konnte, daß sie sich nicht bewerben wollte – vermutlich für die Stelle von Miss Hillyard, da diese weit und breit nicht zu entdecken war –, kehrte er zu seinen ungeduldigen Kunden zurück. Da Tess nicht so recht wußte, was sie jetzt mit sich anfangen sollte, spazierte sie ein Stück weiter die Straße hinauf und kaufte in einem Delikatessenladen ein Sandwich und einen Karton Suppe, ehe sie sich auf den Heimweg machte. Es war nicht weit – die Observatory Street entlang, dann ein Stück die Woodstock Road hinauf und über den von Bäumen gesäumten Fußweg an der Kirche vorbei in die Winchester Road. Sie ließ sich Zeit – fand es klüger, schlafende Babys nicht zu wecken. Es war kühl, aber ungewöhnlich sonnig, und eine auffrischende Brise wirbelte einen wahren Blätterregen von den Bäumen. Sie war gerade in die Winchester Road eingebogen, als sie auf die Idee kam, zu der Fakultät zu gehen, in der Marcus gearbeitet hatte, und zu schauen, ob sie einen von Marcus' ehemaligen Doktoranden aufstöbern könnte, der schon früher auf das Haus aufgepaßt hatte und sehr zuverlässig war.

Wie der Zufall es wollte, kam er in dem Augenblick, als sie dort anlangte, die steile Metalltreppe des Gebäudes herunter, in dem sich die technische Hochschule befand. »Hi! Tess!« Er schien sich über die Begegnung wirklich zu freuen und äußerte sich angemessen schmeichelhaft über Claire. »Bin gerade auf dem Weg ins Pub zum Mittagessen.« Richard Stevens war der Sohn eines arbeitslosen Bergarbeiters aus South Derbyshire. Er war klein, untersetzt und ungeheuer gutmütig. Mit seinen dreiunddreißig Jahren war er älter als die meisten anderen Doktoranden. Marcus hatte immer behauptet, er sei der begabteste Student, den er je gehabt hatte, und bei weitem der verläßlichste.

»Warum kommen Sie nicht einfach mit? Zur Henne mit Küken.« Er grinste. »Gar nicht mal so unpassend, hm?« Bei den Einheimischen hieß das Pub Adler und Kind in St. Giles, einst Stammlokal von C. S. Lewis und seinen Freunden, schlicht Henne mit Küken.

»Wenn es Ihnen nichts ausmacht, daß ich das Baby da stillen muß. Sie neigt dazu, einen mittleren Aufruhr zu veranstalten.«

Er lachte. »Sie ist wunderhübsch, Tess, genau wie ihre Ma.« Er beugte sich über den Kinderwagen und drückte leicht ihren Arm. »Obwohl sie auch Marcus ein bißchen ähnelt, finden Sie nicht? Hat also mit Sicherheit Ihren Verstand geerbt, das Glückskind.« Er erwähnte Marcus mit einer Selbstverständlichkeit, als lebe er noch. Tess war ganz schwach zumute vor lauter Dankbarkeit.

»Geht es Ihnen gut?« fragte er schüchtern.

»Na ja, so mittelprächtig. Sie ist ein wenig eine Nachteule. Milde ausgedrückt.« Sie verzog das Gsicht und lachte. »Das war gelogen. Die meiste Zeit ist sie ein wahrer Teufelsbraten. Aber das hängt vielleicht damit zusammen, daß ich selber so überreizt bin.«

»Wundert Sie das? Sie sind doch nicht etwa allein in dem großen Haus? Vanessa läßt fragen, ob es Ihnen recht ist, wenn sie, wenn wir abends mal vorkommen und Ihnen ein bißchen zur Hand gehen. Wir haben gestern abend vorbeigeschaut, aber Sie waren nicht da.«

»Offen gesagt, das ist einer der Gründe, warum ich hierhergekommen bin.« Sie blieb vor dem Hotel Old Parsonage stehen. »Hören Sie, Richard, könnten wir nicht hier Mittag essen? Es ist ruhiger, und man kann sich besser unterhalten. Mir ist nicht so recht nach einem Pub zumute – es macht Ihnen doch nichts aus, oder?«

Sie gingen durch den überwölbten, in Stein gehauenen Eingang in das kleine Hotel, dessen Speisesaal seltsamerweise, jedoch überaus behaglich, wie ein Wohnzimmer eingerichtet war und in dem Sessel um einige auf Hochglanz polierte Tische plaziert waren. Sie fanden einen ruhigen Platz in einer Ecke beim Fenster, wo neben ihnen Platz für den Kinderwagen war. Wundersamerweise schlief Claire weiter.

»Richard, ich möchte Ihnen und Vanessa einen Vorschlag

machen. Ich gehe für zwei Monate oder so nach Dublin«, erklärte Tess, nachdem der Ober ihre Bestellung entgegengenommen und jedem ein Glas Wein gebracht hatte. »Ich hatte gehofft, Sie beide könnten bei mir einziehen und das Haus hüten, solange ich weg bin.« Ihren Verdacht, daß sein Stipendium abgelaufen war, erwähnte sie nicht. Das war auch nicht nötig, er war schier außer sich vor Dankbarkeit.

»Zwei Monate? Oh. Tess, das meinen Sie doch nicht etwa ernst? Verdammt. Ja – bitte!«

»Wirklich? Hervorragend. Wirklich prima.«

»Wann?« Er klang so eifrig, daß Tess sich fragte, ob er mittlerweile schon im Freien schlafen mußte.

»Jederzeit. Ich hoffe, ich kann am Donnerstag los, aber ihr könnt jetzt gleich einziehen, je früher, desto besser. Ich hasse es, allein in dem Haus zu sein.«

Er überlegte ein, zwei Augenblicke, ehe er antwortete: »Wie sieht es mit morgen abend aus? Wir könnten was zum Essen mitbringen und unsere Sachen erst dann rüberschaffen, wenn Sie weg sind. Wäre Ihnen das recht?«

»Hervorragend. Jetzt bin ich wirklich ungeheuer erleichtert.« Sie strahlte ihn an, kam dann aber gleich zur Sache. »Und jetzt erzählen Sie mal: Wann reichen Sie Ihre Doktorarbeit ein? Und Ihr Stipendium, ist das abgelaufen?« In dem Augenblick meldete sich das Baby und forderte Nachschub. Das Paar an dem Tisch neben ihnen brachte es fertig, empört und erstaunt zugleich zuzusehen, wie Tess es schaffte, das Baby zu stillen und gleichzeitig ihren Wein zu trinken. Sie waren eindeutig der Ansicht, daß dies jenseits aller Grenzen des Schicklichen war. Trotzig ignorierte sie die beiden und konzentrierte sich auf das, was Richard sagte.

»Ja, unglücklicherweise. Aber nicht nur meines, auch das von drei anderen, die gerade ihre Doktorarbeit schreiben. Der Fachbereich hat uns ein bißchen unter die Arme gegriffen, und auch unsere Colleges. Einige mehr, andere weniger«, fügte er nüchtern hinzu. »Ist ganz schön eng geworden, aber am schlimmsten sieht es mit der Unterkunft aus, zumindest für mich. Der Mietvertrag für unsere Wohnung ist

Ende letzten Monats abgelaufen. Nachdem wir regelrecht zu Kreuze gekrochen sind, hat uns der Hausherr zwei Wochen Galgenfrist eingeräumt.« Er legte den Kopf zur Seite und grinste vor Vergnügen. »Die Ende dieser Woche abläuft, ob Sie es glauben oder nicht. Danach hätte es geheißen, bei Freunden auf dem Fußboden schlafen, fürchte ich. Sie sehen also, Ihr Angebot kommt wie gerufen. Zwei Monate. Sie haben mir das Leben gerettet. Ich kann es immer noch nicht so recht glauben.«

»Vielleicht noch länger, aber ich gebe Ihnen rechtzeitig Bescheid, wann ich zurückkomme. Und jetzt hören Sie mir gut zu, Richard«, forderte sie ihn mit ernster Miene auf. »Ich stelle eine Bedingung.«

»Nämlich?«

»Ich habe neulich einen Brief von der BMW-Werkstatt bekommen. Irgend jemand will das Motorrad kaufen. Mir war gar nicht klar, daß das verdammte Ding so viel wert ist. Könnten Sie sich darum kümmern?«

»Ja, selbstverständlich. Wo genau ist es?«

»Ein Stückchen außerhalb, in einer Werkstatt bei der M40, in der Nähe von Thame, aber Sie brauchen da gar nicht hinzufahren. Ich kann den Leuten dort schreiben, daß sie es verkaufen sollen. Was ich von Ihnen erwarte, Richard, ist folgendes: Stellen Sie genau fest, wieviel die Verzögerung die vier Leute gekostet hat, deren Stipendium abgelaufen ist. Achteinhalbtausend wird das zwar nicht ganz abdecken, aber für eine Weile dürfte es reichen.«

Richards Kinn sackte nach unten. »Meinen Sie das ernst, Tess? Das ist viel zu großzügig. Ist schließlich eine Menge Geld. Entschuldigen Sie, wenn ich das frage, aber können Sie sich das leisten?«

»Ja.« Sie preßte die Lippen aufeinander. »Von dem, was das verdammte Ding einbringt, will ich keinen Penny haben. Ich ertrage es kaum, auch nur daran zu denken. Wenn Marcus es nicht gekauft hätte …« Sie zog die Schultern hoch, und augenblicklich begann Claire zu quengeln. Tess lehnte sie sich an die Schulter und tätschelte ihr sanft den Rücken. »Ich konnte nichts unternehmen, ehe das Testament bestätigt war.« Was Ende der vorangegangenen Woche reibungslos über die Bühne gegangen war. Zumindest das, dachte sie, hatten sie richtig gemacht. Sie und Marcus hatten vor ein paar Jahren jeder ein Testament zugunsten des anderen gemacht.

»Wenn Sie sich bei den anderen erkundigen, kann ich gleich die Schecks ausstellen. Nur führen Sie bitte genau Buch, Richard, ja? Wegen der Testamentsvollstrecker. Das ist ziemlich viel verlangt, aber ich weiß niemanden ... Was soll's. Sagen Sie den anderen einfach, es sei ein Vermächtnis von Marcus, ja? Mehr brauchen sie eigentlich nicht zu wissen.«

Sie spazierten in die Nachmittagssonne hinaus und wandten sich beim Eingang nach links. Als sie so dastanden und miteinander plauderten, während Richard auf eine Verkehrslücke wartete, um die Straße zu seinem Labor überqueren zu können, fiel Tess ein, sie könnte eigentlich kurz bei der Acland-Klinik vorbeischauen, ob die kranke Stebton-Hillyard-Tochter noch dort war. Das Krankenhaus war keine hundert Meter vom Old Parsonage entfernt, und Richard erklärte sich bereitwillig einverstanden, Claire auf und ab zu fahren, während Tess sich nach der Dame erkundigte.

»Ich möchte eine Cousine von mir besuchen«, flüsterte sie der Empfangsschwester zu, die im mittleren Alter war. »Ob Sie mir wohl sagen könnten, in welchem Zimmer sie liegt? Sie heißt Stebton.« Tess hatte keine Ahnung, was sie veranlaßte, das Hillyard wegzulassen, aber es erwies sich als ausgesprochen gute Idee.

»Felicity Stebton? Oh, die ist Ende letzter Woche entlassen worden.« Die Empfangsschwester hielt inne und musterte sie argwöhnisch, doch noch bevor sie weiterreden konnte, fiel Tess ihr ins Wort.

»O verdammt«, seufzte sie und schlug sich mit der Hand an die Stirn. »Ich war verreist und habe erst bei meiner Rückkehr heute morgen erfahren, daß sie krank ist. Natürlich ist kein Mensch auf die Idee gekommen, mir Bescheid zu sagen. Die Arme, ich wäre sonst schon früher zurückgekommen, um mich um sie zu kümmern. Arme Felicity, es hat sie also niemand besucht – Tante Elfrida ist ja auch krank.« Je mehr Tess sich in die Rolle der pflichtbewußten Verwandten hineinsteigerte, desto mitfühlender wurde die Empfangsschwester.

»Ja, ich weiß. Im Wisharts-Heim, richtig? Ihre arme Cousine hat sich solche Sorgen um sie gemacht. Aber Sie brauchen sich keine Gedanken darüber zu machen, daß niemand sie besucht hat. Mr. Stebton ist jeden Tag vorbeigekommen. So ein netter Mann. Ich wünschte, er wäre unser Pfarrer.« Sie lächelte verschwörerisch. »Und so rücksichtsvoll. Er hat sie selber abgeholt«, sie senkte die Stimme, »in einer gemieteten Limousine. Richtig süß waren die beiden. Wollten gleich in die Flitterwochen, hat er mir erzählt. Die hatten sie wegen ihrer Erkrankung verschieben müssen. Aber verraten Sie ja nicht, daß ich Ihnen das erzählt habe«, kicherte sie aufgeregt.

»O ja«, meinte Tess und griff das Thema auf. »So ein Jammer, nachdem sie so lange gewartet hatten. Ich habe sie seitdem nicht mehr getroffen. Arme Felicity, wirklich Pech, daß sie ausgerechnet jetzt krank geworden ist. Ich konnte es einfach nicht glauben, als ich es erfahren habe. Aber macht nichts, ich fahre zum Haus raus und richte es hübsch für sie her, wenn sie zurückkommen.« Selber von ihrem Pflichtgefühl überwältigt, lächelte sie aufopferungsvoll. »Haben Sie vielen Dank«, sagte sie und ging.

Zufällig warf Tess, als sie in der Eingangshalle anlangte, einen Blick zurück und sah, wie die Empfangsschwester von einer jüngeren abgelöst wurde. Auf gut Glück hin wartete sie unauffällig, bis die ältere verschwunden war, und ging dann erneut zum Empfang.

»Entschuldigen Sie bitte. Meine Cousine Felicity Stebton ist letzte Woche entlassen worden. Sie hat ihren Terminzettel verloren, und es ist ihr peinlich, Sie deswegen selber anzurufen. Ich bin sicher, sie macht sich unnötig Sorgen, aber sie hat mich gebeten herauszufinden, wann die Nachuntersuchung ist.«

»Kein Problem.« Das Mädchen warf einen Blick auf den Terminkalender und grinste Tess an. »Wissen Sie was? Genau die Seite ist aufgeschlagen. Volltreffer.« Sie kicherte und fuhr mit dem Finger über die Seite. »Mrs. Felicity Stebton, da haben wir sie ja – am neunundzwanzigsten Oktober um sechzehn Uhr.«

Mrs., dachte Tess. Die Frau des Pfarrers. Sie fragte sich, was für eine Bedeutung Felicitys veränderte Stellung wohl für den anstehenden Fall hatte oder haben könnte. Es blieb ihr nichts anderes übrig, als ins Wisharts-Heim hinauszufahren und der alten Dame einen Besuch abzustatten. Soweit sie sich erinnerte, lag das Pflegeheim in der Nähe des Farmoor-Stausees. Das bedeutete acht Meilen Fahrt mit dem Auto. Und, mit etwas Glück, ein schlafendes Baby, denn Claire liebte es, durch die Gegend kutschiert zu werden. Sie hastete nach draußen.

14

Winchester Road, Oxford

Lieber Owen,
mit Deiner Vermutung hast du völlig richtig gelegen. Die Stebton-Hillyard, die in dem Buchladen arbeitet, ist Jane-Edwina, obwohl ich weder sie noch Mrs. Hartfield angetroffen habe, als ich am Montagvormittag dort reingeschaut habe. Und als ich dann noch bei der Acland-Klinik vorbei bin, um die kranke Schwester aufzustöbern, habe ich erfahren, daß die auch schon weg war. Und rate mal, wer sie entführt hat: der Pfarrercousin! Sie haben geheiratet, zumindest habe ich das dem Bericht der ziemlich redseligen Empfangsschwester entnommen. Nachdem ich bislang nichts als Nieten gezogen hatte, blieb mir nichts anderes übrig, als mein Glück bei der Mutter zu versuchen. Freundlicherweise hatte die Empfangsschwester im Acland-Krankenhaus durchblicken lassen, daß sie im Wisharts-Pflegeheim ist. Und laß Dir, ehe Du sie für ihre Schwatzhaftigkeit verdammst, gesagt sein: Bei meiner meisterhaften Schnüffelei hatte sie schlicht keine Chance. Na ja, ehrlich und genauer gesagt: Ich habe kaltschnäuzig gelogen.

Meine Begegnung mit Elfrida Stebton-Hillyard war eindeutig surreal. Eine schier ausufernde Masse von mindestens zweihundert Pfund fahlgrauem Speck, und ihr Gesicht ist völlig faltenlos. Ich schätze, sie ist über achtzig, aber vermutlich wird sie nie sterben, so überaus sorgsam ist sie darauf bedacht, sich ja nicht anzustrengen. Zu ihrer Zeit muß sie ungefähr so groß gewesen sein wie ich, und auch heute noch wirkt sie ziemlich imposant. Auch wenn ihr der Verstand weitgehend abhanden gekommen ist, hat sie verblüffend klare Augenblicke, was ich ziemlich aufreibend fand. Ihr Gebaren ähnelt sehr dem einer Grande dame. Aber wie! Eine von den Frauen, mit denen unter einem Dach zu leben die Hölle sein muß, die aber für eine Stunde oder so höchst unterhaltsam sein können. War regelrecht erfrischend! Von dieser Stebton-Hillyard haben die Nonnen jedenfalls nichts zu befürchten, sie denkt an niemand anderen als an sich selber.

Claire hat fest in ihrem Tragetuch geschlafen. Es war so kalt, daß ich sie unter meinen dicken alten Mantel, den schwarzen, gesteckt habe, was sich als glückliche Eingebung herausstellte. Ich sah aus, als sei ich im neunten Monat schwanger, doch ich vermute, die alte Elfrida hat geglaubt, ich sei auch ein solches Faß wie sie, und hat mich deshalb gleich sympathisch gefunden. Oder aber, was wahrscheinlicher ist, die alte Dame war einfach einsam. Ich habe die Krankenschwester ausgefragt, und die hat mir erzählt, seit Wochen habe niemand sie besucht.

Ich kann mich nicht dafür verbürgen, daß mein Bericht in allen Einzelheiten stimmt, aber ich werde versuchen, dir so einigermaßen eine Vorstellung davon zu vermitteln, wie Elfrida ist. Wirklich schade, daß Du diese Leute nie näher kennengelernt hast, ich glaube, sie wären eine beständige Quelle der Belustigung für Dich gewesen.

»Hast du mir meine Bananen mitgebracht«, war das erste, was sie gesagt, na ja, eher: gebrüllt hat. »Ich hab diesem Mädchen doch gesagt – wie heißt sie gleich wieder? Hat behauptet, sie sei meine Tochter. Ich kann mir nicht vorstellen, wie sie auf die Idee kommt. Aber egal, wer sie ist, ich hoffe, sie denkt an meine Bananen. In letzter Zeit war sie so unglaublich vergeßlich. Jedesmal wenn ich ihr etwas auftrage ...« Sie starrte mich wütend an. »Hast du mir die Bananen mitgebracht?« Und so ging es immer weiter, bis ihre Zimmergenossin, eine Mrs. Finstock, sie aufgefordert hat, den Mund zu halten. Das hat zu einem derart erbitterten Wortwechsel geführt, daß ich nicht so recht gewußt habe, wo ich mich

verkriechen sollte. Ich hab sie den Streit ausfechten lassen, ich konnte nichts tun, um sie zu bremsen. Elfrida hat mühelos den Sieg davongetragen. Kein Zweifel, sie ist es gewöhnt, ihren Willen durchzusetzen, und gibt nicht ein Haarbreit nach.

»Bist du gekommen, um mich abzuholen und nach Hause zu bringen? Ich will heim. Wie konnten diese grausamen, herzlosen Mädchen mich nur in ein Haus wie das hier stecken? Wo ich ihnen doch gesagt habe, ich will nach Cheltenham. Das Taxi hat den ganzen Vormittag gewartet. Wie spät ist es? Ich glaube nicht, daß die Uhr da richtig geht.«

»Nein, die ist offenbar stehengeblieben.«

»Aha. Das ist es also. Die versuchen, mich hier einzusperren, verstehst du? Hüte also deine Zunge, denn hier sind überall Spione. Und sprich leise.« Und so schwafelte sie weiter, immer unzusammenhängender, bis sie eine Bemerkung fallenließ, die mir das gewünschte Stichwort gab: »Haben die Mädchen dich geschickt, um den Tee zu servieren?«

»Nein«, sagte ich. »Ich habe sie nirgends finden können.«

»Weil Felicity geheiratet hat, das ist der Grund«, erklärte sie und streckte die Zunge raus. Kein schöner Anblick.

»Nein, nicht Felicity, die andere.«

»Die andere? Welche andere?«

»Jane-Edwina.« Ich ließ es drauf ankommen.

»Blöde Kuh. Wenn du schon keine Banane hast, wie wär's dann mit einem Likörchen?« Ich weiß nicht, ob sie mit »Blöde Kuh« mich oder J-E gemeint hat. Wahrscheinlich letztere. Soviel konnte ich aus Elfridas Geschwafel entnehmen: Felicity respektiert sie; J-E ist offenbar diejenige, die sich von ihr herumkommandieren läßt. Besonders viel scheint sie von beiden nicht zu halten, obwohl es sie mehr zu irritieren schien, daß J-E sie nicht besucht hatte. Was, wie ich anmerken möchte, Mrs. Finstock ungeheuer gefreut hat.

Alter ist wirklich etwas Schreckliches. Diese zwei alten Kinder haben mir regelrecht Angst eingejagt: Ihre Gefühlsausbrüche waren so brutal, so direkt. Ich hatte die ganze Zeit das Gefühl, Elfrida könnte sich im nächsten Augenblick auf mich werfen und mich zerquetschen, ohne jeden Grund, nicht einmal aus Böswilligkeit – wie ein Kind auf dem Spielplatz, das sich langweilt, einfach um irgend etwas zu tun. Irgend etwas, um die Langeweile zu durchbrechen. Ich wollte gerade gehen, als sie plötzlich sagte: »Ich hoffe, du vergeudest deine Zeit nicht mit alten Büchern. Meine Mutter hat da Schlimmes angerichtet. Hat den Kopf des dummen Kindes mit solchem Unsinn vollgestopft. Es gehört von Rechts wegen mir. Wie konnte sie es wagen, alles diesem dummen Ding zu überlassen. Sie war einfach schon zu alt, ha, ha, ha. Glaubt, ich wüßte nichts davon. Fünfunddreißig, vierzig, vierzig, einundvierzig, dreiundvierzig … Geld, das wollten wir. Nutzlose Fetzen Papier. Dies und das. Das und dies. Dies, das und die verdammten Bücher. Nutzlos, nutzlos, nutzlos, nutzlos, nutzlos, nutzlos. Stopft das Haus mit solchem Mist voll, das ist alles, was sie kann.« Mir ist regelrecht schwindlig geworden von dem Gefasel.

Und dann, ehe mir irgend etwas einfiel, das ich hätte sagen können, ist sie plötzlich wieder abgedriftet. »Bring mir mein Kleid. Sie kommt nämlich zum Tee, und dann fahren wir zu einem Tanztee ins Ritz. Mit dem Zug. Jetzt hol schon das Kleid, wird's bald?« Ich habe eine Zeitlang gebraucht, um herauszufinden, ob sie ihre Mutter oder J-E gemeint hat, aber schließlich bin ich dahintergekommen. Glaube ich.

Wenn ich mich nicht irre, stellt sich die Situation etwa so dar: Die beiden Schwestern kommen nicht miteinander aus. Die Mutter, wirklich ein Drachen, verachtet sie, weil sie nicht geistvoll und unternehmungslustig genug sind. Ich schätze, zwischen den beiden Schwestern findet eine Schlacht statt, wer von den beiden für ihre Mama zuständig ist. Vielleicht hat J-E deswegen das

Weite gesucht? Und wer könnte ihr das verdenken? Interessant ist das schon: Kaum hatten sie Elfrida ins Wisharts-Heim abgeschoben, sind Felicity und ihr Pfarrer abgehauen, und auch Jane-Edwina hat sich aus dem Staub gemacht, mehr oder weniger für immer. Deine Mutter war ganz aufgeregt, als ich ihr das erzählt habe. Inzwischen weiß es bestimmt das ganze Dorf. Soviel ich mitbekommen habe, hat Elfrida sich früher oft geärgert, weil J-E von Zeit zu Zeit verschwunden ist, »um in muffigen alten Buchläden herumzuwühlen«. Aber andererseits hat sich die alte Dame über dieses regelmäßige Ausreißen anscheinend richtig gefreut. Wie ein verrücktes Huhn hat sie gegackert, als sie davon erzählt hat, und ist dann völlig abgeschweift und hat irgendwas von widerlichen alten Büchern und Bibliotheken gefaselt.

Was sie mit »alten Papieren« gemeint hat, konnte ich mir nicht so recht zusammenreimen. Irgendeine Art Erbschaft? Vielleicht hat Johnny Pittaways altes Gespenst J-E etwas hinterlassen und sie so gerettet? Aber warum erst jetzt? Wobei ich immer davon ausgehe, daß Elfridas Schwafeleien nicht kompletter Unsinn waren. Was eine reichlich gewagte Annahme ist. Ich hab Dir das Ganze nur so ungefähr geschildert. Wenn ich Dir alles berichten wollte, was sie gesagt hat, wäre ich anschließend wahrscheinlich genauso bekloppt wie sie. Den Rest des Abends hat mein Verstand Purzelbäume geschlagen.

Morgen gehe ich noch mal in die Walton Street, um mich mit Grace Hartfield zu unterhalten; am Donnerstag oder Freitag breche ich dann nach Dublin auf. Einer von Marcus' Doktoranden und seine Freundin kümmern sich um das Haus, solange ich weg bin. Das haben sie schon des öfteren gemacht; sie sind äußerst zuverlässig. Ich bin froh, daß ich das Wochenende bei Deinen Eltern verbracht habe, sie haben uns so herzlich empfangen und waren einfach wunderbar, was Claire betrifft. Ein bißchen so etwas wie ein Rettungsanker für uns beide.

Ich lasse Dich wissen, wie ich bei meiner Jagd vorankomme. Ich glaube nicht, das irgend etwas von dem, was ich herausfinde, auch nur von geringstem Interesse für Mutter Catherine ist, aber diese Hillyard-Dame macht mich allmählich neugierig. Sie geht mir nicht aus dem Kopf und ist, ehrlich gesagt, eine willkommene Abwechslung. Wie John Pittaway am Sonntag gesagt hat: »Eine lebenslustige Person.« Wetten, daß es Spaß macht, sich mit ihr zu unterhalten? Ich stelle sie mir in einem Szenario wie in Reisen mit meiner Tante *von Graham Greene und mit ihrem eigenen, speziellen Wordsworth vor. Wo auch immer sie steckt, ich hoffe, sie amüsiert sich gut. Sich um Elfrida zu kümmern war bestimmt nicht sonderlich angenehm. Und es hat den Anschein, als würde die Schwester Stebton Place übernehmen, einfach weil die andere nicht da ist. Oder vielleicht zieht sie ins Pfarrhaus und überläßt das alte Gebäude den Mönchen, die dort spuken.*

Ich hoffe, Du verbringst eine angenehme Zeit in New York. Claire schickt Dir ein (Fast-)Lächeln. Sie hat geübt wie verrückt und kriegt es beinahe schon hin. Wir freuen uns auf Deinen Besuch in Dublin.

Sei herzlich gegrüßt

Tess

PS.: Gerade, als ich Elfrida wieder sich selber überlassen und gehen wollte, ist Claire aufgewacht und hat ein leises Quieksen von sich gegeben. Ohne mit der Wimper zu zucken, hat Elfrida mich aufgefordert, ich möge mich doch bitte zurückziehen, so daß ich mich gefragt habe, ob sie wirklich so verrückt ist, wie es den Anschein hat. Es hätte einfach eine freundliche Umschreibung für: »Hau ab!« sein können, meinst Du nicht auch?

Aretino, Pietro di: Capricciosi & Piacevoli Ragionamenti: Il Veritiere e'l divino, cognominato il flagello de'principi. Nuova Editione. Stampati in Cosmopoli 1660. (A d'A, Katalog 7, Nr. 7)

15

In dem Buchladen in der Walton Street war oben an der Tür eine altmodische Glocke befestigt, die fröhlich bimmelte, als Tess in den Laden trat. Mühsam bugsierte sie den Kinderwagen über die unebene Schwelle und blickte sich um, als die Frau, der sie und Owen im nördlichen Oxford begegnet waren, auf sie zukam. Sie trug ein elegantes, streng geschnittenes Kostüm in Marineblau, das ihren Augen und ihrem allmählich ergrauenden Haar schmeichelte.

»Sind Sie die Dame, die gestern wegen der Stelle vorbeigekommen ist?« fragte sie hoffnungsvoll. Sie sah ein wenig mitgenommen aus.

»Ich fürchte, nein. Ich meine, ich bin nicht auf der Suche nach einer Stelle, aber ich war gestern hier in Ihrem Laden, und der Mann – Ihr Mann? – hat das offenbar so aufgefaßt.«

»Na ja«, meinte die Buchhändlerin enttäuscht, »macht nichts. Tut mir leid. Eindeutig Wunschdenken auf seiten Murrays«, sagte sie resigniert. »Hören Sie, hinten ist mehr Platz für den Kinderwagen, falls Sie sich ein bißchen umsehen wollen«, fügte sie hinzu. Dann musterte sie Tess genauer. »Kennen wir uns nicht von irgendwoher? Oh, ich weiß, Sie sind Owen Rogersons Frau, stimmt's? Wir sind uns vor ein paar Wochen begegnet, erinnern Sie sich?«

»Ja.« Tess hüstelte. »Aber er ist nicht mein Mann. Ich war ... Sein Bruder war ...« Sie deutete auf das Baby. »Owen ist ihr Onkel«, führte sie hastig den Satz zu Ende und wurde glühendrot im Gesicht. »Sein Bruder war mein Partner.« Warum, zum Teufel, konnte sie nicht sagen: mein Mann? Er war es gewesen, in jeder Hinsicht, nur dieses dumme Stück Papier, die Heiratsurkunde fehlte. Warum kam ihr immer die Rechtsanwältin in den Weg? Machte alles so schwierig? Sie blickte zu der anderen Frau auf, deren fahlblaue Augen weit aufgerissen waren und deren Mund vor Schreck ein vollkommenes O bildete.

»Ach du meine Güte, das tut mir furchtbar leid«, erklärte sie. Sie sah aus, als würde sie gleich in Tränen ausbrechen. »Sie sind die Frau von Marcus Rogerson, nicht wahr? Ich habe Sie nur nicht gleich erkannt, aber ich habe Sie bei dem Gedenkgottesdienst gesehen. Ich bedaure es sehr, daß wir keine Gelegenheit hatten, miteinander zu sprechen. Und das mit Marcus tut mir unendlich leid. Ein schrecklicher Unfall. Er war so ein liebenswerter Mann ...«

»Wir waren nicht verheiratet«, brach es aus Tess heraus. Zwar war sie der Frau dankbar, daß sie Marcus' Namen erwähnt hatte, doch sie wußte nicht, wie sie auf ihr Mitgefühl reagieren sollte. Grace Hartfield legte die Hand auf Tess' Arm.

»Was spielt das schon für eine Rolle? Die juristischen Feinheiten gehen doch einzig und allein die beiden Menschen etwas an, die zusammenleben. Haben Sie denn nicht das Gefühl gehabt, verheiratet zu sein?«

»Doch, natürlich.«

»Na also, meine Liebe.« Sie lächelte. »Ich freue mich wirklich, Sie wiederzusehen.«

Tess streckte die Hand aus. »Mein Name ist Tess Callaway«, erklärte sie.

»Ich bin Grace. Grace Hartfield.« Sie umfaßte Tess' Hand mit beiden Händen. »Ihr Mann war ein guter Kunde von mir. Er hat Owen auf den Laden aufmerksam gemacht; aber das wissen Sie ja bestimmt. Murray und ich haben es sehr bedauert, daß wir nicht zu seiner Beerdigung kommen konnten, aber wir waren gerade in Amerika, als er verunglückt ist. Es tut mir so leid. Muß ein fürchterlicher Schock für Sie gewesen sein.«

»Ich hätte beinahe Claire verloren.« Plötzlich plapperte Tess ungehemmt drauflos. »Ich glaube, damals sind mir irgendwie meine Nerven, meine Selbstbeherrschung abhanden gekommen. Ich weiß auch nicht, warum die Sache mit der Heirat mich so quält.« Sie kaute auf ihrer Unterlippe. Daß dieses Etikett für sie so wichtig sein könnte, damit hatte sie zuallerletzt gerechnet. Sie war völlig fassungslos, daß es keinen Begriff gab, um ihre Stellung zu beschreiben. Es war fast, als werde ihr Recht, zu trauern, in Frage gestellt. Vor allem von ihr selber.

»Vielleicht macht das der Kummer. Er kommt bei jedem von uns auf ganz unterschiedliche Weise zum Ausdruck«, unterbrach Graces sanfte Stimme sie in ihren Gedanken. »Etwas, über das man sich ärgern, über das man sprechen muß. Finden Sie nicht auch, daß einigen Leuten die bloße Erwähnung des Wortes Tod unangenehm ist? Sie verlegen macht? Daß sie einen nicht darüber sprechen lassen wollen? Sie wollen einfach nichts damit zu tun haben. Gehen auf die andere Straßenseite, um einem auszuweichen.« Es klang, als spräche sie aus eigener, bitterer Erfahrung. »Hören Sie, ich habe gerade Kaffee aufgegossen. Kommen Sie doch mit nach hinten und trinken Sie eine Tasse mit mir; dann habe ich ausgiebig Gelegenheit, Ihr großartiges Baby zu bewundern. Ich beneide Sie wirklich.«

Der Lagerraum war klein und bis in den letzten Winkel vollgestopft. Überall waren Regale aufgestellt, in denen sich Bücher stapelten. Außerdem lagen auf dem Fußboden vier oder fünf ungeöffnete Pakete, die etwa die Größe von Weinkartons hatten. Mrs. Hartfield machte Platz für den Kinderwagen und schob einen Drehsessel daneben, während Tess sich umsah.

»Marcus hat seine Lyrikbände hier gekauft? Das habe ich nicht gewußt.« So viele kleine Dinge, die mir entgangen sind, dachte sie mit Bedauern. Es war, als hätten sie in jenen Jahren, als sie in London gewohnt hatte, parallel nebeneinander herlaufende Leben geführt. Hätten zusammengehört und doch nicht zusammengehört.

»Ja, er hat ziemlich oft hier vorbeigeschaut. Übrigens ist es mir neulich gelungen, etwas aufzutreiben, das er seit undenklichen Zeiten gesucht hat. Ein frühes komisches Gedicht von Percy French, das urheberrechtlich nicht geschützt war und anschließend plagiiert wurde. Ich möchte es gerne Ihnen geben.« Sie kramte in einem Bücherstapel, bis sie schließlich einen kleinen broschierten Band fand.

»Doch nicht etwa Abdallah Bubbul Ameer?« fragte Tess lachend und spürte, wie ihre Traurigkeit plötzlich verflog.

»Genau das. Eine Erstausgabe, vom Autor selber signiert. Äußerst selten.« Die Buchhändlerin schien sehr zufrieden mit sich.

»Ich habe gedacht, Sie seien Amerikanerin, aber Sie sind Irin, stimmt's?« erkundigte Tess sich überrascht. »Ein kleines bißchen merkt man es Ihrem Akzent an, allerdings erst jetzt.«

»Ja, ich bin dort geboren, aber schon als Kind hierhergekommen. Lange Zeit bin ich nicht mehr dorthin zurückgefahren, doch in den letzten paar Jahren war ich oft dort. Um Bücher zu kaufen. Kann also durchaus sein, daß jetzt, nach vierzig Jahren, der alte Akzent wieder durchbricht.« Die Vorstellung schien sie zu belustigen – und zu freuen. »Sie auch, nehme ich an?« fragte sie. »Und jetzt erzählen Sie mir, weshalb Sie gekommen sind; mal sehen, ob ich es habe.«

»Eigentlich bin ich nur hergekommen, um zu sehen, ob Miss Hillyard da ist.«

»Jeddie?« Sie klang überrascht. »Sie kennen sie?«

»Neeiiin«, erwiderte Tess gedehnt. »Nein. Eine Freundin hat mich gebeten, ihr etwas auszurichten«, flunkerte sie und fügte dann, etwas aufrichtiger, hinzu: »Ehrlich gesagt, ich wollte sie einfach mal sehen.«

»Hm. Zufall wäre was Schönes.« In gespielter Verzweiflung hob Grace Hartfield die Hände. »Ehrlich. Ich bin mittlerweile so ziemlich am Ende meiner Geduld angelangt. Vor mehr als drei Wochen hat sie vierzehn Tage Urlaub genommen, und abgesehen von einer Ansichtskarte aus Wales habe ich von ihr bislang keine Nachricht bekommen. Genaugenommen über einen Monat lang nicht. Ich bin neulich zu ihr nach Hause rausgefahren, aber da war keine Menschenseele.«

»Ihre Mutter mußte in ein Heim eingeliefert werden, und ihre Schwester war krank. Vielleicht ...«

»Schwester? Haben Sie gesagt: Schwester? Wollen Sie damit sagen, es gibt zwei von denen?« Beinahe hätte Grace laut aufgelacht. »Und ich habe immer geglaubt, Jeddie sei absolut einmalig. Obwohl, wenn ich es mir genauer überlege, ich glaube, ein-, zweimal hat sie eine Schwester erwähnt, aber irgendwie ist mir das immer ein bißchen unwahrscheinlich vorgekommen. Ich vermisse sie wirklich. Sie kann äußerst unterhaltsam sein, und außerdem ist sie eine erstaunliche Schauspielerin. Einfach wunderbar, wie sie unsere etwas exzentrischeren Kunden imitiert.« Bei der Erinnerung lachte sie. »Aber ich vermute, das wissen Sie.«

»Davon hatte ich keine Ahnung. Ich bin ihr nie begegnet. Hab sie nur ein-, zweimal flüchtig gesehen, aber ich habe mich nie richtig mit ihr unterhalten. Ist sie schon lange bei Ihnen?«

»Seit wir den Laden aufgemacht haben, das heißt seit ungefähr drei Jahren. Aber sie arbeitet nur zeitweise hier. Verkauft selber Bücher. *Amici d'Aretino* ist ihre Firmenbezeichnung. Sie verkauft nach Katalog.« Ihr Mund zuckte vor Belustigung. »Verfaßt die besten Buchbeschreibungen, die ich je gelesen habe, und ist eine hervorragende Buchhändlerin. Verfügt über ein absolut enzyklopädisches Wissen. Ganz abgesehen davon, daß sie ungemein witzig ist. Na ja, fast exzentrisch, ehrlich gesagt.«

Sie kicherte.

»Hat sie sich auf irgendwas Bestimmtes spezialisiert?«

»Jaaa, in der Tat«, erwiderte Grace Hartfield zögernd. »Fremdsprachige Ausgaben sind ihre Spezialität. Sie kann in mehreren Sprachen lesen. Fast alles tote Sprachen, wie sie selber sagt.« Grace lachte. »Aber vor allem mag sie frühe illustrierte Bücher.«

»Springt dabei viel Geld für sie raus?« Aus irgendeinem Grund löste Tess' Frage bei Grace Hartfield schallendes Gelächter aus; den Grund für ihre Belustigung verriet sie allerdings nicht.

»Das möchte ich wohl meinen.«

»Warum arbeitet sie dann hier?«

»Na ja, das ist, wie es so schön heißt, eine gute Frage. Sie behauptet, es mache ihr Spaß, ab und zu rauszukommen. Leute kennenzulernen.«

»Sie meinen, Ihnen Ihre Kunden zu klauen?« fragte Tess.

Grace lachte. »O nein. Hoffentlich nicht. Nein. Das ist nicht Jeddies Art.«

»So?« Tess runzelte die Stirn. »Liegt das vielleicht daran, daß Sie sich auf etwas ganz anderes spezialisiert haben?« fragte sie vorsichtig.

Die Buchhändlerin schien verlegen, wich jedoch einer Antwort aus.

»Wie gesagt, sie ist eine phantastische Sprachkennerin und somit eine ungeheure Hilfe für uns«, erklärte sie nichtssagend.

»Wäre es möglich, sich einen ihrer Kataloge zu besorgen?«

»Na ja, ich selber habe keine. Aber ich bin sicher, wenn Sie ihr schreiben ...«

»Sind ihre Buchgeschäfte etwas zweifelhaft? Illegal?« fragte Tess. Grace ließ sich mit der Antwort Zeit.

»Ich vermute, Sie haben Ihre Gründe, weshalb Sie das fragen, Miss Callaway? Aber abgesehen davon, daß Jeddie für uns arbeitet, ist sie auch eine Freundin. Ich mag sie sehr. Was sie in ihrer Freizeit macht, geht mich wirklich nichts an.«

»Mich auch nicht. Tut mir leid, das hätte ich nicht fragen sollen. Ist auch nicht so wichtig.« War es auch nicht. Mehr oder weniger kannte sie die Antwort. Außerdem, dachte sie, weiß Owen das. Er hatte die beschönigende Umschreibung »seltsam« verwendet, um Jeddie Hillyard zu charakterisieren.

»Vielleicht wäre ›geheim‹ eine angemessenere Bezeichnung?« fragte Tess listig, und ihr Blick begegnete dem der Buchhändlerin. Beide brachen in Lachen aus.

»Dazu möchte ich mich nicht äußern. Schreiben Sie an Jeddie, und bitten Sie sie um Zusendung eines Katalogs, dann können Sie sich selber eine Meinung bilden.«

»Aber wo steckt sie?« erkundigte Tess sich, und aus irgendeinem, ihr selber unklaren Grund überlief sie ein winziger Schauder der Vorahnung.

»Oh, Jeddie taucht bestimmt wieder auf. Sie ist schon oft spurlos verschwunden. Allerdings noch nie so lange. Aber die kommt zurück«, fügte sie zuversichtlich hinzu. »Vielleicht ist sie unterwegs, um Bücher zu kaufen. Ich schätze, wir warten noch ein, zwei Wochen, ehe wir jemand anderen einstellen.« Sie sah Tess an und kräuselte die Nase. »Außer natürlich ... Sie suchen nicht zufällig eine Teilzeitbeschäftigung mit lausiger Bezahlung und Überstunden? Inklusive Baby?«

»Dazu ist sie, fürchte ich, noch zu klein, und außerdem habe ich ein anderes Angebot. Ungefähr auf gleicher Geschäftsgrundlage, außer was die Bezahlung betrifft, die ziemlich großzügig ist.« Tess grinste. »Ich gehe für ein paar Monate nach Dublin zurück.« Als das Baby sich regte, stand sie auf. »Ich habe Ihre Zeit genügend in Anspruch genommen, Mrs. Hartfield.«

»Oh – Grace, bitte.« Sie lächelte.

»Ich bin Tess.« Sie schüttelten sich die Hand.

»Kommen Sie doch mal wieder vorbei und besuchen mich, hm?«

»Gerne. Vielen Dank. Und«, Tess holte tief Atem, »danke, daß Sie zu dem Gedenkgottesdienst gekommen sind. Jetzt ist die Erinnerung daran nicht mehr ganz so schlimm. Zu wissen, na ja ...« Sie zog die schmalen Schultern hoch. »Na ja, Sie wissen schon ...«, fügte sie verlegen hinzu.

»Ich bin froh, wenn Ihnen das ein wenig hilft.« Grace legte ihr die Hand auf den Arm. »Kann ich Jeddie etwas ausrichten, wenn ich sie sehe?«

»Eigentlich nicht. Ehrlich gesagt, mir wäre es sogar lieber, wenn Sie gar nichts sagen, falls Ihnen das nichts ausmacht. Aber ich schaue bestimmt wieder vorbei. Um Sie zu besuchen.«

»Gut, das freut mich.« Sie hielt die Ladentür auf, während Tess mit dem Kinderwagen kämpfte.

»Andererseits«, sagte Grace, »wenn Sie zufällig Jeddie noch vor mir begegnen, dann sagen Sie ihr doch bitte, daß ein paar Pakete für sie gekommen sind. Sie nehmen im Lagerraum ziemlich viel Platz weg. Fragen Sie sie, was ich mit ihnen machen soll. Oder, besser noch: Sagen Sie ihr, sie soll herkommen und sich selber darum kümmern.« Sie lachte und schüttelte den Kopf. »Diese Frau ist wirklich das letzte.«

Nachdenklich machte Tess sich auf den Weg. Sie fragte sich, ob Grace die Pakete im Lagerraum gemeint hatte. Denn zufällig hatte sie im Verlauf ihrer Unterhaltung bemerkt, daß auf allen irische Briefmarken klebten.

Dublin

Mitte bis Ende Oktober 1996

Kontroverse über geplanten Verkauf eines Klostercolleges für Lehrer. Bericht kritisiert Verschwendung von Steuergeldern. Nonnen und Behörden werden gedrängt, sich dazu zu äußern. (Irish Newsheet)

16

Als Tess mit dem Baby wieder nach Dublin kam, roch es eindeutig nach Herbst. Es war mild und sonnig, aber die Bäume schüttelten wie verrückt ihre Blätter ab. Sie traf am frühen Nachmittag ein, und der Wagen, den Hugo versprochen hatte, erwartete sie bereits, ebenso – glücklicherweise – ein Chauffeur. Erstaunlich, was für eine Unmenge an Sachen man für ein einziges winziges, kaum drei Monate altes Baby braucht.

Als sie versuchten, das alles im Kofferraum zu verstauen, bemerkte der Fahrer mit dem charakteristischen, trockenen Humor der Dubliner: »Wissen Sie was, irgendwie hab ich das Gefühl, daß Sie hier ohne weiteres Wegwerfwindeln kaufen können. Aber natürlich kann ich damit auch völlig falsch liegen.«

Am ersten Wochenende kam ihre Mutter vorbei, um endlich Bekanntschaft mit ihrer kleinen Enkeltochter zu schließen. Zu Beginn waren beide einigermaßen verlegen und argwöhnisch, aber dann ging eigentlich alles ganz gut, und dem ersten Besuch folgte, zu ihrer beider Erstaunen, bald ein zweiter. Susan war ihr Leben lang eine strahlende Schönheit gewesen, erfolgreich, charmant, aber auch ziemlich unnahbar. Und, obwohl Tess eher gestorben wäre, als dies zuzugeben, ihrer Tochter sehr ähnlich. Marcus' Tod erwähnte Susan mit keinem Wort. Vielleicht brachte sie das einfach nicht fertig, aber es war klar, Sterblichkeit, und sei es ihre eigene, beschäftigte sie sehr. Es war fast, als fürchte sie, Tod sei eine Krankheit, mit der sie sich anstecken könnte, wenn sie mit Tess zusammen war.

Eines lag klar auf der Hand: Susan hatte Angst vor dem Baby, war aber gleichzeitig fasziniert. Als die vollendete

Schauspielerin, die sie war, bemühte sie sich tapfer, unbefangen zu wirken. Doch als Tess beobachtete, wie unbeholfen ihre Mutter Claire im Arm hielt, wurde ihr klar, zum ersten Mal sah sie Susan als eine Frau, für die Mutterschaft immer eine Schicksalsprüfung gewesen war, und sie schämte sich, als sie plötzlich das gleiche Gefühl in sich aufkommen spürte. Außerdem war sie ziemlich entsetzt, wie sehr ihre Mutter gealtert war. Zum ersten Mal sah man ihr jedes einzelne ihrer sechsundsechzig Jahre an. Sie schien kleiner geworden zu sein, zerbrechlicher, unsicherer. In den Monaten, seit sie sich zum letzten Mal gesehen hatten, war sie ein schwacher Abklatsch ihrer früheren Persönlichkeit geworden. Doch als Tess zufällig ihr eigenes Spiegelbild im Fenster bemerkte, erkannte sie das angespannte Gesicht, das wie das einer Frau im mittleren Alter aussah und sie anstarrte, kaum wieder. Ein ernüchternder Anblick. Ihre Mutter war erst sechsundzwanzig gewesen, als sie auf die Welt gekommen war, elf Jahre jünger, als sie jetzt war. Eines Tages, viel früher, als sie sich das vorstellen konnte, würde Claire Tess mit dem gleichen schrecklichen, kränkenden Mitleid betrachten. Vielleicht, dachte Tess, vielleicht sollten wir uns zugestehen, dick und fett zu werden und zu lernen, unser Alter mit Würde zu ertragen. Dann mußte sie über ihre Sentimentalität fast laut lachen. »Kann ein Mensch sich je ändern?« hörte sie sich selber sagen. Ihre Mutter warf ihr einen erstaunten Blick zu, da sie irgendeine versteckte Beleidigung argwöhnte, und es dauerte eine Weile, ehe sie antwortete: »Es ist schwierig, aber wenn du es kannst, kann ich es auch. Zumindest es versuchen.« Es war eine Art Waffenstillstand.

Ein paar Wochen später hatte Tess endlich alles andere so weit erledigt, daß sie die eigentliche Exhumierung in die Wege leiten konnte. Sie ließ Claire in der Obhut ihrer Babysitterin zurück und verbrachte etliche aufreibende Stunden im Diözesanbüro, um die Formalitäten der Neubestattung zu klären. Pater Keane befand sich bereits in fortgeschrittenem Alter, war schwerhörig und äußerst mißtrauisch. Vom ersten Augenblick an war er Tess unsympathisch. Trotz seiner salbungsvollen, unablässig lächelnden Art war er eindeutig der Ansicht, daß sie keine Ahnung hatte, worum es eigentlich ging. Burke und Hare, die Namen jener Leichenräuber, lagen in der Luft, wenn nicht sogar diesem Herrn auf der Zunge. Er war ein Mann vom Land, dem der Verkauf von Land, von irgendeinem Stück Land, ein Greuel war. Und etwas noch Schlimmeres, wenn es sich um Grundbesitz der Kirche handelte. Daß Holy Retreat alles andere als das war, spielte für ihn keine Rolle. Laut seiner mit allem Nachdruck geäußerten Meinung waren die Nonnen sowohl hilflos als auch unfähig. Tess wurde allmählich seiner endlosen Fragerei überdrüssig, bis sie schließlich merkte, daß die Quelle seines Unbehagens die selbstbewußte, auf Unabhängigkeit bedachte Art und Weise war, wie die Stifterin ihre Klostergründung organisiert hatte. Es empörte ihn zutiefst, daß die Nonnen nicht dem Bischof unterstanden. Und dann die widernatürliche Art, wie sie unbeirrt an ihrer Torheit festhielten. Immer wieder erklärte er, sie hätten als einzige seit Gründung des Klosters die Verfügungsgewalt über ihren Grund und Boden behalten. Und sich ihre Unabhängigkeit bewahrt. Und genau das wurmte den alten Priester so sehr. Weibliche Selbständigkeit war eine gefährliche Sache, aber im Falle von Nonnen war sie abscheulich und frevelhaft und keinesfalls zu dulden.

»Aber sie haben doch nie irgendwelche finanzielle Ansprüche an die Kirche gestellt, oder?« erklärte Tess schließlich verärgert.

»Noch irgend etwas beigetragen«, gab er barsch zurück. Aber immerhin hatte er die Güte zu lachen, als sie eine geistreiche Verteidigungsstrategie entwickelte. »Herrje, die haben Sie aber gut abgerichtet«, bemerkte er verschlagen und beglückwünschte sie zu ihrer Loyalität – ein Kompliment, das ihr ziemlich zuwider war. Auch sein onkelhaftes Tätscheln ihrer Hand behagte ihr gar nicht.

»Vielleicht kommen der Bischof und ich zur Weihe«, versprach er kumpelhaft, als sie sich zum Gehen anschickte. »Ich war noch nie in dem Kloster und würde es mir gerne mal ansehen. Es heißt, es sei ein sehr schönes Gebäude. Gewesen.« Das klang beängstigend nach einem möglichen Käufer. Oder, schlimmer noch, Schuldeneintreiber.

»Es ist nach wie vor sehr schön, auch wenn es gründlich renoviert werden muß.«

»Und jetzt können sie sich das leisten, nicht wahr?« Dabei lächelte er unentwegt und nickte Tess freundlich zu, doch sie dachte gar nicht daran, ihm zu sagen, was er wissen wollte – wieviel Geld genau die Nonnen für das Grundstück bekommen hatten. Sie richtete sich lediglich zu ihrer vollen Größe auf, lächelte überaus freundlich zu ihm hinunter und sagte ihm auf Wiedersehen.

Dennoch, er hatte eine allmählich aufkeimende Besorgnis in ihr ausgelöst, die sich nicht legen wollte. Sie wußte nicht genau, was der Grund dafür war; es war eher ein kleiner, verschwommener Hauch von Zweifel. Zweifel an sich selber oder einfach Zweifel als solcher? Sie konnte es nicht sagen, aber schließlich, so redete sie sich ein, entsprach das ihrer derzeitigen Verfassung. All die Altweibermärchen, von wegen daß während der Schwangerschaft das Gehirn schrumpft, tauchten wieder auf. Ihres hatte eindeutig nachgelassen, war langsamer geworden. Die blitzartigen Schlußfolgerungen, zu denen sie früher in der Lage gewesen war, gehörten der Vergangenheit an. Oder lag das einfach an dem Mangel an Schlaf?

Claire schlief, vor allem nachts, immer weniger, und mehr denn je war sie stets hungrig. Jeden Tag dachte Tess, sie hätte den Höhepunkt ihrer Erschöpfung erreicht, und jeden Tag wurde es noch schlimmer. Mit einer Art wütender, unkontrolliert nervöser Energie, die ein Ersatz für Denken geworden war, wurstelte sie sich irgendwie durch. Sie hatte sich eine Art Programm ausgedacht, so und so viele Hindernisse, die es zu überwinden galt und die sie dann fein säuberlich abhaken konnte. Alle paar Tage nach Holy Retreat und wieder zurück zu trotten war nur einer dieser Punkte. Nahezu alles, was sie tat, hätte telephonisch oder per Fax oder bei einigen wenigen, gut vorbereiteten Besprechungen in der Hälfte der Zeit erledigt werden können. Doch in ihrem derzeitigen Zustand schien ein solches Vorgehen unmöglich. Die Dinge zu erledigen war einfacher, als darüber nachzudenken. Sie war ehrlich genug, um sich darüber im klaren zu sein, sich nützlich zu *fühlen* war unendlich hilfreicher als effizient zu *sein*. Und die Nonnen, Gott segne sie, verstanden sich sehr gut darauf, ihr das Gefühl zu vermitteln, sie sei nützlich. Und sei es auch nur dadurch, daß sie sie eine schier endlose Vielfalt von Dingen zu erledigen baten.

Sie ließ das Diözesanbüro in Drumcondra hinter sich, bog in die Clonliffe Road und fuhr in Richtung Süden zu der Mautbrücke über die Liffey. Wie immer herrschte dichter Verkehr, und die Fahrt dauerte viel länger, als sie vorausgesehen, geschweige denn einkalkuliert hatte. Die Autoschlange stadtauswärts schob sich so langsam voran, daß man genügend Zeit hatte, in aller Ruhe die Reklame an den Bretterzäunen zu lesen und sich sogar zu überlegen, was die neuen Guinness-Anzeigen bedeuteten. Als sie beim Merrion-Bahnübergang auch noch in einen regelrechten Stau geriet, war sie mit ihrer Geduld fast am Ende.

Als sie müßig beobachtete, wie der Zug vorbeifuhr, fragte sie sich, wann die Strecke eigentlich gebaut worden war. Die derzeitige DART (*Dublin Area Rapid Transport*, die Schnellbahn für den Nahbereich um Dublin) fuhr die Küste entlang, von Howth am Nordende der Dublin Bay über Killiney nach Bray am Südende. War die Bahnstrecke für die DART neu verlegt worden? Oder verlief sie auf der ursprünglichen Trasse zwischen Dublin und Wicklow? Sie konnte sich erinnern, wie sie als Kind nach Killiney hinaus und wieder zurück gefahren war, wenn auch nicht allzuoft, da ihre Eltern lieber mit dem Auto unterwegs gewesen waren. Als sie sich so zurückerinnerte, fiel ihr völlig unvermittelt ein, daß die Reisen ihrer Kindheit bei der mittlerweile aufgelassenen Harcourt Street Station geendet hatten. Folglich verlief die Bahnlinie jetzt weiter landeinwärts und nicht entlang der Küste. Ungeduldig zuckte sie mit den Schultern, als ihre Gedanken abschweiften, ohne daß sie irgendeine Art von Schlußfolgerung gezogen hätte, und sie vergaß den Gedankengang, dem sie zu folgen versucht hatte. Zumindest für den Augenblick.

Das Paar in dem Auto vor ihr nutzte die Gelegenheit und begann, sich leidenschaftlich zu küssen. Es dauerte so lange, bis sie nach Luft schnappten, daß Tess sich fragte, ob sie möglicherweise gleich erstickten. Sie begann zu zählen, als eine wütende Kakophonie von Autohupen sie in ihren Träumereien unterbrach. Das Paar drehte sich um, grinste und winkte ihr frech zu. Die beiden schienen nicht älter als sechzehn zu sein. Nie wieder werde ich so küssen, dachte sie traurig, und Verzweiflung überkam sie. Und wahrscheinlich werde ich mich auch nie wieder verlieben. Ein stürmischer, hitziger Energieschub raste durch ihren Körper, unerwartet, unkontrollierbar. Ihr Mund öffnete sich zu einem stummen Schrei. *Ich will dich. Fick mich, fick mich, mich, mich.* Ermattet lehnte sie sich zurück und schloß die Augen. Der Wagen machte einen Satz nach vorne, als der Motor abstarb.

Eine große Männerhand platschte auf ihre Windschutzscheibe, und ein verzerrtes Gesicht starrte anzüglich auf sie herunter. »Verflucht noch mal, immer diese verdammten Frauen am Steuer. Würden Sie gefälligst weiterfahren, Missis, verdammt noch mal. Sie stellen eine verdammte Gefahr für den Autoverkehr dar, ist Ihnen das klar?« Sie verstand kaum, was er sagte, so heftig rauschte das Blut in ihren Ohren. Nach zwei Fehlstarts und reichlich Flüchen innerhalb und außerhalb des Autos gelang es ihr schließlich, den Motor wieder in Gang zu setzen. Sie ignorierte ihren Peiniger, fuhr langsam auf den Seitenstreifen und legte ihren pochenden Kopf auf das Lenkrad.

Zur Hölle mit Liebe, was sie brauchte, war Sex. Jetzt. Augenblicklich. Ohne Umschweife, zügellos, brutal, aufregend, ohne Unterbrechung. Den ganzen Tag, die ganze Nacht, jeden Tag, jede Nacht. Sie wollte einen großen, wundervollen, pulsierenden Schwanz in sich spüren, der sie ausfüllte, sie bis zu Besinnungslosigkeit fickte. Noch ein Zug fuhr vorbei – *Enthaltsamkeit, Enthaltsamkeit* – der ratternde Refrain verhöhnte sie und holte sie auf den Boden der Tatsachen zurück. Erschöpft betrachtete Tess sich im Spiegel und strich sich die feuchten Haarsträhnen aus dem Gesicht.

Immer noch zitternd, bog sie langsam in die Merrion Road ein, und allmählich gelang es ihr, so etwas Ähnliches wie Selbstbeherrschung wiederzuerlangen, indem sie sich auf die Liste der Dinge konzentrierte, die vor der Exhumierung noch zu erledigen waren. Da der Bischof jetzt Sonntag, den siebenundzwanzigsten, für die Weihung des neuen Friedhofs festgelegt hatte, standen auch die anderen Termine einigermaßen fest. Der Begräbnisunternehmer Dwyer rechnete damit, daß sie zwei Tage bräuchten, um die Särge auszugraben und zu lagern. Besser, man kalkulierte drei ein, nur um sicherzugehen. Die Neubestattung würde lediglich ungefähr einen Tag in Anspruch nehmen, da die Gräber bereits ausgehoben wären. Der orstansässige Gemeindepriester hatte dafür Donnerstag und Freitag vorgemerkt. Die endgültigen Termine mußten noch mit dem Gesundheitsamt und dem Grafschaftsrat abgesprochen werden. Beide Behörden hatten darauf bestanden, Beobachter zu schikken, vermutlich um sicherzugehen, daß alles seine Ordnung hatte. Die Nonnen hatten zugesagt, eine Liste der Toten und einen Lageplan anzufertigen. Was sonst noch? Die Arbeitsverträge mußten ausgearbeitet werden. Ein provisorischer Schuppen, um die Särge bis zur erneuten Beerdigung zu lagern. Die Bezahlung dafür und für zusätzliche Särge, falls einige vermodert waren, mußte noch geregelt werden. Dwyer hatte gemeint, am besten fertige man fünfzehn zusätzliche an, und keine Einwände erhoben, als Tess ironisch vorgeschlagen hatte, das auf Kommissionsbasis zu machen. Gelacht hatte er jedoch auch nicht. Vielleicht war es unrealistisch, bei einem Begräbnisunternehmer Humor zu erwarten.

Nach den Vorstellungen der Nonnen sollten die Arbeiten an der neuen Grenzmauer gleich am Tag nach der Neubestattung beginnen. Dies zu organisieren hatte sich bislang als am schwierigsten erwiesen. Der Bauunternehmer hatte, in der durchaus vernünftigen Erwartung, daß er auch den Auftrag zur Renovierung des Gebäudes bekäme, einen sehr niedrigen Kostenvoranschlag gemacht. Doch er wollte oder konnte nicht so früh anfangen. Irgendwann hatte man ihm zu verstehen gegeben, er könne mit beidem gleichzeitig beginnen. Was bedeutete, daß entweder die Schatzmeisterin oder der Architekt alles durcheinandergebracht hatten. Und jetzt wollte keiner von den dreien nachgeben. Auf Tess' Vorschlag, jemanden aus dem Büro des Architekten – eine Art Bauleiter – damit zu beauftragen, die Renovierung zu beaufsichtigen und zu koordinieren, hatte der Architekt, der sich weigerte, so jemanden zu bezahlen, mit einem Wutanfall reagiert, ebenso der Bauunternehmer, der nicht wollte, daß (so seine Worte) »irgend so ein hochnäsiges junges Kerlchen meine Arbeiter herumkommandiert«. Daraufhin hatte die Mutter Guardian unbekümmert vorgeschlagen, Tess könne das doch übernehmen, und zu deren Überraschung hatte Hugo sich eingemischt und ihr beigepflichtet. Tess war nicht gerade erpicht darauf, sich zwischen sämtliche Stühle zu setzen, andererseits wollte sie jedoch die Nonnen nicht im Stich lassen, also hatte sie widerstrebend eingewilligt.

Sie nahm – fälschlicherweise – an, die Mutter Guardian und Hugo, die alte Freunde waren, hätten diese listige Regelung ausgeheckt, damit sie noch eine Weile länger beschäftigt wäre. Eine Art Trauertherapie. Und da es sich um eine Therapie handelte und da eine solche Betätigung, selbst wenn die beiden sie sich einzig und allein zu diesem Zweck ausgedacht hatten, immer noch besser war als trauernde Untätigkeit, hatte sie keine Einwände erhoben. Es dauerte eine Zeit, bis sie ganz kapierte, wie raffiniert die beiden waren. Hätte sie dies geahnt, dann wäre ihr schon an dem Tag, als sie neben der Eisenbahnstrecke im Stau gesteckt hatte, einiges gedämmert.

Um zwanzig nach vier langte sie endlich beim Kloster an. Da sie versprochen hatte, um sechs Uhr wieder zu Hause sein, um die Babysitterin abzulösen, warf sie immer wieder einen Blick auf ihre Uhr. Die Erfahrung hatte sie gelehrt, daß die Zeit im Kloster die merkwürdige Eigenschaft hatte, wie im Flug zu vergehen. Schnelligkeit war keine der herausragendsten Eigenschaften der Nonnen. Als erstes sprach sie mit Schwester Benedicte; dieser von ihrem Besuch im Diözesanbüro zu berichten dauerte nur wenige Minuten. Als Termin für die Exhumierungen wurde nun endgültig Dienstag, der neunundzwanzigste Oktober, festgesetzt.

»Wären Sie vielleicht so gut und würden zusammen mit dem Begräbnisunternehmer einen genauen Zeitplan aufstellen?« fragte Schwester Benedicte. »Er könnte die zusätzlichen Särge schon am Tag zuvor herbringen.«

»Was ist mit dem provisorischen Schuppen, um sie zu lagern? Ihn aufzustellen wird wohl mindestens einen Tag dauern, nehme ich an. Soll ich das auch regeln?«

»Ich wäre Ihnen dankbar, wenn Sie das erledigten. Ist das alles für heute, Miss Callaway?«

»Ich denke schon, außer Mutter Catherine möchte noch mit mir sprechen.«

»Soviel ich weiß, hat sie das vor. Warten Sie hier auf sie? Und, Miss Callaway, vielen Dank für die ausgezeichnete Arbeit, die Sie leisten.«

Das war das Höchstmaß an Freundlichkeit, das die Schatzmeisterin je zum Ausdruck gebracht hatte, und unerklärlicherweie freute Tess sich darüber. Das wollte sie gerade sagen, als sie das kaum hörbare Rascheln des Habits der Nonne vernahm und merkte, sie war allein. Schwester Benedicte bewegte sich noch leiser als alle anderen Nonnen. Und doch waren ihre Auftritte und Abgänge auf merkwürdige Weise theatralisch. Oft hatte Tess keine Ahnung, daß sie bereits hinter der Trennwand stand, bis sie zu reden anfing. Das machte ihr die Schatzmeisterin nicht eben sympathischer.

Das Eintreffen der Mutter Guardian war nicht ganz so beunruhigend. Als eine Art Vorwarnung ließ sie immer ein leises, für sie charakteristisches Husten hören, wenn sie eintrat. Heute war ihr Husten lauter als sonst, und als sie zu sprechen anfing, schien es, als hätte sie Atemschwierigkeiten.

»Der Architekt meint, wir sollten noch einen weiteren Kostenvoranschlag einholen.« Mutter Catherine brachte

Tess auf den neuesten Stand. Ihre Stimme klang heiser. Hinter der Trennwand war ein scharrendes Geräusch zu hören, als sie ihren Stuhl näher schob.

»Er befürchtet, daß das alles letztlich doch teurer werden könnte. Außerdem hat er etwas von Festpreisverträgen gesagt. Sagt Ihnen dieser Ausdruck etwas, Tess?« Die Stimme der Nonne war jetzt leiser, näher am Vorhang.

»Das ist eine gute Idee. Ich werde etwas Entsprechendes aufsetzen, wenn Sie möchten. Allerdings wird das den Bauunternehmern nicht sonderlich behagen. Sie werden behaupten, es sei bei einem Vorhaben wie diesem schwierig, im voraus abzuschätzen, was alles gemacht werden muß.«

»Ja, der Ansicht war auch Mr. Byrne. Er hat jedoch gesagt, sie müßten verstehen, daß unsere Mittel streng begrenzt sind.« Die Mutter Guardian hustete, und in dem darauffolgenden Schweigen hatte Tess das unangenehme Gefühl, irgend jemand halte sich ganz in der Nähe auf und lausche. Warum, konnte sie nicht sagen, es war nicht mehr als ein leiser Verdacht.

»Ich werde versuchen, mir etwas auszudenken, um Sie abzusichern«, versprach Tess. Sie zog ihren Stuhl näher an die Trennwand. »Haben Sie etwas dagegen, wenn ich Sie etwas frage, Mutter Catherine?« erkundigte sie sich schüchtern.

»Woher soll ich das wissen, ehe Sie fragen?« erwiderte die Nonne belustigt.

»Wann haben Sie beschlossen, ein Stück Land zu verkaufen?« fragte sie. Es folgte ein so langes Schweigen, daß Tess befürchtete, sie sei zu weit gegangen oder die Nonne sei eingeschlafen, doch schließlich räusperte Mutter Catherine sich.

»Dieses spezielle Grundstück, meinen Sie?« Ihre Stimme klang weit, weit entfernt.

»Ja, ich glaube schon. Die Verlegung des Friedhofs dürfte einigermaßen, nun ja, traumatisch sein. Ich frage mich nur, ob man nicht eine andere Lösung hätte finden können.«

»Nicht für die Summe Geld, die wir brauchen. Wir haben das alles sehr sorgfältig durchdacht. Zuerst wollten wir eigentlich das Pförtnerhaus mitsamt dem dazugehörigen

Garten verkaufen. Das hätte jedoch bedeutet, daß Fremde fast innerhalb unserer Einfriedung wohnen. Und dann hat aus heiterem Himmel der Direktor der Glenadams School ein großzügiges Angebot gemacht. Es kam wie die Antwort auf ein Gebet.«

»Aus heiterem Himmel?«

»Ja. Vor ihrem Tor ist es zu einem schweren Verkehrsunfall gekommen. Ein paar Schüler wurden angefahren und schwer verletzt. Verständlicherweise waren die Eltern sehr verärgert und haben verlangt, daß das Direktorium einen neuen Eingang abseits der Hauptstraße baut. Nach dieser schrecklichen Tragödie haben wir gerne geholfen.«

»Ach so.« Es machte Tess stutzig, daß die Antwort auf ein Gebet angeblich in der gefälligen Verpackung eines Gottesgeschenkes gekommen war, schalt sich dann jedoch, offensichtlich arglos gemeinte Bemerkungen derart blasphemisch zu kommentieren.

»Wann war das?« fragte sie, eher, um ihre Beschämung zu verbergen, als um eine genaue Information zu erhalten.

»Vor zweieinhalb Jahren, 1994. Das Angebot wurde uns ungefähr einen Monat nach dem Unfall gemacht.« Sie seufzte. »Ich bin froh, wenn die Arbeiten abgeschlossen sind. Das Ganze wirkt sich ziemlich störend auf unser Gemeinschaftsleben aus. Ich habe den Eindruck, wir haben ungeheuer lange kaum an etwas anderes gedacht.«

Wieder folgte ein langes Schweigen. Irgendwo ganz in der Nähe quietschte eine Tür, und das Rascheln eines Gewandes war zu hören. Tess machte sich allmählich Sorgen, weil es immer später wurde, und sie wollte gerade aufbrechen, als Mutter Catherine sich erneut räusperte.

»Haben Sie etwas über die Familie unserer Ordensgründerin herausgefunden?« Ihre Stimme war kaum zu hören und klang, als presse sie ein Taschentuch auf den Mund. Zuerst dachte Tess, sie habe Angst, belauscht zu werden, doch dann hatte es den Anschein, als versuche sie, einen Hustenanfall zu unterdrücken.

»Nun ja, ich bin mir nicht sicher. In Chipping Stebton gibt es tatsächlich eine Familie namens Stebton. Genaugenommen, zwei Familienzweige. Aus unterschiedlichen Gründen habe ich keinen der Familienangehörigen angetroffen, abgesehen von einer alten Dame, die Elfrida heißt. Sie lebt in einem Altersheim. Ich fürchte, sie ist ziemlich verkalkt und redet wirr. Das Haus selber ist wunderschön – zumindest von außen. Es war einst ein Kloster. Ist das nicht ein merkwürdiger Zufall?«

»Inwiefern?« Die Nonne sprach jetzt abgehackt, leise, argwöhnisch.

»Nun, ich finde es interessant, daß da drüben ein Kloster zu einem Herrenhaus und der Gutssitz hier zu einem Kloster wurde. Und das in ein und derselben Familie«, fügte Tess lahm hinzu. Irgendwie schien es plötzlich kühler, fast frostig geworden zu sein.

»Wer außer der alten Dame lebt dort sonst noch?« flüsterte die Nonne.

»Ihre Zwillingstöchter. Aber keine der beiden war da. Eine war gerade im Krankenhaus und ist jetzt verreist. Die andere scheint vom Erdboden verschwunden zu sein. Jane-Edwina heißt sie. Sie ist vor ungefähr einem Monat in Urlaub gefahren und bis jetzt nicht zurückgekommen. Offenbar weiß niemand, wo sie hin ist. Ich habe nicht …« Sie hielt inne, als irgend etwas oder irgend jemand auf den Boden fiel. »Mutter Catherine? Ist alles in Ordnung?« rief sie ängstlich, erhielt jedoch keine Antwort. »Mutter Catherine?«

Tess rannte in die Halle und suchte nach einer Glocke oder irgend etwas, um Alarm zu schlagen. Sie riß die Tür weit auf und preßte den Finger auf den Knopf der elektrischen Klingel. Etwas anderes fiel ihr nicht ein. Sie hörte das Läuten im ganzen Haus widerhallen, aber eine Weile, die ihr wie eine Ewigkeit vorkam, reagierte niemand.

»Tess?« rief plötzlich Schwester Joseph atemlos. »Herrje, wir waren in der Kapelle. Was ist denn passiert?«

»Mutter Catherine, ich glaube, sie ist ohnmächtig geworden oder so was«, setzte Tess an, hielt jedoch inne, als sie bemerkte, daß das ganze Kloster in Aufruhr war. Sie hörte das Geräusch von Füßen, die über einen blanken Fußboden liefen. Eine Tür knarzte. Ein paar Sekunden später knarzte sie erneut, und dann vernahm sie wieder diesmal kaum hörbare Schritte. Fast konnte sie sich vorstellen, wie die Schwestern die Nonne wegtrugen. Das Merkwürdigste an dem Ganzen war, alles lief völlig lautlos ab; keine Anweisungen wurden gerufen, nicht einmal ein Geflüster war zu hören. Sie zögerte und wußte nicht, sollte sie gehen oder bleiben. Sollte sie einen Arzt rufen? Was machten die Nonnen in einem solchen Fall? Eine Minute nach der anderen verstrich, und allmählich fragte sie sich, ob Mutter Catherine tot war.

»Sie wird sich gleich wieder erholen.« Schwester Joseph war zurückgekehrt. »Das war wohl ein ziemlicher Schock für Sie, meine Liebe. Ich habe Ihnen eine Tasse Kamillentee gebracht. Er steht in dem Drehschrank. Wenn Sie ihn getrunken haben, fühlen Sie sich bestimmt besser.«

»Was ist passiert?«

»Die ehrwürdige Mutter ist ohnmächtig geworden. Sie hat sich überhaupt nicht wohl gefühlt; seit ein paar Wochen quält sie ein schrecklicher Husten. Das war gerade eine ihrer Krisen. Sie ist ein bißchen blutarm.«

»Soll ich einen Arzt holen?« fragte Tess.

Schwester Joseph-Maria lachte leise glucksend auf die für sie so charakterische Art. »Wir haben hier einen. Schwester Benedicte ist Ärztin. Sie kümmert sich um unsere Gesundheit genauso wie um unsere Finanzen.« Erneut lachte sie. »Sie haben Ihren Tee nicht getrunken.«

»Macht es Ihnen was aus, wenn ich ihn stehenlasse, Schwester Joseph? Ich mag Kamillentee nicht so besonders.«

»Das kann ich Ihnen nicht verdenken. Ich nehme ihn wieder mit. Aber ich habe etwas anderes für Sie, wenn Sie einen Augenblick warten.«

Aus dem Augenblick wurden fünf Minuten. Tess verbrachte diese Zeit des Leerlaufs, wie sie es nannte, damit, sich das Hin- und Herhuschen der Nonnen und ihre Gesichter vorzustellen. Es war unwahrscheinlich, daß sie je Gelegenheit hätte, ihre Vorstellungen an der Wirklichkeit zu messen, daher konnte sie ihrer Phantasie freien Lauf lassen.

So war Schwester Joseph für sie eine große, rundliche Frau vom Land, die geschäftig hin- und herschwirrte.

»Da bin ich wieder«, verkündete Schwester Joseph, als sie die Trommel drehte. »Wir haben Ihnen ein kleines Geschenk hergerichtet.« Als Tess den Schrank öffnete, füllte augenblicklich der Duft nach Basilikum und Thymian die Halle. Die Kräuter, fein säuberlich zu Sträußchen zusammengebunden, lagen in einem Korb aus Weidenruten im unteren Fach. Ein Dutzend gesprenkelte Eier und ein kleiner Topf mit Honig kuschelten sich dazwischen. Tess vergrub das Gesicht in den frischen, noch feuchten Blättern.

»Oh, herrlich. Vielen Dank. Aber darf ich das bezahlen? Bitte?«

»Ach du meine Güte, nein. Auf gar keinen Fall. Am besten, Sie verwenden die Kräuter gleich, solange sie frisch sind. Schwester Benedicte hat gesagt, Sie müssen während der Stillzeit ordentlich essen.«

Tess lachte. »Tatsächlich?« Das wunderte sie. Sie war nach wie vor ein bißchen argwöhnisch, was Schwester Benedicte betraf, die sie als kalt und unnahbar empfand. Auf jeden Fall hatte sie ihr bisher nie einen mütterlichen Rat erteilt.

»Wie geht es dem Baby?«

»Ich fürchte, zur Zeit ist sie nicht besonders zufrieden mit mir. Ich habe sie fast entwöhnt, und es behagt ihr gar nicht, aus der Flasche zu trinken. Aber sie hatte einfach ständig Hunger. Wahrscheinlich werde ich es auch mit Brei versuchen.« Der Gedanke, völlig ernsthaft mit einer unsichtbaren Nonne über ihr Baby zu diskutieren, belustigte sie. Aber Schwester Joseph antwortete so begeistert, als kenne sie sich auf diesem Gebiet aus. Was, wie sich herausstellte, tatsächlich der Fall war.

»Ehe ich in das Kloster eingetreten bin, war ich zehn Jahre lang Hebamme«, erklärte sie, und Tess sah fast, wie sich um ihre Augenwinkel kleine Lachfältchen kräuselten. Die Nonnen steckten voller Überraschungen. Sie fragte sich, was für Expertinnen sie sonst noch hatten.

»Sie können sie mir also ruhig anvertrauen, wenn Sie die

Mutter Guardian besuchen. Dann brauchen Sie nicht immer einen Babysitter zu bezahlen.«

»Wirklich?«

»Natürlich. Wir alle brennen darauf, sie zu sehen. Sie hätten nicht gedacht, daß wir Babys mögen, stimmt's?« fragte Schwester Joseph leise, als Tess schwieg. »Warum sollten wir das nicht? Wir sind ganz normale Frauen, vergessen Sie das nicht. Genau wie Sie, liebe Tess. Die gleichen Zweifel, die gleichen Ängste und auch die gleichen Sehnsüchte, wenn ich das so sagen darf. Das Ganze ist alles andere als leicht für Sie, nicht wahr?«

»Ja. Zumindest ... Ja, Sie haben recht. Zuerst hab ich einfach den Dreh nicht rausgekriegt, wie ich sie trotz dem ganzen Durcheinander und obwohl sie so schrecklich klein und hilflos ist, mögen kann. Ich wollte nie, daß ein Mensch derart von mir abhängig ist. Das hat mir eine Heidenangst eingejagt. Aber mittlerweile habe ich das merkwürdige Gefühl, sie wird ein Teil von mir – nicht meines Körpers, das war sie schon. Sie ist so etwas wie ein lebendes schlechtes Gewissen.« Sie lachte leise, verlegen. »Sie ist nun mal da, und es gibt keine Möglichkeit, sie beiseite zu schieben. Aber seltsamerweise bin ich ganz schwach vor Liebe.« Sie schniefte. »Ziemlich dumm, finden Sie nicht? Eine Frau in meinem Alter. Jämmerlich.«

»Jämmerlich? O nein, ganz gewiß nicht«, erwiderte Schwester Joseph sanft. »Ich glaube, das ist ziemlich normal. Mutterschaft nennt man das, glaube ich. Das gehört einfach mit dazu, haben Sie das nicht gewußt? Wenn ich das sagen darf, Tess, Sie sind ein wenig zu streng mit sich selber. Sie müsssen mit einer Menge Dinge fertigwerden, meine Liebe. Bestimmt vermissen Sie Ihren Partner. Eine Frau sollte in so einer Situation nicht ganz auf sich selber gestellt sein.«

»Vermissen Sie ...« setzte Tess unbeholfen an, konnte aber nicht weitersprechen.

»Ob es mir fehlt, daß ich keine Kinder haben kann? Ob wir, als Nonnen, an Kinder, Beziehungen, Sex, an all das denken? Natürlich vermissen wir das alles.«

»Aber warum ...?

»Warum wir uns dann selber einkerkern? Das ist schon schwieriger zu beantworten, wenn man nicht gläubig ist. Nicht an die Kraft des Gebets glaubt. Ich vermute, das tun Sie nicht, habe ich recht?«

»Ja. Ich sehe, das Leben, das Sie führen, ist ein gutes Leben. Ich meine, nicht nur für Sie selber, sondern an sich. Aber ich kann mir nicht vorstellen, daß mich das dazu bringen könnte, alles aufzugeben, meine Lebensweise, meine Arbeit; und statt dessen Gelübde abzulegen und mich einem schier unerreichbaren Ideal zu verschreiben.«

»Wir hier in Holy Retreat legen keine endgültigen Gelübde ab, Tess. Wir können das Kloster jederzeit verlassen, wenn das Ideal sich als unmöglich zu verwirklichen erweist. Wir haben uns dafür entschieden zu bleiben. Es ist in der Tat ein gutes Leben, nicht nur geistig und intellektuell, sondern in jeder Hinsicht. Selbst heutzutage haben nur wenige Frauen ein solches Glück. Unsere Stifterin war eine äußerst weitblickende Frau.« Sie begann sich allmählich für das Thema zu erwärmen, da wurde sie vom Bimmeln einer Glocke unterbrochen. »In fünf Minuten ist es Zeit zum Gebet. Ich muß leider gehen. Tess, könnten Sie eine Kleinigkeit für mich erledigen?«

»Ja, natürlich.«

»Da drüben, unter dem Tisch, stehen zwei Schachteln. Könnten Sie die auf dem Heimweg in der Donnybrook-Kirche abliefern? Ich glaube, Sie kommen dort vorbei.«

Tess zog zwei große braune Kartons unter dem Tisch hervor. Sie waren erstaunlich leicht. »Bei der Kirche, sagten Sie? An der Hauptstraße? Wem soll ich sie geben?«

»Dem Sakristan, wenn er da ist. Ansonsten brauchen Sie sie nur im Pfarrhaus abzugeben. Das ist, glaube ich, gleich nebenan. Es sind Hostien. Kommunionsoblaten, verstehen Sie. Ein dringlicher Auftrag. Morgen finden dort zwei große Beerdigungen statt, und sie haben Angst, daß sie nicht genügend vorrätig haben.«

»Sie stellen die her?« fragte Tess überrascht. Sie hatte sich eigentlich nie Gedanken darüber gemacht, wo oder wie

Hostien gemacht werden; wahrscheinlich hatte sie geglaubt, sie fielen wie Manna vom Himmel. Außer dem Geschäft mit den Kräutern hatten die Nonnen offensichtlich auch noch andere Einkommensquellen.

»Nur eine geringe Anzahl, wir sind nicht richtig dafür ausgerüstet. Das eigentliche Monopol haben die Karmeliter-Schwestern. Wir stellen pro Woche nur ungefähr zwanzigtausend her, die machen eher so um die zweihunderttausend.« Sie hörte sich an wie ein Industriekapitän, dem eine Geschäftsübernahme droht.

»Was? Eine Viertelmillion?«

»O ja, eine Menge Leute gehen immer noch zur Messe.« Schwester Joseph bemühte sich gar nicht erst, den leichten Spott in ihrer Stimme zu verhehlen. Was wissen die denn noch alles über mich? fragte sich Tess, gab es dann aber auf, darüber nachzugrübeln. Wahrscheinlich alles.

»Und wie organisieren Sie die Zustellung?« Fuhr ein Lastwagen vor und holte die Hostien ab? Oder ein altmodisches Pferdefuhrwerk? Oder fingen sie einfach frei herumlaufende Anwältinnen ein, sooft sie einen Boten brauchten? Die Nonne wartete mit einer praktischeren Lösung auf.

»Wir haben eine Abmachung mit dem Postamt, mit dem wir monatlich abrechnen. Jeden Donnerstagvormittag um zehn holt der Postbote die Pakete ab, die dann am nächsten Tag zugestellt werden. Wir deponieren die Kartons auf der Veranda. Er kommt auf die Minute genau, man könnte die Uhr danach stellen. Aber heute handelt es sich um ein Art Notfall. Sie brauchen sie morgen für die Frühmesse. Es macht Ihnen doch nichts aus, oder?«

»Überhaupt nicht.« Tess griff nach der Schnur, die um die Pakete gewickelt war, und nahm sie, in jeder Hand eines, mit zum Auto. Die größere Schachtel stellte sie auf den Beifahrersitz, die andere darunter auf den Boden. Als sie bei der Schnellstraße in Stillorgan anlangte, drehten sich ihre Gedanken nach wie vor um das Geschäft mit einer so esoterischen Ware. Doch noch irgend etwas anderes beschäftigte sie im Unterbewußtsein. Jedesmal, wenn sie bei einer Ampel anhalten mußte, trommelte sie mit den Fingern auf die Schachtel neben ihr. Das braun glänzende Papier knisterte. Als sie zum dritten Mal anhielt, fuhr sie mit dem Fingernagel unter die grobe Schnur und ließ sie zurückschnippen. Unvermittelt warf sie von der Seite einen Blick auf die Schachteln. *Braun … Papier … Pak …*

»Natürlich!« Sie atmete langsam aus, als sie sich an den Stapel Pakete in dem kleinen Lagerraum des Buchladens in der Walton Street erinnerte.

Salomon, Das Hohelied: Officina Massagna, Verona, 1789. Zur Zeit der Drucklegung ein, wie so viele andere große poetische Werke, groteskerweise verbotenes Buch. Auf hundert Exemplare beschränkte Auflage, kunstvoll gedruckt und verziert (ohne Zuschreibung). Ganz in Pergament gebunden, auf Vorder- und Rückseite sowie auf dem Buchrücken fein gezeichnete Bordüren. (A d'A, Katalog 4, Nr. 16)

17

In der Diele begegnete Tess Hugo. Er stand am Fuß der Treppe, den Kopf in den Nacken gelegt, und lauschte, wie nur allzu offensichtlich war, dem jämmerlichen Geheule, das aus der oberen Wohnung herunterschallte. »Du kannst ja später bei mir vorbeischauen«, erklärte er, als Tess an ihm vorbeiraste. Obwohl sie Claire eigentlich nicht mehr stillte, spürte sie, wie ihre Brüste wieder prall wurden und schmerzten, als sie ihr Baby schreien hörte. Sie nahm jeweils drei Stufen auf einmal und stieß auf Sandra, die das Ohr an die Schlafzimmertür preßte und auf deren Gesicht sich Bestürzung malte.

»Ehrlich, ich schwör's, Tess, bis vor einer halben Stunde war alles in Ordnung mit ihr. Dann hat sie durchgedreht. Ich hab schon gedacht, ihr sei ein Blutgefäß geplatzt.«

»Vielen Dank.« Tess hätte ihr am liebsten eins über den Schädel gezogen. Sie ließ den Korb zu Boden fallen, riß dem verzweifelten Mädchen die Flasche aus der Hand und rannte ins Schlafzimmer. Als sie sich hinunterbeugte, um Claire aus ihrem Bettchen zu heben, hörte das Baby unvermittelt zu schreien auf, öffnete die Augen und strahlte seine Mutter an.

Sandra, die hinter ihr hergelaufen war, sagte: »Verdammt noch mal, sieh sich das einer an.« In gespielter Ohnmacht sank sie auf den Boden und stöhnte.

»Du solltest zum Theater gehen«, erklärte Tess nüchtern. »Bist du so lieb und schenkst uns beiden ein Glas Wein ein? Im Kühlschrank steht eine Flasche. Ich schätze, die Nerven von uns beiden sind so etwas nicht gewachsen, meinst du nicht auch?«

Sie nahm die mittlerweile vergnügt glucksende Claire und trug sie in das kleine Wohnzimmer, in dem irgend jemand, wahrscheinlich Sandra, ein Kaminfeuer angezündet hatte. Mutter und Tochter machten es sich auf dem Sofa bequem und griffen beide zur Flasche. Ausnahmsweise protestierte das Baby nicht, weil es nicht die Brust bekam. Schnell und stetig verschwand die Milch in ihrer kleinen Gurgel. Dann rülpste sie laut, füllte ihre Windel und schlief auf der Stelle ein.

Tess sah Sandra an und verdrehte die Augen gen Himmel. »Verdammt unberechenbar, findest du nicht auch?« Sie lachten.

»Tut mir wirklich leid, daß ich Ihnen einen solchen Schrecken eingejagt habe«, meinte Sandra. »Irgendwie hab ich die Nerven verloren.«

»Kommst du wirklich damit zurecht? Wird sie dir zuviel?«

»Sie ist in Ordnung, ehrlich, die meiste Zeit ist sie ungeheuer brav. So um sechs rum wird sie grantig, aber bis dahin sind Sie ja normalerweise wieder da. Ja, ich schaff das schon.«

»Bestimmt?«

»Ganz bestimmt. Aber vielleicht könnten wir uns einen besseren Stundenplan ausdenken? Sie mag es nicht, wenn Sie mehr als zwei, drei Stunden weg sind.«

»In Ordnung. Von jetzt an ist sechs Uhr das Äußerste. Außer in Notfällen, und damit rechne ich eigentlich nicht. Tut mir leid, daß ich heute so spät dran war. Mir ist etwas dazwischengekommen.«

Sie plauderten ungefähr eine halbe Stunde, bis das Motorrad von Sandras Freund die Straße heraufdröhnte. Da es offenbar keinen Schalldämpfer hatte, war sein Röhren lange, bevor es zu sehen war, zu hören. Ein Geräusch, das sich Tess jedesmal, wenn sie es hörte, schmerzhaft ins Gehirn einätzte.

»Herrje, ich verschwinde lieber, ehe Mr. Boland sich auf

den Kriegspfad begibt.« Sandra sprang auf und schnappte sich ihre Fliegerjacke. »Brauchen Sie mich morgen, Tess?«

»Nein, ich glaube nicht. Aber Freitagnachmittag, wenn du Zeit hast. Wenn ich dich vorher brauche, ruf ich dich an. Übrigens, hat Mr. Boland etwas von irgendwelchen Telephonanrufen für mich gesagt?«

»Oh, herrje, hab ich ganz vergessen. Hab nichts zum Schreiben gefunden. Ein gewisser Owen. Das war alles. Ach und, ja, Richard. Sie machen's den Jungs ganz schön schwer, Tess«, meinte sie aufmunternd und winkte ihr ein Auf Wiedersehen zu.

Tess lehnte sich auf dem Sofa zurück und schloß die Augen. Sie machte es ihnen schwer, stimmte das wirklich? Ein glücklicher Zufall wäre keine schlechte Sache. Waren ihre Gedanken und Sehnsüchte unnatürlich? Pubertär? Konnte es normal sein, daß eine trauernde Nicht-Witwe ihres fortgeschrittenen Alters nach Sex gierte, anstatt, was angemessener wäre, sich vor Kummer die Augen auszuweinen? Würde sie je wieder Sex erleben? Ihn so genießen wie mit Marcus? Sich befriedigt, erfüllt fühlen? Die Worte kamen ihr so plump, so grob vor. Das Wohlbehagen in seiner Nähe, das war es, was ihr fehlte. Ihr fehlte? Ihr ganzer Körper schrie nach ihm, wie er sich an sie drängte, schrie nach der Berührung seiner sinnlichen Hände. Tess schenkte sich ein zweites Glas Wein ein und wartete darauf, daß Wut sie überkam. Das passierte meist in vorhersehbaren Schüben. Zuerst die Sehnsucht, die Begierde, sodann das gefühlsduselige Selbstmitleid und schließlich alles überwältigender, wütender Zorn, der sie völlig hilflos machte. Diesmal hörte es kurz vor dem Endstadium auf.

Sie blickte auf ihr schlafendes Kind hinunter, dessen winzige rosa Finger die Bänder seines Strickjäckens umklammerten. Tess streichelte sie sanft, und sofort schlug Claire die grau schimmernden Augen auf und lächelte. Tess' Herz machte einen Satz. Es war also kein Zufall gewesen, sie konnte tatsächlich lächeln. Lernte es, ihren Charme einzusetzen und ihre Mutter dazu zu bringen, das zu tun, was sie wollte. Die kommen schon voll ausgerüstet auf die Welt, dachte Tess überrascht. Mit einem eingebauten Schutzsystem. Sie weiß, was sie machen muß, damit ich sie liebhabe.

»Ich bin deine Mutter, und du gehörst mir. Claire, wir sollten das Beste draus machen. Wir sitzen in einem Boot. Aber ich kümmere mich schon um dich, mein Wort drauf.« Sie nahm das Baby und trug es ins Badezimmer, um es zu waschen und frisch zu wickeln. Warm und weich und ungeheuer tröstlich fühlte es sich an.

Etwa eine Stunde später lag das Baby vorübergehend im Bett, abgefüllt mit vier Teelöffeln Brei und dem Inhalt eines weiteren halben Fläschchens sowie ausgerüstet mit einer dritten frischen Windel und einer zweiten frischen Strampelhose. Tess wollte sich gerade etwas zum Abendessen herrichten, als sie sich an Hugos Einladung von vorhin erinnerte. Sie fuhr sich mit einem Waschlappen übers Gesicht, mit dem Kamm durch die Haare und schaltete das Babyphon ein. Es war Viertel nach neun, und Hugo sah sich im Fernsehen die Nachrichten an.

»Ich habe einen Zettel auf das Tischchen in der Diele gelegt, wer dich alles angerufen hat, falls du zurückrufen willst«, meinte er lächelnd und schaltete den Fernseher aus.

»Das hat bis morgen früh Zeit. Ich hab mir gedacht, ich besorg mir vielleicht ein Mobiltelephon. Das wäre viel praktischer«, erwiderte Tess.

»Ach du lieber Himmel!« Hugo schlug sich mit der Hand an die Stirn. »Hab doch gewußt, da war irgendwas. Das Büro hat gestern eines für dich vorbeibringen lassen. Ich hab es draußen neben dem Telephon in die Steckdose gestöpselt. Mittlerweile müßte die Batterie aufgeladen sein. Übrigens, hast du schon was gegessen?«

»Noch nicht. Ich mach mir später ein Omelett. Die Nonnen haben mir ein paar wundervoll duftende Kräuter und braungesprenkelte Eier geschenkt.« Sie lächelte ihn verschmitzt an und sagte: »Ich glaube, die wollen mich mästen.«

»Da haben die sich ganz schön was vorgenommen«, gluckste er. »Aber die Eier von denen schmecken wirklich ausgezeichnet. Ich sage immer, Eier von Hühnern sind gut, aber die von Nonnen sind besser.« Er grinste über seinen gut einstudierten kleinen Witz. »Ich nehme an, das Baby hat seinen hysterischen Anfall überlebt?«

»Schon. Aber ich bin mir nicht sicher, wie es mit der armen Sandra aussieht.«

»Wegen der brauchst du dir keine Sorgen zu machen, die ist hart im Nehmen. Aber was ist mir dir? Genauer gesagt, wie wär's mit etwas zu trinken?«

»Ich hab schon einen kleinen Weinschwips, Hugo, ich glaube, das reicht, aber vielen Dank. Ich wollte dich eigentlich nur fragen, wie es Murphy-Dunne geht. Hätte er gerne Besuch? Ich habe morgen nichts Besonderes vor, und da ich nicht so recht weiß, was ich mit mir anfangen soll, hab ich mir gedacht, ich könnte mal vorbeischauen und ihn ein bißchen aufheitern.« *Oder ihn einem strengen Verhör unterziehen, was wahrscheinlicher ist.* »Liegt er eigentlich noch im Krankenhaus?«

»Soll ich dir was verraten? Ich weiß es nicht. Ob das wohl so lange dauert?« meinte Hugo lässig, uninteressiert, doch sie hatte bemerkt, wie er seine Augen zusammengekniffen hatte.

»Hast du nichts von ihm gehört?«

»Nein, warum auch?«

»Ich hab nur gedacht ...«

»Ich mag ihn nicht besonders. Ehrlich gesagt, ich halte ihn für einen ziemlichen Flegel. Der Mann kennt keine Skrupel. In seiner Gesellschaft ist keine Frau sicher. Ich finde das alles äußerst unangenehm. Stolziert wie ein Gockel durch die Gegend«, fügte er sarkastisch hinzu. »Ruf morgen Miss Reilly an. Die weiß bestimmt, wo er ist, da bin ich ganz sicher. Wahrscheinlich wohnt er bei ihr«, erklärte er zu Tess' Überraschung. Es passierte nicht oft, daß Hugo gehässig war. Oder vulgär. »Das tut er meistens. Probiert seine Referendarinnen der Reihe nach durch und vernascht sie. Dann prahlt er mit seinen Eroberungen.« Er schnaubte verächtlich und starrte sie unverwandt an. »Widerwärtig.«

Tess lief tiefrot an und stellte innerlich sämtliche Stacheln auf. Sie wandte ihr Gesicht ab und wich seinem haßerfüllten

Blick aus. Hatte Hugo Angst, sie würde sich wieder mit Terence einlassen? Angst, sie würde erneut seinem Charme erliegen wie damals, als sie noch keine siebzehn und auf Abenteuer versessen und er ein kräftiger, gutaussehender achtundzwanzigjähriger Mann gewesen war, der diesen Wunsch nur allzu gern erfüllte? So hatte es zumindest angefangen, aber sie war nicht ganz so gewitzt gewesen, wie sie geglaubt hatte. Und sie hatte noch nicht zwischen Liebe und Lust zu unterscheiden gelernt. Terence war alles andere als romantisch, aber genau das war es gewesen, wonach sie sich letztlich gesehnt hatte: eine Romanze. Damals hatte sie versucht, so zu tun, als sei sie nicht gekränkt. Hatte versucht, nicht zu bemerken, welches Vergnügen es ihm bereitete, sie zu demütigen. Bei der Erinnerung wurde ihr ganz heiß vor Scham. Sie war entsetzt, jetzt zu hören, wie Hugo ihn als gefühl- und treulos beschrieb, denn das bedeutete, daß Hugo die ganze Zeit gewußt hatte, was damals passiert war. Er trug ziemlich dick auf, warnte sie, als wäre sie ein kleines Kind. Wollte er sie in ihrem derzeitigen trübseligen Zustand beschützen? Oder hatte er einen anderen Grund dafür, sie und Terence auf Abstand voneinander zu halten? Oder war sie einfach überempfindlich? Hatte sie das Vertrauen zu allen anderen verloren, nur weil sie so wenig Vertrauen zu sich selber hatte?

»Gibt es irgendeinen Grund, weshalb du ihn besuchen willst? Außer um die gute Samariterin zu spielen?« fragte Hugo etwas zu beiläufig.

»Nein, eigentlich nicht. Ich hab gedacht, er würde sich darüber freuen, daß ich mit den Nonnen gut auskomme und daß alles einigermaßen glatt läuft.« *Nun, das stimmte ja auch mehr oder weniger.* »Aber das ist nicht so wichtig. Vielleicht lasse ich mir statt dessen lieber die Haare schneiden. Wird Zeit, daß ich mich ein bißchen um mein Äußeres kümmere. Ich sehe verheerend aus.«

»Klingt schon besser. Weißt du was? Du gehst zum Friseur, und ich lade dich zum Essen ein«, erklärte er aufmunternd, eifrig darauf bedacht, ihre Stimmung wieder zu heben. »Ich habe ein paar Leute eingeladen. Wirf dich in deinen Sonntagsstaat und sei um Punkt acht hier. Du kannst auch Ihre Durchlaucht mitbringen. Vor allem, wenn du sie dazu bewegen kannst, vorher schon einzuschlafen. Was hältst du davon?«

Tess sagte zu und stieg langsam die Treppe zur Wohnung hinauf. Sie fragte sich, ob Hugo ohnehin vorgehabt hatte, sie zum Essen einzuladen, oder ob es ein kleines Ablenkungsmanöver gewesen war, das er spontan inszeniert hatte. Oder bildete sie sich zuviel ein? Glaubte er im Ernst, sie würde es zulassen, daß der sexbesessene Murphy-Dunne sie erneut ausnutzte? Oder daß sie ihn, Gott bewahre, dazu ermuntern könnte? Nun, in der Hinsicht könnte er tatsächlich recht haben. Sie hatte sich schon früher zur Närrin gemacht, und das nicht nur, als sie ein unerfahrener Teenager gewesen war. Bettler können sich nicht immer aussuchen, was sie kriegen, dachte sie verbittert und fühlte sich erneut rundum gedemütigt.

Das Baby schlief immer noch tief und fest. Tess brachte das Kräuterkörbchen in die Küche und stellte es auf den Tisch. Sie schenkte sich noch ein Glas Wein ein, stellte einen Teller zum Vorwärmen ins Backrohr und hackte ein Bündel gemischter Kräuter klein. Der Duft war berauschend, und ihr Hunger, der sich vorübergehend gelegt hatte, machte sich wieder deutlich bemerkbar. Als sie zwischen den Eiern zwei Butterhörnchen entdeckte, schob sie sie ebenfalls in den Herd. Dann erhitzte sie in der Bratpfanne ein paar Tropfen Olivenöl und ein Stückchen Butter und schlug vier Eier auf.

Das Omelett war hervorragend, und obwohl sie vorgehabt hatte, es in aller Ruhe vor dem Kamin zu verspeisen, konnte sie, als sie erst einmal angefangen hatte, nicht mehr aufhören. Sie schlang es binnen vier Minuten im Stehen hinunter und spielte sogar mit dem Gedanken, sich noch eines zu machen. Hugo hatte recht gehabt, was die Eier betraf, und nie zuvor hatte sie bessere und frischere Kräuter gegessen. Wenn das eine Kostprobe der Küche von Holy Retreat war, dann konnten die Nonnen sich wahrlich nicht beklagen. Während sie das Geschirr spülte und wegräumte, trank sie genüßlich ihren Wein aus. Im Radio kam gerade ein Streichquintett von Schubert, passenderweise *Der Tod und das Mädchen.* Doch als sie es erkannte, schmerzte dies nicht so sehr, wie es noch vor ein oder zwei Monaten der Fall gewesen wäre.

Der Korb paßte nicht in den Kühlschrank. Also verstaute sie die restlichen Eier in einer Schüssel, verteilte die Kräuter auf zwei Plastikbeutel und legte sie in das Gemüsefach. Die Blätter waren noch ganz feucht. Sie mußten unmittelbar nach dem Schauer gepflückt worden sein, vor dem sie im Kloster verschont geblieben war: Ganz durchweicht war das Papier, mit dem der Korb ausgelegt war. Als sie es vorsichtig herausnahm, um es wegzuwerfen, bemerkte sie, es waren zwei Doppelseiten aus der Mitte eines DIN-A5-Hefts. Drei der vier Seiten waren fein säuberlich beschrieben. Mehr aus müßiger Neugierde als aus sonst irgendeinem Grund breitete sie sie auf dem Tisch aus, doch auf dem feuchten Papier hatte die Tinte sich verwischt, und das Geschriebene war nur schwer zu entziffern. Sie legte das Papier auf die Heizung und ging ins Bad, um Wasser einlaufen zu lassen.

Als sie gebadet und Claires Fläschchensortiment für die Nacht vorbereitet hatte, war das Papier fast trocken. Tess nahm es mit ins Wohnzimmer, in dem eine Halogenlampe stand, aber selbst in dem stärkeren Licht war es schwierig, das Geschriebene zu lesen. An den Stellen, wo die Tinte sich verwischt hatte, waren ganze Absätze unleserlich, und die wenigen Wörter oder Zeilen, die sie entziffern konnte, ergaben nicht viel Sinn. Ein paarmal tauchte *kurios* auf. *Heimlich. Selten.* Spielerisch zog sie mit dem Finger die Zeilen nach und versuchte, aus den einzelnen Wörtern schlau zu werden: *Romano, Cleland; Sedici modi; Chorier; dialogo.* Eine Art Liste auf englisch und in etlichen anderen Sprachen. Da Französisch die einzige war, die sie ausreichend beherrschte, konnte sie die Lücken an den entsprechenden Stellen versuchsweise ergänzen: *ole des fill* sollte möglicherweise *L'école des filles* bedeuten. *L'académie des dames divisée en sept entités* – eine Art Prospekt einer Schule? Oder eines Klosters, da die nächsten Worte, die sie entziffern konnte, englisch waren. ... *n the Cloister.* Ein bißchen weiter dann *Rochester*, dann das Bruchstück einer Adresse: *Rue de Tribune Bru...*

»Allmählich werde ich vollends verrückt«, sagte sie laut – eine Angewohnheit, die ihr allmählich selber auffiel. »Ich bin zum Umfallen müde, und was mache ich? Trödle herum und versuche, irgendwelche Rätsel auf einem Stück Abfallpapier zu lösen. Ich glaube, ich spinne wirklich.« Und dabei hätte sie es dann belassen, hätte sie das Blatt nicht, als sie es zusammenknüllen wollte, umgedreht. Auf der vierten Seite standen ein paar unvollständige Einträge, die ihr ins Auge stachen: *Da Andrea Vesalio, De Humani corporis – 1–43. Sonetti Lussuriosi di Aretino. 1534. – Giulio Romano.* Das Wort *Aretino* ging ihr nicht aus dem Kopf. Herrje, dachte sie, hab ich das nicht irgendwo schon mal gesehen? Sie ließ sich auf einen Stuhl neben dem Tisch fallen.

Nicht gesehen. *Gehört.* Ein, zwei Augenblicke dauerte es, bis sie dahinterkam, warum es ihr bekannt schien. Langsam und behutsam strich sie das feuchte Papier glatt, während sie in Gedanken einige auf den ersten Blick unwichtige kleine Vorfälle der vergangenen Woche, die scheinbar nichts miteinander zu tun hatten, Revue passieren ließ. Oder war das schon zu viel gesagt? Zu eindeutig? *Amici d'Aretino* hatte Mrs. Hartfield gesagt. Und hier war es, scheinbar rein zufällig, wieder, wenn auch in etwas anderer Form. Wer oder was war *Aretino?* Ein Ort? Ein Name? Lange dachte Tess darüber nach, aber ihr Denken drehte sich immer nur im Kreis und langte nirgends an. Schließlich kam ihr die Vorstellung, ein Stück Abfallpapier unter ein paar feuchten Büscheln Kräuter könnte irgendeinen anderen Zweck gehabt haben, als die Feuchtigkeit aufzusaugen, schlichtweg lachhaft vor.

Sorgfältig faltete Tess das Papier zusammen und legte es auf den Tisch. Sie hatte das Gefühl, sie sähe sich selber in Zeitlupe, so, als sei etwas von ungeheurer Bedeutung geschehen oder würde bald geschehen. Ein ihr nicht unbekanntes Gefühl, obwohl es sie normalerweise dann überkam, wenn sie kurz vor dem Durchbruch in einem wichtigen

Fall stand. Der Augenblick der Ruhe, ehe verwirrende Unklarheiten plötzlich klar wurden, einen Sinn ergaben. Aber warum sollte das jetzt passieren? In diesem Augenblick, an diesem Ort, wo das, womit sie sich beschäftigte, einfach eine Frage der Planung war, die sie zudem weitgehend abgeschlossen hatte?

Doch so wie aus einem Sandkorn durch stete Aufeinanderlagerung einer Schicht nach der anderen eine Perle werden kann, so ging es auch mit dem winzigen Samenkorn von Zweifel, der sie schon vorher überkommen hatte. Es wuchs und wuchs, bis es schließlich zu einer überwältigenden, ernst zu nehmenden Besorgnis wurde.

Eine Fremde war spurlos verschwunden. Ein Zug war vorbeigefahren. Eine unangenehme Frage war gestellt worden. Eine Nonne war ohnmächtig geworden. Und jetzt eine verschlüsselte Botschaft in einem Korb mit Kräutern.

Ging irgend etwas Finsteres vor? Waren die Nonnen in Gefahr? Oder wurden sie Opfer eines Betrugs? Informationen waren zurückgehalten worden. Absichtlich? Oder vermutete sie Heimtücke, wo keine war? Und dann spürte sie, von nirgendwoher, so eindringlich und unvermittelt eine Bedrohung für sich selber, daß sie ins Schlafzimmer hastete, um nach dem schlafenden Kind zu sehen. Claire ahnte natürlich nichts von ihrer Angst, aber als Tess sich hinunterbeugte, um das Köpfchen, das vom Kissen gerutscht war, wieder richtig hinzubetten, spürte sie, ihre ständige Furcht um die Sicherheit ihres Babys hatte sich irgendwie mit dem untrüglichen Gefühl verbunden, daß irgendwo Unheil lauerte – das um so bedrohlicher war, als sie nicht wußte, woher es kam. Doch an seiner Existenz zweifelte sie nicht. Wenn ihr jahrelanger Umgang mit Kriminellen etwas bewirkt hatte, dann das, daß sie gelernt hatte, auf ihre Gefühle zu vertrauen. Als sie sich wieder einigermaßen erholt hatte, streichelte sie mit der Handfläche sanft die Wange des Babys, zog die Decke zurecht und trippelte auf Zehenspitzen in die Küche zurück. Beklommen betrachtete sie das durchweichte Papier. Und ganz allmählich erwachte die schlummernde Intelligenz.

Venus dans le Cloître ou la Religieuse en chemise. Entretiens curieux. 1692. Von einer ehrenwerten Person aus dem Französischen übersetzt. (A d'A, Katalog 9, Nr. 23)

18

Am Donnerstagmorgen verschlief Tess und schaffte es mit knapper Not, eine Tasse Kaffee hinunterzustürzen, das Baby zu füttern und sich anzuziehen, ehe sie nach Holy Retreat hinausfuhr. Die Post sollte um zehn Uhr abgeholt werden, und sie wollte sich mit dem Postboten unterhalten. Außerdem wollte sie unbedingt herausfinden, welche Nonne den Kräuterkorb gepackt hatte. Als sie ankam, entdeckte sie zu ihrer Erleichterung auf der Veranda etliche große Kartons, die genauso aussahen wie diejenigen, die sie am Abend zuvor in die Kirche von Donnybrook gebracht hatte. Als sie läutete, warf sie einen Blick auf ihre Uhr. Neun Uhr zweiunddreißig.

»Meine Güte, Tess, sind Sie heute früh dran. Wir haben Sie erst nachmittags erwartet. Kein Baby heute?« fragte Schwester Joseph.

»Sie schläft draußen im Auto. Ich bin nur auf einen Sprung vorbeigekommen, um mich zu bedanken und Ihnen Ihren Korb zurückzubringen.«

Tess stellte das leere Körbchen in die Trommel und drehte sie. Wenn sie gehofft hatte, die Nonne würde jetzt endlich etwas wegen des fehlenden Papiers sagen, wurde sie enttäuscht.

»Herrje, deswegen hätten Sie doch nicht extra herzufahren brauchen, meine Liebe, vielen Dank. Hat es Ihnen geschmeckt?«

»Göttlich, würde ich sagen, wenn Sie das nicht für eine Gotteslästerung hielten«, erwiderte Tess grinsend. »Die Eier waren köstlich. So frisch und mit einem so schön gelben Dotter. Sie müssen Schwester Benedicte sagen, daß ich ihren Rat befolgt, mir ein vorzügliches Omelett gebraten und es regelrecht verschlungen habe.«

»Wir füttern die Hühner mit Mais, daher der gelbe Dotter, und außerdem picken sie an den Kräutern, sooft sie Gelegenheit dazu haben, und das gibt den Eiern ihren besonderen Geschmack.«

»Und erst die Kräuter! Noch nie habe ich so stark duftendes Basilikum gerochen. Und der Thymian war einfach wundervoll. Haben sie die Kräuter selber gepflückt, Schwester Joseph?« fragte Tess und kam damit endlich zum eigentlichen Grund für ihren Wortschwall.

»Oh, Gott bewahre, nein. Schwester Albertine würde einem Amateur nie erlauben, auch nur ihre Gartenschere anzulangen«, kicherte die Nonne, »geschweige denn ihre geliebten Pflanzen. Nein, die hat Schwester Albertine gepflückt.«

»Ein großartiger Name für eine Gärtnerin«, meinte Tess lachend. Sie warf einen Blick auf ihre Uhr und lauschte mit einem Ohr auf das Eintreffen des Postautos.

»Nicht wahr? Genaugenommen heißt sie gar nicht so. Als sie dem Orden beigetreten ist, hat sie den Namen Agatha angenommen. Aber keine von uns nennt sie je so.« Sie trat näher an die Trennwand. »Wenn Sie im Sommer kommen, vor allem im Juni, werden Sie auch sehen, warum. Die Gartenmauern sind dann mit Albertine-Rosen übersät, die herrlich duften. Sie züchtet auch andere Sorten, aber das sind ihr die liebsten. Sie ist eine großartige Gärtnerin.«

»Kümmert sie sich auch um den Verkauf?«

»Nein, sie ist nur für die Gärten als solche zuständig. Um alles andere kümmert sich Schwester Benedicte. Genaugenommen war sie es, die diesen Geschäftzweig gefördert und damit die Vergrößerung der Gartenanlagen ermöglicht hat.«

»Fast hätte ich es vergessen, die Butterhörnchen haben ebenfalls wunderbar geschmeckt. Ich habe das reinste Festessen veranstaltet.«

»In dem Fall hoffe ich, Sie haben ein Glas guten Wein dazu getrunken, um das Ganze abzurunden. Ich hätte Ihnen eine Flasche von unserem Holunderwein dazupacken sollen, damit Sie den mal kosten.«

»Sie haben das wundervoll gemacht, Schwester Joseph. Ich habe gewußt, daß ich mich bei Ihnen bedanken muß, daß Sie das alles so großzügig hergerichtet haben.« Tess lachte. »Gibt es eigentlich irgend etwas, das Sie nicht haben?«

»Verstand, und das recht oft«, erwiderte Schwester Joseph ausweichend. »Übrigens, haben Sie es noch geschafft, die Hostien abzuliefern?«

»O ja. Der Sakristan war sehr dankbar.« Tess warf einen Blick auf die Uhr. Sieben Minuten vor zehn. »Schwester Joseph, könnten Sie Mutter Catherine sagen, daß ich erst Anfang nächster Woche wieder herkomme und vorher mit Mr. Dwyer spreche?«

»Mach ich. Sonst noch etwas?«

»Ich glaube nicht«, antwortete Tess bedächtig, »außer natürlich, sie möchte noch irgend etwas erledigt haben. Oder haben Sie vielleicht irgendwelche Aufträge ...« Ihre Stimme verlor sich. Einen Augenblick herrschte Schweigen, ehe Schwester Joseph antwortete.

»Nein, ich glaube nicht, meine Liebe. Aber vielen Dank.« Tess war nicht sicher, war es Enttäuschung oder eher Erleichterung, die sie empfand, als Schwester Joseph ihr keinen Nachtrag zu dem Sendschreiben in dem Korb lieferte. Immerhin stand jetzt mit einiger Sicherheit fest, daß nicht sie die Köstlichkeiten in das Körbchen gepackt hatte oder, wenn doch, daß das Papier nichts weiter zu bedeuten hatte. Als sie hinausging, wurde Tess ziemlich nachdrücklich mehr als Enttäuschung, nämlich die ganze Absurdität ihres Unterfangens, irgendwelche zweifelhaften Bücher mit dem Kloster in Verbindung zu bringen, bewußt. Sie verspürte einen Anflug von Beschämung angesichts ihres Argwohns.

In dem Augenblick fuhr ein grünes Postauto in den Vorhof. Es rührte sie fast, als sie bemerkte, daß der Fahrer den Motor abgeschaltet hatte und den Kombi langsam ausrollen ließ, bis er stehenblieb. Das einzige Geräusch war das gedämpfte Knirschen von Kies unter den Rädern. Als er ausstieg, nahm sie die vier Kartons, die neben ihr standen, und schleppte sie, so gut sie konnte, zu dem freundlichen jungen Mann mit roten Haaren und pickliger Haut.

»Wirklich sehr nett von Ihnen, Miss. Sie haben mir einen Weg abgenommen«, erklärte er und nahm die Schachteln in Empfang.

»Kein sehr langer Weg«, erwiderte Tess lächelnd und murmelte irgend etwas, von wegen daß Schwester Joseph-Maria wissen wolle, ob die Rechnung beglichen worden sei. Der Postbote öffnete die Hecktür des Kombis und schob die Kartons hinein.

»Woher soll ich das wissen?« meinte er leicht überrascht. »Die Pakete werden im Postamt frankiert; die kümmern sich auch um die Abrechnung.« Kläglich blickte er Tess an und zuckte die Schultern. »Aber das weiß sie doch alles. Offenbar wird sie ein wenig vergeßlich. Sie braucht nur die Leute von der Buchhaltung anzurufen. Würden Sie ihr das bitte ausrichten?«

»Ja, natürlich«, setzte Tess an, doch er fiel ihr sogleich ins Wort.

»Ist sie alt? Die Nonne?«

»Welche? Schwester Joseph? Ich habe sie nie zu Gesicht bekommen. Aber besonders alt klingt sie eigentlich nicht.« Jetzt zuckte Tess die Schultern. »Sie waren nie im Kloster drinnen?«

»Nein, das braucht es ja nicht. Sie hinterlegen das Zeug einfach auf der Veranda.« Er verzog das Gesicht. »Außerdem würd es mir nicht so sonderlich behagen, da reinzugehen und mit einer leeren Wand zu sprechen. Da würd es mir wahrscheinlich kalt über den Buckel laufen. Aber verstehen Sie mich nicht falsch, sie sind sehr freundlich. Immer wieder legen sie irgendwelche Sachen für mich hin, zum Beispiel ein paar Eier oder Petersilie und Thymian, hin und wieder auch ein Huhn. Meine Frau freut sich immer sehr darüber.«

»Kommen Sie schon lange hierher?«

»Seit drei oder vier Jahren. Ich habe den Auftrag von einem Kumpel übernommen, der das seit ewigen Zeiten gemacht hat. Mindestens zwanzig Jahre lang. Mit einer von denen war er ziemlich dick befreundet. Schwester Pförtnerin hat er sie immer genannt.«

Er gab Tess einen Stapel Briefe. Einen ganz normalen Stapel Briefe, außer daß keine Postwurfsendungen dabei waren.

»Keine Reklame und so, wie ich sehe.« Sie lächelte.

»Nein, mit solchem Zeug belästige ich sie nicht. Viel ist es sowieso nicht, es weiß ja praktisch niemand, daß es das Kloster da überhaupt gibt. Ehrlich gesagt, Sie sind eine der wenigen, die ich je hier draußen gesehen habe. Und ein Auto habe ich hier auch noch nie erblickt.« Er lachte. »Ist doch prima. Als würde man in die Vergangenheit zurückfahren. Manchmal setzte ich mich neben die Auffahrt und rauche eine und schau mich einfach um. Da hab ich dann Zeit, wieder zu mir zu kommen. Ich komm gern hier raus. Es ist so friedlich hier.« Er trat einen Schritt näher zu Tess und flüsterte verschwörerisch: »Wissen Sie, was in den Schachteln drin ist?« Seiner Miene merkte sie an, er brannte darauf, es ihr zu sagen. Am liebsten hätte sie ihn umarmt. Er hatte ihr genau das Stichwort gegeben, das sie brauchte. Bedächtig schüttelte sie den Kopf.

»Was denn?«

»Kommunionshostien. Ist das nicht komisch? Ehe ich den Job hier übernommen hab, hab ich mir nie Gedanken gemacht, wo die eigentlich herkommen. Sie vielleicht?«

»Vom Himmel?« erwiderte sie schelmisch und grinste.

»Na ja, leicht genug dafür sind sie jedenfalls«, meinte er. »Engelsnahrung, hm?«

»Immer gleich viele? Nur drei oder vier Schachteln?«

»Ja«, setzte er an, runzelte dann jedoch die Stirn. »Na ja, meistens. Manchmal ein paar mehr. Das Gewicht ist ein bißchen unterschiedlich. Aber eigentlich ist es immer das gleiche.«

»Ich schätze, die sind immer für die gleichen Kirchen bestimmt?«

»Normalerweise schon. Meistens für Kirchen in der Stadt. Ach ja, und Donnybrook und so. Manchmal aber auch für weiter weg. Sogar für England. Das müssen Sonderaufträge sein. Aber das war nur ein paarmal. Als die alte Nonne die Pakete selber rausgebracht hat. Komische Alte. Ist nie zu mir hergekommen. Hat nur gewartet, bis sie den Kombi gesehen hat, und ist dann wieder reingeschlurft. Ehrlich gesagt, da hab ich 'ne Gänsehaut gekriegt. Sie hatte sich so einen schrecklichen alten schwarzen Mantel über den Kopf gestülpt.«

»Wann war das?« fragte Tess zittrig.

Der Postbote kratzte sich am Hinterkopf. »Ich hab sie nur ein paarmal gesehen. Ehrlich gesagt, ich wär um mein Leben gern näher rangegangen, um sie mir genauer anzuschauen. Es macht einen neugierig, stimmt's? Daß sie sich nie anschauen lassen. Das erste Mal, als ich sie gesehen hab, war ungefähr ... na ja, das ist mindestens zwei Jahre her«, setzte er langsam an, doch dann wurde seine Stimme munterer. »Es war im Sommer. Deswegen kann ich mich so gut daran erinnern ... na ja, ich meine, der alte Mantel hat teuflisch warm ausgesehen ... Im ganzen hab ich sie, glaub ich, drei- oder viermal gesehen.« Er grinste Tess an. »Ich muß schon sagen, verglichen damit sind Sie ein beachtlicher Fortschritt. Herrje, Sie wollen doch nicht etwa da eintreten, oder?«

»Nein, nein, ich nicht, aber ich bin verdammt neugierig. Ich würde um mein Leben gerne eine von ihnen zu sehen kriegen.« Sie grinste verschwörerisch. »Wann haben Sie sie zum letzten Mal gesehen?«

»Ist gar nicht so lang her. Die Zeit vergeht wie im Flug, finden Sie nicht auch? Könnte ein, zwei Wochen her sein oder auch länger. Einen Monat? Gott weiß ...« Erneut kratzte er sich am Kopf, und es sah aus, als wolle er noch etwas sagen, doch genau in dem Augenblick stieß das Baby einen markerschütternden Schrei aus. »Der Allmächtige steh uns bei, was ist denn das?« rief er. Tess raste zum Auto, und der Postbote folgte ihr auf den Fersen. Claires Strickmütze war ihr über die Augen gerutscht, und vor Wut war ihr Gesicht blau angelaufen.

»Ihres, Missis?« fragte er, als Tess die Autotür aufriß und Claire auf den Arm nahm.

»Ja«, sagte sie. »Die gehört mir. Ganz und gar.«

»Na ja, jetzt ist mir klar, daß Sie nicht da eintreten werden. Obwohl, vielleicht hätten Sie ganz gern mal Ihre Ruhe. Das Kind da hat ja eine wahrhaft kräftige Lunge. Dann laß ich Sie jetzt mit ihr alleine«, meinte er und lachte. »Hab selber genug Geschrei zu Hause. Wir haben vier, alle unter sechs.« Er winkte ihr zum Abschied zu. »Vergessen Sie nicht, der Nonne zu sagen, sie soll beim Postamt anrufen.«

Tess drückte das Baby an sich, bis es sich genügend beruhigt hatte, so daß sie es wieder auf ihrem Kindersitz festschnallen konnte. Aber als sie zu Hause angelangt waren, forderte Claire einen hohen Preis dafür, daß sie ganz allein dem feindseligen Anschlag ihrer Strickmütze ausgeliefert gewesen war. Die zwanzigminütige Gnadenfrist im Auto hatte ihr nur ausreichend Zeit gelassen, um wieder zu Atem zu kommen. Sie schrie wie am Spieß und weigerte sich zu trinken, bis ihre verzweifelte Mutter ihr den Inhalt des Fläschchens praktisch in die Gurgel schüttete. Dann grummelte sie noch fast eine halbe Stunde lang herum, ehe sie endgültig einschlief. Mittlerweile war Tess völlig verkrampft, praktisch in Totenstarre verfallen. Sie mußte sich selber mehr als eindringlich ermahnen, daß körperliche Mißhandlung kein Ausweg war. Doch zum ersten Mal in ihrem Leben hatte sie das Gefühl, sie begreife allmählich, wie leicht ein Mensch dazu getrieben werden konnte. Dieser Mensch war sie selber. Ihre Hände zitterten zu sehr, um auch nur im Traum daran zu denken, sich eine Tasse Kaffee aufzubrühen. Ein paar Minuten schloß sie die Augen, ehe sie auf die Idee kam, daß ein großer Gin Tonic ein nützlicher Ersatz sein könnte. Auch wenn es erst halb zwölf Uhr vormittags war.

Die Bezeichnungen für verbotene Bücher – Librorum Prohibitorum *– lohnen eine nähere Betrachtung, und sei es auch nur zum Ergötzen des Lesers:* Enfer *in der Bibliothèque Nationale in Paris;* The Private Case *im British Museum;* The ****-Collection *in der Public Library in New York;* The Delta-Collection *in der Library of Congress. Die Bodleian Library ist schon etwas besser mit* ϕ *(das »Pfui« anklingen läßt), aber am schönsten ist wohl das deutsche* Schund und Schmutz.

19

Der Gin tat ihr nicht nur gut, er wirkte wahre Wunder und gab ihr neuen Schwung. Während das Baby schlief, machte Tess sich daran, ihre Familienfehde zu beenden. Sie rief ihre Mutter an und versprach, am Sonntag zu ihr zum Mittagessen zu kommen. Dann rief sie Terence Murphy-Dunne unter seiner Privatnummer an, erreichte aber lediglich seinen Anrufbeantworter. Etwa eine Stunde befaßte sie sich mit den Angelegenheiten von Holy Retreat und gestattete sich erst dann, sich den Dingen zu widmen, die sie am meisten beschäftigten: Aretino und Miss Jane-Edwina Stebton-Hillyard.

»Könnte ich bitte Miss Hillyard sprechen?« fragte Tess, als sie endlich zu Hartfield-Magraw durchkam.

»Miss Hillyard arbeitet nicht mehr hier. Kann ich Ihnen vielleicht weiterhelfen? Ich bin Murray Magraw.«

»Aha. Könnte ich dann bitte Mrs. Hartfield sprechen?«

»Sicher, wenn ich sie finde. Sie steckt irgendwo unter einem Stapel Bücher. Augenblick, da ist sie.«

»Grace? Tess Callaway. Ich habe eben erfahren, Miss Hillyard ist nicht an ihren Arbeitsplatz zurückgekehrt.«

»Nein.« Grace senkte die Stimme. »Und sie wird auch nicht mehr hier arbeiten. Ein paar Tage, nachdem Sie hier waren, ist ein Kündigungsschreiben eingetroffen. Ich habe versucht, Sie anzurufen, aber natürlich hatte ich nur Ihre Nummer zu Hause, und wer auch immer da am Telephon war, er hat gesagt, er würde die Nachricht weiterleiten.«

»Was für eine Nachricht?« fragte Tess heiser. Ihr Mund war ganz trocken.

»Daß wir von Jeddie gehört haben.«

»Würde es Ihnen etwas ausmachen, mir zu sagen, was sie geschrieben hat?«

»Nur daß sie zu dem Schluß gekommen ist, es wäre zu schwierig für sie, weiterhin regelmäßig für uns zu arbeiten, da ihre Mutter krank ist. Um die Wahrheit zu sagen, wir haben uns ein bißchen über sie geärgert. Was vermutlich nicht ganz fair ist, denn es war nicht ihre Schuld. Es hat eine Ewigkeit gedauert, bis der Brief hier angekommen ist. Ich meine, es wäre nicht schlecht gewesen, wenn wir ihn früher bekommen hätten – die Post hat zehn Tage gebraucht, um ihn zuzustellen. Geschrieben hat sie ihn am dreiundzwanzigsten September, aber eingetroffen ist er, wie gesagt, erst Anfang Oktober, am fünften, glaube ich. Aber auch so finde ich, daß sie es sich ein bißchen leicht gemacht hat.«

»Inwiefern?«

»Na ja, kein Wort, daß es ihr leid tue, falls wir deswegen irgendwelche Unannehmlichkeiten in Kauf nehmen müßten oder so. Einfach Schluß und aus.« Sie lachte.

»Sehr verärgert klingen Sie nicht.«

»Na ja, ich mag sie einfach irgendwie. Sie war uns in der Vergangenheit eine große Hilfe, ich schulde ihr also einen oder zwei Gefallen. Aber was ist mit Ihnen? Was macht das Baby?«

»Uns geht's beiden gut, danke. Grace?« Tess wollte sie gerade wegen der Amici d'Aretino ausfragen, als Grace ihr ins Wort fiel.

»Was mich wirklich wütend gemacht hat, war das PS, in dem sie fragte, ob es mir sehr viel ausmachen würde, ihre Sachen aufzubewahren, bis sie sie abholt. Persönlich. Letzteres unterstrichen. Ganz schön dreist«, schnaubte sie.

»Und – ist sie vorbeigekommen?«

»Nein, noch nicht. Ihr Zeug ist immer noch hier. Mäntel,

Schuhe, Hüte, aller möglicher Kram. Nicht gerade ordentlich, unsere Jeddie. Na ja, gelegentlich wird sie schon mal auftauchen. Übrigens haben wir jemand anderen eingestellt.«

»Und wo steckt sie? Wissen Sie das?«

»Kümmert sich vermutlich um ihre verrückte alte Mutter, das arme Ding. Und um dieses Mausoleum von Haus. Oh, verdammt, Tess, ich muß aufhören. Kundschaft. Rufen Sie mich wieder mal an? Ich würde gerne ein bißchen mit Ihnen plaudern. Ich geb Ihnen meine Privatnummer.« Anschließend legte sie hastig auf, noch ehe Tess all die anderen Fragen stellen konnte, die ihr durch den Kopf gingen.

Bedrückt blickte Tess in der Küche um sich; nachdem sie ein paar Augenblicke nachgedacht hatte, trottete sie die Treppe hinunter, stibitzte Hugos Branchenverzeichnis und schleppte es in die Wohnung hinauf. Irgendwo in Dublin hatte ein alter Freund von ihr, den sie recht gerne mochte, ein Antiquariat aufgemacht. Schließlich fand sie ihn unter *Zosimus Broadsheets.* Hoffentlich schreckt die obskure literarische Anspielung nicht zu viele potentielle Kunden ab, dachte sie und wählte die Nummer.

»Roderick, macht es dir was aus, wenn ich dich ein bißchen examiniere?« fragte sie, nachdem sie die üblichen Floskeln hinter sich gebracht hatten.

»Schieß los.«

»Sagt dir das Wort *Aretino* etwas?« erkundigte sich Tess und war überrascht, als sie ein schallendes Lachen zur Antwort erhielt.

»Ooooh«, gluckste er, »und ob. Darf ich fragen, wo du darüber gestolpert bist?«

»Das ist im Augenblick nicht so wichtig. Sag mir nur, was es bedeutet, ja?«

»Im wörtlichen Sinne bedeutet es gar nichts – du verstehst, was ich meine?« setzte Roderick in seiner pedantischen Manier an. Tess verdrehte die Augen gen Himmel, aber sie wußte, irgendwann würde er von selber zum Kern der Sache kommen. »In Wirklichkeit ist es ein Name. Pietro di Aretino, 16. Jahrhundert. Gilt als Venezianer, weil er dort gearbeitet hat, aber von Geburt und Abstammung her ist er Toskaner, höchstwahrscheinlich aus Arezzo. Ziemlich eklektisch, trotzdem, es lohnt sich, ihn zu sammeln, aber leider fällt das nicht so ganz in mein Gebiet. Hilft dir das weiter?«

»Kommt drauf an, was du unter eklektisch verstehst«, erwiderte Tess nüchtern und wurde mit einem halb unterdrückten Kichern und sonst nichts belohnt.

»Na schön, probieren wir's andersrum. Hast du je etwas von irgendwelchen Amici d'Aretino gehört?«

»Das klingt zwar sehr schön, aber ich kenne sie nicht. Würdest du mir das bitte erklären?«

»Ich glaube, es handelt sich um den Namen eines Buchversands.« Diesmal brüllte Roderick schier vor Lachen. »Klingt mir eher nach einem Witzbold«, meinte er. »Hätte nichts dagegen, den mal kennenzulernen.«

»Nicht den – die. Wieso Witzbold? Oder bin ich ein bißchen schwer von Begriff?«

»Nein, durchaus nicht, Tess. Tut mir leid, aber ich finde das unglaublich komisch, das ist alles. Es gibt keinerlei Grund, warum du je von Aretino gehört haben solltest. Obwohl ich zu behaupten wage, du kennst andere seines Schlags. Boccaccio zum Beispiel? Casanova? Ziemlich anspruchsvolle Erotica. Ein ungemein sprechender und witziger Name, wenn man mit derlei handelt. Wirklich. Eine Frau, hast du gesagt?« Das klang, als könne er es nicht so recht glauben, daß eine Frau dazu imstande wäre, woran Tess auch prompt Anstoß nahm.

»Ja, Roderick, stell dir vor. Eine Frau. Und ob du es glaubst oder nicht, die hat sich das offenbar ganz alleine ausgedacht«, erklärte Tess etwas verdrießlich und zweifelte sofort an der Behauptung, die sie gerade aufgestellt hatte. Was wußte sie denn überhaupt von alldem?

»Na ja, Hut ab vor ihr, wer auch immer sie ist. Stellt sie Kataloge zusammen?« Wieder lachte er. Allmählich wurde Tess sein Kichern und die vagen Andeutungen leid. Doch sie brannte darauf, noch eine weitere Frage zu stellen.

»Roderick? Noch eine wirklich wichtige Frage, also keine Witzeleien, nur eine unumwundene Antwort. Wäre es denn wahrscheinlich, daß sie auch mit, hm, Pornographie handelt?«

»Mit moderner Pornographie, meinst du? Obszöne Bücher? Pädophiles Zeug, so in der Art?« Angewidert schnaufte er.

»Ja, ich glaube, das meine ich damit«, erwiderte sie bedächtig und wartete ab, während er sich eine Antwort überlegte.

»Na ja, das ist gar nicht so einfach zu beantworten. Aber – nein, das bezweifle ich sehr. Ein solcher Name sagt nur den Wissenden etwas. Wissend im wahrsten Sinn des Wortes. Gelehrte sind gar nicht so langweilig, mußt du wissen. Und noch etwas: es handelt sich hier um wahrhaft erlesene Bücher.«

»Was genau bedeutet das? Teuer?« fiel sie ihm hastig ins Wort. »Wertvoll?«

»Sehr sogar. Bücher aus der Zeit Aretinos sind erlesen gedruckt, illustriert und gebunden. Viele von ihnen sind sehr schön und auch, na ja, witzig und geistreich. Aber um auf deine vorherige Frage zurückzukommen, vergiß eines nicht: Viele Bücher, die früher verboten waren, sind das heutzutage nicht mehr. Ich meine, zu seiner Zeit stand Victor Hugo auf der Liste. Er hat als erster ausdrücklich das Wort *merde* verwendet, glaube ich. Und es gibt noch andere, von denen du vermutlich schon mal was gehört, wahrscheinlich auch gelesen hast, wenn du weißt, was gut ist. Catull, Cleland? Beardsley? Sogar ein paar Sachen von Byron, kannst du dir das vorstellen? Die Liste ist lang. Ich weiß wirklich nicht, wo man da die Grenze ziehen soll.«

»Verstehe. Sag, wie sehen die Bücher von diesem Aretino aus?«

»Ich habe, ehrlich gesagt, nie einen Aretino oder einen echten Boccaccio in der Hand gehalten, aber ich schätze, du würdest sie großartig, wunderschön finden. Bei einigen der anderen habe ich so meine Zweifel. Das moderne Zeug widert mich an, und bei *Lady Chatterley* langweile ich mich zu Tode. Allerdings, verglichen mit dem, was man heute in den Zeitschriftenkiosken findet ... Na ja, darauf brauche ich wohl nicht näher einzugehen, oder? Vielleicht bin ich da auch ein wenig voreingenommen, aber es würde sich lohnen, eine Dame, die ihr Geschäft Amici d'Aretino nennt, kennenzulernen. Wer auch immer sie ist.«

»Hillyard heißt sie und lebt in Oxford«, erklärte Tess. Wieder brach Roderick in ein schallendes Gelächter aus: »Natürlich, wo denn sonst?«

Unbedingtes oder Volleigentum: Im Fall von Grundeigentum ist damit sichergestellt, daß das Grundstück unanfechtbar im Besitz des Eigentümers ist, sofern es im Grundbuch eingetragen ist und keine übergeordneten Interessen dagegen sprechen. (Allgemeine Informationsbroschüre zu eingetragenem Grundbesitz)

20

Langsam preßte Tess den Kolben des kleinen Kaffeekochers nach unten und sah zu, wie die bernsteinbraunen Körner langsam auf den Boden des Glases sanken. Schade, dachte sie, daß frisch gemahlener Kaffee soviel besser duftet, als das Gebräu schmeckt. Vielleicht wäre es besser, ihn zu schnupfen, anstatt zu trinken.

Sie sah sich in der Küche nach einer sauberen Tasse um, stellte jedoch – angewidert, aber keineswegs sonderlich überrascht – fest, daß der ganze Stapel dreckiges Geschirr nach wie vor im Spülbecken vor sich hin gammelte. Wenn sie nicht auf den Kaffee verzichten wollte, den sie dringend nötig hatte – und das wollte sie keinesfalls –, blieb ihr nichts anderes übrig, als die Spülerei in Angriff zu nehmen, solange Claire noch schlief. Unvermittelt fragte sie sich, wie sie das schaffen sollte, wenn sie erst wieder ganztägig arbeitete. Und ob überhaupt.

Allmählich tauchte tatsächlich ein »Ob« in ihrem Denken auf – ob das alles funktionieren würde. Es versetzte sie nahezu in Panik, wie viele Stunden sie täglich damit verbrachte, ihre winzige Tochter zu versorgen, deren Bedürfnisse und Forderungen exponentiell über die verfügbare Zeit hinauszuwachsen schienen.

»Zeit, mich zusammenzureißen«, murmelte sie, als sie die Hände in das warme Spülwasser tauchte. Sein oder Nichtsein – nämlich eine Superfrau? sinnierte sie. Die Frage muß ich mir zuallererst stellen. Ob es wohl edelmütiger ist, die herablassende Verachtung zu ertragen, weil sie ihre ehrgeizigen Pläne begraben hatte, oder ein ungeheures Vermögen zusammenzuraffen und ein Kindermädchen einzustellen? Oder vielleicht eine Kombination aus beidem? Gab es so etwas wie eine glückliche Mischung aus Teilzeitmutter und Teilzeitberufstätiger? Nicht für sie als Staatsanwältin, soviel war ihr klar: Verbrecher waren normalerweise nicht so entgegenkommend, sich mit dem Teilzeiteinsatz ihrer absonderlichen Talente zufriedenzugeben. Sie müßte also andere Möglichkeiten erkunden.

Sofort überfielen sie Erinnerungen an ihre Kindheit, wie sie unter der Bühnenkarriere ihrer Mutter, deren ständiger Abwesenheit gelitten hatte. »Ich will nicht, daß du berühmt bist, ich will, daß du hier bist«, hatte sie immer wieder gebrüllt. Jahrelang hatte sie ihren Groll in sich hineingefressen, und er war immer größer geworden, bis die Feindseligkeit sich nicht mehr unterdrücken ließ. Bis sie den Punkt erreicht hatten, von dem an es kein Zurück mehr gab. Hatte Susan vielleicht in all den Jahren darauf gewartet, Tess würde sie, wenn sie sich erst einmal in der gleichen Lage befände, verstehen und ihr verzeihen? Doch selbst Susan mit ihrem Hang zum Theatralischen konnte derlei nicht gewollt haben. Doch ich werde es überleben, dachte Tess, und klopfte auf Holz. Ich bin genauso zäh wie sie. Und genauso ehrgeizig.

Claire schlief immer noch. Tess ließ das Geschirr abtropfen und kroch neben sie ins Bett, um ein bißchen zu schlafen. Sie döste vor sich hin, lauschte auf das leise Ein- und Ausatmen des Kindes und fragte sich zum x-ten Mal, was Aretino, diese exotische Abschweifung, mit alldem zu tun hatte.

Als Tess die Augen aufschlug, war es kurz nach zwei. Sie warf einen Blick auf die Uhr und stöhnte. Wenn sie überhaupt geschlafen hatte, dann höchstens eine Viertelstunde. Richtig elend fühlte sie sich, und ihre Augen waren wie verklebt. Sie wandte den Kopf, und zu ihrer Überraschung schenkte Claire ihr ein zahnloses Lächeln. Tess setzte sich auf und starrte sie an. Claire war wach und brüllte nicht? Und nicht nur das, sie fühlte sich wunderbar warm an und schien höchst zufrieden mit sich. Was nicht weiter erstaunlich war, hatte sie doch zwei Drittel des Bettes für sich in Beschlag genommen. Wie üblich.

Allmählich kam eine winzige, langsam sich entwickelnde Persönlichkeit zum Vorschein. »Hallo, Winzling«, murmelte Tess, als sie sie auf den Arm nahm und ihr die Flasche in den Mund steckte. »Sei nett zu mir, Schätzchen, wir haben einen anstrengenden Nachmittag vor uns. Haareschneiden, Reinigung und eine Stippvisite bei Moore, Boland und Murphy-Dunne.« Das Baby hörte auf zu saugen und starrte sie unverwandt an, versuchte, die hin- und herschwimmenden Augen auf einen Punkt zu richten, gab dies jedoch bald wieder auf und saugte weiter. Tess lehnte sich auf das Kissen zurück und ließ ihre durcheinandergeratenen Gedankenstränge sich allmählich entwirren. Sie unternahm erst gar nicht den Versuch, sie zu ordnen oder nachzudenken oder gar einen Gedankengang mit dem anderen zu verknüpfen, sondern ließ einfach das, was da war, langsam an die Oberfläche steigen.

War das Körbchen absichtlich oder rein zufällig mit genau diesem Stück Papier ausgelegt worden? Wenn eine Absicht dahintergesteckt hatte, wer hatte es dann da hineingelegt, damit sie es fand? Die Mutter Guardian? Benedicte oder Joseph? Alle drei hatten gewußt, daß sie sich im Kloster aufhielt. Aber warum auf diese Art und Weise – sie hätte die Botschaft leicht übersehen können. Sicher könnte jede der drei alles, was sie wollte, zwischen die Akten legen, die sie regelmäßig austauschten? Könnte es eine der Nonnen gewesen sein, die sie noch nicht kannte? Die Schwester Gärtnerin? Mit dem unwahrscheinlichen Namen Albertine? Möglicherweise, obwohl es selbst ihr ein wenig weit hergeholt erschien, den Verfasser erotischer Bücher mit einem Kloster in Verbindung zu bringen.

Soweit sie sehen konnte, hatte das Papier nur in einer Hinsicht – wenn überhaupt – eine Bedeutung, die sich in einem einzigen Wort zusammenfassen ließ: *Aretino*. Stellte es möglicherweise ein Verbindungsglied zu Jeddie Hillyards Markenzeichen, Amici d'Aretino, dar? Es war doch bestimmt kein Zufall, daß dieser Fetzen Papier erst aufgetaucht war, nachdem Mutter Catherine sie nach den Stebtons gefragt hatte? Warum hatte sie sich nach ihnen erkundigt? Warum? Und warum hatte sie ausgerechnet Tess gefragt? War es nur müßige Neugierde gewesen, oder machte sie sich wegen etwas ganz Bestimmtem Sorgen? Sie hat mich gefragt, weil ich in Oxford wohne und weil sie mir vertraut, folgerte Tess. Aber das führte sogleich zur nächsten Frage: Wer war die Person, der die Mutter Guardian nicht traute?

Natürlich, es stimmte schon, Tess war aus eigenem Entschluß zu dem Buchladen gegangen, durchaus nicht auf Geheiß der Nonne. Und erst dort war zum ersten Mal dieses Wort aufgetaucht. Warum war sie überhaupt in das Geschäft gegangen? Sie konnte nicht sagen, ob die Erwähnung Jeddies sie neugierig gemacht hatte oder ob sie irgendeiner anderen Ahnung nachgegeben hatte. Oder war es nur, um irgend etwas zu unternehmen? Untätigkeit war ihr Feind geworden, brachte nichts als Angst und Bedauern und ausuferndes Selbstmitleid mit sich. Sie zwang ihre abschweifenden Gedanken zu dem anstehenden Fall zurück. Was war mit den anderen Verbindungen zwischen Holy Retreat und Stebton Place? Gab es überhaupt welche? Warum hatte die Nonne sich so unklar ausgedrückt?

Genauer gesagt: Warum war sie, Tess Callaway, wenn auch nur aufgrund einer vagen Ahnung, überzeugt, daß Stebton Place und seine Bewohner in irgendeinem Zusammenhang mit der nicht näher erklärten Besorgnis der Mutter Guardian wegen der Umbettung der Särge standen? Tess wußte tief in ihrem Inneren, ihre Unruhe hatte weniger etwas mit dem Friedhof als vielmehr damit zu tun, daß möglicherweise irgend etwas mit dem Verkauf eines Teils des Grundbesitzes der Nonnen nicht in Ordnung war. Und wenn das der Fall war, warum, um alles in der Welt, vergeudete sie dann ihre Zeit damit, herumzurasen und nach Aretinos überspannter Freundin zu suchen, anstatt, was weit notwendiger schien, mit Terence Murphy-Dunne wegen des Vorgangs, den er bearbeitet hatte, ein ernstes Wort zu reden?

Sie war wütend auf sich selber. Ihr Gehirn hatte sich offenbar in Grießbrei verwandelt. Wo, um Himmels willen, war ihre Neugierde geblieben? Zum Beispiel kannte sie die Einzelheiten der Abmachungen zwischen dem Kloster und der Glenadams School nicht. Warum war sie nicht schon längst auf die Idee gekommen, sich die Überschreibungsakte anzusehen? Weil es nicht nötig gewesen war, rief sie sich selber streng zur Ordnung, und weil niemand sie dazu aufgefordert hatte. Die Nonnen waren zufrieden, ja sogar höchst erfreut über den Handel, den Terence für sie abgeschlossen hatte. Sie bekamen dadurch mehr als genug Geld, um Renovierungsarbeiten im Kloster durchführen zu lassen. Und darum ging es ihnen schließlich. Von allem Anfang an hatten sie in höchsten Tönen von ihm gesprochen. Alle? Tess überlegte hin und her. Nein, nicht alle: Mutter Catherine hatte ihn kaum erwähnt. Und auch Hugo nicht. Außer um hinterhältige private Kommentare abzugeben.

Was zu einem weiteren Punkt führte. Warum war Hugo Terence gegenüber so feindselig? Hatte er ihn noch nie gemocht, oder war dies lediglich ein Fall des nörgelnden Alten, der zusehen muß, wie ein Junger seinen angestammten Platz einnimmt? Trotzdem war es merkwürdig, daß er sich nie bei Tess hatte blicken lassen. Nicht ein einziges Mal. Nicht einmal angerufen hatte er. Alle Einzelheiten hatte sie von den Nonnen, von seiner Referendarin Elizabeth Reilly, von der Empfangssekretärin Sinéad oder von Hugo erfahren. Was ziemlich komisch war, denn Hugo war nur eingesprungen, weil Murphy-Dunne krank geworden war. Seit mehr als drei Jahren hatte er sich weitgehend aus der Kanzlei zurückgezogen. Er selber nannte es Halbruhestand, aber von ihrer Mutter wußte sie, daß er lediglich das Gesicht wahren wollte. In Wirklichkeit hatte der Arzt ihm untersagt weiterzuarbeiten: der Schlaganfall hatte ihn stärker mitgenommen, als er zugeben wollte.

Und noch etwas ganz anderes kam mit ins Spiel. Die Eisenbahn. Welcher Gedankengang hatte sie auf die Bahn gebracht? Als sie die DART vorbeifahren sah, hatte dies, wie sie sich erinnerte, in ihr eine vage Erinnerung an die Bemerkung des Priesters ausgelöst, auch wenn ihr nicht klar war, was genau sie übersehen oder überhört hatte. Hatte es etwas mit dem Grundstück zu tun? Bis nach Killiney folgte die Schnellbahn der alten Trasse unmittelbar entlang der Küste; dann verlief sie durch Ballybrack und Shankill fast bis zur Endstation Bray ein ganzes Stück weiter landeinwärts. Auf diese Weise beschrieb sie einen großen Bogen um die Grundstücke des Klosters und der angrenzenden Schule. Vergiß Aretino, vergiß Jeddie. Von jetzt an hatten zwei Dinge Vorrang: Erstens mußte sie sich den Vertrag und zweitens das Grundstück von Glenadams ansehen. Sie stand auf, strich ihr zerknittertes Gewand glatt und spritzte sich Wasser ins Gesicht.

Kurz nach drei setzte sie Claire in den Kinderwagen und marschierte in flottem Tempo Richtung Stadt. Es war ein sonniger, kühler Nachmittag, und zum ersten Mal seit Monaten fühlte Tess sich wieder richtig lebendig, als würde sie endlich ihr Leben und das Problem des Klosters (wenn es denn eines gab) in die Hand nehmen. Es stimmte, sie wußte keine Antworten auf ihre Fragen. Und war sich nicht einmal sicher, was sie in Zukunft machen würde. Doch die Tatsache, daß sie die Fragen gestellt hatte, gab ihr Auftrieb, und zum ersten Mal hatte sie das Gefühl, es könnte eine Zukunft für sie geben.

Als sie auf Claire hinunterblickte, dämmerte ihr, daß in ihrem Denken eine gewaltige Veränderung stattgefunden hatte, fast unbemerkt und ganz gewiß ohne bewußte Anstrengung: nie wieder wäre sie ganz allein, nie wieder ganz frei. Sie hatte ihre gepriesene Unabhängigkeit der Abhängigkeit ihrer Tochter geopfert. Mit ihrer üblichen Exaktheit und ihrem gewohnten Selbstvertrauen hatte sie das Kind als ein gemeinsames Abenteuer geplant. Doch das Schicksal hatte ihrem Hochmut einen Strich durch die Rechnung gemacht.

»Ich bin für dich verantwortlich, ich allein«, trillerte sie dem Baby zu, das mit fast altkluger Verachtung zurückstarrte. Schließlich und endlich hatte sie mehr Glück als die meisten alleinstehenden Mütter: Sie verfügte über ausreichend finanzielle Mittel, und sie hatte einen Beruf. Von ihrer Arbeit her wußte sie sehr wohl, was Armut für die meisten alleinstehenden Mütter bedeutete. Es ließ sich in einem einzigen Wort zusammenfassen: Demütigung. Jedes staatliche Almosen trug das gleiche Preisschild. Sie hatte nicht nur Glück, sondern sogar verdammtes Glück. Obwohl sie sich fragte, wie sie wohl in Zukunft reagieren würde, wenn irgendwelche Regierungsmitglieder sich über unverantwortliche alleinstehende Mütter ausließen, die das Staatssäckel plünderten. Wahrscheinlich würde sie ihnen sagen, sie sollten gefälligst das Maul halten. Aber das konnte sie sich erlauben, oder etwa nicht? Sie hatte den Vorteil, einigermaßen wohlhabend zu sein.

»Oh, hallo, Tess, heute habe ich Sie gar nicht erwartet«, begrüßte Sinéad sie herzlich, als sie schließlich kurz vor halb fünf in den Büros in der Fitzwilliam Street eintraf.

»Ich will Sie auch gar nicht lang aufhalten, nur ein paar Dinge überprüfen. Ist Elizabeth Reilly da?« fragte Tess und war erleichtert, als sie hörte, Elizabeth sei im Gericht.

»Den ganzen Tag?«

»Schon die ganze Woche«, erwiderte Sinéad. »Ins Büro kommt sie erst wieder nächste Woche. Kann ich Ihnen irgendwie helfen, Tess?«

»Ja, wenn Sie so lieb wären. Ich möchte mir einige Verträge ansehen. Wahrscheinlich liegen sie in dem Schrank mit den Beurkundungen. Haben Sie den Schlüssel dazu?«

»Ja, aber ich glaube nicht, daß Sie das schaffen, mit dem Baby und so. Sie sind ganz oben im Speicher. Ich kann sie Ihnen holen, wenn Sie wollen.«

»Das wäre sehr nett von Ihnen. Die Akte Holy Retreat. Oh, und Glenadams, wenn Sie sie finden. Beide hat Mr. Murphy-Dunne bearbeitet.«

»Bin gleich wieder da«, versprach Sinéad, aber es dauerte zehn Minuten, bis sie mit leeren Händen zurückkam und sich beklagte: »Unter den Namen habe ich nichts gefunden. Kein Wunder, da herrscht ein fürchterliches Durcheinander. Tut mir leid, Tess, es dauert wahrscheinlich länger, als ich gedacht habe. Reicht morgen? Ich stöbere auf, was Sie brauchen, das verspreche ich, aber wenn ich zu lange nicht neben dem Telephon sitze, krieg ich echt Schwierigkeiten.«

»Natürlich«, beschwichtigte Tess sie, obwohl diese Verzögerung ihr gar nicht paßte. »Ich schau morgen vormittag vorbei. Nein, am späten Nachmittag, wenn das geht. Das wäre viel praktischer für mich. Glauben Sie, Sie finden sie bis dahin?«

»Bestimmt. Ich lege die Akten auf den Schreibtisch von Mr. Murphy-Dunne, wenn Ihnen das recht ist. Sie haben doch die Schlüssel zu seinem Büro?« fragte sie und ging offensichtlich – wenn auch fälschlicherweise – davon aus, daß Tess als seine Vertreterin auch sein Büro benutzen konnte.

»Nein. Ich hol sie mir immer bei Bedarf ab«, murmelte Tess. »Vielleicht sollte ich sie jetzt gleich mitnehmen; dann könnten Sie mir auch gleich zeigen, welche ich für die Außentüren brauche. Okay?« Sie wischte den Anflug von schlechtem Gewissen, weil sie die Unerfahrenheit des Mädchens ausnutzte, beiseite und ließ Sinéad ein Weilchen mit dem Baby herumspielen, während andere Angestellte stehenblieben, um ein wenig zu plaudern. Ehe sie ging, fragte Tess, ob es irgendwelche Neuigkeiten von Terence Murphy-Dunne gäbe. Die Empfangssekretärin verdrehte die Augen.

»Der fliegt dieser Tage in die Karibik. Erholungskur nennt er das«, schnaubte sie.

»Wann haben Sie zuletzt mit ihm gesprochen?« fragte Tess beiläufig.

»Vor ein paar Wochen, als Sie in England waren. Er hat gefragt, wie die Sache mit dem Kloster vorangeht. Schien gut in Form zu sein, hat ständig Witze gerissen. Hätten Sie ihn gebraucht?«

»Wär ganz nett, sich mal mit ihm zu unterhalten«, meinte sie leichthin. »Wissen Sie, wann er wieder zu arbeiten anfängt?«

»Keine Ahnung«, setzte sie an, warf dann jedoch erneut Tess einen Blick zu. »Aber zufällig habe ich gehört, wie Mr. Moore gesagt hat, er erwarte ihn nicht vor Januar zurück. Frühestens.«

»So lange? Ist er immer noch im Krankenhaus?« fragte sie überrascht. Das würde zumindest erklären, warum ihre

Versuche, ihn unter seiner Privatnummer anzurufen, kurz und bündig mit der immer gleichen Botschaft beantwortet worden waren: daß er nicht erreichbar sei.

»Aber Sie selber haben ihn nicht zu Gesicht bekommen?«

»Nein, ins Büro ist er nicht gekommen. Er sagt, er schaffe die Treppe zum Eingang noch nicht.«

»Wissen Sie, wann er wegfährt? In die Karibik, meine ich.«

»Nein, nicht genau. Ich bin mir nicht sicher, ob er das überhaupt erwähnt hat. Bald. Wahrscheinlich will er vorher noch die Krücken loswerden.« Sie kicherte und wurde rot.

»Na schön, am besten, ich ruf bei ihm zu Hause an.«

Sinéad hüstelte. »Zu Hause ist er nicht.« Sie rümpfte die Nase und runzelte die Stirn. »Er wohnt bei Freunden. Aber ich hab eine Telephonnummer. Ein Mobiltelephon, glaube ich.« Sie kritzelte eine Nummer auf einen Zettel und gab ihn Tess.

»Ist wohl besser, wenn Sie ihn möglichst bald anrufen, ehe er abfliegt.« Verlegen lachte sie. »Mr. Murphy-Dunne schätzt es nicht besonders, so herumzuhängen, stimmt's?«

Als sie das Baby wieder zum Herbert Park schob, überlegte Tess, daß ein langer Flug eigentlich das letzte war, was man von einem Mann mit einer Rückenverletzung erwartete. Kaum war sie wieder zu Hause angelangt, wählte sie die Nummer, die Sinéad ihr gegeben hatte. Aber auch diese Leitung war an einen Anrufbeantworter angeschlossen. Eine weibliche Stimme verkündete, *einer von ihnen* würde zurückrufen. So bald wie möglich.

Eine Stunde lang wartete sie, aber er rief nicht zurück. Mittlerweile konnte sie ihre Neugierde, warum er so unerreichbar war, kaum mehr bändigen. Und das unbestimmte Gefühl einer unheilvollen Vorahnung wurde immer stärker.

Hugos Einladung zu seiner Dinnerparty hatte sie völlig vergessen. Schließlich schickte er seine Haushälterin Mary Mackie los, um sie zu holen. Als das Essen vorbei war, hatte sie ein, zwei kleine Dinge mehr, über die sie sich den Kopf zerbrechen konnte. Das eine war eine Bestätigung ihres Verdachts, daß Hugo ihr gegenüber nicht ganz ehrlich war. Ihre Reaktion darauf war, ihre Ängste wegen Holy Retreat und allem anderen eine Weile für sich zu behalten.

21

Herbert Park, Dublin

Lieber Marcus,
die Party ist vorbei. Bis elf bin ich geblieben. Keine Ahnung, wie ich es durchgestanden habe, aber irgendwie habe ich es geschafft. Ein durchschlagender Erfolg war ich nicht gerade. Habe einfach dagesessen und Wein getrunken, bis ich praktisch ins Koma gefallen bin.

Hugo hatte ein paar Freunde vom Theater eingeladen, also brauchte ich nicht zu reden. Einer von ihnen war unglaublich taktlos und hat verraten, was Hugo mir zu verheimlichen versucht hat. Um fair zu bleiben, muß ich dazusagen, als der Schauspieler, Brian hieß er, anfing, uns mit dem neuesten Klatsch zu erfreuen, war ihm nicht klar, daß ich mit Susan verwandt bin. Hugo wollte ihn zum Schweigen bringen. Ich selber habe kein Wort über die Lippen gebracht, war wie erstarrt.

Offenbar hatte Mutter eine Affaire mit diesem Mistkerl Terence Murphy-Dunne, und zwar in der Zeit, als Du verunglückt bist. Er findet die Callaway-Frauen wohl unwiderstehlich, oder vielleicht sind wir einfach eine leichte Beute. Mir ist zum Kotzen zumute. Jetzt weiß ich, warum sie nicht gekommen ist, als Claire geboren wurde. Hugo hat mich beiseite gezogen und versucht, mir einzureden, sie habe das nur mir zuliebe getan. Daß die Presse ziemlich unsanft mit ihr umgesprungen sei. Die hätten sich sonst das Maul zerrissen über Claire und mich. Die Schlagzeilen kann man sich ohne weiteres vorstellen, stimmt's? Obwohl ich M-D kaum als jugendlichen Liebhaber bezeichnen würde. Das ganze Durcheinander ekelt mich an. Schon allein bei dem Gedanken daran wird mir schlecht. Ich bin ihr dankbar und gleichzeitig wütend auf sie. Ich glaube, mir wäre es lieber, wenn sie dazu gestanden hätte. Aber, bei Gott, ich wünschte, sie würde endlich mit alldem Schluß machen.

Na schön, so sieht es also aus, und ich fühle mich beschissen. Gerade als ich gedacht habe, ich würde mich allmählich zusammenreißen und mit mir selber ins reine kommen. Aber zumindest ist mir jetzt klar, warum Mutter so mitgenommen aussieht und warum Hugo nicht wollte, daß ich M-D besuche. Zum Teufel damit. Ich muß mit ihm sprechen, glaube ich. Irgendwas stimmt nicht bei dem Handel, den die Nonnen geschlossen haben, obwohl ich mir ganz und gar nicht sicher bin, was. Zumindest noch nicht.

Ich schreib Dir das alles, weil ich es irgendwie für mich selber klären muß. Manchmal frage ich mich, ob ich nicht so etwas wie eine Hexenjagd betreibe, nur um mein Gehirn nicht einrosten zu lassen. Entweder ist das der Grund oder Überreiztheit. Oder, was wahrscheinlicher ist, um mich davon abzulenken, ständig an Dich zu denken. An Dich und mich, genauer gesagt. Und an Sex, wenn ich ehrlich bin. Ich empfinde sogar so etwas wie Mitleid mit Susans Verzweiflung, da ich mich permanent in dem gleichen Zustand befinde. Impotenz ist schrecklich, aber Enthaltsamkeit ist noch schlimmer. Am liebsten würde ich laut losbrüllen. Ich befinde mich in einer Situation, in der nichts, was ich tun könnte, auch nur das geringste ändern würde. Nichts lindert das beständig nagende Gefühl des Verlusts, das mir im Magen liegt wie ein schwerverdauliches Essen. Irgendwas Grausliches, zum Beispiel ein fettes, klebriges Käsefondue. Möglicherweise stellt sich heraus, daß es überhaupt keinen Grund zur Besorgnis gibt, daß ich einfach meine Wut und Niedergeschlagenheit auf ein Trugbild verlagere, das ich mir selber zurechtgebastelt habe. Eine aus der Luft gegriffene Verschwörungstheorie. Entweder das, oder ich verliere allmählich wirklich den Verstand. Ich weiß nicht, was schlimmer wäre.

Was den Vertrag betrifft, habe ich erst mal Pech gehabt. Sinéad hat versprochen, die Akte für mich aufzu-

stöbern, aber irgendwie weiß ich mit ziemlicher Sicherheit, sie würde mich auch nicht weiterbringen. Wenn Terence etwas im Schild geführt hat, würde er wohl kaum belastendes Beweismaterial rumliegen lassen, oder? Ich halte ihn weder für dumm noch für verlogen – außer in Privatangelegenheiten natürlich. Und Hugo auch nicht. Irgendwie habe ich so ein Gefühl, daß zwischen den beiden etwas anderes vorgeht als all das, was mit Mutters kleinem Abenteuer zusammenhängt. Aber was? Was auch immer es ist, ich wünschte, Hugo würde aufhören, mich in Watte zu packen.

Tatsache ist, Terence hat die Sache mit den Nonnen ganz gut hingekriegt. Im Grunde genommen habe ich eher wegen ihrer Nachbarn, der Glenadams School, so meine Zweifel. Und um ganz ehrlich zu sein, ein bißchen argwöhnisch bin ich auch der Schatzmeisterin von Holy Retreat gegenüber. Aber wiederum aus keinem anderen Grund als aus einer unerklärlichen, aber unleugbaren persönlichen Abneigung heraus. Hormonell bedingt, höre ich Dich spötteln. Wahrscheinlich hast Du recht. Dieses Kind macht Hackfleisch aus mir.

Mittlerweile ist es weit nach Mitternacht, und ich warte darauf, daß Claire zu ihrem Festmahl aufwacht. Jedenfalls habe ich beschlossen, mit meinen Nachforschungen weiterzumachen, solange es geht, ehe ich irgend jemandem gegenüber auch nur ein Wort davon verlauten lasse. Außer dir natürlich. Es ist alles so verschwommen; könnte sein, daß das alles überhaupt nichts zu bedeuten hat. Ich will nicht schon in diesem Alter als hysterisch abgestempelt werden. Wäre doch schrecklich, wenn die Leute glaubten, ich mache gerade die Wechseljahre durch, wo ich es doch eben erst endlich geschafft habe, Mutter zu werden.

Dieser Aretino verfolgt mich. Ich werd wohl ein paar Leute ausfragen müssen. Am liebsten eine Antiquariatsdame namens Jeddie Stebton, die ich endlich zu fassen bekommen will, doch bislang entzieht sie sich beharrlich jeglichem Zugriff. Ihre Familie scheint in irgendeinem Zusammenhang mit dem Kloster zu stehen, obwohl ich nicht genau weiß, in welchem. Aus irgendeinem Grund geht diese Frau mir einfach nicht aus dem Kopf – und genausowenig das Gefühl, daß irgend etwas an dieser Verbindung die Mutter Guardian zutiefst beunruhigt. Ich werde sie wohl im Sprechzimmer einsperren und es aus ihr herauslocken müssen.

Außerdem bin ich zur Zeit wie besessen von Eisenbahnen. Genauer gesagt, von der Schnellbahn zwischen Dublin und Bray. Sie verläuft bis ungefähr eine halbe Meile vor dem Kloster entlang der Küste. Ich glaube, sie wurde teilweise – oder sogar ganz – um die Mitte des 19. Jahrhunderts gebaut, daher frage ich mich, wann das entsprechende Gelände aufgekauft worden ist. Wahrscheinlich ist das nicht weiter von Bedeutung für den anstehenden Fall – eine völlig falsche Fährte. Trotzdem werde ich das Gefühl nicht los, daß ich irgend etwas übersehen habe. Wahrscheinlich sogar einiges. Ich tippe darauf, daß irgendwann in den Jahren vor dem Bau der Eisenbahnstrecke eine lebhafte Diskussion über mögliche Routen stattgefunden hat. Jetzt wäre das bestimmt der Fall, also muß es auch damals so gelaufen sein. Vermutlich sind Grundstücke gekauft oder enteignet worden. Falls Du meinem Gedankengang folgen kannst: ein kluger Investor, der das kapiert hatte, und zwar rechtzeitig, hätte der Eisenbahngesellschaft zuvorkommen können.

Andererseits ist es in der Vergangenheit bei den Klippen immer wieder zu Erdrutschen gekommen, und erst kürzlich wurde eine ziemlich lange Strecke entlang dem Strand von Killiney untermauert. Die Gründe dafür, dieses Gelände für eine Nutzung gar nicht erst in Betracht zu ziehen, liegen also auf der Hand. Klingt das auch wieder nach einer Sackgasse? Oder führt es, wie ich vermute, zu Glenadams?

Als ich diesen Auftrag übernommen habe, schien er eine Rettungsleine, die ein lieber Freund, der es gut mit mir meint, mir zugeworfen hatte. Das einzige, wovor ich Angst hatte, war die eigentliche Exhumierung. Die habe ich natürlich immer noch, aber fast von Anfang an habe ich eindeutig das Gefühl gehabt, irgend etwas mit dem Verkauf des Grundstücks sei nicht in Ordnung, und egal, was ich tue, es verfolgt mich hartnäckig. Unter der Oberfläche grollen starke Strömungen. Falls Hugo oder die Nonnen die gleichen Befürchtungen haben, geben sie es jedenfalls nicht zu. Ich bin mir beinahe sicher, Hugo argwöhnt, Murphy-Dunne habe etwas im Sinn, das eindeutig etwas mit dem Grundstückverkauf von Holy Retreat zu tun hat, aber er hat keinerlei Beweise dafür. Ich auch nicht. Am naheliegendsten wäre es, daß er die Nonnen betrügt, aber sie sind seine zuverlässigen Fürsprecher. Als ich mich zum ersten Mal mit Mutter Catherine unterhalten habe, hat sie ihn praktisch als Gottesgeschenk bezeichnet. Kein höher Lob …

Am merkwürdigsten bei dem Ganzen ist, daß dieser Heilige keine Verbindung mit dem armen Trottel aufgenommen hat, der die Arbeit für ihn erledigt (nämlich mit mir). Keine Anrufe, keine Vermerke, kein ›Wie kommst du voran, Tess?‹ Na schön, jetzt wissen wir ja, warum. Aber ein Vertrag ist nirgends aufzufinden. Da hast Du es. Das ist es, was mich wirklich beunruhigt.

Morgen nehme ich unsere engelsgleiche Tochter zu einem Spaziergang entlang der Killiney Bay mit; vielleicht schnüffle ich auch ein bißchen bei Glenadams herum. Allmählich entwickle ich von der Anstrengung, sie hochzuheben, an den Oberarmen riesige Muskeln, und das, obwohl sie so klein ist. Aber als Publikum ist sie unschätzbar. Gelegentlich reagiert sie sogar. Daran siehst Du, allmählich werde ich mütterlicher, als ich je erwartet hätte. Ein wenig scheue ich davor zurück, dies zuzugeben, gleichzeitig aber freut es mich ungeheuer. Und beruhigt mich sehr. Aber wahrscheinlich sind das nur die Hormone.

Alles Liebe
Tessie

Grundstückswert schnellt nach Kehrtwendung bei der Neueinteilung In Zonen von zwei auf neunzehn Millionen. Gestern abend bestätigten Verwaltungsbeamte Neueinteilung der Zonen auf einer Fläche von 250 Acres in der Grafschaft Dublin. (Irish Newsheet)

22

Gelegentlich hat es den Anschein, als löse das Unterbewußtsein Probleme weit besser als ein überarbeitetes und überfrachtetes Gehirn. Gerade als Tess glaubte, daß das Baby endlich für die Nacht versorgt wäre, kam es plötzlich wieder auf Hochtouren. Es war weit nach zwei, als sie völlig erschöpft ins Bett kroch. Was jedem weiteren Versuch, ihrer nagenden Unruhe auf den Grund zu kommen, äußerst wirksam ein Ende setzte. Woher dieses Gefühl kam, konnte sie immer noch nicht sagen, ebensowenig, um wessen Wohlergehen sie sich mehr sorgte. Um das der Nonnen? Ihr eigenes? Das Claires?

Als sie die Augen zuklappte, fragte sie sich, ob sie die Aufgewühltheit, die seit Marcus' Tod in ihrem Denken vorherrschte, zu wenig in Betracht zog. Der unerwartete Schmerz, die Trauer lähmten sie. Die Welt war anders geworden, schien nicht mehr so wohlgeordnet, so sicher, so unter Kontrolle wie früher.

Sie träumte von Zügen. Fuhr mit der DART die Küste entlang, beobachtete das Spiel der Sonnenstrahlen auf dem Meer und zählte die vertrauten Stationen ab: Sandymount, Booterstown, Monkstown, Dun Laoghaire, Dalkey, Killiney. Plötzlich befand sie sich in einem langen, dunklen Tunnel, und das Meer war nicht mehr zu sehen. Dann barst der Zug wie eine große Schote und spuckte sie aus. Sie rannte die Bahngleise entlang, sprang von einer Bahnschwelle zur nächsten. Hinter sich hörte sie den Zug pfeifen. Er kam näher und näher. Irgend jemand packte sie an der Hand und zog sie vom Bahngleis, und während der Zug vorbeiraste, schloß sie sich einer Prozession schwarzgekleideter Frauen an, die am Ufer entlanggingen. Auf dem Kopf trugen sie Körbe.

Völlig zerschlagen wachte Tess auf. Ihr Herz klopfte wie wild, und das T-Shirt, das sie übergestreift hatte, war klatschnaß. *Der Priester.* Irgendeine Bemerkung von ihm hatte ihr einen Schauder den Rücken hinuntergejagt. Das Land. Er hätte zu gerne gewußt, was die Nonnen für das Grundstück bekommen hatten. Aber damit war doch alles in Ordnung, oder? Murphy-Dunne hatte einen hervorragenden Preis für einen schmalen Landstreifen von fünfeinhalb Acres ausgehandelt. Vor allem, wenn man bedachte, daß es abgesehen von Glenadams für keinen anderen Käufer irgendwie von Wert gewesen wäre. Er hatte es geschafft, das Direktorium davon zu überzeugen, daß die Nonnen für die Unannehmlichkeiten, die die Verlegung des Friedhofs mit sich brachte, angemessen entschädigt werden müßten. Genaugenommen handelte es sich um Ackerland und wurde auch als solches verkauft. Niemand hatte die Absicht oder Genehmigung, das Land zu irgendwelchen Bebauungszwecken außer der neuen Einfahrt für die Schule zu erschließen oder neu in Zonen einzuteilen. *Soweit sie wußte.* Nichtsdestoweniger hatte Murphy-Dunne die Leute von der Schule geschickt dazu gebracht, mehr als den angemessenen Preis zu zahlen und darüber hinaus die Kosten für die Verlegung des Friedhofs und die Neuerrichtung der Grenzmauer zu übernehmen. Was ein reichlich teures Unternehmen werden dürfte. Zu diesem Zweck waren bei der Bank eine bestimmte Summe hinterlegt und ein Konto eröffnet worden.

Warum kam ihr dann das Ganze plötzlich so merkwürdig vor? Die Grundstücksübertragung war ausgehandelt worden, ehe sie die Angelegenheit übernommen hatte. Man hatte die Verträge ausgetauscht. Hugo hatte ihr sehr deutlich zu verstehen gegeben, wofür sie zuständig war. Ihre einzige Aufgabe bestand darin, den Ablauf des Ganzen zu regeln, die Verträge mit den Arbeitern auszuhandeln und den Nonnen behutsam über die bürokratischen Hürden, die die Verlegung des Friedhofs mit sich brachte, hinwegzuhelfen.

Nicht mehr und nicht weniger. Tief in ihrem Inneren war ihr von Anfang an klar gewesen, daß Hugo sie einfach aus dem Grund damit betraut hatte, um sie in einer schwierigen Zeit irgendwie zu beschäftigen. Aus reiner Herzensgüte? Oder gab es noch ein anderes Motiv?

Und dann ging ihr unvermittelt ein Licht auf. Verdammt. Oh, verflucht und verdammt noch mal. Wie hatte sie nur so dumm sein können? Ganz Dublin war eine einzige Baustelle. Überall schossen Wohnsiedlungen aus dem Boden. Der Euroboom war voll im Schwung. Und ein weiteres Wort hing in der Luft: *Neueinteilung in Zonen.* Ein für die Zeitungen schier unerschöpfliches Thema. Der Wert von Grundstücken konnte fast exponentiell zunehmen, wenn sie erst als Ackerland oder für eine begrenzte Erschließung verkauft und dann in neue Zonen eingeteilt wurden, in denen eine dichtere Bebauung zulässig war. Ein paar hundert zusätzliche Häuser, das könnte einen Unterschied von *Millionen* bedeuten. Aber bestimmt traf das doch in diesem Fall nicht zu? Schließlich und endlich handelte es sich nur um einen schmalen Streifen felsigen Lands, der zwischen einem geschlossenen Kloster und einer angesehenen Schule eingekeilt war. Zwischen Baum und Borke – um es milde auszudrücken.

Tess stand auf, zog sich hastig an, fütterte das Baby, verstaute es im Auto und fuhr zur Glenadams School hinaus. Ein Hauch von Frost lag in der Luft, aber obwohl es kalt war, schien die Sonne. Zumindest jetzt. Sie wußte zwar, daß das Tor zu der Schule an der alten Bray Road lag, in der Nähe der Shangannah, aber trotzdem hatte sie Schwierigkeiten, es zu finden. Ehe sie merkte, daß sie es verpaßt hatte, war sie schon daran vorbeigekommen und mußte dann auf der vielbefahrenen Straße fast eine ganze Meile weiterfahren, ehe eine Verkehrslücke es ihr erlaubte, eine Kehrtwendung zu machen. Der Grund, weshalb die Schule eine neue Einfahrt brauchte, war so offensichtlich, daß Tess ein seltsames Gefühl von Erleichterung verspürte.

Die großen, halbkreisförmigen Torflügel standen freundlicherweise offen. Auf den unauffälligen Messingschildern an beiden Torpfosten hieß es lediglich: *Glenadams*. Ansonsten wies nichts darauf hin, daß sie sich auf das Grundstück eines großen, teuren Internats begab. Es hätte genausogut eine Privatvilla sein können. Daß kein eindrucksvolleres Namensschild angebracht war, überraschte Tess; sie vermutete, diese Zurückhaltung diente dem Schutz der reichen Schüler. Als sie jedoch durch das Tor fuhr, bemerkte sie, daß ein Namensschild heruntergenommen worden war – vermutlich, um es zu erneuern –, denn der frisch gestrichene Rahmen stand gleich hinter dem Tor; daneben lehnte eine Leiter.

Die Auffahrt war lang und äußerst gepflegt, auch wenn das wuchernde Gras an den Rändern eine Zeitlang nicht zurechtgestutzt worden war. Das waldige Parkgrundstück zu beiden Seiten der Auffahrt war von einem niedrigen, dunkelblau gestrichenen Zaun mit Querstangen umgeben. Erstaunlicherweise war keine Menschenseele zu sehen. Tess fuhr langsam zu dem unförmigen, mit Türmchen und Zinnen geschmückten viktorianischen Gemäuer hinauf, das zusammen mit einigen abseits stehenden, bescheidenen würfelartigen Pavillons auf beiden Seiten die Schule bildete.

Zögernd stieg Tess aus dem Auto und wurde fast von einer heftigen Bö umgeweht. Der Wind und das grelle Sonnenlicht zwangen sie, die Augen zusammenzukneifen. Ihre Absicht war es, bei der Grenze zwischen Glenadams und Holy Retreat so unauffällig wie möglich ein wenig herumzuschnüffeln. Sie überlegte gerade, was sie der Sekretärin der Schule erzählen sollte, als sie eine untersetzte, fesch gekleidete Gestalt durch den verglasten Eingang kommen sah. Fast hätte sie laut aufgelacht. Das war vielleicht ein Anblick – etwa so, wie man sich um 1910 für einen Ausflug aufs Land gekleidet hätte: grünes Norfolk-Jackett, Knickerbocker, eine zu große Tweedmütze, die er sich tief in die Stirn gezogen hatte. Einzig die dunkel getönte, goldgefaßte Sonnenbrille beeinträchtigte die Wirkung. In der einen Hand schwang er einen Spazierstock, und auf den Fersen folgte ihm ein herumtänzelnder Spaniel. Der Inbegriff eines Landedelmanns. Na ja, eher eine Karikatur davon, wie sich herausstellte. Denn als *er* näher kam, sah Tess, daß es sich um eine Frau handelte. Tess war so verblüfft, daß sie es kaum wagte, sie anzusehen.

Die Frau ging schnurstracks auf sie zu. »Wie sind Sie hier reingekommen?« fragte sie streng. Sie schien verärgert und stellte sich nicht vor.

»Das Tor hat offengestanden«, setzte Tess an.

»Verdammte Arbeiter.« Die verspiegelte Sonnenbrille reflektierte das Sonnenlicht und blendete Tess. Ungnädig fragte die Dame, ob sie telephonisch einen Termin vereinbart hätte. Als sie gestand, dies hätte sie nicht getan, erklärte die Dame in dem gleichen sachlichen Ton: »Die Schule ist während der Ferien geschlossen.«

»Oh, tatsächlich? Das habe ich nicht gewußt. Wie dumm von mir.« Tess starrte geistesabwesend lächelnd auf einen Punkt irgendwo über dem Kopf der Dame. Fast war es ihr peinlich, wie groß sie war – und daß sie ihr Jackett immer noch nicht in die Reinigung gebracht hatte. »Tut mir schrecklich leid, aber ich komme von ziemlich weit her. Hätten Sie etwas dagegen, wenn ich mich ein bißchen umsehe? Ich kann dann ja in ein paar Tagen noch mal vorbeikommen und mit dem Direktor sprechen.«

»Der ist verreist. Rufen Sie nächste Woche die Sekretärin an und vereinbaren sie mit ihr einen Termin«, erwiderte die Dame so prompt, daß Tess annahm, sie selber sei diese Sekretärin und wild entschlossen, sich während ihrer Freizeit nicht behelligen zu lassen. Was sie ihr kaum verdenken konnte.

»Sie haben einen Sohn, den Sie hierherschicken wollen?« fragte sie Tess argwöhnisch. Wirkte sie möglicherweise nicht alt genug, um als die Mutter eines Glenadams-Schülers durchzugehen? Wenigstens als künftige? Mit Sicherheit war sie nicht elegant genug gekleidet. Sie hätte maßgeschneiderte Tweedsachen anhaben müssen, die, wenn denn die Aufmachung der Dame als Richtschnur gelten konnte, zwingend vorgeschrieben waren.

»Wir spielen mit dem Gedanken. Mein Mann ... Sohn ... Wir überlegen uns ...«, schwafelte Tess drauflos.

»Sie sind doch nicht etwa von der Presse?«

»Von der Presse? Nein, ganz gewiß nicht.« Tess bekräftigte das, indem sie ein großes Getue daraus machte nachzusehen, ob das Baby sicher in seinem Kindersitz festgeschnallt war. Eigentlich eine merkwürdige Frage – bis Tess der Unfall vor dem Schultor einfiel. Sie lächelte nichtssagend. »Macht nichts, ich komme ein andermal wieder.«

»Das wäre wohl am besten. Aber wenn Sie ein wenig herumspazieren wollen, dann tun Sie das bitte. Gehen Sie aber nicht in die Nähe des Schulhauses; während der Ferien haben wir hier Wachhunde. Die machen einen Heidenlärm.« Sie schenkte Tess ein Lächeln, rief ihrem kleinen Spaniel zu: »Bei Fuß!« und ging die Auffahrt hinunter. Tess bemerkte, wie sie sich ein-, zweimal umsah, und rührte sich nicht von der Stelle, bis sie außer Sichtweite war.

Links von ihr zweigte ein gepflasterter Weg ab, gerade breit genug für ihr Auto. Offenbar führte er ungefähr in die Richtung, wo die Grenze verlief. Tess fuhr ihn entlang, bis er unvermittelt in der Nähe eines großen Felsvorsprungs endete. Claire schlief fest. Sie vergewisserte sich, daß niemand in der Nähe war, öffnete alle Fenster einen Spaltbreit und verriegelte die Türen. Das Gekläff von Wachhunden mochte sie nicht sonderlich, und sie hatte kein Bedürfnis danach, daß einer von ihnen sie anfiel, wenn sie das Kind auf dem Arm hatte. Sie gestand sich höchstens zehn Minuten zu, marschierte zügig los und sah schließlich das Meer vor sich.

Sie kletterte einen der Felsen hinauf, der ihr eher wie ein Miniaturberg vorkam. Die Aussicht war atemberaubend. Duftig-flockige Wolken jagten über den tiefblauen Himmel und warfen ständig sich verändernde Lichtmuster auf das auf- und abwogende Wasser. Weit in der Ferne sah sie zu ihrer Linken die Ruinen von Dalkey Island und ein paar kleine Fischerboote, die durch den Sund glitten. Zu ihrer Rechten ragte der dunkelviolette Bray Head majestätisch aus dem Meer und bildete einen grandiosen Abschluß der Bucht. Dahinter verhüllte eine Wolke den Gipfel des Sugarloaf – ein keltischer Fudschijama. Als sie den Blick vom

Meer abwandte und in Richtung des Klosters schaute, stellte sie fest, daß sie direkt auf den kleinen Friedhof hinunterblickte. Da die Nonnen ihn ihr bislang nicht gezeigt hatten, jagte ihr das einen ziemlichen Schreck ein.

Langsam drehte sie sich um dreihundertsechzig Grad und folgte mit den Augen den Grenzmauern beider Grundstücke, so weit ihr Blick reichte. Der Grundriß von Glenadams hatte in etwa die Form eines Parallelogramms, dessen kürzeste Seite entlang den Klippen verlief – zumindest hatte sie von ihrem Blickpunkt aus den Eindruck; sie mußte das auf einer amtlichen Landvermessungskarte nachprüfen. Dann drehte sie sich erneut um und hielt inne, als sie nach Osten, Richtung Meer blickte. Dort schien sich ein schmaler Streifen von Öd- oder Brachland bis zu den Klippen zu erstrecken; auf ihm verliefen die Grenzmauern beider Grundstücke. »Oh, verdammt, verdammt noch mal«, flüsterte sie, als ihr Blick der Grenzmauer der Nonnen von den Klippen zurück zur Straße folgte.

Soweit sie das abschätzen konnte, war der Streifen Ödland etwa dreißig Meter breit; wie weit er sich hinstreckte, konnte sie allerdings nicht feststellen. Der Glenadams-Abschnitt war zwar auf seine ganze Länge überschaubar, aber das Gelände, das zum Kloster gehörte, konnte man kaum sehen, da es hinter dem hohen Zaun lag. Zwischen der Schule und dem Ödland bemerkte sie einen niedrigen, behelfsmäßigen, an einigen Stellen eingebrochenen Zaun aus Holzpfählen.

In Gedanken versunken kletterte Tess von ihrem Aussichtspunkt herunter und hastete zum Auto zurück. Als die Schule in ihr Blickfeld kam, sah sie am Fuß der Stufen einen Landrover und daneben einen riesigen Schäferhund. Hinter dem Hund stand ein hünenhafter Mann, der ihn an einer kurzen Leine hielt. Als er Tess' ansichtig wurde, bückte er sich und fummelte am Halsband des Hundes herum. Zu Tode erschrocken raste Tess zum Auto. Mit knapper Not gelang es ihr einzusteigen, ehe der Hund an der Tür hochsprang. Sie drückte das Gaspedal durch und fuhr mit kreischenden Gängen den schmalen Weg zurück. Fast wäre das

Auto umgekippt, als sie eine Kehrtwendung beschrieb und die Auffahrt hinunterraste. Erst als sie zu Hause anlangte, hörte sie auf zu zittern. Die ganze Fahrt über gingen ihr diese Augenblicke des Entsetzens nicht aus dem Kopf, schlossen jeglichen anderen Gedanken aus. Der große Wachmann vor der Schule. Der Wachhund. Das langsame, überlegte Lösen der Leine des knurrenden Biestes.

Es hätte mich anfallen und Claire zerfleischen können, dachte sie voller Angst. Doch sobald sie sich das gesagt hatte, wurde ihr klar, wenn der Hund rechtzeitig losgelassen worden wäre, hätte nichts sie retten können. Der Wachmann hatte ihn zurückgehalten. Dieser widerliche, niederträchtige, grausame Mistkerl hatte mit ihr gespielt. Hatte die Entfernung mit sadistischer Genauigkeit abgeschätzt. Der Hund war nicht losgelassen worden, um sie anzugreifen. Er sollte eine Warnung sein, dem Schulgebäude nicht zu nahe zu kommen. Die Sekretärin hatte das erwähnt, aber sie hatte die Bemerkung einfach nicht ernst genug genommen. Doch trotz alledem schien es eine ziemlich übertriebene Methode, eine leerstehende Schule zu bewachen. Sie zog den Schluß, daß sie wahrscheinlich eine ungeheure Menge teurer Ausstattung hatten. Zu diesem Zeitpunkt fiel ihr gar nicht auf, daß der Mensch mit dem Hund nicht die übliche Uniform eines Wachmanns, sondern in Wirklichkeit lässige Freizeitkleidung angehabt hatte: ein sportliches Jakkett und eine graue Hose. Doch daran erinnerte Tess sich erst sehr, sehr viel später, als sie Mrs. Knickerbocker zum zweiten Mal sah.

Als sie nach Hause kam, war ihre Angst in Wut umgeschlagen, die sich ein wenig legte, als sie eine Ansichtskarte von Owen Rogerson vorfand. Er teilte ihr mit, seine Pläne hätten sich geändert und er hätte am kommenden Dienstag geschäftlich in Dublin zu tun. Wenn sie Zeit hätte, mit ihm essen zu gehen, wollte er im Hotel Hibernian übernachten, wo sie ihn nach vier Uhr nachmittags jederzeit erreichen könnte.

Sie trat gerade in den Aufzug, als Hugo den Kopf durch die Tür seines Wohnzimmers streckte. »Sinéad hat angerufen und läßt dir ausrichten, sie versuche immer noch, das Zeug aufzustöbern; sie ruft dich an, sobald es aufgetaucht ist. Sagt dir das etwas?« Tess übersah seine gerunzelte Stirn, bedankte sich höflich, wenn auch etwas kühl, für die Einladung zum Abendessen am Tag zuvor und erklärte, sie müsse schleunigst Claire füttern. Glücklicherweise spielte das Baby mit, riß den kleinen Mund auf und stieß einen seiner markerschütternden Schreie aus. Als die Aufzugtür sich schloß, strahlte Tess ihre kleine Tochter an, die wundersamerweise die Geräuschkulisse abschaltete und zurückstrahlte.

Bis vor etwa fünfzig Jahren umfaßte die Kategorie Erotica (abwechselnd auch als Kuriositäten, Verschwiegenes, Geheimes, Merkwürdigkeiten und so weiter bezeichnet) in den Buchhandelskatalogen zahlreiche höchst unterschiedliche Themenbereiche, beispielsweise: französische Literatur, Hexerei, Dämonologie, Spukgeschichten, Alchimie, Wiederbelebung. Ebenso Bücher zu medizinischen Themen und über Kostüme, Kinderbücher und Abhandlungen über technische Erfindungen, insbesondere die Suche nach dem Perpetuum mobile.

23

Am frühen Samstagvormittag kam mit der Morgenpost ein großer wattierter Umschlag, der vorübergehend alle anderen Überlegungen aus Tess' Kopf verdrängte. Sie setzte sich an den Küchentisch und musterte eingehend die Handschrift: große, wohlgeformte Druckbuchstaben. Nichts wies darauf hin, wer ihn adressiert haben könnte; diese Handschrift kannte sie nicht. Das wunderte sie, denn nur eine Handvoll Leute wußte, wo sie sich zur Zeit aufhielt. Als sie den Poststempel eingehender untersuchte, stellte sie fest, das Päckchen war in Bray aufgegeben worden; daraus zog sie den Schluß, daß es wahrscheinlich von Holy Retreat kam. Sie riß den Umschlag auf und kippte den Inhalt auf den Tisch.

Es war ein buntes Gemisch, darunter ein kleines Bündel einseitig eng mit Maschine beschriebener DIN-A4-Seiten und etwas, das wie ein aus einem Tagebuch herausgerissener Ausschnitt aussah. Dann ein zweiter Stoß diesmal handschriftlicher Aufzeichnungen, allerdings auf sehr viel älterem, eingerissenem Kanzleipapier. Dazu ein weißer Umschlag, in dem sie einige Zettel mit getippten wie auch handschriftlichen Notizen und zwei Zeichnungen, etwa zwanzig auf dreißig Zentimeter, fand. Bei einer handelte es sich offensichtlich um eine Photokopie, doch die andere war ein Original, von dem eine Ecke abgerissen war. Sie hielt sie hoch, nahe ans Licht, um die feine Kursivschrift unten auf der rechten Seite zu entziffern. *Adelaide fecit,* las sie, *zwölfter Jun*... Der Rest fehlte.

Behutsam legte Tess die Zeichnung auf den Tisch. Erneut hatte sie das Gefühl, sich selber in Zeitlupe zu sehen. Ihre Augen glitten über die verstreuten Seiten, doch vorerst unternahm sie keinerlei Versuch, eine davon zu lesen. Das konnte warten. Wer hatte den Umschlag geschickt? Mutter Catherine? Schwester Joseph? Oder wer auch immer am vorangegangenen Mittwoch das Körbchen mit Köstlichkeiten hergerichtet hatte. Tess holte den Fetzen Abfallpapier, auf dem der Name Aretino stand, und legte ihn zu der neuen Sendung. Die Handschrift im Tagebuch war ähnlich, jedoch nicht identisch. Tess starrte vor sich hin und versuchte, das zu tun, was sie am besten beherrschte: Ordnung in das Chaos zu bringen. Sie brauchte gar nicht erst den Versuch zu machen, die Botschaft zu interpretieren, die die Unterlagen übermitteln sollte, solange sie nicht zumindest probiert hatte, dahinterzukommen, wer sie ihr geschickt hatte und warum.

Schwester Joseph hatte nicht ausdrücklich gesagt, sie habe den Korb gepackt, oder? Irgend etwas von Wein hatte sie gemurmelt. »Ich hätte eine Flasche von unserem Holunderwein dazupacken sollen.« Nicht: »Ja, ich habe die Sachen eingepackt.« Jede hätte das machen können. Tess seufzte auf, zog die Papiere zu sich heran und begann zu lesen. Es kam ihr nicht darauf an, sie zu verstehen oder sie zu ordnen – sie las sie einfach unvoreingenommen, eins nach dem anderen, so wie sie zur Vorbereitung auf eine Gerichtsverhandlung die Protokolle der verschiedenen Zeugenaussagen lesen würde. Es stellte sich heraus, daß die Aufzeichnungen genauso unterschiedlich und genauso verwirrend waren. Doch wie sie sich selber immer wieder vorsagte: Irgend jemand hatte sie ihr mit einer bestimmten Absicht geschickt. Jetzt lag es an ihr herauszufinden, mit welcher.

Erster Teil der Aufzeichnungen
Seiten aus einem anonymen Tagebuch

Ich habe zu lange damit gewartet. Warum nur habe ich nicht vorausgesehen, daß er sich nehmen würde, worauf er es abgesehen hatte? Er so kaltblütig, und sie so willfährig. Wirklich ein Prachtgespann. Wie lächelnde Geier. Ich habe versucht, ihn mit Gefälligkeiten hinzuhalten. Doch er hatte die Beute bereits gewittert. Behauptete, er brauche die Bibliothek, um seine Predigten zu schreiben. So unschuldig hat er getan, doch ich habe sofort gemerkt, er hat gewußt, was sie enthält. Und was das wert ist. Lal hat immer gesagt, diese Bücher brächten Unglück. Ganz richtig hat sie damit nicht gelegen: Sie waren meine Rettung, haben mir meine Flucht ermöglicht, sie waren mein Lebensunterhalt. Doch ich hätte die restlichen Bände schon längst wegschaffen sollen. Ich hätte es wissen müssen. Immerhin, viel ist nicht mehr übrig. Er wird eine höchst unangenehme Überraschung erleben, und ich werde dafür sorgen, daß ich dann nicht da bin. Schade, wir haben soviel gemeinsam.

Das Haus wird mir fehlen. Manchmal wandere ich nachts darin herum und halte nach Lal Ausschau. Ich kenne jedes Zimmer, jede knarzende Diele, jede Ecke und Biegung der Korridore. Ich weiß, wie die seidenweichen Furchen in dem uralten Ulmenholz sich unter meinen bloßen Füßen anfühlen. Alles verfällt. Die Fensterrahmen sind verfault und klappern nachts dermaßen, daß ich Angst habe, das schlierige Glas könnte aus den Bleifassungen fallen. Ein schwacher, allgegenwärtiger Geruch nach Schimmel oder vielleicht nach Mäusen. Ist es Staub, oder mühen bösartige Mikroben sich an den Vorhängen und Teppichen ab? Manchmal sehe ich ein Silberfischchen wie einen kleinen Blitz durch den Mondschein huschen, in dem Staubkörner tanzen, und dann habe ich das Gefühl, sie sei zurückgekehrt. Doch wenn ich mich umdrehe, ist sie verschwunden.

Die Dachrinnen müssen repariert werden: Der herabströmende Regen bildet kleine Rinnsale und löst den porösen Stein auf. Wenn ich eine Außenwand berühre, spüre ich, wie die Feuchte in meine kalten Finger dringt, und ich merke, der Stein wird zu nassem Sand, wird wieder zu Erde. Nach fünf-, sechshundert Jahren – wer weiß, wie alt das Haus wirklich ist – wird es dessen müde, aufrecht dazustehen. Es sehnt sich danach, sich hinzulegen, in sich zusammenzusinken, die Augen zu schließen und sich auszuruhen. Zuviel hat es gesehen.

Die alten Mönche sind zurückgekommen. Manchmal erahne ich bei meinem Umherwandern das Rascheln das rauhen Stoffs ihrer Kutten, höre, wie ihre kalten, nackten Füße über die Stufen tapsen, rieche ungewaschene Menschen, den Geruch von Verfall. Es erinnert mich an kleine, feuchte, pelzige Tiere. Des Nachts höre ich sie manchmal ihre trauervollen Klagegesänge anstimmen. *Dies irae, dies illa.* Sie sind gekommen, das zu fordern, was von Rechts wegen ihnen gehört. Ich spüre, wie diese rastlosen Gespenster durch die Nacht flattern.

Wo sind die Geister früherer Generationen? Außer Lal haben die Mönche alle vertrieben. Sie sind zurückgekommen, um ihr Kloster, das man ihnen gestohlen, das man entweiht hat, zurückzufordern, ihre geheime Kapelle. Bei meinen Wanderungen störe ich manchmal ihre Bußgebete.

Kein Laut des Lachens. Dieses Haus hat nie die Klänge der Kindheit, die Fröhlichkeit von

Kindern erlebt. Zu viele traurige und grausame Leute haben in diesem Haus gewohnt, zu viele Säuglinge sind gestorben. Im Verlauf all der Jahrhunderte sind mehr gestorben, als überlebt haben, als seien die winzigen Seelen voller Verzweiflung von diesem frevlerischen Ort geflohen. Das Haus ist nie gediehen. Zu viele unglückliche Menschen, die sich in erbitterte Kämpfe verrannt hatten. Zu was sonst taugt Eigentum? Über hundert Jahre ist es her, daß zum letzten Mal eine wirkliche Familie hier gewohnt hat, und selbst die war ein Trugbild, denn mit ihr hat der Niedergang begonnen, der jetzt fast vollendet ist. Eine einzige tapfere Seele, noch viel weniger eine nicht ganz so tapfere, kann die Zeit nicht zurückdrehen oder den Verfall aufhalten.

* * *

Zweiter Teil der Aufzeichnungen
Aus neuerer Zeit, mit der Maschine geschrieben, Titel: »Eine kurze Geschichte Elderson Courts«

Das 1746 fertiggestellte Elderson Court war, gemessen an den pompösen Bauwerken jener Zeit, von bescheidener Größe, doch eines der wenigen großen Häuser, die in dieser Epoche entlang dem Südufer der Dublin Bay gebaut wurden. Die größeren, wichtigeren Gebäude jenes goldenen Zeitalters lagen im Norden der Stadt, einer Gegend, die als weit vornehmer galt. Vielleicht schätzte man damals die Lage am Meer noch nicht so sehr wie in späterer Zeit, wenn man von Powerscourt absieht, das fünfzehn Jahre älter und insgesamt wichtiger war, sich aber ein gutes Stück weiter landeinwärts befand. Die Berge boten, so schien es, eine angenehmere Umgebung wie auch eine bessere Aussicht als das kalte Meer. Das könnte auch erklären, weshalb der Empfangsraum und die Salons in der ersten Etage von Elderson Court landeinwärts nach Wicklow und zum Sugar-loaf wiesen. Ansonsten hatte man lediglich von der Bibliothek und vom Unterrichtszimmer aus einen Blick auf die herrliche Killiney Bay. Die beste Aussicht, sowohl auf das Meer wie auch auf die Berge, hatte man allerdings von ganz oben, von den winzigen, beengten Schlafzimmern unter dem Dach aus. Doch in den etwas mehr als hundert Jahren, in denen das Haus sich im Besitz der Eldersons befand, konnten nur die Dienstboten die Schönheiten der Landschaft voll genießen.

Das Haus war ein kleines Juwel, das über dem Untergeschoß drei Stockwerke hoch aufragte. Es war aus weichen, rosenfarbenen Ziegeln gebaut und mit drei Simsen aus Dalkey-Granit sowie einem Fries aus Granit unter dem Dachgesims verziert. Eine siebenstufige Treppe führte zu dem in der Mitte der Vorderfront gelegenen Eingang, zu dessen Seiten sich jeweils zwei und darüber fünf gleichgroße Fenster befanden; die Fenster im obersten Stockwerk waren nur halb so groß.

Vor dem Haus hatte man einen schmalen, planvoll angelegten Rosengarten gepflanzt, an den in einiger Entfernung zwei ummauerte Gärten grenzten: einer war für den Anbau von Gemüse gedacht, der andere ein Obstgarten. Dahinter erstreckte sich eine hügelige Parklandschaft mit einem winzigen Wäldchen und etlichen majestätischen Blutbuchen. Entlang der Nordgrenze floß ein kleiner Bach ins Meer, und an seinem Ufer oben auf der Klippe gelangte man durch eine schmale Seitenpforte über eine steile Treppe zum felsigen Strand darunter. Dort war genügend Platz, um auf Ponys zu reiten, und auf einer Aschenbahn konnte man mit einem kleinen Ponywagen dahinholpern. Es wäre ein idealer Spielplatz für Generationen von Kindern gewesen, doch die Familie Elderson hatte wenig Glück mit dem Nachwuchs. Dies galt vor allem für die Kinder von Sophia (geb. Elderson) und Ryland William Stebton – es war die letzte Familie, die Elderson Court bewohnte.

* * *

Dritter Teil der Aufzeichnungen
Ein von Hand beschriebener Zettel

Eine merkwürdige Sippschaft waren sie, in jeder Hinsicht. Starke, ziemlich ungebildete Frauen, schwache, zu gebildete Männer. Ein Durcheinander von Generationen, in dem die Namen sich ständig wiederholen, so daß es schwierig ist, sie auseinanderzuhalten. Aber vielleicht war das ja auch ganz praktisch. Jedenfalls war es alles andere als leicht, eine Generation mit den anderen in Verbindung zu bringen.

* * *

Vierter Teil der Aufzeichnungen
Zwei zur Hälfte beschriebene, dick mit Bleistift durchgestrichene Seiten mit der Überschrift:
»Nonnen, eine gefährdete Spezies?«

1. Es ist eine Ironie und vielleicht auch ein wenig traurig, aber die meisten zeitgenössischen Berichte über das Klosterleben, die dem Lesepublikum zugänglich gemacht werden, stammen von ehemaligen Nonnen. Diese …

2. Viele kleine, inoffizielle Nonnengemeinschaften, die zusammen in Elendsvierteln oder bei den benachteiligtesten, ärmsten Randgruppen der heutigen Gesellschaft leben, haben in

ihrer Einstellung den Kreis zum Geist ihrer ursprünglichen Gründer geschlossen. Da sie ihre Unabhängigkeit eingebüßt haben …

* * *

Fünfter Teil der Aufzeichnungen
»Carne Vale: Adelaide Elderson Stebton.«
Versuch zu einem historischen Roman?

Die Läden der großen Schiebefenster waren halb geschlossen. Nur eine kleine Öllampe aus Messing, die auf dem Schreibtisch stand, spendete Licht. Ein Kind stand ganz ruhig im Korridor und spähte auf sein verschwommenes Ebenbild in dem trüben Spiegel. Ein ernstes, schmalgewachsenes, für sein Alter großes Kind von sieben oder acht Jahren mit rabenschwarzen Haaren und dunklen Augen. Das Mädchen trug einen langen blauen Trägerrock und dazu passende Schleifen im Haar, und über das Kleidchen hatte es eine enganliegende graue Jacke gezogen. Schwarze Ziegenlederstiefel und weiße Wollstrümpfe. Die Spitzenrüschen der Pantalons spitzten unter dem Kleid hervor. Langsam trippelte sie auf Zehenspitzen immer näher zu ihrem Spiegelbild, das sie zu hypnotisieren schien. Sie knickste und hüpfte anmutig hin und her, wandte sich hierhin und dorthin, völlig geräuschlos, als folge sie einem Rhythmus in ihrem Kopf. Als sie ungefähr die Hälfte des Korridors entlanggetänzelt war, blieb sie stehen und wartete, vor Aufregung zitternd … Sie hatte keine Ahnung, kam einfach nicht dahinter, wie es geschah, aber irgendwie begänne, wenn sie an diesem Punkt, gleich neben der kleinen gemalten Rose, anlangte und bis acht zählte, der Zauber.

»Komm rein, komm rein, mcine Kleine«, rief leise eine Stimme. Der Winkel, in dem die Tür offenstand, erlaubte ihm einen hervorragenden Blick auf den Spiegel. Genau das war die Absicht. Nachsichtig und belustigt hatte er von dem Augenblick an, als sie durch die Tür geschlüpft war, ihr Herumtanzen beobachtet.

Das Kind wandte sich um, konnte jedoch ihren geliebten Papa nicht sehen. Und sie kam einfach nicht dahinter, wie oder warum er immer wußte, wann sie da war. Sie blickte in den dunklen Spiegel, sah jedoch nur ihr eigenes Abbild. Langsam schob sie sich näher zur Tür der Bibliothek.

»Ich warte. Ich kann dich sehen«, rief er und lachte leise in sich hinein.

»Oh, Pappy! Woher weißt du, daß ich es bin? Wie machst du das?« Enttäuscht stampfte sie mit den Füßen auf. Ihre hohes Stimmchen klang herrisch.

»Oh, das kann ich dir nicht sagen, meine Kleine. Das ist ein großes, gewichtiges Geheimnis.«

»Oh, Pappy, immer machst du dich über mich lustig!«

Erneut lachte er, das verdutzte kleine Persönchen im Spiegel amüsierte ihn. Auf ihrem angespannten Gesicht malte sich das ungeheure Erstaunen über seine »kluge, wirklich kluge Zauberei«. Er seufzte. Sie würde noch früh genug dahinterkommen, wie einfach das war. Er beobachtete, wie sie sich langsam um den Türpfosten schlängelte; mit dem einen Fuß kratzte sie die Wade des anderen Beins. Kaum wurde sie seiner ansichtig, legte sie den Finger auf die Lippen.

»Ich versprech's, ich bin auch ganz, ganz leise«, flüsterte sie.

Er klappte sein Buch zu, ließ aber den Finger an der Stelle, wo er zu lesen aufgehört hatte, und lächelte sie über seine Halbbrille an. Keiner der beiden sprach ein Wort, bis das kleine Mädchen in den Raum trat, was ihr offenbar eine ungeheure Anstrengung abverlangte, und die schwere Tür zustieß. Sie tanzte zu seinem Schreibtisch, stellte sich davor und legte das Kinn auf die Platte.

»Ich darf doch bei dir bleiben, Pappy?«

»Sag mir erst, wo Mama ist.«

»Sie hat sich hingelegt. Hat mich weggeschickt. Hat gesagt, es gehe ihr nicht gut und ich mache sie mit meinem Geschwatze müde.«

Unwillen flackerte in seinem Gesicht auf, aber im Augenblick sagte er nichts weiter dazu.

»Pappy? Du hörst ja gar nicht zu.«

»O doch, Schätzchen.« Er hob mit dem Finger ihr Kinn und sah ihr in die dunklen Augen. »Und – machst du das?«

»Schwatzen? Nein, Pappy, ich rede. Nur Elstern schwatzen. Das hast du mir selber gesagt. Und Amseln und Stare und ...« Sie unterbrach sich, als er die Hand hob. »Hat Mama vielleicht schon wieder Kopfschmerzen?« fragte sie besorgt.

»Vielleicht. Und jetzt sag mir schnell, wo ist dein kleiner Bruder? Und deine Schwester?«

»Das Kindermädchen ist mit ihnen spazierengegangen. Sie wollen am Strand Steine sammeln. Wenn sie zurückkommen, helfe ich William, ein Fort für seine Soldaten zu bauen. Bin ich nicht eine liebe Schwester?«

»Braves Mädchen. Aber warum bist du nicht mitgegangen?« Ihre Ernsthaftigkeit machte ihn traurig. Für eine Achtjährige war sie zu einzelgängerisch. Selbst ihrer geselligeren Zwillingsschwester gelang es nur selten, in ihre ganz persönliche Welt vorzudringen. Sie kamen gut miteinander aus, waren jedoch so unterschiedlich wie Tag und Nacht. Augusta war ein Ausbund an Lebenslust und Schalkhaftigkeit, Adelaide ernst und übermäßig verantwortungsbewußt. Eine Ersatzmutter für ihren kleinen Bruder.

»O Pappy! Du weiß ganz genau, du hast versprochen, ich darf kommen und mit dir lesen. Das hast du gesagt. Du hast es mir versprochen, gestern. Weißt du das nicht mehr? Das Kindermädchen schon. Sie hat gesagt, ich soll mich auf die Beine machen.« Unbewußt ahmte sie deren breiten Akzent nach. Er unterdrückte ein Lachen. Schließlich und endlich gab es ja auch kaum Grund zu lachen. Das Kind blickte zu ihm auf; ihre Augen waren so rund wie Untertassen und schwammen in Tränen, als die versprochene Freude in weite Ferne zu entschwinden drohte. »O Pappy, erinnerst du dich wirklich nicht an dein Versprechen?«

Er lachte leise und hielt die Hand hoch. »Natürlich, meine Kleine, aber du mußt auch ein wenig herumtollen und spielen. Und lieb zu dem kleinen William sein. Du darfst hierbleiben, aber nur kurz, dann mußt du losrennen und das Kindermädchen suchen. Versprochen?«

»Ehrenwort, Pappy«, erwiderte sie feierlich.

»Also, du bist gern hier bei mir?«

»O ja, Pappy. O ja.« Mit glänzenden Augen blickte sie zu ihm auf. »Ich wünschte, du wärst immer hier. Ich mag es gar nicht, wenn du verreist. Ich wünschte, du würdest überhaupt nie wegfahren. Oder daß ich mitkommen dürfte«, fügte sie kühn hinzu. Sanft streichelte er ihr über die Haare und schüttelte den Kopf. Bedauern malte sich auf seinem Gesicht. »Nächstes Mal, Pappy, darf ich nächstes Mal mitkommen?« beharrte sie. »Ich mag es nicht, wenn du wegfährst.«

Er langte an ihr vorbei, zog die mittlere Schublade seines Schreibtischs auf und holte ein Kindermalbuch und eine Schachtel Pastellkreiden hervor. »Du darfst hierbleiben. Aber nur wenn du mucksmäuschenstill bist«, flüsterte er. »Wir dürfen Mama nicht stören. Hör zu, ich habe eine sehr, sehr wichtige Aufgabe für dich.«

»Darf ich malen, Pappy? In meinem Buch, gleich jetzt?« Eifrig lächelte sie ihm zu. »Oh, ich werde ganz still sein. Das versprech ich, Pappy.«

Er streckte die Hand aus, führte sie auf seine Seite des Schreibtisches und setzte sie auf seinen Stuhl.

»Ich möchte, daß du mir ein wunderschönes Bild malst, meine Kleine.« Mit einer weit ausholenden Geste umschrieb er den ganzen Raum, ging durch das Zimmer und öffnete einen der oberen Bücherschränke. Er lächelte ihr zu. »Mit allen meinen Büchern. Machst du das für mich? So gut du nur kannst«, wies er sie ernsthaft an. »Mal ein wunderschönes Bild für deinen Papa, das er immer bei sich tragen kann. Mit allen Einzelheiten, wohlgemerkt!«

Das kleine Mädchen, das die Bedeutung seiner Worte nicht verstand, strahlte vor Stolz und Vergnügen. »Soll ich meinen Namen draufschreiben?« fragte sie.

»Und das Datum. Weißt du, welches Jahr wir haben?«

»Natürlich, Papa. 1826, und heute ist der zwölfte Tag des Juni.« Triumphierend blickte sie ihn an.

»Braves Mädchen. Schreib das alles hin, Addie, und vergiß nicht deinen Namen.«

Die kleine Adelaide Elderson Stebton beugte sich über ihr Buch, und vor lauter Eifer spitzte ihre kleine rosa Zunge zwischen den Lippen hervor, als sie zu zeichnen begann.

Sorgfältig blätterte Tess die Unterlagen durch, die auf dem Tisch lagen, bis sie die Zeichnung fand. Sie betrachtete sie eingehend. Nach einer geraumen Weile kippte sie ihren Stuhl zurück und schaukelte sacht hin und her, starrte ins Leere, ohne etwas zu sehen, und dachte langsam und gründlich darüber nach, welche Bedeutung die Zeichnung, was sie gelesen hatte und die Bruchstücke von Informationen – all das, was sich wie Flusen in ihrem Kopf angesammelt hatte – haben könnten. Wer ihr den Umschlag geschickt hatte, war jetzt nicht mehr so wichtig, doch irgend etwas, das der Postbote gesagt hatte, spukte ihr durch den Kopf. Noch einmal rief sie sich ihre Unterhaltung ins Gedächtnis, so genau sie konnte. Nach einer Weile nahm sie das Telephon und rief Grace Hartfield an.

Immer wieder klingelte es, zehn-, zwölfmal, doch niemand hob ab. Schließlich, gerade als Tess auflegen wollte, meldete sich Grace. Sie klang atemlos und verärgert, und noch ehe Tess zu Wort kommen konnte, erklärte sie: »Tut mir leid, wir haben noch nicht geöffnet. Rufen Sie später noch einmal an.«

»Grace? Bitte, legen Sie nicht auf. Ich bin's, Tess Callaway.«

»Oh, Tess, entschuldigen Sie, daß ich so unhöflich war, aber ich hab gerade probiert, mit ein paar Abrechnungen klarzukommen. Wie geht's?« Es klang, als hüpfe sie vor Ungeduld auf und ab.

»Ich brauche Ihre Hilfe, Grace. Das Ganze ist ziemlich heikel. Vielleicht sogar unmoralisch. Es geht um Jeddie Hillyard.« Es dauerte eine Weile, ehe Grace schicksalsergeben seufzte:

»Jaaa?«

»Grace, das ist mir ungeheuer peinlich. Erinnern Sie sich, wie ich bei Ihnen im Laden war? Als ich gegangen bin, haben Sie ein paar Pakete erwähnt, die für sie gekommen sind.«

»Diese verdammten Dinger! Stehen mir immer noch zwischen den Füßen rum. Ich werd sie wohl zu mir nach Hause schaffen müssen, weil ich hier ständig drüber stolpre.«

»Soll ich sie beschreiben?« fragte Tess leise und fuhr hastig fort: »Ungefähr achtunddreißig auf achtunddreißig und fünf Zentimeter hoch, mit einem starken weißen Bindfaden verschnürt. In Irland aufgegeben.«

»Woher wissen Sie das?« Es klang, als sei Grace vor Erstaunen der Unterkiefer heruntergeklappt.

»Mir sind die Briefmarken aufgefallen, als ich in Ihrem Büro war. Grace? Ich glaube, ich weiß, woher sie stammen«, erklärte Tess bedächtig. »Und ich glaube, ich weiß auch, was drin ist. Wie viele sind es denn?«

»Fünf, insge...« setzte Grace an, doch Tess fiel ihr rasch ins Wort:

»Könnte ich Sie dazu überreden, eines davon aufzumachen?« Die Antwort war zuerst ein langes Schweigen, dann:

»Das kann ich nicht machen, tut mir leid. Außer es gibt einen sehr triftigen Grund dafür. Gibt es einen?«

»Ja, ich fürchte, den gibt es.«

»Hat mir nicht jemand gesagt, Sie seien Anwältin?« fragte Grace argwöhnisch.

»Ja, das stimmt.«

»Dann bleibt mir wohl nichts anderes übrig, als anzunehmen, daß wir hier über irgendwelche kriminellen Machenschaften sprechen?«

»Ohne weiteres. Aber mit Sicherheit kann ich das erst sagen, wenn ich weiß, was in den Kartons ist. Grace? Sie haben Jeddie nicht gesehen, oder? Nein? Nun, ich will ja nicht den Teufel an die Wand malen, aber es könnte sein, daß Sie Diebesgut aufbewahren.« Das war eine reine Vermutung, und das wußte Tess. Genausogut könnte es sich um eingetauschte Sachen handeln. Tess schloß die Augen und sandte ein Stoßgebet gen Himmel, daß sie nicht, nur um ihre eigenen Klienten zu schützen, eine unschuldige Frau verleumdete.

»Warum sagen Sie so etwas, Tess?« Grace Hartfields Stimme klang kühler, abweisender.

»Ich glaube, die Pakete enthalten äußerst seltene und wertvolle Bücher, die aus einem Nonnenkloster in Dublin herausgeschmuggelt wurden.«

»Aus einem Nonnenkloster?« Grace lachte glucksend. »Ich glaube, da sind Sie auf dem Holzweg, meine Liebe. Ein Nonnenkloster wäre bestimmt nicht nach Jeddies Geschmack«, erklärte sie kategorisch. »Ein Mönchskloster vielleicht schon eher. Jeddie ist eindeutig eine Frau, die auf Männer steht. Auch wenn sie nicht danach aussieht, sie ist so etwas wie eine Femme fatale. Ich weiß nicht, was sie so Besonderes an sich hat, aber unweigerlich ist immer irgendein männliches Wesen in ihrer Nähe. Glauben Sie mir, ein Nonnenkloster wäre der letzte Ort, wo sie landen würde.«

Hoffen wir, daß das stimmt, dachte Tess, während Grace fortfuhr: »Wenn da irgend etwas faul ist, dann meine ich: *cherchez l'homme.* Also, hätten Sie etwas dagegen, mir zu sagen, worum es eigentlich geht?«

»Diese Kartons enthalten normalerweise – und das wird Ihnen jetzt gar nicht gefallen, vor allem, wenn Sie katholisch sind –, diese Kartons enthalten normalerweise Hostien.«

Grace unterdrückte ein Lachen. »Und bei den Büchern handelt es sich um Erotica? Na, wie bin ich im Raten?«

»Sie haben den Nagel auf den Kopf getroffen.«

»Ein bißchen weit hergeholt, finden Sie nicht?« fragte Grace nüchtern.

»Nicht, wenn Sie bedenken, daß einer von Jeddies Vorfahren diese Bücher gesammelt hat. Sie könnte daher die Bücher ohne weiteres als ihr Eigentum betrachten.«

»Was haben sie dann in einem Nonnenkloster zu suchen?«

»Das würde ich selber gerne wissen. Und ich würde auch sehr gerne wissen, wer – wenn überhaupt irgend jemand – gewußt hat, daß sie sich dort befanden. Daß sie sie woanders hingebracht hat, ist leicht nachzuvollziehen, aber warum so heimlich?«

»Das ist doch ganz klar.« Grace kicherte. »Typisch Jeddie. Sie mag so einen kleinen Nervenkitzel, und was ihr Spezialgebiet betrifft, da muß sie vorsichtig sein. Manchmal habe ich das Gefühl, sie bastelt sich kleine Geheimnistuereien zurecht, nur um selber das Interesse nicht zu verlieren. Sie hätte zum Theater gehen sollen.«

Darauf fiel Tess keine Antwort ein, die sie irgendwie weitergebracht hätte, daher schwieg sie. Es lag auf der Hand, Grace wollte das Vertrauen ihrer Freundin nicht mißbrauchen, also hatte es gar keinen Sinn weiterzureden.

»Warten Sie noch einen Augenblick«, meinte Grace, als Tess sich bedankte und auflegen wollte. »Auf Jeddies Regal stehen drei ähnliche Schachteln. Sachen, die sie in den letzten paar Monaten katalogisiert hat. Soweit ich weiß, wurden sie irgendwann im letzten Sommer geliefert. Als sie immer noch im Urlaub war.«

»Wo?« warf Tess hastig ein.

»Wo sie ihre Ferien verbracht hat? Oh, in Nordwales, glaube ich. Irgendwo in der Gegend um Bangor. In den letzten paar Jahren ist sie ziemlich oft dorthin gefahren. Sie hat erklärt, sie hätte dort einen hübschen kleinen Zufluchtsort gefunden.«

Jetzt war es an Tess zu lachen. »Das hat sie gesagt? Du meine Güte, Grace. Wissen Sie, wie das Kloster in Dublin heißt? Holy Retreat – *Heilige Zuflucht.* Ich schätze, Ihre Freundin hat sich nur lange genug in Nordwales aufgehalten, um ein paar Ansichtskarten zu schreiben, und hat dann nach Dun Laoghaire übergesetzt.«

Einem kurzen Schweigen folgte ein mittlerer Wutausbruch. »Oh, verdammt, ich seh gerade eine der Ansichtskarten, die sie letzten Sommer geschickt hat. Ich habe sie an die Pinnwand direkt vor mir geheftet. Holyhead, wer sagt's denn. In Ordnung«, erklärte sie entschieden, »bleiben Sie dran. Ich sehe in einer der offenen Schachteln nach.« Sie legte den Hörer auf den Schreibtisch, so daß Tess auch weiterhin die Geräusche in dem winzigen Büro hören konnte. In den nun folgenden paar Minuten wechselten Pausen mit hervorgestoßenen Flüchen ab, und als Grace schließlich den Hörer wieder aufnahm, klang ihre Stimme ganz ehrfürchtig.

»Normalerweise gehören Flüche nicht unbedingt zu meinem Repertoire«, meinte sie, »aber jetzt fallen mir ein paar recht deftige ein. Seit fast einem halben Jahr stehen die Kartons einfach so auf dem Regal da rum. Ich habe nur in einen reingeguckt. Die Katalogaufzeichnungen liegen obenauf.

Das ist eine regelrechte verdammte Schatztruhe, und unsere Versicherung deckt bei weitem nicht ab, was allein diese eine verfluchte Schachtel wert ist.«

»Beruhigen Sie sich, Grace. Sagen Sie, sind in den Büchern Namensschilder?«

»Namensschilder? Scheiß auf Exlibris, hören Sie sich mal an, was für Autoren das sind! Ein paar von den Büchern sind so selten, daß ... mir wird ganz schwindlig. Nur eine Kostprobe: Boccaccio, Aretino, Romano, Chorier, Casanova de Seingalt ... ich glaube, ich bekomme gleich einen Herzanfall.«

»Die Namen sagen mir gar nichts, Grace. Was sind sie wert?«

»Wert?« brach es aus ihr heraus. »Ich rechne nur mal die Summe von den ersten fünf, nein sieben Seiten aus ... Auf jeder stehen acht Einträge.« Langsam, leise begann sie zu rechnen, dann stieß sie einen Pfiff aus. »Was sagen Sie zu vierzigtausend Pfund?«

»Mal sieben ... Herrgott, das sind fast dreihunderttausend.«

»Und das ist nur die eine Schachtel. Jetzt multiplizieren Sie das mal mit drei plus fünf, obwohl ich mir nicht vorstellen kann, daß sie alle von dieser Qualität sind, aber nehmen Sie nur die Hälfte davon, und wir haben eine runde Million«, meinte Grace.« Ohne Unkosten ist das der Reinerlös.«

Doch Tess fiel nichts anderes an, als daß eine Million im Vergleich zu dem, was bestimmte Grundstücke in der Umgebung ihrer Heimatstadt wert waren, vermutlich nicht sonderlich viel war. »Und was machen wir jetzt?« wollte Grace wissen.

»Macht es Ihnen etwas aus, sie an einem sicheren Ort aufzubewahren? Weit weg vom Laden, würde ich sagen. Niemand außer mir und jetzt Ihnen weiß etwas davon. Oh, und natürlich Jeddie. Ich würde mich gerne mit ihr unterhalten, ehe sie sie wegschafft.« Tess hielt inne und dachte einen Augenblick lang nach. »Übrigens, wie könnte sie sie verkaufen, ohne den Markt zu überschwemmen und ohne daß die Leute vom Finanzamt Wind davon bekommen?«

»Das ist gar nicht so einfach, wenn man sein Geschäft so offen betreibt wie wir«, erklärte Grace erbittert. »Ich weiß nicht genau, wie sie vorgeht, aber auf ihrem Spezialgebiet könnte es weit einfacher sein. Herrgott noch mal, ich komm mir richtig bescheuert vor. Jetzt verstehe ich, warum Jeddie damit einverstanden war, für so ein lachhaftes Gehalt zu arbeiten. Dieses verdammte Weibsstück hat uns als Deckadresse benutzt. Wir haben ihrem Handel einen Anschein von Ehrbarkeit verliehen. Und was ein Überfluten des Marktes angeht, glauben Sie mir, Jeddie ist viel zu gerissen, um das zu tun. Wollen Sie wissen, was ich vermute? Ich wette, sie hat vor, sich zur Ruhe zu setzen. Jetzt wo ihre verrückte alte Mutter verräumt ist, kann sie sich absetzen.«

Wenn sie das nicht schon gemacht hat, dachte Tess verdrießlich und sah innerlich schwankende Palmen und goldene Sandstrände vor sich. Und die elegante Gestalt eines großgewachsenen Mannes.

»Noch eines, Grace. Die Namensschilder. Könnten Sie in ein paar von den Büchern nachsehen?« Würden Exlibris ausreichen, um zu klären, wer der rechtmäßige Besitzer war? Würden die Nonnen etwas damit zu tun haben wollen?

»Drei liegen aufgeschlagen vor mir. In zweien sind zwei kleine Exlibris, auf dem dritten steht etwas Italienisches – sagt Ihnen Lupini irgend etwas? Nein? Die anderen Namen lauten Ryland William Stebton, dazu ein ziemlich kunstvoll ausgeschmücktes Wappen; darunter steht in viel kleinerer Schrift nur eine Zeile, ohne alle Schnörkel: Adelaide Elderson Stebton.«

»Herrgott im Himmel«, war alles, was Tess hervorbrachte.

Sie welkt am Stock, läßt du die Zeit entfliehn,
Vergeßnen Rosen gleich mit mattem Haupt.
Die Schönheit ist ein Prangen der Natur,
gehört dem Hof, dem festlich frohen Glanz …

(John Milton, Comus)

24

»Nächsten Dienstag? So bald schon? Hast du Angst davor?« fragte Owen und sah sie über die Speisekarte hinweg an. Er hatte etwas abgenommen und sah braungebrannt und gesund aus. Zehn Minuten, ehe sie zum Restaurant aufbrechen wollte, war er unangekündigt aufgetaucht und hatte behauptet, Marcia würde ihn umbringen, wenn er ihr nicht einen umfassenden Bericht über die Fortschritte ihrer Enkelin lieferte.

Tess grübelte eine Weile über die Frage nach und antwortete erst, nachdem sie bestellt hatten. Sie saßen in einem ziemlich eleganten Restaurant ein Stück abseits der Grafton Street; der Stil war erlesen und das Essen hervorragend. Sie hatte sich sorgfältig angekleidet: Das neue dunkelblaue Kostüm aus Crêpe, das sie eigens für diesen Anlaß gekauft hatte, stand in auffälligem Gegensatz zu ihrer derzeitigen Uniform: Jeans und Sweater. Die Schuhe mit den fünf Zentimeter hohen Absätzen betonten den schmalen Schnitt des Gewands wie auch ihre Größe: Fast reichte sie jetzt an Owens ein Meter achtzig heran. Sie sah umwerfend aus. In dem Augenblick, als sie in das Restaurant schlenderten, wurde ihm klar, wenn er nicht bald etwas unternahm, würde er sie für immer verlieren. Köpfe drehten sich nach ihr um, als sie am Tisch Platz nahm. Sie hatte ihr jetzt kurzgeschnittenes, glänzend schwarzes Haar sich in seinen natürlichen Locken kräuseln lassen und großzügig Make-up aufgelegt, das ungewohnte Rosenblüten auf ihr normalerweise blasses Gesicht streute.

»Nicht so sehr, wie ich gedacht hatte. Ich habe mich an die Vorstellung gewöhnt, daß nur die Götter wissen, wie das in

Wirklichkeit ablaufen wird. Ich glaube, wir haben alles gut organisiert, und unter anderen Umständen wäre ich wohl ziemlich, na ja, ich schätze, aufgeregt ist nicht so ganz das richtige Wort. Eine Exhumierung in diesem Umfang ist etwas Außergewöhnliches und findet nicht oft statt. Wird also ganz interessant sein, das mitzuerleben.« Sie brauchte nicht zu erklären, was sie mit den anderen Umständen meinte. Wie immer, wenn sie und Owen zusammentrafen, war Marcus in ihren Gedanken fast gegenwärtig. Die Folge davon war eine gewisse Verkrampftheit in ihrem Umgang miteinander. Wie um das wettzumachen, versuchten beide etwas zu angestrengt, ungezwungen zu erscheinen.

»Wie war Wexford?« fragte sie, als der Ober mit einer Flasche Pouilly-Fumé auftauchte. Owen wartete, bis er eingeschenkt hatte, ehe er antwortete.

»Das weiß ich noch nicht. Ich habe meine Pläne geändert. Mußte dieses Jahr etwas zurückstecken. Ich wünschte, du würdest mitkommen«, meinte er zweideutig und lächelte verlegen. Tess schluckte eine bissige Bemerkung etwa der Art: »Du hast mich ja nicht eingeladen« hinunter, denn erstens stimmte das nicht, und zweitens war es schlichtweg kleinlich. Selbst wenn sie möglicherweise mit dem Gedanken gespielt hätte, Claire über Nacht alleine zu lassen – Opern interessierten sie nicht sonderlich, und das wußte Owen sehr wohl.

»Ein andermal«, vertröstete sie ihn. »Wenn ich mich wieder besser im Griff habe. Was siehst du dir an?« Der kühle, prickelnde Wein war wie Balsam, besänftigte sie beide und machte sie gelöster. Es war ihr erstes gemeinsames Essen in einem Restaurant, seit das Baby auf die Welt gekommen war, und das wie auch das Ambiente machten es zu einem besonderen Anlaß – zu einem regelrechten Festmahl.

»Normalerweise sehe ich mir alle drei an, jeden Abend eine. Eine Art kulturelle Völlerei. Diesmal beschränke ich mich auf eine, *Šárka.* Soll ganz ausgezeichnet sein. Ich hab noch nie was davon gehört. Und werd natürlich auch kein Wort verstehen, weil sie in tschechischer Sprache aufgeführt wird. Hast du schon mal was von einem Fibich gehört?« Er grinste. »Aber darum geht es nicht. Ich fahr einfach gerne hin. Das Wexford-Festival ist wundervoll, alles daran gefällt mir. Die Sänger sind jung und sehen gut aus, das Publikum ist in Festtagsstimmung, und alle Leute in der Stadt legen es darauf an, einem den Aufenthalt so angenehm wie möglich zu machen. In den Pubs herrscht bis in die frühen Morgenstunden Hochbetrieb. Auch in dieser Hinsicht ist das Ganze also herrlich.« Er langte über den Tisch und griff nach ihrer Hand. »Ich hoffe, nächstes Jahr fährst du auch hin. Mit mir.«

Tess schlug die Augen nieder und schnaubte entschuldigend. »Wäre bestimmt schön. Ich würde gerne mitkommen, wenn du glaubst ...« Sie verbot sich selber, eine kleine, sorgenvolle Rede vom Stapel zu lassen, von wegen falls ihre Zeit es erlaubte, oder ihre Arbeit, oder das Baby oder – oder was? Daß sie nicht wußte, was sie nächstes Jahr machen, wo sie leben würde? Glücklicherweise wurde in dem Augenblick das Essen serviert. Eine nicht zu große Portion Linguini mit Langustinenschwänzen und Sauerampfer für sie, eine warme Muschelmousse für ihn. Ein paar genießerische Minuten lang widmeten sich sich schweigend diesen Köstlichkeiten.

»Du siehst viel besser aus, Tess. Nicht mehr so angespannt, wenn ich das sagen darf, ohne gleich eins auf den Schädel zu bekommen?«

Tess lachte. »Du darfst. Du darfst alles sagen, was du willst, solange du mir so etwas zu essen vorsetzt.«

»Übrigens, ich habe ein bißchen für dich rumgeschnüffelt. Letztes Wochenende war ich in Chipping Stebton und habe es geschafft, zu einem Empfang in Stebton Place eingeladen zu werden.«

»Tatsächlich? Wie hast du denn das hingekriegt? War die Schwester der Buchhändlerin da?« Gespannt richtete Tess sich auf. »Hast du den Pfarrer kennengelernt? Wie ist die Schwester? Wie sieht das Haus von innen aus?«

Owen hob die Hand, in die der diensteifrig in der Nähe wartende Ober gewandt eine Weinkarte steckte. Beide lachten.

»Langsam, langsam. Alles der Reihe nach. Erst mal kümmern wir uns um unser Essen. Du nimmst den Fasan, ich nehme was? Ach ja, richtig, auch den Fasan. Mit Calvados und Apfel-Zwiebel-Confit – was auch immer das ist. Ist dir dazu ein Julienas recht?«

»Hervorragend, vorausgesetzt, du setzt mich anschließend in ein Taxi, das mich nach Hause bringt, und gibst mir K. O.-Tropfen für das Kind mit.« Sie grinste. »Wann bist du angekommen?«

»Mittags«, erwiderte er so ausweichend, daß sie es sich nicht versagen konnte, ein wenig zu sticheln.

»Dann sind die anderen also schon vorausgefahren?« fragte sie, doch er gab keine Antwort. Blickte sie lediglich mit einem halb unterdrückten Lächeln an.

»Alsdann«, begann er. »Zu deinen Fragen, und zwar der Reihe nach. Miss Jane-Edwina ist angeblich verreist, ins Ausland. Mutter sagt, im Dorf tuschle man, sie habe sich darüber geärgert, daß ihre Schwester, die herrische Felicity, den verwitweten Pfarrer geheiratet hat, einen gewissen Timothy Theophilus Stebton. Offenbar hat sie sich nur bei einer Person gemeldet, ihrem alten Kumpel Johnny Pittaway, dem sie ein paar Ansichtskarten geschickt hat. Er hat nicht gesagt, woher sie kamen, aber die Rede war von Italien.« Owen lehnte sich zurück, während der Hauptgang vorgezeigt, tranchiert, flambiert, serviert und gekostet wurde. Vor Wohlbehagen tat er so, als würde er gleich ohnmächtig, ehe er fortfuhr.

»Der nächste kleine Leckerbissen an Klatsch, der, na ja, nur im Flüsterton weitergesagt wird, ist sogar noch köstlicher als dieser hervorragende Fasan: Jane-Edwina, diese Spitzbübin, habe ziemlich lange ein Verhältnis mit eben diesem Cousin, dem genannten Reverend Tim, gehabt. Als dann ihre Schwester den Pfarrer an Land gezogen hat, sei sie aus Wut getürmt. Was hältst du davon?« Er lehnte sich zurück und wartete ihre überraschte Reaktion ab; Tess tat ihr möglichstes, um ihn nicht zu enttäuschen. Doch seit ihrer Stippvisite in der Acland-Klinik, als sie sich nach Felicity erkundigt hatte, war ihr mehr oder weniger klar gewesen, wie die Dinge gelaufen waren. Für sie stellte dies daher durchaus keine Überraschung dar; trotzdem freute sie sich, daß zumindest eine ihrer Mutmaßungen sich bestätigt hatte.

»Scheint eine ziemliche Draufgängerin zu sein, findest du nicht? Und wie sieht die Schwester aus?«

»Mittelgroß, ganz der Typ englische Gutsfrau, pferdegesichtig, aber nicht unhübsch. Gutgekleidet, im Cirencester-Stil, wie ich das nenne – sportliche Jacketts, Faltenröcke, stets in grünen Gummistiefeln. Weißt du, was ich meine?«

»Mit einem Wort: Jäger?«

»Vielleicht nicht ganz dieses Maß an altmodischer Eleganz, aber, doch ja, eigentlich schon, mehr oder weniger«, erwiderte er ernsthaft. Tess kicherte und beugte sich zu ihm.

»Sag mal, Owen, wie kommt es, daß du plötzlich ein solcher Experte in Sachen Mode bist? Übrigens siehst du selber ziemlich elegant aus.« Das stimmte, obwohl er zu seinem früheren Stil zurückgekehrt war: gutgeschnittene, dunkle Anzüge, was allerdings weit besser zu ihm paßte als die Eskapaden mit ländlicher Freizeitkleidung, in der er sich sichtlich unwohl gefühlt hatte.

»Ich gestehe lieber gleich alles und berufe mich dabei auf Mutter. Im Dorf ist man allgemein der Ansicht, die Ehe sei im Himmel geschlossen worden – nein, das soll kein Witz sein –, sie ist die vollkommene Pfarrersfrau. Alle sind höchst erfreut. Außer vielleicht Jane-Edwina. Doch das wichtigste ist, niemanden scheint ihre Flucht auch nur im mindesten überrascht zu haben. Also, möchtest du jetzt etwas über das Haus erfahren?«

»Ja, bitte. Hat der Empfang dort stattgefunden?«

»Ja. Ganz edel: Sherry und Häppchen von Marks und Spencer ...«

»Wieder laut Marcia?«

»Die scharfsichtige Marcia, wie immer. Ich sag dir was, Tess, diese Angelegenheit hat eine völlig unerwartete Seite von Mutter ans Licht gebracht. Sie ist nicht nur scharfsichtig, sondern auch erstaunlich scharfzüngig. Und all die Jahre hindurch habe ich geglaubt, Vater sei der Geistreiche.«

»Da haben wir's. Man kann sich auf nichts mehr verlassen, stimmt's?« fragte Tess schelmisch, doch noch während sie sprach, wurde ihr klar, sie hatte einen Fehler gemacht. Owens Blick begegnete ihrem, und er sah sie unverwandt an; sie spürte, wie eine unerwartete Erregung sie durchzuckte. Und was sie noch mehr aus der Fassung brachte: sie wurde rot. Umständlich schob sie ihr Glas zur Seite, als wolle sie darauf hinweisen, daß nur der Wein daran schuld war. Doch ihre Gedanken waren in Aufruhr.

»Auf nichts.« Er hob sein Glas, beobachtete sie jedoch über den Rand hinweg sorgfältig. Keiner der beiden sagte ein Wort, während der Ober abräumte. Der Augenblick ging vorüber.

»Jetzt legen wir erst mal eine kleine Pause ein, ehe wir den Nachtisch bestellen«, entschied Owen. »Einverstanden, Tess?«

»Ich weiß gar nicht, ob ich einen will. Ich glaube, ich trinke nur einen Kaffee. Später. Das war wirklich hervorragend, findest du nicht?«

»Erstklassig«, stimmte er ein wenig zu aufgekratzt zu.

»Du hast gesagt, du hättest Stebton Place von innen gesehen? Hat jemand dich herumgeführt?«

»Während meine Mutter die Dame des Hauses in Beschlag genommen hat, habe ich Pfarrer Tim dazu gebracht, mich durch das ganze Haus zu führen. Es ist umwerfend schön, aber leider zerfällt es buchstäblich. Bräuchte eine beträchtliche Finanzspritze, um es wieder richtig bewohnbar zu machen. Ich schätze, in gewisser Hinsicht hat der Geldmangel es davor bewahrt, daß man daran herumgepfuscht hat; es ist also eher zuviel erhalten geblieben als zuwenig. Nichts von der ursprünglichen Ausstattung ist verschwunden. Riesige mittelalterliche offene Kamine, Fenster mit steinernen Mittelpfosten, sogar das ursprüngliche schlierige Glas ist noch erhalten. Warst du mal in Haddon Hall in Derbyshire?« fragte er etwas unvermittelt, und als Tess nickte, fuhr er fort: »Hast du die herrliche Galerie im ersten Stockwerk gesehen? Ich will verdammt sein, wenn das im Erdgeschoß von Stebton Place nicht eine kleinere Version davon ist. Keineswegs so eindrucksvoll, aber auf seine Weise wunderschön. Eher wie ein Miniaturcollege in Oxford. Aber schließlich und endlich stammt es ja aus der gleichen Zeit wie ein paar von den älteren. Offensichtlich war es das Stiftshaus des ursprünglichen Klosters. Dort hat man uns den Sherry serviert, obwohl Glühwein eher angebracht gewesen wäre. Brrr.«

»Oder ein heißer Whiskey?«

»Heißer Whiskey wäre sogar noch besser gewesen. An jedem Ende des Raums befindet sich ein offener Kamin, aber sehr oft machen die dort bestimmt nicht Feuer, denn es ist völlig wirkungslos geblieben. Arktische Kälte. Man konnte förmlich sehen, wie sich an unseren Nasenspitzen Tropfen gebildet haben. Ungefähr vierzig Leute waren eingeladen, aber es hätten ohne weiteres zweihundert reingepaßt. Offenbar benutzen sie die Halle nicht sehr oft.«

»Hast du auch die anderen Räume gesehen?«

»O ja, ich bin in den Genuß der ganzen Besichtigungstour gekommen, die einer VIP zusteht«, erklärte er selbstgefällig und fuhr mit der Beschreibung des Hauses fort. Aber erst als er die Bibliothek schilderte, schenkte sie ihm ihre ganze Aufmerksamkeit. Sie hatte eindeutig ein Gefühl des Déjà-vu.

»Ich weiß nicht, woher die Möbel stammen; sie passen überhaupt nicht zu der übrigen Einrichtung, die in ihrer ganzen heruntergekommenen Pracht eher spartanisch ist. Man betritt die Bibliothek durch einen verborgenen Korridor, dessen Decke ein reich verziertes Tonnengewölbe bildet. Wirklich außergewöhnlich. Pfarrer Tim behauptet, er sei einst hinter einem riesigen Spiegel verborgen gewesen. Jetzt ist der Bogendurchgang offen, aber am anderen Ende steht ein Spiegel, der vom Boden bis zur Decke reicht. Die silberne Grundierung ist so verblaßt, daß das Glas ganz fleckig ist. Die Amerikaner nennen das, glaube ich, antikes Glas. Sehr verwirrend; man sieht sich verschwommen durch einen Spiegel ...«

»Paulus.«

»Was ist mit dem heiligen Paulus?«

»Ein Zitat aus seinen Briefen. *Wir sehen jetzt durch einen Spiegel ein dunkles Bild.* Wird bei Hochzeiten und Beerdigungen rezitiert: *Da ich aber ein Mann ward* und so weiter und so weiter ... Und ich habe immer gedacht, der alte Weiberfeind hätte bei Hochzeiten nichts zu suchen. Ich jedenfalls würde nie ... 'tschuldigung. Erzähl weiter, ich habe dich unterbrochen«, murmelte sie und versetzte sich selber in Gedanken einen Tritt, weil ihr das herausgerutscht war. Owen schien es jedoch nicht bemerkt zu haben, so vertieft war er in seine Schilderung von Stebton Place.

»Die eigentliche Tür zur Bibliothek ist, wie ich schnell gemerkt habe, in einem Winkel angebracht, der jeden, der sich darin aufhält, rechtzeitig vor einem etwaigen Eindringling warnt, ihn sogar in voller Größe zeigt. Eine ziemlich ausgeklügelte Konstruktion für ein privates Studierzimmer, denn darauf läuft es im Grunde hinaus, auch wenn es prachtvoll ist. Als ich den Pfarrer danach gefragt habe, erklärte er, der Überlieferung nach sei das Ganze, der Korridor, die Türen und die Einrichtung der Bibliothek, aus einem italienischen Kloster geraubt worden. Was durchaus glaubhaft erscheint. Alles ist reich verziert und schlichtweg herrlich. Und viel besser instand gehalten als irgendein anderer Raum in dem ganzen Haus. Peinlich genau aufgeräumt.«

»Hat er dir ein genaues Datum genannt?

»Wovon?«

»Aus welcher Zeit die Bibliothek stammt«, gab sie ungeduldig zurück. Einen Augenblick lang starrte Owen sie an. Mit dem Finger strich er sich über die Unterlippe – wie immer, wenn er sein Gedächtnis zermartete.

»Ja, ich glaube, er hat ein Datum erwähnt. Frühes 18. Jahrhundert? Mal überlegen. 1730?« setzte er zögernd an. »Ich war ziemlich überrascht. Denn ich weiß, das Haus selber ist weit älter. Allerdings ist die Bibliothek eindeutig viel später eingebaut worden. Ich würde schätzen, so um 1800.« Tess lehnte sich zurück. Pfarrer Tim tappte also im dunkeln, er wußte nicht genau, wie alt die Bibliothek war. Seine Cousine war offenbar nicht übermäßig mitteilsam gewesen.

»Stimmt fast. Um 1820«, erklärte Tess seelenruhig. Owen fielen beinahe die Augen aus dem Kopf.

»Du lieber Himmel, woher weißt du das?«

»Ich habe eine zeitgenössische Beschreibung gefunden. Zumindest bin ich ziemlich sicher, daß ...« Mit ernster Miene beugte sie sich über den Tisch. »Könntest du die Bücherschränke beschreiben?« fragte sie leise. Unerklärlicherweise waren ihre Hände ganz feucht. Sie wischte sie an ihrem Rock ab.

»Der Raum ist vollständig damit ausgekleidet. Wohl an die zehn oder zwölf. Aber wie aus einem Stück gemacht, so als sei der Raum um die Bücherschränke herum gebaut worden und nicht umgekehrt. Vom Boden bis zur Decke, ungefähr zwei zwanzig bis zwei vierzig. Vermutlich entweder Mahagoni oder Kastanie. Dem Aussehen nach europäisch, vielleicht italienisch. Wunderschöne Patina. Jeder Doppelschrank ist mit flachen Säulen unterteilt. Korinthisch. Die heißen doch Pilaster, oder? Jedenfalls, die untere Hälfte ist jeweils holzgetäfelt, die obere mit einer Art Metallgitter verkleidet. Die Türen sind übrigens halbbogenförmig geschwungen. Das ist so ungefähr alles, an was ich mich erinnern kann. Ein unwahrscheinlich schöner Raum.« Er lehnte sich zurück und grinste so breit, daß Tess wußte, er hielt immer noch mit etwas hinter dem Berg.

»Was noch?« fragte sie entgegenkommenderweise.

»Eigentlich nichts.« Mit einigem Bedauern betrachtete er eingehend die restlichen paar Tropfen Wein in der Flasche. »Nur daß unser Pfarrerfreund erklärt hat, es sei Jane-Edwinas privater Bereich gewesen; Eindringlinge hätte sie nicht ausstehen können.«

»Ist das alles?« fragte sie und wich seinem Blick aus.

»Nicht ganz. Außerdem hat er noch gesagt, laut Überlieferung seien geheime Bücherborde irgendwo in dem Raum verborgen, er habe aber keine Ahnung, wo.«

»Woraus du den Schluß gezogen hast, daß er versucht hat, sie zu finden?«

»Richtig. Unter den Umständen würde ich das auch machen – du etwa nicht?« fragte er. Tess nickte. »Ich vermute, dort hat Jane-Edwina ihr Lager«, fügte er hinzu. Sie grinste, als er sie selbstgefällig anlächelte und die Augenbrauen hochzog.

»Aha, darüber hast du also auch was herausgefunden, stimmt's?«

»Über die Amici d'Aretino? Ja. Nicht viel, aber genug.« Er wirkte enttäuscht, weil ihm die Überraschung nicht ganz gelungen war. Aber ihr schließlich auch nicht. »Und du?«

»Ebenso. Wahrscheinlich noch weniger. Ich habe einen Buchhändler angerufen, mit dem ich befreundet bin, und der hat meine Ahnung bestätigt.« Sie zuckte die Schultern. »Ich war ziemlich stolz auf mich. Eigentlich hätte ich mir ja denken können, daß du vor mir dahinterkommst. Also. Erzähl mir noch was über den Pfarrer.«

»Ehrlich gesagt, irgendwie mag ich ihn. Scheint ganz angenehm zu sein, etwas weltfremd und auf fast rührende Weise entzückt, daß er die Braut heimgeführt hat. Gleichzeitig hat er es fertiggebracht, für ihre Schwester Zuneigung und Achtung zum Ausdruck zu bringen.«

»Wenn was dran ist an dem Dorftratsch, ist er also ein ziemlich gewiefter Kerl. Auf seine alten Tage noch recht leichtfüßig?«

»Na ja, ich schätze schon, obwohl, irgendwie schien er weit, ich weiß auch nicht, unkomplizierter?« Er sah Tess an, und beide brachen bei dem gleichen Gedanken in Lachen aus. Wer nahm da wen auf den Arm?

»Könnte natürlich auch sein, daß er mich an der Nase herumgeführt hat. Was sogar wahrscheinlich ist, wenn ich mir's recht überlege.«

»Glaubst du, er ist einer ihrer Kunden?« fragte sie vorsichtig und fuhr mit dem Finger über den Rand ihres Weinglases.

»Na ja.« Owen lachte leise schnaubend. »Oho. Ach du meine Güte. Da könntest du recht haben. Passen würde es jedenfalls, findest du nicht? Vielleicht war es gar kein Verhältnis. Sondern eher ein, hm, Geschäft mit Büchern. Wäre recht spaßig.«

»Ich glaube, ich habe eine Zeichnung von der Bibliothek gesehen«, erklärte Tess bedächtig.

»Wirklich? Wo?« Owen schrie beinahe, aber als sich etliche Köpfe nach ihnen umdrehten, dämpfte er seine Stimme.

»Tess? Hättest du etwas dagegen, mir zu sagen, was diese Stebton-Dame mit deinen Nonnen zu tun hat – wenn es überhaupt eine Verbindung gibt?«

»Durchaus nicht, Owen«, erwiderte sie und faßte unvermittelt den Entschluß, der in ihr herangereift war, seit er mit seiner Beschreibung von Stebton Place begonnen hatte. »Ehrlich gesagt, es wäre sogar eine regelrechte Erleichterung für mich.«

»Geht da irgend etwas vor? Etwas Illegales?« fragte er hastig und sah sie einigermaßen besorgt an.

»Ich weiß es nicht. Es ist nur so eine Ahnung. O verdammt, irgendwas ist da faul, aber ich bin nicht sicher, was. Hör mal, wie wär's, wenn du mit zu mir kommst? Um uns ein wenig zu unterhalten. Allerdings ziemlich ausführlich, fürchte ich. Ich muß mit einem anderen Anwalt darüber reden, aber aus verschiedenen Gründen wäre es mir lieber, wenn das nicht Hugo wäre.«

Er schwieg. Sah auf die Uhr, entschuldigte sich und trottete dann ins Erdgeschoß, Richtung Herrentoilette. Und Telephon, daran hatte sie keinen Zweifel. Tess bestellte Kaffee und wartete.

Ich schlafe,
aber mein Herz wacht.
Da ist die Stimme meines Freundes, der anklopft:
Tue mir auf, liebe Freundin, meine Schwester, meine Taube ...

(Das Hohelied 5.2)

25

Als sie in die Wohnung kamen, war alles ruhig. Sandra war auf dem Sofa eingeschlafen, und das Baby lag wohlversorgt in seinem Bettchen. Tess rief ein Taxi für die Babysitterin und kochte Kaffee. Von dem Wein hatte sie rasende Kopfschmerzen bekommen. Sie nahm zwei Paracetamol und ging in das kleine Wohnzimmer. Owen stand am Fenster; er drehte sich um und lächelte ihr entgegen. Einen Augenblick lang sah er Marcus so ähnlich, daß ihr Herzschlag aussetzte. Ihr fiel auf, er wirkte jetzt abgespannter als im gedämpften Licht des Restaurants. Schlanker war er geworden, sah jedoch keineswegs besser oder jünger aus. Seine Miene hatte etwas Mutloses an sich, als sei er es müde, daß man sich immerzu auf ihn verließ. Dessen müde, von ihr wie auch allen anderen im Vergleich zu seinem jüngeren, brillanteren, begabteren, selbstbezogeneren Bruder lediglich als unter ferner liefen betrachtet zu werden. Die Erinnerung an ihren Streit nach Marcus' Begräbnis hing nach wie vor in der Luft.

Alle anderen waren gegangen, einzig der liebe, gute, rücksichtsvolle Owen war geblieben, um ihr zu helfen. Beide hatten sie zuviel getrunken; sie war in einer weinerlichen, selbstmitleidigen Stimmung gewesen, Owen jedoch, zum ersten Mal, seit sie ihn kennengelernt hatte, wütend. Das Ganze hatte als ein dumpf grollendes Wüten gegen das Schicksal angefangen, das seinen Bruder in der Blüte seiner Jahre dahingerafft hatte, doch fast ohne daß sie es bemerkte, hatte es sich zu einer regelrechten Schmährede gegen Marcus ausgewachsen: gegen seine Vorliebe, sich rücksichtslos in den Vordergrund zu drängen, gegen seinen Opportunismus, gegen die Verschwendung seiner Talente und schließlich zu einem letzten ungezügelten Ausbruch gegen das verdammte Motorrad. Fassungslos hatte sie das mit angehört, und seine Worte hatten von neuem ihre eigene schlummernde Angst geweckt. »Er hat mit dem Tod gespielt, ihn herausgefordert, und das, obwohl das Kind unterwegs war.« Und dann hatte er sie angefaucht: »Du hast dich zu seinem Fußabstreifer gemacht, du dummes Weibsstück. Ist dir eigentlich klar, daß er dich nur benutzt hat? Er war auf deine Begabung eifersüchtig, weißt du das nicht? Du hast für ihn deine Karriere aufgegeben. Dich in seiner selbstzufriedenen kleinen Stadt begraben. Ist es dir eigentlich nie in den Sinn gekommen, ihn zu bitten, das für dich zu tun?«

»Hör auf. Versuch nicht, mich zum Opfer abzustempeln. Er hat mich weder dazu genötigt noch gar gezwungen, ich habe mich aus freien Stücken dafür entschieden. Ich habe mich für Marcus entschieden. Ich habe mich dafür entschieden, von London wegzugehen. Ich bin doch nicht blöd. Ich habe genau gewußt, wie er war, habe über seine Seitensprünge Bescheid gewußt. Aber eines will ich dir sagen: Er hat das Baby genauso gewollt wie ich. Die letzten drei Jahre waren die glücklichsten in meinem ganzen Leben.«

»Drei?« hatte er gezischt. »Mach dich nicht lächerlich. Zehn hast du an ihn verschleudert.«

»Hast du es in fünfzehn Jahren jemals so lange ausgehalten? Sag schon, sag es mir«, hatte sie gebrüllt. Sie erinnerte sich, wie er daraufhin auf sie losgegangen war, als wolle er sie ohrfeigen. Richtig giftig war er geworden.

»Und warum hat er dann diese selbstmörderische Fahrt unternommen? Wenn er so sehr an alldem gehangen hat, dann hätte er es nicht einfach weggeworfen. Das verdammte Motorrad. Er ist einfach nie erwachsen geworden, das war sein Problem. Hat gar nicht gewußt, was er hatte. Und du hast ihn in seinem Schwachsinn auch noch unterstützt. Er hatte dich gar nicht verdient.«

»Raus«, hatte sie gebrüllt. »Hau ab, verdammt noch mal, verschwinde aus meinem Haus.« Doch Owen hatte nicht geantwortet. Statt dessen war er in Zeitlupe, mit unendlicher

Präzision, umgekippt, direkt auf das Sofa, war völlig hinüber gewesen. Sie hatte ihn da liegen lassen, gefährlich hingebreitet, voll bekleidet. Nicht einmal die Schuhe hatte sie ihm ausgezogen. Und hatte erwartet, gehofft, am nächsten Tag könnte er sich kaum rühren vor Verkrampfung, doch als sie aufgestanden war, hatte er bereits die Küche aufgeräumt, die Geschirrspülmaschine angestellt und Kaffee aufgesetzt. Schweigend hatten sie gefrühstückt. Keine Entschuldigungen, keine Vorwürfe. Selbst wenn er sich an den Streit erinnerte, hatte er ihn doch mit keinem Wort erwähnt. Und sie auch nicht. Sie hatten ganz einfach ihr vorheriges herzliches, wenn auch distanziertes Verhältnis zueinander wiederaufgenommen: sie die hochgeschätzte Freundin seines geliebten kleinen Bruders, er der langweilige, verläßliche Ältere, dessen Gutmütigkeit sie immer als selbstverständlich hingenommen hatte, auf die sie sich auch in Zukunft verlassen würde.

Als er jetzt so in Hugos Wohnung am Fenster stand, wurde ihr klar, daß sie kaum je einen Gedanken darauf verschwendet hatte, wie sein Privatleben aussah. Genauso wie Marcus hatte auch sie ihn immer nur in bezug auf sie beide gesehen. Kein einziges Mal, auch jetzt nicht, hatte sie ihn mitfühlend nach seinen Freundinnen gefragt. Nach Stephanie. Falls es wirklich um Stephanie ging, falls sie wirklich seine Freundin war. Vor Beschämung lief ihr Gesicht rot an. Sie suchte nach Worten der Entschuldigung, doch ehe sie den Mund aufmachen konnte, fing Owen zu sprechen an:

»Ich verstehe, warum es dir hier gefällt. Und ich würde es verstehen, wenn es dir nicht gelänge, dich von hier loszureißen. Ist das da unten ein Park? Im Mondlicht sehen die Bäume wundervoll aus«, meinte er bedrückt.

»Ja, der Herbert Park. Ich kenne jeden einzelnen Quadratzentimeter. Da gehe ich mit Claire hin, wenn sie Dampf ablassen muß. Was jetzt seltener geschieht als früher, Gott sei Dank.« Sie versuchte, normal zu klingen, ihrer Stimme Leichtigkeit zu verleihen, aber sie schaffte es nicht. Ihr war nach Weinen zumute, obwohl sie nicht hätte sagen können, warum.

»Vielleicht gewöhnst du dich allmählich an ihre kleinen Eigenheiten?« meinte er liebevoll.

»Klein? Nichts an diesem Kind ist klein, am allerwenigsten seine Stimmbänder«, erwiderte sie schroff.

Er zog einen Kognak dem Kaffee vor, und als sie ihm das Glas reichte, berührten seine Finger die ihren. Keiner von beiden sagte ein Wort; schließlich ging sie ins Schlafzimmer und holte einen Stapel Papiere, die sie zwischen ihnen auf das Sofa fallen ließ.

»Das alles ist vielleicht nur ein Sturm im Wasserglas. Owen. Wahrscheinlich bilde ich mir das meiste nur ein. Vorahnungen, Instinkt, nenn es, wie du willst.«

»Ein bißchen überängstlich, hm?« Fast konnte sie sehen, wie er sich zusammenriß, sich zwang, ihr aufmerksam zuzuhören. »Vergiß die Entschuldigungen. Erzähl mir alles. Von Anfang an. Würde mich freuen, wenn ich dir helfen kann.«

»Am meisten ärgert mich, daß ich nicht selber von Anfang an Fragen gestellt habe. Ich habe einfach nicht logisch gedacht …«

In gespielter Verzweiflung schlug Owen die Hände vors Gesicht. »Tess, Tess. Verdammt noch mal, komm endlich zur Sache. Falls du wirklich nicht logisch gedacht hast, dann hattest du jede Menge Gründe dafür. So wie ich das verstanden habe, hast du einen kleinen, nicht weiter schwierigen Auftrag übernommen, den Hugo sich ausgedacht hatte, um dich irgendwie zu beschäftigen. Stimmt's? Kein Mensch hat von dir erwartet, daß du dich voll ins Zeug legst. Verlang nicht zuviel von dir«, erklärte er müde. »Und von mir. Und hör auf mit den Entschuldigungen, das geht mir auf die Nerven, und außerdem paßt es nicht zu dir.«

»Tut mir leid«, entschuldigte sie sich, und beide lachten. »In Ordnung, los geht's, von Anfang an. Als ich gekommen bin, hatten die Nonnen dem Verkauf eines Teils ihres Grundbesitzes zugestimmt; als Stichtag ist der siebte November angesetzt worden. Ich weiß nicht, wie sie ausgerechnet auf dieses Datum gekommen sind, aber vermutlich spielt das keine Rolle. Die ganze Angelegenheit hatte sich seit zwei Jahren oder noch länger hingezogen, und ich schätze, Terence Murphy-Dunne, der die Überschreibung durchgeführt hat, wollte die Sache endlich abschließen. Ich habe folgenden Tatbestand vorgefunden: Der Friedhof sollte noch vor Vertragsabschluß verlegt werden. Der Käufer, die Glenadams School, hatte sich einverstanden erklärt, die Kosten dafür und für den Neubau der Grenzmauern des Klosters zu übernehmen.«

»Und deine Aufgabe bestand darin, dich darum zu kümmern, daß das alles vertragsgemäß abgewickelt wird.«

»Ja. Außerdem sollte ich die entsprechenden Genehmigungen vom Grafschaftsrat, vom Gesundheitsamt, von der Friedhofs- und der Diözesanverwaltung einholen. Es gab also jede Menge zu tun – Papierkram. Terence Murphy-Dunne hatte bereits damit begonnen, aber dann ist er gestürzt, hat sich am Rücken verletzt und ist ins Krankenhaus gekarrt worden. Auftritt meiner Wenigkeit.«

»Augenblick mal. Ist Murphy-Dunne ein Ein-Mann-Unternehmen? Gab es denn in der Kanzlei niemand anderen, der die Sache hätte übernehmen können? Hat er nicht eine Referendarin?«

»Doch, und die hätte das auch erledigt, aber dann hat Hugo sich eingemischt und mich vorgeschlagen. Und alle waren, ehrlich gesagt, höchst erfreut darüber. Ich habe eingewilligt, für ein symbolisches Honorar zu arbeiten – das wahrscheinlich Hugo bezahlt, soweit ich weiß –, also war es ihnen im Grund genommen egal. Elizabeth Reilly hatte sich nicht mit dem Fall beschäftigt – schließlich und endlich war es ja keine große Sache. Man konnte also mich genauso leicht einarbeiten wie sie. Und jeder war mit dieser Regelung zufrieden. Vor allem ich, denn Hugo hatte den Nagel auf den Kopf getroffen, es hat mir das Gefühl gegeben, zu etwas nutze zu sein. Und noch in anderer Hinsicht hat er recht behalten. Er hat gesagt, ich würde die Nonnen bestimmt mögen, und das stimmt. Ich schätze, das ist der Grund, warum ich will, daß alles seine Ordnung hat.«

»Du hast also deine Anweisungen von Terence bekommen und ...«

»Nein«, fiel Tess ihm ins Wort. »Der lag ja im Krankenhaus. Ich habe kein einziges Mal mit ihm gesprochen.«

»Du meinst, *er* hat nicht mit dir gesprochen?« Owens Ungläubigkeit hatte fast etwas Komisches. »Er hat dich nicht mal angerufen? Das hätte er tun sollen, und sei es nur aus Höflichkeit. Der Mann hat keine Manieren«, erklärte er empört. Tess verzog das Gesicht und zuckte die Schultern.

»Es war im Grund genommen nicht nötig. Damals nicht«, fügte sie spitz hinzu.

»Ist er noch im Krankenhaus?«

»Nein, das ist es ja, was mich so verückt macht. Es ist mir einfach nicht gelungen, ihn zu erreichen, obwohl ich es, weiß Gott, versucht habe. Wahrscheinlich ist er im Ausland. Ist entschwunden, als ich gerade mal nicht aufgepaßt habe. Er hatte sowieso vor, in Kürze zu verreisen: eine Erholungskur in der Sonne, wie es scheint. Drei Wochen. In der Karibik«, fügte sie nachdenklich hinzu. Owen nahm ihre Hand.

»Genau das bräuchtest *du*. Wie wär's denn damit?« fragte er leichthin. Ihre Blicke begegneten sich, und jeder hielt dem des anderen stand, aber Tess sagte nichts, als sie sanft ihre Hand zurückzog. Er hatte sie aus dem Konzept gebracht, sie verwirrt. Sie konnte sich jetzt nicht den Kopf über seine Gefühle zerbrechen, noch viel weniger über ihre eigenen. Die Vertraulichkeit dieser Geste hatte jedoch paradoxerweise die bisherige Ungezwungenheit in ihrem Verhältnis zueinander restlos zerstört. Und das wußten sie beide. Nach einigen Minuten des Schweigens rappelte Owen sich vom Sofa auf und schenkte sich noch einen Kognak ein.

»Tut mir leid«, sagte sie. Er seufzte tief auf und warf ihr einen gespielt verzweifelten Blick zu.

»Ich wünschte, du würdest endlich aufhören, dich zu entschuldigen. Das geht mir auf die Nerven«, lachte er. Dann fügte er übertrieben herzlich hinzu: »Also, du warst nicht übermäßig betrübt, daß du Terence nicht begegnet bist?«

»Durchaus nicht«, erwiderte sie und merkte eigentlich erst jetzt, daß er es genau getroffen hatte. »Wie gesagt, hinsichtlich der Angelegenheiten, um die ich mich kümmern sollte, war noch kaum etwas unternommen worden, also konnte ich, als ich dazukam, so vor mich hinarbeiten, wenn mir danach war und wann ich wollte. Und auf meine Art, was mir, wie du weißt, lieber ist. Das Ganze war ja auch nicht weiter schwierig. Ehrlich gesagt, ich glaube, Hugo hat mich bewußt von ihm ferngehalten.«

»Tatsächlich? Und warum?«

»Damit er meinen untadeligen Ruf nicht befleckt. Hugo ist übertrieben beschützerisch und altmodisch. Und Murphy-Dunne ist so etwas wie ein Draufgänger.« Sie wurde rot und wandte das Gesicht ab, damit er ihre Verletzung und Demütigung nicht sehen konnte.

»Ein Weiberheld also?« fragte Owen pikiert.

»Um Himmels willen, Owen. Ich bin siebenunddreißig, ich kann ganz gut auf mich selber aufpassen.«

»Wirklich? Und das hast du auch Hugo gesagt, vermute ich.« Er klang nicht sehr überzeugt.

»Selbstverständlich.«

»Und wenn das der Fall ist, warum hast du dann jetzt das Gefühl, es wäre besser gewesen, Murphy-Dunne zu sehen?«

»Nicht Murphy-Dunne. *Den Vertrag.* Ich hätte mir den Vertrag, den die Nonnen mit Glenadams geschlossen haben, ansehen sollen.«

»Liegt der denn nicht im Büro?« fragte er nachsichtig. »Hast du ihn denn nicht angefordert?«

»Doch, natürlich«, erwiderte sie geduldig. »Er ist nicht da. Zumindest habe ich ihn nicht gefunden.«

»Gab es einen bestimmten Grund, warum du ihn dir anschauen wolltest, Tess?«

»Na ja, genau hier kommt mein Gefühl ins Spiel.« Sie beschrieb ihren Besuch im Büro und dann ihren Ausflug nach Glenadams, als ihr der Streifen Ödland aufgefallen war, sowie ihre Vermutung, was dies für eine Bedeutung haben könnte.

»Vor zweieinhalb Jahren ist es auf der Straße vor dem Schultor zu einem Verkehrsunfall gekommen. Zwei Schüler wurden angefahren und schwer verletzt. Die Schulleitung ist zu dem Schluß gekommen, ein neuer Eingang abseits der Hauptstraße sei dringend notwendig. Und es war naheliegend, sich für die Straße zum Kloster zu entscheiden, da sie bis zum Gelände der Glenadams School und noch ein Stückchen weiter führt. Unter Umständen wäre es auch möglich gewesen, eine neue Auffahrt auf ihrem eigenen Grundstück anzulegen, aber leider besteht das entsprechende Stück Land im wesentlichen aus nichts weiter als einem langen Felsvorsprung. Durch den Kauf des Streifen Lands von den Nonnen können sie ihr Haupttor und die neue Auffahrt um den felsigen Abschnitt herumführen. Das sieht bestimmt recht elegant aus. Und sie brauchen keine neue Straße zu bauen, weil ja schon eine da ist. Rundum eine saubere Lösung, könnte man sagen.«

»Scheint so. Was ist für die Nonnen drin?«

»Sie machen dabei ein gutes Geschäft. Ihre Grenzmauer wird neu gebaut, und mit dem Erlös aus dem Verkauf können sie die wichtigsten Reparaturen am Klostergebäude finanzieren. Ein wunderschönes georgianisches Haus übrigens, mir würde sehr daran liegen, daß du es dir einmal ansiehst.«

»Mir würde genügen, wenn dir etwas an mir liegt«, erwiderte er so leise und gedankenverloren, daß sie dachte, sie habe sich das nur eingebildet. Sie biß sich auf die Lippen, sah ihn jedoch nicht an. Innerlich war sie völlig aufgewühlt. Seine Eindringlichkeit machte ihr angst. Ihr waren schon zu viele Fehler unterlaufen.

»Mit am meisten bedaure ich«, fuhr sie nach einer verlegenen Pause fort, »daß ich bis vor ein paar Tagen nicht auf die Idee gekommen bin, mir den Verlauf der Auffahrt auf der Glenadams-Seite anzusehen. Denn da ist mir erst aufgefallen, daß sich ein langer Streifen Land zwischen den Grenzmauern der beiden Grundstücke und den Klippen hinzieht. Auf der Glenadams-Seite habe ich alles deutlich sehen können – eindeutig Brachland. Das andere Stück hinter der Hecke der Nonnen habe ich allerdings nicht so recht sehen können. Aber …« Sie hielt inne und schürzte den Mund, als traue sie ihrer eigenen Schlußfolgerung daraus nicht so recht.

»Aber?«

»Ich hatte den Eindruck, in der Hecke befinde sich eine Tür, ein Durchgang von dem umfriedeten Gelände aufs freie Feld. Das offene Gelände auf der Seite der Schule ist überwuchert, aber ich bin mir fast sicher, am anderen Ende liegt bestelltes Land.«

»Ist das ein Grund zur Besorgnis? Vielleicht haben sie es gekauft? Oder, falls es aufgegeben worden war, infolge Ersitzung einen Anspruch auf das Grundstück angemeldet. Was vollkommen legal wäre.« Mit leicht verwirrter Miene musterte er sie eindringlich. »Gibt es da noch etwas? Oder sprechen wir jetzt von deinem Instinkt?«

»Jedenfalls stinkt es.« Sie rümpfte die Nase und schüttelte den Kopf. »Ich weiß auch nicht, irgendwas ist da faul. Aber ich kann doch nicht aufgrund irgend so einer Ahnung plötzlich wild um mich schlagen. Ich habe nur das Gefühl ... Ich weiß auch nicht, ich habe einfach das Gefühl, irgend etwas ist da nicht in Ordnung.«

»Könntest du vielleicht deine Überlegungen etwas näher ausführen?«

»Ich probier's mal. Ich weiß nicht, ob dir das aufgefallen ist, aber ganz Irland ist zur Zeit so eine Art Wirtschaftswunderland. Der Grüne Tiger, darunter tun sie's nicht. Vor allem in Dublin herrscht ein Bauboom. Grundstücke, besonders Baugrundstücke, sind ein Vermögen wert. Killiney ist sehr gefragt. Das ist das eine. Und das andere: im Verlauf der letzten zwanzig Jahre ist eine Menge religiöser Gemeinschaften ausgestorben oder hat sich aufgelöst, und viele der ehemaligen Klöster stehen jetzt leer. In den letzten zehn Jahren sind einige äußerst zweifelhafte Geschäfte getätigt worden. Die Grundstücke werden spottbillig abgestoßen, und anschließend wird das Land rein zufällig neu in Zonen eingeteilt und als Baugrund ausgewiesen.« Sie legte den Kopf zur Seite. »Verstehst du, worauf ich hinauswill?«

»O ja, in der Tat.« Owen nickte bedächtig. »Und du glaubst, so etwas könnte mit Holy Retreat passieren?«

»Ja, ich fürchte schon.«

»Aber für eine derartige Behauptung hast du keinen Beweis?«

»Nein, nicht eine Spur von Beweis. Aber genau das ist es, was ich befürchte«, rief sie leidenschaftlich. »Holy Retreat stirbt nicht aus, es ist lebensfähig, es trägt sich selber, und die Nonnen scheinen recht zufrieden zu sein. Ihre Gemeinschaft umfaßt nach wie vor vierzehn Mitglieder, und ich will nicht, daß man sie übers Ohr haut. Das Gelände hinter Glenadams ist von anderen Grundstücken umgeben. Ich glaube, das macht mir am meisten Sorgen. Es ist nie auch nur mit einem Wort erwähnt worden.«

»Gibt es einen Grund, warum sie es hätten anführen sollen?«

»Keinen, nicht einen einzigen, das ist ja der Haken an der Sache. Aber zusammen mit dem Schulgelände und dem neuen Zugang ist das Ganze äußerst attraktiv. Und weitläufig. Das Gelände am Klippenabfall ist möglicherweise nicht für eine Bebauung geeignet, aber nimm mal an, die Schule wird verkauft und das Gelände zur Bebauung freigegeben, dann ergäbe dieses Fleckchen eine prachtvolle Gartenanlage mit Blick über eine der schönsten Buchten Europas, stimmt's? So wie ich das sehe, könnte man dort eine ganz beträchtliche Anzahl feudaler Villen bauen. Und für jeweils eine halbe Million Pfund verkaufen.«

»Das brächte ein Vermögen ein.« Verbittert blickte er sie an. »Ganz schön raffiniert.«

»Ja. Aber das sind alles nur Vermutungen. Ich habe nicht die Spur eines Beweises. Der Handel zwischen der Schule und den Nonnen wird in zwei Wochen abgeschlossen, und wenn ich bis dahin nicht mit etwas Handfestem aufwarte ...!« Verzweifelt streckte sie die Hände aus. »Und noch was. Irgendwas war komisch an der Schule, als ich da raus bin. Alle waren weg – Ferien, aber trotzdem wurde das Gebäude von einem Schäferhund bewacht, der ziemlich bösartig ausgesehen hat.«

»Das wundert mich nicht. Wie du weißt, gibt es einen ziemlich schwunghaften illegalen Handel mit Computern. Uns wurden erst vor ein paar Wochen zwei gestohlen«, bemerkte er, und auf der Stelle wurde Tess klar, sie hatte aus einer Mücke einen Elefanten gemacht.

»Niemand hat dich daran gehindert, dort herumzuschnüffeln?« fragte Owen. Eine nicht unwichtige Frage, und Tess überlegte ausgiebig, ehe sie antwortete.

»Nein, eigentlich nicht. Ich bin der Sekretärin der Schule begegnet – zumindest glaube ich, daß sie das war, ein ziemlich maskuliner Typ. Sie hatte keine Einwände, als ich gefragt habe, ob ich mich ein wenig umsehen dürfe. Na ja«, fügte sie nüchtern hinzu, »sie hat geglaubt, ich wolle später mal mein Kind auf die Schule schicken.«

Owen lachte. »Möchte gerne wissen, wie sie auf die Idee verfallen ist?« Tess grinste ihn an und verzog das Gesicht.

»Das hat dich wahrscheinlich einigermaßen erleichtert«, meinte Owen. »Ich meine, daß man dir freien Zugang gewährt hat.«

»Ja«, erwiderte Tess, schien allerdings einigermaßen überrascht. »Ja, vermutlich.« Sie erwähnte nicht, wie sehr sie sich von den beiden Bestien, dem Mann und dem Hund, bedroht gefühlt hatte.

»Kannst du die Exhumierungen nicht verhindern?«

»Nein. Außerdem habe ich komischerweise das Gefühl, das brächte auch nichts. Die Nonnen wollen schon seit Jahren die Gräber verlegen. Der derzeitige Friedhof befindet sich unmittelbar vor der Grenzmauer, und ihnen wäre es weit lieber, wenn er auf der anderen Seite des Klostergebäudes, weiter innerhalb der Einfriedung läge. Beispielsweise ist er jetzt vom Glenadams-Gelände aus ohne weiteres einsehbar; zudem hatten sie Probleme mit Vandalen. Erst kürzlich sind einige der Gräber entweiht worden. Nicht ernstlich, es hat eher nach dem mutwilligen Dummejungenstreich ausgesehen, zumindest glauben sie das, trotzdem war es ein ziemlicher Schock. Und das Ganze bringt auch noch einen anderen Vorteil mit sich. Dieser spezielle Streifen Land ist nur von einer hohen Hecke, aber nicht von einer Mauer umgeben. Der Vorfall mit den Rowdys hat ihnen gezeigt, wie angreifbar sie sind, daher war eine neue Grenzmauer eine Bedingung dafür, daß sie verkaufen.«

»Ich vermute, dir ist ebenfalls aufgefallen, daß es inzwischen eine ganze Reihe von Gründen gibt, die für einen Verkauf sprechen?«

Dankbar strahlte Tess ihn an. »Oh, Owen, du bist wirklich eine große Hilfe. Ich habe gewußt, du würdest das verstehen und meine Gedanken ein bißchen in die richtige Reihenfolge bringen …«

»Ein zuverlässiger Kerl, stimmt's?« Er lächelte entwaffnend. »Du scheinst aber auch ohne mich ganz gut zurechtzukommen. Doch ich bin stets gerne zu Diensten«, fügte er nüchtern hinzu. Irgendwie wirkte er deprimiert.

Mit ernster Miene wandte sie sich zu ihm. »Ich kann jetzt nicht einfach das Maul aufreißen, stimmt's? Auf den ersten Blick hat die Schule einen ehrenwerten Handel geschlossen, über den die Nonnen heilfroh sind. Terence hat eine Vereinbarung ausgehandelt, die sich sehen lassen kann. Und darüber hinaus hätte Hugo bestimmt nicht mich mit einbezogen, falls es irgendwelche Zweifel an der beruflichen Integrität Murphy-Dunnes gäbe. Er wäre unglaublich empört, falls ich eine Andeutung fallenließe, seine geliebte Anwaltskanzlei sei möglicherweise in einen Skandal verwickelt.«

»Stimmt. Und genau in der Hinsicht mußt du aufpassen, daß nämlich dein Ruf keinen Schaden nimmt; du darfst also nicht irgendwelche Gefühle deine Urteilskraft trüben lassen. Möglicherweise ist tatsächlich alles in Ordnung.« Einen Augenblick hielt er inne und strich sich übers Kinn. »Trotzdem, schaden kann es nicht, unauffällig einige Nachforschungen anzustellen, oder? Deinem Seelenfrieden zuliebe. Falls sich dann herausstellt, daß deine Befürchtungen grundlos sind, ist weiter nichts passiert. Und du vergißt die Sache einfach. Am siebten November? Nur noch knapp zwei Wochen? Viel Zeit bleibt dir da nicht, stimmt's? Aber ich glaube«, fügte er nachdenklich hinzu, »ich glaube, du solltest die Nonnen dazu bringen, die Angelegenheit nicht abzuschließen, ehe du den Vertrag zu Gesicht bekommen hast. Vorausgesetzt, er taucht nicht schon vorher auf.« Er schürzte die Lippen und sah sie unverwandt an. »Und weißt du was, Tess, ich glaube nicht, daß das der Fall sein wird.« Ihre Blicke trafen sich, und er lächelte. »Es gibt nichts Besseres als ein verwickeltes kleines Problem, um den Adrenalinspiegel in die Höhe zu treiben, stimmt's?« fragte er, doch Tess war so in Gedanken versunken, daß sie nicht antwortete.

»Ich werde mit Mutter Catherine reden. Wenn ich einleuchtend argumentiere, wird sie auf mich hören. Übrigens habe ich auf dem Grundbuchamt bereits eine Einsichtnahme in die Index- und die amtliche Landvermessungskarte beantragt. Das ganze Drumherum. Und außerdem eine offizielle Abschrift der Klosterurkunden.«

»Es muß da doch irgendwelche Treuhänder geben. Weißt du etwas davon?«

»Ja, das habe ich im Diözesanbüro herausgefunden, aber das hilft mir nicht weiter. Für das Kloster besteht eine ziemlich ungewöhnliche Regelung, die sich die offenbar recht gewiefte Stifterin ausgedacht hat. Es handelt sich um eine rotierende Treuhandverwaltung für jeweils zehn Jahre, außer im Todesfall, und die wird von drei Nonnen der Gemeinschaft wahrgenommen. Keine Außenseiter. Zur Zeit sind das meine Freundin, die Mutter Guardian, die Schatzmeisterin und eine Schwester Mary-Rose, die ich nicht kenne. Der Priester, der mir das gesagt hat, schien unglaublich empört über diese Frechheit.« Sie lachte glucksend, als sie sich an sein verdrießliches Gesicht erinnerte. »Aber diese Regelung hat für sie im Lauf der Jahre gut funktioniert.«

»Herrje, Tess, du scheinst ja regelrecht begeistert von denen. Du hast doch nicht etwa vor, da einzutreten, oder?« scherzte er, als ein Schrei des Babys ihrer Unterhaltung wirksam ein Ende setzte.

Owen blieb noch ungefähr eine halbe Stunde, um ihr beim Füttern Claires Gesellschaft zu leisten. »Ich muß los, Tess«, meinte er schließlich. Er sah müde aus. »Wenn du mir so ungefähr sagst, in welche Richtung ich muß, spaziere ich zum Hibernian zurück. Weit ist es ja nicht, oder? Ich werde mir das, was du gesagt hast, durch den Kopf gehen lassen und dich anrufen, wenn ich wieder in London bin. Dann kannst du mir alles andere erzählen. Über die Hillyard-Dame, meine ich.«

»Prima«, stimmte sie gleichmütig zu. »Du scheinst mittlerweile genauso besessen von ihr wie ich.« Sie drückte ihm einen Kuß auf die Wange und umarmte ihn. »Du bist wirklich ein Schatz, Owen. Danke für das wunderbare Essen und dafür, daß du so geduldig zugehört hast.« Sie trat einen Schritt zurück und hielt ihn auf Armeslänge von sich weg. Plötzlich war ihre Miene sehr ernst. »Du glaubst nicht, daß ich mit alldem völlig danebenliege, oder?«

»Ich glaube nicht, daß du in irgendeiner Hinsicht danebenliegst, meine liebe Tess.« Er küßte Claire auf die Stirn, legte flüchtig die Hand auf Tess' Arm und ging; Tess blieb zurück und wunderte sich wie ein kleines Kind, warum sie das Gefühl hatte, ausgeschlossen zu sein. Er hatte nicht einmal auf ihren Gutenachtkuß reagiert.

Ersitzung von Land: (1) Der Anspruch auf einen Grundbesitz oder ein Stück Land kann gemäß dem Grundsatz der »Ersitzung von Land« erlöschen, wie er im Rahmen des heutigen Verjährungsgesetzes gilt. Allerdings stellt diese Doktrin mittlerweile einen der umstrittensten Artikel des modernen Grundstücksrechts dar. (Wylie, Irisches Grundstücksrecht 23.01)

26

Ein paar Tage danach, am frühen Donnerstagvormittag, rief Sinéad Tess an und teilte ihr mit, sie glaube die Akten gefunden zu haben. Tess erklärte, sie würde abends im Büro vorbeikommen. Zwar hatte sie den Tag ohnehin schon fast restlos verplant, doch der Hauptgrund, weshalb sie abends vorbeischauen wollte, war, daß sie ungestört ein wenig in Murphy-Dunnes Büro herumschnüffeln wollte. Um Viertel nach acht lag Claire gebadet und gefüttert in ihrer Tragetasche. Und schlief glücklicherweise. Tess warf einen Blick aus dem Fenster und stellte fest, es war schon ziemlich dunkel.

Leise trug sie das Baby nach unten. Sie schlich aus dem Haus und ging rasch zu ihrem Auto. Die ganze Zeit über gab das Kind keinen Mucks von sich. Die Fahrt zum Büro dauerte nicht länger als sieben oder acht Minuten. Tess parkte unmittelbar davor, verriegelte den Wagen und nahm das Baby mit hinauf. Sinéad hatte dem Nachtwächter Bescheid gesagt, daß sie vorbeikommen würde. Er hatte gerade seinen stündlichen Rundgang beendet und war auf dem Weg ins Untergeschoß, als sie die Tür aufsperrte.

»Miss Callaway.« Mit einem breiten Grinsen begrüßte er sie. »Ist es nicht schon ein bißchen spät für so kleine Babys?«

»Ich hab mir gedacht, heut biete ich ihr was Besonderes«, scherzte Tess. »Aber offenbar hat sie keinen Sinn für die wirklich schönen Dinge des Lebens – sie ist schlichtweg eingeschlafen.« Sie lächelte ihm zu. »Ich hole mir nur ein paar Akten.«

»Sinéad hat gesagt, daß Sie vorbeikommen. Ich soll Ihnen ausrichten, sie hat die Unterlagen auf den Schreibtisch gelegt. Ziemlich ungewöhnlich, daß jemand noch so spät an einem Freitagabend arbeitet. Brauchen Sie lange?«

»Nur ein paar Minuten. Ich geh nur eben rauf und hol mir die Akten.«

»In Ordnung. Soll ich auf Ihre Hoheit aufpassen, während Sie droben sind?«

»Nein, es geht schon, danke. Ich nehm sie mit. Wenn sie aufwacht, fängt sie an zu plärren. Ansonsten ist vermutlich niemand mehr hier?«

»Nein, keine Menschenseele. Es macht Ihnen doch nichts aus, ganz allein da oben zu sein?«

»Nein, kein bißchen. Auf dem Rückweg schau ich kurz bei Ihnen rein, Steve.«

»Ich geh runter und mach mir eine Tasse Tee. Rufen Sie einfach, ehe Sie gehen.«

Murphy-Dunnes Büro befand sich, wie auch ein zweites angrenzendes, im ersten Stock und ging auf die Straße. Tess sperrte die Tür auf und öffnete sie. Der Raum war in Dunkel getaucht; die schweren Brokatvorhänge vor dem hohen Fenster waren bereits zugezogen. Sie knipste das Deckenlicht an und stellte die Tasche mit Claire zwischen dem Schreibtisch und dem Fenster auf den Boden, um ein Auge auf sie zu haben, während sie sich an die Arbeit machte. Nachdem sie die Schreibtischlampe angeschaltet hatte, entdeckte sie auf der Schreibunterlage einen dünnen Aktenordner mit ihrem Namen. Tess setzte sich hin und schlug ihn auf.

Liebe Tess,
leider mußte ich die Akten wieder in den Schrank mit den Urkunden sperren. Mr. Moore hat mich erwischt, als ich sie herausgeholt habe, und erklärt, es sei in der Firma nicht üblich, Akten herumliegen zu lassen. Obwohl ich ihm erklärt habe, ich wolle Sie in Mr. Murphy-Dunnes Büro für Sie hinterlegen, hat er mich aufgefordert, sie wieder in den Schrank zu räumen; es sei sicherer, wenn

Sie sie selber herausholen. Ich habe sie in eine der schwarzen Leinentaschen gelegt. (So sind sie leichter zu transportieren!) Sie liegt ganz oben auf dem Stapel im mittleren Bord von M-D's Regal; Sie finden Sie also ganz bestimmt. Hoffentlich macht Ihnen das nichts aus. Ich habe getan, was ich konnte. Mr. Moore war auch nicht verärgert oder so. Nur vorsichtig. Er hat gesagt, Sie würden das verstehen.

Tut mir leid. Können Sie bitte anschließend den Schlüssel zum Urkundenschrank in die oberste Schublade von meinem Schreibtisch legen? Übrigens soll ich Ihnen von Mr. Murphy-Dunne bestellen, er habe nach Ihnen gefragt. Ich habe ihn am Mittwoch angerufen, weil ich die Akten nicht finden konnte, und er hat mir ganz genau beschrieben, wo sie sind. Er ist in Urlaub gefahren, war gerade auf dem Weg zum Flughafen, als ich ihn erwischt habe. Er hat gesagt, es tue ihm leid, daß er sie nicht erreicht habe. Zwar hat er Ihre Nachricht erhalten und etliche Male probiert, Sie anzurufen, aber ohne Erfolg. Die Krücken ist er übrigens los, aber er sagt, sein Rücken mache ihm schreckliche Schwierigkeiten. Er wird sich bei Ihnen melden, wenn er am 6. zurückkommt. Lange bleibt er nicht weg, stimmt's?

Sinéad Ryan

Tess warf einen Blick auf das Baby, das immer noch friedlich schlummerte. Sie würde nur ein paar Minuten brauchen, um mit dem Lift in das oberste Stockwerk zu fahren. Am besten erledigte sie das, solange Claire noch schlief. Umschauen konnte sie sich später, wenn sie wieder zurückkam. Beim Hinausgehen knipste sie die Deckenbeleuchtung aus, ließ die Tür offenstehen und drückte auf den Liftknopf. Es war zwanzig vor neun. Sie drückte die Lifttür auf.

Genau fünf Minuten später legte sie den Schlüssel zusammen mit einer gekritzelten Nachricht für Sinéad, mit der sie sich bedankte, an seinen Platz. Erst als sie sich umdrehte, um Claire zu holen, bemerkte sie, daß die Tür zu Murphy-Dunnes Büro geschlossen war. Ihr Herz setzte aus.

Stocksteif stand Tess da; sie atmete kaum, jede Nervenfaser in ihrem Körper zitterte vor Angst. Zwei oder drei endlose Sekunden lang brachte sie es einfach nicht fertig, sich von der Stelle zu rühren. Dann stieß sie den angestauten Atem aus und warf sich gegen die Tür. Als sie dagegenstieß, gab diese nach, und sie fiel mitten in den Raum und rollte Richtung Schreibtisch, ehe sie den Schwung abbremsen konnte. Das Büro war hell erleuchtet und die Vorhänge aufgezogen. Sie hörte sich selber laut schluchzen, als sie auf den Schreibtisch zukroch. Das Baby war weg.

Ungläubig kniff sie die Augen zu. Sie hatte sich geirrt, das Baby war da, das Baby war da. Dann machte sie die Augen wieder auf und blickte voller Grauen hektisch um sich, aber die große Fläche des fahlgrauen Teppichs war leer, leer, leer. Sie schlang die Arme um den Kopf und ließ sich auf den Boden sinken. »Oh, helft mir, helft mir. Lieber Gott, Jesus, helft mir«, wimmerte sie. »Bitte, irgend jemand soll mir helfen. Mein Baby ist weg. Mein Baby. Hilft mir denn niemand?« Es war, als hätte man ihr den Bauch aufgeschlitzt und die Eingeweide herausgezerrt. Ihr Kind war von ihr weggerissen worden; vor Entsetzen war sie wie gelähmt. Auf allen vieren kroch sie, atmete laut keuchend, als sie unten auf der Straße plötzlich Tumult hörte. Zitternd zog sie sich am Fensterrahmen hoch. Draußen auf der Straße blinkten die Warnlichter ihres Autos, die Türen waren weit aufgerissen, und der Einbrecheralarm schrillte. Sie stürzte aus dem Raum, die Treppe hinunter und durch die offene Tür. Steve, der Nachtwächter, stand neben dem Auto und hielt die brüllende Claire auf dem Arm.

»Was haben Sie mit ihr gemacht? Sie haben mein Baby gestohlen! Sie Mistkerl. Geben Sie sie mir.« Tess hämmerte auf seinen Rücken ein und riß ihm das verschreckte Kind aus den Armen. Nachdem er losgelassen hatte, schlug er Tess heftig mitten ins Gesicht.

»Ich habe Ihr Baby nicht gestohlen, Miss Callaway«, erklärte er ruhig. »Ihr Baby war im Auto, als ich rausgegangen bin, um nachzusehen, was der Lärm hier bedeuten sollte. Sie hätten sie nicht da drinlassen dürfen.«

Mit offenem Mund starrte Tess ihn an, brachte jedoch kein Wort hervor. Sie begann zu hyperventilieren. Er holte ihre Handtasche vom Vordersitz und knallte die Türen des Autos zu. Dann packte er Tess fest bei den Schultern; halb führte, halb zerrte er sie zurück in das Gebäude. Weiter unten auf der Straße fuhr ein Landrover vom Randstein weg, aber keiner der beiden bemerkte es.

Steve sagte nichts, bis er sie sicher in sein warmes Kämmerchen im Untergeschoß gebracht hatte. Mittlerweile hatte das Kind aufgehört zu schreien, aber Tess schluchzte erbärmlich. Schweigend goß Steve frischen Tee auf und blieb vor ihr stehen, während sie ihn trank.

»Miss Callaway, Sie haben eine äußerst ernste Anschuldigung gegen mich vorgebracht. Ich habe Ihr Baby nicht genommen. Sie war auf ihrem Kindersitz festgeschnallt, als ich rausgekommen bin. Wahrscheinlich hat der Einbrecheralarm sie geweckt. Sie war völlig verängstigt. Ich habe sie nur herausgenommen, um sie zu beruhigen«, erklärte Steve bedächtig, während Tess den süßen, heißen Tee schlürfte.

Zerknirscht schaute Tess zu ihm auf. Sein Gesicht war aschfahl. Er hatte eindeutig panische Angst, welche Vorwürfe sie ihm noch ins Gesicht schleudern würde. Als die Wut in ihm überhandnahm, begann er, in dem kleinen Zimmer auf und ab zu gehen. Wundersamerweise war Claire wieder eingeschlafen, als sei nichts geschehen. Tess goß den letzten Schluck Tee hinunter. Sie zitterte immer noch, versuchte jedoch verzweifelt, wieder einigermaßen klar zu denken.

»Ich weiß, Steve. Ich weiß.« Sie streckte die zitternde Hand aus und berührte seinen Arm. »Ich bin einfach völlig am Ende meiner Kraft. Und ich kann Ihnen gar nicht sagen, wie leid es mir tut. Bitte, bitte, verzeihen Sie mir.« Sie schluckte. »Danke, daß Sie sich um Claire gekümmert haben. Es war sehr, sehr dumm von mir, sie da draußen zu lassen.«

»Könnten Sie mir bitte erklären, was passiert ist?« fragte er ruhig, und Tess wußte, jetzt mußte sie sich etwas Einleuchtendes einfallen lassen, damit er sich keine Sorgen mehr machte wegen Beschuldigungen, er habe das Kind entführt oder mißbraucht oder andere schreckliche Dinge. Vor allem mußte sie die Polizei draußenhalten, denn das wußte sie, die würden eher jeder noch so hysterischen Anschuldigung von ihr, einer angesehenen Anwältin, glauben als jedem noch so vernünftigen Einwand, den er, ein einfacher Nachtwächter, vorbrachte. Manchmal bargen die Karten, die Frauen in der Hand hielten, zu viel Macht, um sie auszuspielen. Er wußte, und sie wußte es ebenfalls, ein unbedachtes Wort von ihr konnte sein Leben für immer zerstören. Sie wartete also lieber bis später, ehe sie zu rekonstruieren versuchte, was tatsächlich geschehen war. Und es wäre besser, wenn sie ihm eine einleuchtende Erklärung lieferte.

»Ich habe die Akten geholt und die Schlüssel zurückgebracht«, flüsterte sie mit gebrochener Stimme. »Dabei habe ich wohl die Unterlagen auf Sinéads Schreibtisch gelegt. Dann bin ich zum Auto hinunter und habe Claire hineingesetzt. Und da habe ich erst gemerkt, daß ich die Akten oben liegengelassen hatte.« Unverwandt sah sie ihn an. »Da sind sie immer noch.« Sie wartete, daß er irgend etwas sagte, doch er schwieg. »Wahrscheinlich habe ich den Riemen meiner Handtasche eingeklemmt. Das oder irgend etwas anderes hat dann den Einbrecheralarm ausgelöst. Als ich die Treppe hinaufgelaufen bin, habe ich gehört, wie er losschrillte. Wie ich wieder heruntergekommen bin, weiß ich nicht mehr.« Erneut begann sie zu schluchzen. »O mein Gott, ich habe so entsetzliche Angst gehabt. Ich habe gedacht, jemand hätte sie mir weggenommen. Und den Gedanken konnte ich nicht ertragen. Da bin ich auf Sie losgegangen. Es tut mir leid, es tut mir so schrecklich leid. Ich hätte sie nie und nimmer alleine lassen dürfen, nicht eine Sekunde lang. Das war völlig unverantwortlich. Jemand hätte das Auto mitsamt dem Kind stehlen können. Alles mögliche hätte passieren können. Jemand hätte sie umbringen können.« Sie beugte sich vor und heulte hemmungslos. Linkisch stand er neben ihr, bis sie sich beruhigt hatte. »Sie haben ihr das Leben gerettet, Steve, und, o mein Gott, es tut mir so leid, daß ich Sie angeschrien, das alles gesagt habe.

Sie könnten mich verklagen, das wissen Sie.« Sie machte einen schwachen Versuch, ihn anzulächeln.

»Sie wissen, das würde ich nie tun, Miss Callaway«, erwiderte er würdevoll und ein wenig verächtlich. »Ich weiß, was Sie in den letzten Monaten durchgemacht haben. Sie haben sich fürchterlich erschreckt, das ist alles. Wir beide haben einen Riesenschrecken gekriegt. Und jetzt kein Wort mehr darüber.«

Zitternd streckte Tess die Hand aus, und nachdem er den Bruchteil einer Sekunde gezögert hatte, nahm er sie. »Danke«, sagte sie.

»Ich geh rauf und hol die Akten für Sie«, erklärte er und verließ eilig den Raum. Sie konnte es verstehen, daß er ihre Geschichte nachprüfen wollte, hoffte aber inständig, derjenige, der ihr nachstellte, der diesen teuflischen Zwischenfall inszeniert hatte, hätte dies nicht zu dem Zweck getan, die Unterlagen zu stehlen.

»Da sind sie, heil und unversehrt.« Steves Stimme klang jetzt kräftiger, nicht mehr so angespannt. »Hören Sie, sind Sie sicher, daß Sie jetzt in der Lage sind, selber nach Hause zu fahren? Ich kann Ihnen ein Taxi rufen, wenn Sie wollen. Und das Auto zu Ihnen nach Hause bringen, wenn meine Schicht zu Ende ist. Wenn Sie wollen«, wiederholte er. Argwöhnisch sah er sie an.

»Ja, bitte. Dafür wäre ich Ihnen sehr dankbar. Ich wohne bei Mr. Boland. Im Herbert Park.«

Das schien endlich seine Ängste zu beschwichtigen. Während sie auf das Taxi wartete, tranken sie noch eine Tasse Tee.

Sie schaffte es kaum die Vordertreppe hinauf. Ängstlich klopfte sie an Hugos Tür, doch niemand antwortete. Sie hatte zu große Angst davor, den Lift zu benutzen. Als sie sich die lange Treppe hinaufschleppte, begann Claire zu wimmern. Tess bereitete ein frisches Fläschchen zu; sich selber goß sie einen kräftigen Schluck Kognak ein. Dann kuschelten sie sich nebeneinander auf das Bett, bis das Baby wieder einschlief.

Tess blieb die ganze Nacht über wach; sie hatte Angst,

wenn sie die Augen schloß, würde wieder jemand kommen und ihr das Kind wegnehmen. Sie hatte das Schlimmste durchgemacht, was einer Mutter oder einem Vater geschehen kann, wenn auch nur ein paar endlose Augenblicke lang, Augenblicke, die ihr ganzes Leben zu zerstören schienen: den Verlust ihres Kindes. Und jetzt graute ihr davor, allein in der leeren Wohnung zu sein. Davor, daß noch jemand versuchen könnte einzudringen. Die Angst, jemand könnte ganz nach Belieben hereinkommen, herumgehen, das Baby von einem Zimmer ins andere bringen, brachte sie schier um. Jetzt wußte sie noch weniger denn je, wem sie trauen konnte. Oder, genauer gesagt, wer sie beobachtete, hinter ihr dreinspionierte. Ihr Selbstvertrauen war erneut völlig hinüber. Gerade als sie sich allmählich wieder in den Griff bekommen hatte. Gefühlsmäßig war sie am Boden zerstört. Sie wußte, was sie eben erlebt hatte, würde eine immer wieder aufbrechende Narbe hinterlassen, die nie verschwände.

27

Oh, Marcus, Marcus,
ich stehe Todeängste aus. Es ist schon nach vier Uhr morgens, und in der Wohnung ist es kalt und dunkel. Das Baby habe ich gefüttert und gewickelt, und jetzt schläft es wieder fest, aber ich bin zu aufgedreht, um mich auch nur hinzulegen. Ich weiß nicht, was ich gemacht hätte, wenn meiner Claire etwas zugestoßen wäre. Wäre sie wirklich weg gewesen, ich glaube, ich hätte den Verstand verloren. Ich möchte weg von hier, nach Hause, mich in irgendeiner Menschenmenge verkriechen.

Ich weiß nicht, wer mein Baby ins Auto gebracht hat und warum Steve ihn nicht gesehen hat. Wer auch immer es war, er muß sich in dem Gebäude aufgehalten und gewartet haben, bis ich gekommen bin. Sinéad hatte schließlich keinen Grund, das für sich zu behalten. Doch ich wünschte, sie hätte ihn nicht angerufen. Wenn er hinter dem Ganzen steckt, werde ich ihn, verdammt noch mal, fertigmachen.

Das ist der einzige Grund, warum ich nicht aufgebe. Ich schäme mich dafür, daß ich immer eine Schwäche für diesen Mistkerl gehabt, ihn in Schutz genommen habe. Daß er ein Windhund ist, habe ich gewußt, aber nie, niemals hätte ich gedacht, daß er grausam ist. Oder ein Betrüger. Jetzt bin ich mir ziemlich sicher, er ist beides.

Gott steh mir bei, mein Denken dreht sich immer im Kreis, zu schnell, um dahinterzukommen, was hier vorgeht. Ich weiß nur, er wollte nicht, daß ich die Verträge zu Gesicht bekomme. Sie sind, wie ich eben festgestellt habe, nicht in dem Aktenordner. Genaugenommen ist überhaupt nichts drin, das irgendwie etwas mit Glenadams oder Holy Retreat zu tun hätte. Ich habe nichts weiter gefunden als ein Bündel uralter Urkunden, die in den falschen Ordner gestopft worden sind. Der Kerl soll mich mal. Denn ich weiß, genau die gleichen üblen Scherze hat er mir gespielt, als ich meine Schriftsätze verfaßt habe. Die Art verquerer Ulk, dafür zu sorgen, daß der andere nicht rechtzeitig fertig, daß alles und jeder aufgehalten wird. Um selber als Ausbund an Tüchtigkeit dazustehen. Doch bis heute abend habe ich nie ernsthaft an seiner Aufrichtigkeit und Redlichkeit gezweifelt.

Ich spüre es in den Knochen, das Ganze hat etwas mit dem Stück Land zwischen dem ehemaligen Gut der Eldersons und dem Nachbarn, Glenadams, zu tun. Es ist von anderen Ländereien umgeben. Noch. Und ich weiß nicht, wem es gehört, wenn überhaupt jemand Anspruch darauf erhebt. Oder was das für den Verkauf des Teilgrundstücks von Holy Retreat bedeutet. Das ist meine Ansicht. Hier geht sehr viel mehr vor, als ich gedacht habe.

Ich schwöre bei Gott, ich habe sie nicht länger als ein paar Minuten alleine gelassen. Fünf vielleicht – höchstens. Ich bin gar nicht auf die Idee gekommen, es könnte sich noch jemand anders in dem Gebäude aufhalten.

Als ich gekommen bin, hat Steve gesagt, sonst sei niemand hier. Anschließend habe ich es nicht fertiggebracht, ihn noch einmal zu fragen. Nicht nachdem ich mir diese Geschichte ausgedacht hatte. Das habe ich nur getan, um ihn zu schützen. Und mich selber. Das Jugendamt nimmt unfähigen oder labilen Müttern ihre Babys weg, und ich war beides. Ich kann auf sie aufpassen. Das schwöre ich. Ich liebe sie. Ich liebe sie mehr als mein Leben. Am Anfang war das nicht so. Aber jetzt, jetzt liebe ich sie. Ich schwöre es.

In jenem schrecklichen Augenblick, als ich auf den leeren Fleck gestarrt habe, wo ich sie zurückgelassen hatte, da habe ich gewußt, wie es wäre, wenn sie stürbe. Ich habe das Gefühl gehabt, mein Körper wird aufge-

schlitzt und mein Blut sprudelt auf den leeren Fleck. Ich habe Deine zerfetzte Leiche gesehen, und ich habe gedacht, sie sei für immer weg. Und da habe ich gewußt, und weiß es jetzt, wenn das je geschähe, ich würde es nicht überleben.

Ersitzung von Land: (2) Seit 1833 bedeutet »Ersitzung von Land« einfach Besitz von Land entgegen dem Rechtsanspruch des eigentlichen Besitzers. (Wylie, Irisches Grundstücksrecht 23.05)

28

Am Freitagvormittag fing es gegen elf Uhr zu regnen an und nieselte dann fast den ganzen Tag ununterbrochen. Den Vormittag über beschäftigte Tess sich in fieberhafter Hektik mit dem Haushalt und dem Kind. Abgesehen von Steve, der das Auto zurückbrachte, bekam sie niemanden zu Gesicht. Sie ging nicht weg, sie ging nicht ans Telephon; dazu war sie noch viel zu verängstigt. Doch allmählich, im Lauf des Tages, als das erste Entsetzen, das beinahe ihr Herz hatte stillstehen lassen, sich legte, zwang sie sich, jeden Augenblick des vorangegangenen Abends in Gedanken genau nachzuvollziehen. Irgendwie mußte sie den Sinn des Ganzen erkennen. Herausfinden, was für eine Absicht dahintergesteckt hatte. Sie zu erschrecken? Ja. Claire etwas anzutun? Nein. Der springende Punkt war, sie zu warnen, sich nicht in den Landverkauf einzumischen.

Darüber dachte sie geraume Zeit nach, bis ihr dämmerte, nicht der Verkauf als solcher war das Problem. Es ging darum, daß sie nicht sehen sollte, wer die Käufer waren. Aber das müßten doch eigentlich die Nonnen wissen, oder? Schließlich und endlich hatten sie den Vertrag unterzeichnet, also mußten sie wissen, an wen genau sie das Land verkauft hatten – an die Glenadams *School*, sagten sie. Ja. Doch wenn im Vertrag ein anderer Name stand, hätte er ohne weiteres als Holdinggesellschaft für die Schule durchgehen können. Das hätte sie nicht weiter gestört, heutzutage war das ein ganz normales Geschäftsgebaren. Jedenfalls, von ihrem Standpunkt aus schien der Vertrag ausgeprochen vorteilhaft. Also hatten sie bestimmt nicht nachgefragt, wer hinter der Holdinggesellschaft stand. Doch Tess könnte diese Frage stellen. Könnte von der Annahme ausgehen, daß im Namen einer jeden solchen Holdinggesellschaft der Name »Glenadams« auftauchte. Sie könnte also ein wenig auf eigene Faust herumschnüffeln. Aber nicht heute. Heute hatte sie zu große Angst davor, immer noch überwacht zu werden.

Am frühen Nachmittag stand sie am Fenster und schaute auf den Park hinunter, als ihr noch etwas einfiel. Es ging nicht um ein Grundstück, sondern um zwei. Um Glenadams und den Streifen Ödland. Und letzteres war das wichtigere. Warum? Warum? Warum? Sie starrte über die Baumwipfel in die Ferne, sah vor ihrem inneren Auge, wie das hohe, dichte Gras sich in der Brise wiegte, und schließlich kam es ihr. Der Grund war, daß genau in dem Augenblick, als der Handel mit Glenadams besiegelt worden war, der oder die Besitzer des Stück Lands, das vorher niemand für sich beansprucht hatte, aufgetaucht war und quergeschossen hatte. Halleluja, dachte sie, und ich wette, ich weiß, wer das ist.

Sie nahm sich erneut die »Stebton-Papiere« vor, wie sie sie nannte, las sie immer wieder durch und kritzelte Karten von dem Gelände in der Umgebung des Klosters. Am liebsten hätte sie das Ganze gründlich mit Owen durchdiskutiert. Da er jedoch nicht erreichbar war, konnte sie nur mit sich selber argumentieren. Was sich als ebenso ergebnis- wie sinnlos erwies. Am nächsten Morgen hatte sie sich in eine derartige geistige Blockierung hineingesteigert, daß alles nur noch eine Ausgeburt ihrer Phantasie zu sein schien.

Nach dem Mittagessen hielt sie es nicht länger in der Wohnung aus und packte Claire ins Auto. Nur einen kurzen Augenblick zögerte sie, dann fuhr sie mit ihr zur nächst gelegenen DART-Station, Sydney Parade; dort stellte sie den Wagen ab und kaufte eine Rückfahrkarte nach Bray. Allmählich hörte es auf zu regnen, und eine schwache Sonne schob sich durch die Wolkendecke, als der Zug in die Haltestelle Blackrock einfuhr. Claire hielt das Ganze offensichtlich für einen Riesenspaß, solange der Zug in Bewegung war; das Anhalten und Wiederanfahren allerdings war eine andere Sache. Tess saß am Fenster und beobachtete jede Veränderung der Landschaft, als der Zug die Küste nach

Dun Laoghaire entlangglitt. Von hier aus fuhr der Zug landeinwärts um Dalkey herum, bis man bei Sorrento Point wieder das Halbrund der Bucht in seiner ganzen Pracht vor sich sah, an deren anderem Ende Bray Head lag. Bei der Haltestelle Killiney versuchte sie, die Entfernung zum Kloster abzuschätzen, und erneut kehrten ihre Gedanken zu dem Ödland und zu Spekulationen über den möglichen Besitzer zurück.

Der Zug fuhr langsam aus dem Bahnhof, und kurzfristig war das Meer nicht mehr zu sehen. Ballybrack, Shankill, am Woodbrook Golfplatz vorbei, bis sie wieder das Meer und, jetzt beträchtlich näher, Bray Head vor sich hatten. Binnen Minuten waren sie an der Endhaltestelle angelangt. Claire war alles andere als erbaut davon, den rauhen Elementen ausgesetzt zu werden, und erhob quengelnd Einspruch gegen den böigen Wind, als Tess sie über die Fußgängerbrücke trug. Sie schafften es gerade noch, den Zug zurück zu erwischen, ehe es wieder heftig zu regnen anfing. Tess machte es sich im leeren ersten Waggon auf einem Fensterplatz in Fahrtrichtung bequem und wischte mit dem Ärmel ihres Jacketts über das beschlagene Fenster. Trübselig starrte sie hinaus, doch plötzlich setzte sie sich kerzengerade auf. Entlang des Bahnsteigs war auf Schautafeln die Geschichte der Bahnlinie dargestellt. Die erste hing direkt ihr gegenüber: *1845 Einweihung der Strecke Dublin – Wicklow. Harcourt Street – Bray.* Die Unterschrift stach ihr ins Auge. Sie sprang auf und wäre beinahe mit einem älteren Herrn zusammengestoßen, der versuchte, sich auf dem gegenüberliegenden Sitz niederzulassen.

»Großartig, finden Sie nicht auch?« Er nickte in Richtung der Malereien. »Beleben das Ganze regelrecht.« Er lächelte ihr zahnlos zu, als der Zug fast lautlos aus dem Bahnhof glitt. Tess ließ sich wieder auf ihren Sitz fallen.

»Entschuldigen Sie«, setzte sie an, »wissen Sie zufällig, wo genau der Zug früher gefahren ist? Auf der Strecke von Harcourt Street nach Bray?«

»Das möchte ich doch meinen«, erwiderte er. »Schon als kleines Kind bin ich hier hin- und hergefahren, und an meinem nächsten Geburtstag werd ich immerhin fünfundachtzig.« Mit einem zufriedenen Lächeln lehnte er sich zurück und wartete, daß sie ihm zu seiner Langlebigkeit gratulierte. Während sie sich fragte, wo eigentlich die Grenzlinie war. Wann fing man an, sich seines hohen Alters zu rühmen, statt zu versuchen, es herunterzuschwindeln? Was sie betraf, so rückte die Vierzig ihr für ihren Geschmack allzu schnell nahe. Schließlich verkündete der alte Mann, der leise vor sich hin gebrabbelt hatte, laut: »Ich glaube, ich hab's. Jedenfalls kann ich Ihnen die wichtigsten Haltestellen aufzählen.« Er schloß die Augen und ratterte sie herunter, wie ein kleines Kind das Einmaleins aufsagt: »Harcourt Street, Ranelagh, Dundrum, Stillorgan, Foxrock, Shankill, Bray.« Schnell schlug er die Augen auf und grinste erfreut. »Na, was sagen Sie zu diesem Gedächtnis?« fragte er stolz.

Tess strahlte ihn an. »Sie sind ein Genie«, erklärte sie. »Wissen Sie das? Haben Sie vielen Dank. Und jetzt habe ich noch eine Frage an Sie: Ist die Streckenführung der DART hinter Shankill immer noch die gleiche wie früher?«

Er kratzte sich am Kopf. »Das ist wie eine von den Fragen beim Quiz im Pub. Ja, ich glaube schon. Nein, nein, sagen Sie nichts. Ich könnte mich irren. Wissen Sie was, ich glaube, die haben die Strecke neu gebaut, aber ganz nahe bei der alten. Wenn Sie sich noch ein paar Sekunden gedulden, können wir es sehen. Schauen Sie«, rief er aufgeregt und deutete aus dem Fenster, »sehen Sie die alte bucklige Brücke da? Das ist die ehemalige Bahnlinie. Shangannah Junction hieß die Station damals«, verkündete er mit einer Miene, als zöge er ein Kaninchen aus dem Zylinder.

»Vielen Dank. Ich habe mich deswegen mit einer Freundin fast gestritten. Ich glaube, ich habe gewonnen.«

»Großartig. Ein niedliches kleines Baby haben Sie da. Wie alt ist sie denn?«

»Fast vier Monate. Allmählich wird sie ziemlich schwer.«

»Solange sie gesund ist ... Das ist doch eigentlich alles, was man sich wünscht, oder?«

»Ja«, stimmte Tess ernst zu. »O ja, in der Tat.«

Sie plauderten freundlich miteinander, bis Tess in Killiney

ausstieg. Dort ging sie zum Fahrkartenschalter und fragte, eher hoffnungs- als erwartungsvoll, den Beamten, ob er wisse, wann die Station eröffnet worden sei.

»Von sieben bis Mitternacht«, erwiderte er.

»Nein, Entschuldigung, nicht geöffnet, sondern eröffnet – wann sie gebaut worden ist?« Er warf ihr einen prüfenden Blick zu, um sicherzugehen, daß sie ihn nicht auf den Arm nehmen wollte, dann rutschte er ein Stück zur Seite, so daß sie eine in die Wand hinter ihm eingelassene Platte lesen konnte. »Kingstown – Killiney-Zweigstelle. Eröffnet 1854. Killiney & Ballybrack wurden 1882 zusammengelegt.«

»Jetzt heißt es aber nicht mehr Killiney und Ballybrack, oder?«

Er musterte sie von oben bis unten, ehe er antwortete: »Nein, die ursprüngliche Haltestelle Ballybrack war eine Meile weiter entfernt. Die wurde 1882 geschlossen, und 1922 hat man den Namen ganz gestrichen. Wollen Sie sonst noch was wissen?«

»Ja, wissen Sie zufällig, wann die Linie Dublin–Kingstown gebaut wurde?«

Der Mann kratzte sich am Kopf. »Um 1830, glaube ich. 1834 kommt mir irgendwie bekannt vor.« Tess bedankte sich und schloß sich dem Grüppchen versprengter Fahrgäste an, die in den nächsten Zug stiegen. Wenn dies die Bestätigung war, die sie gesucht hatte, so hatte sie sie bekommen, aber es schien sie um nichts weiterzubringen. Mittlerweile kam es ihr immer wahrscheinlicher vor, daß irgend jemand irgendwann in den zwanzig Jahren vor Gründung des Klosters das Ödland in Hinblick auf den Bau der neuen Bahnlinie aufgekauft hatte. *Als die Stebtons noch in Elderson Court lebten.* Höchstwahrscheinlich hatte man damals verschiedene Möglichkeiten der Streckenführung öffentlich diskutiert, so wie das heute bis zum Überdruß der Fall wäre. Oder lag sie völlig falsch? Vielleicht war es nicht mehr und nicht weniger als das, was es auf den ersten Blick schien: ein Streifen ungenutztes, von niemandem beanspruchtes, vergessenes Land. Einen wundervollen, unbeschwerten Augenblick lang schob sie ihren Verdacht beiseite. Sie drückte das Baby an sich, küßte die kleinen warmen Wangen und stellte in dem vom Meer reflektierten Licht begeistert fest, daß sich die Augenfarbe des Babys verändert hatte: jetzt waren sie von einem dunklen Aquamarinblau. Eine geglückte Mischung aus ihren blauen und Marcus' haselbraunen Augen. »In deinen Augen schimmert das Meer«, flüsterte sie und fühlte sich auf unerklärliche Weise zufrieden.

Als sie wieder bei der Haltestelle Sydney Parade anlangten, war die augenblickliche Hochstimmung schon wieder verflogen. Vermutlich blieb ihr nichts anderes übrig, als die Mutter Guardian anzurufen und zu fragen, ob sie ihr am nächsten Tag einen Besuch abstatten könne. Vielleicht gelänge es ihr zumindest, herauszufinden, von wem das geheimnisvolle Päckchen abgeschickt worden war und ob die Nonne ihren Verdacht hinsichtlich des Grundstücks bestätigen konnte. Obwohl sie sich immer noch nicht sicher war, wieviel sie preisgeben sollte. Die Anwältin in ihr drängte sie, keine aus der Luft gegriffenen, haltlosen Behauptungen aufzustellen. Sie scheute davor zurück, fälschlich Alarm zu schlagen, vor allem weil es ein Wochenende mit anschließendem Feiertag und die Exhumierung der Friedhofs unmittelbar danach angesetzt war, für Dienstagmorgen acht Uhr. Tess versuchte, nicht daran zu denken, daß sie Claire den ganzen Tag in der Obhut der Babysitterin zurücklassen müßte. Mary Mackie hatte versprochen, alles im Auge zu behalten, aber Tess schwor sich, morgen beim Mittagessen würde sie ihre Mutter drängen, ebenfalls auszuhelfen. Und natürlich auch Hugo. Sie mußte sicherstellen, daß immer jemand in der Nähe des Babys war. Egal, wie ungeeignet der- oder diejenige als Babysitter war. Schutzengel brauchen nicht kompetent zu sein. Sie müssen einfach nur da sein.

Sie badete und fütterte Claire und legte sie in ihr Bettchen. Ein sinnloses Ritual, das sie da jeden Abend absolvierte. Bisher lag der Rekord, wie lange das Kind ruhig liegenblieb, bei eineinviertel Stunden. Tess konnte mehr oder weniger darauf wetten, gegen neun läge Claire mit einem zufriedenen Lächeln auf dem pausbäckigen Gesichtchen mitten in dem großen Bett.

Tess schlich aus dem Schlafzimmer und rief im Kloster an. Sie hatte den Anruf zeitlich mit der Freistunde der Nonnen abgestimmt, die um halb acht begann. Trotzdem brauchte die Schwester, die abgenommen hatte, mindestens eine Viertelstunde, um ihrer Oberin die Nachricht zu übermitteln. Zumindest dauerte es so lange, bis Tess das vertraute Räuspern und das heisere »Jaaa?« hörte.

Nachdem Tess ihren Namen genannt hatte, folgte eine lange Pause, dann erklärte die Nonne zu ihrer Überraschung leise, die Verbindung sei schlecht, sie werde zurückrufen. Bis kurz vor halb neun blieb das Telephon stumm.

»Ich würde mich gerne ein paar Minuten mit Ihnen unterhalten, Mutter Catherine, morgen, wenn es Ihnen paßt.«

»Sie haben nicht vergessen, daß morgen nachmittag der Bischof kommt, um den neuen Friedhof zu weihen, oder?« antwortete die Nonne ohne lange Vorrede.

»Ach du meine Güte. Doch, das war mir momentan entfallen. Da kann man nichts machen …«

»Er kommt frühestens um drei«, fiel Mutter Catherine ihr ins Wort. »Kommen Sie um Viertel nach zwölf, dann habe ich ungefähr eine halbe Stunde für Sie Zeit«, erklärte sie und legte unvermittelt auf.

Wäre es jemand anderer gewesen, so hätte Tess vermutet, sie werde belauscht oder befürchte dies zumindest. Die paar Male, die sie sie angerufen hatte, war sie nie so kurz angebunden gewesen. Einige Minuten grübelte Tess darüber nach, dann schalt sie sich selber wegen ihrer überbordenden Einbildungskraft. Sie machte eine Flasche St. Gimigniano auf und kochte Pasta mit einer schon unanständigen Menge frischer Garnelen aus der Dubliner Bucht, frischen Tomaten und dem Rest Basilikum.

Rechtsanspruch auf Grundbesitz: Wenn ein Ansiedler ohne Rechtstitel die Klagebefugnis und den Rechtsanspruch des Landbesitzers, der das Grundstück aufgegeben hat, abwehrt, erwirbt er sich einen Rechtsanspruch, der gegen jedermann außer einer Person mit einem begründeteren Rechtsanspruch auf das Land gültig ist. (Wylie, Irisches Grundstücksrecht 23.08)

29

»Ist wegen Dienstag alles in Ordnung? Wegen der Exhumierung? Am Telephon klangen Sie einigermaßen beunruhigt. Macht Ihnen irgend etwas Sorgen?« Da sie schlecht sagen konnte: Ja, irgend jemand aus Ihrem Kloster hat einen Stapel Papier bei mir abgeladen, aus dem ich einfach nicht schlau werde, wußte Tess nicht so recht, wo sie anfangen sollte. Mutter Catherines Stimme war noch leiser als sonst, und sie mußte sich ganz nahe zum Sprechgitter vorbeugen, um sie zu hören.

»Bestens«, erklärte sie munter, »für Dienstag bin ich bestens vorbereitet, ehrlich. Ich wollte nur sichergehen, daß alles geliefert worden ist, und dann noch einmal alles mit Ihnen durchsprechen.« Sie hielt kurz inne und rückte dann damit heraus: »Ehrlich gesagt, Mutter Catherine, bin ich wegen etwas anderem gekommen.«

Sie holte tief Atem, als sie ein Bild heraufbeschwor, wie sie auf einem Sprungbrett balancierte, sich die Nase zuhielt und ins Wasser fallen ließ. »Erinnern Sie sich, Sie hatten mich gebeten, mich nach der Familie Stebton in Oxfordshire zu erkundigen? Ich habe nur gedacht, es würde Sie vielleicht interessieren, daß ich mich neulich mit meinem, hm, mit Marcus' Bruder getroffen habe und er mir eine ganze Menge über das Haus erzählt hat.«

»Über das Haus?« Mutter Catherine schien verwirrt, so als wäre sie in Gedanken Abertausende Meilen weit weg. »Das Haus interessiert mich nicht.«

»Warum haben Sie dann gefragt?«

»Oh, das ist nicht so wichtig. Ich habe mich für jemanden aus der Familie interessiert, der uns des öfteren besucht. Wir hatten eine Zeitlang nichts mehr von ihr gehört, aber kurz nachdem ich Sie gebeten hatte, sich zu erkundigen, ist ein Brief von ihr gekommen, in dem sie uns mitgeteilt hat, ihre Mutter sei erkrankt. Ich hatte mir damals ein wenig Sorgen um sie gemacht, das war alles«, erklärte sie eifrig wie ein Kind, das sich umständlich für etwas entschuldigt, das es angestellt hat. Irgendwie klang alles falsch. Für eine Frau, die sich normalerweise sehr kurz faßte, war es viel zu weitschweifig. Das hatte Tess in ihrem Beruf gelernt: Sie merkte sofort, wenn eine Geschichte unglaubwürdig war.

»Sie meinen vermutlich Jane-Edwina Stebton-Hillyard?«

»Ja, wieso, kennen Sie sie?« Mutter Catherines Interesse schien erwacht.

»Die Buchhändlerin? Owen kennt sie«, erwiderte Tess. Die Reaktion war bemerkenswert.

»Buchhändlerin?« Bei der Nonne kam das beinahe einem lauten Aufschrei gleich. »Nein, da irren Sie sich, sie hat früher als Bibliothekarin gearbeitet, aber jetzt ist sie Schriftstellerin.«

»Miss Hillyard ist Schriftstellerin?«

»O ja. So hat sie sich uns vorgestellt. Sie hat Nachforschungen für ein Buch über Ordensstiftungen für Frauen angestellt.« Die Nonne lachte leise. »Sie war überzeugt, wir seien eine gefährdete Spezies. Fast als erstes habe ich ihr erklärt, wir fühlten uns durchaus nicht sonderlich gefährdet.»

»Haben Sie gesagt: ›Gefährdete Spezies‹?« fragte Tess atemlos.

»Ja.« Erneut lachte die Nonne leise. »Sie hat einen ziemlich ausgeprägten Sinn für Humor. So wollte sie auch ihr Buch nennen.« Tess hatte das Gefühl, als werde der Schatz in dem wattierten Umschlag von einem Wirbelsturm in alle Himmelsrichtungen zerstreut. Warum hatte man ihr die Aufzeichnungen geschickt, wenn die Nonnen schon von dem Buch wußten? Falls es dieses Buch überhaupt gab. Die Wahrscheinlichkeit schien eher gering. Vielleicht hatte sie sich das auch nur ausgedacht?

»Wollte?«

»Ja. Sie hat das Thema ein wenig abgeändert. Jetzt möchte sie sich auf Holy Retreat konzentrieren.«

»Wie ist sie denn ausgerechnet auf dieses Kloster gekommen?« fragte Tess neugierig.

»Oh, im Lauf ihrer Forschungen hatte sie entdeckt, daß eine ihrer Vorfahrinnen unseren kleinen Orden gegründet hat. Ganz aufgeregt war sie deswegen, und natürlich hatte das ihr Interesse an dem Thema zusätzlich angefacht. Aber dann hat, wie sie selber sagt, Adelaide die Oberhand gewonnen, und für den Augenblick hat sie den Plan zu dem Buch über die Nonnen aufgegeben.« Ein kleines Lachen folgte, das jedoch bald in ein trockenes, stoßweises Husten umschlug, und es dauerte etwa eine Minute, bis sie sich wieder erholt hatte. »Sie hat beschlossen, statt dessen ein Buch über das Leben Adelaides und die Gründung von Holy Retreat zu schreiben.« Sie schwieg kurz. »Was uns sehr zusagt.« Erneut ein belustigtes leises Schniefen. »Dafür hatte sie auch schon einen Namen ...«

Tess wollte schon ergänzen: »Carne vale« und ihr alles über den wattierten Umschlag erzählen, doch da erklärte Mutter Catherine unvermittelt: »Also muß sie natürlich hier ihre Nachforschungen betreiben. Jedes Jahr kommt sie ein paarmal zu uns und bleibt dann ein Weilchen hier.«

»*Im* Kloster?« Tess konnte ihre Überraschung nicht verhehlen.«Ich habe gedacht, das sei nicht erlaubt?«

»Unter bestimmten Umständen schon«, erklärte die Nonne geduldig. »Beispielsweise ist es ein bei uns übliches Verfahren, Bewerberinnen, die in den Orden aufgenommen werden wollen, einzuladen, ein paar Wochen bei uns zu leben. Aus zwei Gründen: erstens erfährt die Antragstellerin, was Klosterleben bedeutet; und zweitens können wir herausfinden, ob sie sich in unsere Lebensweise einfügen würde.«

»So eine Art Ehe auf Probe«, meinte Tess nachdenklich. »Keine schlechte Idee. Aber wollte Miss Hillyard wirklich eintreten?«

»Sie hat mit dem Gedanken gespielt, das stimmt, aber,

nein, im Grunde genommen nicht. Wir haben sie aufgrund ihrer verwandtschaftlichen Beziehung zu der Gründerin eingeladen und um ihr bei ihren Nachforschungen behilflich zu sein. In der Bibliothek kann sie völlig ungestört arbeiten. Wir haben sie gerne hier, sie paßt gut in unsere Gemeinschaft. Und ihr gefällt es hier sehr. Vielleicht schließt sie sich uns eines Tages doch auf Dauer an.«

Darauf möchte ich wetten. Es fiel Tess schwer, den Gedanken nicht laut auszusprechen. Irgendwo tief in ihrem Unterbewußtsein regte sich etwas. »Ich würde sie gelegentlich gerne kennenlernen«, meinte sie.

»Oh, dazu haben Sie am Dienstag Gelegenheit«, erklärte Mutter Catherine gleichmütig. »Sie kommt anläßlich der Exhumierungen her.«

»Tatsächlich? Sie stehen also in Verbindung mit ihr?« Tess war völlig verblüfft. Zwar konnte sie nicht sagen, warum sie, die diese Frau gar nicht kannte, deren Motive so sehr in Zweifel zog, wenn doch die Nonne, die sie sehr wohl kannte, dies eindeutig nicht tat. Mutter Catherine ließ sich nicht so leicht hinters Licht führen. *Aber vielleicht ist sie, eben weil sie selber so ehrlich ist, zu vertrauensselig?* Eines stand fest, Mutter Catherine war nicht diejenige gewesen, die den wattierten Umschlag geschickt hatte. Es hatte also keinen Sinn, sie zu fragen, warum jemandem so sehr daran gelegen war, Jeddie Stebton-Hillyards Aufzeichnungen loszuwerden. Und warum sie sich für eine so seltsame Methode entschieden hatten.

»O ja. Im Juni war sie hier. Eigentlich sollte sie im September wiederkommen, doch dann ist ihre Mutter erkrankt. Sie hat geschrieben, um uns mitzuteilen, falls sie es nicht früher schaffe, würde sie zur Exhumierung kommen. Um zu helfen, wo sie könne. Vor etwa einer Woche habe ich ihr geschrieben und das genaue Datum mitgeteilt.«

Na schön, das war's dann. Ein Rätsel war gelöst. Innerhalb der nächsten paar Tage würde sich alles klären, doch aus irgendeinem Grund schien dieses Wissen Tess' Anspannung keineswegs zu mildern. Sie kam zu dem Schluß, daß ihr jetzt nichts anderes mehr übrigblieb, als reinen Tisch zu machen und mit dem eigentlichen Grund für ihren Besuch herauszurücken.

»Mutter Catherine, haben Sie eine Grundrißkarte, auf der eingezeichnet ist, wie die beabsichtigten Änderungen aussehen sollen? Ich würde da gerne etwas nachprüfen«, fragte sie in geschäftsmäßigerem Ton.

»Aber, meine Liebe, haben Sie denn keine?« entgegnete die Nonne verblüfft.

»Doch, aber nur von dem Gelände innerhalb der Einfriedung. Ich wollte gerne wissen, wie genau sie situiert ist. Haben Sie vielleicht eine exakte Geländekarte der Umgebung oder zumindest der zwei angrenzenden Grundstücke?«

»Ja, ich glaube schon. Wenn Sie einen Augenblick warten, hole ich sie.« Tess hörte, wie die Nonne ihren Stuhl zurückschob, dann das Zufallen einer Tür, und darauf folgten einige Minuten Schweigen. Claire, die zu ihren Füßen in ihrem Kinderautositz geschlafen hatte, regte sich. Tess bückte sich zu ihr hinunter und steckte ihr das Fläschchen in den Mund, an dem sie nuckelte, bis sie wieder einschlief. Sie hörte nicht, wie die Nonne zurückkam, bis sie zu sprechen anfing. Aus irgendeinem Grund ging Tess das ganze Theater noch mehr auf die Nerven als sonst.

»Könnten Sie mir sagen, warum Sie die Karte sehen wollen?« fragte sie. Jetzt mußte Tess sich entscheiden, wieviel sie ihr sagen wollte.

»Hm«, begann sie ungeschickt und seufzte. Es hatte keinen Sinn, noch länger um den heißen Brei herumzuschleichen. Ihre Beunruhigung klar zum Ausdruck zu bringen könnte die Atmosphäre reinigen. »Ich mache mir ein wenig Sorgen wegen der möglichen Folgen, die der Verkauf dieses speziellen Geländes nach sich ziehen könnte.« Es dauerte, wie es ihr schien, eine Ewigkeit, ehe die Nonne wieder etwas sagte.

»Gibt es einen besonderen Grund für Ihre Sorge, meine Liebe?«

»Nein, eigentlich nicht. Mich wundert nur, daß ich keine richtige Karte zu sehen bekommen habe, obwohl ich zugegebenermaßen erst jetzt auf die Idee gekommen bin, danach zu fragen. Bis zum siebten November ist es nicht mehr lange hin. Ich möchte mich nur vergewissern, ob alles seine Ordnung hat. Die Verträge habe ich natürlich auch nicht zu Gesicht bekommen.« Jetzt hatte sie es ausgesprochen. In dem nun folgenden Schweigen hatte sie den unangenehmen Eindruck, hinter der Trennwand hielte sich mehr als eine Person auf. Einen besonderen Grund für diese Annahme gab es nicht, kein Laut, nicht einmal ein Atmen war zu hören, die darauf hätten schließen lassen, aber trotzdem hielt dieses Gefühl, es sei noch jemand da, sich hartnäckig.

»Ich glaube, Tess, es wäre besser, wenn Sie das näher erklären. Das fällt doch bestimmt in die Zuständigkeit von Mr. Murphy-Dunne. Er hat den Vertrag. Wenn etwas Sie beunruhigt, würde ich das gerne wissen. Sie brauchen keine Angst zu haben, daß jemand anderer davon erfährt. Ich habe mir schon gedacht, daß Sie ausgerechnet an dem Tag, an dem wir den Bischof erwarten, nicht ohne guten Grund hierhergekommen sind. Haben Sie das Baby dabei?«

»Ja, sie schläft hier neben mir auf ihrem kleinen Autositz.«

»Gut. Leider habe ich nur noch ein paar Minuten Zeit. Könnten Sie also bitte fortfahren?«

»Am Donnerstag bin ich nach Glenadams, um mich ein wenig umzuschauen. Ich wollte Ihre Grenzmauer auch von der anderen Seite her sehen, um beurteilen zu können, welche Folgen der Verkauf für Sie hätte. Ich nehme an, Sie waren nie in Glenadams.«

»Nein, wir haben unsere Entscheidung anhand der Karten gefällt.«

»Wie ich sehe, sind auf diesen Karten keine Höhenlinien eingezeichnet. Nun gut. Zweierlei hat mich nachdenklich gemacht: erstens zieht sich entlang Ihrer Grenze ein riesiger Felsvorsprung hin. Natürlich ist mir klar, daß dies der Grund ist, warum die Schule das zusätzliche Stück Land haben will, das darum herumführt. Nur war mir nicht bewußt, wie hoch es liegt. Ihnen ist doch klar, daß man von dort aus Ihren gesamten Friedhof überblicken kann?«

»Ja, natürlich. Das ist der Hauptgrund, weshalb wir ihn

verlegen wollen. Jemand hat sich für uns das Gelände auf der anderen Seite der Mauer angesehen«, erklärte sie geduldig, und Tess spürte einen milden Tadel mitschwingen, weil sie sie unterschätzt hatte.

»Mr. Murphy-Dunne?«

»Nein, Jane Stebton hat das übernommen und alles für uns aufgezeichnet. Sie ist eine hervorragende Zeichnerin. Aber Sie sagten, da sei noch etwas.«

Obwohl sie befürchtete, dies wäre nur eine weitere Übung in Vergeblichkeit, hatte sie das Gefühl, sie müsse auch das zur Sprache bringen. »Dort befindet sich ein Streifen Ödland, der bis zu den Klippen reicht und sich an beiden Grundstücken entlangzieht ...«

Und weiter kam sie nicht. Auf der anderen Seite der Trennwand flüsterten zwei Personen miteinander. Ihr Gefühl hatte sie also nicht getäuscht, es waren mindestens zwei Nonnen da. Sie fühlte sich verraten und war verärgert.

»Ich dachte, es handle sich um eine vertrauliche Unterredung, Mutter Catherine«, erklärte sie erbost.

»Es tut mir leid, meine Liebe, ich hätte Ihnen sagen sollen, daß Schwester Benedicte die Karte gebracht hat. Wir haben gedacht, irgend etwas mit der Exhumierung sei nicht in Ordnung, und hatten das Gefühl, es sei besser, das gemeinsam zu besprechen.«

»Aber ich habe doch gesagt ...«

»Ich weiß, ich weiß, aber irgend etwas an der ganzen Sache beunruhigt Sie ganz eindeutig. Macht es Ihnen etwas aus, wenn sie hierbleibt?«

»Solange nicht die ganze Klostergemeinschaft kommt und zusieht, wie ich mich lächerlich mache.«

Erneut flüsterten die beiden Stimmen miteinander, dann wurde der schwarze Vorhang hinter der Trennwand zur Seite gezogen – zumindest einer von ihnen. Denn nach wie vor trennte ein dünner Gazeschleier sie von den schattenhaften Umrissen der Nonnen. Sie waren nur zu zweit.

»Sie haben sich gefragt, ob wir möglicherweise über das Ödland Bescheid wußten.« Das war Schwester Benedicte. Sie klang erleichtert und gleichzeitig – belustigt? Irgendwie gelang es ihr immer, Tess zu überraschen, und sie machte auch diesmal keine Ausnahme.

»Natürlich haben Sie darüber Bescheid gewußt, schließlich haben Sie sich ein Stück davon angeeignet«, beschuldigte Tess sie unverblümt und hätte sich gleich darauf am liebsten die Zunge abgebissen. Törichterweise hatte sie sich zu einer ungeheuren Unbedachtheit hinreißen lassen. Und sie war traurig. Bis jetzt war sie mit den Nonnen hervorragend ausgekommen. Nun spürte sie, wie ihr gegenseitiges Vertrauen dahinschmolz.

»Wir werden es ihr wohl sagen müssen«, erklärte Mutter Catherine umschweifslos. Verschwommen sah Tess, wie die andere Gestalt zustimmend nickte. »Natürlich streng im Vertrauen. Meine Liebe, das Gelände wurde uns vermacht.«

»Das ganze? Direkt entlang dem Zaun von Glenadams? Seit wann befindet es sich in Ihrem Besitz?«

»Nicht das ganze. Nur der Teil, den wir urbar gemacht haben. Seit ungefähr zwei Jahren.«

Tess ließ die Information auf sich wirken. Wenn sie einen Teil des Grundstücks besaßen, dann wußten sie auch, wem der Rest gehörte. Und auch sie wußte das mit einem Mal. Der Name lag ihr auf der Zunge, als die Nonne ihn aussprach.

»Miss Stebton-Hillyard ist jenes erste Mal eigens zu dem Zweck herübergekommen, uns das Land zu schenken. Sie hat es über ihre Großmutter von ihrem Urgroßvater geerbt, in gewissem Sinne also von Adelaide selber. Deren Vater hatte das Land 1828 erworben.«

Volltreffer, dachte Tess, und ich wette, er hatte vor, es an die Eisenbahngesellschaft zu verkaufen. Also hatte sie doch nicht ganz falsch gelegen. »Es befand sich also seit langem im Besitz der Familie Stebton«, erklärte Tess beiläufig.

»O ja. Jane hat es jedoch erst nach dem Tod ihrer Großmutter geerbt. Es gehört nicht zum Familiengut, daher konnte sie nach Belieben darüber verfügen. Herrenloses Land nannte Jane es immer. Sie hat gesagt, es sei der einzige Grundbesitz, der wirklich einzig und allein ihr gehöre. Alles andere war Teil des Stebton-Erbes. Sie war sehr stolz, daß ihre Großmutter es ihr vermacht hatte. Und schien höchst erfreut, es an uns weitergeben zu können.«

»Haben Sie die Urkunden zu Gesicht bekommen? Ich nehme an, Sie haben die Schenkung nicht eintragen lassen, oder?«

»Ja«, erwiderte die Nonne ruhig. »Jane hat uns die Urkunden gezeigt, aber sie will es selber registrieren lassen. Wahrscheinlich hat sie das sogar schon getan.«

»Und Miss Hillyard hat den größeren Teil des Geländes für sich behalten?« sagte Tess bedächtig; sie tastete sich behutsam vor. Einen Augenblick lang zögerte sie, dann platzte sie heraus: »Es sieht aber so aus, als sei das Land schon vor längerer Zeit und nicht erst vor zwei Jahren urbar gemacht und bepflanzt worden.«

In dem nun folgenden Schweigen begann ihr Herz zu hämmern, und aus dem Nichts tauchte plötzlich der uralte Friedhof von Chipping Stebton vor ihrem inneren Auge auf. Und dann hatte sie wieder dieses seltsame Gefühl, das alles schon einmal gesehen zu haben. Es war, als hätte sie selber das Stück geschrieben, das sie jetzt aufführten.

»Wir haben es vor fast fünf Jahren eingezäunt und einen Antrag auf Eigentumsanspruch durch Ersitzung gestellt. Wäre nicht Jane aufgetaucht, dann wäre es in unseren Besitz übergegangen, und zwar …«

»… nach sieben Jahren«, führte Tess den Satz zu Ende. »Ich verstehe. Schwester Benedicte, wer hat Sie damals beraten?«

»Mr. Boland.«

»Wieso hat er davon gewußt? Man kann es nur sehen, wenn man auf die Felsen in Glenadams klettert.«

»Wir haben ihn natürlich hier durchgehen lassen«, erwiderte die Nonne überrascht, als wolle sie damit zum Ausdruck bringen, sie seien hinsichtlich der Einhaltung ihrer Ordensregeln nicht ganz so streng wie sie, eine Außenseiterin.

»Und das war lange vor dem Angebot von Glenadams?« *Oder der Ankunft Jeddie Hillyards?*

»Zwei oder drei Jahre vorher. Mr. Boland hielt es für wahrscheinlich, daß die Schule einen Anspruch anmelden würde; er war sogar überrascht, weil sie es nicht schon längst getan hatten. Er schlug vor, wir sollten das ganze Gelände für uns beanspruchen, aber wir haben das nicht für richtig gehalten. Ich rechne damit, daß die Schule mittlerweile ihrerseits Ansprüche auf das Land angemeldet hat. Sie benutzen es schon seit langem für Naturstudien und werden das wohl auch weiterhin tun.«

»Nur daß jetzt Miss Hillyard die Urkunden hat und einem Antrag auf Ersitzung zuvorkommen kann. Vielleicht hat sie ganz andere Vorstellungen.«

»O nein, Jane ist nicht im mindesten auf Besitz aus. Wir sind sicher, ihr wäre es lieber, wenn alles so bleibt, wie es ist. Sie hat keinerlei Interesse an dem Gelände. Sie meint, ihre Familie besitze bereits mehr, als sie richtig verwalten könne. Unserer Ansicht nach wird sie es am Ende wahrscheinlich der Schule schenken.« Und ich werde wahrscheinlich im Lotto gewinnen, dachte Tess grimmig.

»Ich vermute, Sie haben Mr. Murphy-Dunne über diese erfreuliche Neuigkeit in Kenntnis gesetzt?« fragte sie verbindlich.

»Nein. Jane wollte kein Aufhebens von der Sache machen. Sie hat darauf bestanden, daß der Verkauf getätigt sein muß, ehe wir irgend jemandem etwas sagen. Das war ihre einzige Bedingung. Deshalb haben wir auch Ihnen nichts davon gesagt, meine liebe Tess. Und Sie werden unser Vertrauen nicht enttäuschen, nicht wahr?«

»Natürlich nicht. Sie haben mein Wort darauf. Nur noch eines: Sind irgendwelche Auflagen mit dem Verkauf verbunden?« fragte Tess leise.

»Ja, das ist alles geregelt. Mr. Murphy-Dunne hat dafür gesorgt, daß die Schule innerhalb einer bestimmten Entfernung von unserer Einfriedung keine neuen Gebäude errichten oder Sportplätze anlegen darf. Er hat das sehr genau festgelegt.« Zu genau, schloß Tess augenblicklich. Viel zu genau. Was war, wenn es gar keine Schule mehr gab? Jetzt war es dringender nötig denn je, die Verträge einzusehen.

»Mutter Catherine, Schwester Benedicte«, sagte Tess bestimmt und selbstsicher. Was sie betraf, war es Zeit, dem ständigen Hinausschieben all der ungeklärten Fragen ein Ende zu machen. Möglicherweise versuchte Jane Stebton-Hillyard, die Nonnen zu schützen. Das wäre mit Sicherheit eine mögliche Erklärung für ihre Eskapaden. Andererseits könnte das alles auch ganz anders aussehen. Jedenfalls war Tess ungeheuer neugierig darauf, sie kennenzulernen. »Ich bin froh, daß Mr. Murphy-Dunne alles geregelt hat. Er hat offenbar einen hervorragenden Vertrag für sie ausgehandelt. Rein aus beruflichem Interesse wäre mir sehr daran gelegen zu sehen, wie er das bewerkstelligt hat. Es handelt sich um eine ziemlich einmalige Situation, aber schließlich lernt man nie aus, nicht wahr? Ich würde wirklich gerne vor dem endgültigen Abschluß die Verträge sehen.« Sie fragte sich, ob sie zu dick aufgetragen hatte oder ob es ihr gelungen war, nicht den Verdacht zu erwecken, sie wolle ihren Kollegen schlechtmachen, obwohl doch offensichtlich Jeddie Hillyard in dieser Angelegenheit das Sagen hatte.

»Natürlich, das wäre uns sogar sehr recht. Aber die Unterlagen sind alle bei der Bank hinterlegt. Vielleicht könnten wir das nach der Exhumierung erledigen? Am Donnerstag oder Freitag? Für uns ist das ein sehr bedeutendes Ereignis.« Schwester Benedicte schien dies sehr ernst zu meinen. »Es ist das erste Mal seit der Gründung des Klosters, daß irgend etwas verändert wird, und uns ist natürlich sehr daran gelegen, alles richtig zu machen.«

»Natürlich. Vielen Dank. Nur eines hätte ich gerne noch gewußt. War Miss Hillyards Schenkung eine Art Gegenleistung für Ihre Hilfe bei dem Buch, das sie schreiben wollte?« Tess stellte diese naive Frage so humorvoll, wie sie nur konnte. »Oder hat sie sich für die Bibliothek interessiert?«

»Ja, sie ist ganz begeistert von der Bibliothek, die ja in der Tat wunderschön ist.« Mutter Catherine schien kaum überrascht von der Frage. »Und als Bibliothekarin ist sie uns eine große Hilfe bei unseren eigenen Büchern, von denen wir eine große Anzahl aus der Zeit unserer Gründerin besitzen. Wir haben immer geglaubt, es handle sich um die persönliche Sammlung Mutter Adelaides. Jeddie hat uns jedoch aufgeklärt, Adelaides Vater, Ryland Stebton, sei der große Sammler gewesen. Aufgrund dieser Information haben wir uns entschlossen, die offenen Regale zu räumen. Er hat hauptsächlich italienische Literatur und Kunstbücher gesammelt, die für uns nicht gerade von großem Nutzen sind. In Wirklichkeit sind es so viele, daß wir kaum Platz für unsere eigenen Bücher haben. Wir haben Jane die Sammlung angeboten, aber sie wollte nichts davon wissen, alle zu nehmen, nur die, die sie besonders interessieren. Die legt sie immer auf die Seite, damit wir zuerst unsere Zustimmung geben. Als sie die Sammlung zum ersten Mal gesehen hat, hat sie den Vorschlag gemacht, die wertvolleren zu verkaufen und damit einen Unterhaltsfonds für das Kloster einzurichten. Trotz des Handels mit Glenadams schien uns das eine ausgezeichnete Idee für die Zukunft. Sie ist mit dem Katalogisieren fast fertig und hat die wertvollsten Bände gekennzeichnet, falls sich die Notwendigkeit ergeben sollte, etwas zu verkaufen.« Die wertvollsten? *Zufall wäre was Schöne*s. Tess konnte nicht umhin, die Geschicklichkeit zu bewundern, mit der Jeddie Hillyard sich Zugang verschafft und von ihrer eigentlichen Absicht abgelenkt hatte.

»Wahrscheinlich ist die Schwester Bibliothekarin sehr froh über diese Hilfe«, meinte Tess gelassen.

»Oh, unsere Bibliothekarin kümmert sich nur um unsere eigene kleine Sammlung. Wir halten unseren normalen Tagesablauf ein. Schwester Mary-Rose verbringt jeden Tag höchstens zwei Stunden in der Bibliothek. Jane muß also leider die meiste Zeit für sich alleine arbeiten.«

»Alleine?« fragte Tess viel zu laut; sie klang wie eine entrüstete Anstandsdame. »Sind sie immer so vertrauensselig? Ist das denn sicher? Im allgemeinen, will ich damit sagen«, fügte sie hastig hinzu.

»Himmel, nein, wir halten uns selbst bei Jane an unsere Vorsichtsmaßnahmen. Sie legt die Bücher, die sie gerne haben möchte, auf die Seite. Wir packen sie in einen kleinen

Aktenkoffer, den sie in der Halle abholt. Es wäre eine zu große Zumutung, sie den schweren Koffer den ganzen Weg nach unten alleine tragen zu lassen. Sie hat ein schwaches Herz, verstehen Sie?«

»Sie hat sie also nicht mit der Post geschickt«, murmelte Tess, als Claire die Augen aufschlug und um sich blickte. Mit untrüglicher Sicherheit das Vorspiel zur Ausübung ihrer körperlichen Funktionen, was normalerweise mit quadrophonen Laut- und Dufteffekten vonstatten ging. Hastig nahm Tess sie auf den Arm.

»Ich muß leider gehen, Mutter Catherine. Wir sehen uns am Dienstagmorgen. Ich nehme an, alles ist geliefert worden?«

»Ja. Den Verschlag haben sie am Freitagnachmittag aufgestellt. Wir dachten, Sie würden das vermutlich gerne überprüfen. Das Friedhoftor ist nur angelehnt. Niemand wird Sie stören.« Sie kam näher an die Trennwand. »Meine Güte, das Baby wächst wirklich schnell.«

»Und wird immer schwerer«, stimmte Tess lachend zu. »Ich muß mich mittlerweile ganz schön abschleppen mit ihr. Denn daran habe ich mich auch noch nicht so recht gewöhnt, daß sie öfter wach ist als schläft.«

»Es geht so schnell, und sie sind groß. Ein wunderschönes Kind. Tess?« Besorgnis schwang in der Stimme Mutter Catherines mit. »Sie sollen wissen, wie dankbar wir für Ihre Hilfe sind. Sie sind ungeheuer gewissenhaft. Und wir verlassen uns ganz auf Sie. Wir sehen Sie Dienstagmorgen.« Sie kicherte leise. »Und dann werden Sie auch uns sehen.«

Ehe sie ging, warf Tess noch einen Blick auf den kleinen Friedhof, der ziemlich einsam und verlassen wirkte. Die kleinen Holzkreuze, mit denen die Gräber markiert waren, ächzten unter der steifen Brise vom Meer. Tess hielt sich nicht länger auf, sondern ging hastig zu dem provisorischen Schuppen, der in der Nähe der Grenzmauer, ungefähr hundert Meter von den Gräbern entfernt, aufgestellt worden war. Ihre Überraschung, wie groß er war, hielt nur solange vor, bis sie eintrat. An die unverschlossene Tür war ein kleiner Zettel geheftet: *Tess – wenn Sie gegangen sind, schließe ich ab. Die Listen werden am Dienstagmorgen in der Halle bereitliegen. Mr. Dwyer kommt um acht. + Joseph-Maria.* Zwar hatte sie damit gerechnet, die Särge zu sehen, dennoch war es ein regelrechter Schock für Tess, wie viele es waren: fünf Reihen zu je dreien waren auf niedrigen Gestellen aufgebockt, die die Hälfte des Raums in Anspruch nahmen. An der Wand lehnte noch ein Stapel zusammengeklappter Gestelle. Als sie nachsah, ob für genügend Leichensäcke und Etiketten gesorgt war, kam ihr zum ersten Mal die grausige Realität des ganzen Unternehmens zu Bewußtsein. Wie betäubt stolperte sie aus dem Schuppen.

Und da ich meinem Freund aufgetan hatte,
war er weg und hingegangen.
Meine Seele war außer sich, als er redete.
Ich suchte ihn,
aber ich fand ihn nicht.
Ich rief,
aber er antwortete mir nicht.

(Das Hohelied 5.6)

30

Auf dem Weg zum Mittagessen bei ihrer Mutter parkte Tess, wie alle anderen Autofahrer, die am Sonntag unterwegs waren, in der Vico Road. Sie riß die Autofenster weit auf und ließ den Wind durch den Wagen und ihren schmerzenden Kopf blasen. Unter ihr gingen Leute am Strand entlang, spielten mit ihren Hunden, ließen Drachen fliegen. Ein oder zwei verwegene Gestalten tauchten in die Brandung. Im Abstand von einer Viertelstunde kamen Züge an und fuhren ab, und jedesmal hämmerte das Rattern ihr den gleichen Rhythmus ein: Irgend jemand betrügt die Nonnen. Auch wenn sie nicht genau wußte, wer oder auf welche Weise; das würde sich erst herausstellen, wenn sie die Unterlagen vom Grundbuchamt erhielt. Und vielleicht nicht einmal dann. Wie dem auch war, wegen des Feiertags am Montag konnte sie die nächsten Tage rein gar nichts unternehmen. Außer natürlich, man könnte den besonderen Liebling der Nonnen, Jane-Edwina Stebton-Hillyard, dazu überreden, ihre Pläne offenzulegen. Was eher unwahrscheinlich war.

Sie dachte noch einmal eingehend über ihren letzten Besuch im Kloster nach, vergegenwärtigte sich vor allem den Augenblick, in dem die Oberin den vorderen schwarzen Vorhang zur Seite gezogen hatte, so daß nur noch der innere sie von den beiden schattenhaften Gestalten hinter dem Sprechgitter getrennt hatte. Seidenbatist – und dabei fiel ihr eine Zeile von Milton ein, die sie auswendig gelernt hatte, als sie vierzehn gewesen war: *Und ein düsterer Umhang aus Seidenbatist.* Schwarzer Seidenbatist, der Stoff, aus dem traditionellerweise die Schleier der Nonnen gemacht waren. Seltsam, anstatt ihr ein Gefühl der Erleichterung zu vermitteln, hatte die fast rituelle Geste der Nonnen bewirkt, daß ihr noch unbehaglicher zumute wurde. Sie hatte das Gefühl gehabt, als ersticke der undurchsichtige, dünne Schleier sie, raube ihr die Sicht. Verlagere ihr Augenmerk erst recht auf das, was die Nonnen wirklich beunruhigte, und nicht davon weg. Lenke ihre Gedanken von dem Grundstück ab und mitten in das Kloster hinein.

Sie hatte so unumwunden, wie sie dies ihrem Gefühl nach tun konnte, ohne irgendwelche Beweise zu haben, ihre Befürchtungen dargelegt, und auf jeden einzelnen Punkt hatten sie eine Antwort gewußt – und ihre Befürchtungen zu beschwichtigen versucht. Oder war das Ganze nur eine Ausgeburt ihrer Phantasie? Konzentrierten sie sich so sehr auf den Besuch des Bischofs und das makabre Geschehen, das ihnen am Dienstag bevorstand, daß sie an nichts anderes denken konnten, nicht denken wollten? Sie wußte, die Nonnen hielten Exerzitien ab – zwei Tage des Gebets vor den Exhumierungen, und anschließend würde das noch eine Weile so weitergehen. Sie hatte sie in ihren frommen Betrachtungen gestört, ein in den Augen der Nonnen sehr schwerwiegender Vorfall, und dann lediglich dahergeschwafelt, obwohl der Ernst der Lage ein entschlossenes Vorgehen erfordert hätte.

Tess seufzte und wünschte, gelegentlich nicht alle Seiten eines Problems zu sehen. Und nicht so praktisch zu denken. Am Freitag war sie zu dem Schluß gekommen, alles getan zu haben, was sie tun konnte, ehe die Exhumierungen überstanden waren. Sie konnte nichts erreichen, ehe sie handfeste Beweise für irgendein unrechtmäßiges Vorgehen hatte. Sie hätte sich nicht beirren lassen sollen. Das wäre weit besser gewesen, als querzuschießen und dabei auch noch schlecht zu zielen und sich aufzuregen. Es war ja nicht so, daß sie nicht auch noch andere Sorgen hatte. Etwa den scheinbar ewigen, endlosen Augenblick, in dem ihr Herz stillgestanden war, als sie ihr Baby gesucht und gemerkt hatte, es war nicht mehr da. Sie probierte alle möglichen Tricks, um nicht mehr daran zu denken, aufzuhören, wieder und wieder über jede schreckliche Einzelheit nachzugrübeln, sie wollte sich zwingen zu vergessen. Das einzig Vernünftige war, nicht mehr daran zu denken. Aber genausogut hätte sie, wie sie sich später eingestand, einer Wand Vernunft predigen können.

Als sie bei ihrer Mutter eintraf, rechnete sie mit einem kleinen Mittagessen zu dritt, plus das Kind; aber außer Hugo hatte Susan noch ein halbes Dutzend andere Leute eingeladen. Ein Paar, mit dem Tess sich fast den ganzen Nachmittag unterhielt, mußte früher gehen, weil, so stöhnten sie, ihre Töchter, beides Teenager, die Ferien zu Hause verbrachten und erwarteten, daß sie etwas mit ihnen unternähmen. Als Tess fragte, ob alle Schulen gleichzeitig Ferien machten, lautete die Antwort, normalerweise stimmten sie dies miteinander ab. Auf ihre nächste Frage antwortete man ihr, glücklicherweise wären die Mädchen am nächsten Abend um sechs Uhr wieder in ihrem Internat. Die Eltern machten kein Hehl aus ihrer Erleichterung; die Mädchen waren offenbar in einem schwierigen Alter.

Am Montagmorgen regnete es, und den ganzen Tag über blieb es kühl und bewölkt. Claire war unausstehlich. Tess wußte selber nicht, war es die Sorge um die Sicherheit des Babys oder weil sie sich wegen der morgen bevorstehenden Prozedur in eine gewisse Erregtheit hineingesteigert hatte, jedenfalls trödelte sie den ganzen Vormittag in der Wohnung herum. Gegen Mittag wurde ihr klar, die einzige Chance, das Kind zu beruhigen, bestand darin, eine ausgedehnte Spazierfahrt mit ihr zu unternehmen. Tess fuhr Richtung Wicklow-Berge und landete schließlich in Avoca. Auf dem Heimweg fuhr sie, teils aus einer Laune heraus, teils weil sie ihr einfach nicht aus dem Kopf ging, an der Glenadams School vorbei. Mittlerweile war es später Nachmittag, und sie rechnete felsenfest damit, jede Menge Limousinen zu erblicken, die dicht hintereinander durch das

Tor fuhren, um die jeweiligen Sprößlinge aus den Ferien zurückzubringen. Keine einzige war zu sehen. Sie fuhr auf den halbkreisförmigen Vorplatz vor dem Tor. Diesmal waren die Torflügel geschlossen, abgesperrt und mit einer Kette gesichert, allerdings ließ der Hund sich Gott sei Dank nirgends blicken. Auch als sie durch die Latten spähte, entdeckte sie außer einer vereinzelten Laterne den halben Weg die Auffahrt hinauf keinerlei Anzeichen von Leben. Sie stieg wieder ins Auto und zermarterte sich das Hirn nach irgendeiner Bekannten, deren Kinder im Teenageralter waren und die in der näheren Umgebung wohnte. Nach einigem Kopfzerbrechen entschied sie sich für eine geschwätzige alte Freundin, die in Stillorgan, also nicht allzu weit weg wohnte. Auf gut Glück, denn sie wußte ja nicht, ob sie überhaupt zu Hause war, fuhr sie direkt dorthin. Was sich als ausgesprochen glückliche Entscheidung erwies. Ihre Freundin lieferte ihr sogleich die gewünschten Informationen, als hätte sie nur darauf gewartet, sie loszuwerden.

»Ich habe eine etwas ausgefallene Frage, Bernie«, erklärte sie nach einer flüchtigen Begrüßung, ein paar Minuten Plaudern und Bewundern des Babys. »Es geht um eine Wette. Weißt du, wann in der Glenadams School die Ferien zu Ende gehen?«

»Und ob, und zwar nur zu gut. Der Junge nebenan ist dort im Internat, aber wenn er zu Hause ist, verbringt er die meiste Zeit in katatonischer Erstarrung vor Feargals Computer, und deshalb weiß ich mehr über ihn, als mir lieb ist. Vor den Ferien habe ich jedesmal richtig Angst. Natürlich kehren alle anderen heute abend wieder in ihre verdammten Internate zurück. Nicht so Seine Hoheit. Ehrlich, Tess, seine verdammten Eltern schieben ihn ständig zu mir ab. Nur weil ich nicht arbeiten gehe.« Sie stieß einen tiefen Seufzer aus und warf Tess einen verdrießlichen Blick zu. »'tschuldige, daß ich dich damit belabere.« Sie lachte nervös, und Tess spürte, sie hatte entsetzliche Angst davor, Tess würde über Marcus' Tod zu sprechen anfangen. Entsetzt stellte sie fest, wie wenig sie selber in den letzten ein, zwei Tagen an ihn gedacht hatte.

Sie lächelte ihrer Freundin zu. »Ist schon in Ordnung, Bernie. Jedenfalls besser, als die ganze Zeit nur über Babys zu quatschen. Windeln und Stuhlgang, das alles steht mir bis hier. Die Probleme von Teenagern kommen mir da vergleichsweise interessant vor.«

»Ha, glaub das ja nicht. Die sind die reinsten Faultiere; minimale Anstrengung, maximaler Streit. Und um das zu erreichen, brauchen sie sich nicht einmal auch nur einen Millimeter von der Stelle zu bewegen. Glaub mir, Teenager gehen in einer fließenden Bewegung vom Zustand der Faulheit in den absoluter Reglosigkeit über. Wie alt ist Claire gleich wieder?«

»Noch nicht ganz in der Pubertät«, meinte Tess lachend. »Wie ist das jetzt mit den Ferien in Glenadams? Wann gehen die zu Ende?«

»Erst am Mittwoch. Verdammt.«

»Bist du sicher?«

»Natürlich. Warum interessiert dich das denn so? Du hast doch nicht etwa vor, die Schule irgend jemandem zu empfehlen? An deiner Stelle würde ich mir nicht die Mühe machen.«

»Und warum nicht?« Tess' Nackenhaare sträubten sich.

»Weil die zumacht, deshalb. Sie haben dieses Jahr keine neuen Schüler mehr aufgenommen. Oder letztes Jahr schon, glaube ich. Wenn die derzeitigen Schüler ihren Abschluß haben, machen sie nächsten Sommer dicht.«

»Du machst Witze.«

»Nein. Das stimmt. Hast du gewonnen?«

»Was gewonnen?«

»Die Wette«, fuhr ihre Freundin sie ungeduldig an.

»Ja, Bernie. Ich glaube schon.«

Als Tess langsam nach Hause fuhr, ging sie in Gedanken den ersten Besuch, den sie der Glenadams School abgestattet hatte, immer wieder durch. Zentimeter für Zentimeter, Wort für Wort. Wie unglaublich naiv sie gewesen war! Hatte das Theater, das diese Mrs. Knickerbocker ihr vorgespielt hatte, umstandslos für bare Münze genommen. Wie hatte man das früher genannt? Gleisnerei. Daran bestand kein

Zweifel, sie hatte es mit einer furchterregenden Gegnerin zu tun. Die Frage war nur, was, um alles in der Welt, sollte sie jetzt machen? Morgen könnte ein ziemlich interessanter Tag werden. Sie lachte leise vor sich hin, bis sie sich an all das andere erinnerte, was ihr und Claire im Verlauf der letzten Tage zugestoßen war. Vielleicht war interessant doch etwas zu milde ausgedrückt.

Als sie zu Hause anlangte, war sie wieder unruhig und bedrückt. Sie stieg aus dem Auto und sah zu dem in Dunkel getauchten Haus hinauf, da setzte beinahe ihr Herz aus. Ein großgewachsener Mann, der offensichtlich an das Treppengeländer gelehnt oben auf den Stufen gekauert hatte, richtete sich auf und kam auf sie zu. Ein paar Minuten lang stand sie da und stierte zu ihm hinauf, ehe sie sich aus ihrer Erstarrung lösen konnte.

»Owen? Du hast mich zu Tode erschreckt! Was willst du hier?«

»Hey – ist das die ganze Begrüßung?« Er küßte sie flüchtig auf die Wange, doch sie wich gereizt zurück. Claire reagierte weit begeisterter: als er einen Kuß auf ihre Stirn hauchte, gluckste sie fröhlich. Er nahm Tess die Tragetasche ab. »Wenigstens ein Mensch mag mich«, meinte er. Seine Miene hatte sich verdüstert.

Tess traute sich nicht zu, ihm zu antworten. Sie war wütend auf sich selber, weil sie so grob zu ihm gewesen war. Doch seit kurzem hatten unangemeldete Besuche eine unangenehme Bedeutung für sie angenommen, und es fiel ihr schwer, ihre Abwehrhaltung aufzugeben und zumindest einigermaßen freundlich zu sein. Sie wäre es gerne gewesen, aber sie brachte es einfach nicht fertig. Er hätte seinen Besuch ankündigen sollen, doch wie sollte er wissen, warum ihre Nerven so überreizt waren, wenn sie nicht vorhatte, es ihm zu erklären? Sie schenkte ihm ein schwaches Lächeln und ging zur Wohnung voraus.

»Entschuldige den frostigen Empfang«, erklärte sie zerknirscht. »Ich bin fürchterlich erschrocken, als ich dich da im Düstern stehen gesehen habe. Wie war es in Wexford?«

»Das habe ich ausfallen lassen. Mir war nicht so recht danach zumute«, erklärte er in einem Ton, mit dem er zum Ausdruck brachte, daß er nicht darüber reden wollte, und wechselte das Thema. »Du siehst müde aus, meine Liebe. Ist alles in Ordnung?« Er versuchte, unbefangen zu wirken, doch als er ihre angespannte Miene sah, änderte er das Drehbuch. Ihr Aussehen letzte Woche hatte ihn getäuscht. Er hatte den Eindruck gehabt, sie hätte sich erholt, aber jetzt wirkte sie wieder völlig erschöpft. Zerbrechlich. Verletzlich. Mehr als alles andere wünschte er, sie würde ihr Vorhaben aufgeben, am nächsten Tag bei der Ausgraberei dabeizusein, doch er war zu klug, um dieses Thema anzuschneiden. Er kannte Tess ziemlich gut und wußte, einen onkelhaften Rat schätzte sie nicht sonderlich. Sich mit ihr zu unterhalten kam fast einem Eiertanz gleich.

»Ich bin nur auf der Durchreise. Muß heute abend noch zurück. Genauer gesagt«, er warf einen Blick auf seine Uhr, »in einer halben Stunde muß ich zum Flughafen.« Trübselig lächelte er sie an und zuckte die Schultern. »Ziemlicher Reinfall, hm?«

»Ich fahr dich hin, wenn du willst. Nur muß ich vorher noch Claire füttern.«

»Nein, danke. Kommt gar nicht in Frage. Ich habe schon ein Taxi bestellt, das mich in ungefähr einer halben Stunde abholt.«

»Ach, Owen, tut mir wirklich leid, daß ich nicht früher nach Hause gekommen bin. Ich habe nicht gewußt, daß du in Dublin bist.« *Und mit wem.*

»Ich hab mir gedacht, ich überrasche dich mit einer Einladung zum Mittagessen. Ganz schön dumm von mir. Schließlich habe ich es aufgegeben und ganz allein gespeist, in dem Restaurant in Ballsbridge.«

»Und ich habe bei meiner Mutter zu Mittag gegessen.« Sie verzog das Gesicht. »Zum ersten Mal seit einem Jahr, kannst du dir das vorstellen? Mir wird ganz anders, wenn ich daran denke.« Aus Angst, seine Gefühle mit dem ehrlicheren Eingeständnis zu verletzen, daß sie fast den ganzen Tag ziellos durch die Gegend gefahren war, flunkerte sie fließend drauflos. »Seit wann bist du denn hier?«

»Seit Stunden. Ich bin am frühen Vormittag angekommen, um mich mit einem Klienten zu treffen.«

»An einem Feiertag?«

»Na ja, warum nicht. Er war dazu bereit und ich auch.« Er zog die Augenbrauen hoch, als wolle er sie auffordern, seine Behauptung anzuzweifeln. Ein nervöses kleines Lächeln spielte um seine Mundwinkel, als hätte er Mühe, nicht mit etwas herauszuplatzen. Er wird Stephanie heiraten, schoß es ihr plötzlich durch den Kopf. Er ist eigens hergekommen, um mir das zu sagen, und jetzt traut er sich nicht. Aller Mut verließ sie, als sie sich zwang, sich für ihn zu freuen. Oder, wenn sie das nicht fertigbrachte, zumindest so zu tun. Sie deponierte das Baby auf einer Decke auf dem Teppich, wo es fröhlich herumzappelte.

»Hast du noch genügend Zeit, um ein Glas mit mir zu trinken?«

»Gerade noch.«

»Ist der in Ordnung?« Sie öffnete eine Flasche billigen Muscadet, und als sie am Küchentisch saßen und an ihren Gläsern nippten, sagte sie leise: »Du hast Neuigkeiten.«

»Tatsächlich?« Er lachte.

»Ich glaube schon.« Sie stand auf und ging zum Fenster. Mit dem Rücken zu ihm gewandt, starrte sie auf den Park. »Also, willst du es mir nicht sagen? Ist es Stephanie?«

Ein, zwei Augenblicke lang gab er keine Antwort. Claire begann zu quengeln; sie wollte ihr Essen haben. Doch Tess drehte sich nicht um. Sie konnte an nichts anderes mehr denken, als daß sie allmählich jeden Halt verlor und hilfloser war denn je.

»Wie, zum Teufel, kommst du jetzt ausgerechnet auf Stephanie?«

Sie bemerkte nicht, daß er aufgestanden war, bis sie seine Arme um ihre Schultern spürte. Drunten auf der Straße hupte ein Taxi. »O verdammt«, entfuhr es Owen. Er drehte sie herum und küßte sie. Ganz sanft, bis sie reagierte, und dann in einem Ausbruch von Leidenschaft gierig, rückhaltlos und mit wohltuender Erfahrenheit. Ihre Lippen schmerzten, als sie sich von ihm löste.

»Hmm.« Zittrig lächelte sie ihm zu und legte die Hand an seine Wange. »Du verwirrst mich, Owen – ich habe dich immer für den Ruhigen und Verläßlichen gehalten.«

»Nein, ich bin wild und leidenschaftlich. Aber das eine schließt das andere ja nicht aus, oder?« erwiderte er leichthin und grinste über ihr Unbehagen. »Du warst schon immer eine miserable Menschenkennerin. Trotzdem«, fügte er nachdenklich hinzu, als sie die Treppe hinuntergingen, »für den Anfang tut es Verwirrtheit.«

Sie stand in der Diele, Claire auf dem Arm, während er die Stufen hinunter und zu dem Taxi hastete. Gerade als er einsteigen wollte, zögerte er und rannte zu ihr zurück. Aus seiner zerbeulten Aktentasche zog er eine Flasche Veuve Cliquot und drückte sie ihr in die freie Hand.

»Was ist denn das?«

»Noch so ein großartiger Plan, der nicht so recht funktioniert hat. Leg ihn auf Eis.« Er preßte seinen Mund auf ihren und spielte einen winzigen, quälenden Augenblick lang mit ihrer Zunge. Dann riß er sich los und rannte wieder die Treppe hinunter. Den Rücken zu ihr gewandt und mit ausgestreckten Armen, vollführte er einen kleinen Tanz in Sorbas-Manier, ehe er in das Taxi stieg. »Heb ihn auf, bis ich wiederkomme«, rief er durch das offene Fenster. »Champagner trinke ich nur im Bett. Oder ist das auch etwas, das du nicht gewußt hast?«

Langsam ging Tess durch die Diele und ließ sich auf die unterste Stufe der Treppe sinken. Mit der Hand fuhr sie sich über die wunden Lippen. Immer noch schmeckte sie ihn in ihrem Mund, vermischt mit dem fruchtigen Wein, den sie getrunken hatten. Er hatte sie völlig überrascht. Zweimal. Mit seiner Leidenschaftlichkeit und mit seiner Bemerkung: »Das eine schließt das andere ja nicht aus.« Leidenschaft und Verläßlichkeit? Ihrer Erfahrung nach ließ sich das nicht miteinander vereinbaren. *Leidenschaft und Verläßlichkeit?* Eine berauschende Mischung. War es das, was sie wollte? Was sie brauchte?

Als Kind war sie Zuschauerin, unbeobachtete Zeugin der wilden Achterbahn der Gefühle ihrer Eltern gewesen. Die hatten alles offen ausgetragen – machte sie deshalb genau das Gegenteil? Redete sich selber ein, sie sei ruhig und verständnisvoll? Sie hatte, so sagte sie sich selber, aus jener Erfahrung ihre Lehren gezogen. Sie hatte gewußt, wie sie mit Marcus umgehen mußte. Sie war sein Gegengewicht gewesen. Und das ihrer Eltern. Ihre angebliche Bewunderung für all diese Feuerwerke, das Ausbrechen der geliebten persönlichen Vulkane, war im Grunde nur ein verschwenderisches Ausleben der Tiefe gewesen, die sich darunter verbarg. Sie hatte sich in seinem und ihrem Sog mitreißen lassen. Sich als die Ruhige, Zurückhaltende, Vernünftige gebärdet, während sie in Wirklichkeit genauso ungestüm gewesen war wie sie. Leise lachte sie vor sich hin. Claire lutschte zufrieden an ihren Fingern und schaute an ihr vorbei, als sich die Tür zur Diele öffnete und Hugo hereinkam.

»Tess? Du hast mich erschreckt. Was, um alles in der Welt, machst du hier im Dunkeln?«

»Ich denke nach«, erwiderte sie verträumt. »Owen war da. Er ist gerade gegangen.«

Hugo blieb in der Tür zu seiner Wohnung stehen. Er sah müde aus. »Etwas zu trinken?« fragte er galant, aber ohne große Begeisterung. Seit der Dinnerparty hatten sie sich kein einziges Mal richtig miteinander unterhalten. Tess stand auf und schickte sich an, die Treppe hinaufzugehen.

»Danke, Hugo, aber ich muß morgen sehr früh aufstehen. Wird ein großer Tag. Gute Nacht.«

»Owen, soso«, sagte er mehr zu sich selber, »den habe ich immer für den ...« Er hielt inne und blickte zu ihr hinauf. »Viel Glück für morgen, Tess.« Auf dem Treppenabsatz drehte sie sich um und bemerkte, daß er immer noch in der Tür stand und sie beobachtete. »Der Junge ist es wert, dieser Owen«, erklärte er und ging in seine Wohnung.

Ist er das? fragte sie sich, als sie müde die Treppe hinaufstieg. Die zwei Seiten seiner Persönlichkeit waren verwirrend. Aber schließlich und endlich hatte er ihr keine ausdrückliche Liebeserklärung gemacht. Ein Kuß, das hatte noch nicht viel zu bedeuten, wie leidenschaftlich er auch gewesen sein mochte. Als sie genauer darüber nachdachte, kam sie zu dem Schluß, mit einer derartigen Zurückhaltung, selbst wenn sie sich als Verläßlichkeit tarnte, würde sie nie und nimmer zurechtkommen. Nicht in ihrem derzeitigen Zustand leidenschaftlichen körperlichen Begehrens. Und ihre gefühlsmäßige Reaktion auf ihn war noch unvorhersehbarer. Und wirrer.

Sie sind verschwunden: Alles schwand mit ihnen,
Und mir bleibt nichts als meines langen Leidens
Bitterer Jammer, der sonst keinen jammert,
Trostlose Trauer nur um meinen tiefen Fall.

(Edmund Spenser, The Ruines of Time)

31

Dienstag, der neunundzwanzigste Oktober, der Tag, vor dem Tess sich so sehr gefürchtet hatte. Es war noch dunkel, als sie aufstand; sie war zu unruhig gewesen, um zu schlafen, und jetzt war sie viel zu aufgeregt, um mehr als eine Scheibe Toast hinunterzubringen. Claire schlummerte noch tief und fest, als Sandra völlig verschlafen auftauchte und sich neben sie in das große Bett fallen ließ. Beide schnarchten um die Wette, als Tess um halb sieben ging.

Über Nacht war es für die Jahreszeit unverhältsmäßig kalt geworden, und eine dünne Frostschicht glitzerte auf der Windschutzscheibe. In Richtung Süden herrschte kaum Verkehr, doch auf der Gegenfahrbahn, Richtung stadteinwärts, waren zahlreiche Autos unterwegs. Sie war überrascht, daß das schon zu so früher Stunde anfing. Als sie sich dem Kloster näherte, versuchte sie, sich auf die Rundfunkmeldungen zu konzentrieren und nicht an die grausige Prozedur zu denken, die ihr bevorstand. Särge und Gräber waren immer noch ein heikles Thema. Sie versuchte, nicht über Marcus nachzugrübeln, und landete in ihren Gedanken schließlich bei Owen. Vor allem aber bemühte sie sich krampfhaft, nicht an Claire zu denken. Sich nicht ständig vorzustellen, was genau sie in jeder einzelnen Minute machte. Sie hatte das Gefühl, als sei ein Teil von ihr amputiert worden.

Als sie in Holy Retreat ankam, war trotz ihrer schlimmen Vorahnungen alles ruhig und friedlich. Abgesehen vom Anrollen des Baggers natürlich. Doch sie war da, ehe irgendeiner der anderen eintraf.

»Haben Sie die Liste der Toten und die Lagepläne, Mutter Catherine?« Sie stellte fest, sie brachte es kaum fertig, den Nonnen ins Gesicht zu sehen. Aus irgendeinem Grund machte sie das verlegen und gehemmt.

»Ja, Tess, hier sind sie.« Die Nonne räusperte sich, zog ein Bündel Papiere unter ihrem Umhang hervor und reichte etliche davon Tess; auf einem stand ihr Name. Tess überflog die Unterlagen. Der erste Todesfall fiel in das Jahr 1867, zehn Jahre nach Gründung des Klosters; der letzte war für Januar 1996 registriert. Die einzelnen Seiten waren in eleganter Kursivschrift abgefaßt und ordentlich in vier Spalten unterteilt, in denen die Ordensnamen, das Alter sowie Todesursache und Todestag der Verstorbenen verzeichnet waren. Die im Verlauf der letzten vierzig Jahre Verschiedenen waren alle ziemlich alt geworden, doch je weiter sie zurückging, desto jünger schienen sie gewesen zu sein. Vierundzwanzig, sechsundzwanzig, dreißig, fünfunddreißig. Drei oder vier waren an Herzversagen gestorben, ungefähr genauso viele an Lungenentzündung, aber bis in die fünfziger Jahre des 20. Jahrhunderts hinein hatte Tuberkulose bei weitem die meisten Opfer gefordert.

Tess mußte an ihren ersten Besuch im Kloster vor nahezu zwei Monaten denken. Selbst an jenem milden, sonnigen Septembervormittag war es in dem Sprechzimmer kühl und feucht gewesen. So wie damals fragte sie sich auch jetzt, wie die Schwestern überhaupt die kalten, nassen irischen Winter ohne Heizung überlebten. Sie tat so, als läse sie, musterte jedoch in Wirklichkeit verstohlen die Nonnen. Außerhalb der alles umhüllenden Sicherheit und der geheimnisvollen Atmosphäre der Einfriedung mit ihrem alles durchdringenden Geruch nach Lavendel und den allgegenwärtigen undurchsichtigen Trennwänden wirkten sie irgendwie kleiner. Sie schauderte. Plötzlich hatte sie das Bedürfnis, die Arme um sie zu legen und sie zu beschützen.

Tess wandte sich ab und blickte zur rückwärtigen Mauer des Klosters, deren Gipsschicht von Sprüngen durchzogen war. Sie befand sich in noch heruntergekommenerem Zustand als das Mauerwerk auf der vorderen Seite. Undichte Regenrinnen hatten riesige grüne Schleimspuren auf dem grauen, abbröckelnden Verputz hinterlassen, und einige der hölzernen Fensterrahmen waren verfault. Eine bewohnte Ruine. Als sie so im kalten Licht des Morgens das Gebäude betrachtete, war ihr völlig klar, wie dringend nötig es einer Renovierung – im Grunde genommen fast eines Neubaus – bedurfte, aber von der lieben schwatzhaften Schwester Joseph-Maria wußte sie auch, daß anfangs etliche Schwestern sich dem Handel widersetzt und ziemlich unglücklich über die Verlegung des Friedhofs gewesen waren. Natürlich waren sie letztlich von den anderen überzeugt worden. Auf ihre unschuldige Art hatte die Pförtnerin Tess stets über die im Kloster geführten Diskussionen wie auch über alles andere auf dem laufenden gehalten.

»Um welche Zeit erwarten Sie Miss Hillyard, Mutter Catherine?« Tess bemühte sich, unbeteiligt zu klingen.

»So gegen zehn, denke ich«, erwiderte diese ruhig, und Tess nahm an, Jeddie hätte ihr Kommen bestätigt.

Solange sie noch warten mußten, nahmen die beiden Nonnen Tess mit, um ihr den neu angelegten und geweihten Friedhof auf der anderen Seite des Gebäudes zu zeigen, der in den vorangegangenen Wochen vorbereitet worden war. Er war übersichtlicher angelegt als der alte, der mehr zufällig als planvoll ungefähr einen Halbkreis gebildet hatte. In seiner Mitte war einst ein uraltes keltisches Kreuz aufgeragt, das man inzwischen bereits auf dem neuen Friedhof aufgestellt hatte, wo die Gräber schon ausgehoben waren. Sie gingen in zwei Reihen von einem runden, etwas erhöht angelegten Beet aus, in dem das Kreuz stand. In dem Kreis lagen etliche Haufen bunter, etwa faustgroßer Steine. Irgend jemand, vermutlich die Schwester Gärtnerin, hatte bereits winzige Lavendelbüsche um die innere Einfassung gepflanzt, in der rosafarbene Steine vor einem Hintergrund aus mit Glimmer gesprenkeltem Granit zu den Worten *Magnificat Anima Mea* angeordnet waren. Das Ganze war sehr geschickt gemacht, und Tess war verblüfft, was für ein kleines Kunstwerk – denn dies war zweifelsohne das Werk einer Künstlerin – die betreffende Nonne mit den Meereskieseln zustande gebracht hatte, die offensichtlich von dem nahe gelegenen Strand von

Killiney stammten. Allerdings fragte sie sich angesichts der Tatsache, daß der Strand sich außerhalb des Klosters befand, wen die braven Schwestern wohl dazu bewogen hatten, um sie zu sammeln. Da sie fast unmerklich, aber sehr rasch zu einer Art Botengängerin für Holy Retreat geworden war, die alles mögliche mitbrachte und wegschaffte, war sie ein ganz klein wenig überrascht, daß man nicht sie gebeten hatte, Steine zu beschaffen. Obwohl diese Verwunderung vielleicht ein wenig voreilig war, denn einigermaßen beunruhigt stellte sie jetzt fest, daß die Granitsteine fast ausgegangen waren.

Kurz nachdem sie wieder in den Vorhof des Klosters zurückgekehrt waren, trafen der Begräbnisunternehmer und seine Arbeiter ein, gefolgt von Mr. Mike Flood vom Grafschaftsrat und Mrs. Joan Fermoy vom Gesundheitsamt. Die beiden Nonnen traten schweigend zur Seite, als Tess sie begrüßte und ihnen die Listen aushändigte. Ehe sie mit der Arbeit begannen, versammelte der Beerdigungsunternehmer seine Leute um sich und entwarf einen einfachen Vorgehensplan, den er anschließend auch den anderen erklärte. Ehe sie die einzelnen Gräber öffneten, würden sie die Grasnarbe und die oberste Erdschicht bis zu einer Tiefe von einem halben bis einem Dreiviertelmeter abtragen und beiseite räumen. Dann würden sie jeden einzelnen Sarg herausheben, identifizieren, etikettieren und im Schuppen verstauen. Wenn ein Sarg verfault war, würde man die sterblichen Überreste noch am Grab in einen Leichensack stekken und ebenfalls etikettieren, dann in den Schuppen bringen, in einen der neuen Särge legen und ein zweites Mal mit einem Namensschild versehen. Die Kreuze zogen die Totengräber alle auf einmal aus dem Boden, und nachdem der Bagger die Erdschicht weggeschaufelt hatte, waren sie wieder an der Reihe. Sie steckten jedes Grab ab, ehe sie in umgekehrter Reihenfolge zu graben begannen.

Es war frostig. Tess stampfte mit den Füßen auf, um ihren Kreislauf in Schwung zu halten. Etwa alle Stunden hastete eine rundliche Nonne mittleren Alters ganz außer sich vor Neugierde aus dem Kloster herbei und brachte eine Thermosflasche mit heißem Tee, den sie verteilte.

»Gehen Sie doch hinein, und wärmen Sie sich auf, Mutter, Sie sehen ja halbtot aus. Warum lassen Sie mich nicht hierbleiben und Sie ablösen?« hörte Tess sie mindestens dreimal murmeln, ehe die so bedrängte Oberin schicksalsergeben seufzte, ihre ältere, namenlose Gefährtin hineinschickte und die hartnäckige Nonne deren Platz einnehmen ließ. Schwester Julian-Maria war überall. Sie war ein wenig jünger als die anderen beiden Nonnen und hoffte – nein, erwartete ein Wunder, wie Tess ihrem aufgeregten Flüstern entnahm. Einen Duft von Rosen, eine Erscheinung, eine unversehrte Leiche. Hätte man sie bestimmen lassen, dann hätte sie, daran zweifelte Tess nicht im geringsten, jeden einzelnen Sarg aufstemmen lassen – »nur um sicherzugehen«.

Einige der älteren Särge in den trockensten Bodenschichten hatten sich schon längst aufgelöst oder zerfielen, sobald die Arbeiter sie herauszuheben versuchten. Niemand sprach viel, als sie den Inhalt eines jeden einzelnen – Knochen, Stoffetzen, Rosenkranzperlen – in schwarzen Plastiksäcken verstauten und diese etikettierten. Die gebrechliche Oberin, die kein einziges Wort sagte, schien mehr Kraft zu haben als selbst die Totengräber. Sie hielt durch, während diese kurz nach eins von einer zweiten Schicht abgelöst wurden. Aber sie betete die ganze Zeit, unaufdringlich und still.

Zwölf Gräber hatten sie bereits geschafft, als ungefähr um ein Uhr dreißig zwei Nonnen kamen und schüchtern flüsterten, im Sprechzimmer sei ein kleiner Mittagsimbiß vorbereitet. Aufgeregt flatterten sie umher, als die neuen Arbeiter erklärten, sie hätten sich selber Sandwiches mitgebracht und würden es vorziehen, sie an Ort und Stelle zu verspeisen; nur etwas Heißes zu trinken hätten sie gerne. Die anderen marschierten müde ins Haus. Die beiden Schwestern begleiteten sie ins Sprechzimmer, dann entschuldigten sie sich und verschwanden.

Gesprochen wurde kaum etwas. Und obwohl keiner von ihnen vorher große Begeisterung geäußert hatte, als von Essen die Rede war, fielen sie jetzt mit einem Appetit, der sie selber überraschte, über die Berge von Eiersandwiches und Butterhörnchen her.

»Viele sind es jetzt nicht mehr. Die meisten schaffen wir wahrscheinlich heute noch. Morgen werden wir damit fertig«, meinte Dwyer und wischte sich den Mund ab. »Gott sei Dank«, fügte er grimmig hinzu.

»Hoffentlich.« Mrs. Fermoy hatte bisher kein Wort gesagt. »Ich finde das alles ziemlich schaurig.«

»Sie haben so etwas noch nie gemacht?« fragte Tess den Begräbnisunternehmer.

»Ich glaube, derlei hat hierzulande bis jetzt nur zwei- oder dreimal stattgefunden. Höchstens«, warf Mike Flood ein; er erklärte, er sei der für die Friedhöfe im Süden der Stadt zuständige Aufsichtsbeamte, aber selbst in dieser Eigenschaft hatte er noch nie eine Massenexhumierung miterlebt. Er war ein großgewachsener, ziemlich gebeugter Mann um die Fünfzig, sprach gedämpft und schien recht umgänglich. Im Lauf der Stunden war alle Farbe aus seinem Gesicht gewichen, und jetzt war es fast so weiß wie sein widerspenstiges Haar.

»Stammen Sie aus dem Westen?« fragte Tess höflich.

»County Clare.« Er lächelte, und sie war verblüfft, um wie vieles interessanter er aus der Nähe aussah. Draußen hatte er einen scheußlichen grünen Anorak angehabt. Der blaugrüne Tweed aus Donegal stand ihm eindeutig besser. Sie wußte nicht so recht, warum, aber sie überlegte, ob er wohl Musiker war, und die Frage rutschte ihr heraus, ehe sie sie unterdrücken konnte.

»Wieso – ja. Woher wissen Sie denn das?« erwiderte er überrascht und erfreut zugleich. »Ich spiele den irischen Dudelsack. Und Sie?«

»Ich spiele nicht Dudelsack.« Sie lachten.

»Sie sind die Anwältin, nicht wahr?« fragte er. »Viel bürokratischer Kram?« Draußen machte sich der Bagger wieder ans Werk.

»O ja«, antwortete sie, »sowohl auf seiten der Kirche als auch des Staates. Es hat Monate gedauert, das vorzubereiten.«

»Haben Sie das alles erledigt?«

»Die Firma, für die ich arbeite, hat sich darum gekümmert. Ich bin erst vor ein paar Wochen für einen der Geschäftspartner eingesprungen, der krank wurde.« Sie lächelte. »Es war ungeheuer interessant. Und ich habe die Nonnen richtig liebgewonnen.« Sie rückte ein wenig näher und senkte die Stimme. »Sind Ihnen übrigens die Kinder aufgefallen, die sich da draußen rumgetrieben haben?«

»Ich habe auch den Eindruck gehabt, ich hätte etwas gesehen. Waren es mehrere? Irgendwas ist mir aufgefallen, das ja. Obwohl ich mir nicht sicher war, ob es ein Junge war. So gegen elf Uhr?«

»Ja. Ich habe mich gefragt, ob ich träume. In der Nähe der Grenzmauer ist plötzlich ein Kopf aufgetaucht und dann wieder verschwunden. Zu weit weg, um ihn deutlich zu sehen.«

»Ich bin mir nicht einmal sicher, ob es überhaupt ein Kopf war, was ich gesehen habe – nur irgend etwas, das sich da hinten bewegt hat.« Er lachte leise. »Lange sind sie nicht dageblieben, egal, wer es war. Wahrscheinlich hat ihnen der Berg von Särgen einen Heidenschrecken eingejagt.«

»Hat nicht jemand erwähnt, vor einiger Zeit hätten sie Probleme mit Grabschändern gehabt?« warf Mrs. Fermoy ein.

»Ja, ein paar von den Grabkreuzen sind verbrannt worden, die übrigen haben sie einfach so rumliegen lassen. Man hat sie ersetzt«, erklärte Tess. »Soweit ich weiß, war es nur ein Haufen Jugendlicher.«

»Ich werde mich mal umsehen, ehe ich nach Hause fahre, wenn Sie wollen. Und nachschauen, ob irgendwo ein Loch in die Mauer gebrochen worden ist«, murmelte Mike Flood.

»Das wäre gut. Ich komme auch mit. Mutter Catherine brauchen wir damit nicht zu behelligen.«

»Nein, eigentlich nicht. Eine bemerkenswerte Frau, finden Sie nicht auch?«

»Ein paarmal habe ich gedacht, sie würde gleich ohnmächtig. Mir hätte das jedenfalls leicht passieren können.« Mrs. Fermoy vom Gesundheitsamt sah in der Tat aus, als sei es ihr ziemlich übel. »Das ist vielleicht ein Unternehmen«, fuhr sie fort, als die Tür sich leise öffnete und die Mutter Guardian sie zu sich winkte. Sie sah jetzt einigermaßen erholt aus, auch wenn ihre Wangen hochrot waren und ihre Augen unnatürlich glänzten. Sie ging neben Tess zum Friedhof zurück.

»Können Sie morgen auch herkommen, Tess?« fragte sie besorgt. »Es wird bald dunkel, aber offenbar ist noch eine Menge zu tun.«

»Ja, natürlich. Wenn es etwas später geht ... wegen des Babys ...«

»Selbstverständlich, selbstverständlich, meine Liebe. Daran hätte ich selber denken müssen .... Eigentlich habe ich damit gerechnet, daß Jane uns helfen würde. Offenbar konnte sie nicht weg.« Sie klang besorgt.

»Sie haben nichts von ihr gehört?« fragte Tess, aber Mutter Catherine antwortete nicht. Sie ging zu einer Gruppe Ebereschen, wo sie und ihre Gefährtin auf und ab schritten und aus ihren Brevieren rezitierten. Von Zeit zu Zeit wehte der Singsang der Psalmen über den Friedhof. Schließlich waren sie fertig und schlossen sich Tess an.

»Ist alles in Ordnung mit Ihnen, Mutter? Könnten Sie sich nicht von jemandem ablösen lassen?« setzte Tess an, hielt jedoch unvermittelt inne, als einer der Arbeiter wie wild dem Begräbnisunternehmer zufuchtelte.

»Was ist los? Was ist denn los?« Vor Aufregung schnappte die Stimme der alten Nonne über. Sie umklammerte Tess' Ärmel und hielt sie zurück. Dwyer rannte zu der Stelle, wo der Bagger die Erde wegschaufelte, und sie sahen, wie er sich bückte und den Kopf schüttelte. Die Arbeiter stützten sich auf ihre Spaten und beobachteten die Baggerschaufel, die mitten in der Luft schwebte. Als die anderen näher kamen, richtete Mr. Dwyer sich auf.

»Ein Bleisarg«, erklärte er an Mutter Catherine gerichtet.

»Ein Bleisarg? Das kann nicht sein!« rief sie entsetzt und völlig außer sich. »Keine unserer Nonnen wäre in einem Bleisarg begraben. Das ist unmöglich. Wie könnte das auch sein?« Sie blickte von einem zum anderen und preßte die

Lippen zusammen. »Wir haben ein Armutsgelübde abgelegt«, erklärte sie linkisch; offenbar hielt sie dies für ein überzeugendes Argument. Die anderen sahen sie jedoch nur verständnislos an. Später erinnerte Tess sich mit einiger Verwunderung, wie schnell die Oberin die Bedeutung dieses seltsamen Vorfalls erkannt hatte.

Mrs. Fermoy stieß Tess an. »Was ist ein Bleisarg?« flüsterte sie.

»Ich bin mir auch nicht ganz sicher«, erwiderte Tess zögernd und fing Mike Floods Blick auf. »Wissen Sie da Bescheid?«

»Ja. Normalerweise sind sie mit Blei ausgekleidet – für Verschiffungen beispielsweise. Der hier ist ziemlich ungewöhnlich – er ist anscheinend mit einer Bleischicht überzogen.«

»Seltsam. Warum? Warum sollten sie das machen?« fragte Mrs. Fermoy hartnäckig weiter. Tess zuckte die Schultern und schüttelte den Kopf.

»Hier sollte überhaupt kein Sarg liegen. Das da ist kein Grab. Zumindest nicht laut dem da«, erklärte Mike Flood und streckte der Mutter Guardian den Lageplan hin.

»Eine unserer Schwestern kann es nicht sein«, erwiderte sie gedankenverloren und beachtete den Zettel überhaupt nicht. Ihre Stimme zitterte, und sie schüttelte ungläubig den Kopf.

»Egal, wer es ist, wir können den Sarg nicht raushieven.« Einer der Arbeiter machte einen schwachen Versuch, die Situation zu entspannen. »Der ist viel zu schwer und steckt wahrscheinlich in dem nassen Lehm fest.«

Mr. Dwyer murmelte etwas von wegen zu vielen verdammten Experten und ordnete an, sie sollten alle beiseite treten. Ungeduldig bedeutete er dem Baggerführer, näher heran und neben das geöffnete Grab zu fahren. Ein dumpfes Geräusch war zu hören, als die Zähne des Greifers das obere Ende des Sarges aufschlitzten, ehe er ihn hochhob, Richtung Schuppen schwang und ihn absetzte. Dwyer rannte darauf zu und deckte eine Ölplane darüber.

»Darum kümmern wir uns später, Mutter«, erklärte er

entschieden. »Sind die anderen damit einverstanden?« Seine Stimme klang verdrossen. »Okay, Jungs, macht weiter«, brüllte er und rannte zu dem Grab zurück.

»Wieso kann da keine Nonne drinliegen?« Joan Fermoys Verblüffung war beinahe schon komisch.

»Wir haben ein Armutsgelübde abgelegt, Mrs. Fermoy«, wiederholte die Nonne, als würde dies alles erklären. Sie kniff die Lippen zusammen, als schmerze sie das Sprechen.

»Vielleicht stammte eine der frühen Schwestern aus einer reichen Familie? Eine Adelige?« Mrs. Fermoy gab nicht auf.

Ungeduldig klopfte die Mutter Guardian mit der Liste der Toten gegen ihren Rock und sah sie an.

»Mrs. Fermoy, wir verfügen über eine vollständige Geschichte aller unserer Schwestern«, sagte sie verzweifelt. »Bei uns gibt es keine Bleisärge. Warum auch? Das wäre nicht im Sinne unserer heiligen Regel.«

»Im 19. Jahrhundert war das gar nicht so außergewöhnlich«, mischte Mike Flood sich mit halblauter Stimme ein. Doch sie schenkten ihm kaum Beachtung.

»Was ist mit Ihrer Stifterin, Mutter?«

»Unsere Gründerin liegt da drüben. Die erste auf der Liste, die letzte, die herausgehoben wird. Wir wollten sie gleich zum neuen Friedhof bringen.« Die Nonne schluckte. Verängstigt sah sie aus, in die Enge getrieben, als wolle sie vor dieser herrischen Befragung, diesen Forderungen nach Informationen, die sie nicht liefern konnte, zurückweichen.

»Hatte die Stiftung anfangs nicht auch noch einen anderen Wohltäter oder eine Wohltäterin?« fragte Tess gelassen und hätte sich gleich darauf am liebsten selber geohrfeigt, als ihr Jeddie Hillyard einfiel. Sie war immer noch nicht aufgetaucht. Tess schaute um sich, als könne sie durch schiere Willenskraft erzwingen, daß die Frau auftauchte. Aber weit und breit war nichts von ihr zu sehen.

»Außer unserer Gründerin keine. Das Haus, das Grundstück, alles stammte von ihrer Familie«, murmelte die Nonne und seufzte tief auf. Sie wirkte teilnahmslos, erschöpft. Niedergeschlagen. Nachdenklich sah Tess sie an, doch ehe sie etwas sagen konnte, wandte die alte Nonne sich ab und ging zu der Stelle, wo der Bleisarg stand. Lange stand sie da, starrte auf ihn hinunter und ließ zwanghaft ihren Rosenkranz durch die zitternden Finger gleiten. Nach ein paar Minuten ging sie zu Dwyer und sprach kurz mit ihm.

Die Erde über dem nächsten Grab ließ sich schnell und mühelos wegräumen, doch da es in einem Streifen trockenen, sandigen Bodens lag, war der Sarg schon vor langer Zeit zu Staub zerfallen. Glücklicherweise war das Messingschild mit dem Namen und dem Todestag der Verstorbenen noch da. Die Atmosphäre entspannte sich etwas, als die Arbeiter ein paar Meter weitergingen und mit den letzten paar Gräbern begannen. Der Boden war ungewöhnlich unterschiedlich, fast, als gäbe es abwechselnde Stränge: naß, trocken, naß, trocken. Der Abschnitt, auf den sie jetzt trafen, war fast sumpfig, und ihre Füße sanken im Nu in den nassen Torf ein. Mike Flood, der nach wie vor seinen Plan umklammerte, ging zu Tess hinüber.

»Noch sechs, glaube ich.« Er fuhr mit dem Finger die Tabelle entlang. »Außer natürlich, der Plan ist falsch und wir haben Glück«, murmelte er so leise, daß die Nonne es nicht hören konnte, »und Schwester Adelaide-Maria liegt in dem Bleisarg. In dem Fall wären es nur noch fünf.«

»Natürlich.« Tess lächelte ihm erleichtert zu. »Schließlich und endlich hat sie den Orden gegründet. Und ihre Familie war reich genug.« Sie warf einen Blick auf die mit Bleistift geschriebenen Notizen auf ihrem Plan und überlegte noch einmal. Möglicherweise hatten sie vorgehabt, Schwester Adelaide anderswo zu beerdigen. Beispielsweise zu Hause in Oxfordshire. Deshalb auch ein Sarg aus Blei.

»Das wissen Sie besser als ich. Ich habe keine Ahnung. Das Problem ist nur, ihr Grab ist als das markiert, das sie gerade ausheben.«

»Ach du meine Güte. Ich habe gedacht, Mutter Catherine wollte das erst morgen machen lassen. Daß es als letztes geöffnet werden soll. Ich frage mich, warum sie ihre Meinung geändert hat.« Sie sah sich nach der Nonne um und bemerkte, wie diese ihnen zuwinkte, sie sollten zu ihr und

Dwyer, der neben ihr bei dem Grab stand, kommen. Auch er überprüfte den Lageplan. Die Arbeiter blickten zu ihnen auf und sahen dann Dwyer an.

»Wir sind auf etwas Festes gestoßen«, erklärten sie. »Der da ist Gott sein Dank unversehrt.«

Die Männer steckten Stoffgurte durch die Griffe des Sargs und versuchten, ihn hochzuhieven, aber es bedurfte einer fast halbstündigen herkulischen Anstrengung, bis sie den Sarg aus dem klebrigen Lehm lösen konnten. Als der Sarg schließlich auf dem Boden abgestellt wurde, erwies er sich als erstaunlich gut erhalten. Das Namensschild war immer noch fest auf den Deckel geschraubt; darauf stand in verschnörkelter Kursivschrift: Mutter Adelaide-Maria. Gründete 1852 Holy Retreat, starb 1908. Mike warf Tess einen Blick zu. Beide zuckten bedauernd die Schultern und schauten zu Mutter Catherine.

»Ich hatte gehofft«, erklärte diese düster, »ich hatte gehofft, sie läge möglicherweise in dem da.« Sie deutete auf den Bleisarg. »Mr. Dwyer, könnten Sie bitte für heute die Arbeit einstellen?« Tränen stiegen ihr in die Augen. »Ich hatte so sehr gehofft ...« Sie biß sich auf die Lippen und wandte sich zu Tess. »Tess, meine Liebe, könnten Sie ins Kloster gehen und Schwester Joseph-Maria bitten, die Gemeinschaft zusammenzurufen? Wir müssen unsere Heilige Stifterin über Nacht in die Kapelle bringen. Sie sollen die Kerzen anzünden. Ich warte hier.« Ihre traurigen Augen begegneten denen von Tess. »Kommen Sie wieder zurück und warten mit mir?«

Während Tess davonhastete, trat die Nonne zu Dwyer und Flood, die in ein ernstes Gespräch vertieft waren. »Wir haben einen zuviel, nicht war?« Sie bekam einen Hustenanfall, ehe sie dem Begräbnisunternehmer ins Gesicht sehen konnte. Ihre Augen schwammen jetzt in Tränen.

»Vielleicht nicht, vielleicht doch nicht. Wir müssen abwarten«, beschwichtigte er sie. »Jemand soll heute abend noch einmal Ihre Aufzeichnungen überprüfen. Wir sollten nicht von vornherein mit Schwierigkeiten rechnen. Meistens gibt es für derlei eine ganz einfache Erklärung.« Er sah sie unverwandt an. »Meinen Sie nicht auch, Mutter Oberin? Wir müssen abwarten, bis alle Gräber geöffnet sind.« Er tätschelte ihr die Hand. »Damit können wir bis morgen warten, nicht wahr, Mr. Flood?« Es war eher eine Forderung als eine Frage, und Mike Flood blieb kaum etwas anderes übrig, als zuzustimmen.

»Wenn es wirklich zum Allerschlimmsten kommt, müssen wir den Coroner rufen und den Sarg öffnen, um die Leiche zu identifizieren«, erklärte Mr. Dwyer ungerührt und energisch; er deutete auf die Ölplane. »Aber nur wenn es wirklich zum Allerschlimmsten kommt. Vielleicht findet die Anwältin etwas in den Aufzeichnungen?« wandte er sich an die Nonne, doch diese hatte sich ganz auf sich selber zurückgezogen und antwortete nicht.

»Vielleicht könnten wir die Bleischicht abziehen; möglicherweise verbirgt sich darunter eine Inschrift?« Mike Flood sah die anderen an, doch es wurde rasch dunkel, und keiner unterstützte den Vorschlag. Es war klar, die Mutter Guardian wollte, daß sie gingen, ehe die Prozession sich versammelte, um die Gründerin in die Kapelle zu tragen.

»Ich glaube, das hat bis morgen Zeit«, erklärte Mr. Dwyer entschieden. »Der Bleisarg läuft uns nicht weg.«

Hoffentlich liegt jemand aus der Elderson-Familie da drin, dachte Tess, als sie zu ihnen zurückhastete. Ansonsten haben wir einen Mord aufzuklären.

Der ems'gen Klöster bleiche Stätten
Soll täglich auch mein Fuß betreten,
Sich unter dem Gewölb' ergehn,
Wo altersgraue Pfeiler stehn,
Und wo ein trüb andächtig Licht
Durch reich gemalte Fenster bricht.

(John Milton, Il Penseroso)

32

Seltsam, wie es der Mutter Guardian gelang, mit so wenig Worten so viel mitzuteilen. Sie hatte neben dem Sarg der Ordensgründerin gestanden und beobachtet, wie die kleine Gruppe den Friedhof verließ, doch als Tess auf sie zuging, um sich zu verabschieden, nahm Mutter Catherine ihre Hand und schüttelte fast unmerklich den Kopf.

Tess wandte sich um und winkte Mike Flood und Mrs. Fermoy zum Abschied zu. Fast bedauernd, um ehrlich zu sein, denn sie war selber müde und ängstlich, und die Beine taten ihr weh. Ein paar hastige Anrufe über das Mobiltelephon hatte die Anspannung, Claire den ganzen Tag allein gelassen zu haben, nicht spürbar gemildert. Sandra gab immer reichlich lakonisch Auskunft, und das jagte einer besorgten Mutter eher Angst ein, die lieber etwas Beruhigendes als flotte Sprüche gehört hätte. Aber zumindest hatte ihre Mutter sich als guter Kumpel erwiesen und versprochen zu bleiben, bis es Zeit wurde, zum Theater zu gehen.

Ihr kam zu Bewußtsein, wie improvisiert ihre Babysitterarrangements immer waren. Seit Wochen geisterten Zweifel durch ihren Hinterkopf, ob ihre Pläne für die Zukunft überhaupt durchführbar wären. Der Schock vom letzten Freitag hatte sie ernstlich verstärkt. Sie müßte Tag für Tag Claire einem Kindermädchen überlassen, *falls* sie wieder ganztägig arbeiten wollte, und sie wußte, sie war bei weitem noch nicht in der Lage, damit zurechtzukommen. Nicht nur mit der noch recht jungen, muffigen Sandra; mit irgend jemandem.

Nüchtern registrierte sie, das kleine *Falls* spielte eine zunehmend größere Rolle in ihren Überlegungen.

Nachdem sie so lange hatte warten müssen, bis sie Mutter geworden war, erschreckte es sie, wie schnell das Baby zu dem alles bestimmenden Faktor in ihrem Leben geworden war, doch gleichzeitig war sie auch erleichtert, als sie feststellte, wie sehr sie mittlerweile an Claire hing. In vieler Hinsicht genoß sie es, Mutter zu sein. Seltsam, wie Freude derart von fast ständiger Angst begleitet sein konnte. Und noch seltsamer, wie tief dieses kleine Menschenwesen sich in ihr gesamtes Denken eingegraben hatte; seine Wünsche und Anforderungen beherrschten jeden Augenblick, in dem sie nicht schlief. Und zwar nicht nur jetzt; auch die Zukunft war umfassend darauf festgelegt. Unruhig blickte Tess auf ihre Uhr; als sie aufsah, bemerkte sie, wie Mutter Catherine sie beobachtete. Sie von Angesicht zu Angesicht zu sehen war Tess' Empfinden nach, als würde sie ihr zum ersten Mal begegnen.

Als ihre Blicke sich trafen und sie einander unverwandt ansahen, hatte Tess das Gefühl, plötzlich sei ein gewaltiger elektrischer Stromstoß zwischen ihnen geflossen. Und erst in diesem Augenblick kam ihr die Beredtheit und Kraft des Schweigens der Nonne richtig zu Bewußtsein. Dieses seltsame, flüchtige Erahnen der Macht des Vertrauens, das die Nonne in ihre Art zu leben setzte, bannte und verzauberte sie. Oder war es Glaube? Gottvertrauen? Weder jetzt noch je zuvor oder danach hätte sie je die Bedeutung oder die Nützlichkeit eines Lebens der Kontemplation in Worte fassen können, doch in jenem Bruchteil eines flüchtigen Augenblicks spürte sie seinen Sinn. Wortlos, geheimnisvoll, doch irgendwie glaubte sie plötzlich daran. Dennoch, darunter grollte Furcht.

Die Leute des Begräbnisunternehmers bürsteten die hölzerne Rollbahre ab, auf der sie die Särge zum Schuppen geschafft hatten. Einer holte einen weichen Lappen und wischte sie sauber. Dann rollten sie sie zum Grab der Stifterin und hoben den einfachen, kastenähnlichen Sarg darauf; einen Augenblick lang blieben sie mit gesenkten Köpfen stehen. Als sie davonschlurften, kam Mr. Dwyer auf Tess und die Nonne zu.

»Um wieviel Uhr sollen wir morgen da sein, Mutter Oberin?«

Die Nonne räusperte sich und strich sich mit dem Finger über die Unterlippe, ehe sie antwortete:

»Halb zehn?« Kaum brachte sie die Worte heraus, so heiser war ihre Stimme.

»Wir gehen dann also, Mutter.« Er nickte ihnen zu. »Sie werden auch da sein, Miss?« Eher eine Feststellung als eine Frage. Als Mr. Dwyer davoneilte, um seine Männer einzuholen, traten Mutter Catherine und Tess näher zueinander, bis die Falten des bauschigen Umhangs der Nonne den langen schwarzen Mantel von Tess streiften. Als die Ältere sich zu ihrer vollen Größe aufrichtete, wurde Tess bewußt, wie eindrucksvoll sie war. Mutter Catherine war höchstens ein paar Zentimeter kleiner als sie mit ihren ein Meter fünfundsiebzig, obwohl möglicherweise die hochgeschlagene Kapuze ihres Umhangs sie größer erscheinen ließ. Ihr Gesicht wirkte zerfurcht und ausgelaugt, doch die dunklen, von der Kapuze verschatteten Augen schienen im Zwielicht noch stärker zu leuchten und erinnerten Tess an eine Heilige von El Greco. Merkwürdig, wie dieses herbe Gesicht nie ruhig blieb; die Augen schossen hierhin und dorthin, bemerkten alles, übersahen nichts. Unter den Falten ihres Umhangs umklammerte die alte Nonne mit ihren papiernen, kalten Fingern Tess' Handgelenk und bedeutete ihr zu schweigen. So verharrten sie nebeneinander, reglos wie Statuen, und sahen zu, wie das schwere Holztor zugeschlagen wurde.

»Tess, rühren Sie sich nicht, schauen Sie mich nicht an«, flüsterte die Nonne eindringlich. »Können Sie morgen früh um halb acht kommen? Ich weiß, wie schwer es Ihnen fällt, das Baby allein zu lassen, aber bitte, bitte, tun Sie es mir zuliebe. Ich muß mit Ihnen reden. Lassen Sie Ihren Wagen vor dem Tor stehen. Ich erwarte Sie beim Pförtnerhaus. Kommen Sie zur Hintertür. Die Nonnen beten um die Zeit. Ich werde nach Ihnen Ausschau halten.«

Schon als Tess schweigend nickte, begann sie zu überlegen, wie sie morgen vorgehen müßte, wenn sie so früh zum Kloster fahren wollte: um halb sieben das Baby aus dem Bettchen nehmen und füttern, Sandra abholen, die mit Sicherheit vor sich hin grummeln würde, plärrendes Kind und mürrische Babysitterin zu Hause absetzen, hastig eine Tasse Kaffee hinuntergießen, um sich für die fünfundzwanzigminütige Fahrt zum Kloster zu wappnen. Die Babysitterin bekäme einen Wutanfall. Und das Baby auch. Tess stöhnte.

Mutter Catherine ließ ihre Hand los, holte den Rosenkranz aus ihrer Tasche und trat behende zur Seite. Als Tess sich abwandte, bemerkte sie eine plötzliche Unruhe beim Kloster. Die Läden wurden aufgestoßen, und Licht strömte in die Rokokokapelle. Im Hintergrund spielte leise ein Harmonium.

»Bleiben Sie«, wisperte die Nonne, als die Schwestern sich in der offenstehenden Tür versammelten. Als das Harmonium verstummte, traten sie langsam hintereinander aus der Kapelle. Dreizehn waren es, und jede hielt eine brennende Kerze in der Hand. In einer würdevollen Prozession schritten sie mit gesenkten Augen dahin. Sie waren jetzt nicht in ihre prachtvollen Umhänge gehüllt, sondern in lange schwarze Schleier, die über ihre Schultern fielen und fast bis zum Boden reichten. In dem flackernden Licht schimmerten die einfachen grauen Gewänder darunter gespenstisch silbrig. Keine weißen Schleier, also keine Novizinnen, stellte Tess einigermaßen überrascht fest und fragte sich, wann sie wohl zum letzten Mal einer Postulantin Zutritt zu ihrer Einfriedung gewährt hatten. Es war eine alternde Gemeinschaft, und einige der Nonnen schienen wirklich alt und gebrechlich.

Sie sangen das Magnificat, als sie so dahinschritten. Ihr dünner, geisterhafter Gesang klang ein wenig falsch, doch fast überirdisch schön. In ehrfürchtigem Schweigen sah und hörte Tess zu, bis ihr bewußt wurde, daß die alte Nonne wieder zu sprechen angefangen hatte. Zuerst nahm sie an, sie wiederhole eine Art liturgischer Litanei, doch als ihr klar wurde, daß Mutter Catherine jede der Nonnen beim Namen nannte, hörte sie aufmerksam zu.

»... Maria ... Unsere Gärtnerin, Schwester Albertine-Maria, Schwester Ambrose-Maria, Schwester Marie-Claire, die heute morgen hier war. Schwester Maria Magdalena, Schwester Raphael-Maria, Schwester Majella, Schwester Julian-Maria, Schwester Agatha-Louise, Schwester Mary-Rose, die Bibliothekarin, Schwester Anna-Maria, Schwester St. John, unsere Musikerin, und Schwester Joseph-Maria.« Fast als hätte sie ihren Namen gehört, blickte die winzige Frau am Ende der Reihe einen kurzen Augenblick auf, und Tess sah flüchtig ein schelmisches, runzliges Apfelgesicht.

»Wo ist Schwester Benedicte?« flüsterte Tess, als die Mutter Oberin die Kapuze ihres Umhangs zurückschlug und sich anschickte, zu den Schwestern hinüberzugehen.

»Sie ist als erste herausgekommen. Dort.« Ungeduldig zog sie die Schultern hoch und deutete auf die erste Gestalt in der Prozession, doch es war einen Augenblick zu spät. Der Gesang brach ab, als die Nonnen sich um die Bahre scharten; es war jetzt unmöglich, eine von der anderen zu unterscheiden. Selbst wenn man die unterschiedliche Körpergröße in Betracht zog, überdeckte der Habit jede persönliche Eigenart. Wochenlang hatte Tess lediglich ihre Stimmen gehört und sich ihre eigenen Bilder von den drei Nonnen geschaffen, mit denen sie gesprochen hatte, die jedoch, wenn sie danach ging, wie Mutter Catherine aussah, nicht im geringsten mit der Wirklichkeit übereinstimmten. Schwester Joseph hatte sie sich als große, fröhliche Frau vom Land vorgestellt, doch sie war winzig. Von der Oberin selber hatte sie erwartet, sie sei klein und mollig; keines von beidem traf zu. Sie fragte sich, in welcher Hinsicht sie sich wohl ein falsches Bild von Schwester Benedicte gemacht hatte, denn diese war die Geheimnisvollste von allen und würde dies allem Anschein nach auch bleiben.

Mutter Catherine ging weiter, um sich ihrer Gemeinschaft anzuschließen. Als sie bei dem Grab anlangte, traten zwei der Nonnen zur Seite, um ihre Oberin in die Mitte des Halbkreises treten zu lassen, den sie um den Sarg gebildet hatten. Eine der Schwestern reichte ihr eine brennende Kerze, und im nächsten Augenblick stimmte eine vereinzelte, bebende Stimme das *Te Deum Laudamus* an. Als die Bahre langsam vorwärtsgeschoben wurde, reihte der Chor sich dahinter auf und sang die Antwortstrophen. Von der Stelle aus, an der Tess stand, konnte sie nur eine undurchdringliche Reihe langer schwarzer Schleier sehen, die sich in der sanften Brise leicht bauschten. Es hätten arabische Frauen in ihren zeitlosen, alles verhüllenden schwarzen Gewändern sein können. Oder eine Szene aus der Bibel. Der Anblick war so erlesen und urtümlich zugleich, daß Tess wie erstarrt stehenblieb, bis sie in der Kapelle verschwanden.

Als sie den Friedhof verließ, wandte sie sich um und blickte zurück. Drüben auf der anderen Seite, hinter dem hölzernen Verschlag, wo unter der Ölplane der Bleisarg lag, bewegte sich etwas. Zuerst dachte sie, es sei der Wind in der Hecke, doch dann sah sie deutlich das unverkennbare Glimmen einer Zigarette. Der winzige helle Fleck leuchtete einen Augenblick kurz auf und verschwand dann genauso schnell wieder. Sie wartete ein paar Sekunden ab, sah aber nichts mehr. Doch all ihre Ängste brachen erneut auf.

Sie schloß das Tor und ging vorne am Klostergebäude vorbei zu ihrem Auto. Kaum hatte sie es erreicht, holte sie das Mobiltelephon aus dem Handschuhfach und wählte Hugos Nummer. Bitte, o bitte, mach, daß mit Claire alles in Ordnung ist, flüsterte Tess, als sie darauf wartete, daß jemand antwortete. Beim dritten Läuten nahm Sandra ab und hörte sich schweigend Tess' heruntergehaspelte Entschuldigung für ihr langes Ausbleiben an. Sandra war nicht gerade ein Ausbund an Freundlichkeit, und sie strahlte auch nicht ein solches Selbstvertrauen aus wie ihre Mutter. Irgendwie hatte Claire das erstaunlich schnell kapiert. Sandra konnte zwar recht gut mit dem Baby umgehen, doch vom ersten Augenblick an hatte sie klargemacht, Duldsamkeit war nicht ihre stärkste Seite. Ein weiteres Problem war die Schwierigkeit, aus der ziemlich lässigen Art des Mädchens schlau zu werden.

»Tut mir leid, aber es ist zu einer Verzögerung gekommen. Hör zu, ich brauche mindestens noch ungefähr eine halbe Stunde, vielleicht noch länger, kommt auf den Verkehr an«, erklärte Tess hastig. Mein Gott, dachte sie, warum bin ich so überängstlich?

»Schon in Ordnung. Ihre Mutter ist gerade erst gegangen, und gleich wird Mr. Boland auftauchen«, beruhigte Sandra sie mit schleppender Stimme. »Ich glaub, die beiden trauen mir nicht so recht. Den ganzen Tag ein einziges Getue, nichts wie rein und raus. Dem Baby geht's gut. Sie hat ein paar Stunden lang geschlafen.« Hilfe, o verdammt, dachte Tess, und aller Mut verließ sie, dann ist sie die ganze Nacht durch hellwach.

»Sandra?«

»Jaaa?« erwiderte diese in ihrem breiten Dubliner Akzent.

»Hier gibt es Schwierigkeiten. Das Ganze wird etwas länger dauern, als wir gedacht hatten. Noch ein paar Tage wahrscheinlich.«

»Jaaa?«

»Ja«, echote Tess gereizt und redete hastig weiter. »Kannst du morgen wieder sehr früh kommen?«

»Wie früh?« fragte Sandra argwöhnisch.

Tess schluckte mühsam. Wenn sie an heute morgen dachte, dann war Frühaufstehen auch nicht so ganz nach Sandras Geschmack.

»Ich hol dich um, hm, sieben ab.« Tess hielt den Hörer weg und wartete auf einen Wortschwall des Protests.

»Dann könnte ich doch gleich über Nacht dableiben. Sie sind wahrscheinlich fix und fertig. Ma hat uns eine Kasserolle dagelassen. Ich sag ihr, sie soll bei Mr. Boland ein Feldbett ausleihen.«

»Was? Das macht dir nichts aus? Bist du sicher?« fragte Tess. Vor ihr tauchte verheißungsvoll die Aussicht auf ein langes, heißes, entspannendes Bad auf.

Am anderen Ende der Leitung hörte sie schallendes Gelächter. »Wissen Sie was, Tess? Sie machen sich zu viele Sorgen. Das war nur ein Witz, daß die Kleine geschlafen hat. Ich geb ihr jetzt gleich ihr Fläschchen. Heute war sie ganz prima. Fast die ganze Zeit war sie wach und hat alles genau beobachtet. Und sie hat lachen gelernt. Ehrlich. Ich glaub, allmählich mag ich sie«, fügte sie herausfordernd hinzu und lachte erneut. »Lassen Sie sich Zeit. Ehrlich. Mr. Boland hat uns vorgewarnt, daß Sie möglicherweise später kommen. Er hat gesagt, die alten Nonnen hetzen Sie bestimmt andauernd rum. War es so?«

»Es war so«, stimmte Tess zu und lachte erleichtert.

Sie ließ den Motor an, wischte die beschlagene Scheibe ab und seufzte vor Entzücken laut auf. Der Sonnenuntergang tauchte die Vorderfront des Klosters in ein rosiges Glühen; es sah genauso aus, wie der Erbauer es wohl im Sinn gehabt und gehofft hatte. Die Risse und Sprünge, der ganze Zerfall, all das war verschwunden, und ihren Augen bot sich ein flüchtiges Traumbild der Vollkommenheit. Sie starrte es an und dachte an ihren ersten Besuch in Holy Retreat vor zwei Monaten. Damals war sie, ebenso wie heute, von der Schönheit des alten Gebäudes hingerissen gewesen. Die seltsame, fast unirdische Lebensweise seiner Bewohnerinnen kennenzulernen hatte ihre romantische Vorstellung noch verstärkt. Der Name schien Frieden, Ruhe, Abgeschiedenheit von der Welt zu bedeuten. Ein Ort ganz für sich. Beständig, unwandelbar, schlicht. Wo die Augen aller gen Himmel gerichtet waren. »Das war damals«, murmelte sie und ließ die Kupplung schleifen. »Aber nun ist jetzt.« Sie fragte sich zum x-ten Mal an diesem Tag, warum Jeddie Hillyard trotz ihres Versprechens nicht aufgetaucht war. Zudem fiel ihr auf, daß es sie eigentlich nicht sonderlich überraschte. Das war merkwürdig, denn sie hatte deutlich gemerkt, Mutter Catherine war über ihr Nichterscheinen ein wenig verärgert gewesen, obwohl sie nichts gesagt hatte. Seltsamerweise verspürte Tess nichts weiter als Erleichterung.

Der Himmel selbst
Soll ihr Gesicht nicht ohne Hülle schaun;
Sie will wie eine Nonn' im Schleier gehn …

(William Shakespeare, Was ihr wollt, I,I,26)

33

Alle anderen Autos waren weg. Es kostete Tess einige Mühe, das schwere Klostertor zu schließen. Infolge des seltenen Gebrauchs waren die Scharniere eingerostet und das Tor daher um eine Winzigkeit abgesunken; es widersetzte sich jedem Versuch, es zuzuschieben. Da der untere Rand der Torflügel ebenfalls verrostet war, scharrten die aufgerauhten, rissigen Kanten über den Kies, ein Geräusch, das Tess durch Mark und Bein ging.

Der Wind hatte die Wolken verscheucht und sich gelegt. Die untergehende Sonne malte fahlrosa und goldene Schlieren an den Himmel, und obwohl es bald dunkel würde, schien es einen Augenblick lang heller zu sein als vorher. Tess stieg wieder in ihr Auto und wollte schon nach rechts abbiegen, Richtung Stadt, doch aus einer Laune heraus schlug sie das Lenkrad in der umgekehrten Richtung ein und fuhr langsam an der Grenzmauer zu ihrer Linken entlang.

Im Dahinfahren warf sie einen Blick auf ihre Uhr. Es war zwanzig vor sechs; seit sieben Uhr war sie in Holy Retreat, fast elf Stunden also; schon allein bei dem Gedanken tat ihr der ganze Körper weh, und sie sehnte sich nach einem großen, eisgekühlten Drink.

Sie hatte das Gefühl, stundenlang nur abgewartet zu haben; sie hatte Eindrücke in sich aufgenommen, aber weder darauf reagiert noch irgendwelche Schlußfolgerungen daraus gezogen. Doch sie wußte, irgend etwas, ganz abgesehen von dem Bleisarg, war innerhalb der Einfriedung ganz und gar nicht in Ordnung, und dieses Wissen wurde immer eindringlicher. Wie auch ihre Sorge um Claires – und ihre eigene – Sicherheit. Was die Nonnen betraf, war ihre Unruhe eher passiv, eher … eher was? Ungut? Nein, es hatte vielmehr etwas mit der Spannung zwischen den beiden Nonnen zu tun, die am Sonntag so offenkundig gewesen war und sie ziemlich verunsichert hatte. Jetzt kam sie zu dem Schluß, eine der beiden, sie war sich nicht sicher, welche, hatte versucht, die andere zum Schweigen zu bringen.

War dies nur eine weitere Spielart des Gefühls, das sie bei ihrem ersten Besuch im Kloster überkommen hatte? Als die merkwürdige Situation, diejenigen, mit denen sie sprach, zu hören, aber nicht zu sehen, sie so sehr verwirrt hatte? Aber heute war die Mutter Guardian doch die ganze Zeit in ihrer Nähe gewesen. Oha, dachte sie gleich darauf etwas spöttisch – körperlich war sie bei ihr gewesen, aber nicht geistig. Und das hatte sie sich mit Sicherheit nicht nur eingebildet. Könnte es sein, daß die alte Frau schon längst jegliche Übung darin verloren hatte, mit jemandem von Angesicht zu Angesicht zu sprechen? Kam sie schlicht und einfach mit der Art und Weise, wie das laut Ordensvorschrift geregelt war, besser zurecht? Fühlte sie sich wohler, wenn die Trennwand sie schützte?

Doch von allem Anfang an hatte Mutter Catherine eingesehen, welche Schwierigkeiten dieser Aspekt ihres Lebens Tess bereitete. Genaugenommen hatten sowohl sie als auch Schwester Joseph sich anscheinend immer ein wenig über ihr Unbehagen lustig gemacht. Nicht unfreundlich, eher verspielt. Wie Kinder, die Guck-Guck spielen und das Gesicht mit den Händen verdecken. Diese Vorstellung hatte Tess immer ein wenig verunsichert, und gelegentlich hatte sie sich gefragt, ob sie wohl je im wahrsten Sinn des Wortes Verstecken spielten. Mit ihren heiseren, so selten gebrauchten Stimmen hätte doch ohne weiteres eine Nonne den Platz einer anderen einnehmen können, oder? Aber warum, um alles in der Welt, hätten sie das tun sollen? Sie lachte laut über die Albernheit dieses Gedankens. Die ersten paar Male, die sie in Holy Retreat gewesen war, hätte das möglicherweise funktioniert, aber jetzt nicht mehr.

Die etwas furchterregende Schatzmeisterin hatte so großen Wert darauf gelegt zu betonen, daß eine Unterhaltung durch das Sprechgitter auch nicht viel anders war als ein Telephongespräch, und das stimmte doch auch, oder etwa nicht? Sie hatte sich an die einzelnen Stimmen gewöhnt. Und heute hatte sie Gesichter und Stimmen miteinander vergleichen können. Außer im Fall der Schwester Schatzmeisterin natürlich.

Am Ende der Straße hielt sie neben einem geparkten Auto an, das sie zu ihrer Erleichterung als das Mike Floods erkannte. Sie stieg aus, blieb einen Augenblick lang stehen und schaute zum Himmel hinauf. In kaum einer halben Stunde wäre es dunkel. Ungefähr vierhundert Meter weiter bog die hohe Steinmauer nach links Richtung Meer und verlor sich nach weiteren fünfzig Metern im Gestrüpp einer hohen Hecke. Eine schmale Fahrspur für einen Traktor führte dicht an der Hecke entlang und schlängelte sich um den riesigen Felsvorsprung an der Grenzmauer des benachbarten Internats.

Sie folgte dem Weg und versuchte abzuschätzen, wann sie zum Friedhof käme. Von ihrem Rundgang in der vergangenen Woche her erkannte sie zwei oder drei auffällige Stellen wieder. Ein Büschel verblühender roter Fuchsien im dunklen Blättergewirr eines Bleibtreustrauchs und einen großen Nußbaum unmittelbar vor dem kurzen Stück Friedhofsmauer. Unvermittelt blieb sie stehen. Direkt an der Stelle, wo die Mauer begann, hatte jemand einen Teil des Gebüschs beiseite gezerrt und einen großen Felsblock am Fuß der Mauer freigelegt, der wie ein Steigbock aussah. Sie erinnerte sich nicht, ihn beim letzten Mal gesehen zu haben. Auf dem Stein stand mit dem Rücken zu ihr ein Mann und spähte über die Mauer. Als sie Mike Flood erkannte, stieß sie einen lauten Seufzer der Erleichterung aus. Er hatte sie vermutlich kommen sehen, denn ohne sich umzudrehen, rief er leise ihren Namen. Zufrieden paffte er einen langen schwarzen Stumpen.

»Miss Callaway, kommen Sie doch mal kurz hier rauf.« Er streckte die Hand aus, um ihr hinaufzuhelfen.

»Mein Gott, Sie haben mich vielleicht erschreckt«, meinte sie, als sie hinaufkletterte.

»Tut mir leid, das wollte ich nicht. Ich habe Sie beobachtet, seit Sie um die Ecke gebogen sind. Ich hatte gedacht, Sie hätten mich gesehen. Schauen Sie mal da rüber.«

Der Felsen war lang und breit genug, daß sie beide bequem Platz hatten. Von hier aus hatten sie einen guten Blick auf den Friedhof und noch ein Stück weiter, die gesamte Südseite der Einfriedung entlang bis zum Kloster selber. Unter ihnen ein wenig auf der linken Seite befand sich der behelfsmäßige Schuppen, dessen Tür mit einem Vorhängeschloß versperrt war. Unmittelbar davor stand der mit einer Ölplane zugedeckte Bleisarg; dahinter erblickte man die geöffneten Gräber. Tess stützte die Ellbogen auf den Mauersims und rieb sich das Kinn.

»Von wegen Einfriedung«, meinte sie wehmütig. »Möchte wissen, wie lange schon irgendwelche Gaffer sie beobachten. Die armen alten Nonnen, sicher ist das nicht gerade, finden Sie nicht auch?«

Mike sprang vom Felsen herunter. »Kommen Sie mal hier rüber.« Er zog sie zu der Hecke und zeigte auf den Boden, wo vier oder fünf ausgetretene Zigarettenstummel lagen.

»Die Jungen, die wir gesehen haben?« Sie biß sich auf die Lippen und hoffte, daß es nicht irgendwelche schlauen kleinen Bälger waren, die ein paar Pfund aus der Geschichte mit der Verlegung des Friedhofs herauszuschlagen versuchten. Am besten wäre es, eine Sicherheitsfirma zu beauftragen, Streife zu gehen, solange das Unternehmen dauerte. Dieser Gedanke beschäftigte sie so sehr, daß sie Mike bitten mußte zu wiederholen, was er gesagt hatte.

»Nein, ein Kerl in einem Landrover«, erklärte er. Tess erstarrte das Blut in den Adern. »Ich habe ihn überholt, als ich zum Tor rausgefahren bin. Zuerst habe ich gedacht, er komme von der Schule, aber dann ist mir wieder eingefallen, daß der Eingang ja in der Shangannah Road ist.« Er sah Tess an. »Glauben Sie, es war jemand von der Zeitung?«

»Hoffentlich nicht. Wahrscheinlich war es der Wachmann der Schule. Der hat einen Landrover; ich war letzte Woche dort. Und er hat einen bösartigen, riesenhaften Hund.« Sie schauderte. »Ein Reporter wäre mir da fast lieber.«

»Aber das ist doch wohl kaum einen Artikel wert, oder?« fragte er, und ihre Blicke trafen sich.

»Bis heute nicht«, sagte Tess halb zu sich selber. Sie setzte sich auf den Felsbrocken und begann, nachdenklich auf ihrem Daumennagel herumzukauen. »Ich wette, aus dem Bleisarg würden die eine Geschichte machen. Ich rufe wohl besser eine Sicherheitsfirma an.« Sie kräuselte die Nase. »Und jetzt gehe ich wohl besser nach Hause. Die Babysitterin ...«

»Wie viele Kinder haben Sie?« fragte er, als er so neben ihr her ging. Nachdem die Sonne untergegangen war, zogen jetzt dünne Nebelschwaden vom Meer herüber.

»Wie viele?« entgegnete Tess lachend. »Eines. Und Sie?«

»Fünf. Von sechzehn Jahren bis hinunter zu siebzehn Monaten«, erwiderte er, als hätte er diese Auskunft einstudiert. Seine Nähe war beruhigend; er war so normal, so alltäglich. »Wie alt ist Ihres?«

»Vier Monate.«

»Ihr Mann ist auch Anwalt?«

»Ich bin alleinstehend«, erwiderte Tess ziemlich theatralisch. »Ich habe keinen Mann. Mein Partner ist tot«, erklärte sie und spürte zu ihrer Überraschung und Verwirrung, wie ihr Tränen über die Wangen liefen.

Ein tugendhaft Gemüt erschauert drob,
Doch zagt es nicht, denn ihm zu Seite steht
Als ein getreuer Kämpe das Gewissen …

(John Milton, Comus)

34

Am nächsten Morgen war Tess schon vor sechs auf und angezogen. Sie fütterte Claire und legte sie in das Feldbett neben Sandra, die zu ihr hinaufgrinste und das Baby in die Arme nahm. Tess unterdrückte einen Anfall von Eifersucht und brühte sich hastig eine Tasse Kaffee auf. Neben dem Küchenherd stürzte sie ihn im Stehen hinunter. Die Heizung hatte sich eben erst eingeschaltet, und in der Wohnung war es kalt. Das einzige Geräusch war ein leises Duett von Schnarchern und Schniefern aus dem Wohnzimmer. Sie zog ihren dicken Wintermantel fest um sich und schlich, die Schuhe in der Hand, die Treppe hinunter.

Eine dünne Reifschicht bedeckte den Boden, eine halbherzige Sache, die schnell schmelzen würde, aber es lag eindeutig Winter in der Luft. Ein leichter, aber durchdringender Wind wehte, wie immer in Dublin. Sie kratzte die Windschutzscheibe ab und stieg in das eiskalte Auto. Wie am Tag zuvor herrschte kaum Verkehr, und sie schaffte es in Rekordzeit zum Kloster. Sie fuhr am Tor vorbei noch ein paar hundert Meter weiter, parkte den Wagen so weit in den Büschen, wie es ihr sicher schien, und ging dann langsam zum Kloster zurück. Als sie sich am Tor umdrehte, war das Auto nicht mehr zu sehen. Aller Mut verließ sie, und sie wurde das Gefühl nicht los, daß sie es nicht länger aufschieben konnte, der Mutter Guardian alles zu sagen. Sie fragte sich, wie groß wohl die Chancen waren, daß die Überbringerin der Botschaft verschont bliebe? Die Schwierigkeit war, es gab so viele einzelne Probleme, und jedesmal wenn sie einem nachging, verlor sie ein anderes vorübergehend aus den Augen. Und dann hielt sich natürlich, da es sie unablässig beschäftigte, ob Claire in Sicherheit war, und da sie sich noch dazu mit ihren eigenen Emotionen herumschlagen mußte, hartnäckig das Gefühl, sie übersähe mit Sicherheit ungeheuer wichtige Bruchstücke von Informationen. Sie warf einen Blick auf ihre Uhr: zehn Minuten vor sieben; allmählich wurde es merklich heller.

Das Tor stand einen Spaltbreit offen. Sie schlüpfte hindurch, schloß es sorgfältig und ging zum Pförtnerhaus. Kein Licht, kein Lebenszeichen. Ihre Schuhe hatten weiche Sohlen, und so folgte sie lautlos dem schmalen Weg zur Hintertür, die sich bei ihrem Kommen öffnete. Mutter Catherine, in ihren langen schwarzen Umhang gehüllt, winkte sie herein. Sie folgte der Nonne in das vordere Zimmer, wo vor einem altmodischen elektrischen Heizstrahler, der wenig gegen die frostige Temperatur ausrichtete, zwei Stühle standen. Sie zog ihren Mantel enger um sich, als sie sich hinsetzte und wartete, bis Mutter Catherine etwas sagte. Die Nonne war totenblaß. Sie hustete und fuhr sich mit der Zungenspitze nervös über die ausgetrockneten Lippen.

»Ich mache mir Sorgen um Jane«, erklärte sie. »Sie haben am Sonntag erwähnt, Sie wüßten etwas über das Haus der Stebtons in Oxford.« Das war so ungefähr das letzte, mit dem Tess gerechnet hatte. »Können Sie mir etwas darüber erzählen, bitte?«

»Was wollen Sie wissen?« fragte Tess.

»Alles. Alles, was Ihnen einfällt.«

»Owen, mein ... Marcus' Bruder, hat sich vom Pfarrer von St. Edwin, Tim Stebton, das Haus zeigen lassen. Er war verwitwet, hat aber vor kurzem Jane-Edwinas Schwester geheiratet. Sie haben doch gewußt, daß sie eine Schwester hat, oder?«

Die Nonne schüttelte den Kopf. »Ich habe gedacht, sie sei die letzte der Familie. Sie hat sich ziemlich eindeutig dahingehend geäußert. Das war auch der Grund für ihre Schenkung. ›Ich bin die letzte Stebton, und da ich zu alt bin, um noch Kinder zu bekommen, werde ich die letzte bleiben‹, hat sie gesagt.«

»Sie und ihre Schwester sind Zwillinge – meines Wissens zumindest. Der nächste in der Erbfolge ist Pfarrer Tim, doch da er älter ist als die Zwillinge, werden wahrscheinlich seine Kinder alles erben.«

»Wollen Sie damit sagen, das Grundstück, das sie uns geschenkt hat, gehört gar nicht ihr? Auch in der Hinsicht hat sie sich ziemlich klar ausgedrückt.«

»Nicht unbedingt. Sie haben gesagt, ihre Großmutter hätte es ihr persönlich vermacht. Ich bin sicher, es gibt keinerlei Grund zur Beunruhigung.« Sie wich dem Blick der Nonne aus. »Aber für alle Fälle lasse ich das zur Zeit auf dem Grundbuchamt überprüfen.« Zu ihrer Überraschung reagierte die Nonne nicht auf diese Information. Es kam ihr nicht richtig vor, sie jetzt wegen des Vertrags unter Druck zu setzen, und sie erwähnte auch nicht, daß sie die Besitzverhältnisse der Glenadams School ebenfalls klären ließ. »In ein, zwei Tagen müßte ich die entsprechende Auskunft bekommen. Vielleicht sogar schon heute. Ich gebe Ihnen Bescheid, sobald ich Näheres weiß. Aber ich bin sicher, daß alles seine Ordnung hat«, fügte sie beruhigend hinzu. Eine Zeitlang hielt die Nonne ihrem Blick stand, doch sie schien meilenweit entfernt. »Ich mache mir eigentlich mehr Sorgen wegen des Bleisargs«, flüsterte sie.

Tess holte tief Luft. »Als ich in Oxford war«, setzte sie behutsam an, »bin ich auf den Friedhof gegangen und habe nach einer Verbindung mit den Eldersons gesucht.« Die Nonne rang nach Atem, beugte sich vor und blickte ängstlich zu Tess auf. »Aber Sie haben nichts gefunden, oder?« Es war weniger eine Frage als eine Forderung nach Bestätigung.

»Nein, leider nicht. Vielleicht gibt es eine, und ich habe sie übersehen. Vergessen Sie nicht, Mutter, ich habe mich nur flüchtig auf dem Friedhof umgesehen. Einige der Grabsteine sind nur sehr schwer zu entziffern.«

»Gott sei Dank.«

»Wie bitte?«

»Ich habe gesagt: Gott sei Dank. Das bedeutet nämlich, daß möglicherweise Adelaides Mutter Sophia in dem Bleisarg liegt.«

»Ihre Mutter? Aber das hätten Sie doch gewußt, oder? Steht das nicht in Ihrer Chronik?«

»Nein. Die reicht nicht bis in die Zeit vor der Gründung von Holy Retreat zurück. Die Eldersons sind alle in Bray begraben. Aber ein Grab von Sophia existiert nicht, das haben wir von der Gemeinde überprüfen lassen. Der Stebton-Zweig der Familie ist wieder nach Oxford gezogen, zumindest laut den spärlichen Informationen, die uns überliefert sind. Wir wissen, daß die sterblichen Überreste von Adelaides jüngerem Bruder William Stebton nach England verschifft wurden. Ich glaube, wir sind alle davon ausgegangen, daß die Leiche seiner Mutter Sophia Elderson Stebton ebenfalls dorthin gebracht wurde.«

»In Bleisärgen? Natürlich!« meinte Tess leise, und die Nonne neigte den Kopf. »Könnten Sie nicht Ihre Freundin Jeddie danach fragen?«

»Jeddie?«

»Die Abkürzung von Jane-Edwina. Anscheinend nennt sie sich normalerweise so.« Merkwürdig, daß Jeddie den Nonnen ihren Spitznamen nicht gesagt, sondern sich mit der gesetzteren, einfacheren Form ihres umständlichen Namens anreden lassen hatte. Vielleicht hatte sie »Jeddie« für zu frivol gehalten? Tess holte tief Atem. »Sie wissen, daß sie Buchhändlerin ist, nicht wahr, Mutter Catherine?«

»Ja«, antwortete sie unbestimmt. Was ging hier vor? Am Sonntag war sie von dieser Vorstellung offenbar entsetzt gewesen. Eindringlich musterte Tess das Gesicht der Nonne, doch diese verzog keine Miene. Und da wurde es Tess klar. Sie hatte in Anwesenheit Benedictes nicht über Jeddie sprechen wollen. Allmächtiger, dachte sie, wie verwickelt das alles doch ist.

»Sie arbeitet allerdings nicht mehr in dem Buchladen«, erklärte Tess freundlich, ging jedoch nicht näher darauf ein, woher sie das wußte. Sie versuchte immer noch dahinterzukommen, welche Verbindung zwischen Jeddie und dem Bleisarg bestand. Falls es eine gab, was die Nonne zumindest anzudeuten schien. Was für ein verdammtes Durcheinander das alles war! »Sollen wir versuchen, sie bei sich zu Hause anzurufen?«

»Das brächte nichts«, entgegnete Mutter Catherine niedergeschlagen. »Sie ist nicht zu Hause. Als sie gestern nicht aufgetaucht ist, habe ich unter der Telephonnummer angerufen, die sie mir gegeben hat. Aber da ist nur ein Anrufbeantworter, wie schon den ganzen letzten Monat oder sogar noch länger.«

»Genau das habe ich versucht, Ihnen beizubringen«, erklärte Tess sanft. »Seit mindestens einem Monat scheint niemand mehr sie gesehen zu haben. Obwohl, im Dorf hat ein Freund von ihr eine Ansichtskarte bekommen. Aus Italien, hat man mir berichtet«, setzte sie lahm hinzu. Sie lechzte nach einer Tasse Kaffee und schaute sich erwartungsvoll in dem Zimmer nach einem Wasserkessel um, erspähte jedoch nichts dergleichen. »Sie haben nicht zufällig eine Tasse Kaffee für mich, Mutter? Oder Tee?« fragte sie hoffnungsvoll.

»Doch, das habe ich ganz vergessen.« Die Nonne verließ kurz das Zimmer und kehrte mit zwei Tassen und einer Thermoskanne zurück. Darin war Tee mit Milch und Zukker; beides verabscheute Tess normalerweise. Doch zu ihrer Überraschung schmeckte er köstlich und wärmte sie, was dem Heizkörper so gründlich mißlungen war.

»Mr. Murphy-Dunne ist auch nicht da.« Tess wußte selber nicht so recht, warum sie das erwähnte, außer um sich selber zu beruhigen. Offenkundig war er der einzige, der ungesehen in die Büroräume gelangen konnte. Die Frage, wie er das mit seinem verletzten Rücken bewerkstelligt hatte, war schon schwieriger. Aber im Grunde war sie ohnehin nicht so recht überzeugt von der Geschichte, die man ihr aufgetischt hatte.

»Ich habe gedacht, der liegt im Krankenhaus.« Verblüfft sah die Nonne sie an.

»Nicht mehr. Ich glaube, zur Zeit befindet er sich in der Karibik«, klärte Tess sie auf, und in dem Augenblick wurde ihr klar, daß sie auch das ganz und gar nicht glaubte.

»Seit wann?«

»Seit er ohne Krücken gehen kann. Das war am Donnerstag, glaube ich. Wieso?«

»Ich habe ihn gesehen, ich bin sicher, das war er, und zwar ganz früh am Freitagmorgen; ich habe auf die Lieferung des

Schuppens gewartet. Zusammen mit jemand anderem ist er auf den Felsen gestanden, von denen aus man den Friedhof überblicken kann. Zuerst habe ich gedacht, ich hätte die Rowdys ertappt. Und zwar habe ich sie mit dem Feldstecher erspäht.« Sie lächelte schwach, als Tess sie ungläubig anstarrte. »Ach, kommen Sie, Tess, wir sind zwar Nonnen, aber wir leben nicht in der Steinzeit. Das ist ein hervorragender Ausguck, um Vögel zu beobachten.«

»Aber es hat doch den ganzen Tag in Strömen gegossen. Ich erinnere mich genau daran.« Sie erklärte nicht, warum.

»Nicht hier draußen; hier war es fast bis mittags sogar recht sonnig. Ein wunderschöner Morgen.«

»Wer war bei ihm? Haben Sie das gesehen?« Tess hatte Mühe, die Worte auszusprechen. Mutter Catherines Gesicht war von der Kapuze halb verdeckt, so daß sie unmöglich ihr Mienenspiel beobachten konnte. »Die Person hat Jane bemerkenswert ähnlich gesehen«, erwiderte sie heiser. »Aber ich muß mich getäuscht haben.« Sie sprach wie eine Schlafwandlerin. »Ich habe den Flug einer Seemöwe verfolgt. Anfangs habe ich sie gar nicht erkannt; sie war so seltsam gekleidet. Er ist hinter ihr aufgetaucht und hat ihr die Augen zugehalten. Als würde er mit ihr Blindekuh spielen. Zuerst haben sie auf dem Felsvorsprung herumgealbert und dann auf dem Ödland, ziemlich nahe bei der Glenadams School. Jane habe ich ein paarmal durch das Fernrohr gesehen. Dann habe ich die beiden aus den Augen verloren, weil ich wieder dem Vogel nachgeschaut habe; als ich sie das nächste Mal im Blickfeld hatte, hat er sie gerade aus dem Gras hochgezogen. Mittlerweile konnte ich die Seemöwe nicht mehr sehen, und so habe ich eine Zeitlang die beiden beobachtet. Ich war ein wenig verstimmt, weil sie uns nicht besucht hatte.« Sie schob die Kapuze zurück und blickte Tess ernst an. »Mich hat es überrascht, mit wem sie zusammen war. Mir war nicht klar, daß sie Mr. Murphy-Dunne kennt.« Unschlüssig hielt sie inne, und Tess sah fast, wie sie unfreundliche Gedanken beiseite schob. »Sie haben gesagt, er sei krank«, fuhr die Nonne vorwurfsvoll fort. »Das hat auch Mr. Boland gesagt. Er schien jedoch nicht im mindesten krank zu sein oder zu hinken.« Tess sog geräuschvoll den Atem ein und unterdrückte einen kleinen Aufschrei; die Nonne redete verträumt weiter, als blicke sie in ihr Gedächtnis zurück und sähe erneut das Bild, das sie schilderte.

»Dann haben sie Fangen oder so etwas Ähnliches gespielt. Wie Kinder haben sie sich hin und her geschubst und gestoßen … sind hintereinander hergerannt … Als ich sie das letzte Mal gesehen habe, hatte sie einen Vorsprung … sie war erstaunlich schnell, aber natürlich ist er viel größer und hat sie eingeholt …« Verächtlich schürzte sie die Lippen, so daß Tess annahm, die Balgerei hätte irgendwelche sexuellen Untertöne gehabt. »Dann sind die Bauarbeiter mit dem Schuppen gekommen, und ich mußte zu ihnen.« Sie sah Tess an. »Aber ich verstehe nicht, was sie da wollte. Ich habe gedacht, es sei Jane. Deswegen war ich gestern auch so sicher, daß sie kommen würde. Vielleicht habe ich mich geirrt. Mir ist bei der ganzen Sache unbehaglich zumute. Mehr als das, ich bin ziemlich durcheinander. Aber vielleicht kommt das nur von meiner Besorgnis wegen des Bleisargs?« Die Art, wie sie dies sagte, weckte in Tess Zweifel, ob wirklich der Bleisarg im Vordergrund ihrer Überlegungen stand.

»Hat er Sie gesehen?« fragte Tess bedächtig. Sie hatte das Gefühl, als sähe sie Gestalten aus dem Nebel auftauchen und wieder darin verschwinden, zuerst einzeln, dann paarweise. Sie tanzten eine gemessene Todespavane. Tess schauderte. Die Nonne berührte ihre Hand.

»Frieren Sie?«

»Das auch.« Tess blickte in die dunklen, von der Kapuze verschatteten Augen. »Ich fürchte, es ist nicht nur so sehr die Kälte, sondern Angst. Und Sie?«

»Ja, ich habe Angst. Und ich habe Angst davor, meine Furcht in Worte zu fassen, da sie sich sonst vielleicht bewahrheiten könnte.« Sie stieß einen langen, halb unterdrückten Seufzer aus und strich sich mit der zitternden Hand über die Augen. »Ich muß jetzt gehen, sonst fällt es den anderen auf, daß ich nicht im Kloster bin. In fünf Minuten fängt die Messe an.«

»Gehen Sie ruhig. Ich rufe inzwischen in Chipping Stebton an und bitte einen Freund, für Sie im Kirchenregister nachzusehen. Zumindest können wir probieren, Sie wegen des Sargs zu beruhigen.«

»Um diese Zeit?«

»Ja. Ich versuche, gegen neun wieder da zu sein, ehe Mr. Dwyer auftaucht.« Sie streckte die Hand aus. »Mutter Catherine? Vertrauen Sie mir. Ich werde mein Bestes tun.« Sie sagte nicht, was oder warum, nicht einmal wie. Die Nonne neigte den Kopf.

»Tess? Da ist noch etwas ...«, setzte sie an, hielt dann jedoch unvermittelt inne und schlüpfte ohne ein weiteres Wort durch die Hintertür hinaus.

Tess blickte ihr nach und fragte sich, was zu sagen die Nonne nicht den Mut oder den Willen gehabt hatte. Dann hastete sie zu ihrem Auto und fuhr in halsbrecherischer Geschwindigkeit zum nächst gelegenen Hotel, das nur ein paar Meilen entfernt war. Sie schlug jegliche Vorsicht in den Wind, fuhr kühn vor dem Haupteingang vor und ließ den Wagen direkt vor der Tür stehen. Es war Anfang der Woche und zudem außerhalb der Saison, daher war der Speisesaal praktisch leer. Tess setzte sich an einen Tisch am Fenster und bestellte eine große Kanne Kaffee und dazu Toast. Während sie wartete, wählte sie auf ihrem Mobiltelephon die Nummer der Rogersons in Chipping Stebton. Dudley nahm erstaunlich schnell ab und erfaßte genauso geschwind, wie dringlich ihre Bitte war. Er erklärte, sie brauche sich nicht zu entschuldigen, weil sie so früh anrufe und weil das Kirchenregister bestimmt schwer zugänglich wäre. Hatte sie denn vergessen, daß er Kirchenvorsteher war? fragte er. Darüber hinaus fiel ihr zu ihrer Freude wieder ein, er und Marcia interessierten sich sehr für die Geschichte der Ortschaft.

»Ich geh gleich los«, dröhnte er. »So zwischen 1840 und 1850 hast du gesagt? Bin in spätestens einer Viertelstunde wieder da. Unterhalt dich inzwischen ein bißchen mit Owen.« Und ehe sie noch ein Wort sagen konnte, ließ er den Hörer mit einem lauten Knall fallen. Es klang, als hätte er den altertümlichen Essensgong getroffen, der wie ein surreales Symbol von MGM in der winzigen Diele stand. Als ihr Frühstück serviert wurde, nahm Owen den Hörer auf.

»Owen? Du scheinst ja überall gleichzeitig zu sein.« Unerklärlicherweise freute sie sich.

»Genauso ist es auch gedacht.« Er lachte. »Die Verbindung ist hoffnungslos. Ich kann dich kaum hören.«

»Verdammt. Ich spreche über mein Mobiltelephon, und die Verbindung ist ziemlich gestört. Entweder das, oder es hat nicht mehr genügend Strom. Gestern abend habe ich vergessen, die Batterie aufzuladen. Am besten, ich schau mich nach einem richtigen Telephon um und ruf dich in ein paar Minuten zurück, einverstanden?« Sie schaltete das Mobiltelephon aus, und als sie sich umdrehte, stellte sie fest, daß der Kellner ein normales Telephon gebracht hatte und es gerade ansteckte. Lässig winkte er ab, als sie sich bedankte, und schlenderte wieder zur Küche zurück.

Gierig goß Tess die erste Tasse Kaffee hinunter und wünschte augenblicklich, sie hätte Tee bestellt. Normalerweise war das in den Gasthäusern ihres Heimatlandes die bessere Wahl, doch das vergaß sie regelmäßig. Aber der Kaffee war heiß und daher höchst willkommen; zudem war der Blick, der sich ihr durch das Fenster bot, atemberaubend. Das Hotel stand auf einem Hügel über dem Meer. Wäre das Fenster offen gewesen, hätte sie vielleicht die Wellen an den Kiesstrand branden hören. Der Himmel war mit rosafarbenen Streifen überzogen, das Meer tiefblau, und am Horizont pflügte sich ein riesiger Katamaran durch die Wogen nach Holyhead. Dabei mußte sie an Jeddie Hillyard und ihre Postkarten denken. Erneut wählte sie die Nummer der Rogersons.

»Ich habe gedacht, du wolltest nach London zurück? Zumindest hast du das gesagt«, erklärte sie, als Owen abnahm.

»Mutter läßt sich endlich das künstliche Hüftgelenk einsetzen. Gestern ist sie ins Nuffield. Die Operation ist morgen. Das habe ich erst erfahren, als ich Montag nacht zurückgekommen bin.«

»Ihre Hüfte? Ich habe gedacht, alle Gelenke sind geschädigt?«

»Die Hüfte offenbar stärker als die anderen. Der Chirurg meint, die Aussichten seien gut. Sie hat schreckliche Schmerzen gehabt. Ich habe mir ein paar Tage freigenommen, um Dad Gesellschaft zu leisten. Hast du ihn wegen dieser Nonnengeschichte losgeschickt? Vergnügt wie ein Schneekönig hat er dreingeschaut.«

»Wirklich?« Tess warf einen Blick auf ihre Uhr. Kaum fünf Minuten waren vergangen, doch es schien ihr wie eine Ewigkeit. »Es ist da etwas aufgetaucht, das er für mich überprüfen muß. Ich hätte dich darum gebeten, aber ich habe ja nicht gewußt, daß du dort bist.«

»Buchstäblich?« Als sie etwas verwirrt schien, erklärte er: »Aufgetaucht, meine ich. Gestern war doch die Exhumierung, oder?«

»Beide Male: ja.« Nervös kicherte sie. »Ein Bleisarg, genauer gesagt. Kein Mensch weiß, wer, zum Teufel, da drinliegt.«

»Das ist ja wie ein billiger Horrorfilm aus den Hammer-Studios. Klingt kompliziert. Hey, ich sehe gerade Dad aus der Kirche kommen, er wird gleich da sein. Ich ruf dich heute abend an, wenn es dir recht ist.«

»Natürlich. Und – Owen?« Sie zögerte. »Du hast mir am Mittwoch ungeheuer geholfen. Warst einfach wundervoll. Und, hm, es tut mir leid, daß dein Besuch am Montag so ein, hm, Fehlschlag war. Aber danke, daß du gekommen bist.«

»So nennst du das also?« Er lachte leise. »Wie geht's dem Baby? Und der Mama, da wir gerade davon reden?«

»Noch leben wir«, erklärte sie ernst und drückte insgeheim die Daumen.

»Mich würde interessieren, was es bei deinen Nonnen Neues gibt. Ich habe das Gefühl, einen Roman zur Hälfte gelesen zu haben, und jetzt möchte ich wissen, wie er ausgeht.«

»Ich auch«, stimmte sie ungestüm zu. »Wie lange bleibst du in Chipping?«

»Nur ein paar Tage«, antwortete er, »ich muß da einiges

klären. Meine Eltern werden allmählich zu alt für dieses weltabgeschiedene Dorf. Einkaufen ist ein echtes Problem für sie geworden. Außerdem hängt mir die Herumreiserei zum Hals raus. Das macht mich allmählich fertig. Tess, ich spiele mit dem Gedanken, mich frühzeitig zur Ruhe zu setzen.«

»Das darf doch nicht wahr sein! Du bist erst sechsundvierzig, um Himmels willen!« Aber ihre Gedanken waren nicht so ganz bei der Sache. »Ist Dudley schon wieder da?« fragte sie ungeduldig.

»Immer mit der Ruhe. Er geht gerade über die Straße und muß jeden Augenblick hier sein. Tess?«

»Ja?«

»Kommst du nach Oxford zurück, oder muß ich nach Dublin ziehen, um dich dazu zu bringen, mich zu heiraten?«

Sehr hastig hatte er das gesagt, und als er hörte, wie sie unwillkürlich einen kleinen Schrei ausstieß, legte er sanft den Hörer hin. Sie rang immer noch nach Atem, als Dudleys dröhnende Stimme in ihrem Ohr ertönte.

»Tut mir leid, daß es so lange gedauert hat. Hast du einen Stift? Alsdann. In dieser verdammten Familie scheint es nur ein paar Namen zu geben. Eine Generation nach der anderen. Das macht es schwierig, etwas herauszufinden. Ziemlich minderbemittelt, was die Phantasie betrifft. Wie auch immer, hör zu. Zuerst das Kirchenregister. Es reicht praktisch bis zur Reformation zurück. Der erste Stebton ist 1573 gestorben, stell dir das mal vor. Der einzige Elderson, den ich aufstöbern kann, ist William Ryland Elderson Stebton, der im Mai 1839 im Alter von acht Jahren ertrunken ist. Sein Vater Ryland William Stebton ist im April 1850 gestorben; der ist vom Pferd gefallen, in Chester, heißt es hier. Anscheinend ein Jagdunfall. Pech gehabt, hm? Keine Spur von einer Sophia Elderson. Ich bin von 1860 bis 1820 zurückgegangen. Hilft dir das weiter?«

Ob ihr das weiterhalf? Tess stieß einen tiefen Seufzer der Erleichterung aus. Selbst wenn die Nonnen keine weiteren Hinweise finden könnten, die dies untermauerten, sprach doch alles dafür, daß in dem Bleisarg die sterblichen Überreste Sophias lagen. Tess wollte sich gerade bei Dudley bedanken, als dieser ihr ins Wort fiel.

»Nicht so schnell, meine Liebe. Etwas ist da ein bißchen komisch; vielleicht interessiert dich das. Bist du sicher, was den Namen Sophia betrifft? Es hätte nicht Sarah sein können, hm? Außer natürlich sie war seine erste Frau«, sagte er eher zu sich selber.

»Die erste? Nein, er hat nur eine gehabt.«

»O nein, da irrst du dich. Ich habe es zuerst auch übersehen, in den Dokumenten zumindest. Das ist ein solcher Wirrwarr, ich konnte einfach nicht alles durchschauen. Ich geh später noch mal rüber – du hast mich richtig neugierig gemacht. Ist eine interessante Lektüre. Im Vergleich dazu sind die Einträge aus neuerer Zeit langweilig. Wie gesagt, es gibt so viele von denen, mit Variationen immer der gleichen Namen. Ich hätte es ganz übersehen, wenn nicht die Putzfrau aufgetaucht wäre und den Teppich im Mittelschiff aufgerollt hätte, der normalerweise über den mittelalterlichen Grabplatten liegt. Und, wie der Zufall so spielt, über ein, zwei Gedenktafeln. Hast du den Stift noch? Ich les dir wortwörtlich vor, was da steht, du mußt dann selber versuchen, daraus schlau zu werden. *Der geliebte Sohn Ryland William Stebtons, William Ryland Elderson, im Jahre 1839 im Alter von acht Jahren im Meer ertrunken. Ryland William Stebton, im April 1850 im Alter von 59 Jahren bei der Jagd ums Leben gekommen, der innig geliebte Ehemann von Sarah Phoebe Stebton (geb. Mulholland) aus Shrewsbury, gestorben im August 1876 im Alter von 74 Jahren.* Dann werden vier namenlose Kinder erwähnt, die sehr jung gestorben sind. Aber die letzte Zeile lautet: *Von ihrem trauernden Sohn Thomas Ryland Stebton im Gedenken an seine geliebten Eltern errichtet.* Hast du das?«

»Ja«, sagte Tess leise. »Hast du die Daten von Thomas?«

»Natürlich. Dir entgeht nicht so leicht etwas, mein Mädchen, oder? 1833 bis 1906. Ich überlaß es dir, herauszufinden, was das alles bedeutet.« Er lachte dröhnend, äußerst zufrieden mit sich. Tess konnte ihn förmlich hören, wie er die Geschichte zur Belustigung seiner Frau ausschmückte. Sie legte den Hörer auf, beglich ihre Rechnung und ging zur Toilette. Dort beugte sie sich über das Waschbecken und spritzte sich Wasser in ihr überhitztes Gesicht. Dann fuhr sie sich mit dem Kamm durch die Haare, die der Nebel, der vom Meer herüberströmte, wie immer gekräuselt hatte. Merkwürdig aufgeregt sah sie aus, die Augen glänzten unnatürlich, die Wangen waren hochrot. Wie ein trauriger Clown, dachte sie, und plötzlich schüttelte sie ein nervöser Anfall von trockenem, freudlosem Lachen, als ihr klar wurde, in den letzten zehn Minuten hatte sie über eine mutmaßliche Bigamie gesprochen, und mittendrin hatte Owen Rogerson ihr einen Heiratsantrag gemacht! Sie starrte sich im Spiegel an. In ihrem langen schwarzen Mantel sah sie aus wie eine Reklame für Sandemans Port. Oder wie der Gehilfe eines Begräbnisunternehmers.

Besitztitel: Im Falle von Grundeigentum oder Pachtbesitz beeinflußt oder beeinträchtigt eine Eintragung mit Besitztitel in keiner Weise die Geltendmachung irgendeines Rechtsanspruchs auf den Grundbesitz oder eines Anspruchs, der dem Rechtstitel des ersten Eigentümers entgegensteht. (Eintragung von Grundbesitz, allgemeine Information)

35

Mit rasanter Geschwindigkeit fuhr Tess vom Parkplatz des Hotels, doch nach ein paar Minuten drosselte sie das Tempo und hielt schließlich ganz an. Es war Viertel nach neun; der Begräbnisunternehmer würde nicht vor halb zehn erscheinen. Wenn sie sich beeilte, konnte sie ihm ein paar Minuten zuvorkommen. Andererseits, wenn sie trödelte, könnte die Entscheidung, ob der Sarg geöffnet werden sollte oder nicht, bereits gefallen sein.

Ob man den Coroner benachrichtigen sollte oder nicht, das war die Frage, die sie beschäftigte. Und die Nonnen zweifelsohne ebenfalls. Zudem bedurfte es einer gründlichen Überlegung, was Dudleys Nachricht bedeutete, die wie eine Bombe eingeschlagen hatte. Und dazu brauchte sie einen klaren Kopf.

Sie fuhr in eine kleine Parkbucht, von der aus sie einen Blick auf das weite Meer hatte, und schaltete den Motor aus, um nachzudenken.

Sie starrte die Notizen an, die sie auf die Rückseite des Friedhofplans gekritzelt hatte. Wann war diese Sophia eigentlich gestorben?

Soweit sie sich erinnerte, hatte nie jemand ein Datum erwähnt, aber vermutlich war es vor der Klostergründung im Jahre 1852 gewesen. Und wieviel Zeit hatte dies in Anspruch genommen? Ein Jahr, zwei Jahre? Sie klopfte mit dem Kugelschreiber auf das Lenkrad und starrte aufs Meer hinaus, ohne etwas wahrzunehmen.

Nach einer Weile schalt sie sich, sie überdramatisiere das alles, und notierte ihre Fragen entsprechend ihrer Dringlichkeit und Wichtigkeit fein säuberlich untereinander.

Gleich darauf mußte sie lachen, wie mühelos sie sich unter dem Einfluß der Nonnen zu der strengen katholischen Lehre bekehrt hatte. Auf den Gedanken, daß auch Scheidung eine Möglichkeit sein könnte, war sie überhaupt nicht gekommen. Die Eldersons waren zwar katholisch, nicht aber die Stebtons. Selbst wenn Ryland konvertiert war, könnte er ja möglicherweise wieder aus der katholischen Kirche ausgetreten sein.

Sie hatte aus einer Mücke einen Elefanten gemacht. Warum sollte Ryland die Ehefrau, die er verlassen hatte, in der Familiengruft beisetzen? Sie wäre doch wahrscheinlich eher in ihrer Heimat beerdigt worden. Derlei war bis zum 20. Jahrhundert durchaus nicht ungewöhnlich. Daran war also überhaupt nichts Geheimnisvolles. Keine Untat, folglich auch kein Coroner. »Bin ich froh«, rief sie und zog einen Strich unter die Notizen. Die Aussichten waren gut, daß die Nonnen mittlerweile die verschwundenen Aufzeichnungen gefunden hätten. Damit, was alles andere bedeutete, das Dudley herausgefunden hatte, konnte sie sich später befassen. Einschließlich Chester, das sich wie eine Warze auf der Nase in ihrem Hinterkopf einnistete – weder richtig zu sehen noch ganz zu übersehen. Sie zog ihr Telephon heraus und wählte die Nummer der Wohnung. Glücklicherweise war die Verbindung einigermaßen gut.

»Das Baby ist gerade erst aufgewacht. Ich glaube, sie ist ein bißchen erkältet, wissen Sie das?« verkündete Sandra auf ihre übliche lässige Art und stürzte damit Tess augenblicklich in hellste Verzweiflung. Erschreckend, wie schnell ihre sprunghaften Gefühle von relativer Ruhe in blinde Panik umschlagen konnten. Auf die kleinste Andeutung von Bedrohung – oder Kritik – reagierte sie sofort. »O mein Gott, geht es ihr gut? Hat sie Fieber? Ich komme sofort heim. Ruf den Arzt.«

»Tess? Um Himmels willen, beruhigen Sie sich.« Mary Mackies ruhige Stimme setzte der Salve ein Ende.

»Was machen denn Sie da? Claire ist ernstlich krank, das weiß ich …«

»Tess! Hören Sie auf. Ich bring Sandra um, weil sie Ihnen

wegen nichts einen solchen Schrecken eingejagt hat. Das Kind zahnt wahrscheinlich. Wir holen was aus der Apotheke, um ihr das Zahnfleisch einzureiben. Und Sie beruhigen sich und bleiben, wo Sie sind. Ich bin nur eben raufgegangen, um zu sehen, wie es läuft. Dem Baby geht es prima. Falls ich gebraucht werde, bin ich den ganzen Tag in der unteren Wohnung. Übrigens, Ihre Mutter hat angerufen und angekündigt, sie wolle heute nachmittag auf einen Sprung vorbeischauen. Wir kümmern uns alle fast nur um das Baby, tanzen regelrecht um es herum. Und es geht ihr gut. Erledigen Sie Ihre Arbeit. Kommen Sie wieder so gegen sechs? Ich brate ein Huhn für Sie. Einverstanden?«

Um sechs? Der Gedanke, den ganzen Tag in Angstschweiß gebadet zu sein, weil sie sich Sorgen um ihr Baby machte, war zuviel für Tess. Sie verabredete ein Treffen mit Babysitterin samt Baby zum Mittagessen, so zwischen halb zwei und zwei in dem Hotel. Die beiden könnten mit dem Zug hinfahren. Von der Killiney-Station aus waren es nur fünf Minuten zu Fuß. Froh über diese Lösung, wollte Tess gerade auflegen, als sie plötzlich Hugo in der Leitung hatte.

»Tess, Susan hat auf dem Weg zum Flughafen vorbeigeschaut – sie springt in London für jemanden ein, in irgend so einem Ibsen-Stück. Sie läßt dich lieb grüßen.« Wer's glaubt, dachte Tess verdrossen, und fragte sich, wie Hugo auf die Idee kam, sie hielte das Kommen und Gehen ihrer Mutter für so wichtig, daß er deswegen in die Wohnung hinaufraste. Sofort argwöhnte sie, dem Baby gehe es schlechter, als sie zugegeben hatten, doch sie kämpfte einen erneuten Ausbruch von Panik nieder. In drei Stunden könnte sie sich selber überzeugen.

»Danke. Hör zu, ich muß weiter …«

»*Gespenster*, so heißt das Stück. Ist mir gerade wieder eingefallen«, fuhr Hugo unbeirrt fort. Ungläubig schloß Tess die Augen und versuchte, ihm ins Wort zu fallen. »Nein, Tess, warte einen Augenblick.« Sie konnte ihn kaum verstehen. »Das mit deiner Mutter ist Quatsch. Ich warte nur, bis die anderen aus dem Zimmer verschwinden. Hör zu, Murphy-Dunne hat sich aus der Firma zurückgezogen. Ich finde, das solltest du wissen«, erklärte er hastig. »Und die Nonnen auch, schätze ich.«

»Ich habe gedacht, er ist in Urlaub?«

»Urlaub, von wegen Urlaub, verdammt noch mal«, brach es aus Hugo hervor. »Ich glaube, wir müssen uns heute abend mal unterhalten, du und ich. Tess?« Er wartete, daß sie antwortete, aber sie brachte kein Wort heraus. Sie hatte das Gefühl, ein riesiger Brocken sei auf ihrem Kopf gelandet. Abertausende Gedanken stürmten auf sie ein.

»Noch etwas, Sinéad hat angerufen und gesagt, die Sachen, auf die du gewartet hast, seien eingetroffen. Sie will wissen, was sie damit machen soll. Soll ich sie für dich abholen?«

»Ja. Nein. Ich kümmere mich darum«, warf Tess hastig ein. »Hugo? Kommt das mit Murphy-Dunne überraschend?« Sie hörte, wie er laut einatmete, ehe er antwortete.

»Von der Tragweite des Ganzen her: ja. Hat, verdammt noch mal, wie eine Bombe eingeschlagen, und das ist noch milde ausgedrückt. Wir sehen uns heute abend. Dann können wir beim Abendessen das alles bereden. Das hätte ich schon früher machen sollen«, fügte er, halb zu sich selber, hinzu.

»Hugo?« hielt sie ihn barsch zurück. »Hugo, bist zufällig du der Urheber seiner Probleme mit dem Rücken?«

»Was willst du damit sagen?«

»In Gottes Namen, Hugo, hör auf, alles noch mehr durcheinanderzubringen. War er wirklich krank, oder hast du dir das nur ausgedacht?«

»Ich fürchte, ich habe es erfunden. Ich wollte ihn loswerden, ohne zuviel Aufsehen zu erregen. Oder Verdacht, irgend etwas sei nicht in Ordnung. Nicht ehe ich wußte, welches Ausmaß das alles angenommen hat.«

»Und weißt du es jetzt?«

»Ich weiß nicht, ob ich dir das schon sagen kann. Tut mir leid, Tess. Wie bist du dahintergekommen?«

Sie seufzte. »Lange genug hat es ja gedauert«, erklärte sie und unterbrach die Verbindung. Ihr war nicht nach einer Sezierung zumute, nicht einmal einer metaphorischen. Ihr blieb nichts anderes übrig, als zu versuchen weiterzumachen, eine Sache nach der anderen zu erledigen. Sie lehnte sich zurück und schloß für ein, zwei Minuten die Augen. Kaum hast du ein Problem gelöst, dachte sie, schon springt dir ein anderes, noch schlimmeres, ins Gesicht. Sie zwang sich, drei Minuten lang ruhig durchzuatmen, ehe sie sich in der Lage fühlte, den Motor anzulassen.

Langsam fuhr sie zum Kloster, aber nur, weil sie nicht ruhig genug war, um schneller zu fahren. Das Fahrttempo konnte sie zwar unter Kontrolle halten, nicht jedoch den Aufruhr in ihrem Kopf: Jeddie und die Bücher, Jeddie und das Grundstück, Murphy-Dunne und Jeddie, Murphy-Dunne und das Grundstück. Die beiden, wie sie im Gras spielten. Der Hund. Claire verschwunden. Bigamie. Und der Bleisarg natürlich. Alles hing miteinander zusammen, doch nichts schien zusammenzupassen.

Sie stellte das Auto neben dem Klostergebäude ab, da überfiel sie aus dem Nichts ein Gedanke, der ihr den Atem verschlug: Vielleicht betrachtete sie alle diese Einzelteile des Puzzles nicht richtig und stellte noch viel weniger die richtigen Verbindungen her. Eine weitere Möglichkeit war, daß es, abgesehen von dem zeitlichen, überhaupt keinen Zusammenhang gab, aber jedes Problem für sich genommen zum Untergang von Holy Retreat führen könnte. Doch am schlimmsten war die Gefahr, die ihr und, durch sie, Claire drohte. Und schließlich der Gedanke, daß die alte, angesehene Kanzlei ihres Vaters und auch Hugos etwas damit zu tun hatte. Und sie als eine Art Sündenbock mittendrin steckte.

Mit grimmig entschlossener Miene trat sie schließlich zu der Gruppe auf dem Friedhof. Auch hier war die Atmosphäre angespannt. Mutter Catherine stand auf der einen Seite und war in ein Gespräch mit Mr. Dwyer vertieft; die übrigen waren anderweitig beschäftigt. Die Totengräber schaufelten ein Grab nicht mehr aus, sondern füllten es auf, und der Bagger verteilte gleichmäßig Erde auf dem festgetrampelten Boden. Soweit sie sehen konnte, mußten nur noch zwei oder drei Gräber geöffnet werden. Auf dem Weg zum Schuppen machte sie einen Bogen um sie; in dem Verschlag legten Mike Flood, Mrs. Fermoy und eine namenlose Nonne gerade einen Leichensack in einen der leeren Särge. Als sie näher kam, blickten Mike und Joan auf und begrüßten sie. Die Nonne drehte sich um und sah sie an. Tess hatte sie noch nie zuvor getroffen und ging auf sie zu, um sich vorzustellen. Es fiel ihr schwer zu schätzen, wie alt die Nonne war. Zwar trug sie eine Brille, aber ihre reine, von keiner Kosmetik malträtierte Haut war makellos. Wahrscheinlich irgendwo zwischen Mitte Dreißig und Ende Vierzig.

»Jetzt bleiben nur noch zwei«, erklärte Mike erleichtert. »Sieht so aus, als könnten wir noch vor Mittag alles erledigen. Nach dem da haben wir uns, glaube ich, eine Tasse Tee verdient. Was meinen Sie?« Er grinste Tess an, während er den Deckel des ersten Sarges in der fünften Reihe anhob. »Könnten Sie mir bitte ein Etikett geben, Tess; sie liegen da drüben auf der letzten Reihe.«

Tess ging zu der Stelle, wo sie am vorangegangenen Nachmittag gearbeitet hatten. »Sind die Särge in der Reihe da schon fertig?« fragte sie überrascht.

»Wir haben heute vormittag schon drei abgehakt.«

»Ich dachte, wir hätten gestern nachmittag nur den ersten in der Reihe da gebraucht?«

»Nein, zwei«, meldete sich Mrs. Fermoy zu Wort. »Auf beiden klebt ein Namensschild.«

»Oh. Wahrscheinlich habe ich mich geirrt. 'tschuldigung.« Geistesabwesend sah Tess sie an, und als sie ihre Arbeit wiederaufnahmen, ging sie beiläufig die vierte Reihe entlang und las die Namensschilder. Vor dem zweiten Sarg hielt sie kurz inne. Auf den ersten Blick sah er genauso aus wie alle anderen. Der Name war mit schwarzem Kugelschreiber in Druckbuchstaben geschrieben: Schwester Felicitas-Maria. Tess spürte, wie es ihr eiskalt über den Rücken lief. Sie schloß die Augen und blieb stocksteif stehen, bis sie sich wieder gefangen hatte. Dann überflog sie ihre Liste; als sie aufblickte, stand die Nonne ein wenig abseits von den beiden anderen. Ungeheuer blaß und leidend sah sie aus und starrte geradeaus. Dann versuchte sie, Blickkontakt mit Tess aufzunehmen. Keine von beiden rührte sich von der Stelle.

Mike Flood strich den Plastiksack glatt und schraubte dann den Sarg zu. »Das wär's, Schwester Mary-Rose«, sagte er und ließ auf diese Weise Tess den Namen der Nonne wissen. »Gehen wir gleich den nächsten holen?«

Mary-Rose? War das nicht die Bibliothekarin? Nicht nur das, sie war auch eine der Treuhänderinnen, die sich um die finanziellen Belange des Klosters kümmerten. Diese Frau, dachte Tess, diese Frau weiß also mit Sicherheit alles über den Verkauf des Grundstücks *und* über die Bibliothek. Die drittmächtigste Frau im Kloster, doch in den Augen von Tess die interessanteste. Die mußte sie zum Reden bringen. Aber wie? Neugierig sah Tess sie an, doch die Nonne schwieg, als fühle sie sich wohler, wenn sie sich an die Klosterregel hielt, selbst unter den derzeitigen außergewöhnlichen Umständen.

»Ich nehme an, Ihre Bibliothek ist wunderschön.« Als sie aus dem Schuppen traten, holte Tess die Nonne ein. Zuerst antwortete die Nonne nicht, doch als sie sich umdrehte und bemerkte, wie Tess sie erwartungsvoll ansah, legte sie ihr die Hand auf den Arm. »Haben Sie etwas gesagt? Könnten Sie es bitte wiederholen? Ich bin taub, verstehen Sie«, flüsterte sie höflich. Es verblüffte Tess, daß die Nonne sich für eine Lebensweise entschieden hatte, bei der ihre Behinderung kaum eine Rolle spielte. Sie wiederholte ihre Frage. »Sie ist wirklich sehr schön, wir dürfen uns ihrer glücklich schätzen.« Offenbar war Schwester Mary-Rose sehr geschickt im Lippenlesen. »Mutter Catherine hat auf Sie gewartet, Miss Callaway. Ich nehme die anderen mit, um eine Pause zu machen, während Sie sich mit ihr unterhalten.« Unvermittelt wandte sie sich ab, so daß Tess keine Gelegenheit hatte, sie weiter auszuhorchen.

Als Tess sich umdrehte, sah sie, wie Mutter Catherine sie zu sich winkte. Sie saß unter einem großen Nußbaum in einem Korbstuhl; ihre Knie waren in eine Decke gehüllt. Jetzt sah sie noch bleicher aus als vorher. Sie blickte Tess an.

»Schwester Mary-Rose hat einige Aufzeichnungen gefunden. Wir glauben, es handelt sich um Sophia. Außer … außer Ihr Freund hat …?«

»Machen Sie sich keine Sorgen, Mutter. In Chipping Stebton gibt es keinerlei Hinweis, daß Sophia Elderson dort begraben ist. Sie ist weder im Archiv der Kirche aufgeführt, noch befindet sich auf dem Friedhof ein Grabstein für sie. Dort sind nur ihr Sohn William und ihr Ehemann Ryland William Stebton nebeneinander begraben. Von einer Sophia jedoch keine Spur.«

Lange bewegten sich Mutter Catherines Lippen stumm, ehe sie schlicht sagte: »Gott sei gedankt.«

»Wissen Sie, wann sie gestorben ist?« fragte Tess sanft.

»Am siebenundzwanzigsten März 1850.«

»Aha. Das erklärt viel«, meinte Tess. *Und läßt ein paar Fragen offen.*

»Ryland Stebton kam im April 1850 bei einem Unfall ums Leben. In Chester«, fügte sie hinzu, doch die Nonne sah sie verständnislos an.

»Ist Chester irgendwie von besonderer Bedeutung?«

»Na ja, es ist nicht weit von Holyhead entfernt, und außerdem ist der Unfall kurz nach ihrem Tod passiert. Angenommen, nur einmal angenommen, er ist nach ihrem Tod nach England gefahren, um alles für ihre Beisetzung in Oxford vorzubereiten, und unterwegs ist er dann ums Leben gekommen«, schloß sie lahm. *Eine Beisetzung? Du machst wohl Witze? sagte der kleine Kobold, der auf ihrer Schulter saß. Versuch's lieber mal mit Hochzeit. Versuch, aus der Geliebten eine ehrbare Frau zu machen.* Doch sie war nicht so herzlos, die Dinge für die ohnehin völlig erschöpfte Nonne noch schwieriger zu machen.

»Ich verstehe.« Mutter Catherine wirkte nicht gerade überzeugt. »Das ist möglich. Genausogut hätte es aber auch schlechtes Wetter sein können, vermute ich«, fügte sie müde hinzu. »Trotzdem, Sie haben uns einen großen Gefallen erwiesen. Haben Sie vielen Dank, meine Liebe. Den Bleisarg sehen wir uns nach der letzten Exhumierung an, die in etwa einer Stunde stattfinden dürfte. Möchten Sie Tee?«

»Nein, danke, ich habe im Hotel gefrühstückt. Tut mir leid, daß ich so lange gebraucht habe. Möchten Sie mich gerne dabeihaben, wenn Sie ihn aufmachen?«

»Wenn Sie so gut wären – ja bitte.« Sie lächelte Tess zu. »Mir wäre dann leichter ums Herz. Sie wissen gar nicht, wie sehr ich mich inzwischen auf Ihren gesunden Menschenverstand verlasse. Mr. Dwyer und Mr. Flood bleiben auch da. Mrs. Fermoy nicht. Ich glaube, sie hat genug durchgemacht, die Arme.«

»Ist Schwester Mary-Rose sehr schwerhörig?« fragte Tess.

»Völlig. Sie hat als Kind das Gehör verloren. Aber sie liest so genau von den Lippen ab, wie wir hören, wissen Sie.« Sie versank in Schweigen. Tess zog ihre Liste aus ihrer Tasche und las sie durch. Dann noch einmal, sehr langsam. Als sie aufblickte, öffnete Schwester Mary-Rose gerade das Tor zum Friedhof und begleitete die anderen nach ihrer Teepause zurück. Sie starrte Tess an und neigte den Kopf so unmerklich, daß Tess es fast übersehen hätte. Bildete sie sich jetzt schon alle möglichen Dinge ein? Wollte die taube Nonne damit andeuten, daß auch ihr das merkwürdige Namensschild aufgefallen war? Daß sie wußte, eine Felicitas-Maria gab es in Wirklichkeit gar nicht? Sie schaute zu Mutter Catherine hinunter, ob sie das kleine Zwischenspiel bemerkt hätte, doch deren Gesicht war ausdruckslos. Sie machte den Eindruck, als hätte sie sich in sich selber zurückgezogen, als wäre sie in Gedanken meilenweit entfernt. Nicht nur erschöpft wirkte sie; sie sah krank aus.

Auch die anderen machten einen ziemlich mutlosen und erschöpften Eindruck, als sei die Anstrengung, ruhig zu bleiben – was am Tag zuvor allen gelungen war –, zuviel verlangt. Nervös schlurften sie hin und her, als das letzte Grab geöffnet wurde. Mike Flood schlenderte zu ihr herüber, und als er sie fragte, ob sie es noch geschafft habe, einen Wachmann anzuheuern, war ihr klar, er hätte zu gerne gewußt, warum sie sich verspätet hatte. Sie wimmelte ihn ab.

»Nein, dem Baby ging es nicht gut; ich habe also keine Zeit gehabt, das mit den Schwestern zu besprechen. Ohnehin hatte ich den Eindruck, das wäre genau ein Problem zuviel für sie, um es noch zu verkraften. Mal sehen, ob ich später etwas erreiche. Vielen Dank für, hm, gestern abend. Ich glaube, ich war ein bißchen überarbeitet.«

»Mir kommt es heute aus irgendeinem Grund anstrengender vor«, erwiderte er. »Wenn ich noch ein Skelett sehe, krieg ich zuviel. Ein ziemlich schlechtes Zeichen für einen für die Friedhöfe zuständigen Beamten, finden Sie nicht auch?« Seine Vertraulichkeit war Tess unangenehm; sie schob die Schuld daran dem Abend zuvor zu, als sie es zugelassen hatte, nein, froh darüber gewesen war, daß er tröstend den Arm um ihre Schulter gelegt hatte.

»Durchaus nicht«, meinte sie und trat gewandt zur Seite. »Ich schätze, die Schnüffler haben sich heute vormittag nicht blicken lassen?«

»Nicht mal aus der Ferne. Ich rechne eigentlich nicht mehr mit irgendwelchen Schwierigkeiten. Morgen oder übermorgen werden die Särge neu beerdigt, schätze ich?«

»Ja, die Gräber sind alle ausgehoben. Letzten Sonntag hat der Bischof den neuen Friedhof geweiht. Das Ganze müßte am Freitag erledigt sein. Die Armen sind dann bestimmt völlig fertig.« Und du weißt nicht mal die Hälfte von allem, dachte sie; als sie aufsah, bemerkte sie, daß Mutter Catherine sie beobachtete.

Der letzte Sarg war gerade noch gut genug erhalten, um ihn unversehrt aus dem Grab zu hieven. Behutsam legten die Arbeiter ihn auf die Rollbahre und schoben ihn zum Schuppen hinüber. Sie kehrten viel leichteren Schritts zurück und hatten die Köpfe zurückgeworfen, als sähen sie endlich die wirkliche Welt wieder. Einer von ihnen zog eine Zigarette aus seinem Overall und wollte sie gerade anzünden, als sein Kumpel ihn am Ärmel zupfte und mit dem Kopf zu den Nonnen deutete, die auf sie zukamen. Schnell schaufelten die Männer das Grab zu, sammelten ihre Werkzeuge ein und gingen zu dem Begräbnisunternehmer hinüber. Kurz darauf verschwanden sie. Der Bagger fuhr noch einmal über das Gelände und rollte dann zum neuen Friedhof hinüber.

Ein paar Minuten später verabschiedete sich auch Mrs. Fermoy. Tess begleitete sie zum Tor, wo sie ein, zwei Minuten stehenblieben, um sich noch ein wenig zu unterhalten, und Mrs. Fermoy ihre Liste und den Lageplan Tess aushändigte. Erschöpft schloß Tess sich wieder den anderen an. Eine merkwürdige Pause entstand, als sie auf ihr neues Stichwort warteten und sich für die nächste Tortur wappneten: die Feststellung der Identität der Leiche in dem Bleisarg.

Mit einer beinahe rituellen Geste zogen die beiden Nonnen die Kapuzen tiefer ins Gesicht und gingen auf den Begräbnisunternehmer zu. Das Ganze wirkte seltsam würdevoll. Doch noch stärker war der Eindruck, sie hätten alle um sich herum ausgeschlossen.

»Lassen Sie uns beginnen, Mr. Dwyer«, sagte Mutter Catherine mit festerer Stimme, als Tess je gehört hatte.

Als in den Jahren zwischen den Kriegen Ausgrabungen durchgeführt wurden, entdeckte man unter dem alten Garden Court, der vormals ein Friedhof gewesen war, einen Bleisarg aus dem 18. Jahrhundert. Man hatte Blei verwendet, weil »der Verstorbene vor seinem Tod befürchtet hatte, sein Leichnam würde nach seinem Tod aus dem Grab geholt, um ihn Chirurgen zur Verfügung zu stellen«. In jener Zeit war die Angst vor Leichenräubern weit verbreitet.

36

Es lag spürbar Angst in der Luft, als sie sich um den Bleisarg scharten. Letztendlich war die Identifizierung der sterblichen Überreste jedoch fast eine Enttäuschung, zumindest für Tess. Sie umringten Mr. Dwyer, als dieser feierlich die beschädigte Ecke der Bleiverkleidung aufschlitzte, unter der ein ganz gewöhnlicher Holzsarg zum Vorschein kam. Er fuhr mit der Klinge eines stabilen Arbeitsmessers an beiden Seiten entlang und klappte dann, fast so wie bei einem mit einer Metallfolie abgedeckten Fertiggericht, eine Ecke nach der anderen auf.

»Wenn Sie mir helfen, Mr. Flood, müßten wir es jetzt eigentlich schaffen, die Bleiverkleidung abzuziehen«, meinte er. Es klang, als bitte er ihn, ihm bei einer gewöhnlichen Gartenarbeit zur Hand zu gehen. Die zwei Männer stellten sich zu beiden Seiten des Sargs auf und rollten langsam und mühselig die dünne Bleifolie zurück, die sich nur widerstrebend von dem Holz darunter löste. Abgesehen von dem häßlichen Loch, wo die Baggerschaufel das Holz zertrümmert hatte, war der Sarg unberührt. In der Maserung des Eichenholzes konnte man sogar noch Reste des Lacks sehen. Als sie die Schicht ungefähr zur Hälfte abgezogen hatten, blickte Mr. Dwyer zu den Nonnen auf. »Wir haben Glück gehabt, glaube ich. Ich spüre die Kante einer Plakette.« Doch in ihrer Aufregung zerrten die Männer zu hastig an der Bleiverkleidung; sie schnellte zurück und hinterließ einen gefährlich gezackten Rand. Dwyer schaute erneut auf.

»Wir brauchen was Handfesteres, um das Ding da aufzustemmen. Mal sehen, ob ich was im Auto habe«, erklärte er.

Während sie warteten, warf Tess verstohlen einen Blick auf ihre Uhr. Verdammt, verdammt, verdammt. Es war Viertel nach zwölf, aber da war nichts zu machen. Sandra war wahrscheinlich schon auf dem Weg zu ihrer Verabredung zum Mittagessen.

»Diese ganze Warterei ist zum Verzweifeln«, murmelte Mike Flood leise. »Gestern haben wir den ganzen Tag geschuftet, aber ich war kein bißchen müde; heute tun wir nichts, und ich bin trotzdem völlig geschafft.« Trübselig prustete er leise. »Ah, Augenblick, da kommt er. Na endlich.«

Geduldig steckte Dwyer einen Fünf-Zentimeter-Meißel zwischen die Metallplatte und das Blei und hob es behutsam an, während Mike es weiter zurückrollte. Als ein, zwei und schließlich die ganzen fünfzehn Zentimeter trüb angelaufenen Metalls mit keinerlei entzifferbarer Gravierung zum Vorschein kamen, glaubten sie zunächst, die Plakette sei unbeschriftet. Ungläubig starrten sie sie an. Mit seinen rauhen Fingern betastete Dwyer die Oberfläche, zögerte, rieb sie und schaute dann auf. »Ich spüre nichts. Was jetzt?«

Schwester Mary-Rose war vorausschauender gewesen. Sie kniete sich in das feuchte Gras, legte ein dünnes Blatt Papier auf die Plakette und rieb leicht mit einem weichen Bleistift darüber. Dann hob sie es nah an die Augen und untersuchte das Ergebnis mit enttäuschter Miene.

»Hat jemand eine Taschenlampe?« fragte Tess.

»Im Schuppen ist eine«, erklärte Mike und holte sie. Sie hielten das Blatt Papier erneut hoch und leuchteten von hinten mit der Taschenlampe darauf. Als der Lichtkegel langsam die Seite auf- und abwanderte, erkannten sie allmählich schwache Schnörkel, die der Bleistift nicht durchgedrückt hatte. Doch sie waren viel zu undeutlich, um sie lesen zu können.

»Messing ist das nicht, oder? Vielleicht Silber«, meinte Dwyer nachdenklich, und Schwester Rose wurde losgeschickt, um Silberpolitur zu holen.

Sie klammerten sich an einen Strohhalm, da keiner als erster den Vorschlag machen wollte, den Sarg zu öffnen. War es, weil sie, wie Mike Flood, genug von Skeletten hatten oder aber weil sie befürchteten, jemand anderer als Sophia könnte darin liegen? Keiner gab irgendeinen Kommentar ab oder äußerte irgendwelche Vermutungen, während sie warteten, bis Schwester Rose zurückkam. Mutter Catherine stand wie versteinert da, reglos wie eine Statue; die Augen hatte sie gesenkt, als könne sie es nicht ertragen, mit anzusehen, was hier vor sich ging.

Mittlerweile war Tess wegen der Babysitterin in Angstschweiß gebadet, doch es war gar nicht daran zu denken, jetzt wegzugehen. Vier oder fünf Minuten verstrichen, bis Schwester Rose keuchend über die Wiese gerannt kam; ihr Umhang bauschte sich hinter ihr.

Zehn qualvolle Minuten dauerte es, ehe die schwarze Schicht auf dem Metall sich löste. Dann blätterte sie wie eine dünne Lage Moder ab, und darunter kam das stumpfe Silber zum Vorschein. Auch ohne es zu polieren, konnte man jetzt die spinnwebartige Gravierung lesen: Sophia Stebton, geb. Elderson (1801–1850). Mutter Catherine stiegen Tränen in die Augen. »Gott sei gedankt«, hauchte sie. »Die Mutter unserer Stifterin. Sie ist hier in diesem Haus gestorben.«

Mr. Dwyer strahlte über das ganze Gesicht. »Na also, wir haben Glück gehabt. Jetzt wissen wir, wer es ist«, erklärte er. Man sah ihm seine Erleichterung an. »Es gibt also absolut keinen Grund, warum wir den Sarg öffnen sollten.« Ein allgemeiner Seufzer stieg auf, als die Mutter Guardian auf die Knie fiel und, als die anderen es ihr nachtaten, das *De Profundis* zu rezitieren begann. Nachdem sie geendet hatte, half ihr der Begräbnisunternehmer behutsam wieder auf die Beine und nahm jetzt die Sache in die Hand.

»Wir können die Arme gleich wieder eingraben.« Seine Stimme klang herausfordernd, als wolle er sehen, ob jemand es wagte, ihm zu widersprechen. »Ich lasse die Männer drüben auf dem neuen Friedhof schon ein Grab für sie vorbereiten.« Als Mutter Catherine Bedenken äußern wollte, hob er die Hand. »Das Ganze war einwandfrei«, erklärte er unerbittlich. »Wir waren alle Zeugen, daß sie diejenige ist, die Sie hier vermutet haben, und daß sie mit vollem Recht hier war.« Streng blickte er in die Runde. »Letzte Nacht haben sich hier irgendwelche Streuner herumgetrieben. Irgend jemand hat an dem Schloß vom Schuppen rumgefummelt.« Er sah Tess an. »Sie wollen doch nicht, daß irgendwelche Unruhestifter aus dem Bleisarg eine Schlagzeile machen, oder?« fragte er sie und forderte sie damit auf, ihn zu unterstützen.

»Nein, Mr. Dwyer, das wollen wir nicht«, antwortete Tess entschieden und hätte Mike Flood am liebsten gegen das Schienbein getreten, als dieser hinzufügte: »Gestern abend ist jemand hier herumgeschlichen. Und ich habe gesehen, wie ein Wagen am Tor vorbeigefahren ist. Von dieser Seite her ist er gekommen. Miss Callaway und ich haben bei der Grenzmauer nachgesehen, ehe wir nach Hause sind.«

»Ich werde eine Sicherheitsfirma beauftragen, hier zu patrouillieren – ist Ihnen das recht?« Tess sah die Nonnen an und rechnete mit einer erleichterten Reaktion.

»Nein«, widersprach Mutter Catherine heftig. »Nicht ehe wir das miteinander besprochen haben.« Sie machte den Eindruck, als würde jede weitere Erschütterung sie umbringen. Schwester Mary-Rose stand mit gesenkten Augen etwas abseits. Sie zitterte.

»Dann gehen wir jetzt, Mr. Flood«, sagte Tess ruhig. Mutter Catherine sah sie betrübt an, als sie hinzufügte: »Morgen vormittag komme ich noch einmal vorbei, Mutter. Es gibt noch einiges zu besprechen.« Sie wandte sich zu Mike. »Ich nehme Ihre Liste mit, die Schatzmeisterin möchte sie gerne wiederhaben«, flunkerte sie drauflos. »Die von Mrs. Fermoy habe ich schon.«

Überrascht sah er sie an und klopfte auf seine Taschen. »Anscheinend habe ich sie im Schuppen liegenlassen«, meinte er. »Ich geh schnell und hol sie.«

»Das ist schon in Ordnung.« Tess lächelte. »Ich nehme sie mit, ehe ich mich auf den Weg mache.« Nur zu gerne verstand er diesen Wink, verabschiedete sich und ging. Sie wartete, bis er durch das Tor war, ehe sie zu Schwester Rose hinüberging.

»Die da nehme ich ebenfalls an mich, Schwester«, sagte sie bestimmt und nahm der verblüfften Schwester die Papiere aus der Hand. »Ihre und die der Mutter Guardian.« Erklärung lieferte sie ihnen keine. Die Nonne sah zu Tess und dann an ihr vorbei ostentativ zum Schuppen. Ihr Atem ging unregelmäßig, ihre Miene war unergründlich. Verängstigt? Verärgert? Tess überflog die Listen, dann trat sie ein Stück näher und baute sich unmittelbar vor der Tauben auf. »Es gibt keine Felicitas, nicht wahr?« Sie formte die Worte lautlos. »Hat nie eine gegeben.« Kummervoll schüttelte die Nonne den Kopf. »Warum haben Sie denn nichts gesagt?«

»Ich hatte Angst. Mir ist der Name auch erst in dem Augenblick aufgefallen, als Sie ihn gesehen haben. Ich habe einfach nicht gewußt, was ich tun soll«, flüsterte die Nonne. In dem blassen Gesicht wirkten die Augen riesig groß. »Irgend etwas ist pass…« setzte sie an, als Tess sie erneut am Ärmel zupfte.

»Schwester Rose, es ist besser, wenn Sie das Mutter Catherine sagen. Und sagen Sie ihr auch, ich muß sie und Schwester Benedicte sprechen, sobald Sophia Elderson wieder beerdigt ist. Und Sie auch, Schwester Mary-Rose …«

»Schwester Benedicte wird kaum in der Lage sein …«

»Sagen Sie ihr einfach, es sei dringend, Schwester«, fiel Tess ihr barsch ins Wort. Verängstigt blinzelte die Nonne sie an und neigte dann langsam den Kopf. Erneut machte sie den Mund auf, als wolle sie etwas sagen, doch genauso schnell machte sie ihn wieder zu.

»Ich möchte mich nur noch vergewissern, daß der Schuppen ordnungsgemäß abgesperrt ist«, erklärte Tess den anderen zuliebe mit lauter Stimme und marschierte davon.

Mikes Liste lag genau da, wo er sie, wie sie sich erinnerte, hingelegt hatte. Sie hob sie auf und verglich sie mit den anderen, obwohl sie wußte, daß es eigentlich überflüssig war. Es gab keine Abweichungen. Keine zusätzlichen Namen. Daher war das, was nachts in dem Schuppen geschehen war, nicht im voraus geplant worden. Zumindest nicht von den Nonnen, wenn man nach Schwester Mary-Roses offenkundigem Entsetzen gehen konnte. Erleichterung stieg in ihr auf. Dann schritt sie, eigentlich mehr, um den Augenblick der Wahrheit hinauszuzögern, die Sargreihen ab und verglich jeden einzelnen Namen mit denen auf der Liste. Als sie fertig war, lehnte sie sich an die Wand und zählte langsam bis zehn, um sich zu beruhigen.

Durch die offene Tür beobachtete sie, wie die beiden Nonnen durch den Park zum Klostergebäude gingen. Selbst aus dieser Entfernung von etwa hundert Metern sah sie ihre Rosenkränze hin- und herschwingen. Sie folgte ihnen mit den Augen, bis sie auf der Rückseite des Gebäudes in Richtung des neuen Friedhofs verschwanden. Als sie sich umblickte, sah sie, wie Dwyer und seine zwei Arbeiter den Rest der Bleiverkleidung von Sophias Sarg lösten und ihn auf die Bahre legten. Erst als sie Sophia langsam über den Rasen zu ihrer neuen Ruhestätte rollten, setzte sie sich in Bewegung.

Sie drückte die Tür halb zu, so daß ein Lichtstrahl auf die vierte Reihe fiel, und ging zaghaft auf den Sarg mit jener Felicitas zu. Nervös wischte sie sich die feuchten Hände an ihrem Mantel ab und wartete, bis sie zu zittern aufhörten, ehe sie den Deckel aufschraubte. Sie zwang sich, langsam zu atmen, als sie ihn hob und hineinspähte.

Zuerst dachte sie, die Leiche sei in einen der Umhänge der Schwestern von Holy Retreat gewickelt – sie hätte sich geirrt und es handle sich doch um eine der exhumierten Nonnen. Doch dem war nicht so. Man hatte einen schweren marineblauen Mantel verwendet, der die Leiche völlig verdeckte. Die leeren Ärmel waren schwungvoll über dem Kopf gefaltet und verbargen das Gesicht. Tess zupfte vorsichtig an den Manschetten und prallte vor Schreck zurück. Die kleinen dunklen Augen wie auch der verzerrte Mund standen offen. Tess drückte eine Hand auf ihr wild hämmerndes Herz, mit der anderen zog sie den Ärmel ein Stück weiter zurück. Die Haare auf der einen Seite des Kopfes waren verfilzt, und es sah aus, als sei der Schädel eingedrückt worden. Eines des Augen war verletzt und blutunterlaufen, ebenso der Mund. Sie zwang sich, die Hand zu dem Gesicht zu führen, und berührte es leicht. Die Haut fühlte sich so eisig, so widerlich kalt wie ein Stück Fleisch aus der Tiefkühltruhe an, daß ihre Hand unwillkürlich zurückzuckte. Wie lange war sie schon tot? Tage? Stunden? Sie schauderte, als sie das verfilzte Haar streifte, und betrachtete entsetzt den kleinen braunen Fleck, den es auf ihrer Fingerspitze hinterlassen hatte. Fast wäre sie ohnmächtig geworden. Sie beugte sich vornüber, bis ihr Kopf, in dem sich alles drehte, beinahe die Knie berührte, und wartete, bis das Schwindelgefühl sich legte. Nachdem sie sich erneut aufgerichtet hatte, breitete sie die Ärmel wieder über das Gesicht, knöpfte vorsichtig den Mantel auf und schlug ihn zur Seite.

Im Tod wirkte der Körper größer als im Leben, und das Schreckliche war, verglichen mit dem, was Tess in den letzten zwei Tagen auf dem Friedhof erlebt hatte, sah diese Frau auf verdammt brutale Weise *lebendig* aus. Und war herzzerreißend einfach zu identifizieren. Die riesige dunkle Sonnenbrille, die so wirkungsvoll ihr Gesicht verdeckt hatte, war verschwunden. Doch immer noch trug sie die absurden Knickerbocker und das Tweedjackett. Als Tess die Jacke antupfte, stellte sie fest, daß sie feucht war. Sie versuchte, sich zu erinnern, wann es das letzte Mal geregnet hatte. Am Freitag, ununterbrochen. Nein. Nur nachmittags. Mutter Catherine hatte erklärt, Freitag vormittag sei schönes Wetter gewesen. Samstag nacht hatte es ebenfalls geregnet. Nur ein bißchen allerdings. Und dann ganz früh am Montag und wieder mitten in der Nacht. Traurig betrachtete sie die kleinen, plumpen Hände, die über der Brust gefaltet waren; die sorgfältig manikürten Nägel waren rosa lackiert. Tess ließ sich auf einen Stuhl fallen. Vor der merkwürdigen Begegnung letzte Woche hatte sie die Frau nur ein-, zweimal flüchtig im Buchladen gesehen. Doch sie hätte ihren letzten Shilling verwettet, daß es sich bei der Leiche, die irgend jemand als Schwester Felicitas-Maria ausgegeben hatte, daß es sich bei der Frau, die sie als Mrs. Knickerbokker bezeichnet hatte, in Wirklichkeit um Jeddie Hillyard handelte. Die Nennung des Namens ihrer Schwester auf dem Schild schien ihr eine zum Verzweifeln grausame Ironie.

Behutsam zog sie den Mantel wieder über sie. Es war, als

würde sie ihr schlafendes Kind zudecken. Sie richtete sich auf und ging die paar Schritte zur Tür, blieb dann jedoch unvermittelt stehen. Aus den Augenwinkeln hatte sie etwas sich bewegen sehen. Wie erstarrt stand sie im Türrahmen, als eine geduckte Gestalt, in einen Nonnenumhang gehüllt, aus dem Schatten des Schuppens hervorschoß und im Schutz der Bäume und Büsche durch den Park zu den Klippen huschte. In einiger Entfernung richtete sie sich auf und rannte jetzt schneller. Es sah aus, als glitte der bauschige Umhang mit Kapuze aus eigenem Antrieb dahin. Jeder könnte das sein, dachte Tess. Wie leicht es doch wäre, sich unbemerkt auf dem Klostergelände aufzuhalten. *Auch im Kloster selber?*

Die Schatzmeisterin, dachte sie plötzlich, stutzte dann jedoch. Vor ihrem inneren Auge sah sie die ganze Gemeinschaft, wie sie in der Nacht zuvor in einer Prozession aus der Kapelle geschritten war. Was hatte Mutter Catherine gesagt? Die Schatzmeisterin sei als erste herausgekommen. Tess hatte den Eindruck gehabt, sie sei nur ein klein wenig größer gewesen als die anderen. Die flüchtende Gestalt, die sie beobachtete, war jedoch über einen Meter achtzig groß.

O mein Gott, dachte sie, als die Gestalt aus ihrem Blickfeld verschwand, das ist keine Nonne, das ist ein Mann. Ohne auch nur einen Augenblick an die Gefahr zu denken, ließ sie ihre Tasche fallen und raste über das offene Gelände hinter ihm her, auf die Hecke an der Grundstücksgrenze zu, wo sie schließlich hektisch auf und ab rannte und verzweifelt einen Weg durch das dichte Gebüsch und Unterholz suchte. Schließlich entdeckte sie, mittlerweile völlig außer Atem, einen Durchgang zu dem Lavendelfeld, doch inzwischen war es viel zu spät. Wahrscheinlich kannte er einen direkteren Weg zu dem Tor, das zu den Klippen führte. Es war gerade weit genug aufgedrückt worden, um mühelos hindurchschlüpfen zu können. Ihr Herz hämmerte. Sie blieb stehen, um wieder zu Atem zu kommen, und spähte über den Rand der Klippen, konnte jedoch nichts sehen. Und die anbrandenden Wellen übertönten jedes andere Geräusch. Oben an der langen, steilen Treppe zögerte sie; sie befürchtete, auf halbem Weg in eine Falle zu geraten. Da hörte sie das leise Knirschen von Schritten auf dem Kiesstrand. Am höchsten türmte sich das Kiesgeröll direkt unter dem Kliffüberhang und erschwerte dort ein Vorwärtskommen beträchtlich. Wahrscheinlich würde er weiter auf den Strand hinausgehen, wenn es ihm darauf ankam, schnell von hier wegzukommen. Hatte er bemerkt, daß sie ihm gefolgt war? Hatte er sie in der Hütte beobachtet? Ihr Herz hörte nicht auf, wie wild zu pochen, aber die Beine versagten ihr den Dienst.

Und dann, als sie wie angewurzelt vor Furcht dastand, sah sie, wie er aus der Deckung herauskam. Als sie ihn erkannte, knickten ihr die Knie ein, und sie mußte sich am Torpfosten festhalten. Den Mantel hatte er abgestreift; darunter war er empörend lässig gekleidet: dunkles Sportjakkett und graue Hose. Die Rückennaht des Jacketts war aufgeplatzt; darunter blitzte ein weißes Hemd hervor. Er schlenderte über den Kiesstrand, als mache er einen Spaziergang am Meer. Nur eines vermißte sie: den Schäferhund. Das hätte das Bild so richtig abgerundet. Ein Stück weiter den Strand hinauf führten einige Leute ihre Hunde aus. Jeder von ihnen hätte ihn sehen können, wenn sie etwas näher gewesen wären. Doch Terence Murphy-Dunne war auf der Hut. Als ein Paar näher kam, ging er langsam zum Wasser hinunter und ließ einen flachen Stein über die Oberfläche hüpfen. Wie hypnotisiert zählte sie fünf Aufpraller, ehe sie sich langsam aufrichtete und auf den Weg zu dem verfluchten Schuppen machte. Zum ersten Mal seit vielen Jahren betete sie im Dahinrennen darum, daß jemand ihr den richtigen Weg wiese.

Sie wußte nicht, was sie tun oder sagen sollte. Wem sie etwas sagen sollte, wem sie trauen könnte. Wen sie beschützen müßte. Sie war es nicht gewöhnt, auf der anderen Seite des Gesetzes zu stehen. Ihr Verstand und ihre Ausbildung schrien das eine, ihr Instinkt das Gegenteil: sachte, sachte, befahl sie sich selber. Das Herz klopfte ihr bis zum Hals.

Sie brachte es nicht über sich, noch einmal in den Verschlag zu gehen, um ihre Tasche zu holen, die gleich hinter der Tür lag. Sie beugte sich gerade weit genug vor, um sie zu erwischen, ehe sie sich dafür wappnete, noch einmal an dem leeren Friedhof vorbeizugehen. Als sie zum Tor kam, warf sie einen letzten Blick zurück auf die verlassene Begräbnisstätte. Abgesehen von dem häßlichen Schuppen und der klaffenden Wunde blanken Erdbodens, war sie wieder das, was sie gewesen sein mußte, seit sie als Parklandschaft angelegt worden war: friedlich, ruhig und wunderschön. Unschuldig. Sie ging durch das Tor und zog es hinter sich zu. Als das Schloß einschnappte, holte der Schock sie ein, und sie begann zu hyperventilieren. O mein Gott. Hilf mir. O mein Gott, o mein Gott, o mein Gott. Er geht zu dem Hotel in Killiney. In einer Viertelstunde ist er dort. Dort, wo Claire ist. O Claire, Claire. Mein Baby. Sie lehnte sich mit dem Rücken an das Tor und kniff die Augen zu. Sie atmete keuchend, stoßweise.

Als sie die Augen aufschlug, humpelte Hugo Boland auf sie zu. »Claire, Claire«, schrie sie ihm entgegen. »Hugo, Hugo, ich muß zu Claire!«

Er blieb stehen, ließ seinen Spazierstock fallen und hob die Hände. »Hör auf. *Hör auf!* Was ist denn in dich gefahren? Claire geht es gut, Tess. Es geht ihr prächtig. Sieh selber.« Er deutete nach hinten zu einem Taxi, das mit weit offenstehenden Türen vor dem Eingang zum Kloster parkte. Sandra saß auf dem Rücksitz und hatte Claire auf dem Schoß. Als sie Tess erblickte, winkte sie frech: »Wie geht's, wie steht's, Tess? Vielen Dank, daß Sie so pünktlich gekommen sind, ha, ha. Herrliches Mittagessen«, ulkte sie. Tess' Knie gaben nach. Auf allen vieren kroch sie über den Kies und weinte vor Erleichterung.

»Oh, es tut mir leid. Tut mir wirklich leid.« Sandra sprang aus dem Auto, während Hugo Tess auf die Beine half. Sie riß das Baby an sich und drückte das Gesicht an Claires weiche, runde Wange. Sie wußte, wenn sie jetzt zu sprechen versuchte, würde sie wieder zu heulen anfangen oder mit alldem herausplatzen, was sie eben erlebt hatte. Sie schluckte mühsam. »Ich war auf dem Weg«, murmelte sie. »Ich hatte gehofft, du würdest warten.«

»Dazu hatten wir keine Gelegenheit, stimmt's, Claire? Mr. Boland hat uns ziemlich früh hingefahren, und wir haben alle zusammen Mittag gegessen«, plapperte Sandra drauflos und sah verunsichert ihre Arbeitgeberin an. Dann streckte sie die Arme nach dem Baby aus, das ihr fröhlich entgegengluckste. Tess verspürte einen heftigen Stich von Eifersucht. Sie klammerte sich an Claire, die nachgab, aber unverwandt zu der Babysitterin starrte.

»Tess.« Hugo stand neben ihr. Ungeheuer ernst sah er aus, abgehärmt. Jetzt erst bemerkte sie, daß er sehr förmlich in einen dunklen, doppelreihigen Nadelstreifenanzug gekleidet war, der für seine hagere Gestalt viel zu groß schien.

»Hugo? Wieso bist du denn hier?«

»Wir müssen noch etwas bleiben, um mit der Mutter Guardian zu sprechen. Das Taxi bringt die beiden nach Hause.« Für ihn war es keine Frage, daß sie einwilligte.

»Nein«, widersprach sie heftig. »Sie müssen hierbleiben. Wir müssen zusammenbleiben.« Hugo sah sie an, als wolle er Einwände erheben, gab dann aber auf.

»Ich kann ein Weilchen mit ihr auf und ab gehen«, meinte Sandra hilfsbereit, als Tess ihr Claire reichte.

»Danke.« Tess holte tief Atem und nahm sich zusammen. »Mach das, während ich mich mit Mr. Boland unterhalte, aber bleib in Sichtweite. Wir müssen zusammenbleiben«, wiederholte sie eindringlich. Ihr Blick begegnete dem Hugos.

»In Ordnung.« Hugo hob die Hand. »Wie du meinst. Tess? Was ist passiert? Du bist ja totenblaß.«

»Warte. Ich bin gleich wieder da«, erklärte sie. »Schick das Taxi weg. Wenn du dich hinsetzen willst, geh zu meinem Auto.« Sie drückte ihm die Schlüssel und das Mobiltelephon in die Hand. »Ruf die Polizei an und sag ihnen, Murphy-Dunne ist unten am Strand von Killiney. Zumindest war er vor ein paar Minuten noch dort. Es ist mir völlig egal, was du ihnen erzählst, sorg nur dafür, daß sie ihn aufgreifen. Es ist dringend. Sie müssen ihn erwischen. Sofort. Er ist gefährlich. Dunkles Jackett, hellgraue Hose.«

»Was? Du hast ihn gesehen?« brüllte er. »Tess, warte. Wir

müssen miteinander reden ... Ich habe ...« Doch sie marschierte bereits die Stufen zur Tür des Klosters hinauf. Die Tür öffnete sich fast augenblicklich. Als sie in die Halle ging, kritzelte Tess etwas auf einen Zettel.

»Schwester Joseph? Können Sie das bitte Mutter Catherine geben? Ich bin in ein paar Minuten wieder da. Zusammen mit Mr. Boland.« Schwester Maria-Joseph erhob keine Einwände. Sie wirkte auffällig gedämpft.

»Ich erledige das sofort«, erklärte sie. Ihre Stimme klang zurückhaltend.

»Das Baby und das Mädchen, das auf es aufpaßt, sind auch hier. Haben Sie irgendeinen Raum, in dem sie warten können? Irgendwo, wo es sicher ist?« Die Nonne erfaßte bemerkenswert schnell den Sinn und die Dringlichkeit der Bitte, obwohl ihr dies zu dem Zeitpunkt nicht auffiel.

»Ja. Neben dem Sprechzimmer ist ein kleiner Nebenraum. Da können sie hinein. Dort sind sie ganz sicher. Ich kümmere mich darum, daß er vorbereitet wird.«

Vor der Tür wartete Hugo auf sie. »Hast du bei der Polizei angerufen?« wollte sie wissen.

»Sie ist unterwegs«, erwiderte er.

»Und die haben dir geglaubt?«

»O ja, ohne weiteres«, erklärte er. Er zog ein paar Umschläge aus seiner Innentasche. »Sinéad hat mich gebeten, sie dir zu geben. Sie meinte, es sei möglicherweise dringend.«

»Du warst im Büro?« murmelte Tess. Dann warf sie einen Blick auf die Umschläge und stieß ein kleines Triumphgeheul aus. Die Dokumente vom Amt für Gesellschaftsregistrierungen und vom Grundbuchamt. Endlich. Sie riß den ersten Umschlag auf und überflog die oberste Seite. Dann sah sie zu Hugo auf. »Das solltest du dir vielleicht mal ansehen«, schnaubte sie. »Dieser Rechtsverdreher hat auf beiden Seiten mitgemischt.« Als sie das zweite Aktenstück herauszog, packte Hugo sie am Ellbogen.

»Es wäre besser, wenn du mir sagst, was hier vorgeht.«

Sie hatte sich noch nicht genügend gefaßt, um ihn anzusehen, geschweige denn mit ihm über all das zu reden. Zudem war sie sich nicht ganz sicher, ob sie ihm trauen konnte. »Du zuerst. Was ist passiert?«

»Ich hab dir doch erzählt, Murphy-Dunne ist getürmt«, erklärte er.

Tess wirbelte herum.

»Nein. Du hast gesagt, er hätte sich aus der Kanzlei zurückgezogen.«

»Na ja, war doch naheliegend, daß ich das sage, oder? Gestern abend muß er im Büro gewesen sein. Alle möglichen Akten fehlen. Dieser Hurensohn hat einen ganzen Berg von Schulden hinterlassen. Und die Firma mit hineingezogen. Gott allein weiß, in welchem Ausmaß. Unter anderem hat er die Bücher gefälscht. Überhöhte Rechnungen ausgestellt. Sich Erbschaften unter den Nagel gerissen. Nenn, was du willst, er hat es ...« Er starrte auf das Dokument, das er in der Hand hielt. »Und jetzt das da. Dieser Mistkerl. Ich kann es einfach nicht fassen, zu welchem Zeitpunkt das Konsortium gegründet worden ist. Drei Monate nachdem er die Sache hier übernommen hatte. Großer Gott.« Er sah ihr offen ins Gesicht. »Tess, davon hatte ich keine Ahnung. Ehrlich. Ich habe vermutet, daß etwas nicht in Ordnung ist – aber so etwas? Du mußt mir glauben. Ich war ungeheuer gutgläubig.« Seine Stimme bebte. »Ich hätte ihn rauswerfen sollen. Ich hätte ... Ach, was soll's? Heute morgen habe ich die Polizei auf ihn angesetzt. Das hätte ich schon längst machen sollen.«

»Deswegen haben sie auch gleich auf deinen letzten Anruf reagiert?« Sie spürte, wie eine Woge der Erleichterung in ihr aufstieg.

»Ja. Allerdings hatte ich keine Ahnung, daß er gefährlich ist. Weiß Gott, in was ich dich da hineingezogen habe, Tess. Dabei habe ich nur versucht, dir zu helfen ...« Hugo klang, als sei er den Tränen nahe. »Ich weiß nicht mehr, was hier eigentlich vorgeht.«

»Ich schon, Hugo«, erklärte Tess ruhig. »Und es ist noch schlimmer, als du meinst. Ich bin mir nicht sicher, wie ich vorgehen soll, das ist alles. Aber zu deinen Beschuldigungen kommen noch einige weitere hinzu.«

»Hoffen wir, daß wir zumindest mit ein paar von ihnen durchkommen«, murmelte sie leise vor sich hin.

Sie nahm seinen Arm. »Hör zu, Hugo«, setzte sie an, und dann erzählte sie ihm alles. Fast alles; die Leiche im Schuppen erwähnte sie nicht. Zum Teil, weil ihre Gedanken noch viel zu sehr in Aufruhr waren, aber auch, weil Schwester Mary-Roses Verhalten sie verwirrt hatte. Ganz tief in ihrem Innersten befürchtete Tess, sie oder eine andere der Nonnen könnte in den Mord oder zumindest die Beseitigung der Leiche verwickelt sein. Schweigen, dachte sie nüchtern, Schweigen hat auch seine Schattenseiten.

Da sie kraft Gesetzes juristische Personen sind, haben Institutionen, Ordensprovinzen und Ordenshäuser die Rechtsfähigkeit, weltliche Güter zu erwerben, zu besitzen, zu verwalten und zu veräußern, außer die Satzungen schließen diese Rechtsfähigkeit aus oder schränken sie ein. (Kanonisches Recht 634 + 1, Artikel 3: Weltliche Güter und deren Verwaltung)

37

Zusammen mit einer reichlich kleinlauten Sandra war Claire sicher in einem kleinen, schmucklosen Nebenraum des Sprechzimmers untergebracht worden. Es war in den allgegenwärtigen, schmuddeligen Beige- und Brauntönen der Nonnen gehalten, doch das hatte Tess gar nicht bemerkt. Ehe sie die Tür zuzog, hatte sie überprüft, ob die Fenster fest verschlossen waren.

Als sie in das Sprechzimmer traten, saß am Tisch eine Nonne. Sie hatte den Rücken der Tür zugewandt, so daß Tess zuerst nicht sehen konnte, um welche Schwester es sich handelte; sie bemerkte auch nicht die andere Gestalt, die neben der aufgeschobenen Trennwand stand, jedoch noch von ihr verdeckt war. Sie und Hugo blieben einfach bei der Tür stehen, bis die Nonne merkte, daß sie da waren, sich von ihrem Stuhl erhob und sich umwandte.

»Schwester, das ist Mr. Boland; Hugo, Schwester Mary-Rose.«

Die Nonne hatte ihren schweren Umhang abgelegt; darunter trug sie ihr für den Aufenthalt im Haus gedachtes Habit. Das einfach geschnittene Kleid mit einem hohen weißen Stehkragen war von einem wunderbar sanften bläulichen Grau und wurde von einem gewebten, schmalen schwarzen Gürtel zusammengehalten. Auf dem Kopf trug sie eine adrette weiße Leinenkappe, über die ein langer, hauchdünner schwarzer Schleier gebreitet war. Zu ihrer Erleichterung stellte Tess fest, daß ihre Haare nicht geschoren waren: um die Ohren spitzten winzige mausgraue Löckchen hervor.

Sie deutete auf zwei Stühle auf der anderen Seite des Tisches und wartete, bis sie Platz genommen hatten, ehe sie sich selber wieder setzte. Ihr Schweigen war nervenaufreibend. Alle paar Sekunden schnellte ihr Kopf zu der Trennwand herum. Nach etwa fünf Minuten erschien die Mutter Guardian. Im wahrsten Sinn des Wortes. In dem einen Augenblick war sie nicht da, im nächsten stand sie plötzlich vor der offenen Trennwand. Auch sie hatte den Umhang ausgezogen. Sie zögerte, warf einen Blick über die Schulter und nahm dann ihren Platz neben Schwester Mary-Rose ein. Tess brannte darauf, sich gegen die Trennwand zu werfen und um sie herum zu spähen. Sie fragte sich, ob sie in einer Art ritueller Geste beiseite geschoben worden war – seht her, wir haben nichts zu verbergen –, aber falls dem so war, blieb es ohne Wirkung. Irgendwie hatte sie das Gefühl, als habe sich die gesamte Gemeinschaft auf beiden Seiten des Proszeniums versammelt: ihr unsichtbares Publikum. Mutter Catherine hob ihr grau-bleiches Gesicht und nickte Hugo zu, vermied es jedoch, Tess direkt anzusehen.

»Haben Sie meinen Brief gelesen?« fragte er. Überrascht sah Tess ihn an. Was für einen Brief? Hugo wich ihrem Blick aus. »Tess hat gerade bestätigt, was ich befürchtet habe. Die Frage ist jetzt ...«

Ungeduldig erhob sich Tess. Es war an der Zeit, endlich mit diesem ganzen Drumherumreden Schluß zu machen. Was zählte, war die Leiche, nicht die wirklichen oder eingebildeten Empfindlichkeiten von irgend jemandem.

»Wo ist Schwester Benedicte-Maria?« fragte sie kurz und bündig. »Sie sollte auch hier sein.« Lautes Aufseufzen war die Antwort. Ein oder zwei Sekunden dauerte es, bis die Mutter Guardian sich soweit gefaßt hatte, um zu antworten. »Schwester Benedicte liegt im Krankenhaus«, erklärte sie hölzern. Sie schien empört über Tess' Kühnheit.

»Seit wann?«

»Seit heute morgen. Sie wurde auf dem Friedhof brutal niedergeschlagen und ist immer noch bewußtlos.«

»Das haben Sie mir nicht gesagt.« Es gelang Tess nicht, ihre Gekränktheit zu verhehlen. »Als wir uns heute morgen unterhalten haben, haben Sie nichts dergleichen erwähnt.« Sie spähte zu Mutter Catherine hinüber. »Sie haben mir nicht vertraut, nicht wahr?« meinte sie traurig. »Warum nicht?«

»Sie haben Benedicte nicht getraut.« Die Nonne klang erschöpft. »Aber all das ist nicht eine Sache des Vertrauens – es geht um etwas anderes: um Angst. Irgend etwas ist letzte Nacht auf diesem Gelände vorgefallen. Sie hat etwas gesehen, wir wissen nicht, was. So viele Dinge sind geschehen, so viele schreckliche ... Wir glauben ... Wir glauben, sie hat beim Schuppen einen Herumtreiber überrascht. Vandalen.«

Ungläubig starrte Tess die beiden Nonnen an. »Vandalen? Vandalen?« Sie lachte rauh. »Wissen Sie denn nicht ... Wissen Sie nicht, was da drinnen ist?« Sie richtete die Frage an Schwester Mary-Rose. Jetzt war es an Hugo, sie verblüfft anzustarren. Die Nonne wich zurück und versuchte, Tess' Blick auszuweichen, fast so als flehe sie: laß uns Zeit, wir werden schon noch darauf zu sprechen kommen. Doch sie hatten keine Zeit. »Es wäre besser, wenn Sie mit mir kommen, Schwester Mary-Rose«, erklärte Tess. »Mit Ihrer Erlaubnis, Mutter Catherine. Wir haben etwas zu erledigen, ehe wir mehr sagen.« Sie wandte sich an Hugo: »Bitte, informiere Mutter Catherine über Murphy-Dunnes Eskapaden, während wir weg sind. Wir sind in ein paar Minuten wieder da.«

Schwester Mary-Rose folgte ihr, ohne zu zögern. Sie fragte nicht, wo sie hingingen, sondern lenkte ihre Schritte direkt zum Friedhof. Sobald sie außer Sichtweite des Klosters waren, holte Tess die taube Nonne ein. »Wissen Sie, was im Schuppen ist?« fragte sie. Schwester Rose überlegte einen Augenblick, ehe sie antwortete: »Nein.« Sie schluckte mühsam. »Zwei von den Nonnen sind im ersten Morgengrauen hingegangen, um nachzusehen, haben aber nichts gefunden. Wir haben gehofft, Benedicte würde zu sich kommen und es uns sagen, und eine Weile sah es auch ganz danach aus. Aber dann, kurz nach sieben, hat ihr Zustand sich wieder verschlimmert. Wir mußten einen Krankenwagen rufen.« Tränen stiegen ihr in die Augen. »Mutter Catherine konnten wir nirgends finden, daher mußten wir die Entscheidung ohne sie treffen ... Unser Leben ist völlig aus den Fugen geraten«, fügte sie eher zu sich selber gewandt hinzu. »Benedicte ist sehr, sehr krank. Wir hatten eigentlich keine Zeit, an irgend etwas anderes zu denken. Arme Benedicte.« Sie holte tief Luft. »Als der Krankenwagen weg war, bin ich zum Friedhof. Ich habe mich beim Schuppen umgesehen, als Mr. Dwyer und seine Leute und auch Mr. Flood und Mrs. Fermoy gekommen sind. Ich habe gespürt, daß irgend etwas nicht in Ordnung ist, aber ich habe nicht gewußt, was es ist, bis Sie das überzählige Namensschild bemerkt haben. Und später habe ich keine Gelegenheit mehr gehabt, noch einmal hinzugehen.«

Sie richtete sich auf und starrte Tess an. Jetzt war sie nicht mehr das schweigsame, zurückhaltende Wesen von heute morgen. »Wer liegt in dem Sarg?« fragte sie heiser; ihre Besorgnis und ihr Kummer waren eindeutig echt. Aufgeregt schlug sie sich mit den Fäusten an die Brust. Tess war zu erleichtert, um etwas sagen zu können, schämte sich zu sehr wegen ihres Verdachts, die Nonnen könnten jemanden decken. Schweigend gingen sie nebeneinander her zu dem Schuppen. Die Hunderte von Fragen, die Tess stellen wollte, wirbelten ihr durch den Kopf. Vor allem brauchte sie eine Bestätigung, daß die Frau im Sarg wirklich Jeddie Hillyard war. Die Frage, warum sie hatte sterben müssen, erschien ihr schwieriger zu formulieren und noch schwieriger zu beantworten.

Tess hob den Deckel des Sargs an und zog die Ärmel von dem Gesicht. Diesmal war das Entsetzen beim Anblick des geschundenen Gesichts nicht mehr so groß für sie. Für die Nonne schon.

»Das ist Jane Stebton-Hillyard«, sagte sie, ohne zu zögern, doch so leise, daß Tess es kaum hören konnte. Und dann kippte Schwester Mary-Rose um. Tess kauerte sich neben sie auf den Boden und drückte den Kopf der Nonne nach unten, bis sie sich wieder erholt hatte; dann half sie ihr auf die Beine.

»Wissen Sie, wer sie getötet hat?« fragte sie heiser.

»Ich glaube schon. Aber ich weiß es nicht mit Sicherheit.« Tess verschloß den Sarg wieder und führte die Nonne behutsam in den herbstlichen Sonnenschein hinaus.

»Sie haben mir ihre Aufzeichnungen geschickt, nicht wahr?« fragte sie. »Warum haben Sie das gemacht, Schwester Mary-Rose?«

»Ich habe ihr nicht getraut.« Barsch, wütend stieß sie die Worte hervor, die unartikuliert, vernuschelt klangen. Als wäre sie zu erschöpft, ihre Sprachbehinderung zu überspielen. Zum ersten Mal hörte man ihr an, daß sie taub war, so als hätte der Schock sie der Fähigkeit beraubt, ihre ansonsten so sorgfältige Aussprache unter Kontrolle zu halten. Und zum ersten Mal verstand Tess, welche Anstrengung ihr das Aussprechen jedes einzelnen Wortes abverlangte.

»Das Leben in einem geschlossenen Kloster ist etwas Zerbrechliches, Wertvolles. Unruhe und Streifzüge in die Welt draußen verträgt es nicht. Es ist etwas, woran wir arbeiten und das wir sorgfältig hegen und pflegen. Diese Frau –«, sie bekreuzigte sich –, »diese Frau hat Chaos mit sich gebracht. Sie trug es in sich, nährte sich davon. Wie ein Kind, das alles kaputtmacht. Es war wie eine Aura um sie herum, fast konnte man es sehen. Wir hätten ihr nie Zutritt zu unserem Kloster gewähren sollen. Es war falsch. Mutter Catherine ist zu alt, zu vertrauensselig. Sie hat sich von den verwandtschaftlichen Beziehungen blenden lassen. Hat gedacht, wenn diese Frau mit unserer Gründerin verwandt wäre, müßte sie ebenfalls eine Heilige sein. Sie hätte Schwester Benedicte die Sache in die Hand nehmen lassen sollen.« Sie schluckte und fuhr sich mit der Zunge über die trockenen Lippen.

»Seit sie nach Holy Retreat gekommen ist, gab es nichts als Zwietracht und Streit im Kloster. Ich weiß, das hatte schon angefangen, ehe sie gekommen ist; es ging in Wirklichkeit um das Grundstück. Einige von uns waren gegen einen Verkauf und noch mehr gegen eine Verlegung des Friedhofs. Doch irgendwie haben in meinen Augen die eigentliche Uneinigkeit und die Bitterkeit erst mit ihrem Eintreffen begonnen. Ich habe ihr die Schuld daran gegeben.

Verstehen Sie, ich wußte von Anfang an, daß sie versucht hat, uns Sand in die Augen zu streuen. Sie hat erklärt, sie sei Bibliothekarin, sammle erlesene Bücher … Aber sie wollte sie verkaufen …« Sie fuhr sich mit der Hand zum Mund. »Dann wäre bekannt geworden, woher diese schrecklichen Bücher stammen …«

Tess trat vor die Nonne und sah ihr ins Gesicht. »Hören Sie mir gut zu, Schwester Mary-Rose. Ich glaube nicht, daß ihr Tod irgend etwas mit den Büchern zu tun hat. Aber Sie haben gewußt, daß sie sie gestohlen hat, nicht wahr?«

»Nicht gestohlen. Die Bücher gehörten ihrem Zweig der Familie. Genaugenommen waren es gar nicht unsere Bücher. Die Mutter Stifterin … Sie hatte einen gewissen Anspruch darauf …«

»Sie haben von der geheimen Bibliothek gewußt?« fragte Tess. »Sie alle?«

»Nicht alle. Lange Zeit habe nur ich es gewußt«, erklärte sie und wechselte das Thema. »Wir müssen zurückgehen«, sagte sie. »Wir müssen wieder zurück.«

Tess packte sie am Arm. »Schwester Mary-Rose, warum haben Sie mir ihre Unterlagen geschickt?«

Die Nonne biß sich auf die Unterlippe. »Ich weiß es selber nicht genau. Ich wollte sie nicht bei uns im Kloster haben. Ich habe gedacht … ich habe gedacht, wenn sie in einem Punkt lügt, dann lügt sie immer. Schwester Joseph hat mir erzählt, daß Sie viele Fragen gestellt haben, die Jane Stebton-Hillyard und die Bibliothek und die Leute, mit denen sie Kontakt hatte, betrafen. Und dann haben Sie angefangen, Fragen zu dem Lavendelfeld zu stellen. Joseph hat gespürt, Sie haben ihr nicht getraut. Das hat sie sehr traurig gemacht, denn sie mochte Jane sehr. Aber ich war erleichtert. Ich weiß nicht, was ich mir davon erhofft habe … daß Sie sie daran hindern, die Bücher zu verkaufen? Aber jetzt?« Sie richtete sich auf. »Mit ihrem Tod haben wir nichts zu tun gehabt, wenn es das sein sollte, was Sie beunruhigt, Miss Callaway. Darauf gebe ich Ihnen mein Wort.«

Sie waren fast wieder beim Klostergebäude angelangt, als die Nonne unvermittelt stehenblieb, sich umdrehte und

Tess ansah. »Diese Gründung … Es gab da Schwierigkeiten, von denen Sie nichts wissen. Ich habe gedacht, niemand wüßte etwas darüber. Aber als ich ihre Katalogaufzeichnungen gefunden habe …« Schwester Mary-Rose schlug die Augen nieder. »Bitte, Miss Callaway, lassen Sie uns mit der Mutter Guardian darüber reden. Das hätte ich schon längst tun sollen. Zuviel wurde unter den Teppich gekehrt.« Langsam rannen ihr Tränen über die blassen Wangen. »Ich wollte Jane nichts Böses. Ich wollte nur … Bitte, sprechen wir nicht weiter darüber, ehe wir drinnen sind. Ich bin mir nicht mehr sicher, was ich eigentlich wollte. Aber seien Sie behutsam mit Mutter Catherine. Es geht ihr nicht gut. Bringen Sie es ihr schonend bei, ich flehe Sie an.«

Sie gingen wieder in das Sprechzimmer und nahmen leise ihre Plätze an dem Tisch ein. Erwartungsvoll sah Mutter Catherine Tess an. In dem Raum war es sehr still, ein dunkles, erstickendes Schweigen. Unmöglich, unter diesen Umständen behutsam vorzugehen. Nicht solange sie das krasse Bild des brutal mißhandelten Gesichts so deutlich vor Augen hatte. »Jane Stebton-Hillyard ist tot, Mutter Catherine. Ihr Leichnam liegt in einem der Särge in dem Schuppen. Schwester Mary-Rose hat sie identifiziert. Ich glaube, sie wurde ermordet.« Sie schwieg eine Weile. »Vielleicht war es das, was Schwester Benedicte gesehen hat?«

Mutter Guardian reagierte, wenn man dies denn überhaupt als Reagieren bezeichnen konnte, gedämpft, wie betäubt. Ihr Gesicht war völlig ausdruckslos. Als stünde sie bereits so sehr unter Schock, daß noch ein Schlag keinen Unterschied mehr machte. Ihre Nerven waren abgestumpft, bis zu einem Punkt, an dem … nichts mehr war. Tess bezweifelte, ob eine der Nonnen noch irgendeine Regung gezeigt hätte, wenn sie gesagt hätte, eine Seuche sei ausgebrochen und alle Nonnen wären tot. Merkwürdigerweise war Hugo derjenige, der zusammenbrach. Der alte Mann fiel einfach vornüber auf den Tisch und bedeckte sein verzweifeltes Gesicht mit den Händen. Mutter Catherine wiegte sich vor und zurück, sagte jedoch kein Wort. Sie spielte mit etwas herum, das auf ihrem Schoß lag. Nach ein, zwei Minuten legte sie es auf den Tisch und stieß es, ohne aufzublicken, mit der Fingerspitze zu Tess hinüber. »Das hat Schwester Albertine vor ein paar Stunden gefunden«, murmelte sie. »Es lag im Lavendelfeld, als sie heute morgen dorthin ist, an der Stelle, wo sie das ganze Wochenende über gearbeitet hatte. Es lag unter dem Eimer mit Abfällen. Erst als sie den Eimer hochgehoben hat, um ihn auszuleeren, hat sie es entdeckt. Wir wissen nicht, wie lange es schon dort gelegen hat. Wären Sie bitte so freundlich, es uns vorzulesen, Tess?«

Montag, den 28. X. 96, 4 Uhr morgens

Liebe Mutter Catherine,
in wenigen Stunden wird ein Taxi mich nach Dun Laoghaire bringen, und mit der ersten Fähre werde ich nach Holyhead übersetzen. Wenn Sie um sieben aus dem Fenster schauen, sehen Sie das große, schwerfällige Tragflächenboot Ihre wunderschöne Bucht durchpflügen. Gestern habe ich einen Brief an Mr. Boland geschickt, der Anweisungen bezüglich des Grundstücks enthält, das ich für mich behalten hatte. Ich habe es Holy Retreat vermacht. Es soll den Nonnen gehören. So will ich es. Sie haben bereits teuer genug dafür bezahlt. Sie haben völlig recht, wenn Sie nun annehmen, ich würde versuchen, mir Ihr Wohlwollen zu erkaufen, beinahe hätte ich gesagt: Ihre Gebete. Ich brauche sie. Kluge Leute sind nicht immer weise. In meinem Leben habe ich viele törichte Dinge getan, aus vielerlei niedrigen Beweggründen, doch mein Versuch, Terence Murphy-Dunne zu überlisten, war eine haarsträubende, idiotische Dummheit. Was den Verstand betrifft, kann ich es ihm gleichtun, ihn vielleicht sogar übertreffen, nicht jedoch hinsichtlich seiner Skrupellosigkeit. Auf dem Gebiet ist er mir weit überlegen.

Meine größte Torheit war, daß ich kindische Spielchen mit Ihnen getrieben habe, liebe Freundin. Ich weiß nicht mehr, wann ich zum ersten Mal wirklich sicher war, sein Plan gründe auf einer falschen An-

nahme: daß das Kloster lediglich ein Grundstück an eine Schule verkaufen würde. Daß es nur an der Erhaltung des Status quo interessiert wäre. Mir ist jedoch bald klargeworden, Sie, als Gemeinschaft, hätten keine Einwände gegen eine Bebauung des Glenadams-Geländes. Allerdings bin ich lange gar nicht auf die Idee gekommen, es könnte Ihnen klar sein, daß dies sogar sehr wahrscheinlich war. Habe ich damals auch geglaubt, Sie wüßten, wer der eigentliche Käufer war? Nämlich nicht die Schule, sondern ein Erschließungskonsortium, dessen Vorsitzender Ihr eigener Anwalt war? War ich wirklich so niederträchtig, war mein Gefühl für menschliche Werte so verzerrt, daß ich mir selber vorgemacht habe, Sie wüßten es und hätten nichts dagegen? Habe ich wirklich geglaubt, Sie wären in der Lage, sich das Ausmaß der Habgier Ihres rechtlichen Vertreters auszumalen? Und sich damit abzufinden? Wir haben Sie beide unterschätzt. Ich glaube, Terence Murphy-Dunne ist es nie in den Sinn gekommen, Sie würden sich, wenn der Handel erst einmal geschlossen war, verpflichtet fühlen, den Vertrag uneingeschränkt zu erfüllen. Er dachte, alles hinge davon ab, daß Sie nichts von der bevorstehenden Schließung der Schule und der geplanten Erschließung des Landes für eine Bebauung wüßten. Und, was noch wichtiger war, auch seine anderen Partner im Konsortium sind davon ausgegangen. Auch ich, eine Zeitlang. O ja. Ich war an dem Geschäft beteiligt. Tatsache ist, ich arme Närrin habe lange geglaubt, ich sei den anderen gegenüber im Vorteil. Schließlich und endlich war das – von ihrem Standpunkt aus betrachtet – ausschlaggebende Grundstück in meinem Besitz. Für eine Bebauung nicht geeignet, aber für den Verkauf der Häuser von unschätzbarem Wert. Wer hätte nicht gerne Zugang zum Strand und eine Aussicht auf die herrliche Bucht? Ich hatte sie in der Hand. Ich konnte den Preis bestimmen. Glaubte ich.

Und dann habe ich mich dummerweise in ihn ver-

liebt. Oder vielleicht nicht einmal in ihn. Ich glaube, in all das, alles auf einmal. Das Land, die Bucht, das Grundstück, das Kloster. Die ganze Situation. Nie in meinem Leben habe ich große Macht besessen; jetzt, für ein paar kurze Monate, war ich mächtig. Ich ließ es zu, umworben zu werden. In den Monaten, die er brauchte, um mich zu überreden, das Grundstück nicht zu verkaufen, sondern gleichberechtigte Partnerin zu werden, war er ein Ausbund an Charme.

Ich habe ihn hingehalten, denn ich habe gewußt, solange ich mich zierte, gehörte er mir. Es ist also nie zu einer Unterzeichnung des Vertrags gekommen. Und die ganze Zeit über war ich eifrig damit beschäftigt, beide Seiten gegeneinander auszuspielen. Einer der Partner, der Direktor von Glenadams, der sich in Kürze zur Ruhe setzt, war ebenfalls an meinem Grundstück, wenn nicht sogar an mir interessiert. Da in der leerstehenden Schule reichlich Platz war, hat er mich eingeladen, dort zu wohnen, sooft ich nach Dublin käme. Letzten Juni bin ich eine Woche lang dort geblieben, nachdem ich Sie besucht hatte. Er hat mir auch verraten, daß der dritte Partner in beträchtlichen finanziellen Schwierigkeiten war, sich beim Bau eines neues Golfplatzes ziemlich übernommen hatte. Die Banken waren nahe daran, eine Zwangsvollstreckung zu beantragen. Mittlerweile ahnte ich auch, daß Terence finanziell ebenfalls in der Klemme steckte. Und jetzt entdeckte ich, er war keineswegs an mir interessiert, sondern hatte ein Verhältnis mit der Exfrau seines Seniorpartners. Ich mache mir kaum Illusionen über mein Aussehen, aber von einer mehr als zwanzig Jahre älteren Frau ausgestochen zu werden, das hat mir gar nicht behagt. Auch wenn seine Motive alles andere als romantischer Natur waren. Er hat behauptet, das tue er nur, um ihren Exmann zu demütigen. Was selbst mir absurd erschien. Wir haben gestritten, er wurde handgreiflich. Ich schäme mich zuzugeben, daß ich ihn damals nicht verlassen habe, sondern dankbar war, als er mich wieder haben wollte. Im

Juni bat er mich, ihn zu heiraten. Ich habe mir selber vorgemacht, das hätte nichts mit dem Grundstück zu tun. Aber bei Leuten wie Terence hat es immer etwas mit dem Grundstück zu tun.

Und dann sind der Zustand meiner Mutter und meine Situation zu Hause unerträglich geworden. Bis September habe ich durchgehalten, dann bin ich nach Dublin gefahren und habe eine Woche zusammen mit Terence verbracht. Erfolg war es keiner. Ich bin nach Italien gefahren, um wieder einen klaren Kopf zu bekommen und einige Nachforschungen zu der Sammlung meines Urgroßvaters anzustellen. Mittlerweile hatte ich das Ganze gründlich genug durchgearbeitet, um zu wissen, jetzt hatte ich die Mittel, meinen Lebensunterhalt zu bestreiten und meine Unabhängigkeit zu bewahren. Ich mußte das Grundstück nicht unbedingt verkaufen. Doch immer noch wollte ich Terence. Als ich ein paar Wochen später wieder nach Dublin kam, wußte ich nicht so recht, wie ich am besten vorgehen sollte.

Ich hatte gedacht, ich könnte einfach nach Holy Retreat fahren und würde dort mit Sicherheit willkommen geheißen. Ich hatte gedacht, keine von Ihnen hätte gemerkt, was ich getan hatte. Ich hatte geplant, geschickt zu beichten, ich hätte Sie von den für Sie peinlichen Erotica befreit und würde Ihnen im Gegenzug das Grundstück überlassen. Und habe mir selber vorgemacht, Sie würden mich wiederum wie eine Heldin empfangen. Doch als ich eines Nachmittags angekommen bin, hat die Stumme mir geöffnet. Zumindest glaube ich, daß sie es war, ich habe sie nicht oft sprechen hören. Sie hat sich als Schwester Bibliothekarin vorgestellt und erklärt, ich sei nicht mehr willkommen. Hinter mir hat sich automatisch die Tür geöffnet, also ist mir nichts anderes übriggeblieben, als zu gehen. Ich war überrascht, wie weh es getan hat, so abgewiesen zu werden. Daß sie mir so geschickt gezeigt hat, wie niederträchtig ich bin.

Der nächste Schock war, wie Terence sich verändert hatte – zum Schlimmeren. Er sah verlebt aus, krank. Erklärte, er sei nicht mehr Ihr Rechtsberater, wollte mir jedoch nicht sagen, warum. Und dann gab er mir ausführliche Anweisungen, wie ich mich in den nächsten paar Wochen verhalten sollte, bis der Verkauf abgeschlossen wäre. Wir mußten nur noch bis zum Tag der endgültigen Unterzeichnung des Vertrags, dem 7. November, warten, dann würden wir heiraten. Diesmal hat er es, glaube ich, ernst gemeint. Aber schließlich brauchte er mich ja, um seine Schulden zu bezahlen. Habe ich mich immer noch zu ihm hingezogen gefühlt? Wie ein Kaninchen zu einer Klapperschlange.

Ich verschwieg meine Absichten, was das Grundstück betraf. Man hat mich eingeladen, in der Schule zu wohnen, da alle in die Ferien gefahren waren. Vor ungefähr einer Woche habe ich mich mit Terence dort verabredet. Statt dessen ist eine fremde junge Frau aufgetaucht. Hat irgendwas dahergeschwafelt, sie wolle ihren Sohn auf die Schule schicken. Sie war eine derart schlechte Lügnerin, daß ich vermutete, sie suche in Wirklichkeit Terence – sei noch so eine von seinen verdammten Eroberungen. Ich habe sie abgewimmelt, so gut ich konnte, und dann so getan, als verließe ich das Gelände. Ein paar Minuten später ist Terence in seinem Landrover aufgetaucht. Als sie ihn gesehen hat und auf ihn zugerannt ist, hat er etwas Schreckliches gemacht. Er hat den Hund auf sie gehetzt. Und da habe ich bemerkt, sie ist nicht zu ihm hingerannt, sondern zu ihrem Auto. Als sie losgefahren ist, hat er mich beschuldigt, ihn reingelegt zu haben. Offenbar hat er geglaubt, ich wüßte, daß sie Ihre neue Anwältin ist. Schließlich ist es mir gelungen, ihn davon zu überzeugen, daß dies nicht der Fall war. Am darauffolgenden Abend, das war der Donnerstag, hat er angerufen, um mich zum Essen einzuladen. Als er dann gekommen ist, hat er erklärt, er hätte ein bißchen zuviel getrunken, und hat mich gebeten zu fahren. Ich war überrascht, denn er wirkte ziemlich nüchtern. Unterwegs haben wir angehalten, weil er einige Unterlagen aus dem Büro holen wollte. Ich habe ein Stück weiter die Straße hinunter geparkt. Kurz darauf ist die gleiche Frau wieder aufgetaucht und ihm in das Büro gefolgt. Merkwürdigerweise trug sie das Baby auf dem Arm, das ich an jenem Tag in Glenadams in ihrem Auto gesehen hatte. Da war ich sicher, daß die beiden etwas miteinander hatten. Daß sein Ärger nur ein Vorwand gewesen sei, um mich zu täuschen.

Ich hatte mich geirrt. Drei oder vier Minuten später ist er mit dem Kind herausgekommen, das er in ihr Auto gelegt hat. Mir ist es komisch vorgekommen, daß er alle Türen aufgerissen, und noch komischer, daß er den Alarm eingeschaltet hat, ehe er zum Landrover gerannt kam. »Ein Scherz«, meinte er. »Und jetzt fahr, was das Zeug hält. Das wird ihr eine Lehre sein.« Wie ein Wahnsinniger hat er ausgesehen. Ich habe in den Rückspiegel geschaut und beobachtet, wie der Wachmann und kurz darauf die Frau aus dem Büro gestürzt sind. Die Frau war völlig außer sich, richtig hysterisch. Schöner Scherz. Ich habe sein lächelndes Gesicht angesehen, und plötzlich habe ich gewußt, ich hatte auch Angst.

Am nächsten Morgen ist er zu mir gekommen. Ich glaube, hauptsächlich, um sicherzugehen, daß ich immer noch an ihn glaubte. Zuerst habe ich so getan, doch dann hat meine Wut die Oberhand gewonnen, und ich habe ihn angeschrien. Und bin hinausgestürmt. Ich hatte mich entschlossen: Ich wollte mich Ihnen auf Gnade und Ungnade ausliefern. Auf dem Weg zum Kloster hat er mich eingeholt. Als er mit mir fertig war, konnte ich nirgends mehr hingehen. Ein Auge war zugeschwollen und zwei Zähne eingeschlagen. Seitdem habe ich mich versteckt.

Am Samstag hätte ich abreisen sollen, aber es ging mir zu schlecht. Als ich versucht habe, für Sonntag oder Montag einen Flug nach Hause zu bekommen, war al-

les ausgebucht. Ich hatte ganz vergessen, daß heute ein Feiertag ist. Also muß ich mit dem Schiff fahren. Und so aufhören, wie ich angefangen habe. Ich werde nach Oxford zurückgehen, wo ich hingehöre, und dort ein ruhiges Leben führen. Vergeben Sie mir, liebe Freundin,

Jane

Tess bemühte sich, den Blicken der anderen auszuweichen. Zu schmerzlich war die Erinnerung an jenen schrecklichen Vorfall. Das Bild der entsetzlich weiten Fläche des grauen, so grauen Teppichs, unendlich groß und auf herzzerreißende Weise ohne Claire, würde sie nie verlassen.

»Tess? Ist mit dir alles in Ordnung?« fragte Hugo. Sie nickte und biß sich auf die Lippen. »Würde es dir dann etwas ausmachen, mir alles von Anfang an zu erzählen? Bitte. Ich habe heute zum ersten Mal von dieser Frau gehört. Und Brief habe ich von ihr keinen erhalten.«

»Mutter? Bitte berichten Sie Hugo, was Jane Stebton-Hillyard Ihnen über das Grundstück erzählt hat«, sagte sie leise. »Als sie zum ersten Mal hier war. Erzählen Sie es ihm der Reihe nach, bitte, Mutter, wenn Sie können. Es ist wichtig. Wir müssen eine Anklage formulieren.«

Mutter Catherine räusperte sich nervös, ehe sie antwortete. »Jane hat gesagt, sie vermache einen Teil des Grundstücks Holy Retreat.« Sie seufzte kläglich. »Wir haben gewußt, den größeren Teil hat sie für sich behalten. Doch wir haben nicht gewußt, was sie damit vorhatte, und selbst wenn – ich glaube nicht, daß wir uns über die möglichen Folgen im klaren waren. Aber irgendwann haben wir dann vermutet, daß sie Mr. Murphy-Dunne kennt.«

»Wie das?«

»Eines Tages hat Schwester Benedicte-Maria zu Mr. Murphy-Dunne gesagt, Miss Stebton-Hillyard habe uns ein großzügiges Geschenk gemacht – sie hat nicht erwähnt, was –, und da ist ihm herausgerutscht, sie sei zu ihm gekommen, als sie damals Elderson Court gesucht hat. Als sie das hörte, hat Schwester Benedicte gesagt: ›Dann haben wir also Ihnen unser Lavendelfeld zu verdanken.‹ Er hat das Verdienst für sich in Anspruch genommen, dann allerdings eine merkwürdige Bemerkung fallenlassen: ›Ich frage mich, woher sie das gewußt hat.‹ Das waren seine Worte.«

Sie sah Tess an und richtete das Wort direkt an sie: »Schwester Benedicte gibt sich die Schuld an dem, was passiert ist. Aber sie ist nicht dafür verantwortlich.« Tränen stiegen ihr in die Augen.

»Woran gibt sie sich die Schuld?« fragte Tess, doch Hugo fiel ihr ins Wort und stupste sie am Arm. »Wissen Sie, was *er* damit gemeint hat?«

»Ich glaube schon. Ich vermute, sie hatte das Grundstück schon lange, bevor sie ins Kloster kam, ausgekundschaftet. Aus den Unterlagen des Grundbuchamts wissen wir, daß die Schule für das Gelände, das an ihres grenzt, einen Anspruch angemeldet hatte. Sie war gewitzter als wir alle; wahrscheinlich hat sie sich sofort ausgerechnet, was Glenadams vorhatte. Aus ihrem Brief wissen wir, ihr war in der Tat von allem Anfang an klar, daß Murphy-Dunne dem Konsortium angehörte, das bereits die Schule aufgekauft hatte. Oder zumindest ein Angebot vorgelegt hatte, das sie unter Dach und Fach bringen könnten, sobald der neue Eingang gebaut war. Ein Zugang von der kleineren Straße war der ausschlaggebende Punkt, und den konnten sie nur bauen, wenn Holy Retreat verkaufte.«

Verbittert wandte sie sich zu Hugo: »Schön, wenn die Theorien, die man sich ausgedacht hat, bestätigt werden. Aber ich glaube nicht, daß sie immer schon vorhatte, das Land den Nonnen zukommen zu lassen. Meiner Meinung nach hätte sie, sobald sie im Besitz der Bücher und des Grundstücks war, alle Brücken hinter sich abgebrochen und ein neues Leben begonnen, wenn nicht plötzlich alles aus den Fugen geraten wäre. Jeddie Hillyard bedeuteten alte Loyalitäten und Freundschaft nichts. Und von Sentimentalitäten hielt sie schon gleich gar nichts. Arme Närrin. Sie hat gewußt, daß sie es mit einem Betrüger zu tun hatte. Und trotzdem wollte sie ihn für sich haben. Wahrscheinlich hat sie ihn eher für eine schillernde Figur als für gefährlich gehalten. Ein Fehler, der Engländern häufig unterläuft, wenn sie es mit Iren zu tun haben«, fügte sie sarkastisch hinzu. »Glenadams schließt übrigens nächstes Jahr. Aber ich vermute, das wußtest du?« Anzüglich sah sie Hugo an.

»Ja.« Hugo atmete hörbar ein. »In den letzten Wochen habe ich mir selber einige eingehende Fragen gestellt. Für vieles von dem, was geschehen ist, fühle ich mich verantwortlich. Offenbar hat dieser Schuft Murphy-Dunne sein Konsortium gegründet, ehe er Ihr Rechtsberater wurde. Ein paar von den Treuhändern wie auch der Direktor der Schule haben ihm angehört. Ich hätte es wissen müssen.« Niedergeschlagen sah er zu Mutter Catherine. »Ich nehme an, Ihnen ist die kleine Veränderung des Namens in dem Vertrag nicht aufgefallen. Daß Sie an *Glenadams Enterprises* und nicht an die Glenadams School verkauft haben?«

Keiner sagte ein Wort, bis Mutter Catherine sich an ihre Gefährtin wandte: »Ich wünschte, du hättest sie nicht weggeschickt«, meinte sie leise. Tess sah zu Schwester Rose hinüber, die mit hochrotem Gesicht kläglich dreinblickte.

»Wie lange haben Sie schon von der geheimen Sammlung gewußt?« Tess richtete ihre Frage direkt an die Bibliothekarin. Sie hatte nach wie vor den Eindruck, die Rolle, die Benedicte in der Stebton-Saga gespielt hatte, würde sorgfältig verdunkelt.

»Erst seit Jane aufgetaucht ist. Ich hätte es der Gemeinschaft sagen sollen, aber ...« Sie zog die Schultern hoch und atmete tief durch. »Ich konnte es nicht ertragen, den Frieden in unserem Haus zu stören. In vielen Büchern war das Exlibris unserer Gründerin, verstehen Sie?« Sie blickte in die Runde und seufzte tief auf.

»Jenes erste Mal ist sie nur ein paar Tage geblieben. Doch lange genug, um unseren Tagesablauf kennenzulernen. Ich habe sie beobachtet, als sie die Geheimfächer entdeckt hat. Irgendwie hat sie genau gewußt, wie man sie öffnet. Beim ersten Mal hat sie nur zwei Bücher genommen, von dem ›A‹-Bord. Ich habe genau gesehen, wie sie sie in ihre Tasche gesteckt hat. Als sie dann das nächste Mal gekommen ist, hatte ich mittlerweile die Regale durchgesehen. Ich war entsetzt, als ich entdeckt habe, was für Bücher dort stehen. Allerdings habe ich zwischen den Büchern ein Schriftstück unserer Stifterin gefunden, das mir einen Hinweis darauf zu geben schien, wie ich mit dem Problem umgehen sollte. Ich habe es an mich genommen und in meinem Zimmer versteckt.

Sie ist noch etliche Male gekommen und immer ein paar Tage geblieben. Ich habe beobachtet, wie sie die Bücher aus den Regalen geholt hat. Allergrößte Mühe hat sie sich gegeben, in der Backstube die Schachteln für die Hostien zu stibitzen. Das hätte sie nicht gebraucht. Ich hätte ihr die Bücher in Koffer gepackt, wenn sie mich darum gebeten hätte. Aber sie mochte ihre kleinen Spielchen. Sie hat immer so getan, als ginge sie früh schlafen. Ihr Zimmer lag unmittelbar neben der Bibliothek. Also hat sie nachts gearbeitet, ungefähr von Mitternacht bis vier oder fünf.«

Sie sah Tess an. »Sie haben die Bücher gesehen? Sie wissen, wo sie sich befinden?«

»Ja. Man hat sie mir beschrieben. Sie sind bei einer Freundin. Dort sind sie sicher.«

»Einige von uns waren alles andere als glücklich, als sie Zugang zum Kloster erhielt.« Sie wandte den Kopf von der Mutter Guardian weg. Ihre Stimme klang jetzt barscher, kräftiger, als hätte wieder der Ärger die Oberhand gewonnen; erneut wurde die untergründige Uneinigkeit im Kloster spürbar. Sie sind genauso wie wir auch, dachte Tess einigermaßen überrascht. Streben nach Vollkommenheit, doch es gelingt ihnen nicht. Irgendwie machte das die Nonnen menschlicher, bewundernswerter.

Schwester Mary-Roses Stimme bebte vor innerer Aufgewühltheit. »Sie hat nur ein paar von uns kennengelernt. Benedicte und Mutter Catherine, Joseph und mich; die anderen haben sich meistens von ihr ferngehalten. Das wäre übrigens in jedem Fall so. Wir alle haben unsere Pflichten, die uns beschäftigt halten. Doch da sie in der Bibliothek gearbeitet hat, habe ich öfter mit ihr zu tun gehabt als die meisten anderen. Scheinbar wußte sie nicht, daß ich taub bin. Auch wenn die Tatsache, daß sie mich als stumm bezeichnet hat, darauf schließen läßt, daß es ihr sehr wohl bekannt war. Ich glaube, ihr war auch nicht klar, daß taub – oder stumm – nicht notwendigerweise gleichbedeutend mit dumm oder leichtgläubig ist. Außerdem hatte sie keine Ahnung, wie leicht es mir fällt, von den Lippen zu lesen. Ich habe ihr sogar von den Lippen abgelesen, als sie mit sich selber geredet hat.« Sie lächelte bitter. »Was sie die ganze Zeit getan hat, wie viele Leute, die oft allein sind.«

Sie sah zu Mutter Catherine, die ihr offenbar ein Zeichen gab. Schwester Mary-Rose ging zu dem Schrank neben der aufgeschobenen Trennwand und holte etwas heraus.

»Das habe ich vor zwei Jahren gefunden, als Jane-Edwina Stebton-Hillyard mich unabsichtlich zu der geheimen Bibliothek geführt hat. Ich habe zugelassen, daß es von meinem Seelenfrieden zehrt. Heute habe ich es, nachdem wir Sophia Elderson begraben hatten, Mutter Catherine gebracht.« Sie blickte zum Tisch und begann, laut zu lesen.

Carne Vale: Abschied von allem Fleischlichen, traditionellerweise die letzte ausschweifende Festlichkeit vor der Fastenzeit mit ihrer Abstinenz und Selbstkasteiung.

38

Bezeugnis der Gründerin des Klosters Holy Retreat

Ich, Adelaide Maria Stebton, Gründerin des Klosters Holy Retreat, bekunde hiermit, daß ich das nachfolgende Dokument mit eigener Hand verfaßt habe und daß es der Wahrheit entspricht. Meine Mutter Sophia Maria, die ich bis zu ihrem Tod pflegte, starb am 27. Mai 1850. Mein Vater Ryland Stebton befand sich zu jener Zeit nicht zu Hause. Seit vielen Jahren lebte er in Chipping Stebton in Oxfordshire, doch auf meine Aufforderung hin eilte er sogleich hierher. Er traf einen Tag nach ihrem Tod in Elderson Court ein. In den darauffolgenden Tagen einigten wir uns aus Gründen, die ich noch darlegen werde, darauf, sie in seiner Familiengruft in Oxfordshire beizusetzen, wo auch ihr einziger Sohn, mein Bruder William, begraben war.

Während mein Vater nach Oxford zurückreiste, um alles für ihre Beisetzung vorzubereiten, wurde der Sarg meiner Mutter in der Familienkapelle aufgebahrt. Er hatte versprochen, binnen drei Tagen zurückzukehren, doch eine Woche verging, dann noch eine, und ich hatte immer noch keine Nachricht von ihm erhalten. Der Sarg meiner Mutter stand nach wie vor in der Kapelle. Inzwischen war es sehr warm geworden. Wir mußten ihn zum Schutz gegen Verwesung mit Blei verkleiden.

Bis zu seinem Tod war mir verborgen geblieben, daß mein Vater nicht, wie versprochen, nach Stebton Place gefahren war, sondern nach Chester, wo er seine Lebensgefährtin heiratete. Kaum einen Monat, nachdem er von Elderson Court aufgebrochen war, und nur zehn Tage nach seiner Hochzeit mit Sarah Mulholland kam er bei einem Sturz vom Pferd ums Leben. Ebensowenig hatte ich gewußt, daß sein zweiter Sohn nur ein, zwei Jahre jünger war als mein kleiner Bruder, der in jungem Alter gestorben war. Dieser zweite Sohn wurde durch die Heirat für ehelich erklärt und somit Erbe des Stebton-Vermögens.

Und nun verstand ich, was ich zuvor nicht begriffen hatte. Daß meine arme Mutter nicht nur infolge des frühzeitigen Todes meines Bruders, sondern auch wegen der Untreue meines Vaters verrückt geworden war. Jahrelang hatte ich für ihn Partei ergriffen und ihn gegen ihre wüsten Beschimpfungen in Schutz genommen. Ich litt unter meiner erzwungenen Absonderung von der Welt und gab ihr die Schuld daran. Und, Gott vergebe mir, ich bedauerte ihn für das, was aus ihr geworden war.

Ich weiß nicht, warum er die Bücher in jenen geheimen Fächern hierließ. Ebensowenig, warum er mein Namensschild hineinklebte. Und ich konnte ihn auch nicht danach fragen. Doch bei einem seiner letzten Besuche hatte er erwähnt, die Bibliothek sei meine Mitgift. Ich hielt dies für eine grausame Bemerkung, denn ich glaubte, er wolle damit zum Ausdruck bringen, ich sei dazu bestimmt, eine alte Jungfer zu werden. Als meine Mutter endlich beerdigt war, verschloß ich die Bücherschränke und versuchte, sie zu vergessen, doch ich konnte nicht in die Bibliothek treten, ohne sie vor meinem inneren Auge zu sehen. Warum habe ich sie nicht vernichtet? *Weil sie Eigentum der Steb-*

tons, nicht der Eldersons sind. Ich konnte nicht sicher sein, ob nicht eines Tages sein Sohn kommen und sie für sich beanspruchen und dann mich für ihren Verlust verantwortlich machen und die Schande des ausschweifenden Lebenswandels meines Vaters enthüllen würde. Um die Wahrheit zu sagen, ich weiß nicht, warum ich es nicht konnte. Manchmal bin ich mir selber gegenüber nicht ganz ehrlich: ich hatte Angst vor einem Skandal. Angst davor, meine lieben Gefährtinnen könnten erfahren, auf welcher Schmach ihr Kloster gründete.

Und jetzt entdecke ich, seine andere Familie besitzt ein Stück Land, das sich entlang unserer Grenze wie auch der unseres Nachbarn erstreckt. Er hat es gekauft, als das Gerücht ging, die neue Eisenbahnlinie würde eines Tages entlang der Küste verlaufen. Letztendlich wurde sie anderswo verlegt. Ich habe mit Mr. Stanhope gesprochen, und er meint, ich könne nichts unternehmen. Da das Grundstück von anderen Ländereien umschlossen ist, kann es nicht ohne Wegerecht verkauft werden. Ich vertraue darauf, daß er recht hat. Warum mich das so quält, weiß ich nicht, es sei denn, wegen der uralten Schande. Eines Tages, das weiß ich, wird uns einer seiner illegitimen Nachkommen deswegen zur Rede stellen. Irgend jemand wird die Bücher entdecken. Tut es mir zuliebe, meine Schwestern: Trennt euch von ihnen oder tauscht sie gegen das Grundstück ein. Dem Angesicht Gottes sind sie ein Greuel. All diese Jahre haben sie schwer auf meinem Gemüt und meiner Seele gelastet.

Dies ist der eigentliche Grund, weshalb ich sie nicht vernichten werde. Sie könnten sich als unser Schutzbrief erweisen. Vielleicht entdeckt man sie eines Tages und verkauft sie, um mit dem Erlös zur Instandhaltung des Hauses beizutragen. Ihr werdet feststellen, sie sind mehr wert, als ihr euch vorstellen könnt. Ihr werdet über meine Narrheit und meinen Stolz lachen; ich könnte nie ein Buch vernichten. Die Bibliothek – die allen zugängliche Bibliothek – war viele Jahre das, was mich am Leben hielt. Die Sammlung war die Frucht des wundervollen Geistes meines Vaters. Er hat mich gelehrt, Italienisch, Lateinisch und Französisch zu lesen. Ich glaube nicht, daß sein Interesse an der geheimen Sammlung Lüsternheit entsprang; er war nicht auf diese Weise verderbt. Er liebte schöne Dinge, und vermutlich hat es ihm Spaß gemacht, heimlich solch begehrenswerte Objekte zu sammeln. Wie ihr seht, bewundere ich ihn immer noch. Er war ein zärtlicher Vater, als ich ein Kind war. Vor dem Tod Williams. Ehe er uns verlassen hat.

Doch nun zu einer schwierigeren Frage. Warum sollte meine Mutter so weit weg von ihrem Heimatort begraben werden? Wie sollte ich erklären, warum sie so lange nicht beerdigt wurde? Ich heuchle. Der Grund war, die Umstände ihres Todes lasteten schwer auf mir. Nicht nur wegen der Flucht meines Vaters, sondern weil ich mir die Schuld an ihrem Tod gebe. Ich hatte Angst vor einem Begräbnis in aller Öffentlichkeit. Angst davor, gefragt zu werden, wie sie gestorben war. Und vor Fragen nach der langen Abwesenheit meines Vaters.

Sie hatte schon vor langer Zeit den Verstand verloren, und einige Jahre vor ihrem Tod war sie so gewalttätig geworden, daß ich sie nicht einmal mehr mit Hilfe meiner Dienstboten Margaret und Johnny bändigen konnte. Jetzt frage ich mich, warum ich solche Angst vor einem Skandal hatte. Außer es war, weil ich tief in meinem

Innersten wußte, welchen Weg mein Vater gegangen war. Damals machte ich ihm das zum Vorwurf. Heute nicht mehr. Das Leben in Elderson Court war für ihn unerträglich geworden. Wie auch für mich, als meine Schwester Augusta unseren Cousin Charles heiratete und mit ihm auf seine Plantagen in Carolina ging. Augusta hatte sich Mama gegenüber nicht anständig verhalten. Und sie wollte auch nichts mehr mit Elderson Court zu tun haben. Ehe sie abreiste, veräußerte sie ihren Anteil an unserem Erbe. Mein Vater zahlte sie in meinem Namen aus. Die arme Augusta starb im amerikanischen Bürgerkrieg, während des Vormarschs General Grants nach Süden im Jahre 1841. Und auch ihre gesamte Familie, wie mir gesagt wurde.

Am Tag ihres Todes, am 27. März, entwischte Mama uns und irrte im Nachthemd durch das Gelände. Wir versuchten alles, ihrer habhaft zu werden, aber sie steckte voller Listen und Tükken. Erst später wurde mir klar, worauf sie es angelegt hatte. Sie wollte uns an den Rand der Erschöpfung bringen. Margaret und ich sind ins Haus gegangen, um uns auszuruhen, und haben geschworen, sie später zu suchen. Wir dachten, sie könnte nicht entkommen, da ja Johnny Wache hielt. Sie muß uns beobachtet haben. Ich stand am Fenster auf dem Treppenabsatz und schaute aufs Meer hinaus, als ich aus den Augenwinkeln sah, wie sie zu dem Tor bei den Klippen stürmte. Wie ein Tier duckte sie sich, flink wie ein Fuchs war sie, und ihre langen, wirren Haare flatterten im Wind. Ich hämmerte so heftig an das Fenster, daß es zerbrach. Sie sah zu mir hinauf und lachte, als sie das Blut an meinem Arm sah. Dann knickste sie wie ein kleines Mädchen und winkte fröhlich.

So habe ich sie das letzte Mal gesehen, und so erinnere ich mich an sie. Ihr langes weißes Hemd bauschte sich im Wind, und sie rannte nicht zu dem Tor, sondern zu dem Steilabhang bei den Klippen. Es war Flut. Doch das Meer reicht nicht bis zu den Klippen hinauf. Sie sprang ins Leere und war verschwunden.

Ich gab mir die Schuld. Das tue ich immer noch. Ich hätte nicht müde werden dürfen. Ich hätte in ihrer Nähe bleiben müssen, doch ich war feige. Als sie uns das letzte Mal entwischt war, brach sie mir den Arm, als ich mit ihr kämpfte, um sie zu beruhigen. Und das ist die Wahrheit. Ich habe mein Leben der Wiedergutmachung für diese Sünde geweiht, nicht weil ich sie umgebracht habe, sondern weil ich sie nicht genügend geliebt habe.

Als die Nachricht vom Tode meines Vaters eintraf, begruben wir sie heimlich im Garten, Johnny, Margaret und ich. Nach einem Monat war es notwendig, den Sarg mit irgendeinem Metall zu verkleiden. Ihr könnt euch wahrscheinlich denken, weshalb. Johnny fand Dachabdeckungen aus Blei. Das machte den Sarg sehr schwer, doch wir konnten es nicht ertragen, ihn auf irgendeine Weise zu entweihen. Unmittelbar nach der Gründung Holy Retreats wurde das Gelände zum Friedhof geweiht. Sie liegt zwanzig Schritt von dem Steinkreuz entfernt begraben, auf der Südwestseite.

Schwester Mary Rose verneigte sich vor der Mutter Guardian und zog sich ins Kloster zurück. Hinter sich schob sie die Trennwand zu. Die anderen hörten nur noch ihre leisen Schritte, als sie sich entfernte. Alle schwiegen, bis die Mutter Guardian sich räusperte und zu sprechen begann. Sie klang ungemein müde und niedergeschlagen.

»Wir ziehen uns um zehn Uhr zurück. Normalerweise

geht Schwester Benedicte als letzte nach oben, da sie sich vergewissert, ob das Kloster für die Nacht sicher verschlossen ist. In den letzten Wochen waren wir etwas in Sorge. Bis dahin hatten wir nie Fremde in unserer Einfriedung gesehen. Einige Nonnen geben dem Verkauf die Schuld daran, und so sind wir zum ersten Mal, solange ich mich zurückerinnern kann, nicht einig, es gibt Unstimmigkeiten, für die ich mich verantwortlich fühle. Schwester Mary-Rose hat recht, im Grunde genommen hat die Zwietracht begonnen, als ich Jane eingeladen habe, innerhalb der Einfriedung zu wohnen.

Vielleicht sollte ich Ihnen noch sagen, daß Mary-Rose nicht die einzige war, die über die Bibliothek Bescheid wußte. Lange ehe Jane hierherkam, war Schwester Benedicte die Existenz der Geheimbibliothek bekannt, obwohl sie nicht genau wußte, wo sie sich befand. Und von dem Augenblick an, als Jane hier eintraf, hat Benedicte den eigentlichen Grund für ihr Kommen gewußt. Sie hat als erste vorgeschlagen, ihr den Zugang zur Bibliothek zu gestatten, obwohl mir das damals nicht weiter aufgefallen ist. Sie müssen wissen, Benedicte ist eine Nachfahrin von Augustas einzigem Kind – einer Tochter, die als einzige den amerikanischen Bürgerkrieg überlebt hat.« Wehmütig blickte sie zu den anderen auf. »Bis vor ungefähr einem Monat hatte ich nicht einmal eine Ahnung davon; damals habe ich erwähnt, ich machte mir Sorgen um Jane, und da hat Benedicte gesagt, sie glaube nicht, daß sie je zurückkäme.

Aus zwei guten und edlen Gründen hat Benedicte ihre Last ganz alleine getragen. Wie Rose wollte sie unsere Stifterin und den guten Namen von Holy Retreat schützen. Auch ihren eigenen Namen. Sie kannte die tragische Geschichte ihrer Familie besser als sonst irgend jemand.« Sie blickte auf. »Erst vor zehn Jahren ist sie in den Orden eingetreten. Und sie war es, die uns als erste gedrängt hat, das Ödland für uns zu beanspruchen. Sie hat es Mr. Boland gegenüber erwähnt, als wir nichts unternahmen. Sie befürchtete, eines Tages würde irgend jemand auftauchen und die Urkunden vorlegen. Als dann Jane kam, war Benedicte sofort klar, worauf sie aus war. Innerhalb des Klosters hat sie sie mit Argusaugen beobachtet und Murphy-Dunne dazu gebracht, das gleiche außerhalb der Einfriedung zu tun. Sie sehen, unglücklicherweise hat sie ihm vertraut, obwohl sie, wie sich herausgestellt hat, lieber Jane hätte trauen sollen.

Als dann Schwester Benedicte gestern nacht ihre Runde gemacht hat, schaute sie aus dem Fenster der Kapelle und hatte den Eindruck, neben dem Schuppen eine Taschenlampe aufblinken zu sehen. Sie hat Albertine gerufen, die ihr geholfen hat, sie solle zu ihr kommen, damit sie gemeinsam nachsähen. Unglücklicherweise hat, gerade als sie zur Tür hinausgerannt sind, das Telephon geläutet, und Albertine ist zurückgeblieben, um den Anruf entgegenzunehmen. Benedicte ist vorausgegangen, aber als Albertine herauskam, war nichts von ihr zu sehen. Da die Tür zum Schuppen weit offenstand, hat sie angenommen, sie sei da drinnen. Als sie darauf zurannte, hat sie im Schatten zwei Gestalten gesehen und einen Schrei gehört. Dann ist die kleinere hingefallen, die andere ist in das Gebüsch gerannt. Benedicte hat auf dem Boden gelegen und gestöhnt, als Albertine bei ihr angelangt ist; sie hat heftig aus einer Wunde an der einen Seite des Kopfes geblutet. Jemand hatte mit einem Felsbrocken auf sie eingeschlagen; er lag auf dem Boden neben ihr. Ohne an ihre eigene Sicherheit zu denken, hat Albertine um Hilfe geschrien. Schwester Joseph hat sie gehört und uns anderen geweckt. Drei der Nonnen sind hinausgegangen, um zu helfen. Von meinem Fenster aus habe ich das Ganze beobachtet.

Ich habe gesehen, wie Albertine auf dem Boden kauerte, sich über Benedicte beugte und ihr Gesicht streichelte. Dann ist eine Gestalt hinter der Hütte hervorgekrochen. Ich habe versucht, Albertine eine Warnung zuzurufen, doch sie hat mich nicht gehört. Ich habe die Hand sich heben und auf ihren Kopf niederkrachen sehen. Vor einer noch schlimmeren Verletzung wurde sie nur bewahrt, weil jetzt die anderen Nonnen über die Wiese gelaufen kamen; der Angreifer hat das Weite gesucht.« Mutter Catherine sah auf, und Tränen rannen ihr über die welken Wangen.

»Haben Sie ihn erkannt?« fragte Tess leise.

»Ich nicht, Albertine hat ihn jedoch ganz aus der Nähe gesehen. Sie hat sich umgedreht, als der Stein heruntersauste. Sie ist nicht schwer verletzt, anders als Benedicte, die sich möglicherweise nicht mehr erholen wird. Er hat ihren Mantel an sich genommen. Deshalb habe ich gedacht ... habe ich gedacht ...«

»Würde irgend jemand mir freundlicherweise sagen, was hier eigentlich vorgeht?« schaltete Hugo sich schroff ein.

»Tess?«

»Ich glaube, Murphy-Dunne hat Jane getötet. Es muß irgendwann, nachdem sie den Brief an Mutter Catherine geschrieben hatte, geschehen sein. Er hat das Klostergelände beobachtet und von den leeren Särgen im Schuppen gewußt. In einem von ihnen hat er ihre Leiche versteckt und einen falschen Namen auf das Etikett geschrieben. Es war so einfach: Ein ganzer Stapel leerer Etiketten lag da herum. Inmitten von so vielen Leichen würde uns die eine überzählige nicht auffallen; das war sein Plan. Doch ich habe sie leider doch bemerkt. Der Name ist mir nicht bekannt vorgekommen, und als ich die Liste überprüft habe, war tatsächlich keine Felicitas-Maria aufgeführt. Ich dachte, Schwester Mary-Rose wüßte ebenfalls Bescheid und versuche aus irgendeinem Grund, die Tatsache zu verheimlichen. Daß sie vielleicht ... Es tut mir leid, Mutter Catherine, ich habe ihr einen schlechten Dienst erwiesen. Es tut mir so leid.«

»Arme Jane. Eine arme traurige, einsame Frau. Gott sei ihrer Seele gnädig. Ich hätte sie vielleicht retten können. An jenem Tag, als ich sie zusammen mit ihm gesehen habe, hätte ich merken müssen, daß sie in Gefahr schwebte. Als Albertine den Brief gebracht hat, da habe ich in meinem Herzen gewußt, sie ist tot. Armes Menschenkind.«

»Armes Menschenkind?« widersprach Tess. »Ein Bruchteil dessen, was die Bücher wert sind, würde genügen, um Ihre Grenzmauern wiederaufzubauen, wissen Sie das? Ganz zu schweigen vom Kloster.«

»Nichts ist ein Menschenleben wert«, sagte die Nonne traurig. »Wir hätten diese Bücher ohnehin nie verkaufen können. Aber ich zerbreche mir nach wie vor den Kopf, warum der Brief im Lavendelfeld gelegen hat. Er muß beobachtet haben, wie sie versucht hat, uns noch einmal aufzusuchen. Ich wünschte .... Oh, ich wünschte so sehr ...«

Hugo wandte sich zu Tess. »Er hat schon immer zu Gewaltätigkeit geneigt, verstehst du? Frag Susan«, meinte er verbittert. Tess' Gesicht lief purpurrot an.

»Ich weiß«, murmelte sie. »Er kann es nicht ertragen, im Unrecht zu sein.«

»Ich habe gemerkt, daß er durch und durch schlecht ist, aber erst, als es zu spät war«, erklärte Hugo zerknirscht. »Und dann habe ich meine Zeit damit vergeudet, die Kanzlei zu schützen, alles zu vertuschen, anstatt ihn sofort bloßzustellen, diesen Mistk... ich bitte um Verzeihung, Mutter Catherine, ich vergesse mich«, entschuldigte Hugo sich.

»Kann Schwester Albertine Ihren Angreifer identifizieren?«

»Ja, sie hat Mr. Murphy-Dunne etliche Male gesehen. Auch am Freitag, da hat sie ihn zusammen mit Jane gesehen – auch wenn sie nicht gewußt hat, wer sie ist –, als sie das Lavendelfeld geharkt hat.«

Mutter Catherine erhob sich. »Wie werden das Grundstück nicht verkaufen«, erklärte sie. »Was wir mit den Büchern machen sollen, weiß ich nicht. Darüber muß ich mit der Gemeinschaft beraten. Wir werden Sie wissen lassen, zu welchem Schluß wir gekommen sind.« Traurig lächelte sie Tess zu. »Ich danke Ihnen, meine Liebe, und Gott segne Sie beide.« Sie zog eine in ihrer Gewandtasche verborgene Uhr heraus und warf einen Blick darauf. »Viertel nach drei«, verkündete sie. »Die Polizei müßte jeden Augenblick hier sein. Bleiben Sie noch und helfen uns ein letztes Mal?«

Sommer 1997

Nunc dimittis servum tuum: Herr, nun lässest du deinen Diener im Frieden fahren ... (Gesang des Simeon, Lukas 2.29)

39

Anfang Mai im darauffolgenden Sommer; das Kloster strahlte beinahe wieder die Ruhe und den Frieden aus wie früher. Die Schwestern sammelten Kiesel für den Kräutergarten, der das Schmuckstück und der ganze Stolz der Einfriedung war. Niemand konnte sich genau erinnern, wann man mit diesem Ritual begonnen hatte, doch jedes Jahr im Mai und Juni widmeten sie eine Stunde eines Wochentags dem Sammeln und Aussortieren der Steine, die sie brauchten, um die alten Pfade auszubessern und neue anzulegen.

Sie tauchten aus den Nebelschwaden der Morgendämmerung auf und kletterten vorsichtig die unebenen Stufen zu dem grobkörnigen Sandstrand hinunter. Die erste zerrte einen kleinen Wäschekorb hinter sich her und leerte den Inhalt – ausgemusterte Kieselsteine – neben die unterste Stufe. Die übrigen hielten kleinere Körbe im Arm. Diejenige, die als letzte durch das hohe, schmale Tor schritt, drehte den Schlüssel im Schloß um und zog die Ranken der wuchernden Hecke wieder darüber. Wahrscheinlich geschah dies nur aus Gewohnheit, denn es war ein müßiges Ritual: Das Tor war vom Strand aus nicht zu sehen, der ohnehin menschenleer war.

In Irland dämmert es im Sommer morgens schon sehr früh – manchmal so früh, daß von Nacht kaum die Rede sein kann. Nur wenige nutzen das zauberische Zwielicht in der Zeit zwischen Sonnenuntergang und Sonnenaufgang. Nur wenige, aber die Schwestern von Holy Retreat. Verschrobenheit allein konnte den Stundenplan, an den sie sich hielten, kaum erklären. Wer sonst ginge schon um vier oder fünf Uhr morgens spazieren?

Es war kalt, und sie hatten die Kapuzen ihrer prachtvollen Umhänge so weit heruntergezogen, daß sie beinahe ihre

Gesichter verdeckten; die Hände hatten sie in die Ärmel gesteckt. Ihre Füße waren bloß.

Sieben waren es. Sie gingen hintereinander her; hin und wieder bildeten sie Paare, taten sich zusammen und gingen wieder auseinander, während sie sich ihrer Aufgabe widmeten. Am Strand von Killiney gibt es vier unterschiedliche Arten von Kieselsteinen: glatte aus grau-schwarzem Sandstein, weiße Marmorkiesel, solche aus gesprenkeltem Dalkey-Granit, die mit Glimmer durchsetzt sind, und rosafarben-rötlichen Sandstein. Die grauen sind wunderschön. Solange sie vom Meer überspült werden, fühlen sie sich so geschmeidig an wie Seehundsfell. Sie sind von feinen weißen Quarzäderchen durchzogen, die Landschaften auf ihre glatte, kühle Fläche malen. Genau die suchten die gemächlich dahinschlendernden Nonnen. Wenn die kleinen Körbe gefüllt waren, trugen sie sie zu dem großen und leerten den Inhalt hinein. Eine, die kräftiger war als die anderen und deren Bewegungen energischer schienen, ging mitten in der Gruppe hin und her und erteilte schweigend Anweisungen. Schließlich trennten sie und eine andere Schwester sich von den übrigen und kehrten zu der Treppe zurück, wo sie sich neben den Wäschekorb kauerten, die Steine sorgfältig untersuchten und sie entsprechend irgendeiner eingebildeten Idealvorstellung behielten oder wegwarfen.

Die Nonnen in ihrer nahezu gespenstischen Gewandung bildeten eine seltsame, schweigende Gruppe. Exotisch, außergewöhnlich, zeitlos. Hätten sie die Körbe auf dem Kopf getragen, hätte man sie fast für Frauen aus der Bibel halten können, die durch die Zeiten schreiten. Sie gingen ungefähr eine Meile den menschenleeren Strand entlang bis zu einer Stelle, wo ein munter dahinplätschernder Bach eine natürliche Grenze bildet. Hier kehrten sie um. Zwei schlenderten gemeinsam dahin, doch die anderen blieben die meiste Zeit für sich, als hätte ihre Lebensweise eine tiefgreifende, undurchdringliche Einsamkeit in ihnen verwurzelt. Ein zufälliger Beobachter, wenn es denn einen gegeben hätte, wäre erstaunt gewesen, wie vereinzelt sie wirkten, jede für sich, scheinbar uninteressiert. Doch damit hätte er den zugrundeliegenden Zusammenhalt der Gruppe übersehen. Obgleich sie nicht miteinander sprachen, tauschten sie alle möglichen Botschaften miteinander aus; der einzige reale Hinweis darauf war, daß sie einander ständig beim Tragen der schweren Körbe abwechselten – jede von ihnen trug sie ein Stück des Weges.

Als sie zurückkamen, waren die beiden Nonnen, die die Steine aussortiert hatten, bereits wieder in die Einfriedung zurückgekehrt. Zwei der jüngeren Nonnen zerrten den großen Korb die Stufen hinauf und durch das Tor. Die anderen folgten. Die letzte wandte sich, ehe sie hindurchschritt, um und zupfte die Zweige zurecht. Dann schlug sie das Tor kraftvoll zu und versperrte das Vorhängeschloß.

Unterhalb des Klippenüberhangs tauchte eine vereinzelte, in den langen schwarzen Umhang gekleidete Gestalt auf, die aus dem Schatten taumelte und sich mühsam über den Kiesstrand schleppte. Sie hinkte. Ein- oder zweimal fiel sie seitwärts, als sie langsam zum Ufer ging und in das kalte Meer watete.

Oben auf der Klippe tauchte eine andere schwarzgekleidete Gestalt auf und streckte flehentlich die Arme aus. Ihr Ruf verhallte geisterhaft im Wind: »Benedicte. Benedicte. Komm zurück.«

Abschied

Lieber Owen,
es ist vorbei. Alles hat sich mittlerweile verändert. Ich war ein letztes Mal in Holy Retreat, um Mutter Catherine zu besuchen.

Sie war in der Tat eine bemerkenswerte Frau. Irgendwie hatte sie es so eingerichtet, daß man mir Zugang zu der Einfriedung gewährt und mich zu ihr gebracht hat. Ihr Krankenbett hatten sie in die Bibliothek gerollt. »Ich wollte, daß Sie sie sehen, mein liebes Kind. Kommen Sie herein«, hat sie gesagt, als sie die Augen aufgeschlagen und mich mit Claire auf dem Arm neben dem Spiegel stehen gesehen hat. »Sie waren so ungemein gut zu uns.« Neben dem Bett war ein Stuhl für mich bereitgestellt. Sie hat meine Hände mit ihren umfaßt; ihre Knochen haben sich so dünn und brüchig angefühlt wie Vogelknochen.

Eine Nonne, die ich noch nie gesehen hatte, hat als Pförtnerin fungiert. Sie war Besucher nicht gewöhnt, und es ist ihr schwergefallen, etwas zu sagen; sie war zu scheu, um ihre Rolle zu genießen wie die liebe alte Schwester Joseph. Wahrscheinlich ist sie ein wenig aus der Fassung geraten, als Claire einen ziemlich lauten Schrei ausgestoßen hat, als wir eintraten. Sie hat mir einen Umschlag gereicht und mich zum Sprechzimmer geführt, in dem die Tür in der Trennwand zum inneren Heiligtum weit offenstand. Keine Menschenseele war zu sehen; die Stille war gespenstisch. Als ich den Umschlag geöffnet habe, stellte ich fest, man hatte mir zuvorkommenderweise einen Plan des Hauses zur Verfügung gestellt, auf dem der Weg zur Bibliothek eingezeichnet war. Von dem Augenblick an, als wir die Einfriedung betreten haben, war Claire genauso beeindruckt von der Umgebung wie ich und hat aufgehört, fröhlich drauflos zu plärren. Sie war die ganze Zeit unglaublich brav.

Ich bin die großartige Treppe hinaufstiegen. Zwar war al-

les außergewöhnlich gepflegt und sauber, jedoch schmucklos; an der Wand hingen lediglich ein paar religiöse Bilder. Ich glaube, der ursprüngliche Architekt, Rothery, wäre damit äußerst zufrieden gewesen. Nichts lenkt das Auge von der Großartigkeit des majestätischen Innenraums ab. Die Halle wird von oben durch eine große Kuppel beleuchtet. Es herrschte Stille. Auf meinem Weg bin ich keiner Menschenseele begegnet. Der Geruch war noch genau der gleiche, an den ich mich von meinem ersten Besuch her erinnert habe: eine Art modriger, von Lavendelduft überlagerter Meerdunst. Abgesehen vom Dach und den Dachrinnen ist noch nichts repariert worden. Und es wird auch nichts gerichtet werden, ehe das Pförtnerhaus verkauft ist. Nach zehn Monaten sind die Nonnen immer noch nicht viel besser dran.

Die Bibliothek befindet sich, glaube ich, über der Kapelle. Man gelangt durch einen langen, engen Korridor mit Tonnengewölbe zu ihr; obwohl ich nur einen flüchtigen Blick darauf geworfen habe, ist mir aufgefallen, wie kunstvoll paneeliert er ist. Am Ende steht ein großer Spiegel; links von ihm führt eine Tür in die Bibliothek.

Das Bett hat so gestanden, daß man von dort aus die Tür sehen konnte; die Leinenlaken und Kissenbezüge waren schneeweiß und glänzten fast, so gestärkt waren sie. Es war so schmal wie ein Kinderbettchen, aber trotzdem hat Mutter Catherine verloren darin gewirkt. Und bleich wie der Tod war sie. Auf dem Kopf hatte sie nichts weiter als ein hübsches weißes Spitzenhäubchen, das ihr nach wie vor dunkles Haar fast verdeckt hat. Das Haar war ein regelrechter Schock, abgesehen von ihren dunklen Augen die einzige Farbe. Sie war sehr schwach und konnte kaum sprechen; der Krebs hat ihre Kehle zerfressen; sie hat fast keine Stimme mehr. Doch sie hat gesagt, das bedeute ihr nichts, denn zu sprechen, das schätze sie ohnehin nicht allzusehr. Zufrieden hat sie ausgesehen, fast belustigt.

So verwüstet hat ihr Körper ausgesehen; neben ihr wirkte Claire fast unanständig gesund und kräftig. Als sie zu quengeln angefangen hat, ist ganz scheu aus dem Nirgendwo Schwester Joseph aufgetaucht und hat gefragt, ob sie das liebe

Ding den anderen Schwestern zeigen dürfe. Ich war erstaunt, wie bereitwillig Claire zu ihr hingetapst ist und sich von ihr auf den Arm nehmen lassen hat. Für kleine, fette Mädchen scheint die Schweigeregel nicht zu gelten. Ich habe die beiden fröhlich plappern hören, als sie den Korridor hinuntergingen. Als ich mich wieder zu Mutter Catherine umgedreht habe, hat sie über das Geschwatze gelächelt.

»Das Baby ist groß geworden. Keine Sorge, ich bin froh, daß Sie sie mitgebracht haben«, erklärte sie. Sie konnte schon immer meine Gedanken lesen. »Sie bringt uns neues Leben und Freude. Wie alt ist sie jetzt?«

»Fast ein Jahr.«

»Ein wunderhübsches Kind, Tess, und sie gereicht Ihnen zur Ehre. Aber das habe ich immer schon gewußt. Sie sehen auch glücklicher aus. Das freut mich. Ich glaube, Sie sind zu einem Entschluß gekommen, was Ihre Zukunft betrifft.« Ihre Stimme ist zu einem heiseren Flüstern verebbt, so daß ich ihre Worte eher gespürt als gehört habe.

Dann hat sie auf die geheimen Bücherborde gedeutet, die hinter korinthischen Säulen verborgen sind. Sie hat zugesehen, wie ich versucht habe dahinterzukommen, wie man sie öffnet. Als ich es nicht geschafft habe, hat sie mich auf den mittleren Vorsprung am Fuß des Oberschranks hingewiesen. Ich habe ihn an einer Ecke kräftig angestupst, und die Tür ist mühelos aufgeschwungen. Die Innenfächer sind höchstens zwanzig oder zweiundzwanzig Zentimeter tief und vielleicht einen Meter achtzig hoch. Jetzt sind sie natürlich leer. Die Bücher sind alle weg.

So unschuldig und friedlich hat sie ausgesehen in ihrem schmalen weißen Bett, als sei sie schon tot. Doch nach meinem Besuch hat sich die Krankheit noch fast einen Monat hingezogen. Ich werde sie sehr vermissen. Ein Weilchen bin ich dagesessen und habe ihre Hand gehalten, aber sie hat nicht mehr viel geredet. Sie hat nur noch die Bitte geäußert, ich solle für den Frieden der verwirrten Seele der armen Benedicte beten. Die Schatzmeisterin ist vor ein paar Monaten ertrunken. Anfang Mai ist sie ins Meer gegangen. Sie wissen nicht, wie es ihr gelungen ist, so weit zu kommen. Oder das

Kloster zu verlassen, ohne daß irgend jemand es bemerkt hat. Sie hat sich nie von ihrer Kopfverletzung erholt. Nie mehr hat sie auch nur ein einziges Wort gesprochen, und sie konnte kaum noch gehen.

Noch etwas. Hugo hat für mich und Claire das Pförtnerhaus gekauft. Er hat es mir erst nach Mutter Catherines Tod gesagt, obwohl sie sich darüber offenbar sehr gefreut hat. Die anderen anscheinend auch. Allerdings sind bestimmte Bedingungen daran geknüpft. Es darf, solange Holy Retreat existiert, nicht verkauft werden, außer an die Nonnen. Ich bin überwältigt von seiner Großzügigkeit. Zuerst habe ich gedacht, ich könnte das nicht annehmen, es würde mir nie und nimmer gelingen, die Erinnerung an Terence Murphy-Dunne aus diesem Haus zu verbannen. Doch es hat mir geholfen, als ich noch einmal hingegangen bin und alles wiedergesehen habe. Er ist nie aufgegriffen worden. Irgendwie ist er in der kurzen Zeit zwischen dem Augenblick, als ich ihn gesehen habe, und dem Eintreffen der Polizei, die kaum eine halbe Stunde später gekommen ist und den Strand gestürmt hat, spurlos verschwunden. Es gehen Gerüchte, er habe sich irgendwo verkrochen, in Nordafrika oder Südamerika oder … Die Liste unwahrscheinlicher Verstecke wird immer länger, ebenso die der Anklagepunkte gegen ihn.

Neulich abends, am Jahrestag von Marcus' Tod, bin ich zu dem Steilabhang bei Chiltern hinausgefahren. Ich habe Claire weiterschlafen lassen und bin noch vor Morgengrauen, um fünf Uhr aufgebrochen. Bis Stokenchurch bin ich die A40 entlanggefahren, habe dann gewendet und bin auf der M40 zurück. Ich wollte mich der Stelle aus der gleichen Richtung nähern wie er, unter der wunderschönen, parabelförmig geschwungenen Brücke hindurch, die einen so herrlichen Rahmen für die Landschaft bildet. Als ich langsam hinuntergefahren bin, lag Oxfordshire vor mir hingebreitet. Der frühe Morgennebel hatte sich noch nicht ganz aufgelöst, und die Schwaden, die das Sonnenlicht in rosafarbenes Glühen tauchte, sind über die Ebene getrieben. Genauso, wie er es geliebt hat. Ich habe mich erinnert, wie er eines Morgens in der

Dämmerung mit mir hier herausgefahren ist, als ich ihn gefragt habe: »Warum ausgerechnet Oxford?«

Im Schneckentempo bin ich durch den Einschnitt gefahren. In meiner Richtung herrschte kein Verkehr, obwohl der Ansturm auf London in der Gegenrichtung bereits eingesetzt hatte. Kurz vor der Abzweigung nach Watlington habe ich angehalten und auf dem Seitenstreifen geparkt. Dann bin ich zu dem B4009-Schild und habe einen Kranz weißer Lilien darübergehängt. Fast festlich hat es ausgesehen. Ein paar Minuten bin ich dagestanden und habe an meinen geliebten Marcus und unser gemeinsames Leben gedacht. Früher habe ich immer gesagt, unsere Beziehung, unsere »Ehe», wenn Du willst, war wie Pharaos Traum: gute Jahre folgten schlechten, und dann kamen wieder gute. Jetzt weiß ich, mein Aufrechnen war zu pedantisch: Man kann Glück nicht in Monaten oder Jahren bemessen, dazu ist es zu flüchtig. Man kann nur von diesem oder jenem Augenblick sagen: »Da war ich glücklich.« Aber nur von den Augenblicken. Ehe ist wie eine Fremdsprache, die zu lernen ich mir nicht genügend Mühe gegeben habe. Jetzt behaupte ich nicht mehr, als daß wir unsere Augenblicke der Verzückung erlebt haben, und an sie erinnere ich mich. So habe ich an Marcus gedacht und war dankbar, daß ich ihn geliebt habe. Und ich habe an Mutter Catherine gedacht, die inzwischen tot ist, und an Jeddie, obwohl ich sie nie richtig kennengelernt habe. Und an die arme, unglückliche Benedicte, die ich nie zu Gesicht bekommen habe, die sich die Schuld an allem gegeben hat, was letzten Herbst geschehen ist, so wie vor ihr Adelaide.

Neben mir hat ein Polizeiwagen angehalten; zwei erboste junge Polizisten sind ausgestiegen und auf mich zugekommen, um mir Vorhaltungen zu machen, wie dumm es sei, auf der Autobahn anzuhalten. Einen von ihnen habe ich sofort wiedererkannt. Es war der junge Sergeant, der damals gekommen ist, um mir die Nachricht von Marcus' Unfall zu überbringen. Im gleichen Augenblick hat auch er mich erkannt. Er hat die Blumen angesehen, dann wieder mich, und dann hat er die Hand ausgestreckt.

»Ein Jahr ist es jetzt her, nicht wahr?« hat er gesagt. Er hat

mich Mrs. Rogerson genannt. Diesmal habe ich nicht widersprochen.

»Ja«, habe ich gesagt, und ich hatte das Gefühl, als sei ich ins Sonnenlicht getreten. Und in die Zukunft. Der Veuve liegt im Kühlschrank.

Alles Liebe,
Tess

Dank und Hinweis

Die Geschichte geht auf zwei voneinander völlig unabhängige Begegnungen zurück: auf eine zufällige Unterhaltung mit einer Nonne in Dublin und auf eine Besichtigung der Putti-Bibliothek der Istituti Ortopedici Rizzoli in Bologna. Ich möchte meiner lieben Dubliner Freundin dafür danken, daß sie meine Vorstellungskraft anregte, und Dr. Anna Viganò dafür, daß sie mich in die Geheimnisse jener großartigen Bibliothek einführte. Zu großem Dank bin ich auch meinen Freunden, der Familie Leardini, verpflichtet: Dr. Alberto und seiner Frau Marie-Luisa in Bologna (und Oxford) sowie Signora Maria Teresa Toroni in Riccione, in deren gastfreundlichem Haus ich die ersten Kapitel verfaßte; ihnen allen: *ringraziamenti!*

Die Heerschar von Helfern und Ratgebern wird mit jedem Buch größer. Mich überrascht immer wieder die Großzügigkeit meiner Freunde, die, jeder auf seine Weise, über ein erstaunliches Wissen verfügen, das ich gnadenlos ausbeute. Ihnen allen gilt mein Dank; gleichzeitig möchte ich betonen, daß alle etwaigen Irrtümer und Fehler in religiösen, juristischen, medizinischen, begräbnistechnischen, bibliographischen und anderen Punkten einzig und allein mir zuzuschreiben sind. In diesem Fall bedurfte ich insbesondere juristischer Ratschläge, die ich von Shelly Cranshaw, Brian Pattinson, Jane-Marie Harris, Marie O'Dwyer und Emily Taylor erhielt. Pauline Fitzpatrick danke ich für ihre unermüdliche, großzügige Unterstützung bei Nachforschungen in Dublin; darüber hinaus gilt mein Dank Reverend Bernard O'Connor, der dem Augustinerorden angehört, Ruth McCarthy, Ritchie Gill, John King vom Antiquariat Blackwells, der mich mit *The Private Case* von P. T. Kearney bekannt machte, Orla Murphy, Lucia Moffett und Ann Cadogan in West Cork, Oliver Doyle von Iarnod Eireann sowie den Angestellten der Abteilung Bestattungswesen der Dubliner Stadtverwaltung. Und zu guter Letzt verdienen meine kleinen Enkelkinder Eleanor, Joseph, Thomas und Alice dankbar erwähnt zu werden; ihre Gesellschaft ist für mich ein Quell unendlicher Freude, und sie lieferten mir vollkommene Vorbilder für meine jüngeren Figuren, die verschiedene ihrer Charakterzüge in sich vereinen.

Alle Personen in vorliegendem Buch sind frei erfunden, und jegliche Ähnlichkeit mit lebenden oder toten Personen ist rein zufällig. Es gibt weder einen Nonnenorden noch ein Kloster Holy Retreat. Beide entsprangen einzig und allein meiner Vorstellung, wie auch das wunderschöne Haus, das sie beherbergt. Zu seinem Architekten habe ich John Rothery erkoren, um diesem großartigen Meister der Baukunst Respekt zu zollen.

Zudem ist mir nicht ganz klar, bei wem ich mich entschuldigen soll, weil ich die Küstenlinie der Killiney Bay bis zur Unkenntlichkeit verändert habe, um dort das Kloster Holy Retreat und die Glenadams School anzusiedeln.

Erfolg in Serie

Karin Fossum

Evas Auge

Roman. Aus dem Norwegischen von Gabriele Haefs. 368 Seiten. SP 3091

Ein ungemein spannendes Drama um eine junge, alleinerziehende Frau.

»Mit ›Evas Auge‹ liegt weit mehr vor als ein ausgezeichneter Kriminalroman.«
Bayerischer Rundfunk

Dean Fuller

Tod in Paris

Roman. Aus dem Amerikanischen von Inge Leipold. 435 Seiten. SP 3092

Alex Grismolet, Chefinspektor der Pariser Sûreté, ist ein Lebenskünstler: Er wohnt auf einem Hausboot und hat eine Schwäche für Jazz. Nach dem Mord an einem Diplomaten führt die exotische Mordwaffe Grismolet und seinen kauzigen Assistenten Varnas auf die Spur des merkwürdigen Freundeskreises …

Gemma O'Connor

Wer aber vergißt, was geschah

Psychothriller. Aus dem Englischen von Inge Leipold. 426 Seiten. SP 3093

Holy Retreat, ein Nonnenkloster hoch über einer Bucht bei Dublin, muß renoviert werden. Die verarmten Schwestern lassen sich deshalb dazu überreden, das Friedhofsgelände zu verkaufen. Die junge Rechtsanwältin Tess Callaway soll die heikle Angelegenheit abwikkeln. Doch bei der Umbettungsaktion taucht plötzlich ein Sarg zuviel auf …

Daniel Silva

Double Cross – Falsches Spiel

Roman. Aus dem Anerikanischen von Reiner Pfleiderer. 568 Seiten. SP 3094

Vor der Invasion der Alliierten in Frankreich 1944 tobt ein gnadenloser Kampf der Geheimdienste. Hauptakteur auf britischer Seite ist Meisterspion Albert Vicary, Geschichtsprofessor und genialer Analytiker. Seine ungewöhnliche Gegenspielerin ist die attraktive und eiskalte Catherine Blake – zwei ebenbürtige Rivalen in einem atemberaubenden Katz-und-Maus-Spiel.

SERIE PIPER

John Burdett

Die letzten Tage von Hongkong

Roman. Aus dem Englischen von Sonja Hauser. 487 Seiten. SP 2632

Endzeit-Atmosphäre in Hongkong – eine explosive Mischung aus Gier und Macht, Geld und Sex. Nur noch wenige Wochen, bis die boomende britische Kronkolonie an das chinesische Mutterland zurückfällt. In dieser Zeit des Machtwechsels werden drei Menschen bestialisch ermordet. Für Chefinspektor Chan, Sohn eines Iren und einer Chinesin, wird der Fall zu einer gefährlichen Gratwanderung, denn die Drahtzieher dieses Verbrechens sind offensichtlich auf höchster Ebene zu suchen. Chan stößt auf ein Geflecht aus italoamerikanischen Mafiosi, chinesischen Triaden und kommunistischen Militärs.

»Mit leichter Hand und kühnem Schwung verwebt Burdett das Fiktive und die realen Reibungen, die das Zusammenleben der Kulturen in der boomenden Metropole prägen, zu einem dichten Thriller.«
Süddeutsche Zeitung

Eine private Affäre

Roman. Aus dem Englischen von Sonja Hauser. 356 Seiten. SP 2946

Der ehrgeizige James Knight hat es geschafft: Als brillanter Jurist steht er kurz vor seiner ehrenvollen Berufung zum Kronanwalt und vertritt die vornehmsten Bürger Londons. Doch eines Abends möchte ihn die Polizei in einer delikaten Mordsache sprechen: Der Kleinkriminelle Oliver Thirst ist ermordet worden, einer der ersten Klienten des aufstrebenden Anwalts. Fasziniert von dessen Cleverness hatte Knight sich damals mit ihm eingelassen und sogar seine Freundin Daisy an ihn verloren. Kein Wunder, daß James Knight und die ebenso reizvolle wie undurchschaubare Daisy die Hauptverdächtigen sind… Nach seinem Bestseller »Die letzten Tage von Hongkong« führt John Burdett uns hier in die abgründige Welt der Londoner High Society, wo nur eins zählt: der gesellschaftliche Erfolg. Der Roman ist eine subtile Parabel auf das englische Klassensystem und zugleich die spannende Geschichte einer fatalen Dreiecksbeziehung.

Thomas Perry

Die Hüterin der Spuren

Roman. Aus dem Amerikanischen von Fritz R. Glunk. 319 Seiten. SP 5683

Jane Whitefield ist eine Spezialistin in ihrem Beruf. Sie läßt Menschen verschwinden, indem sie ihnen neue Identitäten verschafft. Ein Grund dafür ist ihre Abstammung. Jane ist Halbindianerin und versteht sich darauf, Spuren zu verwischen und Finten zu legen, bis ein Mensch wie unauffindbar ist. Als eines Tages ein John Felker ihre Dienste erbittet, ein Buchhalter, der eine Menge gestohlenes Geld für sich abgezweigt hat, nimmt sie den Auftrag an. Sie schließt ihn auch erfolgreich ab. Doch dieser Auftrag hat Folgen: Zwei Tote im dichten Netz der falschen Fährten und dunklen Geheimnisse! Jane beginnt zu begreifen, daß sie selbst in die Irre geführt worden ist, und bietet alles auf, die rätselhaften Vorgänge aufzuklären.

Der Tanz der Kriegerin

Roman. Aus dem Amerikanischen von Fritz R. Glunk. 357 Seiten. SP 5686

Ein achtjähriger Knirps stürzt in den Gerichtssaal, wo er gerade für tot erklärt werden soll: »Ich bin Timothy Phillips!« Da Timmy Erbe eines Millionenvermögens ist, begibt er sich in höchste Lebensgefahr, denn irgend jemand ist hinter ihm und seinem Geld her. Jane Whitefield ist schon länger diskret in der Umgebung Timmys und hat diese höchst gefährliche Aktion geplant.

Die Jagd der Schattenfrau

Roman. Aus dem Amerikanischen von Fritz R. Glunk. 443 Seiten. SP 5687

Pete Hatcher verschwindet spurlos während einer glanzvollen Magic-Show in Las Vegas. Inszeniert hat dies Jane Whitefield, die Halbindianerin, eine Meisterin raffinierter Verwirr- und Vesteckspiele. Doch sie ahnt nicht, daß die Killer, die Pete auf den Fersen waren, nun sie selbst im Visier haben …